여기있어요

여기있어요 2

소화 장편 소설

contents

9장.
눈을 뜨고 있다고,
모두 보고 있다는 뜻은 아니다

지원의 긴 다리가 허리를 휘감았다. 부드러운 감촉에 저절로 엉덩이에 힘이 들어갔다. 금방이라도 찔러 들어가 천국을 맛보고 싶은 마음에 현민의 호흡이 가빠 왔다.

욕망에 풀어진 눈동자, 가쁜 숨을 몰아쉬며 발갛게 달아오른 뺨, 달큰한 가슴 위로 솟아오른 분홍 정점이 지금이라도 입안에 빨려 들어올 듯해, 입안에 침이 고였다.

'나한테 줘. 하아…… 조금만……. 조금만, 하아…….'

허락과 동시에 뜨거운 곳으로 미끄러져 들어갔다. 뜨겁게 조이는 부드러움에 숨이 막힐 것만 같았다. 온몸의 세포를 하나하나 일깨우는 쾌감이 전신을 회오리치며 전율케 했다.

'으윽.'

지원이 허리를 휘며 고개를 젖혔다. 부푼 가슴이 들썩이고, 음악처럼 새어 나오는 가쁜 신음이 현민의 귓가를 파고들었다.

더 이상 흥분할 수 없다고 생각했던 분신이 비좁은 지원 안에서 또다시 몸을 부풀렸고, 지원은 그에 반응하듯 몸을 조여 왔다. 무아지경. 지원만이 줄 수 있는 쾌감에 현민은 몸이 떨렸다.

'으흐흑……'

'하……학…… 오빠……'

지원의 몸도 파르르 떨렸다. 입구를 맞추듯 조금만 들어갈 허락한 지원이 지독하게 뜨거워져 달뜬 표정으로 바라봤다.

'……지원아. 말해! 들어갈까?'

파고들고 싶어, 모세혈관까지 타들어 가는 것 같았다.

'아니…… 하아…… 아직…… 아냐.'

미칠 것 같은데, 당장이라도 깊숙이 밀어 넣고 싶은데, 넘치는 애액에 못 이긴 척 그대로 밀어 넣을까 싶으면서도 지원의 말을 거부할 수 없었다.

'참기 힘들어.' 눈을 보며 마음을 전해 보지만, 지원은 들어오지도 못하게 하면서 뜨거운 입구를 조이고, 조여 겨우 머리만 파고든 그의 몸을 미치도록 괴롭히고 있었다.

'더 이상은 안 돼. 들어가게 해 줘, 지원아.' 당장이라도 밀고 들어가려는 허리를 발끝까지 힘주어 자제시키고 있는데, 높아진 호흡에 흥분으로 허스키해진 지원의 목소리가 들려왔다.

'보여? 내 몸에 들어오는 거…… 하아…… 다 보여, 오빠?'

'……보여.'

'하아…… 나도 볼래……. 오빠, 하아…… 가만히 있어야 돼!'

돌덩이처럼 딱딱해진 분신에 날뛰는 혈관마다 지나친 흥분이 고여 통증을 호소했다. 지원이 몸을 숙일수록, 하체는 더 조여졌고, 현민은 호흡이 멎을 듯한 쾌감과 통증을 함께 느끼며 저도 모르게 엉덩이를 들어 올렸다.

'오빠랑 나, 정말 하나 됐네.'

사랑하는 지원이 제 앞에서 다리를 벌리고, 제 음부를 눈에 담으며 말하는 소리만큼 색정적인 소리는 없었다. 어느 곳 하나 붉게 달아오르지 않은 곳 없는 그녀의 몸 중에, 가장 붉고 선홍빛으로 달아오른 한 중앙에 제 몸을 꽂아 넣은 쾌감과 시각적인 자극이 그를 뒤흔들었다.

이토록, 사랑에 정열적인 지원이 좋았다. 이렇게 색정적이면서도 수줍은 지원이 사랑스러웠다.

'그래, 하나다.'

이제 곧 지원의 몸 안으로 완전히 파고들 수 있을 거란 기대감에 온몸을 괴롭히던 인내의 고통을 집어던지려던 순간, 지원이 눈물을 흘렸다.

'왜?! 왜 울어?!'

저만 바라보고 있는 지원의 몸이 누군가 뒤에서 잡아당기듯 멀어지며 등을 보였다. 손을 뻗으려던 현민은 제 몸이 움직일 수 없다는 것을 깨달았고, 지원은 그대로 멀어지고 있었다.

'가지 마! 지원아! 가지 마!'

"지원아! 흐억…… 허억…… 헉…… 헉…… 헉……."

또 꿈이다. 미친 꿈. 벌써 한 달째 지원을 찾지 못하고, 새벽마다 미친 놈처럼 소리치며 깨어나는 것이 일과가 되어 버렸다.

지원이 멀어지고 자신은 결국 그녀를 놓치게 될 것이란 걸 알면서도 매번 이렇게 그녀에게 취해 있다가 어이없이 놓쳐 버리는 짓을, 밤마다 되풀이하고 있었다.

꿈에서마저 지원일 놓쳐 버리는 머저리 같은 놈! 현민은 성난 손길로 땀에 젖어 이마 위에 달라붙은 머리카락들을 거칠게 쓸어 올렸다. 온몸은 늘 그렇듯 땀범벅이 되어 있었다.

깊은 새벽 홀로 깨어나, 침대 위에 덩그러니 앉은 모습이 비참하기 그지없었다.

"후우……."

날이 갈수록 냉정함을 유지하기가 힘들었다. 일주일. 아니 아무리 꽁꽁 숨었어도 이 주일 안에는 찾아낼 수 있을 거라 생각했는데, 지원은 저가 좋아하는 바람처럼 흔적 없이 사라지고 없었다.

수많은 정보원을 풀었음에도 출국자 명단에도, 승선자 명단에서도 이름을 찾을 수 없었던 지원은 부산 호텔에서 며칠 머물렀고, 그 근처에서 휴대폰을 해지하고, 한 차례 출금했다는 흔적만 남겨 놓고 행방이 묘연했다.

하다 하다 못해, 제도권 밖의 방법으로 처형 되실 분의 메일을 통해 지원이 메일 보내온 곳의 아이피를 추척해 봤지만 그 또한 대구 PC방에서 보내온 것까지만 확인됐을 뿐, 그 뒤로 그 지역에 심어 놓은 정보원은 지원의 소식을 전해 오지 못하고 있었다.

무엇을 위해 이토록 철저히 숨은 것인지. 지원은 지독한 방법으로 자신에게 벌을 주고 있었다. 메일 내용을 살펴봐도 잘 지내고 있다는 짧은 안부뿐. 도대체 가족들과는 어떻게 소식을 전하고 사는지조차 짐작할 수 없었다.

그런데도 현민은 처형 되실 분을 찾아가 지원의 안부를 묻는 것이 조심스러웠다.

귀국하고 3일째 되던 날 저녁. 현민이 지원의 집을 찾아갔을 때 당황하신 어머님께서 급히 누군가를 부르셨고, 십여 분 뒤 나타난 처형 되실 분은 이를 악물고 입가를 떨며 냉정하게 바라봤었다.

'처음엔 기막히기만 했는데, 오늘 뵈니 정말…… 욕이라도 해 드리고 싶네요. 아무리 무서울 것 없는 분이라지만 일이 이 지경까지 됐는데. 감히, 여기까지 오실 줄은 몰랐습니다.'

하얗던 눈가가 서서히 붉어지며 눈에서 불을 뿜는다는 것이 어떤 것인지 여실히 보여 주는 사랑하는 사람의 가족과 마주한 현민은 마음이 내려앉는 것을 느꼈다. 그리고 곧, 지원은 이미 제 어머니로 인해 이미 여러 차례 겪었을 일이란 생각에 느껴지는 통증을 통증이라 말하는 것조차 죄스럽다는 생각을 했다.

많이 놀라신 듯 큰딸의 표정만 살피시던 어머님은 지원의 내향적인 성격이 어디서 온 것인지를 짐작하게 했고, 동생을 위해 화를 내는 언니의 모습은 차라리 안심이 되었다. 저 성격에 일상생활을 유지하고 있는 걸 보면, 지원인 어디선가 분명 잘 지내고 있다는 증거를 본 것만 같아서……

'지원이 다치게 하지 마세요. 우리 지원이 못 잊겠다는 놈 전무님 말고도 또 있었는데! 그 인간도 처음엔 부모님 설득 못 해서 지원이 고생시키더니 나중엔 자기 마음 정리 못해서 지원일 더 고통스럽게 했어요. 그러니까 전무님도 그냥 잊으세요! 잊겠다고 간 애 찾으러 다니지도 마시고! 못 잊는다고 회장님께 말씀드려서 그분들이 우리 지원이 다치게 하는 일도 만들지 마세요. 그게 전무님이 지원일 위해 주시는 길입니다.'

'제가 출장 간 사이에 오해가 있었던 것뿐입니다. 지원이 돌아오면 맘고생 안 시키고 편하게 해 줄 수 있습니다. 처형, 소식 좀 알려 주십시오. 저는 김재우처럼 제 감정에 지원일 괴롭힐 사람이 아닙니다. 겹쳐 보지 말아 주십시오.'

진정…… 그와 모든 면에서 다르다고 말할 수 있을까. 현민의 가슴속은 떳떳하지 못한 자책을 느끼며 주먹을 꽉 쥐고 붉어진 눈에 물기가 고이는 처형의 모습을 바라봐야만 했다.

'누가! 처형이에요! 그 소리 하지 마세요. 그리고 그건 전무님 착각이세요. 휴우…… 재우 일 아시다니 솔직하게 말씀드릴게요. 우리 지원이 재우, 그놈하고 얼마나 사귄 줄 아세요? 1년이 좀 안 돼요. 그런데도 왜 4년이나 매어 있었는지 아세요? 그놈 어머니 되는 사람이 그놈 공부, 시험에 지장받을까 봐 지원이를 이용해서 그 기간 동안 묶어 놓은 거예요. 아세요?! 그 바보 같은 애는 무서워서! 그 시간 동안 벌벌 떨면서 시달렸고, 아시다시피 그러고도 자그마치 7년이에요. 지원이 받은 상처가 얼마나 깊었는지 안 보셨으니 모르겠지만, 지원인 정말 7년을 아무 감정 없이 살았어요. 그래도 그게 좋다던 애예요! 얼마나 힘들었으면 감정이 없

어져서 좋다던 애라구요!'

울부짖는 지원이 언니의 목소리에 어머님은 눈가를 훔치시며 안방으로 자리를 피하셨다.

'저도 지원이도 서로 사랑합니다. 저희 서로 결혼할 생각이었고, 처형께서 생각하시는 일 당하는 일 없도록 지켜보고만 있지 않겠습니다. 저는 제 모든 걸 던질 만큼 결코 가벼운 마음이 아닙니다.'

'그러니까요! 전무님 집안에서 지원이가 싫다는데. 전무님이 이러시면 누가 다치겠냐구요! 지금 전무님이 모든 걸 버린다고 하셔서 회장님이 져 주시면 그게 얼마나 갈까요? 많이 봐줘 봐야 전무님이 회장님 되실 때까지겠죠. 그때까지 우리 지원인 정부 노릇이나 하게 만들다가 나중에 되면 내치실 건가요? 아니면 그전에 전무님이 싫증 나면 그때 버리실 건가요? ……그리고 그 처형 소리, 한 번만 더 하시면 전무님이고 뭐고 가만 안 둘 거예요. 제 말, 더는 무시하지 말아 주세요.'

'부탁드립니다. 지원이 어디 있는지 좀 알려 주십시오. 원망하시는 마음은 나중에 제가 다 받겠습니다.'

이러려고 온 것은 아닌데. 찾을 수 있게 도움을 구하고, 그동안의 일을 만회하며 얼굴이라도 뵙고 싶었던 건데 하는 생각에 입매를 굳혔던 현민은, 뒤이어 전해져 오는 강한 적대감에 참담함을 느꼈다.

'전무님은 이 정도로 화나세요? 그럼 지원이가 겪은 건요? 우리 엄마 쓰러지셨던 건요! 막 나갔던 김재우 집안도 처음부터 변호사 들이밀며 헤어지라곤 안 했어요. 그런데, 전무님 댁은 시작부터 수준 높게 변호사부터 찾아오는데, 우리가 뭘 어떻게 하겠어요. 여기 와서 이러지 마시고, 돌아가세요. 그 바보 같은 게 혹시나 전무님이 만나자고 하면 만나지도 말고 아무 소리 말라고 했지만, 저는 그렇게 못하겠네요! 전무님! 지원이 어떤 애인지 아시죠?!'

'예. 압니다.'

'그런 애 이만큼 아프게 하셨으면 여기서 멈추세요! 제가 전무님네 병원에서 밥 벌어먹고 사는 죄로 차마 더는 못하겠지만, 사람이 그러는 거 아니에요. 죽을 때 황금관 들어가면 좀 더 좋은 데로 간답니까?! 착하게 사는 아이 건드리지 마시고, 놀려거든 다른 데! 놀자고 줄 서 있는 다른 여자들이나 만나세요! 전무님하고 잠깐이라도 만나고 싶어 목매는 사람 많을 거 아니에요? 왜 하필 불쌍한 우리 지원인데요! 우리 집 전무님 댁보다 돈은 없지만, 지원이 사람 됨됨이만큼은 전무님 댁 수준 못지않아요!'

'알고 있습니다. 지원이 제가 귀하게 대하겠습니다. 그러니 처형께서 도와주십시오.'

이젠 처형 소리에 반응도 보이지 않겠다는 듯 고개를 돌리는 예원 앞에 현민이 결연한 얼굴로 소파에서 내려앉아 무릎을 꿇었다.

'허, 이……일어나세요!'

언니 예원은 갑작스런 현민의 행동에 너무나 놀라 말을 더듬기까지 했지만, 그녀의 입장이 흔들린 건 아니었다.

'전무님 이러시는 거 하나도 안 고맙습니다. 여기까지 찾아오셨지만 저희는 하나도 황송하지 않아요. 아시겠어요?! 그만 일어나세요. 우리 지원이 돌아오려면 전무님께서 하루라도 빨리 마음 접어 주셔야 해요.'

'저는 기다리겠습니다.'

'아니요! 그러지 마세요! 그리고, 이렇게 불쑥 찾아오시는 것도 하지 마세요. 저는 일하는 사람이고, 엄마가 부르실 때마다 매번 함께 있어 드릴 수 없어요. 고령이신 분 놀라시는 일 없게 다시는 찾아오시지 마세요. 가시는 길 배웅 못 해 드립니다. 그럼 안녕히 가세요.'

예원은 그렇게 말을 마친 뒤 안방으로 향했고, 현민은 자신이 가져온 선물 상자들이 현관 앞에 덩그러니 놓인 모습을 바라보고 있었다. 그리고 잠시 후, 비명 같은 외침이 들려왔다.

'엄마! 엄마!'

안방으로 뛰어 들어간 현민은 처형 품 안에서 고개를 늘어뜨린 어머님 모습을 마주해야만 했었다.

　현민이 할 수 있는 건 혜성병원 앰뷸런스를 불러 어머님을 이송시키고, VVIP 입원실에 모시는 것뿐. 그렇게 또 한 번 죄인이 된 현민은 어머님께서 무사히 퇴원하셨지만 충격을 안겨 드린 자책으로 다시는 지원의 집으로 찾아갈 수 없었다.

　모든 것이 조심스러웠다. 그래서, 가끔…… 부담되는 일인 줄 알면서도 처형께 전화드려 지원이 소식을 묻는 것으로 마음을 다스려야 할 만큼. 그렇게 아슬아슬하게 지원이의 끈을 붙잡고 마음의 위안 삼아도……
이 달고 잔인한 꿈은 매일 새벽마다 계속 반복되고 있었다.

　"휴우우……."

　새벽 4시. 출근 전까지 아직 좀 더 잘 수 있는 시간이었지만, 다시 자리에 누워도 쉽게 잠들 수 없다는 걸 이미 알고 있는 현민은 한숨을 쉬며 침대에서 일어나 샤워실로 들어갔다. 침대에 누운 지 딱 2시간이 지난 시간이었다.

　따뜻한 물을 틀다가 성질부리듯 찬물 방향으로 수전을 돌린 현민은 티셔츠와 짧은 반바지 차림 그대로 물줄기를 맞았다.

　'만약에, 우리가 떨어져 지내다가 마주치게 된다면 나는 오빠를 아주 담담하게 보면서 웃어 줄 것 같아요. 대신 인사하거나 알은척은 안 할래.'

　웃으며 넘어가려 했어도 심각하게 다잡아 물어봤어야 했는데…… 시간이 지날수록 굳건히 기다리겠다는 결심은 조바심에 흔들리고, 하래에서 지나쳐 버린 지원의 말들이 전보다 더 자주 떠올랐다.

　잊히지도 않아, 매일매일 되새긴 탓인지 시간이 갈수록 더 분명하게 떠오르는 그녀의 말들은 선언이 되어 그를 괴롭혔다.

　다시는 만나고 싶지 않다고, 만나도 예전으로 돌아가지 않겠다고 말하는 지원의 차가운 눈빛이 눈에 보이는 것만 같아 가슴이 시렸다.

　"지원아."

온몸을 타고 흘러내리는 물소리만 가득한 욕실에 지원을 찾는 그의 탄식이 울려 퍼졌다.

　'우리가 약혼한 것도 아니고, 프러포즈도 안 했고…… 나 그렇게 쉽지 않아요.'

　숟가락 가득 퍼 올린 밥에 정성스레 반찬을 올려 주면서도, 한 침대에 누워 살을 부비며 함께 누워서도…… 지원은 그렇게 말했었다. 결혼은 안 하겠다고.

　젠장! 왜 진작…… 알아채지 못했을까. 지원이라면 형식적인 프러포즈 따위엔 연연하지 않았을 사람인데. 왜 여자니까 당연한 욕심이라고 치부하며 넘어갔을까.

　이제 와 이래 봤자 소용없다는 걸 알고 있지만, 현민은 이미 며칠 전 내려쳤다가 으스러져 겨우 나아가는 주먹으로 또다시 타일 벽을 세게 내려치고 있었다.

　교만이었다. 지원이 돌아선다 해도 금세 다시 잡을 수 있다는 교만. 없어진다 해도 어디 숨는다 해도 금세 찾아낼 수 있다는 교만. 그런 생각들이 무의식중에 자리 잡아 지원을 잃게 했다는 것을 깨닫는 현민의 자책이 깊어 갔다.

　'주고 싶은 게 많았다. 지원아. 내가 줄 수 있는 것들이 많다고 생각해서, 그런 걸 받으면서 웃는 널 보고 싶다는 생각만 했었는데…… 잊고 있었다. 아니 교만했있다. 니는 그린 깃 따윈 기억하지도 않을 사람인데. 널 잃고 나서도 힘도 없고, 별로 기댈 곳 없어 보이는 너는 어디에 숨든 금방 찾아낼 수 있다고 생각했나 보다. 이런 나를 알았던 거니, 도대체…… 어디 있어. 밤마다 네가 꿈에서 울어. 이제 그만하고 나와. 나 이런 숨바꼭질 싫어해. 이제 그만…… 나와…….'

　현민의 뜨거운 숨결이 울음소리가 되어 새어 나왔다. 다 큰 남자가 소리 내어 울고 있었다. 공허한 넓은 집 안에, 켜진 조명 하나 없이 어스름한 달빛만 스며드는 깊은 새벽에…… 듣는 이의 등골이 서늘할 정도로 음울한 남자의 소리 죽인 울음소리가 욕실 안에서 낮게 깔려 흘러나오고 있었다.

새벽 6시 혜성 병원장실. 외과 펠로우가 병원장에게 멸균 붕대를 건네고, 병원장은 바로 옆 소파에 앉아 있는 유 전무의 소독된 손등을 감싸고 있었다.

"제가 말씀드렸잖습니까. 자꾸 이러시다 신경 손상되면 어쩌려고 이러십니까."

최근 들어 몰라보게 말라 버린 현민의 턱 선이 날카롭게 도드라져 있었다.

"……죄송합니다. 아침부터 나오시게 했습니다."

"아니 그런 건 괜찮습니다만, 회장님께서 아시면 얼마나 걱정하시겠습니까. 하필 오른손이니, 업무는 어떻게 보실지 제가 다 걱정입니다."

"말씀 놓으십시오. 병원장님."

"그럴 수야…… 있나요."

병원장은 곁에 있는 펠로우 선생을 슬며시 쳐다보며 뭉근한 미소를 지었다. 오른손 와이셔츠의 소매를 가볍게 접어 올린 유 전무가 자신의 붕대 감긴 손을 내려다보는 사이 처치를 마친 병원장은 펠로우에게 사용한 의료용품을 들려 내보냈다.

"어릴 때도 안 그런 사람이 왜 그래?"

"……."

대답도 하지 않고 멍하니 자기 손만 계속 내려다보는 유 전무가 이상해, 병원장은 다시 한 번 힘주어 현민을 불렀다.

"유 전무!"

"네……."

"왜 그렇게 다치고 다니냐고."

"아……. 그렇게 됐습니다."

현민은 뭔가 다른 것에 정신이 팔린 듯 대화에 집중하지 않고 빨리 이야기를 끝내고 싶어 하는 기운이 역력했다. 회장님과 친분이 있어 어릴 때부터 그를 자주 지켜봤던 병원장은 예의 바르고 처신에 늘 신중했던 현민답지 않다는 생각에 그의 표정을 유심히 들여다봤다. 이런 일로 오는 것 자체가 유 전무답지 않은 행동인 데다가, 요 한 달 사이 이렇게 다쳐 병원에 온 것만 해도 벌써 세 번째였다.

"바쁜가 본데, 그만 일어나지."

"네. 그럼 이만 저는 가 보겠습니다. 병원장님, 감사합니다."

기다렸다는 듯 벌떡 일어나는 유 전무를 보며 병원장은 당부의 말을 잊지 않았다.

"회장님 건강 좀 보살펴 드려. 심근경색 그거 고얀 놈이라 한 번 넘어갔다고 방심하면 안 돼. 꾸준히 검진도 하시는 거야 알지만, 평소 관리도 중요하니까. 이렇게 다치는 모습 보여 드려 놀라게 해 드리지 말고."

"알겠습니다."

계속 이 말 저 말 붙여 보는데도 유 전무는 계속 붕대에서 눈길을 거두지 못하고, 인사말에 붙잡혀 억지로 서 있을 뿐 마음은 벌써 다른 곳으로 뛰어가 버린 듯해, 병원장은 한숨을 삼키며 그를 놓아주었다.

"흐음…… 그럼 나중에 보지."

"안녕히 계십시오."

멀쩡한 인손으로 문을 열고 나서는 현민의 뒷모습은 뒤에 남은 사람이 무안할 만큼 망설임 없이 다급했다.

"대체 유 전무, 무슨 일이야……."

오늘은 지원의 부재를, 그리고 이별을 인정하는 것 같아서 옷장에 걸어 놓기만 하고 꺼내 입지 못했던, 그녀에게 선물 받은 와이셔츠와 타이를 처음으로 입은 날이었다.

너무나 외롭고, 힘들어서. 야속한 그녀의 손길이 닿았을 옷이라도 입고 싶어서, 이것을 입는다 해도 이별을 받아들이는 것은 아니라고 자위적으로 중얼거리며 꺼내 입었던 와이셔츠.

그런데 치료받는 동안, 한 겹 접혀 올라간 소매 단을 무심코 내려다봤을 때 바느질 선이 조금 흔들린 부분이 보였다. 늘상 즐겨 입는 브랜드라서가 아니라, 다른 브랜드조차 이렇게 한두 땀 정도가 흔들려 보이는 것을 본 적이 없던 탓에 더욱 그 부분에 눈길이 갔다. 처음엔 불량이라 생각했던 그 바느질 선을 따라 이상하게 손가락 한 마디 정도 천이 한 겹 더 겹쳐진 것처럼 두꺼워 보인다는 느낌이 들었다.

그리고 그 순간, 어색한 바느질 선 따라 겹쳐진 천이 그냥 천이 아닐지도 모른다는 생각이 들은 것은, 지원에 대한 그리움이 병이 되어 가는 자신의 정신상태가 이상한 탓일 거라 생각하면서도 이미 심장은 두근거리고 있었다.

무엇인지 확인하고 싶은 마음에 현민은 불편한 손에서 통증을 느끼지도 못하고 기사를 재촉해 급하게 출근한 뒤, 보안요원들의 인사를 받아줄 여유 없이 엘리베이터에 올라탔다.

엘리베이터에 서서도 계속 자신의 오른쪽 소매 단만 바라보던 현민은 문이 열리자마자 빠른 걸음으로 전무실로 걸어 들어가며 인사를 건네는 문 비서에게 따라 들어오라고 소리쳤다.

아침부터 뭔가 다급한 일이 생긴 것 같은 전무님 뒤로 급하게 들어온 문 비서가 소리 없이 문을 닫았다.

"무슨 일이십니까, 전무님. 손은 왜 또 그러셨습니까."

현민의 주먹이 요즘 들어 성한 날이 없었던 만큼, 상사의 심경이 말이 아니라는 것을 알고 있는 문 비서는 현민의 붕대 감긴 오른손을 걱정스럽게 바라보았다.

"갈아입을 와이셔츠 좀 주지."

현민의 말에 문 비서는 사무실 한켠에 준비된 작은 옷장에서 여벌로 늘상 준비해 놓는 슈트와 와이셔츠들 중 오늘 현민이 입은 색깔과 똑같은 화이트 셔츠를 골라 가져왔다.

입고 있는 와이셔츠도 빳빳하니 잘 손질된 상태인 듯한데, 얼룩도 없건만 단추를 풀어 내리는 현민의 손길은 성급했다.

"여기 좀 뜯어내."

"네?!"

문 비서가 반문하며 묻든 말든 현민은 문 비서의 빠른 행동으로 벌써 한켠에 잘 걸려 있는 양복 재킷 주머니에서 둘둘 말린 넥타이를 꺼내 들었다.

"전무님…… 이건 민 실장님이 선물하신 것 아닙니까."

"맞아. 빨리 뜯어내, 빨리!"

"여……기…… 말씀이십니까?"

번뜩이는 눈빛에 사무용 가위를 집어 들고 소매 단에 가져다 대던 문 비서는, 현민의 뭐하는 짓이냐는 눈빛을 마주한 뒤, 가위를 내려놓고 커터칼로 조심스레 바느질 된 실을 뜯어내기 시작했다.

"여기가 보이도록."

소매 단 안섶을 가리키는 현민의 말에 뭔가 확인하실 것이 있다는 것을 눈치챈 문 비서는 망설이지 않고 손에 힘을 주기 시작했고, 소매 단이 분리되자마자 휙 빼앗아 간 현민은 불편한 한 손으로 안쪽을 들춰 보기 시작했다.

왼손 손가락을 집어넣어 뜯어진 소매 단을 뒤집자, 그 사이에서 툭 하고 혀를 내밀듯 손가락 한 마디 정도로 튀어나와 있는 하얀 천이 보였다.

현민은 그 부분을 잡아 쓸어내렸고, 이내 손가락 하나 정도 길이의 하얀 천에 같은 색실로 수놓인 천이 완전히 모습을 드러냈다.

손으로 정갈하게 수놓인 손 자수. 기계적이지 않은 자연스러움이 느껴지는 손수는 일부러 드러나지 말라고 흰색 천에 흰색 실로 한 줄의 글씨들을 수놓고 있었다.

God bless you.

현민은 왼손으로 그 천을 잡아 들고서 천천히 자리에 앉았다. 한참을 멍하니…… 넋을 놓고 있다가 마른침을 삼키며 문 비서에게 말했다.

"저기…… 저 넥타이도 좀 살펴봐. 또 뭐가 있는지."

수가 놓여 있다는 건 알겠지만 색실이 아닌 탓에 무슨 무늬인지는 확실히 보지 못한 문 비서가 민 실장님이 뭔가 남기셨구나 싶어 재빨리 넥타이를 살폈고, 안쪽을 뒤집은 손가락에 금세 뭔가 덧대어진 천이 느껴지자, 넥타이가 상하든 말든 상관없이 완전히 뒤집어 넥타이와 동색인 천에 수놓인 동색의 글씨들을 확인했다.

God bless you.

문 비서는 깜짝 놀라 넥타이를 든 채 현민을 바라봤고, 현민은 거기 당연히 뭔가 있을 줄 알았다는 듯 넋 놓은 표정 그대로 붕대 감긴 오른손을 내밀었다.

그 내밀어진 손에 문 비서가 넥타이를 올려놓자 현민은 천천히 팔을 움직여 셔츠와 넥타이를 왼손에 모아 쥐고는 얼굴을 파묻었다.

정적. 숨소리조차 들리지 않는 완벽한 정적 속에 갇혀 버렸던 현민이 그렇게 고개를 숙인 채로 문 비서에게 말했다.

"내가 부를 때까지 아무도 들이지 말고, 아무도 연결하지 마. 부탁하네. 문 비서."

그 심정 이해할 수 있다 생각했는데…… 그건 자신만의 생각이었다는 걸 문 비서는 깨달았다. 꽉 잠긴 전무님의 낮고 작게 흔들리는 목소리에서 느껴지는 고통에 현민은 애잔함을 느끼고 있었다.

한 걸음 뒤로 물러나 예를 갖춰 허리 숙여 인사하고 돌아선 문 비서는 들어올 때처럼 조심스레 문을 열고 나간 뒤 소리 없이 문을 닫았다.

'지원아…… 밉지도 않았어? 이렇게 해 놓고 가서…… 마음이 좀 편했니…….'

현민은 너무나 완벽히 숨어든 지원이 어쩌면 자신을 미워하고 있는 건 아닐까, 하며 약해지던 마음을 미안해했다. 떠나는 순간까지 이런 마음으로 사랑과 보호를 남기곤 간 지원이, 단 하나뿐인 자신의 여자가 어던가에 홀로 있는데 아직도 찾지 못하고 있다는 것을 무력하게 느끼고, 미안해하는 남자가 목 안의 뜨거운 것을 삼키며 예전의 누군가처럼 숨을 쉬기 위해 천장을 향해 고개를 들어 올렸다.

"미안하다. 지원아……. 미안해."

서늘한 기운에 잠에서 깨어난 지원은 다락방 창문으로 작은 마당 건너 개인사유지인 과수원을 건너다보았다. 나지막한 산등성이에 흐릿한 연무가 낀 것을 보니 오늘도 주인아저씨는 벌써부터 일어나 어제 뽑아 놓은 덜 마른 잡풀을 태우고 계신 것 같았다.

처음 안나의 집 다락방으로 거처를 정하고, 아무도 사용하지 않던 공간을 쓸고 닦으며 사람이 살 수 있을 만큼 청소하고 꾸미는 동안, 새로운 선생님의 등장에 호기심을 보이는 아이들과 정 그리워 눈빛 한 번, 관심 한 번 더 받으려 늘 주변을 맴도는 아이들 때문에 정신이 없었는데 딱 한 달이 된 오늘, 굳이 평을 한다면 지원은 제법 잘 적응하고 있다 할 수 있었다.

버려진 공간이었던 다락방이 지원이 좋아했던 빨간머리앤의 초록 지붕집처럼 꿈꾸는 공간으로 변했을 때, 센터 선생님들은 그녀의 솜씨에 박수까지 쳐 줬었다.

처음에는 가구라고 해 봐야 기증받은 침구류와 낡은 수납함이 전부였다. 지원은 다락방의 둥근 창문 중 과수원이 가장 잘 보이는 창가 아래 네모난 상자를 여러 개 덧대어 키 낮은 서랍장 겸 앉은뱅이책상을 만들고, 그 옆에 매트를 깐 뒤 프린트 크기도 들쭉날쭉이지만 컬러만 핑크로 통일된 포근한 잠자리를 만드는 데 성공했다.

생활지도원 선생님은 청소년동 2층 안나의 집, 방 3개 중 가장 작은 방에서 생활하고 계셨다. 처음엔 지원도 그 방에서 함께 생활할 예정이었지만, 지원은 늘 혼자 방을 써 왔던 터라 좁은 방에 낯선 이와 밀착해서 생활하는 것이 부담스러웠고, 무언가 계속 말을 걸고 물어 오는 것 또

한 편치 못했다. 그래서 버려진 공간이라도 좋으니 조용한 공간을 갖고 싶어 다락방을 거처로 선택해 생활하게 된 것이었다.

그러나 그녀의 그런 바람은 변화된 다락방에 환호하는 10대 소녀들의 함성과 다락방에서 함께 생활하겠다고 올라온 세 녀석들 덕분에 너무도 쉽게 깨지고 말았다.

지원을 동경하는 듯한 중학생 소녀, 둘과 내년이면 곧 이 시설을 떠나야 하는 고3, 소녀라기엔 아가씨 같은 여고생이 그녀의 다락방 동기가 되었고, 아래층 전체 공간만큼 넓은 다락방은 마치 넓은 방 하나씩을 차지한 것처럼 서로의 심리적 거리를 침범하지 않을 정도로 충분한 여유가 있었기에 그녀들은 서로 존중하는 규칙까지 만들어 가며 정을 붙여 나가기 시작했다.

낯선 지원에게 밤이 되면 몰려와 무슨 주제라도 좋으니 재미난 이야기를 해 달라는 아이들은 너무나 정이 고픈 모습이어서 지원의 마음을 가끔 안타깝게도 만들었지만, 이제는 가까이 다가와 이야기 듣는 아이에게 무릎을 빌려 주고 머릿결을 매만져 줄 만큼 친근한 사이가 되어 있었다.

그만큼, 그 아이들이 지원을 아무런 경계 없이 너무나 쉽게 받아들였고, 지원은 그 모습에 이 아이들이 세상에 나가 얼마나 마음 다칠 일이 많을까, 안타까운 마음을 가지게 됐다.

아침 8시까지 생활동이 들어선 안쪽 마을에서 벗어나 시설 가장 바깥쪽인 센터로 출근해 시설수용자들과 센터 근무자들의 의료서비스를 담당하고, 간단한 서류 작성과 함께 센터 1층에 마련된 응급여성전화 상담 요원들과 내담자들이 원할 경우 간단한 의학 정보를 제공해 주는 것이 지원의 일이었다. 하지만 지원은 거기에 그치지 않고 사회복지사 자격증이 있어 가능한 모든 일을 하기 위해 전천후 멀티플레이어로 쉴 틈 없이 뛰어다니며 일을 익히고, 몸을 아끼지 않았다.

그 지역 여느 사람들처럼 강한 성조를 가진 억양이 아니라 단조로운 억양으로 수도권에서 살다 온 것이 본의 아니게 팍팍 티 난 탓에, 간단한 인사말을 주고받아도 사람들은 '서울에서 오셨어요?' 라며 호기심을 보여 왔고, 이 멀리까지 어떻게 내려왔는지 사연을 궁금해하는 사람들, 그리고 어떻게 알았는지 대한대 출신이라는 걸 알아낸 사무실 직원들을 통해 지원은 센터 아이들의 수학과 영어 과외 선생님으로 섭외당하며, 생활동 어머님들의 끊임없는 애정 공세를 받아야 했다.

그러나 수없이 쏟아지는 업무에도 싫은 내색 한 번 하지 않는 지원이 절대 물러서지 않는 한 가지. 그것은 관장님이 원하셨던 시설차량을 가끔 운전해 주는 일이었다.

지금까지는 그녀의 고집대로 차량운행에서만은 늘 제외된 채로 잘 지내 왔고, 극도로 외출을 기피하는 지원이 시설에 들어온 지 한 달이 다 되도록 밖으로 나간 적은 지금까지 단 두 차례뿐이었다. 한 번은 마리아 마을에 들어온 지 얼마 되지 않아 핸드폰을 해지하러 부산에 다녀왔던 일과 그다음엔 시설에 보호 중인 아이들의 옷을 사러 대구까지 억지로 떠밀려 따라 나갔다가 언니에게 메일을 보냈을 때뿐이었다.

내버려 둘 수 없는 두원가의 일은 지 변호사님 아이디로 컴퓨터를 접속해 두원일가가 올려놓은 글들을 살펴보는 등으로 대체하며 지 변호사님과의 연을 이어 가고 있었다.

이렇게 오직 저녁 한때 지 변호사님과 온라인에서 접촉하는 것을 제외하곤, 대부분 센디 일에만 매달렸다. 지원은 아침 7시에 일어나 센터 식당에서 식사해도 되는데, 꼭 아침 6시부터 일어나 생활지도원 선생님과 함께 아이들 밥을 지어 주고, 도시락을 챙겨 놓은 뒤 잠에서 깨어나지 못하는 아이들을 어르고 달래 가며 깨우는 엄마 노릇까지 해 내고 있었다. 덕분에 헌신적인 근무자로 센터 내에서 벌써부터 유명세를 타고 있기도 했다.

그러나 모두들 궁금해하는 것. 집이 멀어 생활동으로 거처를 정하고 그곳에서 출퇴근하는 것까지는 이해하겠지만, 생활지도원 선생님들조차 집으로 돌아가시는 주말까지 홀로 남아 아이들을 챙기고 센터를 살피는 지원의 생활은, 말 많은 시설의 여러 호기심 가득한 눈초리의 주요 관심 대상이 되고 있었다.

가끔은 무례할 정도로 물어 오는 당혹스런 질문에 지원은 난감함을 느끼기도 했고, 그럼에도 답하지 않으면 연이어지는 짓궂은 농담에 얼굴을 붉히는 경우도 생겨났다.

그래서인지 어제 저녁 아침 회의 전에 관장실로 먼저 들르라는 전갈을 받았던 지원은 연무에 감싸인 과수원을 바라보던 여유를 일찍 접어 두고, 곤히 잠들어 있는 아이들이 깨지 않도록 조심조심 가파른 나무계단을 디뎌 아래층으로 내려갔다.

몸살이 난 생활지도원 선생님을 대신해서 고슬고슬한 밥을 지어 김밥집 수준으로 수십 개의 김밥을 말아 우선 소풍 갈 예정인 세 아이의 도시락을 정성껏 준비해 놓고 나머지는 김밥은 아이들 아침 삼아 접시마다 한 가득씩 썰어 놓았다.

똑똑똑.

"……네."

잠기운이 묻은 환자의 목소리가 안에서 들려오자 지원이 문을 열고 들어가 누워 있는 생활지도원 성 선생 가까이로 다가가 앉았다.

"선생님 약은 드셨어요?"

"제가 챙겨 먹을게요. 애들은…….."

"김밥은 준비해 놨으니까 선생님 일어나시면 아이들 김밥 가지고 싸우지 않게 먹는 모습만 지켜봐 주세요."

"고마워요. 으으으…….."

몸살기운이 여전히 심한지 말끝에 아픈 소리를 내는 성 선생이 걱정스러워 난감한 표정을 짓던 지원은, 부엌으로 가 따뜻한 물과 몸살 약을 챙겨 성 선생에게로 갔다.

"빈속이라 뭐라도 먹고 먹어야 하는데…… 너무 아프니까 일단 약부터 먹고 30분 뒤엔 꼭 식사 챙겨 드세요. 안 그럼 속 아플 거예요."

"고마워요. 선생님……."

성 선생이 약 먹는 것을 지켜보다가 밖으로 나와, 안나의 집에서 가장 터줏대감인 희주를 깨워 아이들 모두 지각하지 않게 일어나도록 시키라고 말한 지원이 센터로 향했다.

시설이 과수원과 작은 연못 사이에 자리 잡은 탓인지 이른 아침엔 늘 안개가 지욱한 것이 지원의 마음을 닮은 것 같아, 센터를 향해 걷다 보면 저도 모르게 잠시간 멈춰 서서 안개를 지켜보는 것이 최근 그녀에게 생긴 버릇이었다. 오늘도 어김없이 그녀는 강한 햇살에 안개가 흐릿해질 때까지, 각 생활동들마다 모두들 출근과 등교 준비로 집 안에서만 복작거리느라 밖을 거니는 사람이 없어 조용한 사잇길에 홀로 서서 생각을 정리하고 있었다.

한 달. 이곳에서 생활한 지 한 달이 지나 있었다. 쫓기는 기분으로 부산으로 내려와 이틀을 쉬고 거기서 조금 멀리 떨어진 진해로 면접 보겠다고 찾아왔을 땐 생각보다 너무 외진 곳에 자리한 시설까지 찾아오기 위해 불안한 마음으로 택시를 타고 움직여야 했었다.

서울 말씨 때문에 말 한 마디만 해도 금세 외지 사람인 것이 티 나는지 '여기 분 아니시죠?' 하고 높낮이가 피아노 건반처럼 오르내리는 억양으로 어디 사람인지 물어 오는 바람에 부산보다 더 토박이 텃세가 심한 것 같은 분위기를 느끼며 긴장하기도 했던 그 시간들.

시멘트로 평편하게 잘 닦여 있지만 길가로 소들이 고개 내밀고 있는 우사가 즐비한 언덕배기 외길을 지나, 가톨릭 법인 마리아 마을에 도착했었다. 그리고 남자 같은 여자 관장님과 만나 면접을 보는데,

'나는 이력서 보고 사람 안 뽑아요. 이 검사지 들고 저쪽 방 가서 다 체크해 갖고 와요. 결과 보고 말합시다.'

지원은 얼떨결에 한 번도 들도 보도 못한 방식의 면접을 당했었다.

기분을 생각할 겨를도 없이 빽빽한 글씨로 채워진 여러 장의 질문지

를 받아 들고 여러 명의 상담사들이 떡을 나눠 먹고 있는 상담실을 지나 작은 방에 들어서 둥근 탁자에 앉아, 성격 유형을 검사하는 MBTI 검사지를 채워 나갔다.

지원의 검사 결과는 각 항목마다 한 쪽으로 크게 치우치는, 그래서 단 한 번의 검사로도 정확한 성격 유형이라고 판단될 만큼 높은 점수로 ISTJ라는 결과를 확인했지만, 그 뒤에도 여러 차례 반복검사를 거친 뒤에야 관장님과 다시 마주 앉을 수 있었다.

'ISTJ네요?!'

'결과가 그렇게 나왔습니다.'

'세상의 소금형이라…… 법 없이도 살 사람이로구만. 본인 고집이 세다고 생각해요?'

'옳다고 생각하면 제 판단을 따르는 편입니다.'

'그래요? ……이력서 보니까 경력도 화려하고 지난 연봉이 여기랑은 비교가 안 되는데, 어떻게 여기로 올 생각을 했어요?'

'집중할 일이 필요했고, 서울에서 멀리 떨어져 생활할 안전한 기반이 필요했습니다.'

조금 전까지만 해도 남자처럼 거칠게 손을 내밀어 악수를 청하고 바지춤에 손을 찔러 넣고 있는 모습이나 외모에서 느껴지는 분위기도 짧은 커트머리에 마치 고등학교 때 여고마다 한 명쯤은 있는 남자 분위기를 풍기는 여자를 보는 것 같았는데, 지금은 고개를 갸우뚱하시면서 무척 귀여운 몸짓으로 지원을 살피는 중년의 관장님 얼굴을 보며, 지원은 빙긋이 미소 지었다.

'훨씬 낫네!'

'네?!'

'웃으니까 굳어 있는 것보다 훨씬 더 보기 좋다구요. 뭔 일 있어서 여기로 온 거예요?'

'……네. 개인적인 일이라 채용된다 해도 이곳에 피해가 되는 일은 없

을 겁니다.'

지원은 편안하면서도 툭툭 본론을 치고 들어오는 관장님의 대화법에 가식적으로 답하지 못했다. 내심, 이러다 떨어지면 부산으로 돌아가 며칠 더 쉴 생각이기도 했었다.

'언제부터 일할래요?'

'네? 채용된 건가요?'

'내가 뭘 이렇게 많이 물어봤다는 건 붙었다는 뜻이니까, 민 선생님은 지금부터 우리 식구예요.'

'아…… 감사합니다.'

'잘 곳은 있어요? 아님 시내 나가서 방 얻을 생각인가?'

'아니요. 괜찮다면 여기서 숙식도 가능하다는 조건을 보고 왔습니다.'

'그래요? 그런데 여기서 살려면 좀 피곤할 거예요. 이런 데 처음이니까 모르겠지만 다들 상처받고 온 사람들이라 별거 아닌 일에도 반응이 크고, 예민하고…… 말도 많을 건데 괜찮겠어요? 퇴근 안 하고 있으면, 계속 일하게 되니까, 할 일도 더 많아질 거고.'

'괜찮습니다.'

'간호사 업무 말고도 사회복지사 업무랑 가끔 운전할 일도 생길 거예요. 그래도 괜찮아요? 쉴 틈 없을 텐데?'

'저…… 운전하는 것만 빼면, 일 많은 건 괜찮습니다.'

'운전 미숙입니꺼?'

'그건 아닙니다만, 제가 밖에 나가고 싶지가 않습니다.'

'그럼 내내 여기만 있을 생각이에요?'

'마음이 편해질 때까지는 그러고 싶습니다.'

'……그래요 그럼. 민 선생님 마음이 빨리 편해져야 우리 센터에 이롭겠구만. 하하하하……. 지금 공익근무요원이 두 명 있는데 그중 한 사람만 운전할 줄 알고, 나머진 들어오면서 봤을 텐데. 어…… 센터 앞마당에서 파피루스 화분 옮기던 까만 아저씨 봤어요?'

'네.'

지원은 넓직한 주차장 같은 공터에서 센터 입구 계단 쪽으로 파피루스 대형화분을 옮기던 젊은 청년과 4, 50대로 보이는 아저씨를 기억해 냈다. 많이 까맣기보다는 보기 좋게 그을린 아저씨셨다.

'그 사람이 이 주사인데 그 사람 빼곤 면허가 있어도 다 오토야. 나도 따기 바빠서 오토 땄거든. 그래서 센터에 차량지원 필요한 날이면 만날 두 남자만 찾아 대니까 힘들어들 해서. 여자들 시장 보는 데 따라다니는 게 제일 싫은가 봐. 하하하. 그러니까 민 선생 맘 편해지면 꼭 알려 줘요. 좀 부려 먹읍시다.'

관장님은 일단 채용하겠다고 말씀하신 뒤론 대화 내내 계속 웃는 얼굴이셨다.

'네. 밖에 나가고 싶어지면 말씀드리겠습니다.'

'그래요. 그럼…… 그건 그렇고……. 애들이 편해요? 아줌마들이 편해요?'

'네?'

'누구랑 같이 살 건지 묻는 거예요. 가출청소년이랑 사는 게 좋은지, 가정폭력 피해자들이랑 사는 게 좋은지.'

'저는…… 아이들이 더 편할 것 같습니다.'

'그럼. 이 센터 건물 중앙뒷문으로 나가면 생활동이 있는데, 길 따라 쭉 걷다가 첫 번째 보이는 건물이 청소년 생활동이니까 한번 둘러봐요. 1층은 아녜스의 집이고 2층은 안나의 집인데 층마다 생활지도 선생님은 따로 계시니까 그분들 만나 보는 것도 좋구요. 내가 이 주사한테 안내하라고 말해 놓을 테니까. 아! 그리고 민 선생!'

'네!'

벌써 일어나 문가로 다가선 관장님을 따라 소파에서 일어나는 중이었던 지원은 관장님의 부름에 똑바로 눈을 마주치며 대답했었다.

'애들 나이가 어려도 상처도 많고, 애들이 나빠서 가출한 경우보단 부모가 품지 않아서 가출한 경우가 대부분이니까, 선입견 있거든 버려요. 말도 사납고, 못된 성질부리는 녀석들도 있지만, 그거 다 사랑해 달라고 외치는 거거든. 특히, 우리 희선이는 일주일에 한 번씩 머리색을 바꾸는데…… 그게 말려도 잘 안 돼요. 미용실 하시는 후원자분이 아주 골치를 썩는 녀석인데, 좀 거칠 거야. 그래도 예쁘게 봐주고…… 그럴 수 있죠?'

'노력하겠습니다.'

'하하하하…… 빈말은 안 하고 산다?! 그것도 좋은데 좀 풀고 살아요. 느슨하게. 내가 여기 직원 뽑을 때 별 희한한 성격도 다 뽑거든?! 다른 거지 나쁜 게 아니니까, 너무 다른 사람 만나도 그러려니 하고 잘 지내봐요.'

웃는 얼굴로 관장실을 벗어난 지원은 그 길로 이 주사님의 안내를 받아 짧은 시간 집을 둘러봤었다.

안나의 집 다락방에 거처를 정하기로 하고, 이틀 안에 짐을 챙겨 돌아오겠다고 말한 지원은 부산으로 돌아가 이젠 어디서 어떻게 살지 고민할 필요 없는…… 어제보다 좀 더 나아진 현실에 감사해야 할지를 씁쓸해하며 허한 호텔방에 홀로 앉아 술을 마셨었다.

꿀꺽꿀꺽…… 물처럼 소주 반병을 커다란 잔에 따라 마시고 아무 생각 없이 잠들었다 깨어나 새벽녘, 변기를 붙잡고 토하기도 참 많이 토했었고, 그러다 쓰러지듯 정신을 잃고 잠든 뒤 화장실 바닥에서 깨어났을 땐 짐심때가 가까워 오고 있었다.

깨지는 머리를 붙잡고 꺼칠해진 몰골로 생수를 찾아 들이켠 다음, 그 시간까지도 온몸에 남아 있는 붉은 반점들을 바라보며 이 꼴이 되도록 술을 마신 저가 이해돼서, 또 엉망이 되어가는 제 모습이…… 그리 못마땅하지 않은 괴이한 마음에, 미친 사람처럼 배실배실 실없이 웃음이 나왔을 땐, 정말 이렇게 미친 척이라도 할까? 미쳐서…… 그동안 했던 다짐 같은 건 다 날려 버렸다고 염치없이 그의 어머니께 찾아가 매달려라도 볼까, 생각하기도 했었다.

바보 같은 짓, 부질없는 짓…… 더한 모욕만 당할 거라는 걸 아는 지원은 이러지 말자고, 정신 차리자고 거울을 보며 엉망이 된 얼굴을 질책하다가, 서울에서부터 챙겨 온 짐을 마리아 마을로 택배 발송하고, 렌트카를 반납한 뒤 바쁘게 돌아가는 해운대 도심을 걸어 다녔다.

지원이 머물고 있는 호텔 앞. 해변을 따라 시원하게 이어진 산책로도 오가는 사람이 꽤 있었지만, 호텔 안쪽 블록에 쭉 들어선 어시장을 지나, 진짜 부산 사람들이 생활하는 도심에 들어섰을 땐 바쁘게 오가는 수많은 사람들과 바다 냄새가 전혀 느껴지지 않는 복잡한 도심 풍경에 마치, 서울 어딘가에 서 있는 듯한 혼돈이 와 잠시 멍하니 서 있기도 했었다.

그러나 곧 귓가를 파고든 강한 억양의 말소리에 서 있는 곳이 서울이 아님을 자각하며, 언니에게 전화를 걸었다. 직장을 구했다고, 한동안 경상도에서 살 계획이라고 말했을 때 언니의 반응은 생각보다 격렬했다.

똑똑하게 굴지 못한 동생을 향한 안쓰러움과 원망, 그리고 걱정. 그런 말을 한참 듣다가, 만약 그가 찾아온다면 싫은 소리 같은 건 하지 말고 잊으라고만 전해 달라고, 되도록 만나서 얼굴 붉히는 일은 하지 말아 달라고 당부한 뒤 앞으로는 형부 사무실 전화로만 소식 전하겠다고 말하고서 전화를 끊었다.

그리고 지 변호사님께도 연락드려 한동안 전화 연락 불가능하고, 만약 누군가 찾아와 묻는다면 연락 끊겼다고 말해 달라고 부탁드렸다.

무슨 일인지, 혹시 예전의 석 변호사 만나러 갔던 일이냐고 묻는 지 변호사님의 예리한 질문에 대답을 얼버무리자 변호사님은 필요하면 언제든 연락하라는 따뜻한 마음을 전해 주셨고, 두원가의 일은 지 변호사님 아이디와 패스워드로 접속해 일 처리하기로 하고 통화를 마쳤지만, 그때 지원은 몹시 힘겨운 상태였다.

차들이 꽉 차 있는 도로와 그 사이에 소란스럽게 지나가는 오토바이, 횡단보도 앞에서 신호를 기다리던 지원은 코끝에 여전히 따라붙는 소름 돋는 알콜 냄새에 금방이라도 토할 것처럼 빈속이 울렁거렸다.

기운 없는 몸으로 격한 언니의 감정을 받아 낸 피로감을 느끼며 그 자리에 눈 감고 누워버리고 싶을 만큼 지친 몸 상태로 호텔로 돌아가, 가방 하나 달랑 남겨진 자신의 짐과 함께 처음 앓아 보는 술병과 겹친 몸살로 드러누워 또 하루를 보냈고, 다음 날 호텔을 나서서 처음 면접 보기 위해 진해를 향했을 때처럼, 시외버스 터미널로 가 버스에 몸을 실었다.

그렇게 도착한 마리아 마을에서 건강한 사람도 벅찰 만큼 엉망진창인 상태로 방치된 다락방을 청소하고, 낯선 사람들 사이를 오가며 적응하느라 거의 한 달 동안 관장님을 따로 만나 뵐 겨를 없이 바쁘게 일만 하고 살았었는데 딱 한 달 된 오늘…… 왜 아침부터 특별히 관장실로 호출하신 걸까.

지원은 관장님과의 미팅을 떠올리며 멈췄던 걸음을 다시 옮기기 시작했다.

'한 달이 지났어, 오빠. 한 달만큼 나는 오빠랑 멀어지는 데 성공한 거야. 앞으로 또 한 달 지나면…… 또 그만큼 멀어지겠지. 형부 회사로 전화드렸더니 오빠 아직도 언니한테 내 소식 묻는다고 하더라. 이제 그만 멈춰. 그래야…… 나도 좀 덜 힘들 것 같애. 오빠가 놔 버린 걸 알면…… 나도 정리가 쉬울 것 같아.'

마리아 마을 송기숙 관장은 한 달 전보다 조금 더 말라 뼈만 남아서도 잘도 뛰어다니는 민 선생이 문을 열고 들어오는 것을 지켜보고 있었다.

"관장님. 찾으셨다고 들었습니다."

"거 앉아요."

원래 주인석까지 9명이 앉아도 될 소파는 책상도 모자라 응접테이블까지 쌓아 놓은 책과 문서들에 점령당해, 딱 4인석만 비워져 있는 상태였다.

그나마 그 자리를 확보해 놓기 위해 그 주변으로 쓰러질 듯 마구 쌓인 책들을 볼 때면 바로 그 옆에 앉게 되는 사람은 늘 언제 무너질지 모를 책무더기에 위태로움을 느껴야 했지만, 늘 큰 일로 바쁘신 관장님은 청소할 생각 같은 건 없어 보였다.

쌓인 책과 서류를 넘어뜨리지 않기 위해 조심조심 관장님 맞은편에 앉아 얼굴을 마주 보니, 모처럼 만에 가까이서 뵌 거라 반갑다는 생각이 든 지원이 얼굴에 미소를 띠었다.

"저번보다 빨리 웃네. 다음 달에 보면 문에 들어서면서부터 웃겠는데?! 하하하하."

"네?! 네……."

지원의 헛웃음에 잘하고 있다는 듯 인자한 미소를 보낸 관장님께서 지원에게 봉투를 하나 내미셨다.

"다른 직원들은 다 통장으로 월급 받는데, 일은 몇 배로 하면서 겨우 이거 받아서 되겠냐 싶지만…… 정식 직원이 아니니까 임금 지급이 이것밖에 안 돼요. 알다시피 법인이라 내 맘에 든다고 편의 봐주기가 힘드니까 이해하고, 받아요."

"괜찮습니다. 제가 원한 건데요."

지원은 관장님이 건네주시는 하얀 봉투를 두 손으로 받아 무릎 위에 올려놓았다. 모아 놓은 돈을 탕진하듯 공부도 못 하고 계속 빼 쓰는 것이 마음에 걸리기도 했고, 인출하러 이곳에서 멀리 떨어진 대도시까지 나가야 하는 것도 부담스러웠다. 때문에, 번거로움 없이 그저 한 달 한 달 생필품 사고, 함께 지내는 아이들 간식도 좀 챙겨 줄 수 있을 정도만 되면 지원은 그것으로 만족했다.

엄마도 언니도 생활이 안정되어 있다는 것이 정말 감사하게 여겨지는 요즘이었다.

"그렇게 생각해 주면 내가 덜 미안하지."

간호사로 들어와서 원래 박봉인 월급임에도 그 반만 받겠다며 4대보험과 고용신고를 안 하는 조건으로 자원봉사자 처우를 받고 있는 민 선생은 함께 생활한 지 1달이 지났지만 1년을 같이 산 사람처럼 마음도 손도 잘 맞는 훌륭한 파트너로 믿음직한 사람이 분명했다.

민 선생은 24시간 풀 근무, 주말 휴일 조건으로 일하는 생활지도 사회복지사 선생님들처럼 센터 내부 보호시설에서 숙식을 해결했고, 여기저기를 뛰어다니며 간호사 업무 외 손이 모자란 사회복지사 업무며 지원이 머무는 안나의 집 생활지원 업무까지 힘이 닿는 대로 돕는, 미안할 정도로 고마운 가족이었다.

그런 그녀가 통 웅크린 몸을 펼 생각을 안 하자 관장님은 억지로라도 세상 바람을 쐬고 오라고 떠밀 참이었다.

"사람들이 짓궂은 말을 많이 한다던데, 괜찮아요?"

"아……. 네. 괜찮습니다."

"괜찮을 수가 있나, 참는 거겠지. 겸사겸사 내가 오늘 민 선생 월급날이라 특별 휴가를 주려고 하는데 조건이 있어요."

"네? 휴가 필요 없는데요."

"상사가 휴가 준다면 좋아해야지 표정이 그게 뭐야!"

"네. 감사해요. 하지만……."

"이 주사가 동행할 겁니다. 서울 같진 않아도 여기도 볼 거 많으니까…… 같이 다녀 봐요. 사람이 바람도 쐬고 살아야지, 나갈 생각을 안 하니까 보는 나도 답답하고, 괜한 사람들 말만 많아져서 안 되겠어요."

지원은 관장님의 뜻을 이해하고, 감사하게 생각했다. 그러나…….

"……저 관장님. 휴가를 주실 수 있다면 지금 아픈 선생님이 계신데 그분이 저 대신 하루 쉬시면 어떨까요? 전 정말 밖에 나가고 싶지 않습니다."

지원의 답에 관장님은 늘 얼굴에 담고 있던 개구진 미소를 거두고 진지한 표정이 되었다.

"한 달이에요, 민 선생. 마리아 마을 안이라고 해 봐야 센터까지 포함해서 건물 4개 동이고. 저 옆에 안식년 들어가신 신부님이랑 수녀님 계시는 건물까지 포함해 봐야 5개 동인데, 그 안을 안 벗어나겠다는 건 세상과 단절되겠다는 거예요. 젊은 사람이 그러면 안 되지. 여기 가정폭력 피해자들이야 나가면 이혼도 안 해 주는 남편들이 쫓아오니까 숨어 있지만, 좀 충격에서 벗어나면 그 엄마들도 다들 자격증 공부도 하고, 일당일이라도 나가면서 바깥 바람 쐬는데 민 선생은 그런 것도 아니면서 왜그렇게 안 나가려고 해요?"

관장님은 수많은 사람들을 상담하는 분답게 날카로운 눈으로 지원을자극하고 계셨다.

"……저도 시간을 좀 주세요. 그다음에 나갈게요."

지원은 센터 안이 편했다. 긴장하며 조심해서 다닐 필요도 없고, 혹시나 스치듯 그의 소식을 듣게 될까 기대를 품지 않을 수 있어서 좋았다.여기선 그저 아이들이 텔레비전 볼 때만 자리를 피하면 그뿐이었으니까.

"이 주사님 지금 차 세워 놓고 기다리실 텐데 정말 안 나가 볼 거예요?"

"네. 죄송해요. 관장님. 대신 저 낮에 요 앞마을 슈퍼에 좀 다녀올게요. 가까우니까 센터 차 안 쓰고 걸어갈 수 있어요."

"그래요. 그럼. 이 주사님 들어오시라 해야겠네. 그런데 슈퍼는 왜?"

"우리 애들한테 월급 턱 쏘려고요. 떡볶이나 만들어 줄까 봐요."

"그래? 아녜스 집 애들 난리 나겠구만."

일주일에 한 번 정해진 대로 각 집마다 식료품을 배급받는 센터의 규칙 때문에 수저 내려놓는 순간 배고파하는 청소년들이 사는 안나의 집과아녜스의 집은 주말이 가까워 오면 늘 식료품이 모자랐고, 간식거리는늘 기근이었다.

넘치는 식료품 지원은 아니지만 매 끼니 알찬 메뉴로 식사가 가능한데도 아이들은 늘 입이 아쉽다고 난리인 것이 이제 막 이곳에 적응하기시작한 지원의 눈에 늘 걸렸었다.

"아녜스 아이들도 같이 먹을 거예요. 염려 마세요. 관장님도 오실 거죠?"

"월급이 얼마나 된다고! 난 점심 먹고 집단상담 있어서 저녁은 그 사람들이랑 먹을 거니까 애들만 챙겨 줘요. 우리 애들 다 배불뚝이 되겠네. 떡볶이라면 자다가도 넘어갈 텐데."

"네. 이번엔 저희들만 모이겠습니다. 다음엔 관장님도 꼭 같이 드세요."

지원의 한 달은 이렇게 지나가고 있었다. 의식적으로 웃으려 노력하지만 여전히 쉽지 않았고, 눈과 귀를 닫으려 해도 여전히 그가 보이고 들리지만…… 지원은 그렇게 자신의 자리를 만들어 가고 있었다. 지친 마음을 쉬게 하면서. 그의 소식이 들리지 않는 깊은 곳에서.

8월 중순 일요일 새벽, 피곤하게 일하던 지원은 깊은 잠에 빠져 있었다.

채용된 지 2개월이 넘어서는 탓에 센터생활에 많이 익숙해지긴 했지만, 매해 여름이면 늘 적정 온도로 조절되는 대형 건물 안에서 더위 느낄 겨를 없이 편하게 근무하다, 퇴근하며 병원 로비를 벗어나는 순간에서야 훅, 하고 느껴지던 더운 공기에 아…… 여름이구나, 문득 느끼곤 했던 지원에게 올 여름처럼 쨍쨍한 햇볕을 자주 맞닥뜨리는 더위는 정말 견디기 힘든 것이었다.

더위에 지친 것인지 그리움에 지친 것인지 애써 구분 짓지 않고 미뤄놓은 복잡한 심사도 그녀가 지쳐 하는 이유에 한몫하고 있었지만, 그래도 지원은 무조건 더위 때문에 힘든 것이라고 생각하려 했다.

센터 사무실은 물론, 로비에 서 있기만 해도 한결 시원할 텐데 어쩌다 보니 안나의 집 생활지도 보조 교사 노릇까지 겸하게 된 지원은 다른 선생님들보다 유난히 생활동과 센터를 오갈 일이 많았고, 그때마다 연결통로로 사용되는 흙 마당을 지날 때면 단단한 땅, 얇게 깔린 모래에 반사된 강한 햇빛 때문에 눈이 하얗게 멀 것 같아 실눈을 뜨고 다니곤 했다.

그나마 삼 일 전, 이 주사님이 잔디 마당을 보호하려는 것처럼 마당을 빙 둘러 보도블록을 두 칸씩 깔아 인도를 만들어 주신 덕분에 한결 걷기도 편해졌고, 땅을 내려다볼 때마다 눈부시던 것이 많이 줄어들었지만, 그전까진 화살처럼 쏟아져 내리는 따가운 태양 볕에 머리카락까지 뜨겁게 타들어 가고, 센터를 빠져나와 흙바닥에 내려서는 순간 눈이 멀 것 같은 기분에 약한 안통을 느끼는 날이 다반사였다.

제 몸이 태양 아래 빨래 건조대가 된 기분. 문제는 태양 아래 서 있을 시간이 늘어 갈수록 태양광 소독이야 잘되겠지만 지원의 하얀 얼굴이 빨갛게 변해 잘 익은 복숭아처럼 변한다는 것이었다.

키는 크지만 요즘 들어 사춘기 성장기 아이처럼 깡마르게 변한 지원의 모습은 가뜩이나 동안이던 그녀를 더 어려 보이게 만들었다. 외모는 그대로인데 어딘가 모르게 길게 뼈만 자라 아직 살이 붙지 않은 소녀 같은 이미지가 풍긴다고 해야 할까.

그런 모습에 햇볕에 달아오른 얼굴이 빨갛게 붉어 있으면 아이들은 곧잘 '쌤…… 아기 같아요', '누가 보면 제 동생인 줄 알겠어요.' 하며 놀려 대기 일쑤였다.

안 그래도 가뜩이나 지원보다 덩치 좋은 아이들이 많아서 체격으론 선생답게 보이긴 틀렸다 싶었는데, 어린아이들에게서 아기 같다는 소리를 듣게 되니 선생님 체면이 말이 아니었다.

센터 옆 과수원도 푸르름이 깊어졌고 생활동 널따란 안마당엔 봄날이 주사님이 고생하며 깔았다는 수입 잔디조차 싱싱하게 초록빛으로 물들어 튼튼하게 뿌리 내린 한여름. 뜨거운 햇빛에 타들어 가지 말라고 해가 중천에 뜰 때마다 수돗물 뿌려 주시던 이 주사님이 보람을 느끼실 만큼 잔디들은 건강하게 잘 자라 있었다.

마당의 초록빛과 그 마당을 감싸듯 둥글게 자리 잡고 들어선 붉은 벽돌집들의 빨간 지붕이 멀리서 보면 동화 속의 한 장면처럼 아름다웠다. 휴일이라 더 자주 돌아간 세탁기는 베란다를 가득 차지할 만큼 많은 빨래를 빨아 놓고도 또다시 쉼 없이 돌아가 안마당까지 빨래 건조대가 늘어서도록 하루 종일 돌아갔고, 베란다에서, 혹은 잔디 위에서 빨래 너는 사람들이 웃음소리가 간간이 들려왔다.

마음 다친 사람들이 모여 살지만, 겉으로 본 마리아 집의 휴일 풍경은 그렇게 평화롭고, 어떤 면에선 푸른 자연 속 붉은 벽돌집이라 아름다워 보이기까지 했다.

초록 잔디가 잘 자란 마당에 한 시간 전 빨아 널어놓은 빨래가 벌써 반쯤 말라 간간이 불어오는 바람에 펄럭이고, 그 사이사이를 아직 엄마 의 고통이 무엇인지 알려 줘도 모를 어린아이들이 까르르거리며 뛰어놀 았다.

그렇게 뛰어노는 어린아이들 모습을 2층 안나의 집 베란다에 앉은 청 소년 아이들이 가소롭다는 눈빛 반, 그래도 너희 엄마는 끝까지 너희를 포기 않고 함께 데리고 도망쳤구나, 라는 아픈 눈빛 반이 섞인 눈으로 내 려다보며 끼리끼리 시시껄렁한 이야기를 나누고 있었다.

자기들은 세상을 좀 안다는 듯 어울리지도 않는 거드름을 피우며 마 당을 내다보는 청소년 아이들의 모습이 어우러진 곳. 지원은 그런 분위 기 속에서 종종걸음으로 센터와 생활동을 오가며 토요일 하루를 바쁘게 보냈다.

평일에도 본업무 외, 일의 경계 없이 필요하다 싶으면 어떤 일이든 도 와가며 일하는 지원인 데다가, 2주 전부터 관장님의 반강제적인 호의로 참여하게 된 가정폭력상담 및 성폭력 상담 교육생 신분으로 강의까지 듣 고 있는 지원은 몸이 많이 축나 있는 상황이었다.

게다가 토요일은 언제나 센터를 비운 직원이 많은 탓에 생활동에 남 은 지원이 평일보다 더 자주 여기저기 불려 다니게 되는 날이었으니, 그 렇게 온종일 센터일로 뛰어다녀 지친 몸이 된 지원은 초저녁부터 숙면이 절실했다.

그럼에도 정신력으로 버티는 지원답게 늦은 저녁이 되어서도 잠자기 는커녕 낮 동안 절여 놓았던 배추를 버무리는 마리아의 집 엄마들 사이 에 섞여 배추김치 속을 넣고 깍두기를 버무렸다.

일부러 몸을 혹사시키려는 사람처럼 수다도 떨어 가며 쉬엄쉬엄하지 못하고 입을 꾹 다문 채 간혹 아주머니들의 말에 추임새만 넣으며 계속해서 손을 빠르게 움직이는 지원의 손길은 김장을 여러 번 해 본 솜씨가 그대로 드러나는 움직임이라 은근히 아주머니들 사이에 저것 좀 보라는 눈짓이 오가고 있었다.

그렇게 열심히 일하고 있는 지원의 곁으로 엄마 새 날개 밑으로 기어드는 아기 새처럼 안나의 집 아이들이 다가와 '쌤. 깍두기 맛있어요?' 하면서 침을 꼴딱거리면, 지원은 아줌마들에게 핀잔을 먹어 가면서도 아직 안 익어 아린 맛이 도는 깍두기 대신, 잘 절여진 노란 배추 속을 뜯어 달큰, 매콤한 양념을 묻혀 아이들 입에 넣어 주었다.

그 작은 행동에도 아이들은 금세 기가 살아, 행복하게 웃었다.

밥도 없이 매운 김치를 몇 번씩이나 받아먹는 중학교 2학년 경진이를 보며 지원은 갑자기 눈물이 날 것 같았다. 지금 이 아이는 김치를 먹는 것일까. 김장철이면 한 번쯤 보고 싶었던 엄마에 대한 그리움을 푸는 중일까.

지원은 아이들을 시켜 밥 한공기와 냉장고에 넣어 둔 보리차를 가져오게 만들었고, 그 어설픈 상차림에 줄줄이 따라 내려온 안나의 집 아이들 입에 지원은 모두 한 번씩 빨간 김치 속을 한 입 가득씩 넣어 주었다.

밥 한 공기 퍼 오라는 말에 가져온 밥은 국그릇에 산처럼 쌓아 한가득이었지만, 그 많은 밥은 안나의 집 아이들과 아녜스의 집 아이들, 그리고 간간이 매워! 매워! 를 외치며 참새처럼 엄마 옆에 붙어 배추 속을 얻어먹던 어린아이들의 입속으로 사라져 금세 동이 났다.

한껏 입을 크게 벌리고 지원이 배추 속을 넣어 주길 기다리는 아이들 모습에, 숟가락에 밥을 퍼 올린 뒤 가만히 손을 멈추고 반찬 올려주길 기다리던 누군가가 겹쳐 보여 가슴이 울컥거리는 것만 빼면…… 지원은 그래도 지금 이 시간이 참 좋구나, 그렇게 생각했다.

빨간 고무장갑을 손에 끼고 커다란 대야 가득 담긴 양념이 다 줄어들도록 배추 속을 넣어, 집집마다 나눠 준 것까지는 좋았는데, 뒷정리까지 마치고 나니 몸이 너무 피곤했던 지원은 안나의 집에 들어오자마자 찬물로 목욕하고 다락방 보금자리에 올라가 철퍼덕 소리가 나도록 온몸을 내던져 누워 버렸다.

끙끙, 소리를 내며 잠을 청하고 있는 지원의 모습은 안나의 집 아이들이 모두 그러하듯, 반바지에 반팔 차림이었다.

더운 여름날에 에어컨이 있기는 하지만 생활동 사람들은 전기세가 무서워 거의 전시용으로만 매달아만 놓고 지냈고, 그래서 늘 선풍기 앞은 장난꾸러기들의 자리다툼이 심했다.

에어컨의 시원함에 뽀송뽀송한 피부로 편안하게 쉬는 모습보다 찬물 목욕하는 아이들의 모습과 선풍기 앞에서 밀려난 기 약한 아이들이 서로 부채 부쳐 주는 모습이 더 익숙한 집. 지원이 사는 곳은 부족한 것 많지만 그 안에서 정을 배우는 그런 곳이었다.

서로 아파, 서로 상처 내면서도. 또 서로 보듬으며 사는 곳.

그러나 현실은 현실. 지원도 센터 근무할 때가 아니면 에어컨 바람 구경할 일이 거의 없었기 때문에 본격적인 여름이 되자, 깊은 잠에 빠지기까지 더위 탓인지, 누군가에 대한 그리움 탓인지 모를 이유로 뒤척이는 시간이 길어지고 있었다.

선잠을 자고, 또 이따금씩 깨어나 멍하니 앉아 있다가, 머리맡에 있는 둥그런 다락방 창문을 열고서야 거우 깊은 잠에 빠지곤 하는 날들. 그 새벽에 지원은 말없이 까만 어둠만 바라보며 창을 열어 놓곤 했다.

다행히 이 주사님의 솜씨 좋은 손길이 닿은 창문엔 여름이 시작되자마자 촘촘한 방충망이 새로 설치된 상태였고, 그것을 믿고 문을 활짝 열어 놓고 자다가 잠결에 새벽녘 서늘함에 감기기운을 느낀 날도 있었다.

또 어느 날은 어디서 들어온 것인지 모를 다리가 아주 긴 우아한 모기의 출현으로 다락방 전체가 떠들썩하니 '잡아라' 소리로 가득 찬 적도 있었다.

그중에서 가장 무서운 건 기다란 다리도 커다란 몸통을 가진 모기도 아닌 조그맣고 새까만 산모기였다. 한 번 쏘이면 얼마나 독한지 물린 자리가 퉁퉁 붓고, 오래도록 고생해야 하는 그 작은 녀석을 피하고자 다락방엔 물론, 안나의 집 구석구석마다 지원이 사다 놓은 모기퇴치제들이 잔뜩 설치되어 있었다.

오늘도 그렇게 만반의 태세를 갖춰 놓고 피곤에 지쳐 깊이 잠들었던 지원은 새벽, 열린 창가로 넘어 들어오는 부산한 뜀박질 소리에 잠귀가 열려 서서히 잠에서 깨어나기 시작했다.

조용한 새벽, 생활동과 센터를 오가는 급한 발걸음 소리. 누군가 이 주사님이 새로 깔아 놓은 보도블록 위를 운동화 고무바닥창이 바닥에 달라붙는 찰진 마찰음을 내며 다급히 달리고 있었다.

모두가 평온을 가장한 불안과 공포를 가슴속에 한 바가지씩 품고 사는 마리아의 집. 깊은 새벽 불안함을 담은 커다란 발자국 소리는 호흡기 전염병처럼 소리 소문 없이 모든 집 안으로 스며들어 가 어둠 속에서 아이를 안고 잠든 엄마들과 부모의 학대로 가출 청소년이라 불리며 집에서 탈출한 아이들의 잠을 긴장감 가득한 숨죽임으로 바꿔 놓기 시작했다.

마리아 집에 사는 이들의 평온은 아무도 인정하고 싶어 하진 않지만, 그 뜀박질 소리 하나만으로도 쉽게 깨트려질 만큼, 아슬아슬하고 위태위태한 것이었다.

지원의 귀에도 발자국 소리가 점점 크게 들려왔다. 다급한 발자국 소리는 센터에서 생활동 본채격인 마리아 집 쪽으로 달려갔다가 다시 센터를 향하고 있었다.

센터 당직자가 가정폭력 피해자들의 생활동인 마리아의 집, 실장님을 찾았다는 건 분명히 무슨 일이 있다는 뜻이었다.

이 새벽 또 어느 엄마가 폭력을 피해 여기까지 찾아왔을까? 혼자 왔을까? 경찰차를 타고 왔을까? 지원도 잠이 확 달아난 심각해진 얼굴로 얇아 속이 비치는 민소매 티 위에 반팔 셔츠를 덧입으며 다락방 계단을 내려갔다.

오늘처럼 상주 인원이 적은 날이면 지원도 제 몫 이상을 해 내야만 했기에 되도록 빨리 센터로 나가 봐야 했다.

안나의 집 현관을 열고 붉은 벽돌 계단을 두 칸씩 내달려 아녜스의 집 현관문을 지나치려는 순간, 깊은 밤 아녜스의 집 문이 열려 있는 것이 보였다.

불 켜진 아녜스의 집 거실 한가운데 160cm 정도 되는 키에 오십 대 후반. 지원처럼 깡마른 실장님이 갑자기 잠에서 깨어나 시린 눈 때문에 잔뜩 찌푸린 눈 위로 자줏빛 뿔테 안경을 쓰고 계셨다.

지원처럼 급히 챙겨 입은 듯한 셔츠와 긴 여름 면바지 차림의 권 실장님은 한 손으로 턱을 부여잡고 서서 인상을 쓰고 계신 탓에 보통 때보다 더 엄하고 차가워 보이셨다.

"언제 나갔는데?"

표준어에 경상도 억양이 섞여 있는 실장님의 목소리엔 화가 잔뜩 묻어 있었다.

"오늘 아침에요…….'

생활지도 선생님이 집으로 돌아가시는 토요일 아침부터 일요일 오후까지의 공백. 관장님도 외부 집단상담 강사로 자리를 비우신 토요일 저녁 단 하룻밤을 노려 무단이탈해 버린 유선이. 처음 이곳에 왔을 때도 다방에서 일하다 경찰에 끌려 센터로 인계됐던 아이라고 했다.

"그런데 왜 말 안 했는데?!"

"저녁에 좀 늦게 들어올 거라 해서…… 말하면 유선이 혼날까 봐…….'

"이제 우짤 끼고?!"

실장님은 성이 많이 나셨는지 평소에 잘 안 쓰시는 제대로 된 사투리까지 쓰시며 언성을 높였다. 지원은 권 실장님 뒤에 서 있는 마리아의 집 명자 씨에게로 다가갔다.

"무슨 일이에요?"

"유선이가 김해 경찰서에 있대. 티켓 다방에서 일하다가 걸린 모양이야."

"아니 어떻게? 오늘 나갔다면서요?"

"전에 일했었던 곳이래."

"어떡해……."

"일시 보호 중인데 데려가라고 연락이 왔어. 센터 입장에서는 입소자 관리의 허점이 드러난 거니까, 문제가 될 수도 있지."

가정폭력 피해자로서 입소자 신분이지만 오랫동안 생활동에 머물다 보니 자연스레 실장님 비서처럼 센터 일도 돕고, 소정의 비용도 지급받는 명자 씨의 설명으로 지원은 전후사정을 알 수 있었다.

생활지도 선생님도 안 계신데, 이곳에서 오래 생활했다는 이유만으로 유선이의 일거수일투족을 다 확인하고 보고할 의무는 아녜스의 집 그 누구에게도 없었다.

다만, 안타까운 것이다. 토요일 낮에만 말해 줬다면, 아니 저녁 인원 확인 시간에라도 아녜스의 집 반장 현선이가 정직하게만 인원 보고를 해 줬다면 일요일 새벽이 되어 버린 이 깊은 밤 김해 경찰서에서 난감한 전화를 받기 전 어떤 조치라도 취해 보고, 찾아다녀 봤을 수는 있었을 테니.

"이 주사님 방에 전화해서 운전 좀 해 달라고 해요."

"네."

명자 씨가 뛰어나가려 하자 지원은 급히 명자 씨의 팔을 잡았다.

"실장님, 오늘 이 주사님 휴일이신데요. 외부 나가신 것으로 압니다."

실장님은 관장님보다 더 어려웠다. 보기만 해도 까칠하셨고, 담당이 달라서 그런 것인지 업무 외엔 말 섞을 일이 거의 없었다.

"그런가? 어쩌지……. 민 선생 운전해요?"

"네?! 네에……."

이 상황에서 밖에 나가기 싫다는 개인적인 이유를 대는 건 너무 터무니없는 소리였다. 누구보다 지원 자신이 이 주사님 숙소가 비어 있다는 것을 알고 있었고, 공익근무요원이 출근하지 않는 주말이란 걸 알고 있으니까.

"그럼. 이 키 가지고 이 주사님 방문 열고 들어가서 차 키 가져와요. 이 주사님 방 입구에 걸려 있을 거야. 203호 알지?"

"네."

실장님은 관장님, 두 분만이 가지고 계시는 센터 멀티키를 건네주셨다.

지원은 키를 받아 들며 짧게 인사한 뒤 센터로 달려갔다. 계단을 올라 이 층 복도를 따라 당직자들과 센터 상주 근무자들의 방이 이어져 있는 곳으로 가 이 주사님 방을 찾아 들어갔다.

왼손을 올려 욕실 벽 근처를 더듬어 불을 켠 뒤 바로 그 위에 박힌 작은 못에서 센터 승용차 키가 매달린 열쇠꾸러미를 챙겨 든 지원은 문을 닫은 뒤 전속력을 다해 센터에서부터 생활동까지 쉬지 않고 뛰었다.

생활동 마당과 센터 앞마당은 건물 옆 빈 공터를 통해 차가 드나들 수 있도록 이어져 있었고, 밤마다 그곳은 금속 바리케이드가 쳐져서 외부인의 출입을 막고 있었다. 지원은 그 바리케이드를 열고 생활동 마당 입구에 세워져 있던 차에 올라 센터 앞마당까지 차를 꺼내 놓았다. 시동을 걸어 놓고 시간을 확인하자 2시가 지나고 있었다.

곧 권 실장님이 명자 씨에게 뭔가 당부하신 뒤 조수석에 올라 타셨다.

"민 선생, 길 압니까?"

"모르는데요. 실장님이 알려 주셔야 돼요."

"내가 밤길이 어두워서. 내비게이션 찍고 갑시다."

"네."

"중부경찰서로 찍어요."

"네."

지원은 도착지를 김해 중부경찰서로 설정하고 차를 달렸다. 새벽이라 길도 밀리지 않았고, 거리도 생각보다 가까워서 지원이 운전하는 차는 한 시간도 지나지 않아 경찰서에 도착했다.

"수고하십니다!"

전혀 공손하거나 미안한 기색 없이 '나도 공무로 왔다. 담당 경찰관 어디 있노?!' 거의 이런 느낌으로 경찰서를 둘러보시는 실장님은 전혀 기죽어 보이지 않으셨다.

반면에 주차를 마치고 실장님 등을 보며 경찰서로 들어간 지원은 온 갖 사람들이 모여 있는 경찰서 새벽 풍경에 잔뜩 긴장하고 있었다.

가정폭력 피해자 폭력사건이 재판으로 넘어가면 시민단체와 연합해 서 법원이며 검찰이며 찾아다니며 검사들과 만나서도 할 말 다 하고 싸 우신다는 분이니 경찰서도 제집처럼 익숙하신 것이 어쩌면 당연한 일이 라는 생각이 들었지만, 지원에게 있어 새벽 경찰서 풍경은 긴장을 불러 일으키는 곳이었다.

"어디서 오셨습니까?"

"진해 마리아 집에서 연락받고 왔습니다. 우리 시설 입소자가 여기 있 다는데…… 아! 저기 있네. 저 아 데리고 가도 됩니까?"

젊은 경찰관과 이야기 나누는 실장님을 발견한 한 경찰이 아는 사람 을 본 것처럼 웃는 얼굴로 다가왔다.

"실장님 오셨습니까?"

시원시원하게 화통한 경상도 남자의 음성이 어쩐지 실장님을 반기는 듯한 느낌을 주었다.

"경위님 안녕하셨습니까? 우리 아, 여 있다 해서 데리러 왔습니다."

"예. 저기 있습니다. 그런데, 2차 나가서 잡힌 것도 아니고, 다방에 있 다가 잡혀서 마리아 집 믿고 보내 드리기는 하는데. 애 좀 잘 잡아 주십 시오. 한두 번이 아니라서 예전처럼 2차 나갔다 걸렸으면 이번엔 그냥 못 보낼 뻔했습니다."

"잡는다고 잡힙니까? 잘 먹이고, 잘 입혀도 저리 나가 버리는데. 어찌다 잡습니까?"

오히려 경찰한테 따지고 드는 권 실장님을 보며 관장님이나 실장님이나 모두 반 남자처럼 걸걸하니 시원시원 혹은 가끔 사나워 보이는 것은 다 이런 일을 많이 겪었기 때문이 아닐까 하는 생각이 들었다. 필요에 의한 성격 변화. 별의별 일을 다 겪고 해결하시다 보니 이 정도는 일도 아닌 것이리라.

"허허허허, 실장님 오랜만에 뵙는데 너무 그러지 마십시오. 마리아 집 아이들 다 잘 있지요?"

"저 아만 빼고 다 잘 있습니다."

경찰이 건네주는 서류에 능숙하게 뭔가를 적은 실장님이 의자에 앉아 시선을 피하고 있는 유선에게 다가갔다.

"가자."

유선이 앞에서 그 한 마디만 남기고 그대로 몸을 돌려 나가 버리시는 실장님을 지원이 멍하게 바라보는 사이, 유선도 그런 일이 익숙한 듯 자리에서 일어나고 있었다.

옷이라고 볼 수 없는 조각을 걸치고 경찰관이 덮어 준 담요로 몸을 감싼 유선이 주차장으로 걸어 나가는 것을 보다 지원도 뒤늦게 경찰에게 인사하고 주차장으로 나왔다.

"넌 뒤로 와라!"

조수석에 타려고 하는 유선을 자신이 올라타는 뒷좌석으로 부른 실장님 목소리에 지원도 유선도 차 문을 열고 몸을 넣으려다 멈칫해서 뒤를 쳐다봤다.

"뒤로 타라고!"

"……."

유선은 대답이 없었다.

"새벽바람에 이 난리를 치고. 이게 뭐하는 짓이고?!"

유선은 마치 실장님에게 감정이 있어 마리아 집을 나온 아이처럼 대답도 않고 뿌루퉁한 표정으로 뒷좌석에 올라탔다.

센터까지 오는 동안 실장님은 잠만 주무셨고, 유선도 지원이도 말이 없었다. 센터 앞마당에 차를 세우자 권 실장님은 차에서 내리시며 먼저 내려 서 있는 유선을 향해 차갑게 한 말씀 하셨다.

"유선이 너, 오늘은 안나에서 자라."

서릿발 같은 목소리만 남기신 권 실장님은 생활동 깊숙이 내려앉아 있는 어둠 속으로 금세 사라지셨다.

지원은 차 세우는 소리에 2층에서 고개를 내밀며 누가 왔는지 확인하는 당직 근무자에게 큰 소리로 자신임을 밝힌 뒤 바리케이드를 열고 생활동 마당으로 차를 몰았다.

바리케이드를 닫고 당직 근무자에게 다시 소리 질러 이제 들어간다고 수고하시라고 말한 뒤 돌아서는 지원의 눈에 아직 제자리에 서 있는 유선이 보였다.

"실장님이랑 같이 안 들어갔어?"

"쌤이랑 들어가려구요."

경찰서에서 본 뒤로 처음 듣는 유선의 목소리는 풀이 죽어 있었다.

"그래. 같이 가자."

지원은 유선에게 다가가 탑에 미니스커트, 게다가 찢어지기까지 한 옷을 담요로 다시 감싸 감춰 주며 어깨를 감싸 안았다.

"유선아. 우리 잠깐 저리로 가자."

지원은 유선이를 데리고 센터 2층 205호 당직실로 데려갔다.

"선생님 수고하시네요."

노크한 당직실 문이 시원스럽게 열리자 지원은 미안한 목소리로 인사를 건넸다.

"선생님! 유선이도 왔네."

길 잃어버린 한 마리 양을 대하듯 아픈 말 대신 먼저 안아 주는 센터 선생님들이 당사자도 아닌 지원조차 고맙게 느껴졌다. 그런데 지금 유선은 그것을 꺾인 시선이 아닌 진정한 고마움으로 받아들이고 있는 것일까? 유선은 바닥만 내려다보고 있을 뿐이었다.

"유선이 여기서 좀 씻겨서 데려갈게요. 저는 집에 가서 옷 좀 챙겨 올 테니까 선생님이 잠깐만 유선이 좀 봐주세요."

아이들 사이에서도 어른들 눈을 피해 약하게나마 위계질서란 게 존재했다. 만약, 이 모습으로 새벽에 집에 들어가다 잠귀 밝은 아이가 깨어나기라도 하면, 아니 호기심에 억지로 잠을 참고 버티던 아이가 지금의 유선의 모습을 보기라도 하면, 유선 자신이 여러 가지로 불편해지고 더 힘들어질 것 같아 아이를 당직실로 데려왔다.

당직실 작은 냉장고에서 음료수를 꺼내 든 지원이 조금은 쭈뼛거리는 유선에게 좀 마셔 보라고 음료수를 건넨 뒤 당직실을 나섰다. 긴장이 풀린 모양인지 어깨가 저릿저릿했다. 피곤이 견딜 수 없을 만큼 많이 쌓였다고 몸이 보내 오는 신호였지만 지원은 늘 그렇듯 무시하며 걸음을 옮겼다.

안나의 집 다락방에 올라 자신의 옷 중에서 입을 만한 옷을 골라 챙겨 들고 다락방을 내려오다 잠시 멈춰 선 지원이 냉장고 문을 열고 먹을 만한 것이 있나 살펴보았지만, 밥도 없고 저녁에 사다 준 빵도 남아 있는 것이 없었다.

그럼 그렇지, 하며 냄비를 올려 넉넉히 물을 부은 지원은 라면 2개를 끓여 냄비째 쟁반에 수저와 그릇을 챙겨 올린 뒤 센터로 향했다.

"선생님 그거 뭐예요?"

"선생님도 출출하실 것 같고, 유선이도 못 먹었을 것 같아서요."

유난히 출출한 새벽. 코를 찌르는 라면 냄새에 넘어간 당직 선생님이 쟁반 앞에 쪼그려 앉았다. 작은 원룸에 책상 하나, 음료수 몇 개 정도 들어가는 미니 냉장고, 그리고 작은 텔레비전과 책 몇 권 놓인 책장이 당직실 살림의 전부였다.

누군가 한켠에 가져다 놓은 듯한 여름 이불 하나가 있었지만 베개는 없었다. 자지 말고 센터로 걸려오는 응급전화를 받거나 낯선 이의 침입을 막으라는 당직실에 편히 잠잘 침구가 부실한 것은 당연한 일이었다.

"유선아, 다 씻었니? 속옷이랑 갈아입을 옷 가져왔어. 문 좀 열어 봐."

욕실문을 두드리며 소리치자 주먹 두 개 들어갈 만큼 문이 열렸고 지원은 그 사이로 옷을 넣어 주었다.

"라면 가져왔어. 빨리 나와라."

"너 늦게 나오면 내가 다 먹는다."

지원의 말 뒤로 분위기를 풀려는 듯 당직 선생님의 목소리가 따라 들렸고, 잠시 뒤 어설픈 화장을 지우고 지원이 건네준 옷으로 갈아입은 학생다운 유선이 모습을 드러냈다.

"안 작니?"

"좀 껴요."

잠옷으로 입으려 루즈핏으로 샀던 티셔츠도 한참 나이의 유선에겐 딱 맞아 보였다.

쟁반 앞에 앉아 묵묵히 라면을 먹는 유선 옆에서 실없는 우스갯소리도 하고 김치도 권해 주며 뭘 잘못했는지, 왜 그랬는지…… 두 선생 누구도 아이에게 묻지 않았다.

아이도 시간이 지나자 마음이 조금 풀렸는지 라면 국물에 밥이 있으면 딱 좋겠다며 웃는 얼굴로 입을 열었다.

"당직실에서 라면 먹은 거 알면 난리 나는데. 민 선생님. 갈 때 꼭 그릇 가져가세요!"

"네. 그럼요."

당직 선생님이 꺼내 놓는 손님 접대용 매실 음료를 사이좋게 한 병씩 나눠 마시다 보니 까맣던 창밖에 어느새 푸른빛이 돌고 있었다.

"덕분에 오늘 당직은 하나도 안 심심했네. 고마워요, 민 선생님. 고마워, 유선아!"

웃는 얼굴로 인사를 나누고 빈 그릇이 쌓인 쟁반을 들고 일어선 지원이 센터를 빠져나왔다.

안나의 집으로 향하는 길 내내 조용히 곁을 따르던 유선이 놀이터를 지날 때쯤, 처음으로 먼저 입을 열었다.

"쌤. 제가 들까요?"

"아냐. 괜찮아."

"……쌤은 왜 곁을 안 줘요?"

"응?"

갑자기 날아들어 온 아이의 돌직구에 지원은 깜짝 놀라 걸음을 멈췄다.

"내가 곁을 안 줘?"

"애들이 다 그래요. 쌤은 늘 웃는 것 같아서 우리 좋아하나 싶긴 한데, 자기 얘긴 하나도 안 해 주고, 지금처럼 뭐 같이 하자 그래도 됐다 그러잖아요. 애들이 그래서 다 서운해해요."

충격이었다. 아이들이 그렇게 보고 있다는 것은.

"내가 어떻게 보이는데? 첫인상이 어땠어?"

"음…… 쌤은…… 깍쟁이 같아요. 서울깍쟁이."

"깍쟁이?"

"쌤은 서울 아가씨잖아요. 말도 이래 얌전하게 조용조용하고, 목소리도 이쁘고. 또…… 실수도 안 하고, 자기 속도 안 보여 주고, 그러니까 손해도 안 보고 살 것 같고……."

"내가 그래?"

"쌤은 자길 몰라요?"

"……몰랐어. 내가 그렇게 보이는구나……."

정말 놀란 지원이 멍하니 서서 아무것도 없는 먼 마당으로 시선을 던졌다.

"쌤은 좀 터놓고 지내야 돼요. 자기 얘기도 하고 상의도 하고…… 안 그럼 아무도 쌤 마음 몰라줘요."

"그런가?"

"그럼요. 나도 오늘 왜 나갔는지 말 안 하니까…… 아무도 몰라주잖아요."

아이는 말하고 싶어 했다. 자기 속을 알아 달라고. 왜 나갔는지 지금 물어 주면 대답하겠다고 신호를 보내고 있었다.

"왜 나갔는데?"

"……엄마 만나기로 했었어요. 이 쌤도 아니까 뭐라 그러지 마세요."

아녜스 담당 선생님도 아시는 일이라면 왜 유선은 토요일 날 센터로 돌아오지 않았던 것일까.

"엄마는 만났니?"

"못 만났어요. 안 나와서 전화하니까…… 결혼한대요."

"어?!"

"맘에 드는 아저씨 만나서 결혼하기로 했는데, 그 아저씨가 나 만나지 말라고 했대요. 그래서 안 나온다고…… 그래서……."

아이의 눈에는 눈물이 고이는지 목소리에 울음이 묻어 나오고 있었다.

호흡이 거칠어지는 아이를 보며 지원은 좁은 보도블록 옆 흙바닥에 쟁반을 내려놓고 아이를 꼭 안아 주었다. 아이의 울음에 가슴이 젖어 왔다.

키가 작은 아이. 이 여린 몸으로 이미 남자를 알고…… 아니 남자가 아니라, 낯선 아저씨들의 장난감이 되는 방법 외엔 진짜 남자에게 사랑받는 법을 경험한 적 없는…… 너무나 가여운 아이.

아이가 엄마의 사랑이 그리워. 그 사랑을 완전히 잃어버린 날의 슬픔으로 센터를 무단이탈했다고 말하고 있었다. 그럴 만큼 마음이 아프다고, 이 슬픔을 알아 달라고, 위로해 달라고…… 혼자 이겨 낼 방법을 모르니 도와 달라고 외치고 싶었던 것은 아닐까.

마음이 메어 왔다. 몇 달 만에 만나러 간 엄마였을 텐데. 차라리 그러실 거면 미리 센터로 연락을 주시지. 오늘 유선이 못 만나니까 외출 보내지 말라고 선생님한테 먼저 말씀해 주시지. 유선의 엄마가 야속했다. 그래서, 아이와 같이 울었다.

우는 아이 앞에서 괜찮다고 말할 수가 없었다. 엄마는 엄마의 인생이 있고…… 뭐 그런 시답잖은 말로 되지도 않을 위로 같은 건 흉내 내고 싶지 않았다.

사랑 많고, 경험 많으신 관장님은 어떻게 하실지 모르지만 지원은 지금 이 순간 안아 주는 것 외엔 할 수 있는 것이 없었다. 품 안에 있는 아이가 눈물 흘리며 떨고 있었으니까.

한여름의 새벽은 춥지 않았다. 서늘한 기가 돌긴 했지만 공기 속엔 축축한 이슬이 느껴졌고, 푸르스름한 밝기로 아침 오는 것을 알리는 하늘은 그들의 울음을 완벽히 가려 주지 못했다.

"쌤은 왜 울어요?"

한참을 울던 아이가 고개 들더니 소리 없이 우는 지원에게 물어 왔다. 아이는 지원이 가끔 한숨을 쉴 뿐 아무 소리가 없어서 함께 울고 있는 것을 몰랐던 모양이었다.

"우리 유선이가 아팠겠다 싶어서. 얼마나 아팠을까, 먼저 알고 같이 있어 주지 못해 미안해, 유선아."

"……."

아이는 신기한 듯…… 잘 모르겠다는 듯 지원을 쳐다봤다.

"쌤도 엄마 땜에 슬펐던 것 있어요? 쌤 엄마도 쌤을 버렸어요?"

지원은 쓸쓸하게 미소 지으며 고개를 가로저었다.

"거봐요. 쌤 엄마는 좋은 사람이잖아요. 그러니까 쌤은 내 맘 몰라요."

아이는 지원의 가슴에서 몸을 떼어 내며 또다시 씩씩한 척하기 시작했다.

"아무리 설명을 열심히 하면서 내 마음을 알아 달라고 해도…… 어느 누구도 남의 마음을 백퍼센트 이해하진 못해, 유선아. 하지만 비슷하게 짐작할 수는 있고, 또 같이 아파하고, 웃어 줄 수는 있어. 나도 지금 그런 거야."

"그래요?"

"그래. 완벽히 알진 못해도 네 아픔이 느껴져서 지금 내 마음까지 아프니까, 널 위해 울 수 있는 거야. 혼자 우는 것보다 같이 우는 게 더 낫지 않니? 누군가 네 편이 있다는 거…… 혼자보단 낫지 않아?"

"……나쁜 것 같진 않아요."

아이는 곰곰이 생각하듯 눈동자를 굴리더니 겨우 모난 성질을 죽이며 긍정적으로 답했다.

"그래. 그럼 들어가자 너 몇 시간 못 자고 일어나서 센터 불려 나갈 것 같으니까, 조금이라도 더 자 둬야지."

지원은 쟁반을 챙겨 아이를 옆에 세우고 안나의 집으로 돌아와 비어 있는 생활지도 선생님 방에서 유선이와 함께 잠을 청했다. 피곤했는지 금방 잠드는 아이의 배를 얇은 여름 이불로 덮어 주며 혼자 생각에 잠겼다.

'사실 나도 엄마가…… 언니가…… 원망되기도 했어. 누가 시킨 것도 아니고, 처음 시작은 나 혼자 결정하고 만났으니까 그게 어찌 됐든 다 내 탓인 건데. 그런데도 하나도 도와주지 않는, 아니 도와줄 수 없는 내 주변 사람들이, 내 가족들이 원망스러웠다면. 그런 마음이 내게 있었다는 걸 알면서도 날 좋은 사람이라고, 착하고 바르다 말할 사람이 몇이나 될까? 아니, 한 사람이라도 있을까? 그런데 난…… 그랬어. 원망했어. 그 원망이 잠시였건 내내 그랬건 그건 중요한 게 아니야. 내가 내 잘못으로 시작된 일인 걸 알면서도 아무 도움도 주지 못했던 엄마를 원망했다는 것이 중요한 거겠지. 단 일 초였다 해도. 난 너무나 진실되게 엄마를, 언니를 원망했으니까. 상대방은 잘못하고도 온 가족들이 덤비고, 그 주변 알력까지 끌어 모아 행사하는데 난 왜 이렇게 억울하고, 공포에 정신차릴 수 없으면서도…… 엄마, 언니를 안심시켜야 하고. 또 엄마 언니는 내가 어떤 말을 해 주길, 어떻게 하라고 일러 주길 바라며 내게 물어 오고, 답을 얻으려 하는 걸까. 왜 내가 이렇게 해라 저렇게 해라 말해 주지 않으면 아무것도 안 하고 그저 내가 당하는 대로만 보고 있을까. 나는 그때 가족에 대한 원망이란 걸, 처음으로 마음에 품었었어.'

지원은 어둠 속에서 아이의 잠든 등을 보다, 몸을 바로 누이며 천장을 바라보았다.

재우에게 당하던 과거의 날들이, 아무에게도 말하지 못하고 가족들을 마음에서 밀어내게 했던 일들이 하나둘 떠올라, 지원은 어둠 속에서도 또 한 번 시선을 차단하듯 눈을 감았다.

과거의 기억이 물밀 듯 밀려 왔다. 그래서 7년 만에 재우의 연락을 받았던 날, 아무에게도 도움받을 수 없는 혼자니까, 혼자 해결하려고 현민의 제안을 받아들였었고……. 지원은 입술을 잘근 깨물었다.

이렇게 또 그를 생각해 내고야 만다. 어디서 이야기가 시작되었든, 이야기의 끝엔 그가 버티고 있었다. 기대하면 상처받게 된다고 마음을 비우고 살던 제게 기대와 사랑을 품게 만들었던 사람. 보고 싶다. 안고 싶다. 목소리라도 듣고 싶다. 그래서 미웠다. 누가 봐도 비교되지 않는 조건에 있으면서도 평범한 사람인 척 굴어 제 마음을 다 가져간 그가…… 이제 미워지려 했다. 보고 싶어서, 너무 보고 싶어서 미워지고 있었다. 그런데 또 미안한 건 뭔지.

'미안해 오빠. 난 나한테 이렇게 벽이 많은지 몰랐어. 그래도 오빤, 내 마음 다 안다고 생각했는데. 그것마저 내 착각은 아닌 거지? 남들은 다 내 속이 안 보인다 그래도, 오빠는 다 알고 있었던 거지?'

지원은 손가락으로 감긴 눈꺼풀 사이를 비집고 흘러나온 물기를 꾹꾹 눌러 닦았다. 늘 이런 식이있다. 모두 잊었다고, 벌써 많이 잊었다고 생각하다 보면 늘 제자리였다. 잊긴 뭘 잊고, 정리했다면서 뭘 비워 냈단 말인지. 이럴 때면 지금의 처지보다 순간순간 느껴지는 마음의 미련이 더 한심했다.

"쌤 안 자요?"

유선이 돌아누우며 물었다. 아이도 잠을 이루지 못하고 있었나 보다.

"자야지. 피곤한데 생각이 많네."

"쌤. 나는 이제 안 되겠지요?"

"뭐가?"

"공부도 못하고, 집이 있는 것도 아니고……. 돈 벌려고 다방에 갔었는데 어린 거는 좋아해도, 한 번 찾은 사람은 나 얼굴 못생겼다고 또 안 찾아와요. 언니들도 네가 2차 나가면 몸은 어려서 좋아해도 얼굴 보면 할 맛 떨어져서 신문지 덮고 할 거라고…… 근데 그 말이 맞아요. 어떤 아저씨가 이불로 얼굴 가리라고 한 적도 있었거든요. 그런데 이젠 엄마도 없고…… 난 살아 봐야 뭐하겠나 싶어요."

지원은 너무 기가 막혀, 울음이 채 가시지 않은 얼굴로 벌떡 일어나 앉았다.

"무슨 소리야! 왜 그렇게 생각해?! 그리고, 언니들이라니? 다방 언니들? 여기 언니들? 누가 그런 말 했어?!"

지원은 도대체가 정신이 있는 사람의 말이 아니라고 생각했다.

"여 언니들이…… 나만 보면 놀려요. 못생긴 게 남자 밝혀서 나갔다 하면 다방 가서 2차 뛴다고. 뭐 사실, 2차 뛰는 거 하다 보니까 싫은 건 아닌데. 그래도 꼭 그게 좋아서 그러는 건 아니거든요. 나도 아저씨들 싫어요. 어떨 땐 무섭기도 하고……."

열다섯 살. 요즘 아이들은 초등학교 3, 4학년이면 이차성징이 시작된다는데 또래보다 늦돼서 겨우 지난해 생리를 시작했다는 아이가 내뱉은 말은…… 정말 말이 아니었다.

누가 이 아이에게 이런 상처를 입힌 것일까.

"잠자리는 어른 됐을 때. 아니, 이미 경험했다 해도 적어도 사랑하는 사람과 하는 거야. 그런 걸 돈 주고 하자는 아저씨들이 나쁜 거지. 그리고 널 너무 쉽게 포기한 건 너도 잘못한 거고."

그래, 자기 자신을 포기하는 건 분명 잘못한 일이었다.

'어른이 되었으나 사랑하지 않는 남자에게 상황에 밀려, 어쩌면…… 이라는 약간의 기대감에 몸을 허락했던 내가, 몇 년 뒤엔 그 기대감마저 없는 난생처음 보는 남자에게 게임하듯 몸을 나누자고 말했던 내가, 과연 너보다 나은 게 뭐가 있을까. 나는 지금 무슨 자격으로 너에게 조언이랍시고 말을 하고 있는 걸까. 게임하듯 조건부로 나눈 몸이 나중에 심장을 나누는 사랑이 되었다고 해서 그 시작이 정당하다 말할 수는 없는 것일 텐데.'

지원은 자괴감에 빠지려는 자신을 떨쳐 내듯 이마를 세게 문질렀다. 지금은 판단력 없는 아이에게 기준을 정해 줘야 하는 시간이니, 제 문제는 잠시 접어 두자. 지원은 그렇게 마음먹었다.

"알아요, 나도. 잘못한 거. 잘했다는 건 아니에요."

아이는 시종일관 담담했다. 지원은 그것이 더 아팠다.

어느 정도로 마음이 바닥에 내리꽂혀야 자신의 일을 저리 남의 일처럼 감정 없이 꺼내 놓을 수 있는 것인지 익히 아는 탓이었다. 그러기엔⋯⋯ 아이는 너무 어렸다. 나이 먹을 만큼 먹은 자신도 아닌 척할 때면 여전히 아픈데 이 아이는 이제 겨우 열다섯 살이었다.

"잘하고 잘못한 건 나랑 따지지 말자. 어차피 센터 가서 들을 말이잖아. 아까 살면 뭐하겠냔 말. 그런 생각한 지 오래됐니?"

"⋯⋯한참 됐어요. 여기 언니들도 나 별로 안 좋아하고⋯⋯ 나는 갈 곳도 없고, 얼굴 못 생겨서 인기도 없고."

"넌 지혜롭고, 직관력이 뛰어나. 또래보다 진지하고 차분해서 나중에 공부한 다음 칼럼 써도 잘 쓸 거 같아. 기자 같은 것도 잘 어울리고."

"직관이 뭐예요?"

"어?! 어⋯⋯ 사람을 한눈에 보고 정확하게 파악하는 거야. 보는 눈이 날카롭다고. 그런 말 들어 봤니?"

"아니요."

"내가 보기에 넌 그래. 나도 몰랐던 내 단점을, 넌 한 번에 짚어 줬잖아. 안 그래?!"

"내가요?"

"그래. 사랑하는 사람에게만 인기 있고, 매력적이면 되는 거야. 그까

짓 못된 마음 가진 나쁜 아저씨들 마음에 들고 안 들고가 왜 중요해? 그런 사람들한텐 인기 없어도 돼. 네가 먼저 그런 막돼 먹은 아저씨들은 싫다고 던져 버려. 그리고 넌 지금은 꿈이 없다 해도 곰곰이 생각해서 나중에라도 꿈을 정하면 뭐든 해낼 수 있는 나이야. 지금이라도 다 털고 일어서면 훨씬 멋진 사람이 될 수 있는, 그런 나쁜 아저씨들 따윈 발로 차주고 다닐 수 있는 게, 멋있는 사람이 될 가능성이 아주 많은 나이란 게 중요해. 유선아, 네가 여기서 노력만 하면 관장님이 너 대학도 보내 주고 멀리 서울 가서 공부한다 해도 후원자분들 결연시켜 줄 텐데 포기하기엔 너무 아깝지 않니?"

"난 공부 못해요."

"공부 안 한 거지, 노력해 본 적 없잖아. 내 말 틀려?"

"해 본 적 없지만 해 봤자일 거예요."

"해 봐. 그리고 앞으로 네가 뭘 하면서 살고 싶은지를 먼저 고민해. 그럼 선생님이 그런 모습으로 살고 있는 사람들 소개시켜 줄게. 그런 사람들 만나서 차도 마시고, 이야기도 나누고…… 다른 삶을 꿈꿔 보자. 사람은 꿈꾸는 대로 살아지는 거야."

민지원. 네가 꿈꾼 삶은 이런 모습이었니. 너의 어떤 생각이 너를 여기까지 오게 만든 걸까. 지원은 입으로는 아이에게 이야기하면서도 자신 안의 소리 없는 목소리에 당당할 수 없었다.

"그럼…… 나도 나중에 나이 들면 다방 차리는 거 말고 할 게 있어요?"

맙소사…… 이 아이는 도대체…….

"당연하지!"

지원은 아이를 위해 일부러 평소보다 크게 반응했다. 절대! 너의 생각이 잘못되었다는 눈빛으로 크게 놀라며 아이가 보지 못한 삶이 정말 있는 건가, 의문을 가져 보도록 생각을 이끌고 싶었다.

"오늘은 네 기분도 그렇고 상황도 그렇고, 모든 게 막막하고 숨 막히겠지만. 뭔가 중요한 결정은 너무 힘들 때 내리는 게 아니야. 앞으로 더 살아야 할지 말지, 뭘 하고 살지. 그런 건 숨 좀 쉴 수 있을 것 같다, 내 옆에도 햇빛이 비추는구나, 그렇게 느껴질 때. 그럴 때 생각하고 그때 계획을 세워야 해."

"왜요?"

"주변을 둘러봐. 어두울 때보단 밝은 때 더 잘 보이는 법이잖아. 밝을 때는 어두워서 보이지 않던 것도 잘 보이고, 보지 못했던 작은 오솔길도 발견하게 될 거야. 길이 보이면 네 맘의 두려움도 사라지고, 그 길 밝혀 주는 햇살에 감사하면서 앞으로 걸어갈 수 있게 되는 거야. 힘들고 어려울 때 고민해 봐야 눈 감고 고민하는 건데. 그때 내린 결정은 실수가 많거든."

'어쩌면…… 난 이미 실수를 했는지도 몰라.'

최악의 상황에서 모든 걸 결정해 버린 지원은 생각을 털어 내려 묶은 머리에서 빠져나와 이마를 덮고 있는 잔 머리카락들을 쓸어 올렸다.

"내가 생각할 땐 네가 이 센터에 살고 있는 것 자체가 햇빛 한가운데 서 있는 건데, 넌 눈 꽉 감고 인정을 안 하잖아. 물론 아프니까. 어제 네가 겪은 일은, 분명 아픈 일이야. 그래서 조금 쉬어 가는 건 이해하는데. 그렇다고 널 도와주려고 준비하고 있는 사람들이 많다는 건 잊지 마. 그 사람들에게 너무 자주 실망을 줘서 도와주려는 마음을 배신하지도 말고."

"누가요? 누가 날 도와주려고 기다리고 있어요? 그런 사람 있으면 나한테 뭘 하면 잘 살 거라고 알려 줬으면 좋겠어요. 선생님은 알아요? 내가 뭘 하면 잘 살지? 알려 줄래요?"

지원은 열아홉 살 시절 자신을 보는 것 같아 아이의 머리를 쓰다듬어 주었다. 그런 손길이 익숙지 않은 듯 아이의 몸이 순간적으로 굳었다가 어색하게 고개를 슬쩍 피했지만, 적어도 싫은 표정은 아니어서 지원은 흐리게 미소 지었다.

"도와줄 사람들은 많아. 센터 선생님들 모두 네가 도와주세요, 하고 싶은 게 있으니까 길 좀 알려 주세요, 그러면 누구보다 더 열심히 널 위해 뛰어 주실 거야. 그렇지만 뭘 하고 싶은지는 네가 찾아야 해. 그래야 후회가 없어."

"아는 게 없는데 어떻게 찾아요. 선생님은 하고 싶은 일이 간호사였어요?"

지원은 말문이 막혔다. 자신이야말로 무엇을 하고 싶은지보단 해야만 하는 길을 택했고. 간호사가 된 것도, 지금 여기 있는 것도 마음이 원하는 길은 아니었으니까.

부딪치지 않기 위해 피하고 체념하는 것에 익숙해진 자신을 보며, 선생님은 어른이니까 뭔가 현명한 답을 말해 줄 거죠? 라고 말하는 것 같은 반짝이는 눈빛을 들이대는 아이 앞에서 지원은 창피함을 느꼈다. 그래서 잠시 망설였지만, 가식보단 아이가 지적했던 자신의 방어벽을 무너뜨리는 쪽을 선택했다.

"간호사도 좋은데, 선생님은 가슴이 뛰는 일은 아직 못 찾았어. 일을 하면서 심장이 막 뛰는 일은…… 아직 찾는 중이야."

"에이…… 그런 게 어디 있어요. 쌤이면서 그런 것도 몰라요?"

지원은 아이의 반응에 오히려 속이 시원해서 아까보다 좀 더 큰 미소가 지어졌다.

"맞아. 너보단 선생님이 많이 늦은 거지. 선생님 눈앞엔 간호사의 길밖에 없었고, 정말 원하는 일이 뭔지 생각하지도, 찾아나설 용기도 없었어. 선생님은…… 용기가 부족한 사람이거든. 그래서 나이가 중요한 게 아니라, 길이 보일 때 걸어가는 것도 늦지 않다고 생각하기로 했어."

"그래서 지금 꿈을 찾아다니는 중이에요? 그래서 서울서 여까지 왔어요? 애들은 쌤이 서울서 뭔 일 있으니까 여까지 온 거라고 말이 많지만, 난 쌤이 꿈 찾아다니는 거였으면 좋겠어요."

"애들이 그런 말도 해?"

지원은 아이들의 시선을 생각할 겨를도 없이 지내 온 자신을 뒤돌아보았다. 끊임없이 전화하고 싶은 자신과 싸워야 했고, 대구나 부산에 가서 공중전화로라도 딱 한 번만 목소리 듣고 끊어 버리면 안 될까, 갈등도 많았다. 일부러 일을 찾아다니며 손 쉴 틈 없이 바쁜 척 굴어 봐도 그의 품이 너무나 그리웠다.

'한 번만. 딱 한 번만 더 안길 수 있다면. 그 가슴에 얼굴을 묻고 숨을 크게 들이쉬며 그의 향기를 마음껏 들이마실 수 있다면. 간절한 만큼 또 한 번의 기회가 주어지면 떨어져 나올 자신이 없었기에, 안기고 싶을 때마다 보고 싶을 때마다 더 철저히 숨고, 더 바쁘게 일만 했는데…… 그런 모습을 아이들이 보고 있었구나.'

"별말 다 해요! 그래도 뭐…… 쌤에 대해서는 나쁜 말 안 하니까 걱정 마세요. 쌤은 우리 간식도 만들어 주고, 재미난 이야기도 많이 해 주고…… 애들이 다 좋아해요."

지원은 아이들이 어른들을 향해 꺼내 놓는 잣대가 제법 매서운 것 같았다. 철저히 무엇을 주는가에 초점 맞춰진 평가요소. 조금은 입이 쓰기도 했지만, 그래도 지금은 어렵게 말문 연 유선을 위해서만 마음을 모아야 한다고 생각했다.

"선생님은…… 그래, 유선이도 선생님도 앞으로는 꿈 찾는 데만 집중하자! 정말 뭘 하고 싶은지, 어떤 생활을 하고 싶은지…… 너랑 나랑 똑같이 고민하는 거야. 나이는 내가 많지만 내가 볼 땐 넌 무척 똑똑하고 고차원적이니까 어쩜 나보다 더 빨리 찾을지 몰라."

"어떻게 찾아요? 뭘 어떻게 하면 내가 뭘 하고 싶은지 알 수 있어요?"

"일단 답답게 생각하지 마. 넌 아직 시간이 많으니까. 그 대신 관장님이나 선생님한테 뭘 하고 싶다고 당당하게 말할 수 있는 꿈을 찾는 거야. 그러려면 안 될 것 같아도 먼저 포기하지 말기! 가 보지 않은 세상. 알고 싶은 세상을 볼 수 있게 여러 분야마다 창문 열고 잠깐씩 구경할 수 있게, 눈과 귀를 열어 두는 거야. 그리고 어떤 일이 괜찮다 싶으면 마음이 뛰는지, 설레는지. 그 일을 하는 네 모습에 행복해지는지 생각해 보는 거야. 선생님도 그렇게 노력할 거니까 너도 같이 해 보자. 네가 알아보려다가 잘 못 알아보겠으면 선생님한테 물어도 보고, 상의도 하고. 나도 내 마음이 뛰는 일을 찾으면 너한테 제일 먼저 말할게. 어때? 해 볼래?"

"정말 그렇게만 하면…… 내 인생이 달라져요?"

"벌써 달라졌어. 유선아. 어제의 너와 지금에 넌 천지 차이야. 지금은 꿈을 생각하잖아. 과거는 어쨌든, 앞을 생각한다는 건 굉장히 어려운 거야. 네가 정말 멋진 사람이라는 거지."

지원은 이야기를 하면서 자신의 모습을 비쳐 보았다. 넌 앞을 보고 있는 거니. 넌…… 그렇게 앞날을 꿈꾸고 있어? 아이와 이야기하면서 지원은 맴돌던 쳇바퀴에서 내려서는 자유와 시야를 가리던 보이지 않는 틀이 깨어져 나가는 느낌을 경험했다.

"선생님도 너처럼 앞만 볼 거야. 좀 더 강해질게……. 너한테 부끄러운 선생님이 안 되도록."

유선이는 찡한 표정으로 지원을 한참 동안 쳐다봤다. 서로 피곤해 충혈된 눈이었지만, 이미 그런 건 중요하지 않았다.

"내가…… 선생님한테…… 중요해요?"

"나한테도 중요하지만, 누가 널 알아주지 않아도, 너 스스로가 널 인정하고 멋지단 걸 잊지 말아야 해. 네 삶은 네 것이지, 선생님 것도 엄마의 것도, 나중에 만나게 될 사랑하는 남자의 것도 아니니까."

"선생님은 그런 마음으로 살아요?"

"그래. 선생님은…… 그런 마음으로 살아."

"처음이네요. 쌤이 쌤 얘기하는 거."

울던 아이가 기분 좋게 치아를 보이며 웃었다. 그런 아이를 보며 지원도 조금은 전보다 가벼워진 마음으로 마주 웃었다.

"그래. 나도 내가 그 정도로 꽁꽁 싸매고 사는지는 몰랐으니까, 네 덕분에 좀 터놓고 살아 보려고."

"아! 쌤! 그럼 쌤이 나한테 고마워해야 하는 거네요?"

"그래. 그런 셈이야."

"쌤, 쌤은 엄마 안 보고 싶어요? 쌤 엄마는…… 쌤 사랑해요?"

아이의 눈빛이 또 저 어두운 동공 안으로 빨려 들어가듯 깊어졌다. 방 안에 불이 켜진 것도 아니고, 밖도 아직은 어스름한데. 가슴 아파하는 아이의 눈빛만은 너무도 분명히 전해져 왔다.

"유선아, 사랑해도…… 서로 상처는 입혀. 자식은 너처럼 조금 빠르든, 늦어지든. 결국은 누구나 때가 되면 부모한테서 떨어져 나오게 되는데 그때서야 비로소 서로 다른 인생이란 걸 깨닫게 돼. 그러면 예전에 받았던 상처가 이해될 때도 있고, 그만큼 아파하지 않았어도 됐는데…… 너무 예민했구나 느낄 때도 있어. 엄마랑 늘 붙어 살아도 안 행복할 수 있고, 떨어져 지내도 나와 다른 삶이구나, 생각하면서 스스로 바로 서는 멋진 사람이 될 수도 있는 거야."

"나는…… 나는 내가 혼자 서야겠네요? 멋진 사람 되려면?"

"아프다고 말하고 힘들 땐 도와 달라고 말하는 건 좋은데, 방법은 어제와 달라야 해. 알지? 엇나가면서 사람들이 봐주길, 먼저 이해해 주길 바라지 말고, 당당하게 말해. 나 이런 일 있어서 속상해요. 힘드니까 날 며칠 혼자 두든, 밖에 데리고 나가서 맛있는 것 좀 사 주든 어떻게 좀 해 줘 봐요! 그렇게 원하는 걸 솔직하게 말하자. 선생님한테도 멋진 선생님 되려고 노력할 테니까."

"쌤은…… 지금도 멋져요."

유선이가 부끄러운 듯 지원을 칭찬하며 얼굴을 붉혔다. 익숙하지 않은 신시한 대화와 칭찬받고, 칭찬하는 낯선 경험이 부끄러웠던지 유선이는 얼굴을 두 손으로 비비더니 이불을 올려 붉어진 얼굴을 숨겼다.

"쌤 잘래요. 나 아침에 센터 나가면 실장님한테 죽을 거예요."

"선생님이랑 같이 가자. 선생님도 실장님 무섭지만, 그래도 우리 같이 있음 덜 무섭잖아?! 선생님이랑 같이 가."

"어?! 쌤도 실장님 무서워요?"

아이가 놀란 것처럼 뒤를 돌아봤다. 그 눈에 담긴 즐거움이 아이를 제 나이 또래로 보이게 만들어 지원은 작게 미소 지었다.

"응. 무섭고, 어려워."

"나랑 똑같네요."

"그래, 유선이랑 쌤은 똑같은 게 많다. 앞으로 심장 뛰는 일도 찾아야 하고, 솔직하게 원하는 걸 말할 줄 아는 멋진 사람도 돼야 하고."

"진짜네……."

"그래. 진짜야. 자자. 너랑 나랑 또 똑같이 실장님 앞에서 벌서야 되잖 아. 어서 자."

두 사람이 누워 한 이불을 덮고 잠을 청했다. 피곤한 눈을 감은 두 사 람의 잠은 이제 막 깊어지려 하는데 창문 밖에는 벌써 날이 환해지고 있 었다.

그로부터 삼 일 뒤, 현민은 귀가 먹먹해지는 헬기 안에서 무표정한 얼 굴로 발아래 세상을 내려다보고 있었다.

지원이 틀림없다는 정보에 임원회의를 미뤄 가며 무리해서 김해에 내 려갔다 돌아오는 길이었지만, 날카롭게 말라 가는 얼굴에 안광만 형형한 그에게선 기쁨의 흔적은 찾아볼 수 없었다.

택시비로 시비가 붙어 경찰서에 갔다가 주차장에서 지원을 봤다던 택 시기사는, 경호원을 대동하며 등장한 현민이 사진을 내밀며 본 사람이 지원이 확실한지 재확인시키자 눈이 커다래져서는 얼핏 봐서 사실 정확 한 건 아니라고, 겁에 질려 고개를 저었다.

조금 전까지만 해도 엄청난 보상금 들떠 있던 여러 말을 주워 삼키던 택시기사는 당황스런 상황에 인상을 구기는 정보원의 눈을 피하며 몸 사 리기에 바빴고, 작은 소식에도 직접 달려가 허탕만 친 게 벌써 여러 번인 현민은 몸을 돌려 눈에 서린 붉은 감정을 잠재워야 했었다.

이번엔 당장이라도 보상금의 반만 입금해 주면 살고 있는 동네까지 알려 준다는 택시기사의 말에 어디 살고 있는지는 알아낸 것이라 작은 희망을 느꼈던 현민의 실망이 깊었다.

정보원들이 저희들이 먼저 확인하겠다고 말했어도 현민은 소식이 전해지면 매번 한걸음에 달려가 그들과 함께 지원의 흔적을 찾곤 했었다. 태백, 원주, 속초, 부산, 김해, 밀양, 대구. 지원과 비슷한 사람을 봤다는 소식은 여러 도시에서 들려왔지만, 아직 진짜 지원은 모습을 드러내지 않았고 그만큼 그의 고통은 깊어지고 있었다.

혜성그룹 본사 옥상에 헬기가 내려앉았다. 소리 없이 침묵하던 현민은 머리를 낮춰 옥상 바닥으로 내려서며, 헬기에서 멀리 걸음을 옮겼다. 아직 완전히 멈춰 서지 않은 프로펠러에서 이는 바람에 그가 입은 얇은 린넨 재킷이 거칠게 휘날리고 오후 여섯 시, 여전히 환하지만 열기가 조금은 가신 한여름의 태양이 그의 머리 위를 밝히고 있었다.

뜨거운 바람, 지원과 한 번도 함께 보지 못한 여름의 태양. 추위를 타는 지원은 이 여름을 좋아한다 했었다. 제 곁에선 추위를 많이 타던 시린 모습만 남겨 두고, 완전한 여름이 되기도 전에 신기루처럼 자취를 감춰 버린 지원.

그런, 지원이 좋아했던 바람도 그녀가 좋아한다던 여름도 그에겐 고문이요, 질책이었다. 한없이 생각나게 하고, 그리울수록 자책하게 되는.

이제는 무엇 때문에 지원이 떠났는지도 중요하지 않았다. 듣고 싶은 말은 한 가지. 언제 나타날 건지, 언제 돌아올 건지. 그것만이, 절실한 답이 되고 있었다.

대구를 향해 달리는 차의 운전석엔 이 주사님이 앉아 계셨고, 보조석엔 공익근무요원이 앉아 서로 말을 주고받으며 두런두런 이야기를 나누고 있었다.

승합차 널찍한 뒷자리에 여유롭게 앉은 선생님들은 센터 내에서 있었던 아이들 이야기를 나누며 고민도 했다가 웃기도 하며 모처럼 자유로운 분위기로 담소를 나누고 있었고, 맨 뒷좌석엔 계속 창밖만 내다보는 지원이 앉아 있었다. 몇 개월 만에 보는 거리 풍경은 여전히 제자리에 있는 것 같으면서도 또 너무나 생소한 느낌이었다.

센터에서 생활한 지 벌써 세 달이 지나고 있었다. 주변사람들의 성화와 짐꾼이 필요하다는 현실적인 필요성에 떠밀려 지원은 다른 선생님들 몇몇과 함께 입소자들의 생활용품 구매를 위해 센터 차량을 타고 도심으로 향하는 중이었다.

'괜찮다. 이 정도는.'

잠시 뒤면 이 여유로운 차 안 가득, 아이들 가을 옷과 신발, 집기류들이 들어차 좁혀 앉아야 할 것이고, 그렇게 장을 보는 짧은 시간 동안엔 아무 일도 일어나지 않을 테니. 또, 서울에서도 늘 바빴던 그가 이 남쪽 땅까지 내려오진 않을 테니. 괜찮을 것이라고 지원은 스스로를 다독였다.

쓸데없이 두근거리기 시작한 심장을 가라앉히기 위한 다독임이었다. 자꾸만 가슴이 뛰었다. 마치 이 차가 계속 달려 서울을 향해 갈 것처럼, 차에 탄 지원의 심장이 쉼 없이 두근거렸다. 지원은 너무 빨리 뛰어서 버겁게 느껴지는 심장에 가만히 손을 올려놓았다. 아이를 재우는 엄마의 손길처럼 부드럽게 자신의 가슴을 다독였다.

'그만해. 그렇게 뛰어 봤자. 네 주인에겐 갈 수 없어.'

그가 걸어 놓은 주문은 언제, 어느 곳에서나 강력한 힘을 발휘했다. 그의 자리가 되어 버린 지원의 심장은 늘 주인을 찾아 버겁게 뛰어 댔고, 그녀로 하여금 좀처럼 그를 외면하지 못하게, 그를 잊지 못하게 만들었다.

조금이라도 희미해질라치면, 그날의 다짐을 상기하라는 듯 미친 것처럼 뛰어 대는 심장 때문에 울고 싶었던 적이 많았다. 그리고 그런 시간은 앞으로도 계속되리란 걸, 특별한 예지능력 없는 지원조차 느끼고…… 받아들이는 중이었다.

어차피 그에게 준 자리였으니까. 이미 제 것이 아닌…… 이 심장은.

지원이 탄 차량은 지역에서 제법 큰 상권이 형성된 대구까지 달려갔다. 시내에 접어든 차는 백화점 대신 조금이라도 싸게 물건을 구입할 수 있는 재래시장으로 움직였다.

생소한 도시라 지리를 전혀 모르는 지원은 그저 다른 선생님들을 쫓아다니며, 앞서 산 물건 보따리를 들고 다니는 중이었다.

구입한 것이 늘어나서 짐이 많아지자 공익요원과 이 주사님은 커다란 짐 꾸러미를 들고 재래시장 주차장에 주차된 센터 승합차에 먼저 실어 놓으러 가신다고 사라진 지 한참이 지나 있었다.

지원이 새로 구입한 짐을 받아 들고 서 있는 사이, 구입목록이 적힌 수첩을 들여다보며 대장처럼 움직이는 실장님을 선두로, 다른 선생님들은 이미 새로운 가게의 유리문을 밀고 들어서는 중이었다.

그 복잡함에 끼어들고 싶지 않았던 지원은 땡볕이긴 해도 가게 앞 난전을 바라보며 시장골목에 서 있는 쪽을 택했다.

"민 선생님! 안 들어오세요?"

"어. 난 이것 좀 보고 들어갈게요."

냉기가 빠져나가지 않도록 유리문을 빼꼼히 열고서 말 걸어오는 귀염성 있는 이 선생에게 지원이 대답하는 사이, 별다른 공간이 없어 다른 선생들이 겨우 한 줄로 서 있던 공간을 거슬러 비집고 나오는 실장님이 보였다. 생각보다 사납게 벌컥 열어젖혀진 유리문이 닫히기도 전에 튀어나온 실장님의 목소리는 화가 나신 것 같았다.

"여보세요? 예? 뭐라고요?! 뭐라카나! 예…… 예…… 그래서요?"

지원이 날카로운 인상을 가진 실장님을 바라보며 뭔가 좋지 않은 일이 생겼다는 걸 직감하고 있을 때, 잔뜩 성난 얼굴의 실장님이 전화통화를 마치며 한숨을 내쉬었다.

"휴우…… 내 이걸 그냥!"

"실장님, 왜 그러세요?"

대답 대신 뭔가 생각하는 듯 지원을 바라보던 실장님은 저만치 멀리서 여유로운 걸음으로 걸어오고 있는 이 주사님과 공익요원을 쳐다보며 얼굴을 환하게 밝혔다.

"이 주사님!"

마른 몸에 하얀 피부, 모난 것처럼 보이게 만드는 각진 자줏빛 뿔테 안경을 쓴 키 작은 실장님의 목소리가 화통을 삶아 먹은 것처럼 크게 터져 나왔다. 시장골목을 울리는 그 목소리에 지나던 사람들과 상인들이 몇몇 처다봤지만 실장님께 그런 것은 상관없어 보였다.

"예. 실장님. 왜 그러십니까?"

까칠한 성격만큼 큰 표현보단 조곤조곤 따지고 매정할 만치 차갑게 일처리 하시는 실장님이 큰 목소리를 냈다는 건 분명 어느 정도 이성을 놓아 버릴 만큼 굉장히 화가 나셨다는 뜻이었기에 이 주사님은 급하게 달려와 걱정스런 얼굴로 실장님 앞에 마주 섰다.

"민 선생이랑 순정이 좀 잡으러 가셔야겠습니다. 괜찮겠지요?"

"순정이요?"

순정이. 하얗고 마른 몸을 가진 연예인 지망생 아이. 지원이 안나 집에 머문 첫날부터 서울서 온 선생이란 말에 기획사 오디션에 대해 물어 보던 조금은 엉뚱했던 세상 물정 모르는 아이.

그 아인 서울에서 사는 사람은 모두 방송국 사정이며 연예기획사 오디션에 대해 박식하고, 한 다리 건너 두세 다리쯤이면 관련업에 종사하는 사람과 연결해 줄 수 있는, 일종의 동아줄 같은 거로 생각하는 듯했다. 그런데 그 아이가 왜? 지원은 마주 보고 선 이 주사님과 실장님을 말 없이 바라보기만 했다.

"걔가 지금 대구에 있답니다."

"대구요?! 센터가 아니고요?"

"센터에 있는 아이면 제가 왜 이러겠습니까?! 엊그제부터 데려가 달라고 하도 조르길래 안 된다고 했는데, 얘가 우리 떠난 다음에 지 혼자 몰래 대구로 왔답니다. 이 일을 어쩌면 좋겠습니까!"

"어디 있는지는 아십니까?"

"안나의 집 아이들이 그러는데 중구에 걔가 잘 가는 피씨방이랑 노래방이 있다니까 거부터 한번 찾아가 보는 게 어떻겠습니까? 민 선생. 이 주사님이랑 같이 가서 좀 찾아봐 줄 수 있겠습니까?"

"네. 실장님."

어느새 이 주사님 옆에 다가서던 공익요원이 지원의 손에서 들린 짐을 보더니 말없이 받아 들어 줘서 고맙다고 미소를 보이던 찰나, 커다랗게 들려온 실장님 말씀에 서둘러 대답한 지원이 걱정스런 눈빛으로 이 주사님을 바라보았다.

이제 이 주사님은 대구 지리를 전혀 모르는 지원을 데리고서 이리저리 빠져나가기 명수인 순정을 잡아들여야 했다. 별 도움이 되지 못할 것을 알기에 지원의 걱정스런 눈빛은 미안함으로 바뀌어 갔다.

한 시간 뒤, 여기저기 피씨방을 돌던 지원은 몹시 지쳐 있었다. 지리도 모르는 상황에서 마음만 급하니 더 기운이 빠지는 것 같았다.

지원은 길을 잃을까 봐 좁은 사잇길로는 들어가지도 못하고 대로변 피씨방과 노래방을 찾아보기로 했고, 이 주사님은 안나의 집 아이들이 알려 준 그들만의 구역으로 찾아가 보신다고 했기에, 이 구역 피씨방을 모두 찾아보는 건 온전히 지원의 책임이었다.

책임감. 해야 할 일. 지원에 머릿속에 떠오른 이 생각은 지친 지원의 두 다리에 힘이 들어가게 만들었다.

건물 계단에 앉아 잠시 쉬던 몸을 일으켜 벌떡 일어나려 했지만, 걸으려는 의지만큼 몸이 따라 주지 못했다. 하지만 지원은 더딘 걸음으로 다시 거리를 걷기 시작했다.

천천히 걸으며, 심장이 뛰는 반동대로 조금씩 흔들리는 윗몸의 움직임이 심상치 않다는 느낌이 들었던 지원은 심계항진 상태인 자신의 체력이 얼마나 바닥인지 인지하며 잠시 쉬기 위해 가까운 피씨방으로 걸어 내려갔다.

피씨방 냉장고 가장 아래 칸에 줄지어 있던 바나나우유를 골라 계산하고 인적이 뜸한 자리에 앉아 컴퓨터를 켠 뒤 잠시 망설이던 손가락은 오랜만에 그녀가 자주 사용하는 포털사이트에 접속해서 언니에게 메일을 쓰기 시작했다.

　언니…….

　몇 분이나 지났을까 짧은 글을 적어 메일을 발송한 지원이 그대로 컴퓨터를 끄고 일어나는데 지원이 들어온 문이 아닌 반대편 문으로 들어서는 낯익은 얼굴이 보였다. 그리고 그 아이 뒤로 따라 들어오는 덩치가 좀 있는 남자 아이들의 모습도.
　"순……저……ㅇ…….."
　입 밖으로 나오던 목소리를 억지로 잡아들인 지원이 급하게 자리에 앉아 이 주사님께 전화를 걸었다.
　"이 주사님. 여기 순정이 있어요."
　간단하게 피씨방 이름과 위치를 설명한 지원이 전화를 끊고 순정이의 움직임을 살피기 시작했다. 아이는 피씨방에 들어와서도 빨리 자리 잡고 앉는 대신 설렁설렁 움직이며 뭔가 찾는 듯하더니 함께 온 아이들과 무리 지어 자리 잡는 것이 보였다.
　생각보다 멀리 계셨는지 이 주사님은 빨리 오지 않으셨다. 남자아이들과 하는 것은 게임 같은데 그중 한 아이가 자꾸만 순정이의 몸에 손을 대는 것이 보였다.
　"아씨! 하지 마라."
　"아. 씨발, 정식이는 되고 나는 왜 안 되는데?!"
　"말이냐?"
　"정식이랑은 한판 떴다며!"
　"너랑은 안 한다고!"
　"나는 왜 안 되는데! 네가 뭘 모르나 본데, 내가 정식이보다 더 잘해, 씨발아!"
　"너는 싫어. 안 해."

"씨발, 어디서 까고 있어, 다 돌아 먹은 년이. 내가 너한테 까여야겠냐?! 너, 이리 나와!"

남자아이는 게임하다 말고 자리에서 거칠게 일어나 순정이의 팔을 잡고 어딘가로 끌고 가려 했다. 어떡하지? 이런 상황을 정리했던 경험이 없는 지원은 피씨방 주인을 한 번 쳐다보았지만 그는 영업에 지장이 없는 한 관여하고 싶지 않은 것 같지 않았다.

아이들을 어떻게 대해야 할지 아무것도 알지 못해 신중해야 했지만 지원은 그 판단을 내리기도 전에 눈에 불이 번뜩이는 것 같은 분노를 느끼며 순정이에게로 향했다.

"순정아! 이리 와!"

지원의 다급하고 앙칼진 목소리에 순정이는 눈이 커다래져서 지원을 쳐다봤고, 등을 보이고 있던 남자아이는 건방진 표정으로 뒤를 돌아봤다.

"넌 뭐야!"

허. 이 어린애가 시작부터 반말이다.

"나 순정이 선생님이에요. 순정아, 이리 와."

"쌔에앰⋯⋯. 아야!"

지원을 향해 냉큼 달려오려던 순정은 뒤로 잡아당겨진 팔이 아파, 제자리에 멈춰 서야만 했다.

"얘 학교도 안 다니는데 무슨 쌤?! 웃기네."

순정은 학교를 자퇴한 뒤 나름 착실히 검정고시를 준비하고 있었다. 연예인이 되려면 당당한 스펙도 필요한 거라는 센터 선생님들의 꼬드김에 넘어간 결과였다.

"학생 지금 그러는 거 폭력이에요. 그 손 놔요."

"오오오⋯⋯ 선생 노릇 좀 하시겠다?! 어쩌지? 나도 학교 안 다녀서 선생 같은 건 취급 안 하는데?!"

어린 녀석이 비위 좋게 느물거리기까지 하다니. 어?! 저 팔에 보이는 건⋯⋯ 문신?! 조폭 똘마니 노릇이라도 하나? 그 나이에? 지원은 기막혀 눈살을 찌푸렸다. 조폭세계에 들어가니 뭐라도 된 것 같이 우쭐거리고 싶은 치기 어린 남자아이의 마음이 그대로 읽히는 듯했다.

"후우…… 간단하게 하자. 순정이 놔주고 너희끼리 놀래, 아니면 경찰 부를까."

"오호호…… 말 놓겠다?! 근데 가만 보니, 스샘 좀 이쁜 것 같네. 스샘이 나랑 한번 놀아주면 얘는 내가 놔줄 수 있지."

스샘? 선생님 발음이 그렇게 안 되나? 함께 사는 아이들이 귀엽게 줄여서 쌤이라고 부르는 건 좋지만, 국적도 불분명하게 막무가내로 줄여서 스샘이라 부르는 눈이 느끼한 남자아이는 봐줄 생각이 없었다. 더군다나 놀아 달라니! 어떤 식으로 놀자는 건지 분명히 보이는 상황에서 지원은 성추행을 당한 것처럼 불쾌함에 분노로 몸을 떨었다.

지원은 전화기를 꺼내 들어 긴급버튼을 눌렀다. 수화기에 귀를 갖다 대는 순간 남자아이의 손이 지원을 뺨을 쳤고, 그런 남자아이의 급소를 순정이가 집어 차더니 팔꿈치로 등을 내리찍었다. 옆에 앉아 게임하던 일행이 자리에서 일어나며 순정과 지원을 빙 둘러싸는 순간 피씨방 주인이 경찰 왔다고 소리쳤다.

"뛰라! 경찰 온다!"

'어? 무슨 경찰이 이렇게 빨리 와?'

공권력에 그다지 신뢰를 갖고 있지 못한 지원이 귀가 아프도록 얻어 맞은 뺨이 턱까지 얼얼한 걸 견디며 처음 떠올린 생각은 그것이었다. 대구는 경찰들이 서울보다 몇 배는 부지런한가 보다. 아니면 바로 건물 앞에서 순찰 중이었거나. 아니면 혹시 피씨방 주인의 트릭인가?

그렇게 한 가지씩 생각이 늘어나고 있을 때 지하로 내려 뛰는 커다란 남자 발자국 소리가 정말 들려오기 시작했다. 남자아이들은 본능처럼 뒷걸음치며 정문을 바라보다가 누군가 먼저 뛰기 시작하자, 우르르 본인들이 들어왔던 후문을 향해 엄청난 속도로 몰려 나갔다.

"민 선생!"

남자아이들 뒷모습을 바라보다가 소리 나는 곳으로 고개를 돌린 지원은 땀을 비 오듯 흘리신 이 주사님과 공익요원 청년을 볼 수 있었다.

　"아……."

　그제야 안도했고, 그제야 겁이 났다. 어린 순정의 옷 속에 함부로 손을 넣는 남자아이를 본 순간 유선의 얼굴이 맘에 안 든다며 이불을 덮고 유린했다는 그 이름 모를 더러운 자식과…… 그리고 그 더러운 자식이 겹쳐 보였던 건 왜였을까.

　지원은 희라원 이후로 한 번도 나타나지도 않고, 소리 소문도 없이 증발해 버린 김재우를 떠올리며 낮은 한숨을 쉬었다. 이렇게 현민의 곁에서 떨어져 나왔고, 또 가족들에게서도 떨어져 나온 지금까지 그가 모습을 드러내지 않는 걸 보면, 이젠 정말…… 끝난 것 같은데도, 악몽 같은 그는 잊어지지가 않았다.

　"민 선생 괜찮습니까?!"

　"에……? 네……. 괜찮습니다."

　"쌤! 뭐가 괜찮아요! 피 봐요! 피!"

　"어?"

　지원의 입가가 터져 있었다. 스윽 닦아 내린 오른쪽 손등엔 기다랗게 피가 묻어 있었다. 피……. 그래. 피 날 만큼 아프긴 하더라. 어린놈이 힘은 세 가지고. 지원이 이 주사님의 부축을 받으며 자리에서 일어나 옷에 묻은 먼지를 터는데, 순정이 피씨방 사장에게 다가가는 것이 보였다.

　"아저씨! 여자가 저렇게 맞고 있는데 어떻게 여기 서서 구경만 해요?!"

　"……."

　피씨방 사장은 기막히단 눈빛으로 대꾸도 하지 않았다. 따지고 보면 네가 문제의 시작인데 넌 왜 그렇게 당당하냐, 그런 눈빛인 것 같았다.

　"경찰에 먼저 신고해 주든가! 아님 나와서 우릴 도와라도 주든가! 남자가 어떻게 그렇게 비겁해요?!"

　"순정아, 그만해!"

지원이 순정을 불렀지만 아이는 계속 화를 내고 있었다. 사장 입장에서 상권을 장악한 조폭을 건드릴 수는 없었을 것이다. 아무리 나이 어린 똘마니라고 해도.

"남자가 그러는 게 아니죠!"

지원은 순정에게 다가가 팔을 붙잡으며 사장에게 사과했다.

"영업에 지장드려 죄송합니다. 경찰분들 오시면 상황 정리됐다고 죄송하다고 전해 주세요. 이 주사님, 가요. 어서요."

경찰이 와서 또 센터 이름이 거론되느니, 빨리 자리를 떠나고 싶었던 지원은 급하게 계단을 오르려 뒤에서 소리치는 순정의 목소리에 끄응, 앓는 소리는 냈다.

"아저씨! 진해엔 발도 들이지 마요! 아저씨처럼 싸가지 없는 사람은 우리 동네 오면 밟혀요! 알았어요?!"

지원이 고개를 돌리자 공익요원의 커다란 손에 입이 틀어막힌 순정이가 첫 번째 계단을 이제 막 오르려 하고 있었다.

"고생 많으셨습니다. 민 선생님. 센터 가시면 치료부터 하시죠."

지원 바로 아래 칸에 서 계시던 이 주사님의 말씀에 벌써 부어오르기 시작한 뺨을 한 채 지원이 고개를 끄덕이며, 다시 위를 향해 계단을 오르기 시작했다.

그렇게 아이들의 삶에 적응해 가는 사이 센터엔 완연한 가을이 찾아왔다. 센터 앞마당. 연못가와 접해 있는 옆길 따라 쭉 심어져 있는 오래된 뽕나무마다 까맣고 다디단 오디 열매들을 아이들이 따 먹다 못해 질려 그냥 땅에 떨어지도록 많이 매달고 있던 게 엊그제 같은데, 벌써 아침저녁으론 얇은 카디건을 찾아 입어야 할 만큼 일교차가 커졌고 나뭇잎들이 붉어지고 있었다. 한로가 지난 탓일까. 아침 녘 센터 앞마당엔 차가운 이슬이 맺혀 설핏 서리가 내린 듯 보이기도 했다.

우리나라 땅을 기준으로 만들어진 절기도 아닌데 그것이 가끔은 신통하게도 잘 맞아 들어가는 걸 보면, 자연의 이치는 국경도, 무엇도 없는 것 같았다. 제 마음이 유리 천장 위의 현민을 마음에 담은 것처럼.

지원은 이렇게 아침부터 머리가 복잡했다. 조금 있으면 시작될 가정폭력상담 교육 중 오늘은 집단상담 일정이 잡힌 날이었기 때문이다.

가끔 앞선 기수 교육생들이 집단상담받을 때 지원은 센터 스텝 자격으로 멀리서나마 참관할 수 있는 기회가 있었는데 그때 목격한 바, 집단상담 수업이 결코 반갑지 않은 수업이라는 결론을 얻었다.

대부분의 교육과정은 강의를 제외한 활동의 경우 여러 개 조로 나뉜 소그룹 형태로 진행되었는데 집단상담의 경우는 수십 명의 교육생들이 커다랗게 원을 만들어 앉아, 그 안에서 가식 없이 자신의 내면을 성찰해야만 했다.

좀 더 다르게 표현한다면 적어도 반성까지는 아니라 해도 거짓 없이 자신의 상처를 드러낼 용기를 보여야만 비로소 수많은 사람들의 집중된 시선에서 벗어날 수 있는 과정이었다.

그렇게 한 사람이 자신을 내려놓으면 또 그 옆의 사람, 또 그 옆의 사람. 그런 과정을 거치고 다시 소그룹으로 좀 더 진지하게 파고들어 교육생 자신의 상처부터 치유해야 삼담원으로서 타인의 상처를 들을 수 있는 자격이 생기는 것 같았다.

관장님께선 왜 이런 교육을 업무시간까지 빼 주시면서 억지로 듣게 만드신 걸까. 왜 교육비까지 미리 센터에서 결제해 두었다고 무조건 가서 교육받으라 등을 떠미셨던 걸까. 요즘 들어 의문이 깊어지고 있었다.

피하고 싶은 집단상담. 교육을 마치고 상담원 자격이 주어진다 해도 지원은 지금 하고 있는 일 외에 다른 업무를 추가로 늘리고 싶지 않았다. 실상은 타인의 절규하는 고통 소리를 아직은 담담히 들을 자신이 없었고, 그들에게 스스로의 문제를 되짚어 보도록 유도하고, 이끌 만한 자격이 못 된다고 생각했기 때문이었다.

자신의 고통도 삭이지 못했는데, 타인의 고통을 함께 고민하기는커녕, 마주하는 것조차 숨이 막힐 것 같아서 피하고 싶었다. 그런데 관장님은 왜! 지원은 아직 그 대답을 찾지 못했다.

그분의 생각을 짐작하기도 어려웠고, 늘 바쁘신 분이라 센터를 비우는 날도 많았기에 짧은 미팅 시간이라도 내서 여쭤 볼 틈이 없었던 탓이었다. 3시간 뒤 그녀의 걱정은 현실이 되어 돌아왔다.

"자. 날 봐요. 시냇물님의 상처를 지금 여기다 풀어 놓고 자유로워지는 거예요. 아주 간단해요. 스스로가 내려놓기만 하면 그 상처는 시냇물님을 떠나갈 거예요. 자, 용기 내서 말해 보세요. 아무도 시냇물님을 비난하지도 동정하지도 않습니다."

"……."

시냇물. 물처럼 조용히 모든 것이 흘러가길 바라는 마음으로 그녀 스스로가 정한 닉네임. 교육과정 내내 모든 교육생들은 이름이 아닌 닉네임으로 서로를 불렀기에 지원은 교육생들로부터 시냇물이라 불렸다.

그리고 지원이 우려했던 대로, 그녀는 지금 수십 명이 빙 둘러앉은 홀에서 원의 정중앙까지 불려나와 상담센터장이자 이번 집단상담의 슈퍼바이저인 이 교수님을 마주하고 앉아 있었다.

"다시 한 번 숨을 크게 들이마셔 보세요."

"흐……으……흠……."

지원은 교수님이 시키는 대로 숨을 크게 들이마시며 긴장을 풀어내려 애썼다. 하지만, 교수님과 그녀를 둘러싸듯 빙 둘러앉아 숨소리도 내지 않고 집중하고 있는 수십 개의 시선을 의식하지 않는 것은 참으로 어려운 일이었다.

벌써 15분째. 이런 식으로 정체될 수업이 아닌데, 이 교수님도 일정이 있으실 텐데 도무지 포기하실 생각을 안 하셨다.

이번 기수 교육생의 성비는 5:1 정도로 여성 교육생 수가 월등히 많았다. 교육생 대상자 선정 시 최저 전문학사 이상이어야 하는 조항 탓에 몇 안 되는 고령자 교육생들의 경우에도 모두 학사 출신이었고, 그 시대에 그만큼 배우셨으니 지금에 와서도 그분들의 삶은 대체로 평균 이상이거나 중산층 수준의 생활을 영위하시는 분들이셨다.

그러나 그분들이 꺼내 놓으신 자신들의 상처들은 모두들 죽마고우 앞에서도 말하기 어려운 것들이 많았다. 남편의 외도, 사업 실패와 억압, 그렇게 나이가 들고도 이미 돌아가신 부모님에게 받은 상처를 치유하지 못해 울음을 터트리는 분들, 물론 어떤 분들의 경우 남들 보기 좋게 자신을 포장하며 이상과 나눔을 위해 교육에 참여할 뿐 자신은 꺼내 놓을 상처가 없다는 분들도 계셨다. 또 어떤 경영학과 출신 젊은 남성 교육생은 미혼으로서 장차 배우자를 위해 미리 여성을 잘 이해하기 위한 수단으로 강의를 듣는다며 참으로 다양한 이유를 가져다 붙였다.

그냥 그렇게 넘어가 주면 좋을 텐데, 이번 집단상담 진행은 지원이 지금껏 참관했던 수업들보다 더 집요하게 교육생들의 심리를 파고들어 결국 자존심으로 자신을 보호하며 벽을 만들었던 몇몇 교육생들을 울게 만들고, 통곡과 함께 터져 나오는 인생의 비통함을 고백하게 만들었다.

그럼에도, 지원은…… 싫었다. 고통은 제 안에 있을 때 가장 작게 살아 숨 쉰다고 생각했다. 저가 꺼내 놓으면 그것은 제 안의 크기를 벗어난 자유로움으로 끝도 없이 커질 것만 같았다.

그런데 이 교수님은 비협조적인 수많은 교육생들을 다 울리고서도 마지막까지 버티고 있는 지원을 붙잡고 포기할 생각을 안 하시더니, 결국 원의 정중앙까지 끌고 나와 마주 앉으셨다. 슈퍼바이저가 교육생 1인을 독대하고 앉아 15분여간 진을 빼는 경우는 결코 흔한 경우가 아니었다.

기 싸움을 하자는 것은 분명 아닌데. 어찌하다 보니 고집스럽게 버티고 있는 모양새가 된 지원도 난감했고, 교수님도 점점 지치시는 게 눈에 보였다.

지원은 눈빛으로 사정했다. '교수님, 이제 제발 그만하세요.' 라고. 그러나 교수님의 눈빛은 절대 포기하지 않겠다는 의지를 더 빛내실 뿐이었다. 다른 교육생들에게도 미안했다.

당황스럽고 창피해서 결국 눈물은 흘리면서도, 지원 저 자신도 진이 빠져 기진맥진 죽겠는데도 입은 열리지 않았다. 뭘 어떻게 꺼내 놔야 하는지 지원은 알지 못했다.

지금까지 교수님이 하시는 걸 보면 대충 말한다고 그냥 넘어가 주실 분이 아니셨다. 마음속 응어리를 꺼내 놓아야 멈추실 분이신데. 지원은 마음속 그 어느 응어리를 생각해 봐도 이 많은 사람들 앞에서 꺼내 놓을 만한 것이 없었다.

모두 감추고, 덮어야 할 일들. 모두 절대적으로 타인의 잘못이고, 자신은 피해자일 뿐이라 주장할 수 없는 일들. 지원은 그래서 거짓을 말할 순 없으니 침묵을 선택했다.

마음 같아선 이대로 수업을 이탈해 버리면 좋겠지만 관장님의 마음을 외면하는 일이 될 것이기에 자리를 박차고 이 숨 막히는 공간을 벗어날 수도 없었다.

"계속 그렇게 고통을 마음에 안고 사실 겁니까? 다른 사람들도 다들 창피하고 부끄러워하면서도 자신들을 꺼내 놓는데 뭐가 그렇게 걱정이 돼서 말 한 마디를 못합니까? 꺼내 놔야 치유가 시작되고, 드러내야 상처가 아물어 갑니다."

교수님의 지적은 계속되었다. 자극을 주시려는 건 알겠는데. 늘 그랬듯 지원의 결심은 흔들리지 않았다.

좀 더 이어진 교수님의 상담은 벽을 앞에 둔 것처럼 결국 끝났다. '잠시 쉬었다 갑니다. 20분 뒤 다시 모여주시고, 시냇물님은 여기 남으십시오.'라는 말과 함께. 결국 지원은 쉬는 시간마저 다시 교수님께 붙잡혔다.

"시냇물님은 뭐가 그렇게 겁이 납니까?"

아까보다 낮고 사적으로 만난 듯 정감 있는 목소리가 들려왔다.

"죄송합니다. 교수님. 그 부분에 대해서는 별로 말씀드리고 싶지 않습니다."

지원의 대답은 15분 전이나 지금이나 똑같았다. 그러는 사이 상담센터에서 나온 직원들이 교수님과 지원의 옆에 맑은 차 한 잔을 놓고 멀어져 갔다.

"나한테 말하라는 게 아니라, 시냇물님 안에 짐을 스스로 던져 버리라는 거예요. 그렇게 어쩔 줄 몰라 이겨 내지도 못하면서, 그 상처들 언제까지 끌어안고 살려고 그래요?"

"……."

지원의 침묵을 지켜보던 교수님은 여유를 주시겠다는 듯 천천히 차를 권했다.

"마셔요. 지쳤을 텐데."

"네."

교수님의 권유가 아니었어도, 온몸에 진땀이 흐르고 입이 바싹 마른 지원은 그 차를 마시고 싶었다. 한 모금 입안에 들어온 차는 구수한 황정차였다.

"음……. 둥굴레차가 좋네. 그렇죠?"

"네."

지원은 고개를 작게 끄덕였다. 쉴 틈을 주시려는 건지 어떤 말을 전에 시간을 끄시는 건지 모를 교수님을 보며 지원이 입을 열었다.

"교수님. 잠시만 밖에 다녀와도 될까요. 찬 공기를 좀 쐬고 싶습니다."

교수님은 잠시 눈 안에 들어 있는 뭔가를 끄집어낼 것처럼 지원의 눈동자를 들여다보다 다녀오라는 대답을 해 주셨다.

교육 공간을 빠져나온 뒤에야 지원의 입에서 막혔던 숨이 터져 나왔다.

"하아……. 정말 힘들다."

막혀 오는 숨, 긴장되며 오르기 시작한 체온, 그리고 사람들의 시선. 집단상담 수업일 2주 전부터 망설여지고, 꺼림칙했던 것은 이 때문이었나 보다. 결국 이런 꼴을 당하려고.

자신조차 생각을 미뤄 두고 덮어 둔 부분인데, 그 많은 사람들 앞에서 무엇을 꺼내 놓을 수 있을 리가 만무했다. 지원은 머리를 천천히 저으며 걸음을 걸었다.

교육생이 많아서인지 3층 통로엔 아직 많은 교육생들이 차를 나누며 담소 중이어서 그들을 피해 한 층 더 아래로 내려선 지원은 센터 앞마당, 인적 드문 연못가로 향하기 위해 바쁜 걸음을 움직였다. 무심결에 움직이던 지원의 무표정한 얼굴에 서서히 그림자가 드리워지며 걸음이 느려지기 시작했다.

한 계단, 한 계단 내려설 때마다, 그녀를 감싸 오는 이상한 기시감에 어깨와 뒷목이 싸늘하니 굳어 가며 온몸에 긴장감이 덮쳐 왔다. 저 멀리 사무실 쪽에서 들려오는 외마디 음성을 들은 것 같아서였다. 뭔가 굉장히 불길한.

교육이 시작되면 센터 인력은 대부분 교육이 진행되는 연수 시설 쪽으로 이동되었다. 그래서 센터 1층 사무실엔 당직처럼 한 사람이 남아서 지키는 경우가 많았고, 더군다나 보름 전부터는 사무실 한켠에 자리하고 있던 여성폭력상담실이 2층 비어 있던 공간으로 옮겨지면서 지금 귓가에 들리는 소리처럼 사납고 불안한 대화가 사무실 안에서 진행될 그 어떤 요소도 남아 있지 않았다.

본능적인 두려움이 지원을 감싸 왔다. 차분하게 가라앉은 지원의 눈빛은 불안정하게 흔들리고 무표정한 얼굴 뒤에 숨긴 지원의 가슴은 바들바들 떨고 있었다.

넓은 로비를 채우고 있는 희고 검은 점으로 이루어진 회색빛 포천석이 방금 닦여 반짝반짝 깨끗하게 윤이 나 있었고, 그 위로 수많은 교육생들의 점심 식사를 해결하기 위해 임시 식당처럼 여러 개의 둥근 테이블과 의자들이 놓여 하얀 테이블보 위에 작은 꽃병까지 올려져 있는데 그 평화로운 분위기와는 달리 이 긴장된 분위기는 어디에서 기인한 것일까.

조용해야 할 센터 저편 사무실 출입문은 부주의하게 반쯤 열려 있었고, 그도 모자라 사무실 천장에 매달린 형광등은 반절만 켜져 있었다.

마음은 가고 싶지 않은데 지원의 걸음은 무의식적으로 사무실을 향했다.

다가갈수록 조금씩 더 분명하게 자주 들려오는 소음. 아니 고함. 상담실로 사용되던 공간은 외부로 열린 문을 이미 폐쇄시킨 상태여서 안쪽 상황을 보려면 반드시 사무실 출입문을 거쳐야만 하는 상황이었다.

지원은 주춤주춤 반쯤 열린 사무실 출입문 안으로 몸을 밀어 넣었다.

사무실 안으로 들어서자 상담실에서 들려오는 커다란 남자의 고함과 그 앞에 누군가가 울먹이고 있는 소리, 또 그것이 못마땅해 윽박지르는 소리들이 뒤섞여 더 자세히 들려왔다.

"울지 마라! 쌍년아. 내가 이렇게까지 나오면 알아서 기어야 될 거 아이가! 어데 애새끼까지 끌고 나와가 이 망신이가!"

"경수 아버지…… . 흑……흑…… ."

"내가 니를 죽이나?! 내가 죽이냐고! 이 개쌍년 봐라. 그래! 에서 아예 죽자! 야! 이 쌍년아! 죽자! 죽어!"

"지금 뭐하시는 겁니까!"

"으흐흑. 경수야…… ."

"이리 와라!"

"으악!"

"안 놓습니까! 지숙 씨! 들어가요."

"어엉…… 어흐흡…… . 관장니임."

"들어가요! 지숙 씨!"

"어델 가노! 야! 내 말 안 끝났다! 니 지금 안 따라나서면 경수도 너도 다 죽는 거데이! 아나?! 내가 더 참아 줄 것 같나?!"

"그 손 못 놓겠습니까!"

상담실 공간에선 거친 남자와 겁에 질려 사정하는 여자, 그리고 아주 오랜만에 뵙는 관장님 목소리가 뒤섞여 들려오고 있었다.

지원의 걸음이 투명한 손에 이끌리듯 천천히 반쯤 열린 상담실 문을 향해 움직였다. 넋 놓은 표정은 그녀가 몽유병 환자인 것처럼 보일 만큼 아무엇도 담긴 것이 없었다. 그저 멍하니 소리가 나는 곳으로 걷고 있을 뿐.

별로 좋지 않은 상황을 대면하게 될 것임을 알면서도 지원의 손은 덜 열린 상담실 문을 밀어냈다. 한 걸음 들어서 왼쪽으로 고개를 돌리자, 역시나 닫히지 않은 저 안쪽 상담실 모습이 벽에 가려져 반쯤 보이고 있었다.

둥그런 테이블을 중심으로 양쪽에 놓인 의자. 상담자와 내담자가 마주 앉아 조용히 대화 나누는 공간은 이미 우뚝 서서 대립하고 있는 관장님과 사납게 완력으로 겁을 주려는 남자의 모습으로 채워져 있었고, 둥그런 테이블 아래에는 남자를 피해 숨어든 40대 초반으로 보이는 여성이 몸을 웅크리며 벌벌 떨고 있었다. 사람이 앉아 있어야 할 두 개의 의자는 텅 비어 있었다.

마치 그곳에는 사람이, 사람으로 대접받아야 할 존재가 없는 것처럼. 한 사람은 거부의 뜻으로, 한 사람은 공포에 질려 그 의자를 방치하고 있었다.

정작 버려진 건 누구일까. 사람으로 태어나 대화조차 맘 편히 못하고 의자 옆 테이블 밑으로 숨어든 여자일까. 튼튼히 만들어져 사람이 앉아 주길 바랐지만 아무도 앉지 않아 텅 비어 버린 의자일까.

소란스러움 속에서도 여전히 멍하니 서 있던 지원의 상념은 관장님의 커다란 목소리에 의해 깨어져 버렸다.

"민 선생! 여기 지숙 씨 좀 데려가세요!"

"……네?"

몸이 잘 움직이지 않았다. 과거의 기억에서 튀어나온 예전의 느낌과, 그 분위기가 지원을 감싸 머릿속을 혼란스럽게 휘젓고 있어서 눈앞에 보이는 것과 머릿속에서 떠올리는 것들이 뒤엉켜 생각이란 걸 할 수가 없었다.

"지숙 씨 데려가라는 말 안 들립니까?!"

"어딜 가나! 야, 이 쌍년아! 안 나오나!"

"네. 네! 알겠습니다."

몸이 반쯤 얼어붙었다가 지원이 억지로 움직이는 바람에 스걱스걱 소리가 나는 것처럼 부자연스러운 걸음이 움직여졌다.

"가만히 못 있어요?! 경찰서로 연행되고 싶습니까?"

남자는 관장님의 현실적인 압박에 잠시 몸을 멈춰 세웠고, 그제야 화들짝 정신 차린 지원은 평소의 모습으로 돌아가, 문을 막아서듯 등지고 있는 남자와 그리 넓지 않은 벽 사이 틈을 지나며, 그 남자에게 몸이 닿지 않기 위해 몸을 최대한 움츠려 게걸음으로 그 틈을 빠져나갔다. 관장님 뒤편으로 돌아간 지원은 테이블 아래로 몸을 숙였다.

"지숙 씨. 일어나세요. 저랑 같이 나가요."

"내가 죽는 게 무서운 줄 아나. 허헛. 말로 할 때 나와라. 니 집에 안 갈 끼가!"

남자는 여자에게 들으라는 듯 또다시 험한 말을 지껄였다.

"<u>으흐흡흑……. 으흐흑.</u>"

겁에 질린 여자는 눈동자 외엔 아무것도 움직이지 못했다. 마치 제 몸은 저 남자의 명령에 따라 움직여지는 소유물인 양 바짝 얼어, 공포 담긴 눈으로만 탈출을 원하고 있다 말하고 있을 뿐 정작 그 마음은 자신의 몸을 움직이지도, 말소리가 되어 도움을 요청하지도 못하고 울음소리만 낼 뿐이었다.

"지숙 씨!"

지원이 안타까워 급하게 불러 보지만 여자는 눈물이 가득 담겼던 눈꺼풀을 깜빡여 눈물을 떨굴 뿐이었다.

"니 가지 마레이."

남자가 한마디 할 때마다 지숙은 공포에 질려 하얗게 변해 갔다. 지원은 갑갑함에 침을 삼켰다. 다급한데. 왜 이렇게 말을 안 따라 줄까.

테이블 위에선 남자의 완력을 맞서는 권위로 관장님이 그 특유의 눈빛을 빛내 가며, 남자를 기선 제압하고 있었지만, 언제 다시 남자가 돌발

행동을 할지 아무도 모르는 일촉즉발의 상황인데, 지숙 씨는 머리를 도리질하며 테이블 아래로 숨은 것으로도 모자라 점점 지원이 손을 피해 벽 쪽으로 뒷걸음질하고 있었다.

웅크린 몸으로 엉덩이를 바닥에 밀며 주춤주춤 물러나는 여자의 움직임에 지원은 당황스러우면서도 갑갑했고, 왠지 가해자로 치부되고 있는 기분에 눈살이 찌푸려지기도 했다.

여자의 한 묶음으로 묶었던 머리는 머리카락이 반쯤 빠져나와 이미 헝클어질 대로 헝클어져 있었다. 아까 그 비명 소리. 남자에게 머리채를 잡혔었던 것이었을까. 지원은 머릿속에 떠오른 생각에 다시 한 번 미간에 주름을 만들 수밖에 없었다.

여자는 계속 고개를 좌우로 흔들며 두 무릎 사이로 얼굴을 파묻으려 했다.

아무것도 안 들리고, 아무것도 안 보인다고. 그러니 지금 이곳이 사무실인 것도 난 모르고, 눈앞에 저 남자가 자신을 위협하는 상황도 자기는 모르는 일이라고 외치는 것 같은 움직임. 잔뜩 구부리고 있는 여자를 향해 쏠려 있던 지원의 등이 한숨을 내쉬는 지원의 호흡을 따라 뒤로 힘없이 밀려났다.

"민 선생, 뭐 합니까!"

테이블 아래에서 조금 허리를 빼기가 무섭게 머리 위에서 지원이 뭔가 굉장히 잘못한 것 같은 호통이 들려왔다.

"후우……."

급박함에, 뜻대로 되지 않는 답답함에 지원의 입에서 절로 한숨이 크게 새어 나왔다. 지원은 다시 테이블 아래로 더 깊이 몸을 밀어 넣었다.

"지숙 씨, 가요."

"니 경수 죽는 꼴 보고 싶음 가라."

"아흐흑…… 허흑……."

남자의 목소리에 몸을 움츠리며 고개를 흔들던 여자의 움직임이 딱 멈췄다. 벌어진 입으로 울음 같은 호흡이 무방비로 흘러나오고, 초점 없이 눈물이 가득 찬 눈동자는 시신의 동공처럼 풀려 저 여자의 머릿속엔 지금 충격만 가득하다는 것이 눈으로 보일 지경이었다.

지원도 눈물이 나왔다. 지숙 씨와 같은 종류의 신음이 자꾸만 터져 나오려 해서 지원은 아랫입술을 아프도록 깨물었다.

이 지옥 같은 상황은 왜 이렇게 흔한 건지, 서울에서 그토록 어렵게 벗어난 이 상황이 왜 또다시 제 눈앞에 펼쳐지고 있는 건지, 기막히고 원망스러웠다. 지숙 씨를 마주 볼수록 그녀와 같은 진동으로 몸이 떨려 왔다. 그녀가 느끼는 감정이 고스란히 흡수되듯 지원도 예전의 시간으로 끌려 들어가는 느낌이 들어 견디기 어려웠다.

지원은 더 이상 이런 시간을 지속시킬 수 없어, 마지막 시도로 지숙 씨에게 손을 내밀었다.

"잡아요."

그러나 지숙 씨는 잡지 않았다. 이를 악문 지원이 손을 뻗어 여자의 팔을 억지로 잡아당겼다. 그 힘에 한쪽으로 몸이 쏠리던 여자는 그 자리를 지키는 것만이 최선인 듯 지원의 도움을 거부하며 제자리에서 버티기로 작정한 것같이 몸에 힘을 주기 시작했다.

도저히, 어찌해 볼 수 없음에 지원이 테이블 아래에서 빠져나와 몸을 일으키던 순간, 열려 있는 사무실 창을 통해 멀리서 경찰차 사이렌 소리가 들리기 시작했다.

지원은 무엇을 어떻게 해야겠단 생각도 없이 관장님 옆에 함께 서서 남자로부터 테이블을 막아서듯 몸에 힘을 주고 섰다. 조금만. 조금만 더 시간을 끌면 될 것 같았다.

남자도 그 소리를 들었는지 고개를 돌려 뒤를 힐끔 쳐다보았다. 곧이어 그 소리가 커지며 주차장 자갈밭을 차고 움직이는 자동차 바퀴 소리가 들려왔다.

쾅! 쾅! 쾅! 쾅!

"계십니까! 경찰입니다. 계십니까."

조금 큰 목소리이긴 하지만 늘상 하는 일인 듯 사무적인 어조로 소리치는 남자의 목소리가 들려왔다. 지원 외엔 아무도 없는 것 같던 홀 저쪽 편에서 누군가 슬리퍼를 신고 빠르게 뛰는 발소리가 들리더니 센터 정문으로 사용되는 여러 개의 문 중 낮이면 잠금장치가 풀려 있는 가장 구석쪽 작은 문을 열어 주는 소리가 들여왔다.

"이쪽입니더. 저기, 저 사무실로 빨리 가 보이소."

센터 식당을 담당하고 계시는 김 주사님의 목소리였다. 무겁고 둔탁한 발걸음이 홀 안으로 들어오는 소리가 들리고, 뒤이어 사무실을 가리키며 말하는 듯한 공 주사님의 목소리에 그 발걸음이 빠르게 사무실로 가까워지는 소리가 들려왔다.

교육생들 식사 준비로 테이블이 차려진 홀에 나오셨다가 이 상황을 보시고 경찰에 연락하신 것인지 많이 놀라신 목소리였다.

눈앞에 남자도 그 소리를 들었는지 갑자기 몸에 힘을 빼며 조금 전까지 거칠기가 칼 꽂던 투우 같았던 몸을 마치 선량한 남편이 오해로 빚어진 가정의 비극을 수습하기 위해 슬픈 마음으로 찾아온 것처럼 몹시 기운 없고, 위축된 분위기를 만들어 내고 있었다.

아주 잠깐 사이 벌어진, 보고 있었으면서도 믿을 수 없을 정도로 기막히게 드라마틱한 변화였다. 잔뜩 힘주고 있던 눈동자는 이제 보통 동네 아저씨처럼 선하게 변해서 사무실로 걸어 들어오는 경찰을 향하고 있었다.

"관장님, 수고하십니다."

"예. 수고하십니다. 민 선생! 지숙 씨 데리고 얼른 들어가고, 안에 실장님 나오시라 하세요."

경찰의 인사에 관장님도 방금 전 난리가 났던 상황은 이미 정리한 것처럼 인사를 받으시며 상황을 정리하셨다.

"네."

지숙은 남자가 경찰들에 의해 센터 로비를 지나 주차장으로 사용되는 건물 밖 앞마당까지 끌려 나간 후에야 지원이 이끄는 대로 몸을 움직였다. 지원이 지숙을 부축해서 마리아의 집으로 향했다.

실장님께 관장님 말씀을 전하고, 누울 만한 자리를 펴 주고, 물을 떠다 주는 동안에도 지숙의 넋 나간 표정은 쉽게 사라지지 않았다. 조금 있으면 개학한 아이들이 학교에서 돌아올 시산이었다. 그럼 경수도 아버지가 경찰들과 함께 서 있을 센터 앞마당을 지나게 된다. 지원은 급한 마음에 자리에서 벌떡 일어났다.

"지숙 씨, 쉬고 있어요. 난 센터에 나가 볼게요."

지숙은 대답하지 않았고, 지원은 다른 사람들에게 그녀를 부탁한 뒤 급하게 뛰어 센터로 돌아왔다. 지원이 나와 보니 이미 경찰차는 뒷모습을 보이며 센터 앞마당을 빠져나가고 있었고, 실장님과 관장님은 씁쓸한 표정으로 센터 홀에 들어서고 계셨다.

헐떡이는 지원이 호흡을 가다듬으며 멈춰 서자, 관장님이 눈으로 피식 웃음을 보이셨다.

"뭐가 그렇게 놀란 토끼 눈입니까."

"……."

지원이 대답도 못하고 할 말 많은 눈으로 실장님과 관장님을 번갈아보며 서 있자, 실장님이 먼저 예의 그 통명스러운 목소리로 한 말씀 하시더니 몸을 돌려 생활동으로 걸어가셨다.

"난 지숙 씨한테 가 보겠습니다."

바지춤에 깡마른 손 하나를 찔러 넣고 쿨하다 못해 차가운 뒷모습을 보이며 걸어가시는 실장님께 뒤늦은 인사로 엉거주춤 고개를 숙이는데 관장님의 호탕한 음성이 들려왔다.

"민 선생. 나한테 할 말 많은가 본데, 들어와요."

지원은 아마 지금쯤 다시 수업이 시작되었을 위층을 떠올리듯 천장을 올려다본 뒤 관장님을 따라 사무실 안으로 들어갔다.

"관장님. 아까 그 남잔 어떻게 되나요?"

"경찰서."

"……."

"아. 민 선생은 모르지…… 곧 실장님이 경찰서 가서 일처리 하실 거니까 걱정할 거 없어요."

정말 지원은 몰랐다. 가끔씩 법적으로 부부간 상담을 강제해서 마주 앉은 상담케이스를 보면 시설 입소자인 여성은 겁에 질려 고통스러워하고, 남자는 여전히 뻣뻣하기만 한 모습을 보일 때, 저 위험하고 누구를 위한 상담인지 모를 자리는 왜 만들어야 하는지, 이해되지 않은 적이 많았다. 전문상담원과 전문가가 동석한 그 자리에서도 간혹, 오늘같이 험한 상황이 벌어진다고 들었는데, 왜 굳이 그렇게 만나게 해야 할까.

"여긴 도심지 임시보호소도 아닌데, 어떻게 입소자 현황과 센터 위치가 노출된 거죠?"

지원은 지숙의 대리인이라도 된 것처럼, 마음에 화가 가시지 않은 상태로 질문했다.

"민 선생은 가해자들 직업이 한정되어 있다고 생각합니까? 가정폭력 가해자들은 특정 직업을 가진 집단이거나 못 배우고, 가난하기만 한 사람들이 아니에요. 많이 배우고, 사회적 위치가 높은 사람도 가정폭력 가해자인 경우가 많지요. 권력을 휘두르는 사람들이 가해자이거나, 그런 사람들이 가정폭력 가해자들을 도와준다면 어떤 일인들 못하겠습니까. 아직 대한민국은 남성 중심으로 돌아가니까요."

무심한 등을 보이며 누군가가 내려 둔 원두커피를 잔에 따르시는 관장님의 말씀에 지원은 자신보다 이 일에 평생을 걸고 투신하신 관장님의 씁쓸함이 더 크실 거란 사실을 떠올렸다.

"전에도 이런 일…… 있었나요?"

말없이 끄덕여지는 관장님의 고개를 보며 지원은 얼굴을 일그러뜨렸다. 관장님은 지원에게 따뜻한 커피를 담긴 머그잔을 건네더니 천천히 말씀을 이어 갔다.

"없다는 대답을 해 줘야 되겠지? ……흠."

쓴웃음에 담긴 뜻을 못 알아들을 지원이 아니었다. 그래. 별의별 사람다 있는 게 세상이지. 지원은 서울에 두고 온 수많은 사람들을 떠올렸다. 그래. 세상엔 별의별 사람들이 다 있다. 그리고 정말 별 같은 사람도 있다. 어둠 속의 빛 같은 사람. 그래서 내가 다가설 수 없는 사람.

"민 선생."

"……네?"

생각에 빠져 있던 지원은 관장님의 부름에 조금 늦게 대답했다. 관장님의 눈빛은 언제나 심오하셨던 그대로 지원을 바라보고 계셨다.

"여기 보호되고 있는 사람들, 겉은 멀쩡해도 속은 다 상처투성이인 거 알지요?"

"네. 알고 있습니다."

"안다라……. 민 선생, 이쪽으로 좀 앉아 볼래요? 차 마시면서 오랜만에 이야기나 좀 합시다."

지원은 관장님이 권하는 회의 테이블에 머그잔을 내려놓고 앉았다.

"내가 늘 민 선생한테 해 주고 싶었던 이야기가 있었어요. 지금 들을 수 있겠어요?"

"……네. 말씀하세요."

관장님은 지원을 깊이 있게 바라보시다 천천히 말씀을 이어 갔다.

"사람이란 게 참 강하면서도 약한 존재라서, 긴 시간 폭력에 노출되면 자존감은 형편없이 낮아지고, 사고 능력도 떨어지게 돼요. 이런 소리 들어 봤어요?"

"이번에 교육받으면서 접해 봤습니다."

"그래요."

지원의 대답에 관장님은 머그잔을 들어 올려 커피를 한 모금 마신 뒤 연한 보랏빛이 들어간 안경을 손끝으로 치켜 올리시며 말을 이어 갔다.

늘 맨얼굴에 연한 립스틱이 화장의 전부였던 관장님은 시간 많이 드는 눈 화장 대신 안경에 연한 색을 넣어 피곤으로 지치고 어두워진 눈가를 가린다고 하셨다.

"공포가 각인된 사람은 아무리 똑똑했던 사람이라 해도 전후 사정 전혀 모르는 사람이 보면 왜 저렇게 답답하고 멍청하게 굴까. 확 털어 버리고 당차게 소리치면, 겁먹고 물러날 것 같은 머저리 갖고, 별거 아닌 상대에게 왜 저렇게 기죽어서 옴짝달싹 못할까. 그런 생각을 하게 됩니다."

지원은 관장님의 말씀을 들으며 왠지 가빠 오는 심장에 아랫입술을 살짝 깨물며 시선을 테이블에 고정했다.

"그러면서들 말하죠. 가정폭력 피해자는 다 맞을 만하다. 저렇게 멍청하고 굼뜨게 구니까 가해자가 답답해서 성질이 욱하는 걸 못 참아 패는 거라고들 말하지요. 그게 대부분의 남자들 논리예요. 맞을 만하니까 패는 거다. 분명 그럴 만한 이유가 있을 거다. 우습지 않나요? 사람이 타인을 때릴, 당연한 권리가 있는 것처럼 말한다는 거."

지원의 대답을 기다리는 것처럼 가만히 눈을 마주쳐 오시는 관장님께 지원은 고갯짓으로 대답을 대신했다. 먹은 것도 없는데 아까 지숙을 처음 본 순간부터 이상하게 체기가 올라왔는데, 지금 이 자리도 결코 편하지 않았다.

"또 어떤 사람들은 저렇게 작은 것 하나 똑 소리 나게, 시원시원하게 말 못하고, 결정 못하는 사람이니, 맞으면서라도 그 남자 곁에 붙어살아야지 이혼하고 따로 떨어져 나오면 어떻게 살 거냐고도 말합니다. 하지만 가정폭력 피해자들이 처음부터 멍하고, 둔하고, 누가 말만 하면 움찔움찔 놀라고, 사람들 틈에 못 섞여 드는 음침한 성격이었다고 생각합니까? 민 선생도 그렇게 생각해요?"

"아닙니다."

"맞아요. 아니에요. 누구나, 아무리 똑똑했던 사람도 지속적인 폭력에 노출되고, 그것을 이겨 내려던 노력이 무위로 돌아가는 경험을 여러 번하게 되면 자포자기하게 됩니다. 거기에 아무도 날 도와주지 않는다, 도움을 요청할 수 있는 곳이 없다는 좌절까지 겹쳐지면 폭력에 갇혀, 정상적으로 사고할 능력까지 잃어버리게 되지요. 어떻게 보면 일종의 자기보호일 수도 있는데, 미치지 않고 현실을 살아 내려는 잘못된 방식의 타협이니까요."

지원은 제 얼굴이 하얗게 질려 가는 것을 알지 못했다.

"그러다 운 좋게 폭력에서 자유로워진다 해도, 피해자들은 지난 폭력의 기억에서는 자유로워지지 못합니다. 성격도 변하고, 가치관도 변하고, 자신이 겪었던 삶과, 판단기준에서 위험할 정도로 반대편을 향해 달려가거나, 지나치게 외골수로 변해 자신의 가치관을 벽으로 쌓아 지켜내려 하기도 합니다. 위험한 흑백논리를 가지게 되는 거죠. 과거의 선택이 틀린 것이 아니라, 그저 반응했던 상대방이 이상했던 건데. 그럼에도 피해자들은 동일한 상황에 놓이게 되면 그때와 무조건 정반대의 선택을 하려고 듭니다. 옳고 그름을 떠나 예전과 전혀 다른 선택을 하고 그게 옳은 거라 여기는 경우를 보면 참 가슴이 아프지요. 상황은 끝날 수 있어도 상처는 본인이 이겨 내지 않는 한 그 끝을 모르고 계속되니까요."

지원은 찻잔을 두 손으로 꼭 부여잡았다.

"가정 폭력 가해자들의 특징이 뭔지 압니까? 개중의 일부는 안이나 밖이나 개판으로 굴지만, 대부분의 가정폭력 가해자들은 양면성을 가지고 있습니다. 사회적으로는 아주 평판이 좋지만 가정으로 돌아가면 후하고 좋은 사람이란 가면을 벗고, 잔혹한 독재자로 군림하고 학대하며 모든 스트레스를 가족에게 푸는 거죠. 아내가 밖으로 뛰쳐나와 남편으로부터 벗어나고 싶다 해도 주위 사람들이 잘 믿어 주지 않을 만큼 연기를 잘하는 남편도 많습니다."

지원은 난생처음 머릿속에서 띵……하고 울리는 이명 같은 쇳소리를 들었다. 아연해진 얼굴로 멍하니 서서 관장님 말씀에 자신이 살아 낸 지난 시간들을 생각하자니, 지금껏 열심히 살아왔다 생각한 시간들이 허울 좋은 발버둥이었음을 스스로도 인정할 수밖에 없었다.

살아온 시간마다 겪었던 일들과 감정들을 가장 잘 아는 건 그 누구보다 그녀 자신이었기에 회피할 수 없는 진실 앞에서 그녀의 속사람은 순식간에 허물어졌다.

그 어느 때보다도 무참히, 바스러지듯 무너져 버린 지원의 속사람은 툭툭 털고 일어날 가망성조차 없도록 아예 잿더미가 되어 버린 것 같았다.

바람만 불면 곧 먼지가 되어 날아가 버릴 수순만 남은 존재인 양 멍한 눈으로 눈동자를 굴려 주위를 살펴보았다. 서 있는 그곳이 직원으로서 일하는 곳인지, 아니면 관장님의 배려로 아르바이트해 가며 보호되고, 치유받고 있는 곳인지 혼돈되고 있었다.

특히나, 아침나절 내내 거의 손에서 떨어진 적 없는 가정폭력, 성폭력 전문상담원 교육자료 파일을 내려다보고 있자니, 교육비 면제에 굳이 근무 시간까지 배려해 주시면서, 이 강의를 듣게 하시는 관장님의 본의가 무엇이었는지, 혹시 지금 앞에 앉아 말씀하고 계시는 그 모든 것들이 자신을 위해 하시는 말씀은 아니신지…… 지원은 혼란스러웠다.

무엇을 어떻게 아셨기에 바쁜 분이 저를 잡아 두고 이런 말씀을 하시는 걸까.

지숙의 모습이 떠올랐다. 부들부들 떨며 명령에 순종하도록 교육된 생명체처럼 옴짝달싹 못하던 모습. 7년 전 지원의 모습이 거기 있었다. 마지막 제 손을 내려 긋기 직전까지 그리 행동했었던 지난 시간들이 마치 지원의 현재를 조롱하듯 눈앞을 획획 스쳐 지나갔다.

자신이 살아온 시간들이, 조금 전까지 이해할 수 없고 답답했던 지숙의 그 모습이, 사실은 표현 방법이나 정도의 차이만 있을 뿐이지 과거의 자신과 크게 다르지 않았음을 깨닫는 충격은, 지난 시간이 삽시간에 온몸을 휩쓸고 지나가는 고통처럼 견디기 어려운 치욕스러운 자괴감이었다.

자신이 버텨 낸 시간이 사실은 그 무엇으로부터도 벗어나지 못하고, 여전히 옛 기억에 사로잡혀 끙끙거렸던 신음에 지나지 않았었다는 깨우침. 스스로 인정할 수밖에 없지만, 그렇기에 더욱, 너무나 아팠다.

관장님의 말씀이 귓가에서 계속해서 울려 댔다. 낮은 자존감, 지나친 흑백논리, 성벽을 쌓아 자신의 가치관을 지켜 내려는 외골수적인 삶. 그 모든 것이 자신의 삶 속에 그대로 드러나고 있는데 어떻게 인정하지 않을 수 있을까. 어떻게 나는 아니라고 뻔뻔하게 부인할 수 있을까. 지원은 고개를 떨구었다.

이런 저의 모습. 자신은 깨닫지도, 느끼지도 못했던 이런 모습을 혹시…… 그가 보았던 것은 아닐까.

그가 이런 자신을 눈치챘다는 가정 하나만으로 지원은 두 눈을 질끈 감으며 다시는 해를 향해 얼굴을 들고 싶지 않을 만큼 수치스러움을 느꼈다.

그리고 늘 궁금했던 것들이 떠올랐다. 그는 왜 그렇게 늘 자세히 설명하고, 손을 만져 온기를 나눠 주고, 늘 그렇게 안심하라고 말하는 것처럼 저를 보호하지 못해 속을 태웠을까. 왜 늘 저가 떠날까 봐 불안해하는 사람처럼 조급하게 굴었던 걸까.

지원의 숙여진 고개는 들릴 줄을 몰랐고, 그런 그녀를 바라보던 관장님의 표정도 웃음기 없이 서늘하게 침착해졌다.

"뭐가 좀 보이는 겁니까?"

"……."

"너무 놀라지 마세요. 민 선생. 사람들마다 다 상처가 있습니다. 상처가 더 심하거나 크다고 해서 굳이 그렇게 고개 숙일 필요는 없습니다."

"뭘…… 어떻게 아신 건지…… 제 어떤 모습이 그렇게 보였는지 알고 싶습니다. 관장님."

"간단해요."

"네?"

"내가 아는 거야 심리테스트밖에 더 있겠습니까? 가끔 내담자들 대하는 민 선생 눈빛이 유난히 아파 보이기도 했지만, 그보다 더 그런 생각을 깊어지게 만든 건 민 선생 MBTI 결과를 본 순간부터였지요."

"그게 왜……?"

"ISTJ. 세상에 빛과 소금이 되는 자기희생적 성격. 성격마다 나쁜 건 없고 다 다른 것뿐이니까. 다양성을 위해선 다른 성격도 다 좋다고 말해야 하지만 솔직히 ISTJ 성격이 없는 세상은 너무 퍽퍽하고 힘들 거예요. 그래서 여기 자원봉사 오시는 분들 중에도 ISTJ 성격인 분들이 많긴 한데…… 그런데 민 선생은 너무 높았어요. 그날 검사 몇 번 했는지 기억합니까?"

"……네. 3번 했었습니다."

"그거 원래 그렇게 안 해요. 성격이야 변할 수 있는 거니까, 재확인차 어느 정도 기간을 두고 가끔씩 해 보는 거지, 민 선생처럼 하루에 몰아서 몇 번씩 하는 검사는 아닙니다."

"그런데 저한텐 왜 그러셨어요?"

"결과가 너무 기막혔거든요."

"기가…… 왜?"

"뭐 나이가 있다 보니 자기 성격이나 가치관이 뚜렷해져서 I, S, T, J 성격 조합 수치가 어린 친구들보다 더 높게 나올 수는 있어요. 그런데 민 선생은 너무 높았어. 이건 마치 ISTJ 성격으로 결과가 나오기 위해 답을 외워서 검사받은 사람 같았으니까."

"비정상인 건가요?"

"정상, 비정상을 따지긴 그렇고, 지나치다는 거지. 결과 그래프가 거의 모든 항목 끝까지 그어져 있는데, 처음 봤을 땐 이 사람이 뭔가 잘못 체크했거나, 특정 성격으로 보이기 위해 뭔가 자신을 속이고 있구나, 라고 생각했었으니까. 그래서 사람 인상은 좋았는데 결과가 이상하니까 내 실례를 무릅쓰고 다시 한 번 더 해 봤지. 그런데 어떻게 점수가 또 똑같아. 그건 뭔가 이상하잖아? 어떻게 첫 번째 답변과 100% 일치할 수가 있 겠어. 한 가지 질문에서라도 이건가 저건가 고민할 수 있는 거잖아요?"

"네."

"그런데 3번째 결과도 똑같았지. 그래서 생각했어. 민지원이란 사람은 타고난 성향도 ISTJ이긴 하지만, 의지적으로도 그 성향을 강화시켜 애쓰며 살아온 세월이 꽤 오래되었구나. 그 성격을 강화시킬 만한 뭔가 큰일을 겪었겠구나. 나 혼자 그런 생각을 좀 해 봤어요."

"그래서…… 저 이 수업 들으라고 하신 건가요?"

지원은 제 품에 있는 교육자료 파일을 살짝 들어 올려 보이며 말했다.

"그렇지. 제 안의 상처를 드러내지 않으려는 사람에게 무리해서 다가가는 것보단, 스스로 배우고, 느끼게 해서 틀을 깨치고, 치유되길 바랐지. 어때, 효과가 좀 있는 것 같아요?"

"……."

지원은 입술을 꼭 깨물며 숨을 들이마셨다.

"민 선생 사정이야 내가 잘은 모르지만, 20대라고 해서 모두 다 20대 다운 삶을 사는 건 아니잖아. 50대가 돼도 철없이 10대처럼 사는 사람도 있고, 30대가 돼도 50대가 될 때까지 천천히 겪어 내야 할 험한 일을 다 몰아서 겪어 내는 사람도 있고."

지원은 관장님이 말씀하시는 그 험하게 사는 30대가 누구를 의미하는 것인지 알 수 있었다.

"살아 봐. 세상은 내가 보는 눈대로 보이는 법이야. 같은 일을 봐도 내 시야가 넓고 깊으면 다른 사람들과 다른 의미로 여기고, 받아들일 수도 있어요. 다른 방법, 다른 삶을 찾는 즐거움도 느낄 수 있지. 그러니까. 근무시간 걱정하지 말고, 충분히 배우고 느끼도록 해요. 교육 프로그램에 집단상담도 있으니까, 다른 사람들은 어떻게들 살았나 살펴보면서 민 선생 안에 있는 것도 좀 털어 버리고. 다들 그렇게 살아. 남의 상처가 별것 아니란 뜻이 아니라. 다 털어 가며 산다는 거지. 어느 누구도 상처 없이 인생을 살 순 없는 거니까."

"네에……."

아주 작은 지원의 목소리가 들려오자 관장님은 슬퍼 보이기도 하는 미소로 바라보셨다.

"너무 강할 필요는 없어요, 민 선생. 늘 옳을 필요도 없지. 때론 꾀부려도 되고, 때론 실수하고 어깃장 부려도 되는 거예요. 여기서 많이 웃고, 많이 우는 민 선생 보게 되면 내가 아주 많이 기쁠 것 같은데, 어때요. 속도 좀 보이고, 남한테 의지도 좀 하고 그렇게 어울리며 살아 볼 생각 없어요? 지금처럼 커다란 호수에 혼자 떠 있는 섬처럼 외롭게 살지 말고 말이야. 사람이란 게 좀 풀어진 부분도 있어야 정도 들지. 민 선생은 웃긴 웃는데 너무 속을 안 보여. 그거 안 좋아. 눈치 빠삭해서 남 사정은 다 알아채면서, 정작 제 속은 하나도 안 보이는 거. 그거 상대방한텐 서운한 일이거든."

"제가 정말 그런가요?"

"그 답도 민 선생이 찾는 거지. 아…… 이 말 하난 해 주고 싶은데."

"무슨……."

"민 선생은 남한테 폐를 안 끼치고 싶어 하는 건지 모르지만, 민 선생을 사랑하는 가족이나…… 뭐 그런 사람이 또 있다면, 아마 민 선생의 그런 면에 상처를 받지 않았을까 싶어요. 다가서고, 다가서도…… 그 거리감이 계속 유지된다는 건 사랑하는 사람들에겐 수없이 많은 좌절감과 외로움을 주었을 테니까. 잘 생각해 봐요. 민 선생의 그런 면이 오히려 남에게 상처를 준 적은 없는지, 민 선생은 타인을 위한 결정이었다고 생각하는 것들이 어쩌면 실상 민 선생 속 편하자고 한 일일 수도 있을 테니 말이야."

지원의 고개가 다시 숙여졌다.

"왜 남들 실수나 부족함은 그럴 수 있다고 생각하면서 스스로에겐 그렇게 모질게 다그치는지, 그것도 한번 생각해 봐요. 가만 보면 민 선생은 남들은 다 이해하고 좋게 보면서 자기 스스로를 제일 미워하는 것 같단 말이야? 이상한 일이지. 자기가 원하는 것이나 즐거움, 휴식…… 뭐 하나 자길 위해 하는 거 없이 다 제한하는 것 같은데. 꼭 그렇게 자신을 벌줘야 할 이유가 있어요? 난 그것도 궁금하긴 하더라고."

"……."

벌을…… 준다. 내가 나 스스로에게, 벌을 준다.

"그런 생각 안 해 봤어요?"

"……네."

"의식 없이 그런다면 그게 더 큰 문제구만. 좀 풀고 살아요. 자길 먼저 아껴야 민 선생 주변 사람들이 다 행복해지는 겁니다."

지원은 아무런 답을 하지 못했다. 자신의 벽이 그렇게 높고 견고했는지. 배려라고 생각했던 것이 실상은 자신을 위한 이기였는지. 지원은 처음으로 생각을 다른 각도로 전환시키며 커피를 마시고 마셔도 자꾸만 말라 가는 입으로 마른침을 삼켰다.

"그만 가 봐요. 오늘 점심은 또 곱창전골이라네. 김 주사님은 연수생들만 왔다 하면 며칠을 곱창전골만 끓여 대니 난 이제 물려서 못 먹겠는데, 연수생들은 또 맛있다 그러겠지? 김 주사님이 곱창전골 하난 기막히게 끓이니까 말이야."

"……네."

지원은 가슴에 파일을 껴안은 그대로 관장님께 고개 숙여 인사드리고, 몸을 돌려 사무실을 빠져나왔다.

"전무님, 어느 지역에 계신지 알아낸 것 같습니다."

"……어디."

"진해에 계신 것 같습니다. 요원들이 지금 실장님 계신 위치를 확인 중인데 이번엔 확실한 것 같습니다."

진해. 참…… 멀리도 갔구나. 여행을 자주 다닌 적 없어서 늘 바다를 그리워하더니 그래서 그렇게 멀리까지 갔나. 나한테서 가장 먼 바닷가로 가고 싶었던 건가.

"지난번처럼 실수하지 말고, 확실히 찾아낸 뒤에 말해."

"네. 알겠습니다."

문 비서가 돌아서 나가자 현민은 자리에서 일어나 창가로 다가섰다. 이제 아무런 의미 없는…… 저 멀리 지원이 일했었던 스카이병원이 있는 방향의 하늘을 바라보며 지원을 떠올렸다. 진해. 넌 거기서 뭘 하고 있을까. 정말, 그곳에 있기는 한 걸까.

가을이 될 때까지 수많은 정보를 검증하듯 지원이 있다는 곳이라 보고받으면 새벽에도 차를 타고 달려갔었다. 그러나 지원은 언제나 그곳에 있지 않았다. 벌을 받고 있었다. 지원은…… 그를 용서할 생각이 없는 것처럼 절대 모습을 보여 주지 않았다.

'그만 돌아와, 지원아. 제발…… 부탁이다.'

현민은 왼손으로 오른쪽 와이셔츠 소매를 감싸 쥐었다.

'나, 오늘 잘할게. 너 실망 안 시킬 거야. 잘하고 있을 테니까, 제발 빨리 나타나라. 나…… 너 기다리다 이젠 죽을 것 같다.'

오늘은 아버지가 쓰러지신 뒤 경영권을 차지하려는 욕망을 본격적으로 드러낸 유민태 건설사장. 그의 작은 아버지와 첫 싸움이 시작되는 날이었다.

회장님이 병환 중이시라 그런지, 젊은 유 전무에 대한 반감인지, 생각보다 많은 이사진들이 유민태 사장 옆으로 붙어 버린 상황이라 헤쳐 나가기가 쉽지 않을 것이지만, 현민은 지원을 떠올렸다.

'널 위해, 반드시 이 자리는 지킨다. 네가 오면 꼭, 혜성의 가장 높은 옆자리에 앉혀 네 상처가 덧나지 않게, 아프지 않게 만들어 줄게.'

현민은 다시 한 번 오른쪽 소매 단을 힘주어 잡은 뒤 양복 재킷을 몸에 걸쳤다. 이제 대주주들이 참석한 회의장으로 출발해야 할 시간이었다.

관장님과 대화하고 며칠이 지나고, 또 며칠이 지나는 동안 오랫동안 고민하고, 결론 내렸다. 지원은 늘 자신은 정상이고, 너무나 씩씩하게 힘겨운 일을 잘 이겨 낸 단단한 사람이라 생각했었던 자기평가를 뒤엎었다.

그 순간들조차 사실은 덜 회복되고, 덜 치유된, 지나치게 예민한 반응을 보이는 아직 아픈 상태였다는 걸 받아들이며, 방어적인 자신의 모습도 받아들였다.

집단상담 시간에 상처를 꺼내 놓는 작업은 결국 실패했지만, 여전히 같은 눈 크기로 같은 세상을 바라보는 데 조금은 다른 각도에서 생각할 수 있게 되는 계기가 되어 주었다. 꼭 좋기만 한 사람이 아니어도 된다는 관장님 말씀이 왜 그리 위로가 되었었는지, 그 말은 지원의 가슴에 깊이 새겨졌다.

그녀는 그동안 버거운데도 말 못 하고 따라와 준 제 안의 모든 것들에게 사과했다. '이제 좀 내려놓고 살게.' 공포에 질려 움직이지도 못하던 지숙 씨. 그녀의 모습이 자신의 지난 모습과 같았다는 것을 깨닫고 받아들이는 동안 무척이나 감정적으로, 이성적으로도 아프고 비참했지만. 그 또한 저의 교만인 것을 이제는 별로 어렵지 않게 받아들이고 있었다.

그리고 서서히 관장님이 주신 미션을 실행해 나갔다.

재우에게 저를 치욕스럽게 대할 수 있는 빌미, 그의 애정공세를 처음 받아들였던 저를, 그로 인해 가족에게 흉한 꼴 보이며 힘들게 했던 저를 스스로 용서하는 일. 지원은 이제 그것을 해 나가고 있었다.

스스로를 아끼고 좋아해 주기 위해, 자신에게 관심을 두고 정말 원하는 것이 무엇인지 생각해보는 시간은 의외로 즐겁고, 신기한 구석이 많은 모험 같았다. 그만큼 그동안은 자신에게 무심했고, 잔인했다는 것을 느껴 가면서 지원은 조금씩 사람들에게 마음을 열어 보이는 연습을 해 나가고 있었다.

3살 쌍태아 지희와 가희를 만난 것도 그때 즈음이었다.

활동이나 호흡 상태가 아무리 봐도 정밀진단을 요하는 아이들을 보면서 지원은 본격적인 치료를 주장할 만큼 든든한 재정지원이 어려운 센터 측에 많은 부담을 주게 될 상황을 심각하게 고민해야 했다.

아이를 살리고 싶은 건 어느 엄마나 마찬가지. 더군다나 아무것도 해 줄 수 없는, 가진 것 없는 엄마의 마음은 너무나 처절하게 고통스러워했다. 지원의 눈 바로 앞에서……

후원병원의 배려로 아이들은 일단 검사를 진행했다. 결과는 두 아이 모두, 수술을 필요로 하는 심장 질환. 지원은 후원자를 찾아다니시는 관장님을 보며 결단을 내려야 했다.

굳게 마음먹고 아무에게도 말하지 않고 몰래 그림자처럼 서울에 스며들어, 미리 연락해 두었던 임 원장님 소개로 실력 있는 소아심장외과 전문의를 소개받았다.

센터의 부담을 줄이기 위해 지원은 수술비와 입원치료비를 해결해야 했다. 지 변호사님께 도움을 요청할까? 아이의 목숨에 비하자면 자신의 자존심은 저만치 던져 버려도 될 것 같았다.

그래도 스스로 할 수 있는 데까지는 해 보자 싶어, 겁도 없이 병원장실을 찾아갔다. 전에 스카이에 있을 때 농담 같은 진담으로 이직을 권유하셨던 병원장님께서 혹시 아직 자신을 기억해 주신다면 자신이 가진 능력을 사 달라 말씀드릴 참이었다.

이십 분 뒤 지원은 좋은 반응을 보여 주신 병원장님의 인사를 받으며 복도로 나올 수 있었고, 생각보다 높지 않은 연봉을 제시한 지원의 태도를 좋게 보셨는지, 이전 연봉을 인정해 주셔서 그것을 기준으로 4개월간 일을 할 수 있게 되었다.

거기에 대학원 공부를 마치려고 모아 둔 돈을 보태고, 센터의 지원까지 이어진다면 충분히 두 아이의 목숨을 살릴 수 있었을 것 같았다.

그렇게 바쁜 주말을 서울에서 보내고, 오랜만에 만난 임 원장님께 죄송하게도 병원 지하 구내식당에서 4천 원짜리 밥을 사 드리는 것으로 감사함을 대신한 지원은 늦은 일요일 저녁 마리아의 집으로 돌아왔다.

월요일은 안나와 아녜스의 집 아이들 중 검사 대상자로 지정된 아이들을 데리고, 차량 지원 없이 보건소를 다녀오기로 정해진 날이었다.

아침부터 십여 명의 아이들을 데리고 시내로 나와 보건소에서 여러 가지 검사를 받게 하고, 점심시간에는 거의 흡입 수준으로 먹어 치우는 아이들 때문에 두 번이나 음식을 추가해가며 배불리 밥을 먹였다.

아이들이 검사받으려고 어제저녁부터 굶은 탓이라고 핑계를 댔지만, 지원은 니들 먹성 익히 아는데 이제 와 안 그런 척하지 말라고 대답했다. 지원의 말에 배를 잡고 웃는 아이들과 함께 웃었고, 아이들은 쌤이 자꾸 신기하게 변해 간다고 폭발적인 반응을 보여 줬다.

많이 웃었다. 몇 주 동안 마음을 무겁게 했던 문제. 가희, 지희도 살릴 수 있게 되었고, 센터의 부담도 최소화할 수 있었기에. 다만, 4개월간 떠나야 하는 상황을 설명드리고, 서울에서 살아갈 날들이 막막하긴 했지만, 그래도 그것들을 이유로 아이들의 꺼져 가는 생명을 외면할 수는 없는 일이었다.

주린 배를 채운 아이들은 한결 느긋하게 걷기 시작했다. 도심지에서 벗어나 산간벽지까지 오고 가는 시골 버스는 무척 뜸하게 왔기에, 도심 버스에서 내려 시골버스로 환승 가능한 낡은 버스 승강장에는 늘 많은 사람들이 오래도록 기다리는 풍경이 펼쳐지곤 했고, 오늘도 역시 지원과 아이들은 그런 풍경을 향해 천천히 걷고 있었다.

"쌤, 우리 먼저 가도 돼요?"

"그래. 정류장 가서 가만히 서 있어! 위험하게 다니지 말고!"

"네에……."

아이들은 지원의 말이 끝나기 전에 이미 저만치 뛰어가기 시작했다. 그 모습에 앞서 걷던 몇몇 아이들까지 경주하듯 버스정류장으로 뛰어갔고, 애교가 많은 아이들은 지원의 곁에 붙어 짐도 나누고 수다도 떨고 지원이 묻는 대로 진해지역에 대해 마치 자신이 선생인 양 그것도 모르냐는 듯 으스대며 가르쳐 주기도 했다.

그런데 열 걸음 앞서 걷고 있던 한 아이가 버스정류장을 보며 길에 멈춰 서는 것이 보였다. 가정폭력 아버지를 피해 보호되고 있는 정희였다. 뭔가 느낌이 이상해서 다가간 지원이 정희 옆에 걸음을 멈추고 심각하게 바라보았다.

선생님이 옆에 와서 조금은 안도했던 것일까 굳은 듯 멈춰져 있던 아이가 고개를 돌려 지원을 올려다보았다. 그 아이 얼굴엔 경악과 두려움, 공포가 선연하게 느껴지도록 가득히 채워진 것이 지원의 눈에 보였다. 마치, 예전 그 어느 때의 지원처럼.

"쌤……."

"왜? 왜 그래?"

지원은 무의식적으로 버스정류장 쪽 누군가로부터 아이의 몸을 감추듯 아이 앞을 가로막으며, 아이의 얼굴을 감싸 안았다.

곁에 있던 한 무리의 아이들도 뭔가 이상한 낌새를 느낀 건지, 심각하니 아무 말 없이 옆에 서 있기만 했다. 그 순간 지원은 아이들 모두에게 형태는 다르지만 공포와 두려움을 겪어 낸 과거의 기억이 존재한다는 것을 느꼈다.

다 자라지도 않은 아이들의 그 여린 가슴에 새겨진 공포는 성인 된 후 겪어 낸 자신의 것보다 훨씬 진할 것이란 생각이 들자 지원은 너무나 가슴이 아팠다. 철부지처럼 웃고, 떠들고 떡볶이 한 그릇에 환호하는 아이들인데, 그 속내는 너무 깊고 어두운 우물이 하나씩 들어선 듯, 스스로의 고통에 대해 제대로 표현하지도 못할 만큼 감당치 못할 기억을 안고 사는 아이들. 지원은 숨을 들이쉬었다.

"윤경아. 가서 버스 타려고 기다리고 있는 아이들 다 데리고, 아까 그 마트 앞으로 와. 정희 이름은 입 밖으로 꺼내지도 말고, 그냥 아무 소리 말고 애들만 데리고 와. 우리 택시 타고 갈 거니까."

"네. 쌤."

아이들은 기민했다. 눈치껏 버스정류장 쪽으로 뛰어간 아이들을 데리러 갈 윤경이와 윤경이 단짝 친구인 희주를 제외한 다른 아이들은 정희의 머리를 끌어안고 뒤돌아서 걷기 시작한 지원의 뒤로 무리지어 걷기 시작했다. 마치…… 그 아이들도 정희를 가려 주려는 것처럼.

마트 앞에 도착해 센터에 전화 걸어 상황을 설명하는 사이, 뛰느라 숨이 거칠어진 아이들이 헉헉대며 마트 앞에 도착했다.

그사이 첫 번째 택시가 잡혔고 지원은 정희와 똑순이 윤경이, 희주, 몇몇 아이들을 태워 센터로 앞서 보냈다. 나머지 아이들이 왜 그러냐고 묻지만 지원은 일단 센터 도착해서 말해 준다고 하면서 손들어 택시를 잡았고 나머지 아이들과 택시를 타고 센터로 향했다.

택시를 탄 채 버스정류장을 지나치면서 지원은 밖에 서 있는 사람들을 날카로운 눈빛으로 바라보았다.

시골버스를 기다리느라 편하게 서서 버스를 기다릴 만한 공간조차 부족할 만큼 5일장터같이 번잡한 풍경을 바라보던 지원은 한쪽 켠에 익숙한 사람의 얼굴을 확인하곤 얼굴이 굳었다.

자신을 경호하던 경호팀장의 얼굴이었다.

지원은 굳어진 몸으로 택시 안에서 아이들이 떠드는 소리를 듣고 있었다. 버스정류장에 어떤 아저씨들이 사람들한테 사진을 보여 주면서 본 적 있냐고 묻고 있었는데 궁금해서 그 사진 좀 보려고 가려던 참에 윤경에게 잡혀 와서 아쉽다는 내용이었다. 이야기를 듣고 있는 지원의 얼굴이 차분하게 가라앉았다.

그리고 지원은 그날 저녁 관장님께 상황을 설명드린 뒤, 짐을 꾸려 서울로 떠났다.

10장.
흐름에 무수한 것들을
띄워 보내는 동안

지원이 떠나간 지 13개월이 지나고 있었다.

해는 바뀌어 처음 지원을 만났을 때와는 정반대의 찌는 듯한 여름인 7월이 되어 있었고, 현민은 건강 악화로 아버지께서 병상에 계시는 동안 특별인사를 통해 사장으로 승진된 뒤 연말 정기주총에서 부회장으로 선출되며, 작은아버지인 유민태 건설사장으로부터 성공적으로 경영권을 방어해 냈다.

그러느라 지난 연말은 조금의 휴식도 없이 격무에 시달렸고, 연초 시무식에 부회장으로서 첫 모습을 드러내는 것을 시작으로 사내는 물론 언론에 새로운 혜성그룹의 실제 최고 경영자로서의 면모를 과시하며 자신의 입지를 더욱 단단히 다져 나가는 중이었다.

젊은 경영인으로 수장이 교체된 혜성그룹의 향방이 어찌 될 것인가 세인들의 말들이 많았지만 현민은 부회장 자리에 앉자마자 준비된 전문경영인으로서의 실력을 발휘하며 각 계열사와 주력 분야인 전자 부분에 대한 신제품 개발, 신규시장 개척을 통해 벌써 상반기 매출이 전년도 상

반기 매출을 크게 웃도는 것은 물론, 올 초 계획했던 연매출 달성도 무리 없이 이루어 내리라는 전망으로 거대 혜성그룹이 커다란 몸집을 일으켜 다시 한 번 도약하고 있다는 언론기사를 이끌어 낼 만큼 성공적으로 그룹을 이끌고 있었다.

그러나 정작 그는 자신의 성과에 눈 돌리지 않았고. 하루 두세 시간 이상 자는 날이 없을 만큼 일에만 매진했다. 측근들 모두가 그의 건강을 염려하며, 이제 어느 정도 궤도에 올랐고 입지를 다졌으니 휴식을 취하시라고 권하고들 있었지만, 아무도 그가 자고 싶지만 잘 수 없다는 것은 알지 못했다.

오늘도 현민은 이른 새벽 피곤한 눈으로 비서들보다 먼저 회사에 나와 업무를 시작했고, 바쁜 일과를 진행하다 점심때가 다가오자 소공동 P호텔로 이동하여 일식당 무라사키에서 진행된 여당 대표와 전경련 대표들의 오찬 회동에 참석하고 있었다.

낮 12시부터 시작된 회동이 대기업 규제에 대한 전경련 측 입장을 관철시키려는 의도대로 풀리지 않아, 예상시간인 2시간을 훌쩍 넘기고 있는 가운데, 현민은 냉철함을 유지하며 격한 감정을 조절하지 못한 두원그룹 총수가 여당 대표와 벌이는 설전을 관망하면서도, 여전히 무표정한 얼굴로 나이 지긋한 다른 기업 총수들도 어려워할 만큼 범접치 못할 기운을 발산하고 있었다.

돌아선 국민들의 민심을 돌리기 위해 야당이 주도했던 대기업 규제 안건을 여당이 더 적극적으로 밀어붙이고 있는 상황에서 그동안 원만한 관계를 유지하며 여당에 지원을 아끼지 않았던 대기업 총수들은 모두들 두원그룹 총수처럼 여당 대표에게 감정이 좋지 못한 상태였지만, 높아진 언성이 잦아들었다가 다시 느글거릴 정도로 비위에 안 맞는 웃는 얼굴을 보였다가를 반복하며 좀 더 서로의 입장에 유리한 결론을 얻으려 애쓰고들 있었다.

회동이 막바지에 이르자 전경련 회장이기도 한 두원그룹 총수가 격한 감정을 드러내며 논쟁을 이어 가고 있는 룸의 분위기와는 반대로 무라사키 일반 홀에서 대기 중인 각 기업 대표들의 수행원들은 시간이 갈수록 점점 지친 눈빛을 드러내고 있었다.

지이잉…… 지이잉…….

핫라인 번호로 걸려온 전화를 확인하며 곤란한 표정을 짓던 문 비서가 테이블에서 일어나 인적이 드문 공간을 바쁜 눈짓으로 찾기 시작했다.

전경련 요청으로 비공개로 진행 중인 회동이었지만 여당 대표와 대기업 수장들의 만남을 언론이 놓칠 리 없는지라 통제되고 있는 무라사키 밖으론 이미 회동 시작 전부터 뜨거운 취재 열기에 경쟁적으로 카메라 셔터를 눌러 대는 기자들로, 빠져나갈 틈 없이 인산인해를 이루고 있었다. 문 비서는 할 수 없이 무라사키 홀 안에서 가장 인적이 드문 공간을 향해 걸음을 옮긴 뒤 전화를 받았다.

"네, 사모님. 네, 아직 회동 중이십니다. 나오시면 바로 전해 드리겠습니다. 들어가십시오."

전화를 끊으며 '휴우우…….' 나지막이 깊은 숨을 내쉰 문 비서가 다른 전화기를 꺼내어 황 비서에게 전화를 해서는 오후에 있을 사장단 회의 시작 시간을 4시로 미루라고 지시했다.

통화를 마친 문 비서가 테이블로 돌아가 자신의 자리에 앉자 서빙직원이 다가와 거의 비어 있던 잔에 물을 따랐다. 문 비서가 차가운 물로 건조해진 목을 축이고 난 뒤에도 무료한 기다림은 한동안 계속되어 그를 애타게 만들었다.

그러기를 30여 분. 다행히 회동이 진행되던 룸의 문이 열리며 각 기업 대표들과 여당 대표가 모습을 드러냈다. 예상보다 길어진 전경련 오찬 회동을 마치고 모두들 서로를 견제하면서도 웃는 얼굴로 셔터를 눌러 대는 기자들 앞에서 인사 나눈 뒤 피곤함을 무표정으로 감춘 현민이 대기 중인 차량에 몸을 실었다.

차에 올라탄 현민은 전경련 회장이자 두원그룹 총수와 악수하며 오갔던 눈빛이 생각나 눈살을 찌푸렸다. 지난 10월. 주총을 앞두고 부회장이 되느냐 마느냐, 하루를 48시간인 것처럼 살며 보유지분을 늘리기 위해 연말 배당을 기다리고 있는 소액주주들을 설득해 시가보다 높은 가격으로 주식을 매수해 모아들였다. 그리고 지분 2% 이상 우호주주들을 매일마다 찾아뵈며 흔들리지 않도록 관리하기 위해 격무에 시달릴 때, 하루 반나절을 통째로 비워 가며 두원 총수와 만남을 가진 적이 있었다.

묻고, 회유하고, 압박하고 또 물어봐도 입을 열지 않는 지 변호사와의 줄다리기는 포기하고, 최대 주주 변경 공시는 하지 않았지만, 지원이 두원의 최대 주주라는 사실을 알아낸 현민은 부회장이 된 뒤 두원그룹과의 협력을 약속하며 지원과의 연락책이나 거처를 알면 알려 달라고 정중하게 부탁드렸었다.

그러나 두원 총수의 반응은 확실한 거절이었다. 거절. 지 변호사의 지난 행동으로 미루어 쉽게 알 수 있을 거라는 생각은 안 했지만 두원의 차기 집중육성 사업인 항만사업에 혜성그룹의 물류를 맡기겠다는 그 파격적인 제안에도 두원그룹 총수는 꿈쩍도 하지 않았다.

무엇이 그 막대한 매출 신장을 외면하게 했는지, 그토록 지원과의 일을 비밀에 부치는 의도가 무엇인지, 현민은 실망이 큰 만큼 두원 총수에게 심한 분노를 느꼈었다.

그가 지원을 앗아 간 것도 아니고, 그가 지원을 감금한 것도 아니지만 왠지 그의 등 뒤에 있을 것만 같은, 지원의 흔적을 감추는 그가 자신과 지원의 만남을 가로막는 방해꾼 같아 미치도록 끓는 화를 가라앉히기 위해 애를 써야 했었다.

어찌 됐건 현민은 부회장 선출을 위해 어느 해보다 중요한 주총을 앞두고 있었고, 두원그룹은 혜성그룹과 표면적으로라도 우호관계를 유지해야 할 거대 그룹이었기에 이성을 찾아야만 했다. 혜성의 주총만 챙기기에도 정신없던 그때, 두원의 주총에 사람을 보내 지원이 참석했는지를 확인했지만, 그녀는 결국 모습을 드러내지 않았다.

그다음 날 있었던 혜성그룹 주총에서 현민은 부회장이 되어 실질적인 총수로서 수많은 언론에 집중 보도되었고, 미혼의 대기업 부회장 선출은 경제지는 물론, 현존하는 각국의 왕자와 외국의 유명 미혼 기업인들의 사진과 함께 현민의 사진이 포함되어 연예면 기사에 실리는 대한민국에서 유례없는 해프닝까지 벌어지게 만들었다.

그래도 현민은 자신의 사진이 기사화되는 것을 막지 않았다. 이렇게 부회장이 된 모습을 보여 주고 싶은 사람이 있었기에, 봤으면 이제 그만 오라고, 네가 원했던 자리에 내가 이렇게 올라서 있다고. 그러나 지원은 단 한 통의 전화조차 걸어오지 않았다.

주총 이후 해가 바뀌어 한 달이 지날 무렵 두원주식의 결산배당금 지급이 시작되자 지원의 주식계좌를 추적했으나 입금 즉시 전액이 서울 두원그룹 본사지점에서 인출되어 인출지점으로 지원의 거주지를 좁혀 들어갈 수도 없었다.

현금다발이 지원에게 전해졌는지, 아니면 지원이 직접 두원 본사 지점에서 그 거액을 모두 현금화했는지 모르지만 그 완벽한 꼬리 자르기가 지독해서 화가 날 정도였다.

그 후 가까이에서 두원 회장을 만난 것은 오늘이 처음이라 감정의 앙금이 남아 있었던 현민은, 아마 지원이를 찾을 때까진 비협조적인 그에게 좋은 감정이 생길 일은 없을 것 같았다.

"회장 사모님께서 통화 원하셨습니다."

"언제?"

달리는 차 안에서 뒷좌석에 기대고 앉아 피곤한 듯 꽉 조여졌던 넥타이를 느슨하게 잡아당기던 현민이 무덤덤하게 물었다.

"한 시간 전쯤 전화하셨습니다."

"갤러리 일인가?"

"라엠에서 저녁식사를……."

"도착할 때까지 좀 쉬지."

"……네, 부회장님."

현민은 그대로 시트에 몸을 묻으며 눈을 감았다. 문 비서는 늘 겪는 이 곤란함에 묵묵히 대답하며, 휴대폰을 집어 들었다.

민지원 실장님이 떠난 뒤 늘 반복되는 일이었다. 사적으로 연락하시는 회장 사모님과 공적으로만 대하는 부회장님. 문 비서는 회장 사모님을 모시는 송 비서에게 부회장님은 회장 사모님이 말씀하신 자리에 나가시기 어려우실 것 같다는 통화를 짧게 마쳤다.

차 안은 다시 조용해졌고, 현민은 눈을 떠, 도심 풍경을 바라보았다. 초반 감정대립이 극심한 때를 넘기며, 현민은 나중에 돌아올 지원을 위해서라도 어머니의 마음을 열려 부단한 노력을 기울였었다.

그랬던 그가 어머니를 외면하기 시작한 것은 지난 2월 중순 이후, 정신없이 일에 매달리며 오직 일과 지원과만 생각하던 그의 의사와는 상관없이 언론에 세호그룹 장녀와의 약혼기사가 공표된 이후부터였다.

37세 미혼인 그에게 그룹을 맡긴다는 것이 주주들의 불안을 자극한다는 점은 그도 알고 있었으나, 지난 시간 동안 증명한 그의 경영능력과 실적, 그리고 성실성과 우호주주들의 도움을 받아 무사히 경영권을 방어해낸 상황이었다. 그 상황에서 뒤늦게 불거져 나온 그의 약혼 소식은 그룹 내부에서도 갑작스러움에 놀라워했고, 당사자인 그나, 혜성 홍보실에 사전 확인 없이 진행된 기사에 크게 분노하며 정정 기사를 요구하기에 이르렀었다.

그러나 그 기사가 어머니의 발언을 근거로 작성된 리포트였다는 것을 확인한 뒤론 언론사를 고소할 수도 없었고, 즉각적인 반론 기사를 낼 수도 없는 상황에서 현민은 어머니께 아들로서의 노력을 포기하겠다 공표한 뒤, 그 뒤론 다시 사석에서 어머니를 뵈려 하지 않았다.

세호 지 회장을 만나 오해의 요지가 있던 것 같으니, 어느 정도 주가를 끌어올렸으면, 더 이상 따님과 제 이름이 함께 거론될 일은 만들지 마시라, 일이 자신 모르게 더 진행될 경우 세호에 우호적이던 혜성이 입장이 변할 수 있다, 라는 뜻을 밝힌 그는 그 후로도 지 이사의 움직임이 별반 달라지지 않자 서서히 물밑 작업을 실행해 나갔다.

페이퍼 컴퍼니를 만들고, 비자금을 형성한 현민은 정확히 약혼설이 거론된 한 달 뒤 정정 기사를 내보내며, 폭락하는 세호주식을 해외증권사로부터 유입된 페이퍼 컴퍼니의 자금으로 모두 매집해 들여, 세호 내부 장악력을 키워 나갔다.

언제고 포기를 모르시는 어머니, 그 장단에 제 회사의 명운을 건, 저 밑바닥부터 서서히 진동하며 흔들리고 있는 세호. 현민은 그렇게 홀로 고립된 싸움을 이어 나가고 있었다.

그러나 어머니는 정정 기사가 나갔음에도, 마치 그 기사가 오보인 양 자신이 낙점한 며느릿감과 함께 모임에 참석하며 사교계 호사가들의 호기심을 더욱 자극하기 시작했고, 끊임없이 그와 세호그룹 장녀와 한자리에서 만날 수 있는 기회를 만들기 위해 이렇게 노력하고 계셨다.

그러나 현민에게 그런 계획이 먹힐 일이 없었기에, 눈 먼 소처럼 밀어붙이기만 하시는 어머니와의 거리가 좁혀질 가능성 또한 점점 희박해지고 있었다.

그 와중에 현민이 더 이해할 수 없는 사람은 한 번도 보지 못한 남자와 약혼기사가 나고, 연이어 정정 기사가 났음에도 화를 내기는커녕, 오히려 오해 살 만한 일들만 계속하고 다니는 세호그룹 장녀였다.

'조만간 시간 좀 내거라. 한 번은 만나야 하지 않겠니.'

'만나지 않겠습니다. 어머니. 어머니 아들로서의 노력은 끝났지만, 제일로 어머니 체면이 상하게 해 드리고 싶지는 않습니다. 더 이상 괜한 일 마십시오. 저는 어머님 뜻에 동조해 드릴 생각이 없습니다.'

이것이 벌써 5개월 전 현민과 서희 여사가 나눴던 마지막 통화 내용이었다. 한참을 말없이 쉬던 현민은 차가 반포대교를 지나기 시작하자 문 비서에게 말을 건넸다.

"사장단 회의 시간 변경했나?"

"4시로 변경해 놓았습니다."

안타까운 마음을 표시하지 못하는 문 비서는 스스로에게 여유를 허용하지 않는 부회장님의 속도에 맞춰 재빨리 대답했다. 현민은 잘했다는 듯 고개를 끄덕인 뒤 생각에 잠겼고, 차는 반포에서 좌회전해 언덕을 지나 강남대로에 접어든 지 얼마 되지 않아서 곧 혜성그룹 본사 앞에 도착했다.

사무실로 들어선 현민은 뒤따라온 문 비서가 사장단 회의 현안과 지난 해 경영권 다툼 이후에도 유민태 건설사장이 유임된 것에 대한 사장단들의 최근 반응에 대해 브리핑하기 시작하자 양복 재킷을 벗으려다 손을 들어 올려 멈추게 했다.

"10분만 쉬고 하지."

"부회장님. 10분 뒤면 4시입니다. 5분 뒤엔 회의실로 출발하셔야……."

"5분!"

현민은 더 이상의 허용은 없다는 듯 간단히 명령했다.

"……네, 부회장님."

"휴유우……."

재킷을 벗어 그저 책상에 올려놓은 뒤 빠른 걸음으로 세면대 앞으로 다가선 현민이 와이셔츠 단추를 풀어 팔꿈치까지 소매를 걷어 올렸다. 손을 가져다 대자 자동센서가 시원한 물소리와 함께 물을 쏟아 내기 시작했고, 현민은 막힌 듯 회동 내내 답답했던 열기를 차가운 물에 털어 내며 손을 씻기 시작했다.

'감기 걸리지 않게 손잡이 잡고, 악수하고, 사람 많은 데 다녀오면 꼭 이렇게 씻어요. 손톱 밑까지 깨끗하게.'

문득 들려오는 지원의 목소리에 부지런하게 움직이던 현민의 손동작이 멈췄다. 여전히 손가락 사이로 찬 물줄기가 시원하게 흘러내리고 있는데도 그 물살이 느껴지지 않을 만큼 현민은 순간적으로 지원과 함께했던 그때의 기억 속으로 빨려들어 가고 있었다.

'봄 금방 가요. 봄이다 싶으면 여름이고, 여름이다 싶으면 가을되고,

시간 그렇게 빨라요. ……내가 말한 대로 건강 챙길 거죠?'

지원의 말대로 여름은 금방 왔다. 그리고 가을도, 겨울도. 해가 바뀌어 또다시 여름이 되었는데도 갈 곳도 없는 여자는 어디론가 너무나 성공적으로 숨어 버려 도통 찾을 수가 없었다.

미안했고, 서운했고, 이제는 한 하늘 아래에 사는 것만을 위안 삼으며 버틸 것뿐이었다.

천천히 세면대에서 손을 떼어 내 옆에 걸린 타월로 손가락 사이사이, 손톱 아래까지 깨끗하게 물기를 닦아 냈다. 나중에 지원을 만나면 손 닦는 습관 하나는 제대로 버릇 들었다고 칭찬이라도 받으려는 것처럼.

현민은 상념을 떨쳐 내듯 서둘러 옷을 갖춰 입고 문 비서가 들어오기 전 먼저 문을 열고 나섰다. 쉴 수 없었다. 돌아올 지원을 위해서라도 더 큰 사람이 되어 있어야만 했다. 예고 없이 나서신 부회장님의 모습에 놀란 비서진들이 모두 자리에서 일어나자 현민은 가볍게 지나가며 한마디를 툭 던졌다.

"온도가 너무 낮지 않나? 환기도 시키고, 온도 좀 올리는 게 좋겠어."

"네! 부회장님 조치하겠습니다."

데스크에 서 있던 황 비서의 말에 가볍게 고개를 끄덕하는 것 같기도 했던 부회장님의 모습이 곧 그 뒤를 따르는 문 비서의 등에 의해 가려졌다.

앞서 걸어가 회장 전용 엘리베이터 문을 열어 대기하고 있던 김 비서가 허리 굽혀 인사하는 모습과 함께 부회장님과 문 비서의 모습이 엘리베이터 안으로 사라지자, 절도 있는 자세로 허리를 곧추세우고 두 손을 모으고 있던 황 비서가 몸의 긴장을 풀며 자리에 앉았다.

"오늘 사장단 회의 몇 분이나 걸릴까요. 부장님?"

비서실로 들어서던 김 비서가 시계를 들여다보며 묻자 황 비서는 큰 눈을 굴리며 꽤 설득력 있는 답을 꺼내 놓았다.

"글쎄…… 전경련 회동 다녀오셨으니까. 평소보다 시간이 좀 더 걸리지 않으실까?"

"네에, 그럼 우리도 차 한 잔 할 시간은 있겠네요? 부장님 드시겠어요? 전 커피 한 잔 하려구요."

"좋지, 난 녹차 부탁해. 김 과장."

탕비실로 들어간 김 비서가 쟁반에 찻잔을 받쳐 들고 나와 천천히 황 비서 앞에 잔을 내려놓았다.

"그런데요. 황 부장님. 우리 부회장님 정말 세호그룹 지연희 씨랑 결혼하시는 거예요?"

"누가 그래?!"

"사내에 말이 많아요. 예전에 약혼기사 났을 때도 난리 났었지만, 지난번에 지연희 씨가 회장 사모님과 함께 회장실 다녀가신 뒤엔 곧 결혼 날짜 잡으신다는 말도 돌고, 거의 확정된 것처럼 다들……."

"김채은 과장."

말이 잘린 김 과장은 움찔해서 황 부장을 쳐다보았다.

"우린 내일이 결혼식이라 해도 윗선에서 말하지 않으면 알고도 몰라야 하는 사람들인 걸 잊지 마."

"네에. 그런데, 궁금해서 그랬어요. 너무 궁금해서. 생각해 보세요. 우리 부회장님 같은 분이 어디 또 계셔야 말이죠. 그런데 도통 연애도 안 하시는데다 회장 사모님이 워낙 지연희 씨를 가까이하시는 것 같으니까……."

부회장님 결혼에 대한 끝없는 관심에 황 비서는 팔짱을 끼며 의자에 깊이 몸을 기대앉았다.

"부회장님. 전무님이셨을 때 모시던 정 비서라고 알지?"

"네? 아, 부회장님 전무님 되셨을 때 권고사직당했다는 그 비서요?"

일 년 전 전무이사실 비서였던 정 비서의 권고사직 사건은 각 임원진 비서들에게 큰 충격을 주었었다. 정확한 내용은 모르지만 정보 누출과 관련된 일이라 권고사직으로만 끝난 것을 다행스럽게 여길 정도의 중요 사안이었다는 것만 암암리에 소문났을 뿐이었고, 그 뒤 유 전무는 문 비서에게 기존의 백업 비서를 승진시켜 데스크 업무를 담당하게 하도록 지시했었다.

회장의 건강 악화로 단시일 내 극박하게 돌아가는 사내 분위기에, 경영권 방어 차원에서 단행된 특별인사로 사장이 되신 유 전무가 연말에 부회장으로 선출되자, 부회장 비서실은 회장실에서 내려 보낸 황 부장과 그녀의 백업 비서인 김 대리를 과장으로 승진시켜 곁에 두는 것으로 단출하게 채워졌고, 기존 비서진들은 여타 일반 업무를 담당하는 부서로 발령 내 비서실 규모를 줄였다.

확실한 경영권을 손에 넣은 뒤 가장 먼저 한 일이 자신의 비서진들을 줄여 경영 혁신 의지를 대내외에 밝힌 일인지라, 그 영향으로 임원진들의 자발적인 수행원 축소가 시작됐고, 잉여 인력은 타부서로 발령 내는 것이 당연시되는 분위기가 조성되었다.

혜성그룹의 경영혁신이 무조건적인 인력 감축이나 명예퇴직 종용이 아니라 부회장의 실용적 합리주의 실천으로부터 시작되었다고 해도 과언이 아니었다.

"지금 김 비서가 하는 일이 그 비슷한 거 같은데. 나랑 얼굴 오래 보고 싶지 않으면 계속 해. 소원대로 해 줄 테니까."

"어머! 부장님! 아니에요! 절대! 입 꽉 다물고 있을게요!"

손사래 치며 자신의 진의는 그것이 아니라고 난감한 표정을 짓는 김 과장을 보면서 그제야 표정을 푼 황 부장이 부드럽게 말했다.

"비서실이 차분해야 사내 분위기도 따라 흐르잖아. 부회장님 모시는 우리가 긴가민가하는 걸 알면 그 소문은 금방 사실처럼 받아들여질 텐데. 우리부터 조심해야지 않겠어?!"

"네에……."

김 비서의 풀 죽은 목소리에 황 부장은 괜찮다고 탁탁…… 두어 번 김 비서의 무릎을 쳐 주고는 웃는 얼굴로 찻잔을 입으로 가져갔다.

같은 시간 진해 마리아 마을에서는 두 달 내내 서울에서 머무르고 있던 민지원 선생이 모처럼 마리아 마을로 내려왔다는 소식에 후원자분들을 만나러 마산시내에 나가 계셨던 관장님도 급히 센터로 들어오고 있었다.

"민 선생 왔다면서요?"

"예. 안나의 집으로 가 보세요. 민 선생님이 센터도 챙기고 신부님이랑 수녀님도 챙기고, 집집마다 수박을 몇 덩이씩 사다 줘서 다들 파티하느라 정신없을 겁니다."

청소년 생활동과 미사실 사이에 있는 놀이터 미끄럼틀 아래, 자그맣게 그늘진 모래밭에 앉아 화채 한 그릇을 손에 들고 기분 좋게 웃고 있는 이 주사님이 웃는 얼굴만큼 정겨운 목소리로 관장님께 민 선생의 소식을 전했다.

이 주사님뿐 아니라 두 공익근무요원들도 화채 맛이 마음에 드는지, 얼음을 깨물어 가며 국물까지 들이켜고 있었다. 찌는 듯한 더위, 따가운 햇살 아래 얼음 띄운 화채만큼 반가운 먹거리는 또 없는 듯했다.

"한참 더울 땐 해 좀 피했다 일해요!"

"예. 관장님 들어가십시오. 허허허."

사람 좋다는 말은 이 주사 같은 사람을 보고 하는 소리라 생각하며, 관장님도 웃는 얼굴로 손을 흔들어 주고는 안쪽 마을로 걸어 들어갔다. 아녜스의 집을 지나 계단을 올라가던 관장님은 문이 활짝 열린 안나의 집 안쪽에서부터 울려 퍼지고 있는 깔깔대는 웃음소리에 저절로 미소가 지어졌다.

민 선생이 오는 날이면 늘 이랬다. 민 선생이 있는 곳엔 아녜스와 안나의 집 아이들이 모여든 건 물론이고, 가정폭력 피해자 보호시설인 마리아의 집에서 아빠를 피해 온 엄마들과 함께 생활하는 어린아이들까지 삐죽거리며 발을 들여 놓곤 했다.

아이들은 자기들처럼 어린 사람을 좋아한다는데, 어리기는커녕 혼기를 넘어선 민 선생을 아이들이 저렇게 따르는 걸 보면 설명해 주지 않아도 알 수 있는 느낌으로 선한 마음이 전해지고 있는 모양이었다.

안나의 집에 들어서자 널따란 거실에 모여 앉아 떠들고 있는 청소년 아이들과 생활지도 선생님들이 보였다.

"어머! 관장님 오셨어요?"

"관장님! 이쪽으로 오세요!"

생활지도 선생님들이 얼굴에 웃음을 머금고 관장님께 인사드리는 사이, 노란머리에 초록색 브릿지를 넣은 희선이가 제일 먼저 자리에서 일어나 떠들썩하게 관장님을 반기며 팔짱을 끼더니 자신이 앉았던 자리 바로 옆으로 잡아당겼다.

"민 선생은 또 어디 갔나?"

"민 선생님 저기 계세요. 민 선생님!"

"어?! 어머. 관장님 오셨어요? 센터 갔더니 관장님 외부 나가셨다길래 그냥 왔는데. 언제 들어 오셨어요?"

"금방 왔다. 오느라 피곤했지?"

"아니에요. 관장님도 화채 한 그릇 드릴게요. 잠시만요."

지원은 싱크대에 몸을 기대서 인사하며 웃고 있었다. 그 옆에는 언제나처럼 지원의 추종자로 유명한 유선이가 함께 서서 정겨운 자매처럼 일을 돕고 있었고, 한 발짝도 안 움직이고 상체만 조금 틀어 인사했던 지원의 다리엔, 두 아이가 방울토마토처럼 올망졸망 매달려 있어 지원이 한 걸음도 움직이지 못한 이유를 짐작케 했다.

걷지도 못하게 다리 하나씩을 끌어안고 서로 제 엄마인 양 다리에 얼굴을 부비고 있는 아이들은 4살 쌍둥이 가희와 지희였고, 관장님은 그 모습이 익숙하신 듯 두 손을 모아 박수를 쳐가며 아이들을 불러 들였다.

"가희야아! 지희야아! 이리 와 봐!"

짝짝짝짝.

관장님이 아무리 박수를 쳐 가며 아이들의 시선을 끌려고 노력해도 아이들은 눈동자만 움직여 관장님을 쳐다볼 뿐 한 걸음도 움직일 기미가 보이지 않았다.

"괜찮아요, 관장님. 두세요."

"쌤에엠, 걔네들만 이뻐하고! 그러면 안 돼요!"

지원이 아이들을 두둔하자 모처럼 서울서 내려온 민 선생님을 뺏긴 기분인지 14살 먹은 현주가 삐친 듯 말해 왔다.

"현주도 한 그릇 더 줄까? 새로 자른 수박이 더 단 것 같은데?!"

아이들의 감정변화에 이제 능숙하게 대처할 만큼 지원은 있는 그대로 마리아 마을 가족이었고, 마음으로 아이들을 품는 선생님이었다.

"네에. 많이 주세요."

"쌤! 저도요!"

"그만하고 와. 같이 먹어, 민 선생!"

생활지도 성 선생이 싱크대로 쪽으로 다가서며 말하자, 지원은 잘라 놓은 수박을 재빨리 그릇에 옮겨 담았다.

"잠깐만요, 성 선생님. 여기다 설탕만 넣으면 돼요. 요기 요 녀석들 좀 데려가 주실래요? 움직일 수가 없어서……."

매달린 것인지 붙잡고 주저앉으려는 것인지 다리마다 대롱대롱, 아이들의 장난이 심해지자 지원은 서 있는 것도 힘에 부쳐 하고 있었다.

"이 녀석드을."

성 선생이 도깨비 목소리를 흉내 내며 두 손을 마귀할멈처럼 무섭게 만들어 잡아먹을 듯 다가가자 가희와 지희는 어린아이 특유의 높고 청아한 목소리로 까르르 거리며 관장님에게로 뛰어갔다.

두 아이들을 팔 하나씩 나눠 안아 든 관장님은 성 선생과 함께 화채를 준비하는 민 선생의 뒷모습을 바라봤다.

힘이 닿는 대로 돕는다는 말이 무엇인지 실천해 낸 사람. 민 선생은 모두가 버거운 일이라고, 안됐지만 어쩔 수 없는 일이라고 반쯤 포기할 때 자기 스스로 내렸던 외출금지령을 거두고 서울까지 올라가 두 아이를 살려 낸 장본인이었다.

아빠를 피해 시설에 입소한 엄마 따라 고사리 같은 자그마한 손을 가진 3살 가희와 지희가 마리아집에서 생활하기 시작한 것은 민 선생이 마리아 마을로 들어온 지 3개월쯤 지났던 가을이었다.

처음엔 아이 엄마를 상담하고 온몸에 남아 있던 폭행의 흔적을 자료로 남기며 입소를 위한 절차를 밟아 나가는 데 집중했던 터라, 아이들은 마리아의 집 권 실장님께서 돌봐 주시는 시간이 많았다.

그러다 보니 지원도 자연히 실장님이 바쁘실 때 아이들을 돌보게 되는 시간이 생겼고, 정이 들었는지 지원을 따르는 아이들을 민 선생도 많이 귀여워했었다. 정에 약한 사람들이 많은 곳이다 보니, 어느 정도 선을 넘어서는 것 같다 싶으면 적당하게 거리를 유지해 주는 것이 서로에게 좋은데, 민 선생은 그것을 잘 하지 못했다.

한참 지켜보니 매몰찬 구석도 없고, 그저 사람에 대한 측은지심이 많은 사람인데, 서울서 무슨 일이 있었는지 일에만 매달리며, 일 못 해 죽은 귀신이 붙은 것처럼 아등바등.

지켜볼 때마다 저러다 몸 상하지 싶어 말려도 도통 손에서 일을 놓지 않던 지원이 그나마 지희, 가희와 놀 때면 잠시라도 한곳에 머물며 의자에 몸을 붙이고 앉아 있으니 그게 다행이다 싶어 그대로 놔둔 적이 몇 번 있었다. 그런 시간이 사흘쯤 지났을 때 가희의 이상증상을 가장 먼저 알아채고 말을 꺼낸 사람이 민 선생이었다.

법인이라 운영자금이 지원되지만 예산에 따라 집행되어야 할 목록이 정해져 있었고, 후원자분들께도 더 이상의 부담을 드리기가 어려웠던 상황에서 가희의 상태가 드러나자 모든 선생님들은 쉽게 치료하자 소리를 하지 못했다.

지속적인 건강검진과 일반적인 치료가 필요한 입소인들을 후원해 주던 가톨릭재단 병원에도 이미 신세를 질 만큼 지고 있던 상황이라 더욱 입이 쉽게 열리지 않았던 것이다. 심각해지는 회의 분위기에 일단 검사라도 해 보자고 말한 뒤에야 민 선생의 굳었던 표정이 펴졌었다.

검사 결과, 가희는 심실중격결손, 심방중격결손 상태였고, 판막도 아직 완전히 닫히지 못한 상태였다. 게다가 지희도 가희보단 경증이지만 심실중격결손 상태를 보이고 있었다.

쌍둥이 엄마는 심각했던 멍이 사라지면서 파랗고 노란빛으로 변한 얼굴로 병원 복도에서 오열했고, 지원도 그 엄마를 끌어안고 한참을 주저앉아 있었다.

친정 아빠가 심장병이 있었다고 말하며 우는 아이들 엄마에게 '괜찮을 거예요.' 라고 말하던 민 선생은 쌍둥이들이 마음 아파서인지 아니면, 지난 몇 개월 동안 참고 참았던 눈물을 터트릴 기회를 찾아낸 것인지 모를 뜨거운 눈물을 오랫동안 흘렸었다.

쌍둥이의 엄마는 민 선생과 같은 나이였다. 입소자의 자녀를 보호하고 교육하는 프로그램은 준비되어 있었지만, 이처럼 수술이 필요한 중증 이상이나 질환을 지원하는 경우는 흔하지 않았던 탓에 관장도 예산 마련을 위해 동분서주해야 했다.

그러나 하나도 아닌, 두 아이의 수술비를 마련하기란 불가능해 보였다.

그러던 어느 날 늦은 시간 관장 사택을 방문한 민 선생은 자신의 공부를 위해 남겨 두었던 돈을 보태겠다고 말해 와 사람을 놀라게 만들었다. 무엇을 위해 이렇게 자신의 것을 모두 내어놓는지 묻고 싶을 만큼, 민 선생은 보통 사람들과 달랐다.

사회복지사 자격을 갖췄어도 봉사와 희생이란 말과 거리가 먼 사람이 많은 것이 현실인데, 지원의 사고방식은 표면적인 것보다 깊숙이 숨어 보이지 않는 진실을 볼 줄 알았고, 당장의 이익보단 무엇이 중요한지, 우선되어야 할 가치를 먼저 생각할 줄 아는 사람이었다.

그래도 그것을 받을 수는 없었다. 안 그래도 두세 사람 몫을 하는 민 선생에게 그저 인사조로 차비 정도 지급되는 자원봉사자 수준의 처우를 제공하는 처지에 어떻게 그것을 받을 수 있을 거라 생각했는지, 민 선생은 관장을 참으로 체면 없는 사람으로 만들고 있었다.

그래서 좀 더 노력해 보자고. 내, 지역 유지들을 좀 더 찾아다녀 보고 병원장도 다시 한 번 만나 보겠다고 설득해서 돌려보냈었다.

그로부터 이틀 뒤 주말이 되자 한 번도 먼저 외출하겠다고 말한 적 없던 그녀가 어디 좀 다녀오겠다면서 마리아 마을을 나갔었다.

민 선생이 안나의 집에 들어온 지 2개월 정도 되었을 때 아녜스의 집에 살던 유선이가 센터를 무단이탈해 경찰에 잡혀 임시 보호 중이란 소식을 듣고 새벽길, 김해로 차를 몰고 갔을 때를 제외하곤, 공무가 아닌 일로는 겨우 밖으로 나가 봤자 센터 사회복지사 선생님들이 조르고 졸라 센터보다 훨씬 더 도심에서 떨어진 온천으로 목욕 다녀오는 것이 전부였다.

그 외엔 한적한 시골마을에 자리 잡은 센터 주변을 산책하듯 거닐며, 산골마을 작은 슈퍼에 들르거나 동네에 딱 하나밖에 없는 피아노 학원으로 아이들을 데리러 나가는 일이 고작이었던 민 선생이 자의적으로 멀리 나갈 차비를 하고 외출을 했다는 건, 무슨 일이 있다는 것을 의미했기에 그녀가 돌아올 때까지 내심 걱정이 많았었다.

그리고 일요일 저녁에 돌아와서는 다가오는 수요일쯤 가희와 지희를 데리고 서울로 가 보자고 아이들 엄마까지 앉혀 놓고 말을 꺼내며, 이동 경비와 차량 운행도 모두 자신이 알아서 하겠다고 말하는 통에 얼마나 놀랐는지 모른다.

그다음 날 저녁 원래 정해져 있던 자신의 책임을 다하기 위해 아이들을 보건소에 데려갔다 돌아온 민 선생은 그 길로 먼저 서울로 떠났었다.

그리고 며칠 뒤 민 선생이 어떻게 했는지 모르겠지만 아이들은 서울 대형 병원에 도착한 뒤 어린이 심장병 권위자로 유명하다는 어느 소아흉부외과 의사 선생님께 진료를 받았고, 곧바로 입원 수속을 밟았다.

병원에서 내내 궁금했던 것이 민 선생 옆에 서 있던 한 남자였는데, 말하는 걸 가만히 들어 보니 그치도 의사인 것 같았다.

깔끔하게 대하는 지원과는 달리 민 선생을 보는 눈길이 보통 감정이 담긴 것이 아니어서 처음엔 혹시 저 사람 때문에 민 선생이 힘들어했던 걸까 생각하며 주의 깊게 살펴봤지만 곧 그는 민 선생의 어느 마음 한구석도 차지하지 못한 사내라는 것을 알 수 있었다.

관장은 그에게 왠지 모를 안쓰러움을 느꼈다. 예쁘고 고운 여인을 보면 사내 마음이 동하는 것은 인지상정. 그러나 그 상태가 전혀 흔들릴 생각을 안 하니 저 사람의 마음도 꽤나 괴롭겠구나, 하는 생각이 들었던 것이다.

아이들은 수술을 받고 빠르게 회복되었고, 회복기 내내 병원에서 아이들 곁을 지키던 아이들 엄마까지 챙기고 보살피던 민 선생은 어느 날 뜬금없이 사직서를 내밀었다.

아이들 치료비를 변제하는 방법으로 이 병원에서 4개월 정도 일해야 한다고 말해 왔다.

무슨 일을 하길래 그 큰돈을 갚을 수 있단 말이냐고 묻자 민 선생은 이 병원에 있는 건강검진센터 검진프로그램을 정비하고 직원교육도 시킬 예정이라고 답해 왔다. 그리고 병원 사회공헌 센터를 통해 수술비도 경감받을 수 있게 됐으니 필요 서류도 챙겨 달라고 말해 왔다.

민 선생이 보통 사람이 아닌 것은 알고 있었지만, 이렇게 큰 병원에서 이 정도로 신뢰받고 실력 좋은 사람인 줄은 몰라 참으로 놀랐었다.

그런 실력을 가지고도 진해에 내려와 월급 같지도 않은 돈을 감사하게 받아 들던 그 사정은 대체 뭐냐 말인지…….

그럼 생활은 어떻게 하냐고, 이제 집으로 돌아갈 거냐고 묻자 조용히 고개를 흔들던 민 선생은 많이 슬퍼 보였다.

이 병원이 보건복지부 주관으로 정부가 시행하는 의료기관 평가에서 최상위 그룹에 속한 병원이긴 한데, 검진센터 평가점수가 최고점을 받지 못해서 지원은 그 점수를 올리는 조건으로 일하며 병원에서 제공해 주는 사택에서 생활할 거라고 했다.

어떻게 그럴 수 있냐고 묻자 민 선생은 예전에 일하던 병원 검진센터가 우리나라 병원 중 가장 높은 점수를 받은 적이 있어서 그 정도로만 수준을 끌어올리면 될 거라고, 그걸 믿고 이 병원에서 자신을 채용한 거라고 말했었다.

예전부터 스카우트하려고 여러 번 제의가 들어왔던 곳이고, 또 전에 보셨던 그 임 선생님이 수술을 집도하신 소아심장외과 선생님과 잘 아는 선후배 사이라 가희, 지희 수술이 가능했다고. 아이들이 건강해졌으니 관장님께서도 그냥 웃는 얼굴로 사직서 받아 달라고 말하던 민 선생의 얼굴을 관장은 잊을 수가 없었다.

말을 마친 뒤 창밖을 쳐다보던 얼굴이 어찌나 슬퍼 보이던지…….

서울에 있는 것 자체가 민 선생에겐 고통인 것 같은데, 송 관장은 미안하고 또, 미안했다. 관장으로서 입소자들 거두는 일도 힘에 부쳐 저 착한 사람을 힘들어 떠났다는 서울에 다시 남게 해야 한다는 게 참으로 마음이 걸렸다.

민 선생은 지희와 가희가 퇴원한 후에 그 병원에서 일하면서도 시간이 날 때면 한 달에 한 번이고, 두 번이고 마리아 마을로 찾아와 얼굴을 보여 줬다.

그 덕에 민 선생이 서울에서 일하면서부터 풀 죽어 지내던 유선이도 다시 활력을 찾았고, 어린 지희, 가희도 그렇게 애써 준 민 선생의 고마움을 아는 것인지, 아니면 병실에서 힘들 때 늘 곁을 지켜 줘서 낯이 익어 그러는 것인지, 병원에서 퇴원해 마리아 마을로 돌아왔다가 정기검진을 받으러 서울에 올라갔을 때부터 민 선생만 보면 저리 매달리고 안기고 아주 정신없도록 살갑게 굴기 시작했다.

두 녀석이 한 다리씩 차지하고 안겨 들면 또 민 선생은 아이들을 밀어내는 일이 없었고, 그렇게 한 덩이가 되어 어기적거리며 돌아다니는 일이 잦았다.

가희, 지희 말고도 민 선생은 여러 사람들을 신경 쓰고 챙겼는데. 올 구정쯤에는 특별한 날이면 더 침울해지는 입소자들을 위해 늘 삼겹살 파티로 끝나는 명절 파티 전날 전화도 없이 마리아 마을로 내려오더니 쇠고기를 엄청나게 많이 사 들고 와 집집마다 넉넉하게 나눠주기도 했고,

설빔이라며 아이들마다 세뱃돈 봉투를 나눠 주기도 했었다.

그런 민 선생에게 잘 구운 쇠고기를 앞으로 밀어 주며 많이 먹으라고 말하다가 이틀 전에 하래라는 입금자명으로 거액의 후원금이 들어왔다고 올 예산이 지난해만큼 빡빡하게 책정돼서 걱정이 많았지만 이젠 아무 걱정 없을 만큼 넉넉해졌으니까 안 그래도 돈도 못 벌고 가희, 지희 수술비 때문에 붙잡혀 일만 하면서 이런 돈 쓰지 말라고 알려 주자 다행이라고 함께 좋아해 주던 민 선생이 얼마나 고마웠는지 모른다.

구정 연휴를 그렇게 보내고 서울로 올라간 민 선생은 그 뒤로도 시간 날 때마다 마리아 마을을 찾았고, 서울에서의 생활도 바쁘긴 하지만 그리 나쁜 것 같지만은 않았다.

그런데 올 2월 말쯤인가…….

구정 때 그리 기분 좋은 얼굴로 돌아간 지 얼마 지나지 않아서 업무가 막바지에 이르러 무리를 했던 것인지, 피곤한 얼굴로 센터에 나타나 주말이라 쉬러 왔다고 말하곤 안나의 집으로 들어간 민 선생을 그 후론 통 볼 수가 없었다. 이상하다 싶어 업무가 끝난 뒤 다락방에 민 선생을 찾아 올라갔다가 오한과 고열에 시달리며 정신을 잃고 누워 있는 그녀의 상태를 보고 얼마나 놀랐었는지 모른다.

깊은 밤, 이 주사님의 승합차로 병원으로 옮겨져 입원한 뒤에도 하루를 꼬박 앓고서야 정신을 차렸고, 무슨 일을 그리 무식하게 한 거냐고 쉬엄쉬엄 몸 좀 사리며 일하라고 일장 연설을 했건만, 민 선생은 며칠을 넋 나간 사람처럼 텅 빈 눈을 해서는 말을 듣는 둥 마는 둥. 그렇게 거의 아무 말도 안 하고 앓기만 했었다.

늘 눈가는 축축하니 젖어서 처음엔 너무 아파 우는 거라고 생각하다가도 그런 눈을 몇 번 보게 되니 서울에서 무슨 일이 있었구나…… 싶었다.

아픈 마음이야 아플 만큼 아프고 나야 낫는다는 걸 알기에 굳이 닫은 입을 열라고 재촉하지 않았다. 다시 어느 날 병실을 찾았을 때 웃어도 우는 것 같은 얼굴을 해서는 며칠 만에 듣는 목소리로 '관장님 오셨어요.' 라고 말해 왔을 때는 어찌나 마음이 놓이던지…….

침상 옆에 앉아 세상사 다 그렇게 아프다가도 웃게 되는 거라고 말해 줬을 때, 소리도 안 내고 얼굴에 주르륵 눈물을 흘리는 바람에 단단치 못하다고 혼내 주려던 말은 꺼내 놓지도 못하고 안아 주기만 했었다.

울어야 할 때는 울만큼 울어야 눈물이 그치는 법인데, 울라고 내어 준 가슴에 안겨서도 소리 내지 못하고 끅끅거리는 민 선생의 등을 때려 주며 소리 내서 울라고 혼내고, 얼러서 겨우 우는 소리를 들을 수 있었다.

가정폭력 시설에 몸담고 있으면서 남편이란 작자한테 망치로 얻어맞아 무릎뼈가 다 깨져서 센터까지 기어서 온 사람, 가위를 입에 넣어 잘랐다며 귀까지 뺨이 잘려나간 사람…… 별의별 참혹한 광경을 목격하고 그들의 울음소리를 들었지만, 민 선생의 울음도 그들 못지않게 고통스럽게 다가왔다.

객관적으로 상대적인 고통의 크기를 비교하기보다, 지금 민 선생이 느끼는 고통이 그녀를 통째로 삼킬 만큼 애통한 것임을 인정하고 감싸 주고 싶었다. 결코 가벼운 아픔으로 슬픔을 표시할 사람이 아니기에 더 더욱 그러했다. 아직 결혼도 안 한 처녀의 울음소리가 어찌 이리 한스러울까.

톡 튀어나온 척추뼈와 결결이 만져지는 갈비뼈 위를 손으로 쓸어내리며 실컷 울도록, 그 울음 다 토해 낼 때까지 멈추지 말라고 독려해 주는 동안 참으로 가슴이 무거웠다. 그래서 퇴원한 뒤 다시 서울로 돌아가 봐야 한다고 말했을 때 못 간다며 붙잡기도 했었다.

민 선생은 핏기 없는 얼굴로 아직 할 일이 남았다고 그 일만 마치고 돌아오겠다고 말하고 서울로 돌아갔고, 2주가 지나기도 전에 그곳에서의 일을 마무리하고 그녀는 다시 마리아 마을로 돌아왔다.

그저 휴식하듯 더 이상 자원봉사자로서 근무하는 것도 거부하고 식구처럼 다른 입소자들과 함께 생활하며 도움이 필요한 곳에 도움을 주고,

쉬고 싶을 때 쉬고 싶다고 말하는 민 선생을 말없이 받아들였다.

사실 말이 쉬는 것이지 지원의 생활은 근무할 때와 별반 다름없었지만, 한 달 반정도 지난 다음부터는 가끔 시내로 외출도 나가더니 점점 그 횟수가 늘어났다. 수녀님과 대화를 나누고, 관공서를 드나들고 어디론가 전화 통화하는 모습도 많이 보이더니 한 달 만에 떡하니 사업체를 차린다며 서울로 올라가서는 몇 주 지나지 않아 개업식을 한다고 센터로 연락을 해 왔던 것이 봄볕이 한참 좋은 5월 중순이었다.

이제 모든 것이 다 해결된 거냐고, 그렇게 서울에서 아예 살면서 회사까지 차려도 되냐고 묻자 민 선생은 '다 끝난 일인 것 같아요. 이제……' 라며 짧은 한마디로 대답을 대신했다.

민 선생이 차린 회사는 병원 고객서비스개선 업무를 주로 담당하며, 직원교육과 진료프로그램 효율화 같은 의료경영서비스를 더하는 전문 회사였고, 조심성 있는 민 선생은 회사 설립 전부터 이미 여러 곳의 병원에서 사전의뢰를 받은 뒤 일을 벌인 것이라고 했다.

예전에 근무했던 병원과 최근에 단기 프로젝트를 진행했던 병원이 최우수 평가등급을 받음으로써 그녀의 실력이 입증된 성과라고 했다. 새옹지마라고 해야 할지……. 어쨌든 힘든 일이 있은 뒤에 그 결과가 오히려 더 큰일을 도모할 기회를 준 것이라니, 지원을 응원하며 함께 기뻐하는 것 외엔 할 말이 없었다.

대표자를 왜 언니로 세웠냐는 질문에 모든 것이 다 끝났지만 아직은 성가신 일에 휩쓸리고 싶지 않다고 말하던 민 선생은 그래도 예전보다는 많이 밝아 보였다. 간호사인 언니를 대표로 두고 자신은 프리랜서로 일하며 꽤 수준 높은 직원들을 뽑아 교육시킬 것이라고 했다.

교육이 완료되면 제일 먼저 일을 시작할 대형 병원에 함께 투입되어 그들에게 실전 경험을 시킬 것이고, 성공적으로 첫 번째 프로젝트가 마무리되면 사전 예약받은 병원 중 좀 작은 곳으로 각자 투입시킬 계획이라고 말하더니……

'물론, 제가 다 둘러봐야죠. 실전 경험이 한두 곳 쌓일 때까진, 제가 매일마다 업무보고 받을 겸 어드바이스할 겸 다 찾아다닐 거예요.'

'그러다 또 쓰러지면 어떡하려고 그래?!'

'그전에 직원들 빨리 숙련시켜서 저는 슈퍼바이저만 하려구요. 또 다른 일 하고 싶은 것도 있으니까요.'

지원의 웃음소리가 전보다 더 진실되게 들려왔다. 일에서 삶의 기쁨을 찾아가는 듯해 안타깝기도 하고, 다행스럽기도 했었다. 개업식에 오라며 버스 한 대를 센터로 보내 준 지원의 통 큰 배려에 마리아 마을 식구들이 모두 놀랐다가, 막상 개업식에 가 보니 관광버스 대절 정도는 놀랄 일도 아니라는 걸 알게 되었다.

이제 막 시작한 회사라서 겨우 자그마한 사무실 하나 정도 임대했을 것이라 생각했던 예상은 보기 좋게 빗나가 버렸다.

관광버스가 주차를 마치고 문을 열자 먼 곳에서 오느라 지친 사람들이 쏟아져 내렸고, 휴게소를 여러 번 들렀음에도 화장실이 급한 사람들이 있어 둘, 셋씩 짝지어 화환이 세워진 길을 따라 건물 안으로 뛰어 들어가자, 순식간에 주차장은 버스가 들어서기 전 한적한 상태로 돌아가 있었다.

올려다본 건물은 부지 250평, 건평 200평 정도 되어 보이는 3층짜리 건물에, 외관은 1층, 2층까지 유리로 마감되어 있는 아담하고 현대적인 건물이었다.

3층은 창들이 시원스럽게 나긴 했지만 완전히 실내가 노출되는 구조는 아니었고, 옥상에 나무도 심어져 있는지 키 높은 나무들이 머리를 삐죽 내밀고 있었다.

앞마당 널찍하니 주차장도 있고, 그 주차장 앞에는 화단 위에 「원컴퍼니」라고 새겨진 반듯한 돌비석이 세워져 있어 들여다보니 커다란 글씨 아래 '경청과 존중. 고객서비스의 시작입니다.' 라는 글씨가 새겨져 있었다.

1층부터 쭉 놓인 화환 행렬에 건물 중 1층 전체를 임대했나 싶었던 관장은 돌비석에 새겨진 사명에 깜짝 놀랐다. 지원이 차린 회사는 조그마한 사무실을 임대하거나, 한 층을 임대한 것도 아니고 처음부터 사옥을 가진 제법 큰 규모로 시작하고 있었기 때문이었다.

'설마…… 사옥이 아니면 전 층을 임대했을라구…….'

건물 안으로 들어갈 때까지 생각은 꼬리에 꼬리를 물며 궁금증을 키워 나갔다.

'쌤이 먼저 찾았네요?!'

'그래. 다행히 선생님 체면은 살렸다. 선생님이 먼저 찾았다고 너 속상해하면 안 되는 거 알지? 선생님은 33살에 꿈을 찾았으니, 너에 비하면 한참 늦은 거잖아.'

'그럼, 내가 5년 뒤에 스무 살 넘어서 찾아도, 쌤한테 이기는 거네요?'

'그렇지! 똑똑한데?!'

유선이와 마주 보고 선 민 선생은 무슨 이야기를 저렇게나 즐겁게 하는지. 둘러보니 인사드려야 할 손님들이 많은 것 같은데, 무지개 아이들이 너무 시간을 뺏는 것 같아 좀 말리려고 다가갔다.

그러나 잘 차려진 출장 부페에 아이들이 웃고 떠들며 소풍 온 것처럼 시끄럽게 밥을 먹어도 지원은 웃으며, 아이들에게 많이 먹으라고 챙겨 주고, 아이들이 회사가 근사하다고 소란스럽게 이야기하자, 자격만 갖추면 마리아 마을 출신을 우선 채용하겠다며 아이들에게 희망을 심어 주기도 했다.

잘 차려입은, 누가 봐도 큰 인물 같은 지긋한 나이의 어른을 보면서도 지원은 아이들에게 보인 웃음과 똑같은 미소로 그들을 맞이했고, 개업식이라기보단 친한 사람들을 모아 밥 한 끼 같이 먹자고 인사 나누는 시간처럼 격의 없이 편안한 분위기를 만들어 가고 있었다.

'관장님! 왜 거기 계세요?!'

멀찍이 보고 서 있던 관장을 손님들 사이로 끌고 들어간 민 선생은 지희, 가희 입원할 때 안면을 익힌 임 원장과 처음 본 스카이병원 대표 원장을 소개해 주었고, 그다음은 지인찬 변호사, 윤지환 국회의원, 두원그룹 회장과 두원유통 사장…… 쉴 틈 없이 수많은 사람들을 소개시키며, 청소년 사업과 함께 건강한 가정을 위한 사회공헌, 흔들리는 가정과 그 안에 가려진 피해자를 돌보는 도움의 손길이 되어 달라고 말했다.

저 친구가 왜 버스까지 보내서 이곳으로 자신을 불러들였는지 깨달으며 관장으로서 많은 고마움과 미안함을 느꼈다.

첫 회사를 열고, 개업하는 날. 그냥 축하만 받아도 될 텐데 가희, 지희 때 지역 유지 후원자들을 찾아다니며 맘고생 하는 것을 보더니, 법인 지원 예산이 얼마나 팍팍한지 알게 된 민 선생이 대기업 후원을 결연해 주려고 애쓰고 있었다.

민 선생의 말이 영향을 끼친 것인지 여러 사람들이 관심을 보이며 명함을 요구했고, 그렇게 그들과 인사를 마친 뒤, 겨우 지원과 조용히 한구석에 놓인 테이블에 앉았을 때 어떻게 된 것이냐고 민 선생에게 묻자 여기서 살 것이라서 아파트 살 돈까지 보태서 사옥을 마련했다는 답을 들었다.

돈은 어디서 났냐고, 원래 부자였냐고, 저 사람들은 다 뭐냐고, 너무 화려한 인맥이라고 놀라워하자 민 선생은 가지고 있던 주식 때문에 돈을 마련할 수 있었고, 저분들은 병원일 하다 알게 되신 분들이라고만 말하고는 더 이상 아무런 설명 없이 그냥 웃기만 했다.

알다가도 모를 사람. 다 터놓는 것 같으면서도 좀처럼 속을 모르겠는 사람. 하긴, 민 선생은 심각한 ISTJ였으니까. 그쯤 생각하고 넘어가기로 했다.

돈이 많든 적든, 민 선생은 민 선생이었고, 죽도록 아파한 봄을 조금이라도 벗어났다면 다행일 뿐.

민 선생은 개업식을 마친 뒤 바로 업무를 시작했고, 사업이라고 시작해서 일이 더 많아졌는지 그 뒤론 한 번도 진해에 내려오지 못하다가, 두 달 만에 마리아 마을을 찾은 것이었다.

"자아! 관장님 드셔 보세요. 수박이 정말 달아서 설탕도 조금밖에 안 넣었어요."

"아이고, 맛있겠다. 고마워, 민 선생."

"별말씀을요. 자! 이건 현주 거. 우리 현주 많이 먹어. 요건 희선이 거, 이건 희주. 희주야, 그릇이 비었길래 하나 더 만들었는데 더 먹을 거지?"

"네. 쌤! 더 먹을래요."

관장님이 지난 시간을 생각하는 사이 민 선생과 성 선생은 쟁반 가득 수박 화채를 만들어 와 화채를 나눠 주고 있었다. 밝게 웃는 지원의 모습 엔 처음 마리아 마을을 찾았을 때 보이던 먹구름이 겉으로나마 많이 사라져 있었다.

한 가지만 더 바뀌면 정말 좋을 텐데, 저렇게 환하게 계속 웃는데 왜 눈에는 기쁨이 없는지…… 안타깝지만 건드리면 안 될 영역 같아 관장님 은 말을 아꼈다.

등을 맞아 가며 울어 대던 아픔이 아직 다 가시지 않은 것 같다고 아는 척하기엔, 지금의 민 선생은 너무 괜찮은 척하고 있기에 힘들어지면, 저 리 꾹 참다가 또 터지거든 그때 안아 주고 속내를 스스로 들여다보고 정 리할 수 있게 도와주고 싶다는 생각을 할 뿐, 다시 흔들고 싶지 않았다.

"정말 맛이 좋네. 민 선생은 수박도 잘 골라."

"어우! 관장님, 너무 편애하세요! 우우우."

선생들의 야유 섞인 농담 반 진담 반에도 웃는 얼굴로 화채만 먹는 관 장님을 보며 지원도 함께 웃고 있었다.

"관장님."

"민 선생! 어서 와요. 아! 자리가 없네, 여기 앉아."

앞서 다녀간 손님들로 어지러워진 응접용 테이블 위의 잔들과 작은 종지그릇들을 한쪽으로 밀어 놓으며 얼굴 가득 미소 담은 송 관장님이 자리를 권했다.

"손님 오셨었어요?"

"후원자분들, 차만 드시고 금방 가셨어."

"네에, 그러셨구나. 관장님 더우시겠어요."

"괜찮아. 이것 좀 봐."

자리에 앉은 지원이 지긋한 나이에 인자한 주름이 생긴 얼굴을 마주하자 서 관장님은 작은 서류를 내밀며 말씀하셨다.

"지난번에 민 선생이 알려 준 아이디어랑 레시피가 아주 반응이 좋아. 엄마들도 주문이 늘어나니까 다들 기분 좋아서 어쩔 줄 모르고, 본래 목적대로 엄마들한테 희망을 심어 준 거 같아. 민 선생, 고마워."

개업식에 참석했을 때 지원의 사업 시작을 축하하며 가정폭력 피해자들도 뭔가 자립할 수 있는 기반을 만들어 줘야 할 텐데 고민하는 소리를 했더니 민 선생은 그 자리에서 기막힌 사업 거리를 이야기해 줬었다.

정식적인 사업 제안이라 하기도 뭐하고, 주변에서 늘 가까이 볼 수 있는 일이었지만, 그것들을 한데 묶어 홍보와 판로까지 줄줄 읊는 민 선생을 보며 인물은 인물이구나, 했었다.

"아니에요, 관장님. 그냥 아이디어인데요."

"그 아이디어가 대박이니까 그렇지!"

"민 선생이 말한 대로 교구별 성당 수요장터 반응도 좋고, 이대로만 나가면 아예 매장 하나를 만들어도 좋을 것 같아. 방금 다녀가신 후원자분들도 무척 흐뭇해하시면서 본격적으로 사업 시작해 볼 만하다고 하셨고, 법인에서도 특별지원금이 나올 수도 있을 것 같아. 잘됐지?!"

"네. 정말 잘됐어요."

센터 내부 보호시설에 살고 있는 가정폭력 피해자 엄마들과 그녀들의 아이들이 자립할 수 있도록 자격증 취득을 독려하거나, 당장 돈을 벌기를 원하는 엄마들을 근처 식당과 후원자들이 제공한 일터에 취업시켜 주고 있기는 했지만, 그것으로는 부족해서 장기적으로 성장시킬 수 있는 새로운 사업의 필요성을 느낀 관장은 지원에게 얻은 아이디어를 발전시켰다.

직원회의를 통해 일시적인 고용으로 불안한 미래에 대한 희망을 키울 수 없고, 또 아이들의 비밀보호 전학과 거주지나 기타 개인정보 비공개 등의 서비스를 제공하고는 있다고 하지만, 가정폭력 가해자들인 남편이 언제 불시에 찾아올지 모른다는 불안감을 떨칠 겨를도 없이 일터를 찾아 나서는 엄마들을 위해서 좀 더 효율적으로 보호하며 자립기반을 세울 수 있도록 법인 지원 아래 반찬가게를 열어 보자는 제안은 모두의 지지를 받았다.

먼저 재고의 위험을 줄이기 위해 장아찌와 장류, 마른반찬을 먼저 만들어 소비자 반응을 보며 차차 반찬수를 늘려 가고, 가톨릭 재단 법인답게 성당 수요장터에서 판촉행사를 하며 주부들에게 홍보도 하고 반응도 살펴보자는 제안도 만장일치로 통과되었다.

그동안 센터에서 생활하면서 자립하고자 한식 자격증 취득에 성공한 엄마들을 아직 저임금이긴 하지만 제일 먼저 반찬가게 직원으로 고용함으로 아직 움츠리고 있는 엄마들에겐 동기 부여 역할까지 할 수 있는 사업인지라 후원자들의 반응도 무척 좋았다.

"그런데 나는 왜 보자고 했어?"

"사업 본격화하실 거면 서울에도 매장 하나 내면 어떨까 해서요."

"서울에? 서울까지 나가는 건 무리야. 지원도 안 될 거고."

"제가 서울에 있는데요?"

"민 선생은 민 선생 일이 있잖아. 장아찌랑, 밑반찬 레시피도 받고, 출장요리 메뉴도 민 선생이 짜 줬는데, 또 뭘 어떻게 폐를 끼쳐?! 됐어. 여기서만 해도 엄마들 충분히 기운 날 거고, 한동안씩 데리고 일하다가 내보내면 자립 충분히 할 수 있을 거야. 그동안 메뉴 개발할 때는 어쩔 수 없이 민 선생 도움받아야겠지만……"

"그래도 이 지역을 벗어나고 싶은 엄마들 있잖아요. 센터에서 반찬은 만들어도 홍보 나갈 땐 예전에 저처럼 밖으로 안 나가려는 엄마들도 있을 거고, 그렇지 않아요, 관장님?"

"있지. 왜 없어. 긴 세월 당한 폭력이 어디 그리 쉽게 잊혀지나. 억지로 데리고 나갔다가 남편 차랑 똑 같은 차 지나간다고 기절해서 센터까지 뛰어 들어온 엄마도 있었는데 뭐."

"그러니까요. 가정폭력 피해자 보호 법률로 비밀 전학 가능하잖아요. 여기서는 산책도 못 나가는 분들만 서울로 보내 주세요. 서울에 무지개 반찬가게 하나 분점으로 내서 거기서 일하게 하는 거예요. 관리는 관장님이 하시고, 엄마들이랑 애들 잠자리는 제가 준비해 놓을게요."

"민 선생, 그러지 않아도 돼. 남편들 찾아와 행패 부리고 센터에서 못 막아 줄 정도다 싶으면 다른 지역 시설로 보내도 되는 거니까……."

"지난번에 영식이 엄마 소식 들었어요. 남편이 저쪽 과수원 타고 넘어 들어왔다면서요. 밤새 과수원에 숨어 있다가 영식이 마당에서 노는 거 보고 뛰쳐 들어와서…… 영식이네 엄마 대구로 보내셨다고 들었는데, 그런 일 또 생기면 안 되잖아요. 아무리 24시간 당직 서도 작정하고 뛰쳐 들어오는 사람, 또 있을 수 있어요. 대구 보내실 때 다들 울었다는데, 대구 가서도 괜찮으리란 보장 없잖아요. 여기 아니면 대구라는 거, 알 만한 사람은 다 알잖아요."

"흐음……."

"처음 입소할 때부터 그럴 가능성이 보이는 케이스는 서울로 보내시고 관장님이 살피러 와 주세요. 평소 살피고, 케어해 주는 것은 제가 준비해 놓은 숙소 쪽 교구 수녀님들께 관장님이 도움 청해 주시면 되잖아요. 제가 사는 곳 근처 성당 옆에 3층짜리 작은 건물 장기 무상 임대해 드리려고 준비해 놨어요. 돈 많이 버셔서 그 건물 싸게 사세요. 1층은 반찬가게 하시고 다른 층은 엄마들 숙소하도록 다 만들어 놨는데, 관장님 안 쓰신다면 거기 그냥 계속 비워 놓을 거예요. 이 말씀 드리려고 왔어요."

지원은 처음 이곳에 왔을 때 자신과 닮은 눈빛의 여자들이 이토록 많다는 것에, 그리고 그들의 품에 젖먹이가, 서너 살짜리 응석받이 아기들이 안겨 있다는 것에 적지 않은 충격을 받았다.

다른 사람도 아니고 함께 아이를 낳은 남자를 피해 이곳까지 숨어들어 온 삶 앞에서 지원은 감히 자신의 슬픔을 아픔이라 부를 수가 없었다. 지원보다 어린 20대 엄마들도 많았고, 지원과 동갑인 가희, 지희 엄마도 만났다.

이제 세상을 통달해 버린 듯한 40대 엄마들의 푸념을 양념 삼아 김치 속을 채워 넣으면서 그들의 거친 말 속에 자신의 인생에 대한 안타까움이, 회한과 원망이 아직 다 사그라지지 못했음을 느끼곤 했었다.

늘 부족하고 허한 입소자 생활이면서도 가정폭력 피해자 엄마들은 청소년 생활동에 김치가 떨어지지 않게 담아 주셨고, 지원이 온 뒤론 엄마들이 김치 만들 때 같이 어울려 앉아 아이들 먹을 김치를 함께 만들곤 했었다.

그 속에 앉아 들었던 아픔과 욕설 섞인 화풀이, 그리고 꼭 그 뒤에 앞서 한 이야기를 덮으려는 듯 따라 나오던 짓궂은 농과 커다란 웃음들.

처음엔 싸우는 듯한 큰 목소리에 얼굴이 붉어질 정도의 짙은 농으로 지원을 놀리는 엄마들이 당황스러워 자리를 피하기도 했었지만 싸우는 듯한 소리가 그냥 억양이 강한 엄마들의 화풀이이고, 짓궂은 농으로 잠시나마 시름을 잊으려는 악의 없는 장난임을 알게 된 뒤론 지원도 그 속에 자연스레 녹아들었다.

그때 만약 중간배당금이 나온 것을 알았어도 이렇게 일을 벌여 보자고 제안했을지……. 그것은 지원 스스로도 알지 못하지만. 아니 어쩌면 연초에 결산배당금 찾아 쓰라고 지 변호사님이 말씀해 주시지 않았다면 작년 여름 중간 배당금이 나온 것도, 올 초에 결산배당금이 나와 쓰고 남을 정도로 부자가 되었다는 사실도 몰랐을 것이었다.

한 주에 몇 천 원씩 배당금이 나왔다는 소식과 계좌에 들어올 돈의 액수를 지 변호사님의 목소리로 들으면서도 마리아 마을에 후원금 보낼 생각과 쇠고기는 몇 근이나 사 가야 할까 그 생각밖에 못했던 때였으니, 아마 지금처럼 서울에 부설센터를 만들자고 제안하지는 못했을 것이었다.

그저 아이들 옷이나 사 주고 말았겠지만 지금은…… 그가 부모님이 흡족해하는 여인을 만나고, 그에게 어울리는 부회장이 된 것을 아는 지금은, 지원에게도 이제 예전 기억을 털어 내고 살아야만 하는 이유가 필요했다.

아마 가희, 지희 수술 전에 중간배당금이 계좌에 들어와 있다는 것을 알았다면. 임 원장님께 연락드려 함께 소아심장외과 선생님과 연결해 달라고 부탁할 일도 없었을 것이고, 늘 농담처럼 스카우트 제의를 하셨던 병원장님을 찾아가 도와 달라고, 아이들 수술만 시켜 주시면 내년 평가 인증 전까지 최선을 다해 좋은 결과 나오도록 힘을 보태겠다고 그런 구차한 말 따윈 하지 않았을 것이다.

그리고 가판대에 널린 신문에서 그 사람의 약혼기사와 1층 로비에 늘 켜져 있던 텔레비전에서 들려온 뉴스를 듣지 않을 수 있었겠지…….

그러나 그의 사진과 예비 약혼녀의 사진이 실린 신문을 지원은 두 눈으로 똑똑히 보고 말았다. 그가 제자리를 찾았음에, 더는 저처럼 아파하지 않고 있음을 다행이라 생각해야 하는 것인데…… 잘 그래지지가 않았다.

끝났다는 사실. 모든 것이 끝났는데, 저 혼자 과거에 앉아 추억을 현실처럼 부여잡고 있을 뿐이라는 걸 알아 버린 그 순간엔 지독하게 가슴이 아파서 온몸의 세포가 다 떨려 왔다.

그래도, 그가 있는 서울에서는. 그가 그녀의 예비 약혼녀와 웃고 있는 서울에서는 울고 싶지 않았다. 절실히 숨어 울 곳이 필요해서 경황없는 얼굴로, 그 바쁜 일정에도 몰염치하게 며칠간의 휴가를 신청하고 정신없이 차를 몰아 고속도로를 타고 달렸다.

그러다가 서울을 벗어난 후에야 흐르는 눈물에 사고 날 것 같아서, 지난 봄…… 독일에 있는 그를 두고 부산으로 떠날 때처럼 고속도로 갓길에 차를 세워 두고 얼마나 울었는지 모른다. 차가 너무 오래 세워져 있었는지 누군가 차창을 두드리는 소리에 고개 들어 보니 고속도로 순찰대 직원이 운전석 옆 창문으로 안을 들여다보고 있었다.

퉁퉁 부어오른 눈으로, 울다 뻘게진 눈을 해 가지고선 괜찮다고 이제 금방 출발할 거라고 말하는 여자를 쳐다보는 그들의 눈빛은 그 말을 듣고 그냥 보내 줘야 할지 말지, 고민하는 눈치가 역력했었다.

아무에게도 들키고 싶지 않았던 눈물이었다. 그에게서 완벽히 떨어져 나왔다고 이제 서울에서 살아도, 엄마를 만나도, 다 괜찮다고 좋아할 수도 있지 않은가. 스스로에게 괜찮은 일이라고 좋은 점을 생각하라고 아무리 달랬어도, 마음은 아니라고 외쳤다.

정말 끝인 거냐고 다시 되묻고 있었다. 그가…… 그의 사랑이 정말 끝난 거냐고 아프게 묻고 있었다.

눈도 빨갛고 보시기에 상태가 정상은 아니지만, 안전 운전할 수 있다고 음주도 아니고, 정신 멀쩡하니까 그만 출발하겠다고 안정된 목소리로 말한 뒤에야 고속도로 순찰대 차량은 지원의 차 앞에 세워 두었던 차를 비켜 주었다.

다시 운전을 시작해서는 울지 않았다. 다만, 조금씩 몸이 무너져 내렸고, 조금씩 의식이 혼미해진다고 느껴질 뿐.

사랑은 유한한 감정이니 지금 당장은 그를 떠나 죽도록 아파도, 이런 순간들 몇 번쯤, 아니 몇 십 번쯤 견뎌 내면 결국엔 잊을 수 있을 거라 생각했었다. 시간을 이기는 건 아무것도 없으니. 온몸이 타들어 갈 것 같던 재우에 대한 분노도 시간이 지나니 점점 흐릿해지는 인생의 치유를 경험했으니까

그런데, 일 년이 지나고서야 깨닫고 인정하게 된 것은 아파도 그의 곁에서 아팠어야 덜 힘들고, 덜 상처 났을 거였단 사실이었다. 설령 그 과정에서 흉한 꼴 보이고, 너무 아파 고통을 호소하다 서로를 상처 냈을지라도, 그때마다 안기고, 안아 줬었더라면 그 시간도 그리 흉하지만은 않았을지도 모른다는 사실.

그리고…… 그러다 그가 지쳐 돌아서는 모습을 보게 된다 하였어도 그의 결정으로 '이제 그만.'이라는 소리를 확실히 들었더라면, 일 년 전

편지 한 통으로 이별을 통보당했던 그의 전철을 지금에서야 뒤따르는 것처럼 혼자서 이토록 아프지는 않았을 거란 미련 섞인 후회.

센터에 들어서서 안나의 집. 그녀가 유일하게 마음 내려놓을 수 있는 공간으로 올라간 뒤의 기억은, 그다음 날 오후 병실에서 깨어날 때까지 아무것도 남아 있는 것이 없었다.

병실에선 계속 텔레비전이 커져 있었다. 끄고 싶었지만 4인실이었고, 다른 사람들은 뉴스며 드라마며, 꼬박꼬박 텔레비전이 뜨거워지도록 채널을 돌려 가며 끊임없이 보고 또 봤기에 지원도 그의 약혼 소식에 떠들썩한 세상 반응을 모두 들어야만 했었다.

공허했다. 아니 공허해야만 했는데 왜, 마음속에 아직 남의 남자가 된 그가 남아 있는 것인지, 서로 이별 중인 그를 품고 있는 것과 남의 약혼남이 된 그를 품고 있는 느낌은 사뭇 달랐다. 남의 것을 탐하는 존재처럼 여겨지는 자신에 대한 모멸감이 서서히 자라, 지원은 더욱 오래도록 아팠다.

한 마디도 하지 않는 그녀를 보는 같은 병실 환자와 보호자들의 시선이 이상하게 변하자 관장님은 그녀를 2인실로 옮겨 주셨고, 옆 병상이 비어 있어 1인실과 마찬가지였던 그곳에서 관장님께 안겨 등을 맞아 가며 큰 소리 내어 울었다. 얼마나 울었었는지…….

시간이 얼마나 지났는지도 모르게 관장님 품에 안겨 울다가 잠들었던 지원은, 그 순간부터 다시 미디어 매체를 거부했고, 얼마 지나지 않아 퇴원해서 서울로 돌아갔다.

서울은 이제 그녀가 사라져야 할 도시가 아니었다. 형부에게 안부 전화를 드리자, 이제 그만 돌아와도 되지 않겠냐고 다들 기다리신다고 했고, 지원도 이제 햇빛 아래 서고 싶었다.

맡은 책임을 다해 평가인증을 마친 뒤 진해에 내려와 곰곰이 할 수 있는 일과 하고 싶은 일에 대해 생각했다. 하고 싶은 일은 전과 같았지만 할 수 있는 일은 전보다 늘어나 있었다. 돈이라는 건 사람을 그토록 여유롭게 만들어 주었다.

관장님과 대화를 나누고 수표로 만들어 은행금고에 넣어 두었던 돈을 꺼내 들고, 앞으로 집이자 회사가 될 건물을 찾아다니고, 언니와 동업을 계획하며 왜인지 망설여지는 마음에 언니를 대표로 내세우고 지원은 프리랜서로 일하겠다며 정식 직원으로 이름을 올리지 않았다.

그가 약혼을 했다 해도 맞닥뜨리게 될까 봐 두려웠다. 부딪혀 아직 남아 있는 감정을 들켜 버릴까 봐. 그것만을 하고 싶지 않아서 지원은 조금 더 숨어 있기를 선택했다.

그리고 지금. 마리아 마을에서 예전의 자신처럼 산책도 두려워하는 엄마들에게, 막상 나가 보면 햇빛받으며, 사람들 사이에 섞여 걸어 봐도 아무 일 없다는 걸 알려 주고 싶었다. 그러자면 이곳에서 조금 멀리 떨어진 곳으로 옮겨야 했고, 지금 지원에게는 다른 이에게 도움을 줄 수 있을 만한 경제력이 있었다.

"그래도 어떻게 민 선생한테 그렇게까지 신세를 지나……."

"서울지역 시설들 대부분 빈자리 없고, 그렇다고 여기 있기 힘든 엄마들 다 대구에서 받아 주는 것도 아니고, 엄마랑 애들을 쉼터에서 떠돌게 할 순 없잖아요. 제가 여기 엄마들이랑 정들어서 도움 되고 싶어서 그래요. 정 어려운 일이라면 저도 더 이상 안 조를게요. 하지만 필요하시다면 꼭 생각해 봐 주세요. 여기 엄마들도 다 젊은데, 세상에 섞여 살아야 하잖아요."

송 관장은 민 선생을 바라봤다. 언젠가 자신이 민 선생에게 해 줬던 말을 하며 다른 이에게 도움의 손을 내밀고 있는 지원이 참 많이 자랐다고 생각됨과 동시에, 아파 보였다. 제 아픔을 타인에게서 보고 쉽사리 고개 돌리지 못할 만큼, 그만큼 저가 아팠던 것이리라.

"혼자 결정할 일은 아니니까, 법인 이사회에 보고도 해야 하고, 사업계획서도 올려야 하고."

"네. 천천히 기다릴게요."

관장님은 지원의 손을 잡아다가 툭툭툭, 투박하고 무심한 손길처럼 그녀를 다독였다.

"이제, 괜찮은 거야?"

"네. 많이 괜찮아져 가요. 점점 더 그렇게 될 거예요."

깊어진 눈빛으로 지원을 걱정하며 바라보는 관장님께. 지원도 씩씩한 척을 버리고 예전 그 병실에서 안겨 울었던 껍질 없는 지원으로 돌아가 속마음을 털어놓았다.

이렇게 그 두 사람은 어느새 같은 곳을 바라보며 마음 아파하는 친구이자 협력자가 되어가고 있었다.

지원이 돌아올 때까지, 기다림의 기간을 무기한 정해 놓은 사람으로서 좀 더 긴 싸움을 위해 초조해하지 않기로 마음먹은 지 몇 개월이 지나고 있었다.

그런 노력 덕분에 남들의 입에서 '지원'이란 이름만 나와도 날이 서던 감정을 많이 추스르게 되었고, 이젠 스스로가 입을 열어 지원의 이야기를 자연스럽게 먼저 꺼낼 만큼 여행 떠난 애인을 기다리듯 느긋하게 대처하고 있었다.

지난 2월의 초순 구정을 앞두고서 배당금 지급 때조차 지원의 그림자를 놓쳐 버린 속상함에 다시 한 번 지 변호사를 찾았을 때, 지금까지 찾는다는 것을 알면 더 꽁꽁 숨을 거라는 그의 말에 그냥 하는 말이 아니라는 것을 알아들은 현민은, 찾아도 찾아지지 않는 지원이 스스로 몸을 드러내길 기다리고 있는 중이었다. 가끔 처형께 전화드려 소식을 묻는 것도 삼갈 만큼.

오전 업무를 마쳐 놓고 모처럼 회장님을 밖에서 만나 뵙기로 약속된 예선재로 향했다. 회장님은 약속을 잡을 때면 늘 이곳으로 장소를 정하셨다. 고즈넉함을 좋아했던 지원의 기억 때문에 현민도 가끔 이곳을 홀로 찾았고, 그때마다 전과 달라진 것 없이 시간이 멈춰진 공간을 보면 기분이 묘해지곤 했다.

현민은 애써 눈앞의 사물에 정신을 집중하고 안채로 걸어 들어가다 문득 들려오는 나뭇잎 흔들리는 소리에 걸음을 멈췄다. 이 자리, 지원과 함께 서서 이야기 나누던 자리. 그때보다 훨씬 무성하게 자라난 나뭇잎들이 짙은 초록빛을 띠며 지원의 빈자리를 들춰내듯, 바람에 흔들리고 있었다.

"왔으면 들어가지 왜 그러고 서 있어?"

"오셨습니까."

몇 걸음 뒤에서 들려오는 소리에 몸을 돌렸던 현민은 아버지를 발견했다.

"들어가자."

"네."

유민성 회장은 일 년 전, 출장에서 돌아온 뒤로 아들에게 늘 미안한 마음이 있었다. 다른 일은 몰라도, 제가 보고 있으니 과거에는 몰라도, 아들의 사람까지 건드리지 말라는 자신의 경고가 그리 부질없으리라곤 생각하지 못한 과오를 미안해했다.

아내도 미안해하고 있다고 여겼었다. 자신과의 약혼을 위해, 제 사람을 그토록 망가뜨리고 철저히 은폐했던 장모와 그에 동조한 스스로의 잘못을 반성까지는 아니더라도, 후회는 하리라 생각했었는데. 그것이 아니었던 모양이었다. 그래서 더 실망스럽고, 그래서 아들에게 더 미안했다.

안채로 들어가자 언제나 그러하듯 한복을 곱게 차려입은 여주인이 나와 주문을 받았고, 곧이어 된장찌개와 산채나물 정식이 상 위에 올랐다.

"먹자."

아버지가 수저를 들고 찌개를 한 입 떠 넣으셨다. 물끄러미 지켜보던 현민이 걱정스러운 한마디를 올렸다.

"짜지 않으십니까?"

"안 짜다. 내 입에 싱거워서 맛이 없는 걸 보니, 사장이 내 소문을 듣고 된장에서 소금기를 다 빼 버렸나 보구나, 너는 어떠냐?"

현민도 자신 앞에 놓인 된장찌개 한 수저를 입안으로 떠 넣었다.

"저는 전에 먹었던 맛입니다. 입에 안 맞으시면, 다른 것으로 주문할까요?"

"아니다. 주는 대로 먹어야지, 신경 써 주는데 물릴 수야 있나."

회장님은 보랏빛 잡곡밥을 한 입 넣은 뒤, 된장찌개를 떠 드셨다.

'언제나 말이 없는 사람이지. 미워도 밉다 소리 못하고 늘 이렇게…… 미안하오.'

집안끼리 혼담이 오가는 것을 거부하던 회장님은 자신의 여자가 어떻게 수모를 당하고 어떻게 아이를 잃었는지 알지 못했다. 사랑했던 여자를 갑자기 잃었다는 것 외엔 아이의 존재를 몰랐던 그는 그녀가 아이 잃은 값이라며 허름한 산부인과 침대에 누워 장모로부터 던져진 돈 봉투를 보면서 얼마나 오열했는지 십여 년이 지난 뒤에야 알게 되었다.

세상에 가장 무서운 것이 산 사람 목구멍이라고 했던가. 불태우고 싶은 그 돈 봉투를 받아 들고 자신의 가족들과 인연을 끊고 서울 한구석 허름한 농가와 그곳에 딸린 밭을 사서 작은 밥집을 하고 있는 여자를 찾아낸 것도 십여 년이 흐른 뒤였다.

그때라도 자신으로 인해 버린 인생, 잃었던 마음 되찾아 주겠다고 했으나, 장모의 잔인함은 그녀를 영구 불임으로 만들어 버린 뒤였고, 그녀는 그와의 재결합을 거부했다. 이미 남의 사람이 되지 않으셨냐는 말에, 아무 할 말이 없었던 그는 그때부터 솜씨 좋은 그 작은 밥집에서 많은 사람들과 약속을 잡았다.

한 사람, 두 사람 손 맛 좋고 성품 좋은 안주인의 이야기가 퍼지며 유명 인사와 정치, 경제인들이 즐겨 찾는 숨은 맛집이 되었고, 그러다 보니 자연히 눈에 띄지 않게 만나야 하는 정계인사들과 경제인들이 고급 요정이나 호텔이 아닌 허름한 이곳으로 모여들게 되었다. 허름했던 밥집은 표면상으로는 여전히 밥집이었으나 실제 수익은 로비스트에게 로비 공간을 제공해 주는 것에서 얻고 있는 비밀스런 거래의 공간이 되어 있었다.

그렇게 이십여 년이 더 지난 지금, 외관도 쉽게 넘보지 못할 고풍스러움을 갖춘 한옥을 짓고, 그 공간이 정재계에 주는 숨은 영향력이 막대함에도 여전히 수수하게 한복을 차려입고 손님상 이곳저곳을 지나다니며 부족한 반찬을 더 챙겨 주는 여주인의 모습은 평온하기만 했다.

아무리 많은 로비가 이뤄지고, 아무리 대단한 사람이 여자를 청해도 이곳에서는 어떤 여흥도, 여자도 취할 수도 없었다. 오직 식사와 차. 그것이 이곳은 사람을 배부르게 먹이는 밥집이라는 여주인의 철칙이었다.

그리고 그녀는 매년 뒷마당에 계절마다 약초를 심었다. 그것들을 거둬들여 차를 만들고 청을 만들어 단골손님들을 위해 정성껏 내놓았고, 그 차를 대접받는 손님 중 한 명이 되었다는 것에 유민성 회장은 그나마 만족해야 했다.

처음에는 그가 식사 중인 방에는 걸음도 하지 않았고, 차 대접은커녕 얼굴도 볼 수 없었는데, 나이 들고 늙다 보니 노여움도 늙어 가는가, 그나마 심근경색으로 쓰러졌단 소식을 들은 뒤로는 찬이 입에 맞으시는지, 차향이 좋으니 드셔 보시라는 말소리를 들을 수 있었다. 그러니 저염 된장으로 만든 찌개조차 그저 고마울 수밖에.

그가 소리 없이 상 위에 된장찌개를 올리고 나간 안주인의 속마음을 짐작하며 한 술, 두 술 입안에 된장국물을 떠 넣는 사이, 그의 아들은 밥 위에 된장찌개를 한 수저씩 떠 올려 슥슥 비벼 먹고 있었다.

어릴 적 받은 교육이 엄해 늘 깔끔한 식사예절을 지키던 녀석이 편안하게 논두렁에 퍼질러 앉아 새참 먹는 촌부처럼 밥을 비벼, 숟가락 가득 된장찌개 간이 밴 밥을 떠먹는 것을 보며, 회장님은 어느 순간 수저 든 손을 멈추고 있었다.

물끄러미 바라보는 아버지의 시선을 느낀 현민이 물어 왔다.

"안 드십니까."

고개를 끄덕이며 다시 숟가락을 붙잡으시는 아버지의 시선이 제 밥그릇에 향해 있었다.

"된장찌개는 이렇게 먹는 게 더 맛있습니다."

"음?"

"아버지도 이렇게 드셔 보십시오. 식욕 없을 땐, 두부 넣어 이렇게 비벼 먹으면 부드럽게 술술 잘 넘어갑니다."

회장은 지난해, 너무 갑자기 말라 들어가 증권가 가십란에 여러 루머를 돌게 만들었던 아들이 그나마 그 뒤론 몸을 살피는지 식사를 제법 하고 있는 모습을 바라보았다. 그것도 전과는 다른 식사법으로.

"별일이구나."

"많이 이상해 보이십니까?"

현민은 들고 있던 수저를 천천히 내려놓은 뒤 물을 한 모금 마신 후 말을 이었다.

"네, 저도 제가 많이 달라진 것 같습니다. 이제 그 사람 생각을 해도 슬프기보단, 이만큼 오래 숨어 있을 정도로 저를 못 잊고 있구나. 내가 그만큼 깊이 박혀 있는 사람이구나, 그런 생각이 듭니다."

회장님은 아들의 애수의 찬 눈빛을 안타깝게 바라봤다.

"저를 다 잊었으면 집으로 돌아왔을 텐데, 그 모진 일을 겪고도……그 사람 마음엔 제가 그리 깊이 담겨 있으니, 제가 더 좋은 사람이 되어야겠구나, 매 순간 생각합니다. 그러니 너무 염려 마십시오, 아버지. 저, 괜찮습니다."

아들은 아비의 부름이 어떤 뜻인지를 이미 알고 있었다.

"네 어머니는 어쩔 셈이냐. 아무리 그래도, 얼굴은 보고 살아야지."

"현실을 인정하실 수 있도록 서로 시간을 가지는 것뿐입니다. 세호와 연이 될 수 없다는 것은 이미 어머니도 아실 겁니다. 죄송하지만 아버지, 저는 제 사람을 먼저 지킬 겁니다."

"고집불통이로구나."

"네."

회장님은 젊은 시절 자신보다 더 현명한 아들의 모습을 마주 보았다.

장성한 아들은 남자의 얼굴로 웃고 있었다.

"그래, 미안한 것과는 또 다른 문제지……."

이미 두 번의 죽음을 경험한 그였기에, 그는 자신의 생이 언제든 끝날 수 있음을 느끼고 있었다. 그렇게 끝나기 전에, 이 맹숭맹숭한 찌개를 한 번 더 맛보고, 아들이 연분 맺는 모습을 볼 수만 있다면……. 그러나 지금도 충분히 힘든 아들에게 강압적인 혼사를 밀어붙일 수는 없었다.

저의 삶과는 다르기를…… 회장님의 가슴에 아련한 통증이 머물다 사라졌다.

그는 색 고운 영양밥에 된장찌개를 한 수저 떠올린 뒤 아들처럼 슥슥 비벼 먹었다. 그 움직임을 물끄러미 바라보던 아들과 눈이 마주치자 그는 모처럼 따스한 눈빛으로 웃어 주었다.

그런 아버지를 바라보던 현민은, 눈을 내려 자신의 밥그릇에 올려진 네모난 두부를 수저로 눌러 으깨 밥을 비볐다. 지원이 끓여 줬던 된장찌개는 아니지만, 지원이 알려 준 방법대로 밥을 먹고 있자니 한결, 한결…… 마음이 편안해지고 있었다.

현민은 밥을 먹으며 마음속으로 지원에게 말을 걸었다.

'지원아. 나, 네가 끓여 주는 집 된장찌개가 먹고 싶다.'

'집에 요리사 고용하고 사는 사람이…… 집에 가서 끓여 달라고 해요.'

'그 맛이 안 나. 네가 끓인 된장, 그 맛은 어디에도 없더라.'

'……'

마음속 지원조차 언제쯤 돌아와서 된장찌개를 다시 끓여 줄 것인지는, 대답해 주지 않았다. 그러나 그런 것에 익숙해진 현민은 지그시 미소 지으며 수저를 움직이고 있었다.

11장.
잇는 것도, 끊는 것도 결국 마음

"수녀님, 뭐 드시고 싶으세요? 드시고 싶은 거 말씀하심 제가 얼른 해 드릴게요."

부엌으로 걸어가 아일랜드 조리대 앞에 서서 앞치마를 두르고 매듭을 묶는 지원의 손동작이 무척 익숙해 보였다. 거실에 앉은 수녀님을 바라보며 늘 그렇듯, 다정하게 물어 오는 정감 어린 말투도 듣기 좋았고.

"그냥 둬. 차만 마시면 된다니까 뭘 그렇게 만들어. 그만두고 이리 와 앉아. 이야기나 좀 더 하게."

수녀님은 소파에 앉은 몸을 조금 뒤로 물리며 어서 옆에 와 앉으라는 것처럼 자신의 옆을 손바닥으로 툭툭 내리쳤다.

"아니에요. 말씀하세요. 그래야 제 마음이 편해요. 진해에서 여기까지 오셨는데 저 서운하게 밥 한 끼 안 드시고 그냥 가실 거예요?"

"그런가? 그럼 된장찌개 끓여 줘. 차 타고 오느라 속이 불편해서 된장찌개 생각이 나네."

일 초보다 짧은 찰나, 지원의 얼굴에서 순간적으로 멍한 표정이 스쳐 지나가는 것을 본 것 같은데. 다시 보니 또 여전히 밝은 얼굴의 지원이 웃으며 대답을 해 왔다.

"네, 잠시만 기다려 주세요. 많이 시장하시진 않죠?"

"그럼. 바쁜 사람 고생시켜서 어쩌나."

"고생은요."

개수대 앞에 서서 등을 보이며 재료를 씻던 지원이 큰 소리로 대답하는 것을 들으며 수녀님은 집 안을 둘러보았다.

"민 선생, 집 구경 좀 해도 돼?"

"그럼요. 볼 건 없지만, 제 방에 들어가셔도 돼요."

"그래, 우리 민 선생 어찌 사는지 구경 좀 하자."

서울교구청에 일이 있어 올라온 김에, 개업식에 참석 못했던 것이 마음에 걸려 뒤늦게 개업 축하인사를 전하러 온 김마리 수녀는 지원 들으라는 듯 큰 소리로 말하며 소파에서 일어섰다.

김마리 수녀는 기쁜 일을 제때 축하해 주지 못하고 뒤늦게 인사 온 것만으로도 미안했는데, 식사 대접하겠다고 바쁘게 움직이는 민 선생을 보니 밖에 나가 맛있는 점심 대접해 준다는 걸 괜히 마다했나 싶었다.

수녀회 모임 시간에 맞추려고 식당 찾아다닐 시간에 좀 더 이야기 나누면서 간단히 차와 쿠키로 요기하려 했는데, 정 많은 민 선생이 그걸 그냥 넘기지 못할 거란 생각을 깜빡한 것이 실수였다.

3층으로 손목 잡고 올라와 입고 있던 정장을 벗어 던지더니 앞치마를 두르고 주방장으로 변신해 버린 민 선생은 지금 부엌에서 몸을 바쁘게 움직이고 있다.

게다가 비 오는 날이면 꼭 전을 부쳐 신부님 머무시는 안식가옥까지 나누어 주던 민 선생을 그리워한 걸 아는 사람처럼, 어느새 민 선생의 손엔 부추애호박전 반죽이 들려 있었다.

4구짜리 전기렌지 위에 올려진 냄비에선 구수한 된장찌개가 끓고 있고, 바로 옆 까만 쇠솥엔 밥이 다 되어 가는지 가느다란 물줄기와 함께 밥 익어 가는 냄새가 나기 시작했다.

　본격적으로 집 안 구경을 나서려는데 기름 둘러 달궈진 팬에 밀가루 반죽 붓는 소리가 촤아아. 비 오는 날 차바퀴에 튀어 오르는 물줄기 소리처럼 시원하게 들려와, 저절로 부엌으로 발길을 돌려 버렸다.

　가까이 다가가도 바쁘고 재빠르게 움직이는 민 선생의 손은 멈추지 않았다. 워낙 잘 놀라는 사람인 걸 아는 터라 괜히 놀라게 해 다칠까 봐, 서너 걸음 멀리에서 눈으로 바라보고 있는데도 사람이 지켜보는지도 모르고 일에 빠져 있는 민 선생의 얼굴은 생각에 잠긴 듯 골똘한 표정이었다. 그래서 더 말 걸기가 조심스럽기도 했고, 뭐라도 하나 더 대접하겠다고 부지런히 움직이는 모습에, 무심한 방문을 이토록 반가워해주는 민 선생에게 참으로 고마움을 느끼기도 했다.

　그래도 바쁜 사람을 부엌일까지 시키게 된 꼴이라, 달궈진 프라이팬에서 조금 떨어진 틈을 타 지원에게 다가갔다.

　"민 선생 고생스러워 어쩌나. 좀 비켜 봐, 나도 좀 거들게."

　수녀님이 반죽 퍼 올리던 국자를 지원의 손에서 빼앗으며 프라이팬 앞에 서자, 지원이 웃으며 수녀님을 몸으로 은근히 밀어냈다.

　"수녀님은 맛있게 드셔 주시기만 하면 돼요. 속도 안 좋으신데, 기름 냄새 때문에 더 안 좋아지시면 어떡하시려고요."

　"이 정도는 괜찮아."

　"제가 마음이 안 편해요. 나가셔서 집 구경 하시던 거, 마저 하세요."

　지원이 그새 수녀님이 집어 들고 있는 뒤집개를 빼앗아 내려놓고는, 양어깨를 잡아 몸을 돌려 부엌 밖으로 미는 시늉을 했다.

　"알았어, 알았어. 그럼 조금만 해."

　수녀님은 그리 무섭지 않은 정겨운 사양에 떠밀려 다시 거실로 걸음을 옮겼다.

　무엇이길래 저리 못 놓나. 뭐길래 저렇게 아파하면서도 포기도, 잊지도 못하고 생채기 난 생살을 벌려만 놓은 채 덮지도 못하나. 마리아 마을에서 지켜볼 때는 안쓰럽기만 하더니, 이제 툭툭 털고 일어나 제자리를 찾아가고 있는 것 같아 장하기도 하고, 한편으론 밝게 웃는 모습이 더 안쓰럽기도 한 것이, 바쁘게 움직이는 뒷모습이 더욱 애잔하게 느껴졌다.

"수녀님, 부침개에 청양 고추 넣는 거 좋아하시잖아요. 조갯살은 없지만 칼칼하게 부쳐서 양념간장 만들어 드릴게요. 솥도 눈물 흘리니까 밥도 다 되어 가요. 조금만 기다리세요."

부엌 밖으로 떠밀어 놓고 목소리를 높여 마음을 다독이는 지원의 말을 들으니 웃음이 났다. 솥이 눈물을 흘린다니. 표현도 참으로 민 선생답게 하는구나 싶어 다시 부엌을 바라보다가 소리 높여 대답하면서도 여전히 바쁘게 손 놀리는 지원을 만류하는 것이 불가능해 보여 김마리 수녀는 조용히 집 안 구경을 이어 나갔다.

천천히 부엌에서 빠져나온 수녀님의 눈길이 가장 먼저 머문 장식장 위에는 안나의 집 솜씨가 분명해 보이는 작은 십자수 액자가 세워져 있었다.

스탠드 에어컨 하나에 홈시어터 스피커, 키 낮은 장식장에 올려진 장식품이라고는 젠 스타일 집 안 분위기와는 어울리지 않게 알록달록 색실로 수놓아진 십자수 액자 두 개. 어린아이들 낚시하는 모습이 담긴 액자가 수묵화 빈 여백처럼 꾸밈없이 정갈한 거실에 유일한 장식품으로 당당하게 자리 잡고 있었다.

그 액자를 가장 눈에 띄는 곳에 올려놓은 지원이 마음씀씀이가 보이는 것 같아 수녀님은 입술을 늘이며 껄껄껄 웃으셨다.

메이플 원목이 깔린 넓은 거실 바닥은 깔끔하면서도 따뜻했고, 창마다 커튼이나 블라인드 없이 유리창으로 깔끔하게 마무리된 창에서 햇살이 여과 없이 쏟아져 내리고 있었다.

건물 한 층을 모두 생활공간으로 만든 지원의 집은 탁 트인 전망에 눈이 다 시원할 만큼 넓은 거실이 인상적인 공간이었다. 3층의 반절을 차지하는 100평짜리 집에 절반이 거실이니 지난번 창업식을 다녀온 성 선생이 안나와 아녜스 집 아이들이 민 선생네 집 거실에서 눈오는 날 강아지들처럼 뒤엉켜 뛰놀았다 말한 것이 부풀려진 말은 아닌 것 같았다.

창가를 쭉 훑어보던 그녀의 눈에 넓은 거실 창 한켠에 바닥부터 천장까지 틈 없이 꽉 채워진 키 높은 나무판이 병풍처럼 세워져 접혀 있는 것이 보였다.

뭔지 궁금해 가까이 다가가 살펴보니 밤이면 외부의 시선을 차단하기 위해 거실 창 바로 앞 천장 레일에 고정된 두 폭 너비의 나무판을 가벽삼아 병풍처럼 펼쳐 두는 것이로구나 짐작될 뿐, 정확한 용도는 모르겠지만 나무판 하나하나마다 정교한 문양이 조각되어 있어 새삼 어느 작가의 작품은 아닌가 싶은 생각도 들었다.

"민 선생, 이런 건 처음 본다. 이건 뭐가 이렇게 멋있어?"

"뭐요?"

멀리서 지원이 소리 높여 대답하더니 거실 쪽으로 걸음을 옮겨 온 것이 보였다.

"아…… 그거 제가 디자인해서 주문 제작한 거예요."

"어우. 멋있다! 그런데 이 무늬는 다 뭐야? 십장생인가?"

"자경전 꽃담이랑 십장생 굴뚝 넣어 달라고 했는데, 정말 잘 만들어 주셨죠? 저도 마음에 쏙 들어요."

"이거 치면 밖에서 하나도 안 보이겠는데?"

"네. 그러려고 바닥부터 천장까지 레일 달아서 고정했어요. 넘어지지도 않고 그냥 잡아당겼다 접었다만 하면 되니까 편해요."

"그렇겠네……."

모르긴 몰라도 값도 박하게 깎으려 들지 않았을 거고, 난전 장사치한테도 존중하며 공손히 물어보는 지원의 성품이니, 필시 이 물건을 만든 사람도 특별히 정성을 들인 것이 아닌가 싶은 생각이 들었다. 진해에서 민 선생과 같이 다닐 때 느낀 것이지만, 말 한 마디라도 곱게 하면 떡 하나라도 더 얻어먹는 건 확실했다.

뭐 하나 특이한 장식품은 없지만 거실 전체를 가려 버리는 원목파티션 하나만으로도 민 선생 집 안엔 동양적인 느낌이 물씬 풍겼다.

넓은 창을 오가며 주차장도 내다보고, 화분들도 살펴보다 방까지 들여다보긴 뭐해서 다시 조용한 거실 소파에 앉고 보니, 지난 봄 서울에서 병원일 마치고 다시 마리아 마을로 내려온 민 선생이 근무자가 아닌 가족으로 머물게 해 달라 했던 때가 떠올랐다.

저수용으로 만든 것이라 별로 크지도 않은 센터 옆 작은 연못 좁은 뚝방길을, 지원 홀로 위태롭게 한 걸음씩 느리게 내딛을 때마다 지켜보는 마음이 불안하여 이따금, 그 뒤를 지키듯 함께 걷곤 했었다.

노을 지는 연못가를 함께 앞서거니 뒤서거니 걸으면서도, 멍하니 앉아 바람에 잔물결 일으키는 연못을 바라보면서도, 언제나 말 한 마디 없이 생각에만 잠겨 있던 지원이 어느 날 문득 말을 걸어왔다.

"수녀님은 창피하다고 느껴 보신 적 있으셨어요?"

불쑥 물어 오는 말이 심오한 것 같아 빨리 대답하지 못하고 자신의 살아온 순간을 더듬고 있는 중에 또다시 지원의 목소리가 그 공백을 비집고 들어왔다.

"저 여기 온 거, 도망쳤던 거예요. 생각해 보니까, 누굴 위해서가 아니라 제가 겁나서 도망쳤던 게 맞아요. 비겁했던 것 같아요, 저."

옛 시간 속으로 빨려 들어가는 눈빛을 지켜보자니, 지원이 쓴웃음을 지으며 고개를 보일 듯 말 듯 살짝 가로저었다.

"그때는 떠나오면 숨이 쉬어질 것 같았는데. 또, 저한테 속은 건가 봐요. 차라리 거기서 부딪혀 봤어야 했는데…… 그때는 그럴 자신도 없었어요."

김마리 수녀는 그때 아무 말도 할 수가 없었다. 한두 번 부담 안 가도록 교리 공부를 권하기는 했었지만, 그때마다 그저 미소로 조용히 거부했던 지원이었기에 신앙적인 말로 위로해 주기도 뭐했고, 언니처럼 들어 주자니 무슨 일인지 알지를 못했다.

"수녀님."

"응?"

"저 계속 이럴 순 없다는 거, 똑바로 살아야 된다는 거 알고 있으니까. 늘 이렇게 동행 안 해 주셔도 돼요. 제가 생각보다 둔해서 늘 늦게 깨닫고, 낫는 것도 더디 낫기는 하지만, 늘 낫긴 나았으니까, 이번에도 곧 괜찮아질 거예요."

지원의 시선은 약한 바람에 잔잔한 바람 무늬를 만들고 있는 수면을 향하고 있었다. 수녀님은 지원의 손을 잡고 다독였었다.

"많이 아팠어도 힘내서 살아 봐. 여기 엄마들 봐봐. 다들 포기 안 하고 살아 내잖아."

"……네. 저도 아이들한테 부끄러워서라도 엄살 오래 안 부리려고요. 애들은 저를 선생님이라 부르는데, 전 뭐 하나 애들보다 나은 것이 없네요. 나이만 먹었지, 뭐 하나 이끌어 줄 수 있는 것도 없고. 선생님 소리 듣기엔 제가 너무 부족한 것 같아 창피할 때가 많아요."

"왜 그런 생각을 했어……."

수녀님은 안타까웠다. 지금도 충분히 자신을 몰아세우고 있는 것 같은데 또, 쉴 틈 없이 자책을 하고 있다니.

"애들은 후원자가 나서지 않아도, 담담하게 제 삶을 꾸려 나가는데, 난 너무 엄살 부렸구나. 하나만큼 아픈데 열 개만큼 아프다고 상처를 부풀리고 있었던 건 아닌가, 사는 건 속도가 아니라 방향이 중요한 거라는데, 왜 한 번도 어떻게 살고 싶은지 진지하게 생각해 보지 못하고, 이 나이 되도록 좀 더 편하고 안정적인 길만 찾았던가 싶어서요. 내가 왜 살고 있는지 치열하게 고민해 본 적도 없었어요. 늘 좀 더 안정적이고, 좀 더 남들에게 설명하기 좋은 직업을 선택하고, 그런 길을 택했죠. ……왜 그렇게 남의 눈, 남의 평가를 눈치 봤을까요. 안 그래도 되는데, 내 마음이 가장 중요한데 말이에요."

"그래서 후회돼?"

"다 나빴던 건 분명 아니었지만, 시간은 이미 이만큼이나 지나 버렸는데 지금까지 걸어온 길이 아무 의미가 없다고 느껴져서 한 발짝도 앞으로 못 나가겠다 싶었을 땐, 후회했어요. 지금 이대로 나가기엔 계속 헛걸음하는 게 눈에 보이고, 새로운 방향 찾아 처음부터 다시 시작하려니 엄두가 안 나고요."

"사람들 살면서 다들 한 번씩 그렇게 흔들리는 법이지. 나도 그랬으니까."

사범대를 졸업하고, 힘들게 임용고시도 합격한 딸이 발령 앞두고 수녀가 되겠다 말했을 때 화낼 생각조차 못하실 만큼 크게 놀라시던 부모님 모습, 그 죄송하고 아픈 모습이 여전히 생생하게 기억나는 것을 보면 자신도 꽤나 인생이 크게 흔들린 일이 있기는 있었다.

"정말 내가 원했던 길을 걷고 있었다면 아무것도 안 잃고, 부질없는 인연 같은 건 안 만들 수 있었을까, 그런 생각도 해 봤었는데 이젠 알 것 같아요. 그동안 무난하고, 평탄하게만 살고 싶었던 내가 왜 그렇게 이런 일 저런 일 겪으며 이리저리 휩쓸려야 했는지. 왜 가장 원하는 것을 잃어야만 했는지. 이제 조금…… 알 것 같아요."

"답을…… 찾았다고?"

"더 겸손하고, 더 낮아져서 타인의 아픔을 마음으로 아는 사람이 되라고, 저 높은 곳에 계신 분께서 그토록 힘들게 저를 방치하시고 단련하신 게 아닌가. 정말 그런 거라면, 하라는 일 해 봐야겠다…… 생각하는 중이에요."

지원은 연못에서 눈을 들어 하늘을 올려다보며 말하고 있었다.

"하하하…… 우리 민 선생. 이제 교리 공부 시작해야겠네?"

"왜요?"

"신의 존재를 인정했으니까."

"……"

작게 웃으며 연못으로 눈길을 돌리던 민 선생이 참으로 대견했었다.

신부님 안식가옥 옆에 따로 마련된 작은 텃밭에서 고추를 따고, 상추를 뜯고 함께 일손을 도우며 그렇게 스칠 때마다 김마리 수녀는 지원이 신앙을 가지고 힘들 때마다 지지되어 줄 마음의 기둥 하나 세우길 바라왔었는데, 그 소망은 지금까지도 소망에 그치고 있었지만, 사람의 성장을 지켜보는 기쁨은 그 어떤 것보다 뿌듯함을 느끼게 했었다.

"어쩌면 신의 존재는 이미 오래전부터 있을 거라 생각하면서도 부당한 세상을 방치하는 신이 미워서 인정 안 했던 것 같아요. 그런데 이젠, 아픔엔 다 뜻이 있다 믿어 보려고요."

"모든 것엔 다 뜻이 계시기 마련이지."

버릇처럼 또 웃어 줄 거라 생각했는데 민 선생은 그때 얼굴이 참……울 것 같아 보였었다.

"네. 저도 왜 아픔을 주셨는지, 그 아픔이 다른 쓰임을 위한 단련의 시간이었다면 얼마나 어떻게 쓰시려고 이렇게까지 힘들게 하셨는지 알고 싶어졌어요. 모난 돌, 정으로 내려치셨으면 어디다 쓰려고 그렇게 다듬으셨는지는 알려 주시겠죠. 마음 아프다고 엄살 피웠던 거 반성하고 일어설 거예요. 부끄럽지 않게, 아이들한테나……."

민 선생은 끝내 말을 삼켰었다. 아이들 다음에 누굴 말하고 싶었는지는 모르지만. 민 선생이 가장 부끄럽지 않고 싶은 사람은 아마 그 사람이리라…… 짐작할 수 있었다.

장한 자매님. 그 뒤로는 큰 결심한 사람처럼 바쁘게 서울 오가며 뭔가 준비하시는 것 같더니, 그 시간들 다 이겨 내고 이렇게 번듯하니 금세 일을 실현시키는 추진력을 보여 줬다.

아이들 손길이 느껴지는 액자를 다시 한 번 바라본 김마리 수녀님은 식사하시라는 소리에 부엌으로 걸음을 옮겼다.

밥과 반찬은 이미 차려져 있었고, 갓 만들어 낸 부추전을 도마에 올려 먹기 좋은 크기로 잘라 내고 있는 지원을 보며 수녀님은 찌개 뚝배기를 식탁 중앙으로 옮겼다.

"냄새 맡으니까 더 배고프다. 민 선생. 아니, 민 사장 우리 빨리 밥 먹자. 배에서 꼬르륵 소리 나겠다."

"아이쿠. 수녀님, 저 사장 아니에요. 이사 소리 듣는 것도 민망한데, 사장씩이나……. 수녀님이 저 갑자기 승진시켜 주신 거 아세요?"

"그랬나? 뭐 어때! 내 덕에 사장 한번 해 봐! 우리 민 선생은 뭘 해도 잘 할 거야. 하하하하."

쾌활하기로 소문난 김마리 수녀님과 생리 중이라 진통제 먹고 손님방에서 쉬고 있던 교육팀 경 선생까지 식탁으로 불러들여 세 사람이 마주 앉은 점심식탁은 그럴싸하니 맛 좋고, 정 좋아 웃음이 넘쳤다.

이런 이야기 저런 이야기, 늘 조용하시던 신부님 안부와 다른 수녀님들 소식도 전해 들으며 행복한 점심시간이 지나갔다.

수녀회로 돌아가시는 수녀님을 배웅해 드리고 다시 2층 사무실로 돌아간 지원은 명패 없는 자신의 책상을 내려다보며 미소 지었다.

정식 이사 직함을 가진 것도 아니지만 직원들이 부르기 뭐한지 자기들 나름대로 어느 날부터 이사님이라 부르기 시작하더니, 외부에서도 다들 그렇게 부르기 시작한 탓에 지원은 저절로 이사가 되어 버렸다.

이도 저도 아닌 어정쩡함. 병원을 관두고 바로 예린이 동생을 가진 언니는 명목상 대표이사 직함을 받아들여 줬지만, 두어 달 열심히 활동하는 지원을 지켜보더니 회사가 더 커지기 전에 대표이사 자리 가져가라고 벌써부터 성화였다.

그리고 지원 자신도 이젠 서울 시내 안 다니는 곳 없이 다 다녀도, 그를 스치는 우연 같은 건 생기지 않는다는 걸, 그 누구보다 잘 알고 느껴가고 있었다. 그래서 모두가 이렇게 불편해한다면 더 이상 사람들에게 혼란 주지 말고 정식으로 이 회사에 적을 두는 것이 더 낫겠구나, 지원도 요즘 들어 그런 생각을 슬슬 하기 시작하는 중이었다.

이것도 또 하나의 회피일 테니 자신이 넘어야 할 또 하나의 벽이라 생각하면서.

　지원은 점심식사 전 덮어 두었던 서류 파일을 다시 열어 보다가 아까 수녀님께서 된장찌개를 끓여 달라고 하셨을 때 표정관리를 못한 것이 생각났다. 저도 모르게 굳어지는 낯빛을 감추려 수녀님에게서 등을 돌린 자신의 행동이 이상해 보였을지도 모른다는 생각은 시간이 조금 지난 뒤에야 챙길 수 있었다. 은빛 수도꼭지에서 시원한 물이 콸콸 쏟아져 나오는 것을 내려다보다 손을 내밀었을 때, 손가락 사이로 힘 있게 쏟아져 내리던 물줄기가 화상 입은 가슴을 식혀 주는 시원한 위로 같았다.

　모세혈관마다 가슴까지 거꾸로 냉기를 실어 나르는 느낌. 단 한 마디, 이 작은 건드림에도 금세 커다란 파장으로 화답하는 면역력 없는 가슴이 요즘 들어 너무나 자주 원망스러웠다.

　이 모든 동요가 서울에 올라온 탓이라 생각하면서도 때론, 이제야 정말로 그와 이별하는 중이기 때문이란 자각이 들 때마다 지원은 아무에게도 들리지 않을 만큼 작게 헛웃음을 터트리곤 했다. 그에게는 이미 과거인 저 혼자, 뒤늦게 그를 잃고 아파하는 꼴이…… 비웃음거리가 되기에 충분했다.

　죄 값이었다. 제 상처 하나 스스로 추스르지 못해 쌓아 올린 마음의 벽으로 그를 외롭게 하고, 그를 지치게 한 죄. 그를 위해 했다고 생각한 모든 일들이 이제 와 그의 입장에서는 지난날 저가 느꼈던 기만과 배신의 감정으로 기억될 수도 있다는 것을 뒤늦게 알아 버린 죄.

　그래서 그는 일 년도 지나기 전에 모든 걸 잊었던 걸까.

　그리고 병원에서 관장님 도움을 받으며 퇴원한 다음 날, 보글보글 끓어오르는 멸치육수에 호박과 두부를 네모나게 썰어 넣고, 된장을 풀어 넣은 뒤 봄이면 늘상 그러했듯이 향 좋은 달래를 송송 썰어 가지런히 찌개 위에 올려놓다가 갑자기 울음이 터졌던 그 날……. 그때부터였다. 지원이 된장찌개를 끓이지 않기 시작한 것은.

　'놔 주자. 환영 붙들고 혼자 이러고 있는 거, 추해. 잊어. 조금씩 흐릿

해질 거야. 특별한 의미 같은 건 붙이지 말고. 생각하지 마.'

지원은 낼 점심땐 아예 작정하고, 뚝배기 한가득 된장찌개를 끓여 사무실 직원들 점심이라도 먹여야겠다 생각하며 업무 파일을 펼쳐 들었다.

기억을 추억이 아닌 상처로 만드는 건 모두 부질없는 미련 때문이니, 적어도…… 그러지는 말아야 한다고 결심하면서.

삐리리릭.

마음을 가다듬고, 의뢰받은 대형 병원의 자료를 확인하기 시작한 지원의 집중을 깨트리는 벨소리가 울렸다.

"네."

— 이사님. 윤지환 의원님 통화 원하십니다.

"연결하세요."

— 네.

달깍, 삐리리릭.

"네, 민지원입니다."

— 납니다. 지원 씨. 점심은 먹었어요?

"네, 의원님도 식사하셨어요?"

— 아, 또 의원님이라네……. 아…….

"무슨 일이신데요?"

— 오늘 지 변호사님하고 저녁 하신다면서요.

"네."

— 저도 오늘 거기 가서 저녁 먹는다고 전화드린 겁니다. 예전에 저 당선되면 밥 산다고 했었잖아요. 그 밥 오늘 사시라구요. 저랑 단둘이 밥 먹는 게 더 좋다면, 그렇게 하시구요.

스카이병원 근무 시절, 나중에 의원 당선되면 밥이라도 한 끼 사 달라 하시더니…….

"……지난번에 지 변호사님 사무실에서 뵈었을 때 같이 식사했잖아요."

— 아. 그거요? 그날은 지 변호사님이 사신 거니까, 우리 약속은 아직

유효한 거 맞습니다.

지원은 창업식에 참석했던 지환이 다음 날 다시 원컴퍼니로 찾아왔던 때를 떠올렸다.

'급하게 다가가서, 지원 씨 힘들게 만드는 일은 없을 겁니다.'

'윤 의원님.'

'기다릴게요. 얼마든지 기다릴 수는 있는데, 예전처럼 애인 있다는 말 한마디에 아무것도 못하고 접게 되는 바보짓은 안 하고 싶어서요. 지금은 친구지만 내 마음은 지원 씨를 기다리고 있다는 말 정도는 미리 해 두고 싶었습니다.'

'저, 아무도 만나고 싶지 않아요.'

'알아요. 꼭 나라서 싫은 게 아니라 지금 지원 씨, 아무도 만나고 싶지 않다는 거 알기 때문에 나도 절대 귀찮게는 안 해요. 다만, 그 마음이 외롭다고 느껴질 때 나란 사람 있다는 거, 다른 사람 떠올리기 전에 나부터 떠올려 달라고 부탁하는 겁니다. 내 맘대로 줄 선 거니까, 지원 씨 부담 가질 필요는 없지만, 그래도 줄 선 사람 있다는 정도는 기억해 줘요. 그 정도는 괜찮지 않습니까? 지원 씨도 평생 혼자 있을 생각 아니라면 줄 서는 사람 모르는 척해 두면 좋잖아요.'

'저 나쁜 사람 되기 싫어요. 그러지 마세요.'

'지원 씨가 왜 나쁩니까? 내가 좋아서 이러는 건데.'

'의원님 좋은 분이란 거 알아요. 그러니까 좋은 분 만나셨으면 좋겠습니다.'

얼핏 들었다. 3대에 걸쳐 의원을 배출해 낸 정치가 집안, 그 집안의 장손이자 초선 의원인 그는 다음 총선 전에 결혼해서 장손으로서도, 불안정한 이미지일 수 있는 청년 정치가의 모습에서도 벗어나야 할 입장이란 것을. 그래서 지원은 좀 더 명확하게 해 두고 싶었다.

'지원 씨는요?!'

'노력은 하고 있지만…… 그 사람, 사는 내내 잊을 수 있을 것 같지 않아요. 그 사람 기억하면서 다른 사람 만나고 싶지도 않고요. 이런 저를 누가 기다리고 있다는 건, 그 자체로 힘들고 부담되는 일이에요. 편하지 않습니다.'

윤 의원님이 좋고 나쁘고를 따질 수준의 문제가 아니었다. 그저, 안 되기에 안 된다 말씀드리면서도, 그가 어떻게 혜성 유현민 부회장과 자신과의 조합을 생각하게 되었는지, 어디까지 알고 이러는지, 그 생각의 시초가 되었을 지 변호사님의 언질이 원망되기도 했었다.

하나둘 아는 사람이 많아질수록 점점 더 그를 잊기 힘들어진다는 걸, 지 변호사님은 진정 모르셨던 것일까. 사람은 사람으로 잊는 법이란 말을 믿으셨던 걸까. 지 변호사님은 새 사람에게서조차 그 사람의 흔적을 찾게 되는 지독한 열병은 모르셨던 것 같다.

'……그 사람 기억, 다 안 지우고 와도 된다고 말하면, 조금 더 일찍 오는 겁니까?'

'네?'

'그래도 괜찮아요. 내 옆에 와서 지워요. 내가 잊는 거 도와줄게요. 영영 다 못 잊는다 해도, 그래도 내 옆에 있다 보면 전보다는 그 사람 생각 많이 줄어들 테고, 내 생각은 좀 더 많이 하게 될 테니, 난 그렇게 시작해 보고 싶습니다. 잊었든 못 잊었든, 내게 올 생각이 조금이라도 들거든 말해 줘요. 내가 마중 나갈게요.'

'아뇨, 의원님. 저는 지금이 좋아요. 의원님 마중 필요한 날, 없을 거예요.'

그 뒤로 윤 의원님은 친구의 모습으로 가끔 이렇게 같이 밥 먹을 이유를 찾아내곤 하셨다. 늘 가볍고 산뜻하게, 그래서 더 미안해지도록.

"네, 그럼 같이 식사하세요. 지 변호사님 사무실 직원들 다 함께하는 자리라는 것 아시죠?"

— 압니다.

만남을 반기지 않는 분위기를 느꼈는지 수화기 너머로 정중한 어조를 가진 중저음의 남자 목소리가 들려왔다. 그 목소리를 듣는 순간 지원은 숨을 들이켜며 서류를 넘기던 손을 멈추고, 아련한 시간 속에 떠오르는 어렴풋한 그 누군가의 얼굴을 떠올려야만 했다.

'이래서 더 안 되는 거다. 이래서.'

전혀 닮지 않은 목소리에서도 어조만 비슷하면 그가 떠올랐다. 혼자 미쳐 가고 싶지 않다. 지금도 충분히 괴로운데, 여기에 더 무엇을 더해야 하나.

그날 저녁, 지원은 변호사님 사무실에 일찍 들러, 지원의 원컴퍼니 창업을 두원가 식솔들이 두원그룹 경영권에 무관심한 태도로 받아들이며, 안도하고 있다는 소식을 전해 들었다.

그와 함께 최근 룸살롱 스캔들에 연루된 두원가 4세 한 명이 지분 상속 대상에서 제외되었는데, 그 모친이 지변을 통해 지원과 독대하기를 간청해 왔지만, 알아서 거절하는 중이라는 말씀에 감사를 표하기도 했다.

"저는 이름만 걸어 놓고 변호사님이 다 알아서 하시니까, 늘 죄송해요."

"아닙니다. 민 사장님께 짐을 지운 제가 미안하지요."

지원은 변호사님과 두원그룹 사회공헌부서와 두원유통 장학재단이 마리아 마을과 결연을 맺고 작은 규모의 대안학교 설립을 계획 중인 것에 대해 이야기 나누다, 지원이 제안한 서울부설센터를 무리한 사업 진행이란 이유로 법인 이사회가 반려한 것에 대해 아쉬움을 나눴다.

"그래서, 제가 아예 나서 볼까 싶기도 해요."

"건강도 생각하셔야지요. 지금도 하시는 일이 너무 많습니다."

업무회의를 마친 두 사람은 회의실에서 일어나며 평상시처럼 말을 편히 하기 시작했다. 어깨에 핸드백을 메고 뒤로 밀려난 의자를 바로 밀어 넣던 지원이 입을 열었다.

"그런데요, 변호사님. 전 지금이 좋은 거 아시죠?"

"……무슨 뜻일까? 내가 민 사장한테 뭐 잘못한 것 있나?"

"아직은 아니에요. 그러니까 앞으론 윤 의원님 너무 밀지 마세요. 그분만 곤란해지세요."

"내가 밀었나? 그 친구가 가는 거지."

"아무튼요."

"만나 봐. 집안 어른들도 다 알고 지낸다면서, 사람 그만하기 어려워."

지원은 또 입술을 다물고, 변하는 건 없다는 눈빛으로 웃으며 대답을 대신했다. 직원들을 우루루 몰고 지 변호사님 사무실 근처 갈비집 예약룸으로 들어가자, 바쁠 것이 분명한 윤 의원님이 몇 분 차로 합류해 지원의 옆자리에 앉았다.

종업원의 손길을 마다하며 직접 고기를 구워, 잘 익은 고기만 지원의 소스그릇에 한 점씩 올려 줄 때마다 지원은 불편한 미소로 마다했고, 룸한가득 앉아 있던 변호사 사무실 직원들은 저기 좀 보라며 서로 눈빛들을 교환했다.

윤 의원은 결국 지원이 고기만 굽는 그에게 '식사 좀 하세요.' 라고 말한 뒤에야 '그럼, 그럴까요?' 라며 수저를 들었다. 마치, 지원의 그 한마디를 듣기 위해 지금껏 버틴 사람처럼. 테이블 건너편에 앉아 계시던 지 변호사님이 허허허 웃으시며 지환에게 술잔을 권했다. 그리고 저녁식사 자리는 주점 뒤풀이로 이어졌다.

그 시간 공항을 빠져나와 청와대에 들렀던 현민의 차는 만찬이 끝난 늦은 시간, 다시 본사로 향하고 있었다.

"오늘은 그만 쉬시는 게 어떠시겠습니까, 부회장님. 건강이 염려스럽습니다."

"화환을 되돌려 보내셨다고?"

"네. 그러셨습니다."

문 비서가 얼마 전 민 실장의 언니분께서 혜성병원을 퇴사하신 뒤 원컴퍼니란 회사를 창업하셨다는 소식을 전하자, 현민은 축하의 의미로 로비에 전시하기 좋은 조각 작품과 창업 당일 화환을 보낼 것을 지시하고,

유럽지사 순방에 나섰었다.

그리고 현 새 정부가 들어선 지 1년이 좀 못 되는 시점에 시작된 해외 순방에 경제 협력단으로 각 그룹 수장들이 유럽순방에 동행하게 되면서 그 일정까지 마치고, 오랜만에 귀국을 한 것이었다. 그런데 귀국하자마자 자신에게 가장 먼저 말 꺼낸 것이 거부당한 화환 문제였기에 문 비서로서는 답하기가 참으로 곤란했다.

"인사드릴 수 있도록, 일정 잡아."

"네, 부회장님."

지원을 쫓는 조사원들을 심어 놓는 것도, 가족들을 살피는 것도 모두 중단된 상태였다.

뒷조사를 두고 사람이 사람에 대한 예의를 어기고 군림하려는 것이라 여겼던 지원의 말을 기억하며, 현민은 그녀 스스로 세상 밖으로 모습을 보이길 기다리고 있었다. 그래야, 지원이 편해질 거라는 처형의 말을 들은 뒤 내린 결정이었다.

지원의 부탁처럼 들렸던 그 말을 지키기 위해 현민은 전보다 더한 기다림의 고통을 버텨 내고 있는 중이었다.

눈부시도록 환한 한여름의 정오. 살갗이 따갑고 정수리가 뜨겁도록 태양이 강하게 내리쬐는 바깥 공기는 금세 지원의 온몸을 더위로 휘감았다. 추위보다야 더운 게 좋은 지원이지만, 그래도 이 뜨거운 공기를 들이마시는 것은 유쾌하지 않았다. 더군다나, 지하 주차장이 없어 어쩔 수 없이 지상 주차장에 세워 놓은 차 안에서 순간 훅 하니 몰려나온 찜질방 같은 더운 공기들은 더더욱.

"나무를 심을 수도 없고, 어후……. 숨 막혀."

조금만 움직여도 땀이 축축하니 배어 나오는 날씨에 서둘러 차 문을 열고 에어컨을 가동시킨 지원이 원컴퍼니 주차장을 휘하니 둘러보며, 주차장에 그늘 만들 수 있는 방법을 고민했다.

선글라스 낀 콧잔등에 벌써 땀이 맺히는 것을 느낀 지원은 차 안 열기가 좀 식자, 모두 열어 두었던 차 문을 하나씩 닫은 뒤 차에 올라탔다.

등과 엉덩이가 맞닿아 있는 가죽시트는 아직 뜨거워 찜질하는 기분이었지만 에어컨이 만들어 내는 냉기는 여유롭게 숨 쉴 수 있을 만큼 차 안 공기를 충분히 식혀 놓고 있었다.

밖에 서 있을 때보다 한층 여유로워진 마음으로 회사 건물과 주차장을 내다보고 있는 지원의 눈에는 빛 반사 때문에 잘 보이지는 않는 사옥 안 풍경이 눈앞에 펼쳐져 있는 것처럼 안에 있는 모든 사람들의 모습이 눈에 선했다.

언니 예원은 방금 회사에서 빠져나오기 직전 봤던 것처럼 임신 2개월 임산부답게 조심조심 걸어 다니며 사장실과 이사실 교체 작업을 감독하고 있을 것이고, 교육팀장 경 선생은 밀려드는 일거리에 짧은 기간 한차례 더 채용한 신규인력을 교육하느라 여전히 쉰 목으로 고군분투하고 있을 것이었다.

'이젠 정말 잘 살아야지. 흔들리지 말고 가는 거야. 할 수 있어. 잘할 거야.'

지원은 스스로에게 용기를 주었다. 대형 병원에서 들어오는 의뢰도 벅찬 상황에서 중소형 병원장들의 문의가 쇄도해 즐거운 비명을 지르는 행복한 상황이 되고 보니, 더 잘해서 고용한 직원들한테 든든한 직장으로 성장시켜야겠다는 결심도 하게 되었다.

지원은 마음이 뭉클하니 다시 한 번 따뜻해지는 것을 느끼며 차에 시동을 걸었다.

천천히 후진하며 주차장을 빠져나가다가, 갑작스레 전화벨 소리가 들려오자 급한 업무일까 봐 무시하지 못하고 통화 버튼을 눌렀다.

서울살이를 시작한 뒤 가장 먼저 장만한 라이트 커피컬러 미니쿠퍼 컨트리맨을 능숙한 솜씨로 운전하고 있는 지원은 긴 블랙 정장 팬츠에 화이트 셔츠, 운전용 갈색 선글라스 차림의 깔끔한 일상복 차림이었지만 큰 키에 마른 몸을 타고 흐르는 맵시가 여느 모델 만만치 않게 세련된 커리어 우먼의 모습을 보여 주었다.

"네, 민지원입니다."

— 이사님, 저 송지우입니다.

"네, 말해요."

— 문태웅 씨라는 분이 이사님 전화번호 문의하시는데요. 번호 알려 드려도 될까요?

"어느 병원인……."

어느 병원 소속이냐는 말을 다 하기도 전, 문태웅이란 사람이 문 비서란 사실을 깨달은 지원은 갑작스럽게 브레이크를 밟으며 출렁하는 울림이 느껴지도록 급하게 차를 멈춰 세웠다.

"그 사람이 날 어떻게 알아요?"

— 어…… 저…… 창업식 때 혜성그룹에서 화환이랑 조각품을 보내셨는데, 민예원 사장님께서 돌려보내셨어요. 그 건 때문인지 혜성에서 사장님과 만날 약속을 잡고 싶으시다는데, 어느 민 사장님과 약속 원하시냐고 했더니, 그분이 혹시 민지원 씨 계시냐고 물어보셔서…… 죄송합니다.

자신의 모난 목소리에 지우 씨가 분위기에 눌려 사과하자, 지원은 입 안 속살을 잘끈 깨물며 눈을 감았다.

'왜 하필, 민예원 사장과 민지원 이사의 직함이 서로 바뀌었다고 공표된 이때, 문 비서가 전화를 한 것일까. 언니는 왜 나한테 그런 일을 숨겼을까.'

지원은 오늘 아침 사무실을 옮기기 전 지나가는 당부처럼, 숨어 살 필요도 없고, 결심만 바뀌지 않도록 노력하며 당당하게 살자고 말했던 언니의 말을 떠올렸다.

"……왜 난 그 일을 몰랐죠? 혜성에서 화환 보낸 일 말예요."

— 민예원 사장님께서 별일 아니라고, 이사님, 아니 민지원 사장님께 따로 말씀드리지 말라고 하셔서…….

"알았어요. 번호는 알려 주지 마세요."

그대로 차를 움직인 지원은 최근 경기도권에 리모델링해 재오픈한 여성전문병원을 찾았다. 원무과장과 부원장 대동을 마다하고, 홀로 병원 구석구석을 다니며 평소 근무 분위기를 체크하다가, 또 잠시 멍해 있다가, 또다시 눈동자에 힘을 주며 병원을 거닐던 지원은 사회생활에 단련된 표정으로 병원장과의 면담을 마친 뒤 다음 약속을 정하고 병원을 빠져나왔다.

부지런히 주차장 쪽으로 몸을 움직이는 동안 뜨겁고 숨 막히는 공기가 느껴졌지만, 지원은 방금 시원한 실내에서 나온 사람답지 않게 찌는 듯한 더위를 반가워했다. 오소소 소름 돋아 잔잔히 떨려 오는 몸이 이 뜨거운 열기에 녹아 진정되기를. 선글라스를 쓰지 않고 맨눈으로 바라본 여름 해는 눈이 아플 만큼 눈부셨다.

눈살을 찌푸리며 금방 눈감았다 떴지만, 눈앞은 무지갯빛으로 산란하는 여러 갈래 빛줄기들 때문에 무엇을 보고 있는지조차 모르게 제 마음처럼 혼란스럽기만 했다.

그렇게 흩어지는 생각과 마음을 잡지 못하고, 한참을 그대로 서 있으니 그제야 넓은 인도 한가운데 거의 혼자 서 있다시피 했다는 걸 알았다.

모두들 건물 안에서 에어컨 바람에 몸을 숨기거나 부득이 밖을 걸어 다녀야 하는 사람들은 건물에 바짝 붙어 건물 앞 아주 짧게 드리워진 그늘 구석을 따라 빠른 걸음으로 오가고 있는데, 텅 빈 인도에 혼자서만 세상과 동떨어진 것처럼, 마치 눈밭을 구르다 뜨거운 태양 아래 언 몸을 녹이려는 사람처럼 열기 속에 그대로 멈춰 서서 멍하니…… 앞을 바라보고 있는 제 모습이 사람들 눈에 구경거리가 된 기분이었다.

지원은 뒤늦게 걸음을 옮기기 시작했다. 귓가에 웅웅거리는 뭉개진 소음이 귀를 아프게 하고, 높게 솟아오른 건물 사이를 비적거리는 제 자신도, 갑자기 뒤에서 나타나 제 곁을 쌩하고 스쳐 지나가는 이름 모를 이의 바쁜 움직임도 덧없어 보였다.

이런 기분. 세상에 서 있으나 그저 부유하고 있는 듯 발이 땅에 닿지 못한 이 기묘한 불안정함이 그의 흔적을 마주쳤단 이유만으로 다시 시작되고 있었다.

툭툭 앞을 치고 나가는 지원의 걸음엔 힘이 없었다.

12시부터 가벼운 차 한 잔으로 시작해 묵직한 이야기가 오가는 오찬을 마친 뒤 청와대를 빠져나온 현민은 차에 오르자마자 눈을 감았다.

경제 5단체장과 5대 주요그룹 대표, 청와대 정책실장, 홍보수석, 경제수석이 참석한 비공개 회동은, 수행원을 배석하지 않은 오찬이니만큼 여론을 의식하지 않은 편안한 분위기가 될 거라 알려 온 청와대 측 전언과는 달리, 채용과 투자를 촉구하며 정책에 비협조적인 그룹과 단체는 어느 정도의 불이익을 감수해야 할 것이란 협박만 잔뜩 듣게 된 자리였다.

게다가 공식적으로 제시한 그룹별 정당 후원금과 정책에 따른 협조 당부 외에도 국책사업 우선권에 대해 대통령과 독대를 마치고 나온 현민은 깊은 생각에 잠겨 본사에 도착하고서야 눈을 떴다.

"계열사 사장단 회의 전에 보고드릴 일이 있습니다. 부회장님."

"잠시 쉬었다 하지."

"……."

황 비서와 김 비서가 기립한 가운데 부회장실로 들어서는 현민의 뒤를 따라들어 온 문 비서가 물러나지도, 그렇다고 쉽게 입을 열지도 못하는 모습을 보며, 현민은 의자에 앉아 넥타이를 늘이던 손을 멈추고 시선을 보냈다.

"뭔가."

"……민 실장님께서 서울에 계십니다."

현민은 아무 소리도 듣지 못한 사람처럼 표정 변화 없이 문 비서를 바라보았다. 문 비서는 현민의 무언의 재촉을 느끼며 다시 말을 이어 갔다.

"사실상, 민 실장님께서 원컴퍼니 실제 대표셨고, 곧 직함도 이사에서 사장으로 정리될 것이라 들었습니다."

"언제부터."

"정확한 시기는 모르지만, 원컴퍼니 창업 준비 시점부터인 것으로 짐작됩니다."

"……차 대기시켜."

"부회장님, 곧 사장단 회의……."

"빨리!"

현민은 벗어 둔 재킷을 채 입지도 못하고, 손에 든 채 부회장실을 빠져나갔다.

'네가 왔어. 찾고 찾아도 숨어만 있던 네가.'

엘리베이터로 향하는 현민의 심장이 지원도 보기 전에, 때 이르게 덜컹거렸다. 세상의 소리를 잠식해 버릴 것처럼 거세게 뛰는 심장이 흥분과 초조함을 묻혀 몸 구석구석 뜨거운 피를 뿜어 댔다.

'다시는 놓치지 않아. 다시는.'

문이 열린 채로 대기 중인 엘리베이터에 올라탄 현민이 손에 든 재킷이 구겨질 만큼 주먹을 세게 말아 쥐었다.

기사 없이 직접 운전해서 원컴퍼니를 찾아 온 현민은 큰 도로변에서 조금 떨어진 한적한 골목길로 차를 몰았다.

키 낮은 고만고만한 건물들 틈에서 원컴퍼니라는 돌비석이 새겨진 깔끔한 건물을 발견한 현민은 주차장과 건물 입구가 잘 보이는 골목 한켠에 차를 세운 뒤, 그 건물이 마치 지원인 양 뚫어지게 바라봤다.

그는 자신의 눈이 얼마나 번뜩이는지 알지 못한 채 휴대폰을 들어 버튼을 눌렀다.

— 믿음을 드리는 원컴퍼니 송지우입니다. 무엇을 도와 드릴까요?

지원의 휴대폰 번호가 있었지만, 피할 것이 분명한 탓에 회사로 전화를 걸었건만, 막상 그녀의 이름을 타인에게 말하려니 말이 쉽게 나오지 않았다.

"민지원 사장님 계십니까?"

— 사장님께서는 외근 중이십니다. 어디신지 알려 주시면 메모 남겨 드리거나 업무 내용이시면 민예원 이사님과 연결해 드리도록 하겠습니다.

"다시 연락하겠습니다."

전화를 끊고 등을 운전석 깊이 묻은 그가 숨을 크게 들이켰다. 좀 느긋하게 기다려야 할 것 같았다. 자꾸만 조급해지는 몸을 이완시키며 지원이 살고 있다는 건물 3층을 올려다보았다.

하래에서도 시원한 창을 유난히 좋아했던 지원이었는데 건물 1, 2층은 전체 유리로 마감되어 있음에도 유독 3층만은 창문은 물론, 거실 창까지 안쪽에 미닫이 목재 가벽을 쳐 놓았는지 커튼 색상조차 들여다볼 수가 없었다.

그 작은 틈도 없이 꽁꽁 닫혀 있는 창문들이 모두 자신을 외면하려는 지원의 마음처럼 답답하게 느껴져 마음에 들지 않았다.

설립한 지 얼마 되지 않은 회사라 고전할 만한 시기인데도, 빛 반사 때문에 안쪽이 잘 보이지는 않았지만, 간혹 창가 쪽으로 바짝 붙어 이야기 나누는 사원들의 모습이 밝고 활기찬 에너지로 가득 차 있어, 원활하게 운영되는 회사 분위기를 짐작할 수 있었다.

'이렇게 가까이 지내고 있었으면서, 서울에 있었으면서 전화 한 번을 안 해?!'

괘씸하고, 화가 나면서도 다행이다 싶은 복잡한 감정을 누르며, 현민은 바쁜 일정을 다 내팽개치고 달려와서 한적한 골목길에 차를 세워 두고 앉아 지원이 골랐을 현판 하나, 조경수 한 그루를 눈여겨보고 있었다.

한 시간쯤 지난 뒤 여전히 신경을 곤두세우고 있는 현민의 눈에 저 멀리 초콜릿빛 미니 컨트리맨이 천천히 골목길을 따라 다가오는 것이 보였다.

지나치는 차라고 생각할 수도 있는데 현민은 왠지 모를 느낌에 기대어 앉았던 몸을 바로 세워 앉으며, 차의 움직임 하나하나에 집중하기 시작했다.

차가 가까이 다가올수록 작게 보이는 운전자의 모습이 점점 더 분명해졌다. 선글라스에 흔한 화이트 셔츠, 긴 머리로 가려진 얼굴선. 좀 자세히 보려고 눈을 크게 떴지만 차는 순식간에 현민의 차를 지나쳐 곧장 원컴퍼니 주차장으로 들어섰다.

'지원아!'

실루엣만 본 모습이었지만, 현민은 미친 듯이 뛰어 대는 심장만으로도 미니 컨트리맨 안에 타고 있는 사람이 지원인 것을 알 수 있었다.

차는 한 번 후진한 뒤 주차구역선에 줄 맞추듯 반듯하게 직진해 들어간 뒤에야 멈춰 섰다. 건물 앞 화단을 의식해서인지, 화단 쪽으로 보닛 방향을 두고 주차한 뒤에도 차 안의 지원은 한참 동안 내리지 않고 있었다.

'뭐 하고 있는 거야.'

언성이 높아질 것 같아 지원이 회사에 도착하면 밖으로 불러내려 했던 현민은 걱정을 이기지 못하고 차에서 내리려 손잡이를 잡았지만, 건물에서 웃는 얼굴로 나오는 지원의 언니 예원을 보는 순간 손잡이를 잡고 있던 손에서 힘을 빼고, 계속 지켜볼 수밖에 없었다.

똑똑똑.

핸들에 고개를 묻고 있던 지원은 유리창 두드리는 소리에 고개를 들었다.

"뭐 해?"

닫아 놓은 창문 때문에 소리는 잘 들리지 않았지만 언니의 입모양만으로도 충분히 알아들을 수 있는 짧은 말에 지원은 창문을 열었다.

"지금 퇴근해?"

"응, 또 몸살 났어? 에어컨도 안 틀었으면서 왜 창문까지 닫고 다녀. 더위 먹으면 어떡하려고."

"언니, 원컴퍼니 사업자 내 이름으로 다시 냈어. 그리고, 마리아집 부설센터 이름, 지난 번 회의에서 mother made company로 정했던 대로 'M.M.C' 라고 사업자 새로 등록했고. 그런데 언니."

"응?"

"혜성에서 아직도 연락 오는 건 왜 말 안 했어?"

뭔가, 제자리를 찾는 지원에게 힘이 되어 줄 말을 하려다 예원이 진지한 눈빛이 되었다.

"……전과 달라지는 건 없어. 결국 휘둘리고, 흔들리는 건 우리 마음할 탓이니까."

'정확히는 내 마음 할 탓이겠지.'

지원은 언니의 경고이자, 부탁을 알아들었다. 하루 종일 멍하니 술 마신 것처럼 어지럽기까지 한 자신의 상태를 언니가 안다면 미쳤다고 할 테니, 힘든 마음은 티도 내면 안 될 일이었다. 사랑을 한 것뿐인데, 누구에게도 맘 편히 털어놓고 울 수도 없는 일을 겪는다는 건, 이렇게 외로운 일이었다.

현민은 한동안 차 옆에 서서 이야기하던 예원이 자신의 차에 올라타자, 지원이 제 차에서 내려 후진하는 언니의 차를 살펴주고 손을 흔들어주는 모습을 바라보았다.

'지원아……'

가슴이 메일 만큼 야윈 몸으로, 서류파일들이 비쭉이 내보이는 커다란 빅 백을 둘러메다 기운이 부족한지 팔을 내려 끌듯이 손에 쥐고 건물 안으로 들어가는 모습에 현민은 한숨을 내쉬었다.

'저 몸을 해 가지고 무슨 사업을 벌여. 건강 챙기라며! 나한테만 해당되는 말이었나?!'

현민은 속상하고, 밉고, 원망스런 마음이 한 번에 밀려 나오는데도 왜 가슴이 이토록 저미고 뻐근한지 지원을 만나면 묻고 싶었다.

난 이런데 넌 어땠는지, 날 보고 있으면 네 가슴도 아직까지 이토록 아픈지 묻고 싶었다.

사원들이 퇴근하는 모습을 웃는 얼굴로 인사하며 배웅한 지원이 빈 건물로 들어가기 전 주차장 한켠에 밀어 두었던 벽면처럼 시야가 완전히 차단되는 든든한 바리케이드를 밀며 주차장을 외부와 차단시키고 있을 때, 현민은 반 정도 열린 공간으로 급하게 차를 몰았다.

갑자기 빠른 속도로 주차장에 진입한 차 때문에 놀란 지원이 바리케이드를 밀던 그대로 멈춰 서서 커다래진 눈으로 차를 바라보고 있다가, 한 걸음 움직이는 것 같더니 다시 그대로 제자리에 멈춰 섰다. 차 문을 열고 현민이 주차장에 발을 내려놓았을 때 보인 지원의 얼굴은 이미 눈물로 가득했다.

그래서 물어볼 필요가 없었다. 지원도 자신만큼 아니, 저보다 더 아프게 사랑을 지우지 못하고 있음을 말로 듣지 않아도 알 수 있었다.

"이리 와."

지원이 겁내지 않도록 부드럽게 말하고 싶었는데, 불쑥 튀어나온 목소리는 너무 낮게 가라앉아 있어 자신이 듣기에도 거칠게 느껴졌다.

좀 더 마음을 진정시켜야 했다. 마음이 원하는 대로 손이 먼저 나가 지원을 끌어안고 정말 제 앞에 있는 것인지 확인하기에 급급해하다가는, 지원이 만든 웃기지도 않는 이 거리감이 허상이 아닌 현실이 되어 둘 사이에 자리 잡을 테니 지금이 중요했다.

현민은 울컥하며 뜨거워지는 감정을 내리누르고, 살짝 찌푸린 미간 아래 물기가 느껴지는 눈으로 지원의 눈을 마주 보았다.

"……."

지원은 울기만 했다. 흔들리는 눈동자 안에 너무 많이 고인 눈물과는 달리, 굳어 버린 지원의 몸에서는 호흡이 느껴지지 않고 있었다.

"지원아."

"……."

그가 부르자 지원의 눈꺼풀이 마비에서 풀려나는 듯 천천히 움직였다. 그 움직임에 몇 방울의 눈물은 투두둑 바닥으로 둥글게 떨어지고, 또 얼마쯤의 눈물은 가느다란 줄기를 이루며 볼을 타고 흘러내렸다. 지원이 눈을 깜빡였다. 그리고 그에게 정확하게 시선을 마주쳐 왔다. 그녀의 눈 안에 이제 그가 담겨 있었다.

여전히 말없는 지원이 입가를 잘게 떨며 뭔가 말을 하려고 노력하는 것이 보였지만, 그녀는 한 걸음도, 한 마디도 그를 향해 내어 주지 않았다.

몇 초간의 정적이 지난 일 년 동안 떨어져 있었던 거리감을 알려 주듯 둘 사이에 휘몰아쳐 냉담하게 자리 잡으려 했다. 현민의 마음이 다시 급해졌다.

"그럼 거기 있어. 내가 갈게."

반쯤 차단된 주차장이라 골목을 지나는 사람들에게 노출될 수 있는데도 현민은 신경 쓰지 않고, 그대로 지원을 향해 걷기 시작했다.

긴 다리로 성큼성큼 걷는 건장한 남자가 가녀린 여인에게 점점 더 가깝게 다가가자, 석상처럼 서 있던 여인은 터져 나오는 울음소리를 막으려는 듯 두 손으로 제 입을 완전히 덮어 버렸다. 그녀의 몸이 눈에 보일 만큼 떨리고 있었다.

갑자기 주차장 안으로 달려든 차량. 지원의 눈에 제일 처음 보인 것은 핸들을 잡고 있는 남자의 커다란 손이었다. 정확하게는 빳빳하게 손이 베일 것처럼 풀 먹여져 있는 와이셔츠 소매 단과 그것에 덮여 얼핏 드러나 있는 든든한 손목. 그것만 봤을 뿐인데도 지원의 눈은 뿌옇게 흐려지기 시작했다. 목이 메더니 숨이 가빠 왔다.

쪼그라든 폐는 입도 뻥긋 못 하는 지원의 상태처럼 놀라 굳어 버렸는지 좀처럼 펴질 생각을 못 했다. 숨을 들이쉴 수가 없어 갑갑한 것인지, 예상치 못한 상황에 어찌할 바를 몰라 난감한 것인지도 모를 만큼 정신이 없었다.

이 상황을 피하고 싶다는 생각은 드는데 눈동자마저도 침입자처럼 등장한 차에 고정되어 움직일 줄 모르고, 지원은 자신처럼 굳어진 차 안의 남자와 대치하듯 서 있을 뿐이었다.

핸들을 잡고 있는 팔의 각도와 전해져 오는 기운. 그냥 그것만으로도…… 그였다.

눈물이 덧씌워져 초점이 흐려지기 시작한 눈으로도 모자라 귀에서는 신호음 같은 날카로운 이명이 들려왔다. 주변의 모든 생활소음은 소거된 것 같은데, 그가 움직이는 소리만 날카로운 신호음과 멍한 진공상태를 비집고 또렷하게 들려왔다. 차 문이 열리는 소리, 내려서는 구두 소리, 그리고…… 그가 부르는 소리.

"이리 와."

그가 오라고 했다. 그 말에 공명하듯 미친 듯 뛰어 대는 심장을 탓할 수도 없었다. 당장 달려가 안기고 싶은 마음인 것은 심장을 비롯한 그녀의 모든 것이 그랬으니까. 몸 밖으로 튀어나오려는 심장을 손으로 내리눌러 진정시켰으면 좋겠는데, 팔은 제 뜻과는 상관없이 아래로 축 처져 들어 올려지지 않았다.

눈동자, 호흡, 표정, 딱딱해져 버린 몸, 허옇게 질려 핏기가 사라진 안색까지…….

모든 것이 굳어진 꼴을 그에게 보이며 서 있는 지원의 몸에서 그녀가 살아 있음을 증명하는 것이라고는 점점 더 많이 고여 드는 눈물뿐. 숨을 쉬려 입을 벌리면 그리로 심장이 튕겨져 나올 것만 같아, 지원은 입을 벌리지도 못하고, 이 순간을 버티고만 있었다.

시간이 갈수록 더 간절히 원했지만, 떠난 자로서의 자책과 그들을 그렇게 만든 상황에 밀려 맘 놓고 그리워도 못했던 그가…… 눈앞에 있었다.

"지원아."

그렇게 얼마 동안이나 서 있었는지 모르겠지만, 그가 잠겨 든 목소리로 이름을 불렀다.

'왜 목소리에 화가 담겨 있지 않을까. 내가 그를 두고 갔는데, 바보 같은 이유로, 그토록 어설픈 방법으로 이별을 고했는데 저 사람 목소리에 왜 물기가 섞여 있을까. 그는 왜 여기로 찾아와 나를 부를까. 왜, 나를……. 여전히 대책 없이 너무 보고 싶단 이유만으로 찾아오기엔 우린 너무 많이 아팠던 거 아닌가.'

텅 비어 있던 머릿속에 하나둘, 생각들이 들어차기 시작하더니, 살얼음 낀 것처럼 뻑뻑하게 눈꺼풀이 움직여지기 시작했다.

멈춰 있던 숨을 들이마시며 눈을 꼭 감았다 뜨자 눈물이 투두둑 떨어지며 물체의 외곽선만 인지되던 시야가 명확하게 밝아졌다. 또렷하게 보이는 눈에 저만치 앞에 선 그가 보였다.

그는 여전히 컸지만, 조금 말라 있었다. 아니면 너무 오랜만에 이만큼 가까운 거리에서 그를 본 탓에 그렇게 느끼는 것일까. 지원은 자신이 기억하는 것보다 훨씬 더 커다랗게 느껴지는 현민을 멍하니 바라보았다.

바람을 타고 그의 향기가 콧속으로 전해지는 것만 같았다. 짙은 향을 싫어하는 사람이니 이만큼 떨어져 있는 그녀에게까지 그의 향기가 전해질 리 만무했지만, 분명 이 바람 안에는 그의 체향이 느껴지고 있었다. 어쩌면, 그녀 머릿속에 각인된 그의 체향이 밖이 아닌 머릿속에부터 반사적으로 되새겨지는 것인지도 몰랐다.

"그럼, 거기 있어. 내가 갈게."

그가 움직이는 순간 어깨를 움츠릴 정도로 아프게 조여든 심장이 철렁하고 내려앉았다. 가슴팍에 있어야 할 심장이 제자리에서 이탈해 배꼽까지 떨어지는 느낌은 다시 한 번 그녀의 숨줄을 길게 잡아 늘이며 목구멍을 막히게 만들었다.

꾹 다문 입에서는 알 수 없는 기괴한 신음 소리가 입가를 통해서, 아니 코와 귀와 얼굴을 이룬 모든 뼈마디 사이를 뚫고 새어 나오기 시작했다.

참을 수 없는, 참으려 할수록 더 심각하게 커지기만 하는 오열과 울음 따라 흔들리기 시작하는 제 몸을 멈추려, 지원은 두 손을 올려 자신의 입을 아프도록 틀어막았다.

자신만만한 걸음으로 성큼성큼 걸어온 남자는 순식간에 지원의 앞을 막아서 버렸다. 가깝게 다가서는 그의 얼굴을 차마 마주 볼 수 없어, 움츠린 어깨를 떨며 고개를 떨구니 그의 가슴께에 시선이 닿았다.

그러나 그곳은 지난날, 지금보다 더 어리고 약했던 과거의 그녀가 얼굴 비비며 안겨 들기 좋아했던 유일한 쉴 곳이었고, 언제나 자신을 품어 주던 넓고 따뜻한 가슴이었으며, 안타깝게도 그녀는 지금도 그 느낌들을 모두 기억하고 있었다.

저 자신이 지금 아랫입술을 아프도록 깨물고 있는지도 모를 만큼 정신이 없는 지원은 이 상황을 모면하려는 것처럼 차라리 눈을 감아 버렸다.

"울지 마."

그가 두 손으로 그녀의 얼굴을 감싸 들어 올린 뒤 천천히…… 엄지손가락으로 그녀의 눈가를 닦아 내렸다.

"죽도록 보고 싶었다."

그의 목소리에 지원은 울컥, 한 번도 남들에게 드러내지 못했던 그에 대한 그리움이 서러워 기어이 다시 눈물이 흘렸다. 낮게 가라앉은 목소리가 한 호흡에 꺼내 놓는 고백같이 들려오는데도 눈을 떠 그를 볼 수 없었다.

그의 입을 떠난 따뜻한 울림이 귀를 지나 목선을 타고 흘러 그대로 제 몸 안에 흡수되는 것 같았다. 저만치 제자리를 찾지 못하고 덜컹대고 있는 심장 안으로 스며든 그의 울림은 그녀의 가슴을 따뜻하게 만들었고, 그를 보고 싶어도, 어쩌면 그보다 더 간절히 매달릴 자신의 감정이 무서워 늘 제 감정을 참아야 했던 지원은 이 순간에도 이를 악물었다.

그런데 격앙되게 날뛰던 그녀의 심장이 그의 목소리를 받아 마신 순간 거짓말처럼 순하게 잦아들어 가기 시작했다. 분명 제 안에 있는 저의 심장이건만 그것의 주인은 따로 있었는지, 야속할 만치 말을 듣지 않던 심장이 그의 말 한마디에 우습도록 한순간 고분고분해졌고, 지원은 또 그것이 서러워 눈물을 흘렸다. 이렇게 누군가를 사랑한 것이 처음인데 왜 이런 모습이어야 할까.

이대로 더 나가다간 정신을 잃을지도 모르겠다는 생각이 들 만큼 비정상적으로 덜거덕거리던 가슴이 점점 진정되려 하니 이젠 거센 아이 같은 울음이 더 커지려 들었다.

"눈 떠 봐. 지원아. 나 안 보고 싶어?"

어제도 만나고, 오늘도 만난 사이처럼. 이렇게 시간의 간격을 단숨에 넘어서는 이 남자를 어떻게 해야 하나. 이미 약혼자가 있는 남자를. 그는 왜 이렇게 여전히 따뜻할까. 아…… 약혼자.

거기까지 생각이 미친 지원의 이마가 찡그려지며, 감긴 속눈썹이 가늘게 떨려 왔다.

'생각을 말자. 머리를 멈추고. 제발, 이 사람 앞에선 무너지지 말자. 어떻게 알았든 인사하러 왔겠지. 자기 옆에 다른 여자 세워 두고, 그 여자한테 미안해서라도…… 내게 전처럼 그럴 수 없는 남자이니. 내가 아는 그는 그런 사람이니, 우린 인사를 못 해서…… 그래서 왔겠지. 인사하러. 진짜 이별하러. 죽도록 보고 싶었단 말은…… 그래. 그건 나도 그랬으니까. 죽도록 보고 싶었으니 보고 싶었다 말은 할 수 있는 거겠지. 혹시 내가 보고 싶었다 하면, 너무 보고 싶어서 사는 게 사는 게 아니었다 하면, 당신은 당황하려나……? 괴로우려나?'

지원이 눈을 뜨자 그 안에 가득한 고통스런 눈빛이 드러났다. 그는 여전히 아끼고 사랑하는 그 무엇을 바라보는 눈빛으로 그녀를 지그시 바라보고 있었다.

그러나 지원은 그의 눈빛이 따뜻할수록, 마음을 흔들수록 누군가 심부 깊숙이 날카로운 칼을 들이밀고 얇게 각을 뜨는 것과 같은 고통을 느꼈다. 살을 저미는 고통에 지원은 울음과는 또 다른 가는 신음을 흘리며 이를 악물었다.

"지원아……."

고통을 참느라 가늘어진 눈매, 찡그린 콧날, 꽉 다물린 입술. 그녀가 고통스러운 표정을 짓자, 그가 그녀의 양팔을 붙잡아 제 품으로 끌어당졌다.

　힘에 의해 안긴 지원이 몇 초간 멈춰져 있던 몸을 떼어 내며 그에게서 멀어지려 하자, 그가 다시금 그녀의 몸을 더 강하게 안아 들어 한 손으로는 그녀의 뒷머리를 받쳐 들고, 한 손으로는 가녀린 등을 쓸어내렸다.

　지원이 숨을 쉬자, 이제는 생각이 아닌 실제 후각으로 그의 체향이 그녀의 가슴 가득 깊숙이 채워지고 있었다. 그 품으로 더 파고들고 싶은 마음을 참아 내기가 힘들었다. 그의 옷깃에서부터 전해지는 그의 가슴은 여전히 따뜻했고, 등을 구부려 그녀의 어깨에 머리를 내린 그의 숨결이 예민해진 귓가에 파고들고 있었다. 그렇지만…….

　"그만하세요. 부회장님."

　내내 굳어 있던 입이 풀리고 머릿속을 떠다니던 말들 중 가장 미운 말이 차갑게 튀어나왔다. 그와 그녀의 거리를 일깨워 줄 말. 지금 다소 격해진 그의 감정을 차갑게 식혀 줄 말. 그리고 그를 향해 내달리는 저 스스로를 제어시킬 만한 말.

　"부회장님?!"

　자신의 품에서 빠져나가 한 걸음 물러서는 그녀를 보는 그의 눈썹이 위로 치켜 올라갔다. 힘이 들어간 눈에선 순간적으로 사나운 빛이 나타났다 사그라지는 것도 같았다.

　지원이 내뱉은 말, 지원의 의도. 손을 움직이지 않고도 확실하게 밀어 내는 지원의 마음을 현민은 이를 악물고 이겨 냈다.

　'그래. 넌 사랑하는 것마저도 마음보단 머리를 먼저 들이미는 민지원이니까. 지금 네 마음은 이게 아닐 테니까.'

　가슴이 저릿해 오고, 묵직하게 내려앉아도 버텨 내야만 했다. 이 바보 같은 여자의 껍질은 언제나 쓸데없이 단단하니까.

　"네. 유현민 부회장님. 저도 소식은 듣고 살았습니다. 이젠 감추실 필요도 없잖아요."

　지원은 입안 여린 살을 꼭 깨물었다. 비릿한 피 맛이 입안에 퍼져도 찢어지는 심장통에 겨워 신음하기보단 그 비릿함에 신경 쓰는 편이 더 낫다는 생각이 들었다.

그의 눈썹이 편안하게 풀어질 생각 없이 잔뜩 힘이 들어가 있었다. 한쪽 눈가가 눈에 띄게 찡그려져 있던 그가 천천히 숨을 내쉬며 인상을 풀더니, 낮은 목소리로 말을 꺼냈다.

"그래. 내가 혜성가 사람인 건 바뀌지 않아."

'널 위해서라도. 내가 그 자릴 지켜 내려 얼마나 애를 썼는데. 유치하게도…… 네게 잘했단 소리가 듣고 싶었어. 힘들 때마다 네가 웃는 모습을 떠올리며 견뎌 냈어. 수없이 많은 날을 그렇게 버텼어. 네게 멋진 남자가 되고 싶어서. 실패한 남자로 널 찾을 수는 없었으니까.'

"천천히 말하려다 때를 놓친 거지만, 다른 사람한테 듣게 해서 정말 미안하다. 네가 용서해 줬으면 좋겠어."

혜성. 그 단어를 듣는 순간 지원의 눈빛이 흔들렸다. 생각보다 담담한 그의 모습 뒤로 그의 어머니와 두터운 성벽 같은 혜성이란 차단막이 같이 나타난 느낌이었다. 뭐 하나 나아진 것 없이 악화만 된 상황임에도 아직도 그만 보면 정신을 놔 버리는 제 심장이 원망스러웠다.

"우린 서로 용서를 주고받을 만한 사이가 못 돼요."

'지난 상처들이 다 나은 다음, 우리가 뭘 할 수 있는데요. 당신이 다른 사람을 받아들였고, 그것이 설령 부모님의 뜻이라 해도 당신 곁에 다른 사람이 있다는 건 달라지지 않아요. 우리가 서로를 끌어안을 수 있는 것도 아닌데, 다시 가까워져 당신 마음에 더 바짝 밀착됐을 때 나더러 또 떠나라고 하면…… 난 그렇게 밀쳐지는 거, 다신 안 해요. 또 못 해요. 당신이 아직 날 아직 완전히 잊은 건 아니란 사실만으로도 한결 나아졌어요. 그건 고마워할게요.'

지원의 눈빛이 수많은 이야기를 하듯 일렁이며 그를 보고 있었다. 그 불안한 기운에 그의 추궁 가득한 날 선 눈빛이 그녀에게 쏟아지고, 그의 분노가 저 안에서부터 불붙어 올라오는 것이 눈에 보이는데도, 그는 계속 입을 다물고 있었다.

그녀에게 그렇게 말한 이유를, 해명할 시간을 주고 있는 것 같았다. 그러나 지원은 설명이 아닌 마무리를 위해 시선을 건물 출입구로 돌리며 되도록 또박또박 말을 이어 나갔다.

"저로 인한 기억이 다 좋았던 건 아니겠지만, 적어도 부회장님께 피해 드린 일은 없으니…… 하실 말씀 있으시면, 다른 날 약속 잡아……."

"피해가 없어?"

'끝까지…… 저 하나 기다리고 그 미칠 것 같은 시간들 다 견뎌 낸 날 한 번 제대로 봐 주지도 않고 외면하는 민지원. 그렇게 가면 쓰면 내가 모를 줄 아는 어리숙한 너. 구석구석 네 몸, 네 마음 다 들여다본 내 앞에서 끝까지 자존심 내세우는 바보 같은 너!'

그녀의 말을 끊어 낸 그는 말을 마친 뒤 화를 참아 내기 위한 행동처럼 턱을 꽉 물고 있었다. 지원은 그런 그를 바라보며 사무적으로 말했지만, 자신의 눈동자가 그를 향해 제발 그만하자는 애원의 눈빛을 보내고 있는 것은 알지 못했다.

"제자리에서 잘 지내신 걸로 알아요. 별문제 없으셨으면, 피해 없다고 여겨 주실 수도 있다고 생각합니다."

실제로도 당신이 받은 피해는 없으니까요. 어차피 마음은 말하지 않으면 얼마나 상처 입었는지 아무도 모르는 거니까.

지원의 눈빛에 옅으나마 원망이 섞여 있었다. 입술이 하얗게 질리도록 깨물고 서서 간간이 떨리는 입가와 감정을 자제하려 애쓰는 얼굴근육이 의지와는 상관없이 따로 놀며 자잘한 경련을 일으키고 있는 그녀의 모습은, 싸움판에 뛰어들기 직전 온몸을 긴장시키며 바들바들 떨고 있는 새끼고양이를 보는 것 같았다.

주먹 쥐고 경계하는 지원의 모습에 현민은 너무나 화가 났다. 자신이 언제부터 그녀에게 경계와 두려움의 대상이 되었단 말인가.

"네가 날 피하는 게 문제야."

화난 만큼, 서운한 만큼, 멀찍이 서려 애쓰는 지원의 모습에 상처 입은 만큼.

현민은 아까부터 닿고 싶어 피가 마르던 작고 얌전한 입술을 향해 거칠게 달려들었다. 버둥거릴 틈도 주지 않고 품에 가둔 지원의 입술을 압박하듯 내리눌렀고, 그녀가 빠져나오려 하면 할수록 그의 팔은 더 단단하게 그녀를 옭아맸다.

'기억해. 우리 시간을. 네가 남기고 간 시간들을 모두 제대로 기억해 내. 그래서 다신 내 앞에서 도망가지 마.'

통증과 호흡곤란으로 조금 벌어진 틈을 놓치지 않고 현민은 그립고 간절했던 지원의 입안으로 혀를 밀어 넣었다. 기억처럼 여전히 보드랍고 촉촉한 감촉에 현민은 가슴에서부터 울려 나오는 아픔 담긴 낮은 신음을 흘리며 고통스런 그리움을 토해 냈다.

일 년 내내 신기루처럼 숨어 버려 밉기까지 했던 지원이 제 품 안에 있었다.

따뜻한 지원의 혀에 제 혀가 닿는 순간 느껴지는 형언할 수 없는 충족감에 지원을 더욱 깊이 느끼려 끌어안는 팔의 힘이, 안긴 지원의 뼈를 부서뜨릴 것처럼 억세기만 했다.

오돌토돌한 작은 혀의 돌기를 제 혀로 문지르며 그 사이를 못 참고 또 순식간에 도망쳐 버리는 지원의 혀를 벌주듯 뿌리 끝까지 아프도록 빨아들이는 현민의 움직임엔 오직 가지려는 소유욕과 그것을 지원에게 인지시키려는 거친 행위만 존재하고 있을 뿐이었다.

'인정해. 너도 나 없으면 안 된다고.'

현민은 간절히 그녀를 느끼며 입술을 훔치고 혀를 가지려 들었다.

그렇게 그녀를 빨아들이다 보면 그녀의 모든 것이 제 속으로 들어와 가득 찰 것처럼, 그래서 다시는 도망가지 못하고 제 안에 가둬져 구속될 것처럼, 그러길 바라며 간절히 키스했다.

어깻짓으로 밀어내고, 버둥거리며 허리를 틀어 보던 지원의 저항은 어느 순간부터 잦아들었고, 경황없이 그에게 휘둘리던 지원의 혀가 조금씩 그를 따라, 제 의지를 담고 움직이기 시작했다. 닿는 감각이 아니라, 그래서 그와 함께 있다는 사실만으로 요동치는 감각들이 지원의 호흡을 가쁘게 만들었다.

아……. 그였다. 너무나 그리웠던 사람, 미웠지만 속 깊이 미워할 수 없었고, 마음 다쳤지만 전부 다 그의 탓이라고만 몰아붙이고 싶지 않았던 남자의 간절함을 느끼며, 지원도 간당간당했던 이성을 부여잡다 눈을 감아 버렸다.

겨우 손을 움직여 좁은 틈도 없이 밀착되어 있는 단단한 그의 가슴에 가만히 손바닥을 올려놓았다. 숨이 벅차게 뛰고 있는 그녀의 가슴보다 그의 가슴이 더 크게 진동하고 있었다.

무심결에 들이마신 숨에서 그의 향기를 느끼고 그녀는 좀 더 깊게 숨을 들이마시기 위해 가슴을 크게 부풀렸다. 조금씩 말라 가던 지원의 빰에 또다시 뜨거운 것이 흘러내렸다.

잠시라도 현실을 속이며 그를 느끼고 싶었다. 이렇게 붙잡혀 있기 때문에, 도망칠 수 없게 틈을 주지 않아서 그저 붙들려 있었을 뿐 나는 당신을 받아들인 것이 아니라고 말해 주면 되지 않을까…….

'하지만…… 너무해.'

그러나 원래부터 제 것이 될 가망 없는 남자를 사랑한다는 자책과 고통은 지원이 감당할 수 있는 것이 아니었다. 이 품 안에 다른 이가 안길 수도 있음을 인정하며 시작하는 관계가 얼마나 지속될 수 있을까.

그의 키스를 받아 내던 지원의 숨소리에서 흐느낌이 섞여 나오고, 스치는 빰에서 물기를 느낀 현민의 움직임이 순간적으로 멈춰 버렸다.

천천히 부드러운 그녀의 입술에서 떨어져 나온 현민의 시선이 그녀의 눈동자에게로 향했다. 한순간 선득한 칼날에 가슴을 베인 현민이 거부당했다는 상처가 어른거리는 눈동자로 지원을 바라보았다.

"지…… 지원아……."

손바닥 가득 잡힌 그의 몸을 밀어내는 지원의 움직임이 아프고……
아팠다. 코끝이 빨개져 눈물에 얼룩진 그녀의 얼굴이 서서히 땅을 향해
숙여졌다.

아주 작은 소리로, 가까이 선 그녀에게만 겨우 들리도록 슬프고 작은
소리로 그가 그녀를 부르자, 지원이 예전 그를 맘껏 사랑하던 그때의 떨
리는 목소리로 그에게 말을 건넸다.

"나중에…… 지금…… 이런 식은 아닌 것 같으니까. 다른 날…… 할
말 있으면, 다른 날 밖에서 만나요."

'당신 여자에게 만난 건 내가 먼저라고, 그런 더러운 말로 지금 우리
꼴을 정당화시킬 순 없으니까. 그런 더럽고 치욕스런 자리까진 가고 싶
지 않아요. 이렇게 어둠에 가려 부둥켜 안는 짓 따윈 하지 말고 낮에, 밖
에서 만나요.'

마치 예전의 차분했던 지원의 모습처럼. 현민은 지금 이 순간 격해진
감정도 매번 그랬듯 또 내리누르며, 눈물 젖은 얼굴을 손바닥으로 무감
하게 스윽스윽 닦아 내는 여자를 바라보았다.

그런 그녀가, 그가 사랑하는 지원이었다. 어떤 때는 참 강하다 싶다가
도, 어떤 때는 참 답답할 만큼 바보짓을 하는 여자. 그 문제의 바보짓을
사랑하는 일에만 무한 반복하려는 여자. 그러나 현민은 그녀의 모습에
전에는 찾아볼 수 없었던 음울함이 섞인 것을 느끼고 있었다.

'이대론 안 돼. 바보 같은 널 또 혼자 두고 여기서 멈출 순 없어.'

현민의 간절한 마음속 외침은 지원을 향해 팔을 뻗어 붙잡아 보려는
행동으로 이어졌다.

"그러지 말고, 이리 와."

그가 제 품에 들어오라는 것처럼 한쪽 팔을 벌리며 기다렸다. 제발 한
발만 와.

"부탁해요."

그가 건드리면 건드리는 대로 제 감정을 들키고만 지원이 참담한 표

정으로 눈을 내리깔았다. 그의 입술이 닿았던 그녀의 입술이, 그녀의 혀가, 그녀의 입안 모든 것들이 화끈거리고 있었다. 이미 상처 났던 입안은 그의 거친 키스로 조금 더 쓰라렸고, 지혈됐던 상처가 다시 터져 입안엔 다시 피 맛이 느껴지고 있었다.

"아무것도 안 해. 안아만 줄께. 너 지금 놀랐잖아."

또…… 저런다. 당신이 누구이고, 내가 얼마나 부족한 사람인지 아무 상관없이 그저 유현민, 민지원으로만 보고 아껴 주던 그가 되어 또 이렇게 마음을 파고든다.

사랑할 수밖에 없도록 만들어 놓고, 저 멀리 위에 있는 잘난 자리에 올라앉아 버리는 나쁜 남자. 그의 따뜻한 말에 그녀의 뺨에 새로운 물줄기가 흘러내리며, 여러 가지 감정을 담은 눈동자가 흔들렸지만, 고개숙인 그녀의 눈을 그는 보지 못했다.

"오늘은…… 안 되겠어요. 미안하지만, 준비되면 내가 연락할게요. 할 말 있으면 그때 하세요. 그때 다 들을게요. 가시는 거 배웅 안 할게요……."

원망이든, 떨어진 시간 동안 새롭게 생긴 오해에 대한 책망이든 다 들어 줄게요. 그런데 나중에. 며칠만 더 나중에……. 지원은 다시금 느껴 버린 그의 체향과 숨결로 인해 어지러워진 마음과 몸을 추슬러 어렵게 몸을 돌려 건물 안으로 걸어 들어가기 시작했다.

잔뜩 말아 쥔 그녀의 주먹을 보며 현민은 굳이 마주 보지 않아도 지금 그녀의 입술이 얼마나 세게 깨물리고 있는지 심장이 얼마나 아플지 알 수 있었다. 눈에 아프도록 박혀 오는 지원의 가녀린 등을 보며 자신의 심장도 고통스럽다고 비명을 지르고 있었기 때문에.

현민은 지원의 모습이 사라진 후에 천천히 몸을 움직여 지원이 닫다 만 주차장 바리케이드를 마저 닫아 걸은 뒤 건물을 향해 걸었다. 이제 원 컴퍼니 주차장과 사옥은 높다란 철판 바리케이드로 골목길과 완벽하게 분리되어 있었다.

지원이 열고 들어갔던 현관 자동문으로 걸어 들어간 현민은 문 앞까지 다가갔는데도 자동문이 열리지 않자 억지로 힘주어 유리문을 옆으로 밀어낸 뒤 안으로 들어갔다.

이미지 월을 지나 왼쪽으로 꺾어 들어가자 사무실 전등은 모두 껐지만 아직 초저녁이라 어스름하게 사물이 구분되는 1층 로비에 지원이 등을 보이고 앉아 있는 것이 보였다. 지원이 앉아 있는 등받이 없는 커다란 소파는 지원의 가냘픈 등을 전혀 가려 주지 못하고 있었다.

"지원아."

조용한 공간에 들린 목소리에 지원이 고개 돌려 걸어 들어오는 현민을 바라 왔다.

'어떻게!'

놀라는 지원을 보며 현민은 대답 대신 씁쓸한 표정으로 멈춰 섰다. 어떻게 들어왔냐고 놀라워하는 눈을 마주하는 것은 무척이나 아팠다.

'반가운 존재가 아닌 것을 확인받을 줄은 미처 예상 못했었는데.'

"무단침입으로 신고라도 할 건가."

떨리는 손으로 보안 설정을 가동시킬 경황이 없어 자동문이 닫힌 후 바로 옆 벽에 감추어진 전원공급 장치를 차단시켜 두었는데, 그가 힘으로 밀고 들어왔다고 하니 어이가 없었다. 그것까지 생각하지 못한 저의 부족함도, 그의 무모한 무례도 모두 기막힐 뿐이었다.

그리고 그의 씁쓸한 표정도……. 굳이 마주쳐 아파하지 않아도 될 일인데 이런 작은 것 하나하나가 새로운 상처가 되어 남겨지는 것이 싫었다.

"사회적 지위가 있으신 분이니까 그전에 나가 주실 거라 생각해요."

지원은 그에게서 눈길을 거두며 입술에 바짝 힘주고서, 그에게 들린 만큼의 단조로운 목소리로 대답했다. 그 말투처럼 사무적이고 공적인 관계로 그를 대하기 위해, 그렇게 그를 보기 위해 두 눈에 힘을 주며 긴장했다.

"이야기 좀 해. 나 너 기다리느라 죽는 줄 알았어. 그만 좀 속 썩이고, 이리 좀 와 봐."

한쪽 손을 바지주머니 속에 넣고 비스듬히 긴장을 풀고 서 있던 현민이 씁쓰레한 미소를 입가에 담고서 그녀가 겁먹지 않게, 그녀가 더 이상 경계하지 않게 하려, 애써 여유를 빙자한 초조함을 담아 말했다.

"부회장님 안아 드릴 분, 따로 계시단 소식 들었습니다."

그 사이 마음을 가라앉힌 것인지 잠깐의 침묵 뒤에 들려온 지원의 목소리는 주차장에서보다 한결 차분해져 있었다. 게다가, 이젠 부회장으로 부르다 못해 존대까지. 냉정을 되찾은 지원의 목소리에 현민이 천장을 보며 하, 하는 짧은 숨 같은 헛웃음을 흘렸다. 고개를 내린 현민이 지그시 그녀를 바라보았다.

"정말 그렇게 생각해?"

그의 말에 지원은 힘겹다는 듯 등이 한차례 내려앉는 것이 보일 정도로 깊은 한숨을 내쉬었다.

"지금…… 너무 지친 상태라서 부탁드리는데, 다른 날 약속 잡으시면 제가 그리로 꼭 찾아뵙겠습니다. 그러니……."

끝까지 괜찮은 척, 끝까지 아무렇지 않은 척. '네가 그럴 때마다 내가 얼마나 비참해지는지 알아? 좋아하는 여자 마음 하나 못 열어서 이러고 주위만 뱅뱅 도는 내 꼴이 얼마나 우스운지 알아?!' 하며 현민은 다소 격하게 그녀의 말을 끊어 냈다.

"그러니 오늘은 그만 가라?"

그의 다소 거친 말투에 그녀가 하기 어려운 말을 꺼내려는 것처럼, 입술을 잠시 깨물었다 말을 이었다.

"부회장님께서 이러시면 저뿐만 아니라, 옆에 계신 분께서도 힘들어하실 거예요. 그만 돌아가세요."

완곡한 거절. 현민은 이를 맞물리며 숨을 들이쉬었다. 그래. 해명해 줘야 한다면 얼마든지. 너의 마음은 아직 나만큼이 아니고, 네가 없으면 당장 죽을 것 같은 것도…… 네가 아닌 나니까. 너는 아직 아닌 거니까.

"후우. 똑바로 들어, 민지원. 약혼기사 그거 해프닝이야. 그쪽에서 언론플레이 했는데, 초반엔 일이 있어서 내가 일부러 놔뒀어. 그러다 한 달쯤 지난 다음에 분명히 오보라고 정정 기사 나갔고. 그 소식은 못 들었나? ……그러니까 쓸데없는 일로 기운 빼지 마. 지금까지 도망 다닌 거로도 너, 나 충분히 벌줬어."

천천히 지원의 등이 돌아섰다. 믿을 수 없다는 눈빛으로 그를 바라보고 있는 지원을 보고서야 현민은 전후 사정이 짐작되어 실소를 흘렸다.

"너, 내 약혼기사 뒤론 신문도 안 보고 살았지?"

"……."

"또 언론매체 다 끊고, 혼자 웅크리고 있었던 거야? 가족들도 말, 안 해 주던가?"

잔뜩 인상을 찌푸린 채 고개 숙여 버리는 지원의 혼란스런 눈빛에 현민이 소파 앞까지 다가가 그녀를 내려다보았다. 쥐 죽은 듯 고요한 사무실 안에서 먼지 내려앉는 소리라도 들으려는 것처럼 침묵을 지키고 있던 그가, 낮고 진지한 음성으로 말을 꺼냈다.

"뜬소문에도 그렇게 아파할 거면서, 무슨 배짱으로 도망친 건데?"

"……."

"난 예전부터 지금까지 쭉, 너뿐이었어. 앞으로도 그럴 생각이니까, 도망가고 싶다면…… 그냥 네가 포기해. 난 널 놓을 생각이 없으니까."

"잘…… 믿어지지 않…… 온 나라가 떠들었는데…… 뉴스에도 나왔고. 사람들도…….".

빠르게 변하는 지원의 눈빛과 표정에 지금 그녀의 머릿속에 온갖 생각들이 널뛰고 있는 것이 충분히 짐작되고도 남을 지경이었다.

"뉴스는 만들어지는 거야. 사람들은 그걸 보고 떠드는 거고."

혼란스러워하는 지원의 표정이 기막혀하는 표정으로 바뀌며 현민을 바라보았다.

"그런 것까지 너한테 알라고 하고 싶진 않아. 넌 지금 이대로 내 옆에만 있으면 돼."

"뭐……가…… 그래도 어떻게 약혼을 가지고…….".

혼잣말 같은 웅얼거림을 용케도 알아들은 현민이 안타까운 음성으로 말했다.

"아무도 이번 약혼기사 진심으로 생각 안 해. 거래, 그 이상 그 이하도 아니야. 세상엔 약혼이란 단어를 인생 걸고 입에 담는 너 같은 사람도 있지만, 안 그런 사람도 많아. 그러니 괜한 일에 신경 쓰지 말고, 나만 봐, 민지원……. 사랑해, 사랑한다. 지금 이렇게 흔들리는 네 눈빛, 너도 날 사랑한단 소리잖아. 그걸 왜 너만 몰라."

흔들리던 지원의 눈동자가 딱 멈춰졌다. 천천히 움직인 시선 끝에 조금 긴장한 듯한 그가 마주 보고 있었다.

'아는데, 이젠 내가 당신을 얼마나 사랑하는지 가슴이 쓰리도록 알고 있는데, 왜 당신은 그런 말을 할까. 아…… 나는 아직도 정작 이 사람에게 사랑한단 말을 해 준 적이 없구나. 이 사람은 내가 자길 사랑하는지도 모르면서 여기까지 찾아온 거구나.'

지원의 눈가가 뜨겁게 달아올랐다.

"이런 눈빛, 내 앞이니까 봐 주는 거야. 네가 다른 놈 앞에서 이런 눈빛 보이면, 나 무슨 일 저지를지도 몰라. 그러니까…… 이젠 제발 내 앞에 좀 있어. 민지원. 흐음."

낮은 한숨을 내쉰 현민이 지원이 앉은 소파 앞, 바닥에 한쪽 무릎을 대고 앉았다.

'당신, 말 안 하는 건 있었어도 거짓말한 건 없던 사람이니까, 믿어야 되는데…….'

흔들리던 지원의 눈빛이 그를 향해 멈춰졌다.

"안 믿어져."

"뭐가? ……약혼 안 한 거?"

"으응……흡."

입을 악문 여자가 눈을 뜨고 울고 있었다.

"하…… 이 바보야."

한숨을 쉰 현민이 지원의 머리를 감싸 제 가슴팍으로 끌어안았다.

"잘 들어. 나 부회장 됐어. 회장은 아버지시지만 명예직에 가깝고, 난 직책만 부회장이지 전권 위임받은 상태야. 내가 어떤 마음으로 이 자리에 올랐을 것 같아? 너 건드릴 사람, 이제 아무도 없어. 어머니도 너 못 건드려. 네가 내 옆에 있다고 해서 내 앞날이 변하는 일도, 네가 다치게 되는 일도 앞으론 절대 없어. 그러니까 날 믿어, 지원아. 내 옆에 설 사람 너밖에 없어. 내가 너 놔두고, 다른 여자랑 약혼을 왜 해! 나 좀 봐. 사랑한다고, 이 바보야. 도대체 얼마나 말해야 내 마음을 알아들어?!"

지원의 머리가 서서히 그의 품을 빠져나가, 그의 눈동자를 한동안 뚫어지게 바라보았다. 그래서 오히려 현민의 눈동자가 불안으로 흔들리기 시작할 때쯤 지원의 입이 열렸다.

"그런데 왜 감췄어요. 왜 감추고 말 안 하고, 내 흉한 꼴만 구경했었는데요?"

"……그건."

"미웠어."

"지원아."

"미워하고 싶은데, 안 미워지는 게 제일 미웠어."

그렁그렁하게 고여 있던 눈물이 지원의 뺨 위로 추루룩 굵게 흘러내렸다.

"나도 미웠어. 누굴 만나기만 하면, 가족들한테 피해 주는 나도 미웠고, 말 안 해 준 당신도 원망스러웠고, 나중엔, ……나중엔, 너무 쉽게 놔버린 내가 제일 미웠어."

하염없이 흘러내리는 눈물 속에 미안함과 사과가 섞여 있었다. 얇은 눈물막이 눈동자를 다 가리고 있는 지원의 눈을 바라보던 현민의 눈동자에도 눈물이 고이기 시작했다.

"그래서, 이렇게 마른 거야? 다리가 이게 뭐야……."

현민이 제 종아리보다 얇아 보이는 지원의 허벅지에 손을 올리자, 지원이 밀어냈다.

"몰라."

"뭘 몰라!"

"내가 어떻게 살았는지 당신은 몰라. 약혼 소식 들곤 내 모습 같은 건 안 살피고 살았어. 그런데 그게 다 가짜라고? 날 보고 말 한마디에 다 믿으라고? 세상이 다 떠들었는데? 예전처럼 중요한 거 또 말 안 하고 넘어가는 거면, 어떡해?"

"믿어, 정말이야. 나 법률적, 윤리적으로도 너한테 당당해. 내 옆엔 너밖에 없어."

울음을 참다 참다 맞물린 지원의 입술이 바들바들 떨리고 있었다. 흡흡거리던 지원이 원망스런 눈빛으로, 뭔가 투정스런 주먹질이라도 할 것처럼 말없이 현민을 바라보자 현민이 타이르듯 입을 열었다.

"지원아."

"……미안해."

"어?"

"미안해요. 그렇게 갔던 거, 미안해요. 이 말은 꼭 하고 싶었어."

"하아…… 너. 정말……."

현민이 지원의 머리를 다시 끌어안았다. 눈물에 젖어 짠 맛이 느껴지는 입술에 입을 맞추자, 지원도 현민의 윗입술을 제 입술에 넣었지만, 이내 흐흑, 하는 소리를 내며 현민의 입술 위에서 울음을 터트리고 말았다.

현민은 눈 감은 채 굳어 있는 지원의 뒷머리를 쓰다듬고, 안쓰러운 눈빛으로 담담하게 지원의 이마와, 입술에 끊어질 듯 이어지는 짧은 키스를 남기기 시작했다.

말 대신 마음과 울음으로 전하는 사과와 후회, 다행이라는 안도감. 현민은 지원이 충분히 울 수 있도록 안아 주고 쓰다듬어 주며 제 얼굴을 지원의 뺨에 대고 살을 부비고, 등을 다독였다.

"아프게 해서 미안해……. 너무 괴로웠어. 네가 정말 안 나타날까 봐.

다신 못 볼까 봐. 그게 너무 두려웠어. 사랑해, 지원아. 사랑해."

　지원이 설령 말을 하고 싶다 해도, 스스로 호흡을 조절 못 해 말을 이을 수 없을 만큼, 소리 없는 울음이 격해지고 있었다. 터져 나오는 울음에 소리를 삼키려 입을 꼭 물고, 몸을 웅크리며 전신을 긴장했다가 '흑흑.' 하고 숨을 들이쉬고 다시 가슴을 부풀린 다음, 그 가슴에 숨이 다 빠져나갈 때까지 또 소리 죽여 우는 것이 몇 번이나 반복되었다.

　울다 지쳐 기운 빠진 지원의 몸은 축 늘어지고, 힘없는 눈은 감겨 울음이 잦아들며 끝에 다다라, 숨소리가 울음처럼 변해 흑흑거리며 몸이 거칠게 흔들렸다.

　"그만 울어. 너 이러다 쓰러져."

　눈가에 번진 물기가 부드러운 눈매로 웃어 보이는 현민의 얼굴에서 약하게 반짝였다. 호흡을 고르고, 숨을 천천히 들이마시려 애쓰던 지원이 천천히 고개를 끄덕였다.

　"흐흡…… 이제 괜찮아요. 그만 가요."

　"가라고?"

　"나도 생각할 시간이 필요하잖아요. 지금은 뭐가 뭔지 모르겠어."

　현민의 두 눈이 움찔거렸다. 생각. 계속 울고 있는 민지원이 생각할 시간을 달라고 했다.

　"하지 마!"

　지원의 놀란 눈이 현민을 마주 보았다.

　"너 생각하지 마. 네가 한 짓을 봐. 난 지난 일 년 동안 피가 마르는 것 같았어. 그런데 또 너 혼자 생각을 하겠다고?! 하지 마! 당분간 생각은 나만 해, 넌 나만 믿어."

　지원은 기막혀 눈만 깜빡거렸다.

　"전에는 아낀다는 게 너무 조심만 했었어. 그래, 내가 어떻게 대해야 될지를 몰랐다고 치자. 말 한마디 하는 것도 혹시나 네 맘 아프게 할까, 여러 번 생각했었고, 넌 그래도 끊임없이 뒤로 물러나기만 했었으니까.

그런데 결과가 이 모양이야. 더군다나 넌, 나 없이 일 년도 넘게 살아 낼 정도로 강한 여자였고. 후우…… 앞으론 너 안 봐줘. 무조건 따라와."

눈동자가 커다래진 지원의 얼굴 위로 현민의 얼굴이 내려졌다. 지원은 어렴풋한 기억 속에서 '사랑해.'란 현민의 음성을 다시 한 번 들은 것도 같았다. 눈이 감겼다. 멍해진 머릿속에 지금 마주하고 있는 사람이 유현민이란 것만 인식되고 공간도, 자신을 둘러싼 상황도, 사람들도 모두 희미해져 갔다.

"지원아, 사랑해."

"……."

"대답해 봐. 지원아……. 내가 널 사랑해."

지원이 눈을 뜨자 그의 눈동자가 바로 눈앞에서 일렁였다. 그리고 그의 붉어진 눈가가 유달리 촉촉했다. 당신…… 혹시 지금 울어요?

"생각 같은 거 하지 말고, 날 좀 믿고 따라 주면 안 돼? ……널 안고 싶어."

지원은 그가 들려 준 사랑고백보다 더 아프고 진실되게 다가오는 그의 눈빛을, 그의 눈동자를 가만히 들여다보았다.

"정말 내가 널 만지는 게 싫어?"

흥분을 억누르며 그녀의 허락을 구하는 남자가 고통스러워 보였다.

"열어."

"……."

"열어 줘."

굳어 있는 지원의 입술 위에서 현민의 뜨거운 입김이 느껴졌다. 지원은 입술 사이를 가르고 들어오는 현민의 혀가 원하는 대로 살며시 입을 벌렸다.

뜨거운 혀가 밀고 들어와 제 혀를 휘감는 것도 꿈결 같게만 느껴졌다. 그의 혀가 지원의 혀를 감아올릴 때면 숨이 깊어지고, 그가 원하는 모든 것을 그대로 따라 주고 싶어 지원의 고개가 꺾여 올랐다.

"지원아."

지원의 목선에 입을 맞추고, 잔등을 훑어 내리는 뜨거운 손바닥의 감촉과 허리선을 쓸어 올라오는 그의 조급한 손길엔 힘이 잔뜩 들어가 있었다. 그가 주는 느낌에 고개가 젖혀지던 지원이, 가쁜 숨을 내쉬며 가까스로 그에게서 떨어져 나왔다.

"만약에, 약혼녀가 있는 건데도 이러는 거면, 나 부회장님 죽여 버릴지도 몰라요."

"없어."

"우리 가족들 또 다치게 만들지 말아요."

"믿어 봐, 좀!"

"오빠."

현민의 심장이 쿵 소리를 냈다. 모든 것을 원하고, 허락하는 지원의 뜨거워진 눈빛에 현민이 한 호흡 큰 숨을 들이쉬더니, 지원의 입안으로 다시 파고들었다. 일 년 만에 듣는 오빠라는 소리, 현민은 지원을 그대로 들어 올려 제 허리에 두 다리를 감게 했다.

계속 입술을 삼키고, 혀를 빨아 당기느라 앞이 안 보이고, 때론 계단을 오르다 벽에 기댄 채로 뜨거운 호흡을 나눠 가지면서도 둘은 서로의 몸에서 떨어져 나가지 않았다.

3층 지원의 집 안으로 들어온 현민의 셔츠는 잔뜩 구겨진 채 앞단추가 두어 개 풀려 있었다.

거칠게 위로 올라간 브래지어에 눌린 지원의 가슴이 더 도발적으로 현민을 향해 내밀어져 얇은 셔츠 한 겹에 가려져 있었고, 거실 바닥에 내려진 지원은 발뒤꿈치를 올려 잠시 놓쳤던 현민의 입술을 다시 찾아 빨아 당겼다.

시작은 그가 했으나 그를 놓치지 않으려 조바심 내는 몸짓은 지원이 먼저였고, 방으로 지원을 이끌려는 그의 걸음이 멈춰지도록 그의 머리를 두 팔로 감싸 끌어당기는 것 역시 지원이 먼저였다.

"지원아."

잠시 떨어져 나온 입술이 지원을 달래듯 부드럽게 말하며, 뒷머리를 쓸어내렸다.

"여기서 멈추게 하면 나, 다신 오빠 못 볼지도 몰라."

창피해서, 이만큼 원하고 이만큼 달아오른 저가 저조차 감당되지 않아서.

그러나 현민에겐 수줍음이 아닌 협박으로 들린 그 말은 지원의 방을 찾으려 하던 그의 의지를 단번에 꺾어 버렸다.

현민은 그대로 지원을 끌어안았다. 제 무게로 서서히 지원을 내리누르며 거실 바닥에 앉히고, 등을 바닥에 닿게 한 다음 눈을 감은 현민의 의식이 하얗게 날아가기 시작했다.

그가 지원의 셔츠 단추를 풀어 내리는 사이, 지원도 그의 넥타이를 잡아 당겨 풀었다. 지원이 그의 셔츠 단추를 풀려 하자, 현민은 이미 열린 두어 개의 단추 덕에 넓어진 틈으로 셔츠를 티처럼 한 번에 벗어 올렸다.

지원은 아직 발에 걸려 있던 플랫슈즈를 발버둥 쳐 벗어 버리고 다리로 그를 휘감아 맨발과 종아리로 그의 허벅지와 종아리를 쓸어내렸다.

"지원아."

활처럼 몸을 휘며 몸을 맞닿아 오는 지원은 그의 혀를 놓지 않았다. 그가 부르는 소리에도 답하지 않았고, 오로지 그의 입술과 몸을 제 것으로 만들려는 몸짓만 계속하고 있었다.

"지원아!"

"사랑해 줘. 오빠. 사랑해 줘."

"하아……."

더는 현민도 지원의 속도를 늦출 수 없었다. 그가 자신을 억누르며 지원을 부드럽게 대하려 했던 노력은, 모든 것을 거추장스럽게 여기며 현민을 끌어안는 지원의 몸짓에 무너지고 말았다.

서툴게 현민의 벨트를 풀고 있는 지원의 두 손을 밀어내고 현민은 제

벨트와 바지를 한 번에 벗어 던졌다. 그사이 제 바지를 벗어 낸 지원이 맨다리로 그의 허리를 감아 왔다.

"으흐."

맨살이 닿는 것만으로도 절정 가까이에서나 느낄 수 있는 환희와 쾌감이 전신을 휘감았다.

"오빠."

나신을 드러낸 현민의 선 굵은 몸이, 열린 셔츠 안에서 채 벗겨지지도 못한 채 끌어올려진 브래지어 밑으로 그가 고개 숙여 지원의 가슴을 물자, 지원이 고개를 저으며 그의 머리를 두 손으로 잡아 올렸다.

"들어와."

"지원아."

"지금."

지원은 현민의 허리를 감고 있던 다리를 풀어, 현민의 엉덩이와 긴 허벅지를 다리와 무릎으로 훑어 내렸다.

"제발."

거실 바닥에서 허리를 휘며 제 깊은 곳을 그의 분신에 맞닿게 한 지원의 말에 현민은 더 이상 참지 못하고 지원의 안으로 파고들었다.

"으흡."

"허흑."

아팠다. 애액이 흘렀으나, 현민의 충분한 애무를 받지 못한 어느 부분은 아직 말라 있었고, 여린 살을 쓸고 들어가는 그의 거친 움직임에 짧은 고통을 느끼면서도 지원은 허리를 휘며 그를 더 깊이 받아들였다.

그것으로 되었다. 유현민. 잃고 나서야 잃어선 안 되는 사람이었음을 깨달았던 실수는 이제 더 이상 반복하지 않을 것이다.

"오빠."

"음?"

허리를 움직이려는 그를 두 다리로 꽉 조이며, 아직 아니라는 뜻을 전

한 지원이 참기 어려운 부탁에 붉어진 얼굴에 힘을 주는 그의 눈을 바라
보았다.

"사랑해."

"……."

"사랑해. 아주 많이."

"하아, 미치겠다. 너 땜에."

현민은 지원의 머리 양옆에 팔꿈치를 대고 지원의 머리를 두 손으로
감싸 입을 맞췄다. 고개를 꺾어 더 깊이 파고들고, 얼굴을 비비며 지원이
내어 주는 모든 것을 받아 마셨다.

"흐으응."

현민에게 혀가 물린 채 지원은 그의 허리 움직임 따라 전해져 오는 격
한 쾌감에 신음했다. 혀가 물리고, 깊은 몸 안은 그에게 침입당하며, 질
벽을 밀고 들어오는 그의 자극에 머리가 흔들릴 정도로 쾌감이 밀려와
전율했다.

거실 바닥에서 그가 쳐올리는 대로 위로 쓸려 올라가다, 현민이 어깨
를 감싸 붙잡아 들인 뒤에야 멈춰 설 수 있었다. 깊은 곳을 가득 채우는
빠듯함과 충족감에 그가 주는 쾌감이 고통처럼 더해져 감당할 수준을 넘
어서고 있었다.

너무 좋았으나, 또한 괴롭기도 했다. 지원은 고개를 저으며 그를 벗어
나 숨 쉬려 했지만, 현민은 놓아주지 않았다. 코로 숨을 쉴 수 있다는 것
도 잊어버릴 만큼 감각에 잠식당한 지원을 모르는 그는 힘껏 안으로 파
고들며, 그녀가 감당할 선을 넘어선 쾌감을 끊임없이 선사했다. 온몸이
타들어 갔다.

지금 이 순간 그녀를 채우고 지배하는 것은 그와 그의 움직임 뿐, 지
원은 숨이 막혔다. 그러다 죽을지 모른다는 생각이 들면서도, 이렇게 죽
는다면 행복할 것 같다는 생각이 들어 까무룩해지는 정신을 잡으려 애쓰
지 않았다. 이대로 세상이 멈추길 바랐다.

깜빡. 깜빡. 지원의 눈이 익숙한 린넨 플라워 베딩들을 눈에 담으며 느릿하게 움직였다.

'아······.'

지원의 눈에 눈물이 고였다. 익숙한 화이트 시트, 익숙한 민트 플라워 린넨커버, 그리고 또 익숙한 커튼 없는 유리창까지. 죄다 익숙해진 것들 속에 조용히 누워 있는 제 몸이 야속했다.

문 비서가 연락을 해 왔다고, 꿈을 꾼 건가. 지원은 꿈결의 기운조차 날려 보내기 싫어, 잠에서 깨어난 몸을 움직이지 않았다. 이대로 눈을 감으면 그를 또 볼 수 있을지도 몰랐다.

"너무하는 거 아냐?"

"······?!"

"깼으면 돌아봐 주기라도 해야지."

기름칠하지 않은 녹슨 무쇠처럼 지원의 고개가 삐걱거리며 뒤를 돌아보았다. 한없이 커진 눈물 고인 눈망울에 현민의 모습이 담겨 들기 시작했다. 꿈이······ 아니었다.

"나 진짜 놀랐어. 어디 아픈 건 아냐?"

"······."

"너 기절했었어."

"······너무 좋아서 그랬나 봐. 너무 좋아서."

"그렇다고 기절까지 하면 어떡하라고. 숨까지 안 쉬었으면 그대로 병원으로 뛸 뻔했다."

"하흐흐흐."

고였던 눈물이 웃는 지원의 잔떨림에 콧대를 타고 흘러내렸다. 환하게 웃는 얼굴에 흐르는 눈물은 결코 슬퍼 보이지 않았다.

"왜 울어."

답을 아는 사람의 물음이었다. 울지 말라고 달래는 이의 물음은 지원의 마음을 더 뒤흔들었다. 그의 염려를 받는 날이 다시 올 줄 몰랐다. 그의 사랑 가득한 눈빛을 다시는 받을 수 없을 거라 생각했었는데…….

"오빠가 있어서."

"설마, 내가 있어 슬프다는 소리는 아니겠지?"

"좋아서."

웃으며 묻는 장난에 지원은 웃던 눈을 감으며, 현민의 품으로 파고들었다. 얼마 동안이나 정신을 잃었던 건지는 모르지만, 현민의 벗은 몸도, 지원의 벗은 몸도 적당한 체온으로 식어 있었고, 에어컨을 틀어 습기 없는 산뜻한 공기가 방 안 가득 채워져 있었다.

까실까실 부드러운 린넨으로 몸을 덮고서 비벼도 비벼도 자꾸만 비비고 싶은 현민의 몸에 제 몸을 맞대고 있으려니 깊은 숨소리도 교태스럽게 흘러나오는 것만 같았다.

"흐으움, 꿈이 아니네."

"음, 꿈 아니야."

침대 위의 두 연인은 벗은 채로 꼭 부둥켜안고 미동 없이 누워 있었다.

"다시 말해 봐."

"응?"

"사랑한다며, 다시 말해 봐."

"훗, 사랑해."

"다시."

"사랑해요, 유현민 씨. 당신, 이제 안 놓을 수 있으면 좋겠어. 도와줘요. 당신 붙잡을 수 있게."

현민의 얼굴이 지원에게 내려왔다. 성급하지 않은 조심스런 키스가 부드럽게 이어졌다. 그답지 않게 옅은 키스와 입술만 부딪치는 버드키스, 그리고 콧잔등을 비벼 대고 이마를 맞대며, 좀처럼 떨어지지 못하면서도 그는 깊이 파고들지 않고 자꾸 얼굴만 비벼 댔다.

"이미 잡혔어. 너만 안 놓으면 돼."

"……그런 거 아니면서."

눈 떠올린 지원의 눈동자가 슬프지만 담담했다.

"잡힌 거 맞아. 넌 나만 보고, 내 소리만 들어."

"……응."

"우리 부모님은 내가 책임져. 어머님, 처형도 내가 책임질 거야. 그러니까, 너는 어떤 이유로도 흔들리지 말고 나만 봐. 앞으로 네가 할 일은 그거야. 할 수 있지?"

"……."

새삼 그가 싸워할 사람들이 여전히 저를 제외한 모든 사람들이란 것에 생각이 미쳤다.

"대답해. 민지원."

"혼자 너무 힘들 텐데."

지원이 들어 올렸던 턱을 내리고 몸을 웅크려, 그의 가슴팍에 고개를 묻었다.

"괜찮아, 너만 있으면 돼. 난 널 가질 거니까."

"그런데 왜 가만 놔둬요?"

"음?"

"왜 나 가만 놔두냐고, 오빠 이렇잖아."

지원이 제 허벅지에 맞닿아 있는 뜨거운 기둥으로 손을 내려 살며시 덮자, 현민의 표정이 난감한 표정으로 바뀌었다.

"흐으음, 너 금방 어떻게 됐었는지 생각하고 묻는 거야?"

"우리 어디까지 갔었는데?"

"하아…… 이 아가씨야, 하나도 기억 안 나?"

"조금. 오빠가 나한테 들어오는 게 너무 좋아서, 정신이 없었어……. 그래서 멈췄어?"

"안 그럼?!"

지원은 현민의 목을 두 팔로 감싸 제 몸을 더 밀착시켰다.

"다시 들어와."

지원의 몸은 이미 가슴이 부풀어 있었고, 깊은 곳은 찌릿한 느낌에 열꽃이 피려 하고 있었다. 그를 원했다. 일 년이 넘도록 그리워하고, 그리워했던 이의 몸과 마주한 지금 감출 것이 없었다.

"다시 기절하면 어떡하려고?"

"그래도 나가지 마."

지원의 귓가에 끄응, 하는 낮은 신음 소리가 들려왔다. 현민의 열기어린 손바닥이 지원의 깊은 수풀을 덮어 제 손 가득 주무르기 시작했다.

"참아 주고 싶은데, 네가 너무 고파, 지원아."

"알아."

나도 그래.

"너 너무 마르고 전보다 더 약해진 것 같은데, 아까 울어서 지친 것 같기도 하고."

"괜찮아. 들어와 줘."

"미치겠다."

지원은 모로 누워 마주 보고 있던 한쪽 다리를 올려, 현민의 다리를 휘감았다. 수풀 위를 덮고 있던 현민의 손이 넓어진 틈으로 밀려 들어가 깊은 꽃샘 사이로 손가락을 넣었다.

"지원아."

짧은 시간, 가라앉은 현민의 목소리가 갈라진 쇳소리를 냈다. 호흡이 가빠졌다.

지원은 제 몸을 더 넓게 벌려 현민의 손이 더 자유롭게 움직이도록 도와주며, 눈앞에 보이는 단단한 가슴팍의 작은 돌기를 입에 담았다. 입술을 꾹 눌러 돌기를 삼키고, 혀끝을 내밀어 작고 단단한 것을 튕기고 희롱하며 빨아 댔다.

"크흣."

"아흑."

지원이 돌기를 세게 빨자, 현민의 손가락이 꽃잎 사이 작은 알갱이를 집게손가락으로 세게 잡아 눌렀다. 통증과 쾌감이 함께 느껴졌다. 아픈 만큼, 좋은 만큼 현민의 가슴을 세게 빨다가, 도저히 안 될 것 같아 두 손을 올려 현민의 어깨를 잡으며 그의 입술을 찾았다.

현민의 손가락이 애액이 흐르는 꽃길 사이를 오가다 미끌거리는 알갱이를 동그랗게 굴리며 문지르기 시작했다.

"음흐흐음."

지원은 현민의 혀를 놓지 않고 신음을 흘렸다. 그의 혀가 그의 분신인 것처럼 혀로 빨고 어루만지며 그를 설득했다.

'이만큼 원해, 제발. 다신 기절하지 않을게.'

"지원아, 천천히. 천천히 할게."

꽃길을 만지작거리던 현민의 손가락이 지원의 몸에서 떨어져 나갔다.

"싫어!"

지원이 현민의 분신을 잡으며 제 몸 깊은 곳에 닿게 만들었다.

"안 돼!"

허리를 급하게 뒤로 물린 현민이 지원의 두 손을 잡아 올리며, 지원을 반듯이 눕혀 위로 올라왔다.

"기다려. 너 또 기절하면 이번엔 나 못 참아. 그러니까 천천히. 음?"

"오빠아."

"가만있어."

현민의 몸이 아래로 미끄러져 내려갔다.

"흐아앗……."

까실까실한 음모에 얼굴을 비비는가 싶었던 그가 꽃잎을 혀로 핥아 올리며, 깊고 여린 살 속으로 파고들었다. 지금껏 손가락으로 만져 댔던 작은 알갱이를 입술을 오므려 빨고, 혀로 눌러 굴리며 지원을 달아오르게 만들었다.

"으흐훗, 아훗! 오빠!"

무릎을 세워 벌린 지원이 현민의 부드러운 머리카락 사이로 손을 넣어 만지고 쓰다듬으며, 저가 느끼는 흥분대로 허리를 휘어 올렸다.

　지원에게서 흘러나온 애액이 현민의 턱을 타고 흐르고, 현민의 단단하게 세운 혀가, 지원의 뜨거운 샘으로 파고들었다.

　"아훗."

　지원의 신음 소리를 들으며, 현민도 사내의 흥분이 무엇인지 여실히 드러내는 낮고 무거운 단발의 신음을 흘렸다. 현민은 그녀를 원하는 만큼, 될 수 있는 대로 깊이…… 깊이, 그녀의 뜨겁고 붉은 샘으로 부드러운 혀를 단단하게 세워 밀어 넣었다.

　"아흑."

　그가 그녀의 몸 안에서 혀를 휘저을 때마다 자유로워진 그녀의 두 손이 시트를 잡아당겨 거칠게 움켜쥐었다. 애무에 빠져든 그가 혼미할 정도로 흥분해서는 그녀의 엉덩이를 잡아 올리며 더 깊이 자신의 머리를 그녀의 음부로 밀어 넣고 부비기 시작했다.

　그녀의 허벅지 사이로 그의 머리카락이 부드럽게 비벼지고, 그녀의 가장 깊은 정점에 그의 코끝이 끔찍할 정도로 거센 쾌감과 함께 비벼졌다.

　"흐아아앙…… 오빠!"

　그는 대답하지 않았다. 그녀의 몸에서 길게 뽑아 올린 혀를 제 입술 안에 다시 넣으며 붉게 충혈된 샘 입구를 모두 입술로 덮어 진득하니 빨아들인 뒤 고개 들어 흥분에 젖어 들어간 그녀의 얼굴을 잠시 바라보다 다시 샘으로 혀를 밀어 넣을 뿐이었다.

　"하훗…… 아흑! 제발! 흐앙……훗."

　그의 코끝으로 자극 받던 그녀의 정점이 그의 입술 안으로 사라졌다. 그의 입술 안에서 뾰족하게 세워진 혀에 핥아지고 찔려지다 부드럽게, 그러다 또 강하게 빨려질 때마다 그녀의 샘이 움찔거리며 더 많은 애액을 흘려보냈다.

　여전히 고개를 숙여 입안 가득 그녀를 탐하면서도 한 손을 들어 올려 단단하게 솟아오른 가슴을 찾아 쥐고는 힘주어 주무르다 손가락으로 그 끝을 스치고 비벼 댔다.

엄지와 검지손가락 사이에 낀 단단한 분홍빛 정점을 부드럽게 비벼 댈 때마다 그의 입안에 머금어진 뜨겁고 매끄러운 또 다른 정점도 부드럽게 빨아 당겨졌다.

"아……아……하……."

그녀의 신음에 울음이 섞여 입 밖으로 새어 나오기 시작했다. 그가 그녀의 다리 사이에서 머리를 들어 올리고 천천히 그녀의 몸 위로 올라 얼굴을 마주했다.

한 손을 그녀의 어깨 위로 내려 짚으며, 또 한 손은 허전해진 그녀의 다리 사이로 다시금 파고들어 뜨거운 샘 안으로 굵은 손가락을 밀어 넣었다. 잔뜩 긴장해 조여 드는 그녀의 몸 안에서 느릿하게 앞뒤로 움직이는 손가락 하나가 곧 두 개로 늘어나 그녀의 속을 팽팽하게 당겨지도록 꽉 채워 버렸다.

"느껴져?"

현민이 잔인할 정도로 빤히 그녀의 흥분한 얼굴을 내려다보며 그녀의 눈썹 움직임, 그녀의 찡그려지는 미간까지 모두 눈에 담고 있었다.

"으응."

그의 물음에 감았던 눈을 떠 올린 그녀의 눈동자는 이미 야릇하게 풀려 세상 누구도 보지 못했을 그만을 향한 눈빛을 드러내고 있었다.

잔뜩 성난 그의 뜨거운 분신이 지원의 다리에 비벼졌다. 지원은 이제 그의 두 눈만 바라보며 그의 손이 움직이는 대로 호흡이 막혔다가 잠깐 숨이 트였다가…… 그가 조정하는 인형처럼 그의 손길에 모든 것을 걸듯 그를 느끼고 있었다.

"죽도록 그리웠어."

욕망을 참아 내기가 힘겨운 듯 그는 잇새로 소리를 씹어 내며 뜨거워진 눈가를 찡그리고 있었다. 그의 손가락이 파고들 때마다 그녀의 가슴은 깊은 숨을 들이쉬며 부풀어 올랐고, 고개는 조금씩 더 뒤로 젖혀지며, 가쁜 숨을 몰아쉬었다.

현민이 고개 숙여 분홍빛 정점을 입에 넣고 빨며, 깊은 샘에 집어넣은 손을 좀 더 빠르게 움직였다. 양쪽 가슴을 타액으로 번들거리도록 적셔 놓고, 성난 유두가 꼿꼿하게 서서 빨갛게 된 다음에야 고개를 든 현민이 말했다.

"다신 떠나지 마."

이미 흐트러진 채로 허리를 비틀며 누워 있던 지원이 현민의 일렁이는 눈빛을 바라보며 뜨거운 입김과 함께 신음을 흘렸다.

"대답해. 민지원!"

성급하고 단호한 그의 목소리와는 달리 그녀 안에 머문 그의 손가락은 손등까지 흠뻑 적시는 애액에 미끄러져 여전히 부드럽게 움직이고 있었다.

"나 놓지 마. 오빠."

그 말에 현민의 두 눈이 광기가 서린 것처럼 빛나는가 싶더니 한순간 무섭게 그녀 다리 사이를 차지하고는 성난 분신을 뜨거운 샘 안으로 밀어 넣었다. 돌진해 들어오는 그의 행동과 눈빛에 코가 찡하도록 감정이 솟아오른 지원이 쾌감에 떨리는 몸을 들어 올려 두 팔 가득 그의 목을 감싸 안았다.

그녀의 샘 안에서 그의 심장이 뛰고 있었다. 그의 맥박이 뛸 때마다 그녀의 몸에 담긴 그의 분신이 함께 펄떡였고, 그 박동은 그녀의 몸을 타고 그대로 그녀의 심장에 전해졌다. 마치…… 두 심장이 하나로 연결된 사람들처럼.

"지원아."

"빨리…… 흐흡."

그의 목에 매달린 그녀의 몸이 쾌감을 견디다 못해 바르르 떨렸다. 눈을 감고 목을 뒤로 젖혀 길게 늘어뜨려진 그녀의 목선이 현민의 흥분을 더욱 부추겼다. 한 손으로 지원의 뒷머리를 받쳐 주며 가늘고 탐스런 그녀의 목을 사탕을 핥듯이 혀로 길게 쓸어 올렸다. 그의 혀에 맞닿은 그녀의 피부가 무척이나 뜨거워져 있었다.

"사랑해."

조심스레 그녀의 머리를 시트 위에 내려 준 그가 천천히 허리를 물결치며 그녀 안으로 제 분신의 뿌리 밑동까지 밀어 넣었다.

"하으윽."

신음하는 지원의 몸을 더 가지기 위해 현민은 엉덩이를 조이며 제 몸을 더 밀어붙여 서로의 음모가 엉켜들도록 음부를 비비며 더 깊게, 깊게 파고들었다. 그를 돕기 위해 조금씩 더 넓게 벌어지던 하얗고 가느다란 두 다리가 그의 손에 의해 단단한 허리 위로 올려졌다.

더 깊어진 결합에 서로의 눈만 바라보며 동시에 느껴지는 쾌감을 눈빛으로 전달하던 두 사람의 긴장이 먼저 허리를 움직이기 시작한 현민의 움직임으로 깨뜨려졌다. 부드럽고 말캉거리는 그녀의 엉덩이를 양손 한가득 움켜쥔 그가 만족스러운 목울림을 울리며, 느릿하게 신음했다.

지원이 엉덩이에 힘을 주며 매달리자, 파고드는 그의 몸짓이 거칠어졌다. 밀어 붙이는 힘에 밀려, 흔들리는 지원의 호흡이 점점 더 짧게 끊어져 들려오기 시작했다.

"하아, 하아."

"지원아, 사랑해."

"사랑해, 오빠. 하윽."

"사랑해, 지원아."

"아으응."

흥분한 지원은 무엇이든 제때 대답할 여력이 없었는지, 가까스로 고개를 끄덕였다. 그는 삽입한 자신의 몸을 그대로 맞붙인 채 그녀의 음부에 대고 허리를 크게 둥글리며 색다른 자극을 선사해 왔다.

그의 움직임 따라 천천히 허리를 비틀며 신음하던 지원이 느껴지는 시선에 눈을 뜨자, 그가 눈으로 묻고 있었다.

'그리웠어?'

'그리웠어.'

깊어지는 눈빛. 그의 동공이 서서히 조여들다 부드럽게 풀어졌다.

"지원아."

"응."

"매일마다 이렇게 갖고 싶었어."

체온만큼이나 뜨거운 눈빛으로 말한 현민이 허리를 살짝 들어 올려, 거세게 내려치자, 지원의 입술이 놀람과 쾌감으로 벌어졌다.

"아흑!"

"죽도록."

"아흥."

"그리웠어."

"으흑!"

"미친놈처럼."

"오빠!"

퍽퍽 소리와 함께, 짧은 말을 내뱉을 때마다 거칠게 달려드는 그의 몸에 눌리고, 밀리면서도 지원은 그의 몸에 좀 더 가까이 하기 위해 매달리고, 미끄러운 그의 맨살을 부여잡으며 몸부림쳤다.

몸을 조이고, 울 것 같은 신음을 흘리며, 허리에 감긴 두 다리의 발목을 엮어 떨어지지 않으려 매달리는 지원이 머리를 흔들며 거친 숨을 몰아쉬자, 현민은 몸을 멈추고 지원을 진정시키려 했다.

"천천히, 지원아."

지원의 몸을 조이며 엉덩이를 들썩여 그를 재촉하자, 현민이 지원의 머리카락을 쓸어 올려 주며 달랬다.

"안 돼. 하아……. 죽을 것 같아."

그녀의 몸 안에서 여전히 조여지고 있는 강력한 자극에 관자놀이의 혈관이 파랗게 부풀어 올라, 이를 악물고 있던 현민이 낮은 신음을 삼키며 되물었다.

"그만 조여. 이렇게 재촉하면 너 또 기절해."

"저절로 이래. 흐흣……. 나도 어떻게 안 돼."

그가 멈춘 그사이를 못 참고 그의 몸에 눌린 채로 제 몸을 비벼 대며 엉덩이를 들썩이던 지원이 쾌감에 야릇한 호흡을 내뱉었다.

"너 때문에 움직이지도 못하겠다."

"어떻게 좀 해 줘. 제발."

흥분에 겨워 눈을 감고, 제 몸 아래에서 발가락까지 팽팽하게 당겨져 몸을 비트는 지원을 내려다보던 그가 미소 지으며 그녀에게 입을 맞췄다.

"사랑해. 넌 왜 이렇게 예쁘냐."

흥분에 겨워 의지를 앞서 수축되고 있는 지원의 몸은 뜨겁고, 비좁았다. 게다가 그녀 스스로가 인지하고 있는지는 몰라도 좀 전부터 그가 처음부터 원했듯 그녀가 편하게 말을 놓고 지금은 제 속의 욕망을 드러내며 그에게 투정하듯 매달리고 있었다.

이제야 제자리를 찾은 듯했다.

'그래. 이런 걸 원했어. 가감 없이 널 드러내 주길. 네 생각도 내가 가질 수 있기를.'

시트를 짚고 상체를 일으켜 세운 그의 몸이 무서울 정도로 맹렬하게 그녀를 향해 내려쳐지기 시작했다. 그의 허리가 파도칠 때마다 그의 등과 팔에 있는 결 좋은 근육들이 꿈틀거렸고, 그의 팔을 붙잡은 지원의 머리는 시트 위에서 쾌감에 겨워 비틀렸다.

강한 그를 받아 내려던 그녀의 허리가, 너무 강하고 빠른 움직임을 따라가지 못하고, 부딪혀 오는 그를 맞이하기 바빴다.

호흡이 멎을 것 같은 쾌감이 발끝까지 퍼져 나갔다. 그도 그녀도 좀 더 깊이 파고들지 못해 안달하며 온 세상에 남은 유일한 언어가 서로의 움직임뿐인 것처럼 필사적으로 매달리고, 움직였다.

지원이 그의 목에 매달리며 그의 입술을 향해 입을 벌렸다. 성급하고, 전혀 부드럽지 않은 움직임으로 몸의 반동 따라 떨어져 나갔다 급하게 다시 달라붙는 갈급한 거친 키스가 이어졌다. 잠시간 입술이 떨어질 때마다 아쉬워하는 혀가 따라 나와 조금이라도 더 닿기 위해 부끄러운 줄도 모르고 허공에서 뒤섞였다.

　"하, 핫, 하, 오빠!"

　숨 쉴 수 없어 키스를 거부하는 지원을 놓아준 현민이 더 깊고 빠르게 움직이기 시작했다. 그녀의 몸은 손끝부터 발가락 끝까지 지금 당장 견딜 수 없는 충만함을 원한다고 비명을 질러 대고 있었다.

　"오빠!"

　"응?"

　"아아…… 오빠."

　지원의 몸이 붕 뜨고 있었다. 키스부터 절정까지. 한 번 시작했다 정신을 차리면 두 시간은 기본으로 지나곤 했던 그들이었는데, 너무 빨랐다. 아직 먼 그인데, 지원은 여러 번 그를 받아 낼 기운이 없어 보였다. 현민이 허리 짓을 멈췄다.

　"안 돼!"

　"오빠! 제발."

　지원이 급히 눈을 뜨며, 현민의 목에 팔을 감고, 허리에 감은 다리를 더 조였다.

　"천천히 지원아."

　"안 돼, 흐흣, 못 참겠어. 오빠아…… 제발."

　지원의 제 쾌감에 겨워 현민의 가슴을 붙잡고 작은 돌기를 손가락으로 비틀 듯 매만지다, 등을 동그랗게 말아 돌기를 빨아 대기 시작했다.

　현민이 지원의 뒷머리를 감싸 받쳐 주며, 뜨거운 신음이 흘러나오는 얼굴을 위로 쳐들었다. 지원의 혀가 현민의 작은 돌기를 찌르며 쓸어 대기 시작했다. 좁은 그녀 안에서 더욱 크게 부풀어 오르는 분신을 그와 그녀가 동시에 느꼈다.

얼굴을 찡그린 현민이 허리를 더 강하게 부딪쳐 왔다. 무아지경에 빠진 두 사람의 귀에는 철썩이는 몸 부딪치는 소리도 더 이상 들려오지 않았다. 오로지 두 사람이 합쳐진 그곳의 느낌만을 극대화시키며 눈을 뜨고 있어도 아무것도 보이지 않고, 아무것도 들리지 않는 무아지경에 빠져 본능의 춤을 추고 있었다.

자신들이 어떤 소리를 내는지, 어떻게 움직이며 더 강한 자극을 얻기 위해 몸부림치는지 의식하지 못하고 오직 서로를 탐닉하며 조금 더 깊이 파고들기 위해, 조금 더 강하게 맞아들이기 위해 몸을 부딪치고, 끌어안고 입에 닿는 모든 것을 핥고 빨아 당겼다.

더 이상 좋을 수는 없었다. 이렇게 좋은 것을 잃고서 말짱하게 잘 살아 낼 리 만무했다.

"너무 좋아."

눈 감은 지원의 입에서 예상치 못한 탄식이 터져 나오자 현민은 한순간 아찔한 현기증을 느꼈다. 한 번도 지원의 입술에서 이런 소리가 나온 적이 없었다. 전과는 다르게 느끼는 대로 드러내고, 신음하며 그의 입술을 찾아 대는 지원의 움직임에 그는 손끝이 타오르고, 심장이 튀어나올 것 같은 흥분에 휩싸여 지원의 어깨에 입술을 내려 아프도록 거세게 빨아 당겼다.

만약, 희미한 이성이라도 남아 있지 않았다면 그는 눈앞에 보이는 하얀 어깨에 피가 나도록 이빨을 박아 넣고 말았을 것이었다.

"……사랑해. 사랑해, 오빠."

현민은 늘 허전했던 가슴이 따뜻해지는 것을 느꼈다. 잠시나마 미소가 보였던 지원의 얼굴에서 또다시 표정이 사라지고, 몽롱한 눈동자가 눈꺼풀에 덮여 고개가 젖혀지는 것을 보며 현민은 허리에 감긴 지원의 다리를 풀어, 제 양어깨 위에 걸친 뒤 몸을 깊게 내리눌렀다.

반으로 접혀 위로 들린 지원의 깊은 곳에 현민의 분신이 뿌리 끝까지 파고들었다.

"으으흡."

"크흣, 눈 떠, 지원아."

지원의 팔이 시트를 붙잡고 비틀었다. 두 눈을 똑바로 마주쳐 오며 땀방울이 흐르는 뜨거운 몸을 거칠게 부딪쳐 오는 현민의 얼굴과 움직임에 지원은 숨이 막히는 기분이었다.

"아아……."

엉덩이와 허벅지에 단단한 몸이 부딪쳐 오고, 깊은 곳이 파헤쳐질 때마다 그가 빠져나가는 것을 막는 것처럼 엉덩이를 받쳐 들고, 깊은 몸을 조이던 지원이 또다시 눈을 감으며, 허리를 휘어 올렸다.

천장을 향해 턱을 들어 올린 지원이 현민을 부둥켜 안으며 소리 없는 비명을 내지르기 시작했다. 몸을 감싸고 있던 꽃길이 바르르 떨려 오자, 현민은 제 분신을 더 깊이 밀어 넣으며 지원의 절정을 몸과 눈으로 모두 지켜보았다.

축 처진 지원의 다리를 내려놓은 현민이 분홍빛 정점을 입에 넣고 거세게 빨아 당기며 허리를 움직이기 시작했다. 이미 절정을 맞이한 지원은 다시 느낄 수 없는 상태에서 이뤄진 애무와 자극에 느낄 수도, 거부할 수도 없는 고통 같은 쾌감을 느끼며 다시 자지러졌고, 그는 그녀의 몸이 자신의 몸을 따라 몇 번 같이 움직이는 것을 느끼며 절정을 맞이했다.

지원의 몸 위에서 날아오르듯 몸을 휘던 현민이 천천히 지원의 어깨 위로 얼굴을 묻으며 내려앉았다. 작은 새의 심장처럼 빠르게 뛰며 여전히 가쁜 숨을 몰아쉬는 지원을 맞닿은 제 가슴으로 느끼던 현민이 고개 들어 지원을 내려다보았다.

땀에 젖은 얼굴로 눈을 감고 색색거리는 지원의 얼굴이 아직 붉게 달아올라 있었다. 현민이 커다란 손바닥으로 지원의 이마를 닦아 내렸다. 눈을 감고 있어도 반쯤 정신을 잃은 상태가 느껴지는 지원의 얼굴에 달라붙은 머리카락을 정리해 주며 뺨과 귓가에 가벼운 키스를 남겼다.

"……내려와."

그녀의 어깨 위에 얼굴을 파묻고, 목에 키스하려던 현민의 움직임이 딱 멈춰졌다.

"무거워."

"안 돼. 이러고 자."

"그러지 마. 숨 쉬기 힘들어."

"네가 만든 트라우마야. 매일 이렇게 자야 안심될 것 같으니까 참아."

"……죽일 셈이야?"

나른한 눈빛과 느릿한 말투로 중얼거린 그녀가 다시 눈을 감으며 그와의 실랑이를 포기한 듯 중얼거렸다. 긴장과 경계가 풀어진 지원의 모습이 보기 좋아 현민은 지원의 뺨을 한 손으로 쓸어내렸다.

'이런다고 안 죽어. 너 없어서 잠 못 자고 밤새 미쳐 가는 게 죽는 거지. 이런 걸론 안 죽어.'

"정 무거우면 내려갈 테니까 끈이라도 묶든지."

"미쳤어……."

포기했다는 듯 눈을 감아 버린 지원이 잠속으로 빨려 들어가며 한마디 내뱉자 현민은 지원의 머리카락을 매만졌다.

"알아, 내가 너한테 미친 건……. 그러니까 너만 나한테 미치면 돼."

"……."

"들었어?"

가만히 지원을 들여다보던 현민은 지원의 호흡이 고르게 쉬어지는 것을 보며 피식 미소 지었다. 기절한 것처럼 축 처진 몸을 제 품에 단단하게 끌어안고 팔베개를 해 준 현민이 그녀의 등을 다독이며 훑어 내렸다.

손가락 끝에 닿는 가느다란 등근육 사이 오돌토돌 일정한 간격으로 만져지는 작고 정교한 척추뼈가 그의 마음을 아프게 했다.

'뭘 먹고 산 거야. 이게 지금…….'

가볍게 나무라는 것처럼 퉁명스럽게 아무렇지 않은 척하려 해도 그런 얇은 가림막으로는 그의 마음 아픔을 완전히 가릴 수 없었다. 전보다 많이 마른 몸을 품 안에 안긴 감촉과 손 끝에 닿은 선명한 느낌으로 확인하게 된 오늘. 지난 시간 동안 내내 어찌 지내 온 것인지 눈에 보이는 것만 같아 아픈 빛이 스며들기 시작한 그의 눈꺼풀이 천천히 감겨들었다.

제 품에 안긴 지원이 꿈만 같아 눈을 감은 현민의 입에서 작은 한숨이 새어 나왔다.

'꿈에선 아무리 널 안아도, 아무것도 느껴지지 않았었는데, 지금은 이렇게 생생하니, 자고 일어나도 꿈은 아니겠지.'

"10분 뒤에 부회장님 도착하시면 곧 인터뷰 시작될 겁니다."

"아, 네."

뜬금없이 편집장의 특종이란 소리에 떠밀려 혜성그룹 부회장실 앞에서 대기하게 된 월간 여성지 김 기자는 파트너인 박 기자와 눈을 마주치며 나름대로 성격 좋아 보이는 미소를 유지하고 있었다.

비서실 로비에 들어서자마자, 사진기와 노트북을 제외한 소지품은 인터뷰 장소에 반입 금지라며 '다른 물품은 저희가 보관해 드리겠습니다.'라고 말했던 비서실 황 부장에게 모두 건네졌고, 지금 그들 앞엔 김 과장이란 비서가 아이스 그린티를 내려놓고 있는 중이었다.

외부 장소가 아닌 탓에 대기업 회장 인터뷰 때면 의례적으로 따라붙던 수십 명의 살벌한 경호원들이 안 보이는 것까진 좋았는데, 우아한 외모에 사마귀 같은 눈빛을 가진 홍보팀 수장이야 그렇다 쳐도 간부급들까지 나와 어슬렁거리는 것을 보니 달랑 두 명 나와 앉은 자신들이 수적으로 밀리는 기분이 느껴지는 건 어쩔 수 없었다.

그들의 홈그라운드에서 기도 못 펴고 눌려 있는 기분. 아직 눈빛만 봐도 내뱉던 숨이 얼어붙는다는 유현민 부회장이 나타난 것도 아닌데, 벌써부터 위압감에 눌리다니. 전직 시사월간지 기자 시절엔 이달의 기자상 취재 부분 수상 후보에도 오른 몸이신데, 이 정도로 눌려 있을 수 없다는 생각에 분기탱천한 김 기자는 과도하게 어깨를 펴며, 몸을 크게 세워 앉았다.

"아니. 녹취는 인터뷰 기본인데 그것도 못하게 하면 뭐하자는 거냐?"

입사 선배이자 사진기자인 박 기자가 김 기자를 향해 몸을 기울이더니 목소리 낮춰 참았던 불만을 표시했다.

"사진만 찍고, 기사는 메일로 보내온 사전 인터뷰 내용으로 대체하라는 거 아니겠습니까."

그래, 당당한 목소리. 좋았어. 김 기자는 슬쩍 비서 데스크로 눈길을 던졌다.

"그럴 거면 우린 왜 불러."

"형식이겠죠."

김채은이란 비서가 이쪽을 바라보자마자 박 선배 쪽으로 고개를 돌리기는 했지만, 당당하게 말하고 나니, 잠시라도 분위기에 눌린 것에 대해 일말의 자존심 회복은 되는 것 같았다.

"그러면서 무슨 특종은."

"선배님."

목소리가 커진 박 기자의 말을 급히 끊어 낸 김 기자가 저쪽에서 미소 지은 얼굴로 자신들을 상냥하고도 날카로운 눈빛으로 바라보고 있는 비서실 직원을 향해 입가를 뻑뻑하게 올려 보이곤 시선을 틀어 버렸다.

잠시 뒤 부회장 취임식 이래 공식적인 인터뷰도 하지 않던 혜성그룹 유현민 부회장의 인터뷰가 진행되었다.

그것도 장기간 접촉을 시도하다 거의 포기하려던 참에 비서실에서 먼저 연락이 와 진행하게 된 단독 인터뷰였지만, 뒤늦게 비서실에 도착해서야 미리 보낸 메일 내용에 따라 충실하게 답변된 종이들을 건네받은 김 기자는 통상의 언론보도자료와 별반 다르지 않은 답변들에 무엇이 특종인지 고개를 저어야 했다.

일주일 뒤 마감에 맞춰 이미 작성해 놓은 다른 인터뷰가 과연 이런 통상적인 인터뷰에 밀려야만 하는 것일까란 고민이 잠시 이어졌지만, 어쩌면 국장님도 재벌 3세에 미혼인 데다 요즘 탤런트들과는 사뭇 다른 남성적인 유현민 부회장 사진 한 장을 특종이라 말했을지도 모르겠단 생각이 들었다.

아무래도 일 년여 전부터 언론에 모습 드러내길 꺼려하는 혜성 부회장의 최신 사진을 기사에 싣는 것은 판매부수 상승을 보장하는 일일 테니.

김 기자의 머릿속 계산과는 상관없이 부회장의 인터뷰는 취임 이후 생활의 변화와 특별히 중요시 여기는 미래사업 분야 등등을 주제로 질문과 대답이 오가며 막바지로 흘러가고 있었다.

실상 재미없는 사전인터뷰의 재탕이라 다시 속기로 적을 내용도 거의 없을 만큼 뻔한 내용이었다. 그러다 그들 사이 뜻하지 않은 상황이 발생한 건 사전인터뷰 질문지에도 답변이 기록되어 있지 않은 유현민 부회장의 결혼 계획에 대한 마지막 질문을 던졌을 때였다.

"대 혜성의 부회장님 옆자리가 공석이란 사실에 세간의 관심이 집중되고 있는데요, 결혼계획은 언제쯤으로 생각하시는지 말씀해 주시겠습니까?"

"……많은 분들께서 관심 가져 주시니 올해는 넘기지 말아야겠단 생각이 들기는 합니다."

열심히 움직이던 기자의 손가락이 멈춰졌다. 부회장을 바라보고 침을 꿀떡 삼킨 그의 음성이 재빨리 질문지에 없던 질문을 읊기 시작했다.

"놀라운 말씀이십니다. 혹시, 심중에 정하신 분이 계신 건지 말씀 부탁드립니다."

질문받은 부회장의 표정이 부드럽게 풀리며 미소 짓자, 김 기자는 재빨리 질문을 수정했다.

"어떤 분이신지, 약혼이나 결혼 일정을 독자분들께 밝혀 주실 수 있으시겠습니까?"

"제 아내 될 사람은 제가 본 사람들 중 가장 선한 사람입니다. 또, 조용한 편이라 이목이 집중되는 걸 부담스러워할 테니, 제 맘대로 누구인지 밝힐 수는 없을 것 같군요. 앞으로도 제 사람의 개인신상을 기사화하는 매체에 대해서는 강경 대응할 생각입니다만, 좋은 인연 만나 기쁜 마음으로 말씀드리는 것이니만큼 많은 분들이 좋은 마음으로 기사를 접해 주시길 바랍니다. 결혼 시기는 워낙 바쁜 사람이라 그 사람의 허락을 먼저 받아야 할 것 같지만, 가능한 올해가 지나지 않게 되길 바라고 있습니다."

"저, 그렇다면 혹시, 세호 지연희 이사님은 아니십니까?"

부드러운 인상이었던 부회장의 눈빛이 김 기자의 눈에 차갑게 와 닿았고, 구석에 서 있던 홍보팀 수장이 뭔가 도움을 바라는 표정으로 꽉 막힌 천장을 올려다보는 것이 보였다.

"그분 이야기가 왜 나오는지 모르겠군요."

"올 초, 세호그룹 지연희 이사님과의 약혼기사가 오보로 판명되긴 했습니다만, 갤러리 라무 관장님이자 부회장님 모친 되시는 회장 사모님께서 여전히 긴밀한 관계를 유지하시는 것을 의아하게 여기는 분들이 많습니다. 최근 한 사교모임에서 회장 사모님이 우리 연희라는 사적인 호칭을 하셨다는 소문이 파다한 상황에서 부회장님께서 다른 분과 교제 중이란 사실은 독자분들께 놀라운 소식이 될 수도 있습니다. 이 점에 대해 부회장님께서는 어떻게 생각하시는지 한 말씀 부탁드립니다."

"글쎄요. 저는 세호 지 이사님과는 따로 인사조차 나눈 기억이 없습니다만, 혹시 그분이 미술에 조예가 깊은 분이시라면 어머님께서는 신진 작가들을 발굴하시거나 젊은 기업인들 중에서도 심미안을 가진 사람들과 대화 나누길 즐겨하시니, 그런 맥락에서 개인적인 친분이 있으신 것이 아닌가 싶습니다."

"그럼, 두 분의 특별한 친분에 대해서는 어떻게 생각하시는지 한 말씀 부탁드립니다."

"어머님의 개인적인 친분까지 관여할 만큼 제가 시간적 여유가 많은 사람이 아닙니다. 제 관심사는 오직 혜성과 제 아내 될 사람뿐이라는 점을 확실히 해 두겠습니다."

평상심을 가장한 김 기자의 호흡이 빨라지기 시작했다. 이건 특종이었다. 대어 중 대어. 짜증나는 홍보팀 직원과의 예의 있는 실랑이를 참아내며 일 년간 접촉을 시도한 보람이 느껴지는 날이었다.

"부회장님께서 교제 중이신 분을 무척 사랑하시는 것 같습니다."

"네. 제가 그 사람밖에 안 보여서, 꼭 붙잡고 있는 중입니다."

"……아……네……."

너무나 저돌적인 발언에 김 기자가 예의에 벗어난 표정을 감추기 위해 프린트물을 뒤적이다 다행스럽게도 질문이 떠올라 입을 열었다.

"올 초부터 재계에 혜성과 세호의 이름이 묶여 오르내리는 일이 잦았습니다. 지 이사님과의 약혼기사가 오보로 판명된 후에도 그 기대감은 여전히 살아 있다고 보여지는데, 부회장님께서 다른 분과의 교제를 발표하시면 경제인들 간에 기정사실화로 인식된 국책사업 컨소시엄 건은……."

"김 기자님, 잠시 중단해 주십시오. 저, 부회장님. 죄송합니다. 사전질문지엔 없던 내용이라…… 아무래도 인터뷰 진행이 원활하지 못한 것 같습니다. 잠시 쉬었다 다시……."

"됐습니다."

"네?!"

가볍게 왼손을 들어 홍보팀 수장의 말을 막은 부회장이 김 기자에게 시선을 고정했다.

"질문, 계속하십시오."

갑자기 김 기자의 질문을 끊어내며 인터뷰 앵글 안으로 뛰어든 홍보팀 수장의 얼굴은 곤란함으로 가득 찼고, 굴러 들어온 특종에 잔뜩 상기된 김 기자의 눈빛은 반짝거렸다.

"네. 그럼 계속 질문드리겠습니다. 국책사업 컨소시엄 건은 앞으로 어떻게 진행되는 것인지 말씀해 주십시오."

"혜성그룹은 창업 이래 지금까지 어떤 경우에도 사감 섞인 업무협약이 체결된 사례가 없습니다. 호사가들이 어떤 궁금증을 가지고 있든, 우리 혜성은 그것과는 상관없이 늘 그래 왔듯이 철저하게 업무 타당성을 따져 컨소시엄을 구성할 예정이고, 현재 실무진들이 애쓰고 있으니 때가 되면 윤곽이 드러날 겁니다."

그리고 삼십 분 뒤, 조수석에 앉아 졸고 있는 박 선배 대신 운전대를 잡은 김 기자의 머릿속엔 조금 전 마지막으로 던졌던 질문에 미소로 대답하던 유현민 부회장의 표정이 맴돌고 있었다.

'부회장님, 오늘 인터뷰 감사드립니다. 최종기사는 인쇄 전에 홍보실 통해 확인하실 수 있도록 하겠습니다.'

'좋은 기사 부탁드려도 되겠습니까?'

'물론입니다, 부회장님. 그런데, 오늘 인터뷰 중에 조심스러운 내용이 많은데…….'

'오늘 인터뷰에서 오프 더 레코드는 없습니다.'

'아…… 네. 감사합니다. 부회장님.'

한 번 떠보는 말이 아니었는데도 그는 철저하게 기사화를 지시한 것이나 마찬가지였다.

정정 기사 이후에도 암암리에 떠돌던 지연희 이사와의 약혼설은 물론이고, 세호와의 컨소시엄 구성, 그리고 사랑에 빠져 한 사람만 보인다는 노골적인 멘트까지 그의 인터뷰는 철저히 계산된 것이었다.

농담처럼 흘리던 허락을 구한다느니, 오히려 대 혜성 부회장이 여자 하나를 놓칠까 두려워 꼭 잡고 있다느니…… 하는 말들이 모두 처음부터 계획된 발언이라는 것에 김 기자는 새삼 기업가들에겐 냉혈함뿐 아니라 완벽한 연기력도 필요한 존재들이란 생각을 하고 있었다.

여러 기업가를 만나 보았지만 젊은 유현민 부회장은 혜성의 주인답게 뿌리부터 타고난 경영인이라는 생각이 들자, 그런 그가 만나는 여자는 누구일까 김 기자는 새로운 궁금증에 빠져들었다.

'왜 안 물어요?'

'뭘?'

'두원그룹, 지 변호사님 많이 찾아갔었다면서요.'

'소식은 다 듣고 있었군.'

'……네.'

'궁금하긴 해. 어떻게 네가 최대 지분을 가졌는지, 최대 주주 변경 공시는 왜 안 하고 있는지. 혹시 두원가 사람이었어?'

'내가요?'

'선대 회장님. 아니, 노사모님 숨겨 둔 비속(卑屬)이라도 돼?'

'말이 심한 거 아니에요? 노사모님이 선대 회장님 몰래 따로 핏줄 남기실 분이세요? 그랬으면 선대 회장님이 모르실 리가 없잖아요.'

'이 세계엔 세컨드에, 서드까지 두고 사는 사람들도 심심찮게 많으니까. 두원가 기반이 처음부터 노사모님 쪽 자본이기도 했고.'

'아니에요. 그 주식들 잠깐 맡아 준 거지 제 거 아니에요. 곧 돌려줄 건데…… 혹시 그 문제로 우리가 싸우게 될 일이 있을까요?'

'아니, 절대. 아깝긴 하지만, 민지원이 남의 것이라 했으면 남의 것이 맞으니 욕심 버려야지. 표정이 왜 그래?'

'세컨드에 서드까지 가능하다고요?'

'그건 내가 아니라…….'

'전에 약혼 정정 기사 나간 거, 나 좀 가져다줄 수 있어요? 구해다 줄 수 있죠?'

'확인하고 싶어?'

'네, 인용기사들 말고, 제대로 인터뷰 했던 기사로 가져다주세요.'

'그럴 필요 있나. 기다려. 공식적으로 도장 찍혀서 좀 시끄러워져도 나 원망 말고.'

'뭐하게요? 인터뷰라도 할 거예요?'

'으흠.'

'안 돼! 내 이름은 절대 말하지 마요.'

인터뷰를 마치고 나온 현민은 이틀 전 지원과 나눴던 대화를 떠올리며 버튼을 눌렀다.

"여보세요?"

— 오빠?

현민은 피식 웃음이 흘러나오는 걸 참지 않았다. 예전 같으면 '오빠예요?'라고 했을 말이 조금 더 편해진 만큼 지원의 마음 따라 가볍게 흘러나오는 것이 듣기 좋았다.

"어. 우리 지원이 밥은 먹었어?"

— 네. 먹었어요.

금세 실수한 것처럼 말을 바꾸는 지원의 목소리에 소녀처럼 수줍음이 묻어 나왔다. 현민의 얼굴에 새로운 웃음꽃이 피었다.

일 년 만에 만난 탓에 느껴지는 거리감인지, 변화하고자 하는 노력인지 지원인 반말과 존대, 오빠와 당신이란 호칭 사이에서 왔다 갔다 하고 있었다. 편하게 한 가지만 하라는 말에 배시시 웃은 지원이 고른 것은 오빠와 반말.

역시…… 시간이 허투루 지난 것은 아닌 모양인지, 규모에 상관없이 제 힘으로 창업한 것도 장하고, 낯가림 심한 성격인데 영업사원 마인드로 여러 병원장들과 식사도 하고 사회생활 폭을 넓혀 가며 배포를 키운 것인지, 지원은 변하지 않은 듯하면서도 많은 부분이 조금씩 변해 있었다.

"홋. 뭐 먹었는데?"

— 그냥 사 주는 거 얻어먹었죠. 순두부찌개.

"또 병원장?"

현민의 미간에 옅은 주름이 잡혔다. 원컴퍼니에 의뢰 들어오는 병원의 병원장이나 담당자들이 대부분 남성이라는 점이 마음에 들지 않았다. 로컬도 절대 다수의 원장들이 남성이라 마찬가지.

— 네. 오빠는요?

"이제 먹어야지."

— 아. 아직이구나. 고생이네요. 그래도 뭐, 난 신경 안 쓸 거니까.

"고집쟁이 아직도 뿔 안 들어갔어?"

걱정하는 것이 역력한 목소리를 내놓고도 금세 속과는 다른 말 하는 지원의 말을 들으며, 그날 아침을 떠올리는 현민의 눈가에 뭉근한 미소가 자리했다.

이야기하다가 또 한 번 이른 사랑을 나누고 지쳐 쉬어야 할 지원이 힘겨운 몸으로 일어나려 해서 붙잡아 들이려 한 말이 화근이었다.

'왜 일어나?'

'아침 해 주려고. 간단하게.'

'안 먹어. 누워.'

'금방 해요. 나도 힘드니까 오늘 아침엔 누룽지 끓여 줄게. 먹고 가요.'

'싫어. 나 먹여 놓고 또 사라질 것 같아서 안 먹어.'

팔을 잡아도 매끈한 피부결로 슬며시 빠져나가는 지원이 야속해서, 꽉 잡으면 금세 멍드는 지원이니 손엔 힘도 못 주고 말로 잡는다는 것이 그녀를 아프게 하고 말았다.

뱉어 놓고 보니 내심 마음에 담았던 말인가 싶어 스스로도 전혀 맘과 다른 말이었다는 변명도 하지 못한, 이미 서로가 하래의 기억을 떠올려 버린 그 순간에 지원의 눈빛이 참 아파 보였고 또 빨리도 젖어 들었다.

'내가 사과했는데……. 밉다.'

'실수. 미안, 지원아.'

커다란 손으로 지원의 얼굴을 감싸 돌려 긴밀하게 지원의 상태를 살피다 그렇게 말해 줬지만 지원의 눈은 생각보다 더 깊게 아파 보였다.

'지원아……'

지원의 눈빛에 외면당한 심장은 아직 불안정한 그들 사이를 말해 주듯 쉽게 덜그럭거렸다.

'미안해. 잘못했어. 너 만난 거 실감 날 때까지만. 네가 안 사라질 것

같으면 그때 밥해 달라 그럴게.'

'앞으론 해 달라 그래도 안 해 줄 거예요. 밥 먹는 거 챙겨 주나 봐.'

너무 놀란 얼굴이라 불쌍했는지, 지원은 예사 장난으로 쉽게 토라진 여자들 흉내 내듯 입술을 삐죽여 보였고, 그제야 안도의 숨을 내쉬었던 그날 아침, 현민도 긴장했던 몸을 풀며 사람 좋게 웃었었다.

— 그 뽈, 작정하고 안 들어갈 거예요.

"후훗. 그 뽈, 내가 만나야 밀어 넣어 주든, 약 사서 발라 주든 할 텐데…….
보고 싶다."

현민이 경제지가 아닌 여성월간지를, 그것도 마감이 얼마 남지 않은 시기임에도 이번 호 기사로 내걸 것을 요구해서 인터뷰한 이유는 경제인들 간의 입담이 아닌 대중들의 입에 더 많이 오르내리기 위한 선택이었다.

이렇게 한 번 터트리고 나면 별다른 추가 인터뷰 없이 기존 기사로 각 언론사마다 끊임없이 재생산해 내는 기사들로 이슈화되고, 기사는 경제지를 비롯해 각종 주간지와 인터넷 기사까지 넘쳐 날 것이기에, 이제 할 일은 느긋하게 지켜보면 될 일.

지원의 불안을 좀 더 빨리 씻어 주고 싶었다. 그때까진 아마 지원은 그의 방문에 기뻐하면서도 마음 깊은 부담감을 지우진 못할 테니 찾아가는 것도 조심하고 싶어 걸음을 삼가고 있었다.

— ……나도.

토라진 척하던 지원의 목소리가 그의 목소리 따라 금세 진지해졌다.
이러니 순둥이지. 화도 잘 못 내고, 삐진 척하려 해도 오래 못 가는…….

"방금 인터뷰 마쳤어."

— 진짜 했네?

"네 말대로 우리 민지원 사장님 이름은 안 밝혔으니까, 걱정하지 마."

— 말 잘 들어서 예뻐요.

눈에 보이진 않지만, 이 말 하며 분명 볼이 붉어졌을 지원이고, 이참에 확 약혼 발표해 버릴까라고 말했던 현민에게 강하게 머리 흔들던 지

216

원의 모습도 함께 떠올라 그가 또 웃었다.

"후훗. 이러다 나 무슨 일만 있으면 너한테 머리 만져 달라 그러고 싶어질 것 같다."

— 못할 것도 없어요. 칭찬받고 싶은 일 있음 말해요. 언제든 머리 만져 줄 테니까.

현민의 입가가 기분 좋게, 그러면서도 뭔지 모를 감정을 내리누르며 잠시 다물려 있었다.

"……약속한 거다."

— 약속할게요.

이젠 언제든 옆에 있겠단 소리로 들려 그것 하나로 가슴이 저릿해 왔다.

"그래."

— 오빠.

"어?"

— 그 화분. 1층으로 옮겼어요.

"잘했어."

그날 아침 직원들이 출근하기 전 빨리 나서야 했던 출근길. 현민은 서두르라는 채근을 받으면서도 지원이 일하는 사장실을 둘러보았었다.

그곳에 놓여 있던 여러 개의 난초와 분재들 속에서 유난히 눈에 거슬렸던 녹색 리본에 쓰여진 국회의원 윤지환 글씨와 신경 쓴 것이 역력한 수준 있는 청자 화분 앞에 서서 그가 말했었다.

'이 화분 여기보단 1층 인포메이션 데스크에 두는 게 더 잘 어울릴 것 같은데?!'

뒤돌아봤을 때 그의 속을 모를 리 없는 그녀가 장난기 어린 눈빛으로 편한 표정을 짓고 있어 얼마나 다행이었는지 모른다.

지원을 좋다고 따라다녔던 남자에게 질투하는 옹졸하고, 집착 부리는 놈으로 보이기는 싫었기에 어서 가라는 또 한 번의 재촉에 별다른 말 하지 못하고 나섰던 아침이기도 했었다. 그런데 지원은 잊지 않고 시간이 지나 이렇게 마음을 만져 주었고, 그럼에도 그의 욕심은 만족 없이 커지기만 했다.

지원과의 통화를 마친 현민은 잠시간의 여유에 황 비서에게 차를 부탁한 뒤 책상에 엉덩이를 걸친 채 창밖을 내다보았다. 자연스레 제 팔을 엮어 팔짱을 낀 그의 모습은 오랜만에 편안하고 여유로운 분위기를 자아내고 있었다.

그녀가 제 손에 닿는 곳에 있다는 안도감은 늘 날 서 있던 그의 분위기에 이토록 극적인 변화를 불러왔다.

지난 이틀간 시간만 났다 하면 지원과 함께했던 시간을 떠올리게 되는 그였다. 처음 3층 현관문이 열려 있던 이유를 묻고, 그녀의 집이 직원들에게 개방되고 있다는 사실에 걱정스런 표정을 짓자, 지원은 여직원에 한해서라 말하며 걱정을 덜어 주려 했었지만, 그는 이해하는 대신 그녀에게 사생활 보호가 필요하다며, 앞으론 휴게실을 따로 만들든지 절대 집은 개방하지 말라 약속받았다.

그러면서도 정작 자신은 그녀가 씻는 사이 집안 구석구석을 걸어 다니며 지원이 사는 모습을 눈에 담다가, 문이 꼭 닫혀 있던 서재에 들어갔었다. 함께 밤을 보낸 지원의 방의 4배 정도 되는 큰 공간에 넓은 창을 등지고 있는 묵직한 마호가니 책상과 방 중간에 놓인 푹신해 보이는 데이베드 위로 목을 길게 늘어뜨린 키 큰 스틸스탠드 하나가 서재에 있는 가구의 전부였고, 천장까지 벽처럼 짜인 책장이 창문을 제외한 3면을 가득 채우고 있는 서재는 여성스러움과는 거리가 멀었다.

사오십 대 중년 남성의 서재라 하면 고개 끄덕여질 법한, 그런 분위기. 한쪽 벽에 세워진 사다리를 보며 지원이 그곳에 올라앉아 책 보고 있을 모습을 떠올리며 웃기도 했었다.

그녀를 닮은 담백한 가구와 책들을 훑어보던 현민은 책상 한쪽에 고이 덮여 있던 작은 노트를 발견했었다. 그리고 지원이 오기 전까지 숨죽여 읽어 내리던 상황을 떠올리며 며칠이 지난 지금도 이렇게 혼자 앉아 미소 짓고 있는 것이었다.

실크로 감싸인 두꺼운 노트 표지가 중요한 것들을 적어 놓았을 것 같
다는 생각을 들게 해, 현민은 아무런 잠금장치 없이 그저 책상 한켠에 얌
전히 놓여 있었다는 것을 핑계 삼아 그것을 조심스레 열어 보았었다.

한 페이지, 한 페이지…… 매일마다 적는 것은 아니었지만 뭔가 마음에
생각이 고일 때마다 몇 줄씩 적어 내려간 지원의 글들은 그녀의 비밀스런
일기이자 작은 고백의 장이었고, 자신을 만나면서 지원이 느낀 혼란과 사
랑이란 감정을 인지하고, 받아들이기까지의 글들이었다. 천천히 글을 읽
어 내려가는 현민의 눈매가 부드럽게 휘어졌다. 그리고 하래……

*하늘 아래 오직 당신만 내 앞에 있기를 바라 봅니다. 너무 이른 마음에, 모
호함과 혼란이 이 마음을 정의 내리기 힘들게 하지만, 그 집이 하래로 불릴 때
마다 나는 나의 마음을 되새기겠습니다.*

*그리고 언젠가 마음이 분명해지면 당신에게 말할 수 있겠지요. 지금 당신은
나의 희미한 마음을 듣고도 모르겠지만, 하래. 언젠가 하게 될 나의 사랑고백
입니다.*

그 글을 읽고, 잠시 멈춰졌던 숨이 탄식처럼 새어 나왔다. 거실 건너
편에 있을 지원을 바라보듯 문가를 바라보다, 다시 펼쳐진 노트를 바라
보다 뒤늦게 터져 나온 깊은 숨을 제대로 쉬기 시작하며 그 말의 뜻이 그
런 의미였을 줄은 생각도 못했던 자신의 무던함을 미안해함과 동시에 깊
은 곳이 채워지는 뿌듯한 안정감을 느꼈다.

동글동글한 지원의 글씨들이 마음에 새겨지자, 둥둥 물 위에 떠 있던
뿌리가 땅에 제대로 박히는, 뭔가 제자리를 찾아가는 안도와 안정감에
제게 이토록 큰 영향력을 끼치는 지원을 놓치고 산 시간이 아까워 또다
시 마음의 분기가 어딘가를 향하자, 이제 그만 생각나라는 듯 머리 흔들
어 지워 버렸다.

페이지를 넘길수록 점점 글을 남기는 날짜 간격이 멀어지고 있었다. 두원가 사람들과 그녀가 연결된 고리가 노사모님의 유언을 받들어 드리기 위한 그녀의 제안이었다는 것도 알게 되었고, 그 큰 지분을 다시 생각해 보지도 않고 사람의 도리를 따라 돌려주겠다 마음먹은 지원의 글을 보며, 평범하지 않은 올곧음을 새삼 확인했다.

남다르지만 계속 그렇게 살라고 응원해 주고 싶은 마음. 지켜주고 싶은 마음으로 다시 한 페이지 넘기려 했을 때 지원의 목소리가 방으로 가까이 다가오는지 점점 크게 들려오기 시작했었다.

'오빠, 어디 있어요?'

지원이 찾는 소리에 노트를 덮어 제자리에 내려놓은 뒤 서재를 나섰지만, 아직 반도 읽지 못한 노트가 아쉬운 그의 신경은 온통 머리 뒤쪽으로 쏠려 있었다.

떠난 뒤에…… 아니 떠나기 전에 어떤 일들을 겪으며 그런 결정을 내리고, 지금까지 어떻게 지내 왔는지. 일기나 훔쳐보는 파렴치한이라 욕한다 해도 다 읽은 뒤였다면 기꺼이 그러고 싶었다.

이젠 지원의 모든 시간들을 알고 싶어지는 자신이 점점 더 평온을 잃어 가는 걸 느끼지만 내심 그것이 당연하다, 가지고 싶고 내 것이고 싶은 지원을 그토록 멀리 두고 지냈으니 이 정도 소유욕은 당연하다 생각하게 되는 현민이었다.

생각에 빠져 있던 현민에게 황 비서의 목소리가 들려왔다.

"부회장님. 회장님께서 사무실에 도착하셨다고 합니다."

차를 책상에 내려놓은 황 비서가 아버지께서 회사에 도착하셨음을 알려 주었다. 이제 그는 또 다른 결전을 위해 아버지는 만나 뵈어야 할 차례였다.

차가운 녹차를 조금 머금어 입안을 정리한 현민이 자리에서 일어나 슈트 재킷을 챙겨 입고 시원스런 보폭으로 회장실로 향했다.

12장.
가장 중요한 것이
무엇인지 안다는 것은

— 지원아. 아버지가 널 보고 싶어하신다.

"어…… 말씀드렸어요?"

지원은 원컴퍼니 사장실 책상에 바짝 붙여져 있던 의자를 뒤로 밀며 깊은 숨을 들이마셨다.

— 기사 나기 전에 말씀드려야지. 장모님께도 인사드려야 되는데 우리, 장모님께 먼저 갈까?

지원도 알고 있었다. 그가 집에 들렀고 그 뒤에 벌어진 일들. 여전히 그가 못미더워, 아니 제 딸을 구박한 있는 집 자식을 싫어라 하시는 경계하는 마음. 엄마가 윤지환 의원을 좋게 생각하시는 이유도 그 사람이 지원을 아주 많이 좋아한다 티 내고 다니는 것도 있지만, 집안에서 지원을 반긴다는 지 변호사님 말씀이 더 큰 이점으로 작용했음을 지원도 모르지 않았다.

"아……. 그렇긴 하죠. 그래도 우리 집엔 나중에 가요. 오빠 집에 허락받아야 엄마 마음도 좋으실 테니까."

― 그래. 막무가내로 찾아갔다 또 어머님 쓰러지시면 큰일이지.

"아버님 반응은 어떠셨어요?"

지원이 긴장한 채 조심스레 묻자 현민은 살풋 웃으며 대답했다.

― 네가 좋은 사람이었으면 좋겠다 하셨어. 아버지 조건은 그것뿐이
니까. 예전부터 아버지는 서로 정말 사랑하는 사이면 된다고 하셨던 분
이야.

"정말……요?"

부부가 너무나 상반된 가치관을 가지고 있다는 것이 지원은 얼핏 이
해가 되지 않았다.

― 어머니랑은 많이 다르실 거야. 걱정 안 해도 돼.

"네에……."

속내를 들켜 버린 지원은 작은 목소리로 대답했다.

― 같이 찾아뵐 거지?

"벌써 약속 정했어요?"

― 아니. 보고 싶다 하시기에 내 스케줄 확인하고 말씀드리겠다고 했
어. 네 마음 준비될 때까지 시간 벌어 놔야 하니까.

"……고맙네. 아주 많이."

― 우리 둥이는 이런 일에 감동하는구나.

"마음 써 주는 거니까."

지원의 귓가에 미소 짓는 것이 분명한 그의 작은 숨소리가 들려왔다.

― 그럼 아버지는 언제 뵈면 좋을까?

"음…… 난……."

― 내가 계속 옆에 있을 거니까 겁먹을 것 없어.

"한, 이 주일쯤 뒤?"

― 그렇게 바빠?

"일보다 그때쯤이면 너무 뒤로 미루는 것 같지도 않고, 세상도 당신
약혼 안 한 거 다 알거고, 또……."

— 또?

"또 그때까지 좀 많이 먹어 보려고요. 너무 마르면 어른들이 싫어하시 니까."

— 마른 거 알긴 아는구나.

"알아요……. 근데 못됐다. 남의 약점 찌르고."

— 내가 그 약점 없애 줄 테니까 오늘 저녁에 좀 보자. 아버지 만나 뵙 는 거 상의할 겸, 내가 맛있는 거 많이 사 줄게. 아버지도 좋아하시는데 우리가 굳이 안 만나고 버틸 이유가 없잖아.

"그래도……."

— 그러지 말고 나와. 얼굴 좀 보여 줘.

"……그런데 뭐라고 말씀드렸길래 아버님이 이렇게 급하게 보자고 하 세요?"

— 다른 말 안 했어. 민지원이란 여잔데, 예쁘다. 마음도, 생긴 것도 다 예쁘다 그랬지.

"네?! 정말 그렇게 말했어요?"

— 어.

"맙소사."

— 맞잖아. 너 예뻐.

"……."

— 지원아.

지원은 얼굴이 붉어졌다. 설마 농을 하느라 이러는 거지, 이 사람이 정말 아버지 앞에선 이렇게 말하지 않았을 거라 생각한 지원이 겨우 입 을 열었다.

"나 보면 뭐 사 줄 건데요? 나 많이 먹을 건데."

퉁명스럽게 말하긴 했지만, 지원도 그를 보고 싶은 마음을 더 이상 참 아 내기 힘들었다. 지난 며칠이 일 년 못지않게 견디기 힘들었다는 걸 그 는 짐작도 못 할 것 같았다.

다음 날 새벽. 밤새 지원을 탐하던 그가 잠든 지 두 시간도 지나지 않은 지원의 가슴을 손으로 쓸어내리고 있었다. 너무 지친 탓인지 조금만 만져도 펄쩍 뛰어 오르는 사람이 맥없이 축 처져 잠에서 빠져나오지 못하고 있었다.

'나 밥 먹인 거 다 헛일 됐어요.' 라며 잠들어 버린 지원이 귀여워 또 입술을 빨아 당기고 혀로 간지럼을 태웠다. 물론, 그래도 잠든 지원은 고개를 슬쩍 피하는가 싶더니 완벽한 잠으로 빠져들어 버렸지만.

현민은 지원을 품에 안고 지난 저녁 두 번째 사랑을 시작하기 전 나누었던 대화를 떠올렸다.

'어딜 만져 주면 제일 좋아?'

'알면서.'

'그래도 말해 봐. 이젠 다 물어보고 싶어. 내가 아는 게 맞는 건지.'

지원은 입술을 작게 오므리며 음, 하는 표정으로 고개는 내리고 눈동자는 한껏 크게 떠올리며 불쌍한 표정을 지어 보였다.

'안 돼.'

'음…… 나빴어.'

'그래. 나 나쁘다. 그러니까 다 들어야겠어. 빨리 말해. 어디가 제일 좋은지.'

지원의 몸으로 들어갈 때 지원이 숨을 들이쉬다 멈춰 버리면, 그런 상태로 눈을 크게 뜨고 풀어진 동공으로 야릇한 눈빛을 보여 주면, 그는 그녀가 저만큼 흥분하고 쾌감을 느낀다고 생각했었다.

자신이 알고 들은 모든 방법으로 지원을 흥분시키고 싶었고, 그녀가 자신으로 인해 여자가 느낄 수 있는 모든 쾌락을 경험하길 원해서, 언제나 지원의 몸에만 닿으면 금방이라도 터져 버릴 것 같은 몸을 참아 냈다.

자신보다 그녀의 쾌락을 우선시했던 그였기에 늘 지원의 반응을 살폈

224

고, 그녀의 귓바퀴를 핥아 주면 정신을 잃을 만큼 순식간에 흥분에 빠져 드는 것도, 자신의 분신을 받아들인 뒤엔 그 느낌에 집중하기 위해 가슴을 자극하지 말아 주길 바란다는 것도 알게 되었다.

그런데 그런 것들을 알게 되자마자 지원은 떠나 버렸었다.

과연 안다고 생각했던 모든 것들이 제대로 알고 있는 것이었을까. 현민은 그때부터 지원에 대해서만큼은 대화를 나누는 것도, 사랑을 나누는 것도 모두 그녀에게 맞춰 다시 생각하고, 다시 알아 가겠다 마음먹었다.

불안한 사랑이었기에 지원의 입으로 어디를 어떻게 해 줘야 제일 좋은지 직접 들어야 확신할 수 있을 것 같았다. 성감대든, 그녀의 마음이든, 계획이든.

'정말 듣고 싶어요?'

차분하기만 할 것 같은 지원이었지만, 그런 그녀도 침대 위에선 때때로 과감해진다. 그래서일까. 처음 지원이 편하게 말을 놓았던 곳도 침대 위였다.

'그래. 알고 싶어.'

지원이 목을 감아 왔고, 마주 보고 누워 둘밖에 없는 방인데도 귀에 대고 작게 소곤거렸었다.

'성감대를 묻는 거라면…… 오빠.'

말을 늘이던 지원의 눈빛에 장난기가 돌더니 새침하니 오빠라 말하는 모습이 귀여웠다.

'어?!'

'오빠가 어딜 만지든, 어떻게 만지든 다 좋아. 처음부터 그런 느낌들 다 오빠가 가르쳐 준 거잖아. 난 오빠면 다 괜찮고 좋아.'

현민은 제 품에 안겨 잠들어 있는 여자를 내려다보며 뿌듯한 미소를 지었다. 그도 그랬다. 지원이면 다 좋았다. 발가락을 빠는 것도, 발등부터 허벅지 안쪽 깊은 곳까지 키스하며 핥아 올라가는 것도 예전부터 알고는 있었지만 지원이었기에 처음 시도하는 일이었다.

이런 마음을 지원이 알아주었으면. 네가 몸을 나누는 첫 여자는 아니지만, 사랑을 나누는 진실한 마음은 그 어떤 때보다 최고치의 마음이고, 너였기에 비로소 진실한 사랑을 나눈다 말할 수 있는 것임을. 네가 알았으면……. 현민은 진심으로 바랐다.

아직은 캄캄한 새벽. 어둠으로 채워진 공간엔 자명종 야광 초침과 흐릿한 스탠드 조명 하나만 빛을 내고 있었고, 지원은 현민의 두근거리는 심장 소리를 들으며 잠들어 있었다.

자꾸만 만져 대는 손길에 지원이 조금씩 잠에서 깨어나는 것을 느낀 현민이 장난스런 미소를 짓더니 팔에서 힘을 빼며 눈을 감았다.

몸을 바로 누우며 지금껏 제 등을 안고 있던 남자의 자는 모습을 바라보던 지원이 손가락으로 그의 얼굴선 따라 그림 그리듯 쓸어내리며 뜬금없이 조금은 엄한 목소리로 말해 왔다.

"자는 것도 예쁘네……. 피이…… 유현민 씨. 당신 나한테 잘해야 돼요. 나 또 아프게 하면 나도 당신처럼, 당신이 지켜보는 데서 다른 사람한테 날아가 버릴 테니까."

"그게 누군데."

히익! 고요한 방 안에 갑자기 들려온 화난 남자의 목소리. 등줄기에 차가운 식은땀을 남기며 지원의 심장이 팔딱였다.

"누구냐고."

다시 한 번 물어 오는 소리에 지원은 여전히 눈감고 있는 그를 원망스럽게 바라봤다.

"깼으면서 왜 눈은 안 떠요?"

그녀의 답에 그의 눈이 천천히 뜨였다.

"누군데, 그놈."

지원이 그를 나무라듯 턱을 당기며 눈만 위로 크게 치켜떴다.

"소용없어. 그런 표정."

지원이 볼멘 표정으로 아랫입술을 꼭 깨물었다.

"나도 아직 그놈, 누군지 몰라요. 오빠가 나 고생시키면 나도 그때 가서 찾아볼 거니까."

괜히 심술이 났어요. 당신이 남의 약혼자로 불렸던 것조차 싫어서. 당신이 날 골탕 먹인 기분이라서.

"기운이 남았구나."

"응?"

"좀 전까지만 해도 나한테 힘들다 그러더니 한숨 자고 나니까 기운이 좀 나지?"

"아, 아니. 나는……."

"……다 네 탓이야. 네가 나 만졌잖아. 책임져."

"난 코만 만졌는데…… 설마…… 거긴 예민한 데 아니잖아요."

"푸훗. 설마가 아닌가 보지."

그 짧은 순간 현민의 분신이 다시 딱딱한 철근처럼 변하는 것이 맞닿은 다리에서 느껴졌다.

"어?! 왜 또 이래요."

현민은 지원의 가슴을 만질 때부터 파고들고 싶었던 곳으로 자신의 몸을 밀어 넣었다.

"으흣……."

방금 잠에서 깨어났지만 밤새 그를 받아들였던 지원의 몸은 밀고 들어오는 그의 몸을 당연한 것처럼 받아들였다.

지원이 잠에서 깨어나기까지 그의 손이 지원의 가슴과 깊은 곳을 천천히 애무한 탓에 이미 그녀의 샘은 매끄럽게 젖어 있었다.

"일 년 넘게, 참고, 참았어."

"하아……."

허리 움직임 따라 호흡이 끊기는 현민의 말을 들으며, 한숨을 내쉬던 지원은 자신의 숨소리가 호흡이 아닌 신음으로 흘러나와 깜짝 놀랐다.

"정말 홋, 이러려고 한 거, 아닌데…… 하아……."

그의 손이 부드럽게 그녀의 가슴을 매만지기 시작했다.

"아침부터 이건, 하아…… 반칙이에요. 아홋, 출근 안 해요?"

"반칙, 같은 건, 없어."

현민은 지원 위에서 허리를 움직이며 위로 밀려 올라가는 지원의 어깨를 한 팔로 끌어안았다. 한 팔은 지원의 어깨 위 시트를 지지한 채로 좀 더 강하게 파고들기 위해 허리를 비틀며 움직였고, 지원은 같은 자세에서 방향을 바꿔 밀고 들어오는 생소한 감촉과 자극에 숨이 멎는 놀라움과 쾌감을 느껴야 했다.

그의 허리가 강하게 튕겨질수록 둘 사이의 호흡은 뜨거워졌고, 철썩이는 소리가 더 급하고 격하게 들려오기 시작했다.

"오……빠…… 하훗."

"느껴."

지원에게서 떨어져 나와 무릎을 세우고 앉은 그가 말캉한 하얀 엉덩이를 두 손 가득 잡아 올려 제 몸에 맞추며 거세게 밀고 들어왔다. 위로 들려 올라간 지원의 달빛 엉덩이가 그의 움직임 따라 공중에서 너풀너풀 춤을 추었다.

"오빠! 흐흡…… 나…… 어떻게…….."

그래, 나야. 소리 없이 행위에 집중하기 시작한 현민의 턱에 강한 힘이 들어갔다.

"아……하아."

그의 허리가 믿기지 않을 정도로 빨리 움직이기 시작했다. 강인한 허리 움직임 따라 그에게 조금 전까지 눌려 있다 방금 자유로워진 지원의 둥근 가슴이 위아래로 크게 들썩였다.

"오빠!"

"그래."

"오빠! 하으응."

혈관이 튀어나온 힘 있는 손에 잡힌 지원의 엉덩이가 절정을 향해 극한의 쾌감을 바라며 스스로 위로 치켜 올려졌다.

"아……하아악…… 으흐으……."

안고 안겨 들고, 숨소리가 가깝게 들리는 것만으로도 행복해하며 따스한 온기를 나누고 있는 두 연인의 몸짓이 점점 더 뜨거워지고 있었다.

지원은 오전 중에 업무를 진행하고 있는 대형 병원을 둘러본 뒤 상주 직원들에게 기운 날 만한 음식을 사 먹으라며 금일봉을 건네주고, 새로 의뢰 들어온 체인 성형외과 본원으로 이동하고 있었다.

밤새 격한 운동을 한 탓에 온몸이 뻐근하고 피곤이 몰려오긴 했지만, 언제고 부딪치게 될 그의 어머니와 되도록 평범한 집안 남자를 만나라 하신 엄마에 대한 걱정에 비하면 몸 상태는 그나마 양호한 편이었다.

사업을 시작하면서 지 변호사님을 가족들에게 소개시켜 드리고 이런 저런 일로 지 변호사님의 투자를 받아 일을 시작한다고 했을 때 엄마는 가장 먼저 지 변호사님께 좋은 신랑감을 소개해 주십사 말씀하셨고, 지 변호사님께선 또 거기에 장단 맞춰 윤지환 씨를 추천했었다.

윤지환 씨에 대한 지 변호사님의 후한 평가에 언니가 회사로 찾아온 윤지환 씨를 마음에 들어 한 건 당연한 수순처럼 느껴질 정도였다.

가족들은 곧 윤지환이란 사람의 이름과 직업, 성품에 대해 이야기하며 은근히 지원을 압박하기 시작했는데, 지원이 여전히 엄마가 치 떨려 하는 혜성, 유현민을 사랑한다 말하면 어떤 반응들을 보이실지. 그의 어머니 못지않게 지원 가족들의 반대 또한 거셀 것은 자명했다.

띠리리리링~ 띠리리리링~

"여보세요?"

지원은 걸려온 전화기의 스피커폰을 누른 뒤 시선은 계속 앞에 두고 핸들을 돌려 좌회전을 하고 있었다.

— 나야.

"……훗. 알아요. 출근 잘 했어요?"

— 그럼. 지원이 말 잘 들어야지. 새 옷으로 갈아입고 출근했으니까 걱정하지 마.

"네."

— 출근하자마자 바로 전화했었는데. 전화 안 받더라 아침부터 바빴어?

"아. 의뢰받은 병원 현장회의가 있었어요. 지금까지 계속 거기 있다 나오는 길이었거든요. 전화 못 받아 미안해요."

— 아니. 네가 힘들어 걱정이지. 전화야 바쁘면 못 받을 수도 있는 거고.

"양심은 있네요?!"

— 어?

"어젯밤 내내 괴롭힌 사람이 양심은 있다고요. 아니, 정정. 새벽 내내 아침까지."

서슴없이 생각하는 것을 꺼내 놓는 지원 때문에 현민의 가슴이 간질거렸다.

— 하하하하.

"너무 웃지 마요. 나 기절시키는 거 은근히 뿌듯해하는 것처럼 들리니까."

— 사실은…… 그래.

여전히 눈가에 웃음을 매단 그가 즐거운 듯 말했다.

"허……."

— 그럼, 절반만 진담이라 치자. 일하는 건 안 힘들어?

지원의 반응에 서둘러 말머리를 돌리는 그의 목소리에 지원은 어이없는 표정을 지으며 보이지도 않는 그를 향해 고개를 설레설레 젓다가 대답했다.

"괜찮아요. 내가 좋아서 하는 일인데요, 뭐."

— 일하는 게 좋아? 체력도 약하면서, 이걸 다행이라 그래야 하나?

"오빠만 덜 건드리면, 그렇게 체력 달리진 않아요."

— 그건 절대 불가능인데.

"오빠도 피곤하진 않아요? 두 시간밖에 못 잤잖아요."

— 그 정도 잤으면 평소 수면시간을 다 채운 건데 뭘. 어젠 숙면해서 평소보다 푹 잔 느낌이야. 고마워.

"……."

지원은 코끝 찡한 것을 참고 있었다. 이 사람과 이런 대화를 주고받을 수 있다는 것이 지원을 이따금 불쑥불쑥 가슴을 뭉근한 통증으로 채우고 일렁이게 할 때가 있었다.

자신이 없는 동안 그에게 생긴 불면증과 그걸 견뎌 낸 시간들이 마음 아픈 지금처럼.

— 그런데 지원아. 나 일하다가 자꾸 어깨에 손이 올라간다.

말이 없는 지원은 아직 불안했다. 그래서 자극하고, 그래서 둘의 시간을 일깨우려 했다.

"왜요?! 어디 아파요?! ……아, 오빠!"

일도 많고, 만날 사람도 많은 사람이 어디 아프기라도 하면 큰일인데, 금세 걱정스런 표정이 되어 심각하게 묻던 지원의 얼굴이 뭔가를 깨달은 듯 붉게 달아오르며 당황스런 표정으로 변해 버렸다.

— 풋, 네가 내 몸에 자국 남긴 게 처음이잖아. 기분 좋아서 그래. 기뻐.

새벽녘 마지막 사랑 나눌 때 지원은 너무 정신이 없었다. 온몸이 사라져 버리는 것 같은 환희를 느낀 것까지는 좋았는데, 문제는 정신이 좀 돌아와 눈을 떠 보니 그의 어깨에 손톱자국이 남아 있었다.

손톱을 늘 짧게 자르고 다니는 지원이라, 자신의 손톱이 그의 어깨에 상처를 낼 것이라고 생각지 못하고 힘이 들어가는 대로 꽉 움켜잡았던 모양이었다.

"짓궂게 굴지 마요. 너무 몰아붙였잖아요. 오빠가……."

— 하하하. 알아.

"아프진 않아요?"

지원은 아무도 보지 않는 차 안에서 혼자 얼굴을 붉혔다.

— 그건 내가 물어야지. 몸은 괜찮아? 어디 아픈 덴 없고?

"온몸이 아프긴 해요. 너무 무리했나 봐."

— 아파서 어떡하지? 오늘은 좀 쉴 수 없나? ……그래도 전보다 잘 따라오긴 하더라. 많이 늘었어, 우리 순둥이.

못됐다, 진짜. 볼이 붉어진 지원의 입술이 아프도록 세게 다물렸다.

— 지원아?!

"……왜요."

뾰로통한 목소리. 지원이 가족에게조차 잘 보이지 않는 모습이라 현민은 지원의 투정이 늘 기분 좋았다.

— 왜 말 안 해. 점심은 어디서 먹어?

"……."

— 민지원.

현민은 지난밤 고개 돌려 다른 곳을 보는 것조차 허용하지 않으려 했던 것처럼 잠시간의 침묵도 못 견뎌 했다.

이 남자…… 원래 이런 사람 아니었던 것 같은데. 일 년이란 시간이 그를 너무 쉽게 조바심 내는 남자로 바꿔 놓아 버렸다.

"……오빠가 사 주게요?"

— 어딘지 말해 주면 갈게.

"약속 없어요?"

— 취소해도 되는 일정이야.

"아니에요. 그러지 마요. 나 조금 이따가 로컬 원장님 만날 건데 아마 거기서 같이 먹게 될 것 같아요."

— 또 남자겠지?

"누구?"

— 원장들 말이야.

"네. 푸흡! 지난번부터 왜 그래요?!"

— 신경 쓰여. 기분 별로야.

"일하는 데 남자 여자가 어디 있다고. 진료시간엔 바쁘니까 점심시간에 밥 먹으면서 회의도 하고 그러는 거예요. 그럼, 내가 저녁때 미팅했으면 좋겠어요?"

— 그건 안 되지.

"그러니까. 그러지 마요."

불안해한다. 웃으며 장난삼아 말해도, 그의 가슴속에 아직 불안이 살아 있다는 것을 지원은 느끼고 있었다.

잠자리에서 집요하게 따라붙는 손길과 사랑을 나누면서도 눈동자를 고정시키고 자신과 눈 마주치길 바라는 소유욕이 부쩍 강하게 느껴졌다. 믿음을 주어야 할 텐데. 한 번 떠났던 내가 그에게 어떻게 해야 믿음을 줄 수 있을까. 무의식 속에 잠재된 그의 불안을 어떻게 덜어 낼 수 있을까.

— 알았어. 아무 말도 안 할 테니까 점심때 만나 회의든, 뭐든. 기왕이면 현장엔 담당자들 내보내고, 아니면 동석하든가.

"알았어요. 그럴게요. 그런데, 아무도 신경 안 쓰는데 오빠만 그러는 거예요. 남들이 알면 웃겠어요."

— 안 웃어. 다른 사람은 신경 쓰지 마.

그의 불안을 느끼면서 지원은 문득 어디선가 들었던 말이 떠올랐다.

사람은 소중한 사람을 소중히 여기는 것이 아니라, 떠날까 봐 걱정되는 사람을 소중히 여기며 산다는 말. 지금 그의 사랑은 온전히 자신만을 향한 것인지, 과거의 상처가 투영된 불안이 덧입혀진 감정인지 의문이 생겨났다.

사랑은 감사를 모르는 존재이고 늘 더, 더를 외치는 삶이라는데, 지금 우리도 그렇게 변해가는 건 아닌지. 만나기만 해도 꿈결 같던 우리가 더 보지 못해, 더 안지 못해서 조금씩 미쳐 간다.

"사랑해요."

지금 지원이 그를 위해서 할 수 있는 건 그가 제게 사랑을 구걸하지 않도록, 그래서 채워지지 않는 감정의 허기에 스스로를 상처 내고 더 깊은 불안에 빠져들지 않도록 만들어 주는 일뿐이었다.

— ……사랑해. 지원아.

갑작스레 낮아진 그의 목소리가 귓가를 간지럽혔다. 첼로처럼 낮고 부드러운 울림이 있는 저음이 듣기 좋아 깜빡깜빡 눈꺼풀을 감았다 뜨길 몇 번 그의 목소리가 다시 들려왔다.

— 우리 사랑하는 지원이 맛있는 거 사 주고 싶은데, 금요일 저녁에 스케줄 있어?

"응? 아…… 그날?! 나 그날 모임 있어요. 어디 가야 되는 날이에요."

달콤한 몽롱함 속에 빠져들던 지원의 눈동자가 잠시간 흔들리다 다시 또렷해졌다.

— 어디?

"일 때문에 사람들 만나다 보니까 오라는 곳이 많아져서요. 그날은 앞으로 준비하는 일 때문에 안 갈 수가 없어요."

— 무슨 일 준비하는데?

"그냥…… 하고 싶었던 일. 다 준비하면 말해 줄게요."

— 먼저 알면 안 돼? 숨기는 거 없기로 했잖아.

그래. 아무리 작은 것이라도 숨기지 말자 했으니 하나하나 어색하더라도 노력해야 한다.

"작게…… 사회적 기업 해 보려고요. 오빠네 회사 사회복지 공헌사업으로 치자면, 가장 작은 규모 프로젝트쯤 될 거예요. 어쩜 그보다 작으려나? 그래서 말하기 뭐해요."

— 그런 말이 어디 있어. 힘들지 않아? 다른 일도 바쁠 텐데.

"꼭 하고 싶어서요."

— 그럼, 우리 그룹 사회공헌 사업팀하고 연결해 줄까?

"아뇨. 공은 공대로. 오빠 때문에 연결되는 건 안 할래요."

— ……힘든 일 있으면 말해.

더는 뭐라 하지 않았다. 돈 안 된다고, 힘들다고, 하는 일이나 잘하라고 핀잔 주지 않아 고마웠다. 사랑한다는 이유로 너무 가까이 다가와 햇빛을 가리지도 않고, 신선한 바람을 막아서지도 않는 사람이라 감사했다.

"오빠."

— 어?

"오빠가 나 힘들까 봐 걱정하는 거 알아요. 언제든 필요하면 말할게. 고마워요."

진실한 지원의 목소리에 현민은 마치, 그런 지원을 마주 보고 있는 것처럼 대답했다.

— ……나도 고맙다.

"아, 오빠 목소리 자꾸 들으니까 가슴이 막 뛴다. 어떡해요. 운전해야 되는데 집중이 안 돼."

파르르……. 가슴이 봄날 연한 꽃잎처럼 떨려 댔다. 그를 향한 사랑이 가슴에 고이다 못해 넘쳐흐르는 것 같더니, 문득 눈가가 뜨거워졌다는 느낌이 들었다.

— 너! 운전 중이야?!

"네."

— 차 세워! 어딜 운전하면서 전화를 받고 그래! 빨리 세워!

"그러지 말고 전화 끊어요. 나 약속시간 맞춰 가려면 빨리 가야 돼요. 미안. 끊어요."

작게 웃으며 그에겐 보이지 않았을 눈물을 손등으로 훔쳐 내는 지원은 행복했다. 전화 한 통에 울고 웃는 자신이 바보 같았지만 그래도 좋았다. 차라리 매일 바보 같이 웃으며 사는 것이 맨정신으로 살아 내려 애썼던 지난 시간보다 훨씬 사람 사는 것 같기만 했다.

띠리리리링~ 띠리리리링~

끊기가 무섭게 걸려오는 전화벨 소리를 들으며 지원은 이젠 전화벨 소리도 좀 예쁜 걸로 바꿔야겠다 생각했다. 먼저 끊어 부회장님 자존심이라도 상했냐고 물어볼 요량으로 웃으며 전화를 받는 지원의 표정은 무척이나 밝았다.

"여보세요?!"

여전히 눈을 도로에 둔 채 또랑또랑한 맑은 목소리로 전화를 받았지만 상대방은 대답이 없었다.

지원은 의아한 눈빛으로 머리를 까닥거린 뒤 막힌 도로 사정으로 앞차와의 간격을 지키며 차를 멈춰 세우는 막간을 이용해 핸드폰을 들여다봤다.

— 여보세요.

지원은 의아한 표정과 뒤섞인 탓에 약간 희미해지긴 했지만 여전히 반쯤 웃고 있던 표정이 갑자기 차갑게 굳었다. 휴대폰에 뜬 전화번호 끝자리가…… 눈에 익었다.

"네. 민지원입니다."

— 갤러리 라무입니다. 잠시만 기다려 주십시오. 관장님 연결해 드리겠습니다.

아주 부드럽고 청아한 음색의 피아노 선율이 흘러나왔다.

신호 연결음. 이런 전화도 꼭 비서를 통해 연결하라 시키셔야 했을까. 수준이 안 맞아서 직접 손으로 버튼 누르는 것조차 불쾌하신 걸까.

— 나 유현민 부회장 어미 되는 사람이에요. 통화 좀 했으면 하는데.

알고 있다. 단 한 음절만 듣고도 머리보다 더 빨리 수화기 너머 얼굴을 기억해 낸 온몸의 세포들이 잘게 떨어 대며, 지난 시간을 생생히 기억하고 있다고, 무던하게 잊고 덮어 둔 것이 아니었다고 알려 오고 있었다.

"잠시만 기다려 주십시오. 운전 중이라 차 세우겠습니다."

입 안쪽 부드러운 살을 잘근 깨문 지원이 비상등을 켜고 다시 움직이기 시작한 차들 사이를 무리하게 빠져나가 인도 옆에 차를 멈춰 세웠다. 그동안 자신도 모르게 참고 있었던 숨을 몰아 내쉰 지원이 마음의 준비를 하듯 마른침을 삼킨 후에 다시 전화를 받았다.

"이제 통화 가능합니다. 말씀하십시오."

잠시간의 침묵으로 예민해진 귀는 들려오는 숨소리에서라도 뭔가를 알아낼 것처럼 서로를 경계하는 두 사람의 긴장만을 전해 주고 있었다.

— 우리 부회장. 다시 만난다고요.

묻는 것이 아니라 확인된 사실을 말하는 질책이었다. 아무리 당당하고, 차분하게 굴려 해도 철렁 내려앉은 가슴따라 어깻죽지까지 퍼져 나간 자잘한 신열은 이미 느껴 버린 뒤였고, 가슴은 기분 나쁘게 쿵쾅거리고 있었다.

그를 볼 때마다 미친 듯이 뛰어 대던 심장은 그의 어머니를 향해서도 미친 듯이 뛰어 댄다. 단지 그 의미가 조금 많이 다를 뿐. 입안이 마르기 시작했다. 갑갑하고, 기막힌데 옆에 있다 이렇게 놀라하는 모습에 더 분개하며 전화기를 빼앗고, 저 대신 화내 줄 사람은 아무도 없었다. 왜 이런 순간엔 늘 혼자인 걸까.

"그렇습니다."

무감한 목소리를 내길 원했지만 저도 모르게 꿀꺽 삼켜진 침이 깔깔한 목에 걸려 우스운 소리를 낸 것은 아닌지, 지원의 눈썹이 살짝 찌푸려졌다.

— 나를 한번 만나야겠군요. 바쁘지 않다면 지금 바로 갤러리로 와 줬으면 하는데.

"……업무 중이라 외부 선약이 있습니다. 괜찮으시다면 퇴근 후에 찾아뵈었으면 합니다."

'그래. 나는 업무 중이다. 불쑥 전화해서 당연한 것처럼 오라 마라 하는 것이 비상식적인 일이지. 나는 지금 매우 이성적으로 입장을 표명하

237

는 중이니 괜찮다. 비굴하게 굴지 말자.'

— 난 지금 아니면 1시간 반 뒤에 시간이 있으니까. 그때 보기로 하죠.

"전……."

딸깍.

멍하니 멈춰진 눈동자, 멈춰진 호흡, 멈춰진 움직임. 서희 여사는 그렇게 지원이 상식적이든, 이성적이든 상관없이 간단하게 끊어 버렸다. 자신의 대답을 예의 있게 경청해 줄 거라 기대를 한 것은 아니었지만, 그래도 대답하려는 순간 완벽한 무시로 끊어져 버린 전화는 그녀의 기분을 한층 더 낮은 곳으로 내던져 버렸다.

개미. 공원에 나가면 흔히 보게 되는 까맣고 살이 통통하게 오른, 밟아 죽이기 딱 좋은 성가신 개미. 처음 뵈었을 때부터 그런 대접을 받고 있는 중이니까, 이런 무례함 따윈, 새삼 놀라울 일도 아니지.

"흐……후우……."

입까지 벌려 가며 크게 다시 들이마셨다 내뱉은 숨이 매캐한 연무였던 양 목이 따가웠다. 갑갑한 가슴이나 아파 오는 목 같은 건 안중에도 없는 지원의 머리가 예전처럼 복잡하게 뒤엉키기 시작했다.

만나게 될 거란 걸, 조만간 한 번은 부딪쳐야 된다는 걸 짐작하고 있었지만, 당사자조차 현실을 받아들이기 버거울 정도로 겨우 며칠 전에 일어난 일인데 그분은 어찌 이토록 빨리 연락하신 걸까. 우연히 아시게 되었다 생각하기엔 그동안 그녀가 겪은 일들이 너무 많았다.

아직까지 감시하시고 계신 걸까. 어떻게 해야 할까. 이젠 숨는 것도 하고 싶지 않고, 그와는 절대 헤어질 수 없는데. 가만히 숨 돌릴 틈이라도 주시면. 그게 그렇게 안 되는 일일까.

생각에 생각을 거듭하던 지원은 다시 차를 몰아 약속된 성형외과가 입주하고 있는 빌딩 주차장에 도착했다. 진료시간이 끝나고 점심시간이 시작되기 전 직원들에게 인사를 건네고, 성의 있는 표정으로 원장을 기다려야 하겠지만, 복잡한 심경을 감출 수 없었던 지원은 몇 번이고 통화

목록을 들여다보며 차에서 쉽게 내려서지 못했다.

자그마한 로컬체인이라 담당사원을 내보내도 되었을 일인데 굳이 지원을 만나겠다 말씀하신 원장님 요구에 미팅 약속 잡았던 지원의 얼굴에 그림자가 드리워졌다. 이 표정으로 어떻게 고객을 만날 수 있을까.

분위기를 바꿔 보려, 마인드 컨트롤을 위해 멀쩡한 손가락을 쥐었다 폈다, 얼굴근육을 풀어 가며 웃음근육을 풀어 보는 지원의 얼굴엔 아직도 긴장감이 역력했다.

넘어갈 것도 없는 침을 몇 번이나 넘기며 목을 꼴딱거리는 지원의 눈길이 현실감각을 되찾으려는 의지와는 상관없이 머릿속 저 어딘가, 자주 찾지 않던 먼 곳으로 둥둥 떠가기 시작했다.

과거로 밀어 둔 생각과 고민, 그래도 될까와 이제 그래야 한다는 생각들이 부딪혀 방금 전 환한 웃음을 연습하던 그녀의 고운 아미를 휘어지게 만들었다. 어느새 다시 심각해진 얼굴로 아랫입술을 살짝 깨물며 결심을 굳힌 지원이 휴대폰을 들었다.

— 뚜르르르. 뚜르르르. 뚜르르르.

이제는 그에게 모든 것을 말하고, 의지해 보자. 혼자 생각하지 말라던 그였으니까. 기꺼이 들어 줄 것이다.

— 네. 유현민 부회장님 전화입니다.

생각과 다른 이의 목소리가 들려오자 지원의 핏기 가신 아랫입술이 천천히 깨물려졌다.

"……저 문 비서님. 부회장님 멀리 계신가요?"

— 아. 민 사장님. 안녕하셨습니까.

"……네. 안녕하셨어요."

사람에게 인사도 건네지 않고 용건부터 들이밀다니, 자신의 결례에 기분 상한 티를 낼 만한 문 비서님은 아니시지만, 벌써부터 흔들리는 스스로가 못마땅해 지원은 눈을 감았다.

— 네. 저는 덕분에 잘 지냈습니다. 그런데 죄송합니다만 부회장님께

선 지금 중요한 오찬 모임 중이십니다. 긴한 자리라 휴대폰을 제게 두고 가셨는데 급한 일이십니까?

조금 전 취소 가능한 점심약속이라 했으면서. 밥 사 주러 올 수도 있다고 했으면서…….

"아니에요. 언제쯤 통화가 가능하실까요?"

— 이제 막 들어가셨으니 일반적으론 한 시간 반에서 두 시간, 경우에 따라 조금 더 늦어지시는 때도 있습니다만…… 원하시면 지금 바로 연결해 드리겠습니다.

밍그적밍그적 미련 떠는 목소리는 짜증스럽다. 그러니 깔끔하게. 상황이 이렇게 칙칙하니 하는 짓이라도 산뜻하게. 지원은 되도록 짧은 답으로 전화를 마무리하고 싶었다.

"사담이니까 저는 나중에 다시 전화드릴게요."

그러는 게 좋겠지. 난 그 사람 마음이 상하든, 머리가 복잡해지든…… 모든 걸 말할 생각이니까. 휴대폰 내려놓고 참석할 만큼 중요한 자리라면, 나중에 전화하는 것이 좋겠어.

— 메모라도 남기시면…….

"아니에요. 메모 필요 없는 일이에요. 다시 걸겠습니다. 바쁘신데 죄송합니다."

— 아닙니다. 민 사장님 전화를 놓쳤다간 제가 큰일 납니다. 언제든지 전화 주십시오.

머릿속은 터져 나가는데, 전화통화가 길어진다. 한쪽 눈이 저절로 감겨질 만큼 튼튼한 부리를 가진 딱따구리가 오른쪽 관자놀이를 열성적으로 쪼아 대는데, 일상의 멘트를 이어 가는 문 비서의 목소리가 평화롭게 들려왔다.

"제가 감사합니다. 그럼 이만 끊겠습니다."

— 네. 부회장님 나오시는 대로 전화 주셨다고 전하겠습니다. 들어가십시오. 민 사장님.

작은 대답을 끝으로 전화를 끊은 지원은 전면유리창 가득 보이는 하얗고 파란 하늘을 올려다보았다.

한여름 멀쩡한 하늘이 12월 눈 오기 전 뿌옇고 무거운 하늘같이 보여, 쓰게 입술을 비튼 지원이 운전석 깊이 몸을 기대앉았다. 조심스레 눈두덩을 눌러 봐도, 양쪽 관자놀이를 세게 눌러 봐도 갑자기 생겨 버린 두통은 가라앉지 않았다.

약속시간 5분 전에 맞춰 놓은 휴대폰 알람이 시끄럽게 울어 댔다.

빠─밤 빰빠밤. 빰빰빠밤 빠바바밤 빠밤빠 빠바밤.

황당하게 울려 퍼지는 필 소 굿. 제가 선택한 알람벨이건만 이토록 분위기 파악 못 하고 울려 퍼질 줄이야. 전화기를 무음진동으로 설정한 지원은 억지로 입가를 끌어 올려 굳어진 얼굴근육을 풀었다.

'그래. 이 모든 것도 결국 지나갈 테니. 이거 내면 추억이 될 테지만, 피하고 좌절하면 몇 십 년이 지나도 끝까지 상처 거리로 따라붙겠지. 그러니까 이젠 부딪혀야 한다. 털어 버려도 될 일들까지 기억하면서 기어이 상처받고야 마는, 그것이 당연한 것처럼 여기는 심약한 마음 따윈 이제 내던져야 한다. 아파 봐라 작정하고 찔러 대도 절대 아파하지 않을 수 있게. 그래서 그를 받아들인 제 결정이 저에게, 또 그에게 상처가 되지 않게.'

이제 지원은 그래야만 했다.

마음만큼 처지는 몸과 표정의 무거움을 털어 내며 미팅에 늦지 않기 위해 차에서 내려선 지원의 구두 소리가 건물 2, 3층에 자리한 성형외과로 올라가는 내내 더디게 울려 퍼졌다.

삐리리릭.

"관장님. 민지원 씨 도착하셨습니다."

— 지금 조금 바쁘니까 밖에서 기다리라고 해요.

"네. 관장님."

송 비서는 대여섯 걸음 떨어진 대기석 소파에 조용히 앉아 있는 지원을 바라보았다.

"관장님께서 바쁜 업무 때문에 잠시만 기다려 달라 하셨습니다."

"네."

지원은 자신 앞에 놓인 감각적인 투명한 잔에 연둣빛 찻물이 맑게 담겨 있는 모습을 바라보았다. 복도를 타고 들어오는 음악소리가 아주 작게 들려오긴 했지만 이곳, 관장실 앞을 지키고 있는 비서실은 너무나 적막했다.

목에 뭐가 걸린 것 같아 흠, 소리라도 내면 금세 송 비서의 시선이 자신에게로 꽂혀 들 것만 같은 긴장된 분위기에 피로감이 더해 갔다.

매번 스트레스에 너무나 충실히 반응해 주는 위장은 벌써부터 움직임이 둔해져서 로컬체인 원장님과 마주 앉아 몇 술 뜨지도 못한 밥 알갱이들이 단체로 줄 서서 내장을 찔러 대는 것만 같았다.

가슴이 메어 올수록 얼굴이 붓는 느낌에 지원은 허리를 쭉 펴고 자세를 바로 해 이젠 일상이 되어 버린 동작을 계속해 나갔다. 엄지와 검지 사이를 잡고 꾹꾹 내리누르는 지원의 움직임이 덧없이 이어졌다.

30분, 어느새 자리에 앉아 송 비서에게 차를 대접받은 지 30분이 지났지만 지원이 앉은 자리도, 굳게 닫힌 관장실 문도 달라진 것은 없었다.

한 모금도 마시지 못한 허브티는 잔 표면에 송골송골 땀방울 같은 물방울을 무겁게도 많이 매달고 있다가, 이젠 가느다란 긴 줄을 만들며 흘러내려 잔받침에 흥건히 고여 물웅덩이를 만들어 내고 있었다.

그것을 바라보던 지원의 입가에 순간적으로 소리 없는 쓴웃음이 물렸다 사라졌다.

언제까지 이어질지 모를 징벌적 대기. 지원은 송 비서에게 화장실 위치를 물어 복도로 빠져나왔다. 타박타박……. 힘없이 느릿하게 걷던 지원은, 눈앞의 미팅만 처리하고 다른 일들은 모두 내일로 미뤄 가며 촉박한 시간에 애면글면 달려와 겨우 한다는 짓이 비서실 대기석에 앉아 시간 죽이기라는 것에 작은 한숨을 흘렸다.

송 비서가 알려 준 대로 복도 끝 좌측에 자리한 화장실은 아이보리빛 부드럽고 깨끗한 대리석 벽과 칸 넓은 바닥 타일에 노르스름하고 부드러운 조명이 쏟아져 내리고 있어 비서실 대기석보다 오히려 지원의 마음을 편하게 했다.

입구에 있던 파우더룸에 작은 소파가 있었지만 지원은 찬물에 손을 담그고 싶어 화장실 세면대 쪽으로 걸음을 옮겼다. 세면대는 성인 여성 세 명이 여유로운 간격으로 서서 손을 씻어도 불편하지 않을 만큼 충분히 넓었고, 그 공간만큼 벽면을 채운 세면대 거울은 부드러운 조명에 비친 지원의 모습을 머리부터 무릎까지 비쳐 주고 있었다.

커다란 세면대 거울에 비친 자신의 얼굴이 낯설어 지원은 거울에서 눈을 떼지 않고 벽에 비스듬히 기대어 섰다.

'뭐가 그렇게 겁나, 민지원?'

지원은 긴장한 날 선 눈빛을 가진 제 모습이 싫어, 벽에 기대섰던 몸을 바르게 세웠다.

'못 할 줄 알았는데 회사도 체계 잡아 번듯하게 꾸렸고, 널 사장님이라 믿고 따르는 직원들도 있고, 널 향해 일렁이는 눈빛으로 존경한다 말하는 센터 아이들도 있는데, 넌 왜 그 사람들을 배신하듯 이 모양 이 꼴인 거야. 그 사람들이 믿어 주면 너도 좀 더 당당하게 굴어야지! 전보다 사는 것도 여유로워지고, 꿈도 가진 네가 왜 기죽어!'

지원 안의 나약한 목소리가 우물쭈물하는 목소리로 변명하려 들었다.

'그 사람의 어머니잖아. 내가 어머니에게 잘못하면, 그 사람 어머니가 계속 날 미워하면…… 어쩌면 그 사람과의 끝이 더 빨리 다가오게 될 것 같아. 겁이 나.'

제 안의 저이지만, 맘에 안 드는 한구석의 비굴함에 인상이 찌푸려졌다. 그것도 머리를 쓰는 거라고 쓰고 있는 거니.

'잘 보이고 싶어? 그 사람 어머니에겐 천하에 둘도 없는 현모양처감,

순하고 말 잘 듣는 며느릿감이라 착하다 소리 들어가며 점수 따고 싶어? 그 사람이 아무리 핍박받아도 어머니께 잘하는 효부감이라는 시선으로 널 바라봐 주길 바라는 거야? 그래서 널 절대 싫어할 수 없도록? 이렇게 찍소리도 못 내고 밟히면 밟히는 대로 엎드려 있으면, 정말 그렇게 봐 주기는 한대?

소리 없는 분노를 터트리고 있는 지원의 얼굴이 세면대 거울에 모두 비치고 있었다.

'진짜 네 속마음은 뭐야? 뭔데 이러고 있는 거야! 너 그 사람 마음 못 믿어? 아직도 뭐가 불안해서 이러는 거야!'

'못 믿는 건 아니야. 하지만, 주변에서 계속 흔들잖아. 그 사람에겐 중요한 가족이고. 이런 입장에 놓인 내가 싫어.'

그래. 이런 상황 정말 싫어. 뭘 해도 욕먹는 걸 알면서도 모르는 척, 눈치 없는 척 버텨야 하는 상황. 그 꼴이 우스운 걸 알면서도 그마저도 외면해 가며 그를 놓을 수 없는 내 마음도 힘들단 말야.

'그게 다야? 그래서 어떻게 하고 싶다는 생각 같은 건 해 본 적 없어?'

'……할 수 없어.'

'왜 못 해! 해 봐! 혼자 있는데, 소리 내는 것도 아니고 생각조차 맘대로 꺼내지 못하면, 이 세상 어떻게 살래! 입 있어도 말 못 하고, 머리 있어도 생각 못 하면 네 존재가 이 세상에 남아 있기는 한 거니? 그렇게 사는 건 남 눈치 보며 사는 거잖아. 진짜 네가 아니잖아!'

'모두에게 욕먹을 거야.'

거울을 바라보며 생각하던 지원의 시선이 세면대 위로 힘없이 떨어져 내렸다. 그녀의 눈에 담겼던 화도 모두 흩어진 안개처럼 흔적 없이 사라지려 하고 있었다.

그러면 그 빈 곳엔 늘 참고, 인내하고, 견뎌 내기만 하던 민지원의 눈빛이 들어차겠지? 그 순간 다시 들린 지원의 얼굴이 세면대 거울에 비친 자신의 모습을 노려보듯 바라보았다.

'누구도 널 욕할 자격 같은 건 없어. 말 좀 하고 살자! 왜 자꾸 맹추같이 굴어?!'

'천륜이잖아.'

세상은 변했다. 유교적 사상이 지배했던 사람들의 의식도 빠르게 변했고, 아무리 천륜이라고는 하나, 부모형제에게 도리를 지키기 위해 반드시 사랑을 포기해야만 한다는 사고를 강제할 만한 근거는 어디에도 없는데, 지원은 스스로의 답답함에 눈을 감아 버렸다.

'천륜? 지겹지도 않니? 그 잘난 천륜 한 마디에 지금까지 따지지도 못하고, 무조건 그쪽이 우선이다 생각하며 지레 포기한 걸 생각해 보란 말야!'

'……'

다시 눈 뜬 지원은 자신의 내면이 부끄러우면서도 실망스러웠고, 그러면서도 속이 시원했다. 아무에게도 말은 못 하지만, 자기 자신에게조차 꺼내 놓지도 못하고, 늘 외면하느라 깊이 생각해 보지도 못하던 것을 건드리는 경험이 그녀를 허탈하게 하기도 했다.

'연애는, 그리고 결혼은 남자든 여자든 그 부모로부터 떨어져 나와 완전한 성인으로 하나가 되는 거야. 이미 분리된 부모의 생각을 강요받아 왜 네 사랑을 포기하는 게 옳다고 생각하니? 사랑하는 사람 마음은 저만치 버려두고, 그 사람 부모님 말만 잘 들으면 그 사람이 기뻐한다니? 두 사람 사이가 더 가까워지고 회복돼? 네가 믿고 따를 사람은 유현민 한 사람이야. 그 사람이 정신적으로 부모에게서 떨어져 나오지 못하는 마마보이도 아니고, 그 사람이 널 선택하고 네가 우선이라는데 너 왜 그래! 세상 사람 모두가 널 향해 착하다, 순하다, 홀어미 밑에서 컸어도 가정교육 잘 받아 예의 바르구나. 그렇게 말해야 네 속이 편하니?!'

'가정교육……'

답답해 터져 나가는 속을 다스리려 입 한 번 안 벌리고 눈을 부릅뜬

채로 거울 안의 자신과 설전을 벌이던 지원의 얼굴에 어느 순간 황망한 빛이 떠올랐다.

가정교육……. 어린 시절 내내 아버지 일찍 돌아가신 것, 엄마 혼자 키우는 거 사람들 입에 오르내리지 않게 늘 예의범절 잘 지키라는 소리를 귀에 못이 박히게 들었었는데 정말 그 기억들 때문일까.

언니와는 달리 친구들은 다 모르는 어느 파 몇 대 손까지 외워 가며 뿌리에 집착하며 유별나게 굴기도 했었고, 친구들 집에 놀러 가서 인사 드리게 될 때면 그 집안 어른들의 차갑게 재단하는 시선이 그녀가 고지식하고 보수적으로 행동할 때에서야 부드러워지는 것을 체험하며 살아왔기에 점점 더 바르게, 엄하게 살려 노력했는지도 모른다.

거기다 재우 모친의 기억으로 하늘에게까지 난 바르다 소리치며, 당당하고자 노력했었으니…… 그런 삶의 자세와 생각들은 점점 더 강화되어 가기만 했겠구나. 그래. 어쩌면 그랬을지도…….

지원은 스스로 너무나 나약하고, 아이 같은 자신의 속사람을 처음 발견한 무안함을 느끼며 거울을 멍하니 바라보았다. 거울에 비친 하얗게 핏기 없는 여자의 모습이 낯설었고, 그보다 지금 이 순간 대면하고 있는 자신의 무의식 속 상처받은 어린 자아의 존재가 당황스러웠다. 인정하는 것. 제 안에 감추는 창피한 감정과 생각들.

세상에서 구분지어지고, 내쳐지지 않기 위해 어린 지원은 그토록 바르게 살았었던 걸까. 모르겠다. 어쩌면 누구에게나 좋은 사람, 올바른 사람이라 칭찬받고 싶었는지도 모르겠다.

그어진 선에서 조금만 벗어나면 독특하다, 창의적이다 대신 특이하고 모났다, 그럼 그렇지 소리를 듣게 되는 것이 싫었다. 편모슬하에서 자라난 아이는 누구도 변호해 주지 않는다는 것을 알았기에 더 필사적으로 사람들이 바르다고 선 그어 놓은 것에서 벗어나지 않으려 애썼는지도 모른다.

어릴 적엔 한 번쯤 팔랑팔랑 나비처럼 금을 벗어나 자유로웠어도 됐을 일인데, 사고마저 의식마저 틀에 박혀 스스로 생각과 행동의 자유를 구속하며 지내 왔던 지난 시간의 민지원. 전혀 행복하지 못했던 민지원이 있었다.

지원은 드디어 제 앞에 모습을 드러낸, 아니 늘상 자신 안에 존재하며 끊임없이 세상 잣대를 신경 쓰라 말하는 나약한 민지원에게 마지막 선고를 하듯 거울 속 자신의 모습을 바라보았다.

'지원아. 이젠 어떡할래? 그를 만나 처음 선 밖으로 튀어나온 그날부터 넌, 이미 바르지 않아. 세상의 정의로움을 적어 둔 책엔 그런 식의 만남은 기록되어 있지 않아. 그런데도 넌 아직…… 착한 아이 놀이가 하고 싶니? 이제 조금씩 마음도 어른답게, 생각도 어른답게…… 착하다 소리보단 네 사랑을 먼저 지키고 책임지는 사람이 되어 보기로 했잖아. 사람들에게 착하다 소리 듣고 바르게 사는 것보다, 사람들 시선엔 뭐 하나 꿀린 것 없이 당당해도 네 사랑과 그 사람 앞에선 한없는 배신자가 되어 고통받기보단, 조금 욕먹더라도 그와 함께 행복해지는 삶을 선택했잖아. 이젠 좀 자유로워져. 네 틀에서 그만! 제발 좀 나와 봐. 아무도 대신해 주지 않아, 이런 일 같은 건. 더럽고, 치사하고, 모욕적인 것도 다 네가 겪어야 해. 그래도 여전히 그의 손을 잡고 싶은 거면 당당해져. 그분 어머니 앞에서도 네 뜻만 말씀드리고 아픈 말씀은 흘려 버리고 견뎌. 견디고 빨리…… 집에 가자. 가서 자자. 자고 나면 기운이 좀 날 거야.'

지원은 수도꼭지 가까이 두 손을 모아 가져갔다. 쏴아 하는 소리와 함께 거센 물살이 부드러운 공기방울과 섞여 마사지하듯 흘러나왔다.

손을 씻고, 입가를 끌어 올리는 연습을 하며 고개 들어 입술 따라 웃고 있는 거울 속 눈빛을 바라보았다. 눈이…… 웃고 있었다. 눈을 휘며 웃을 때마다 눈 밑 애교살이 얇게 도톰해져 올라왔고, 눈빛도 조금…… 부드럽게 빛이 난다.

'그래, 됐다. 이 정도면. 이 정도라도 편안한 표정 지을 수 있으면 잠깐이라도 만나 뵙고 가자. 아니, 이제 그만 기다리고 집에 가자. 이만큼 투명인간 취급받으면서 기다려 드렸으면 원하시는 만큼, 속 시원해지셨을 테니 이제 그만 돌아가자. 문 비서에게 연락받고 놀랐을 그 사람에게 맛있는 밥이라도 사 달라 해야겠다. 따뜻한 장국물이라도 입에 떠 넣으면 얹힌 듯 막혀 버린 속도 좀 풀릴 테니…… 그다음엔 그 사람 품에 안겨 자는 거다. 저녁에 선약이 있어 바쁘다 하면…… 그래, 오늘 하루는 절대 양보 못 한다 떼써 보는 거야. 아마 황당해하겠지? 그래도 오늘은 그래 보자. 날 위해 하루쯤은 내놓으라고 당당히 말하고 그에게 안겨 있자. 그는 날 사랑하니까 안아 줄 거고, 그거면 되는 거지. 내가 선택한 가장 중요한 것은 이제…… 그 사람이니까. 아플 땐 가장 소중한 것을 품고 자면 다 나을 거야.'

한편 40여분간 손님이 들지 않은 조용한 관장실에서는, 긴 시간 홀로 앉아 가끔씩 서류를 넘기며 여유롭게 시간을 확인하곤 하던 서희 여사가 방금 전 걸려온 전화 때문에 감정을 조절하지 못하고, 잔뜩 힘준 손으로 수화기를 들고 앉아 있었다.

— 지원이 불러 상처 주시면 제가 어머니 다신 안 찾아뵌다 말씀드렸는데도 이렇게 부르셨으니 어머니 뜻이 무엇인지 잘 알겠습니다. 저 곧 도착합니다. 그리 아십시오.

"아들이 만나는 여자, 어미가 불러 고작 이야기 몇 마디 하는 것뿐인데, 그조차 이리 못 보아 넘기는 것이냐?"

— 어머니께서 제 전화 피하시는 이유와 같은 이유일 겁니다.

이 전화를 받기 전 연속적으로 걸려오는 아들의 전화를 받지 않으려 엎어 두었던 휴대폰이 끊임없이 떨어 대서 보다 보다 못 해 받은 전화였다. 그래도 아들의 전화였으니까.

"그러게 안 좋은 이야기 나올 아이를 왜 만나!"

— 그 사람을 그렇게 보는 건 어머니뿐이십니다. 하실 말씀 있으시면 가서 듣겠습니다. 지원이…… 제가 갈 때까지 그대로 놔두십시오.

W호텔에서 청화대 오찬 때 말이 나온 정당 후원금 문제로 5대 총수들

간 회동을 마치고 나왔을 때, 문 비서로부터 지원이 두 번이나 전화했고, 시간상 이미 어머니를 만나러 출발했을 거라는 소식에 급히 차를 달리며 라무에 전화했다. 대화 중일 것이라 생각했던 지원이 아직도 대기실에 앉아 있단 소리를 들었을 땐 그 모습이 눈에 선해서 격동했었다.

그 뒤로도 계속 직통전화를 받지 않으시고, 비서실 연결도 피하신 어머니 때문에 화가 곱절은 치솟았지만, 갤러리에 거의 다 도착한 지금까지 지원을 대면하지 않으셨다니, 지금으로서는 차라리 그것이 다행이었다. 모진 말 안 듣게 하고 데리고 나올 수 있겠구나. 현민은 차 안에서 그리 가슴을 쓸어내리고 있었다.

— 관장님. 민지원 씨께서 많이 바쁘시면 다른 날 찾아뵙겠다고 하십니다.

"지금 안으로 안내해요."

— 네. 관장님.

— 어머니!

수화기 너머로 들려오는 대화 내용에 현민이 소리치자 서희 여사가 차갑게 일갈했다.

"내가 네 어미라면 여기 도착하더라도 저 아이와 내 이야기가 끝날 때까지 밖에서 기다려 줄 거라 믿겠다."

전화를 끊은 서희 여사는 괜히 시간을 끌었구나, 연희가 올 때까지 기다렸다 마무리를 단단히 지을 작정이었는데, 입 가벼운 아이가 일을 틀어 버렸구나 싶어 눈에 분기가 가득 차올랐다. 생각보다 오래 기다린다 싶었더니 이렇게 도망갈 구석을 만들어 놓고 있었던 것이었다.

역시, 그러니까 1년을 그리 흔적조차 없이 사라졌다가도 우리 부회장 앞에 뻔뻔하게 나타나 다시 엮인 거겠지.

서희 여사는 지원을 바로 보기보다는, 쉽지 않은 상대란 생각을 먼저 하며 경계부터 하고 있었다. 쓰고 있던 안경을 벗어 책상에 내려놓으며

자리에서 일어선 서희 여사가 책상 옆을 돌아 앞쪽에 자리 잡은 응접테
이블로 몇 걸음 걸어가는 사이 사무실 문이 열리며 송 비서가 들어섰다.
그리고 그 뒤로 아들이 사랑한다는 여자가 걸어 들어왔다.

"앉아요."

"네. 그동안 안녕하셨습니까."

서희 여사는 차분하게 말하며 소파 주인석에 몸을 기대앉았지만 여자
의 인사엔 대답하지 않았다.

아들의 여자, 민지원. 학벌도 이름 있는 대학이긴 했지만 대졸에 그쳤
고, 집안도 볼 것 없는 아이가 지난 일 년간 사라졌다 돌아와서 보여 준
변화는 나름 괄목할 만한 변화였으나, 그 모욕을 당하고도 속을 보이지
않는 이 아이가 두원그룹 최대 주주라는 점을 상기한다면 제 이름으로
창업한 회사는 그저 소꿉장난을 시작한 것에 지나지 않다는 것 또한 알
고 있었다. 저 속을 알 수 없는 눈빛 안에는 무슨 생각이 들어 있을까.

아들을 돈으로 보고 덤비는 간악한 계집아이가 아니라는 것도 다행이
고, 볼 것 없는 아이가 아들 곁에 머무는 것보다야 그나마 두원 최대 주
주라는 점도 사회적으로 볼 때 자존심이 덜 상하는 일이긴 했지만, 사랑
한다면서도 자신을 완전히 드러내지 않고, 태생이 아들과 동류가 아닌
아이를 며느리로 들일 생각 같은 건 추호도 없었다.

더군다나 정재계에 무수히 많은 연줄이 있고, 곱게 자라 가정교육 제
대로 받은 데다 경영수업까지 마친 세호그룹의 장녀 연희와 비교하자면
민지원은 여전히 근본 없이 흔들리는 수초와 같은 여자이지 않는가.

'이런 아이가 이어받으라고 지켜 온 내 자리가 아니야.'

아들의 여자는 소파에 허리를 세우고 앉아 따가운 시선이 이마에 꽂
히는 것을 느끼면서도, 담담하게 눈을 내리깔고 응접테이블에 시선을 고
정한 채 어떤 말이든 시작되기를 기다리고 있는 것처럼 보였다.

"우리 부회장. 만났다지요?"

"네."

"만나지 않기로 했던 것 아닌가? 난 그렇게 기억하는데. 내 기억이 잘못된 건가요?"

느릿하게 소파에 등을 기대앉는 서희 여사의 움직임이 의도적으로 거만했다.

"……일 년 동안 잊어 보려 노력했지만, 그럼에도 잊을 수 없어 다시 만나게 되었습니다. 부회장님도 저도 함께 있어야 행복합니다. 사모님. 더 이상 반대하지 말아 주십시오."

"이러려고 애초에 계획했었나 보군요. 이러려고 돈도 안 받고 깨끗한 척한 건가요?"

"그렇지 않습니다."

지원은 고개를 들어 말끝에 앙칼짐이 느껴지는 사모님의 눈을 마주 봤다.

원망도 성난 눈빛도 아닌, 어떻게 그런 생각을 하실 수 있느냐는 지원의 맑은 눈빛에 서희 여사는 숨을 들이쉬며, 늘 이 아이의 눈을 마주 보게 되면 느껴지는 자신의 몸에 묻은 먼지들이 오늘따라 한층 더 짙어 보이는 것 같아 마주 본 눈을 비켜났다.

이젠 자신 앞에 시간을 구하며 무릎 꿇던 그 아이가 아니란 걸 느낀 순간 뒤틀려 버린 속은 또 다른 화에 불을 붙였다.

"그렇겠지. 두원 최대 주주가 그깟 몇 억에 떨어져 나가 줄 거라 생각하는 사람은 아무도 없을 테니, 뭘 바라는지 말해 봐요."

"그런 것 없습니다."

"대답이 전과 똑같군. 그건 앞으로 계속 만나겠다는 뜻입니까?"

"네. 가능한 사모님 허락을 받고 만나고 싶습니다."

살짝 비틀린 입매로 짧게 코웃음을 내뱉은 서희 여사가 지원을 쏘아보며 말했다.

"그럴 일은 없을 겁니다. 어미 된 내가 아들의 정부를 인정할 수는 없는 일이니까요."

"……네?"

지원을 무례할 정도로 빤히 쳐다보고 있던 서희 여사는 마주 앉은 어린 여자의 눈이 지금 무슨 말씀을 하시는 거냐고 물어 오는 것을 보며 일부러 더 잔인하게 미소 지었다. 어린 여자의 당황스러움에 오랜만에 만족감이 느껴졌다.

"설마 약혼기사도 못 봤다고 할 건가요?"

"그건…… 오보라 정정 기사가 나갔다고 들었습니다."

"누가요? 우리 부회장이 그랬나요? 하…… 그 사람이 그렇습니다. 아직 그렇게밖에 둘러댈 줄을 모르는 사람이에요."

서희 여사는 헛웃음 섞인 표정으로 이야기하다 한순간 차가운 표정으로 얼굴의 모든 감정을 지워 내고는 지원의 눈을 마주 보았다.

"그 기사. 우리 혜성그룹에서 나간 겁니다. 정확하게 말하면 내가 기삿거리 줬지요. 알겠습니까, 민지원 씨?! 세호그룹 독단으로 그 기사가 나갔다면 지금 세호가 저토록 잠잠할 것 같습니까? 사회를 모르는 건가요. 아니면, 그렇게 믿고 싶어서 생각이 없는 척하는 건가요?"

지원의 눈빛은 부정하려 해도 어쩔 수 없이 이미 받아 버린 상처로 인해 아프게 조여들고 있었다.

"세호 지 이사는 내가 며느릿감으로 인정한 사람입니다. 부회장은 곧 집안 상견례를 하고 늦어도 올해 안으로는 결혼식을 올리게 될 것인데, 민지원 씨가 그 사이에 껴서 지금 뭘 하고 있는지 이제라도 잘 생각해 보길 바랍니다."

"저는 유현민 씨와 헤어질 수 없습니다."

핏기가 가신 낯빛을 해서 끝까지 제자리를 지키려 애쓰는 젊은 여자를 서희 여사는 잔인한 시선으로 바라보았다. 먼 기억 누군가에게는 하지 못했던 일을 지금에 와서야 하는 양, 때늦게 찾아온 새로운 분기가 눈속에 다시 형형하게 차올랐다.

"홋. 그럼 계속 이런 식으로 남의 혼사에 끼어들어 흙탕물 끼얹어 가며, 결국 작은집 살이라도 하겠다는 건가요? 그렇게 첩실 살이하다 애를 낳게 된다 해도 그 아인 민지원 씨 아이가 아니라 우리 부회장과 연희 호적 아래로 들어가게 될 텐데, 받아들일 수 있겠습니까?"

그 때 갑자기 사무실 밖에서 뭔가 소란스러워지는 것 같더니 송 비서의 커다란 목소리가 들려왔다.

"부회장님. 안에 손님 계십니다! 부회장님!"

쾅!!

거칠게 젖혀지는 관장실 문이 벽에 부딪치며 큰 소리를 냈다.

"민지원."

차갑게 가라앉은 고저 없는 목소리가 들려왔다. 서희 여사는 미처 현민을 막지 못해 열린 문 앞에 어정쩡하게 서 있는 송 비서와는 달리, 한치의 흐트러짐도 없이 냉혹한 얼굴로 서 있는 아들을 바라보았다.

그러나 현민의 시선은 하얗게 질려 확장된 눈동자로 충격받은 듯 굳어진 지원만을 쳐다보고 있었다. 이윽고 초침 소리까지 들릴 듯 적막해진 관장실에 무게감 있는 구두 소리가 규칙적으로 들려왔다.

"……일어나. 가자."

"……."

지원은 느린 걸음으로 제 발 앞에 멈춰선 반짝이는 구두를 가만히 내려다보았다.

"지원아."

현민은 여전히 굳어 있는 여자의 팔을 잡아 올렸지만 고집스럽게 굳어 있는 지원은 꿈쩍도 하지 않고 소파에 박힌 듯 앉아 있었다. 그러자 현민은 천천히 서희에게로 고개를 돌려 완벽한 타인을 보는 눈동자로 차갑게 말했다.

"제가 분명 그대로 놔두라고 말씀드렸습니다, 어머니."

"부회장! ……연희, 연희를 생각해 봐!"

서희 여사는 드디어 자신을 바라봐 주는, 언제 또다시 시선을 거둬 갈

지 모르는 아들에게 짧게 주어진 기회를 틈타 자신의 뜻을 전하려고 애썼지만, 현민은 차갑게 입술을 비틀며 다시 낮은 목소리로 모든 감정이 지워진 사람처럼 냉정하게 말해 왔다.

"……이제 아무것도 남지 않았습니다. 어머니를 포기하지 말아야 할 이유. 그러니 더 이상은, 아무것도 하지 마십시오."

검게 깊어진 눈동자가 끝을 이야기하고 있었다.

"……."

"가자, 지원아."

조금 전보단 눈동자가 또렷해지긴 했지만, 아랫입술을 깨물며 현민의 부름에도 대답 않는 지원의 모습은 위태로워 보였다. 현민은 이런 일을 겪어 또다시 뒷걸음질 칠지, 언제 또다시 지원을 놓칠지 모를 두려움을 느끼며 턱을 꽉 물어야 했다.

"부회장! 어디 감히 어미 앞에서!"

아들의 여자 앞에서 모욕당했다고 느낀 서희 여사의 고함 소리가 정체된 관장실 공기를 뒤흔들던 순간, 태풍이 몰아치는 사무실 분위기와는 어울리지 않는 아주 차분한 목소리가 들려왔다.

작고 떨리긴 하지만, 마치 이 방의 혼란스러움과는 전혀 상관없는 태연함과 안정감을 지닌 정돈된 목소리였다.

"사모님."

서희 여사는 아들에게서 눈을 돌려 앞에 앉아 자신을 부르고 있는 아들의 여자를 바라봤다.

"제게 하실 말씀, 다 끝나신 건지 여쭙고 싶습니다. 다 하셨다면 저는 제 뜻만 말씀드리고 이만 일어나고 싶습니다."

"민지원!"

빨리 일어나라는 눈빛으로 현민이 손을 내밀어 잡아끌려던 순간, 지원은 그의 소매에 손을 가져다 대며 진정하라는 눈빛을 보냈다.

"잠시만요. 조금만 기다려 주세요."

지원은 현민의 눈동자를 마주 보며 힘주어 말한 뒤 다시 서희 여사에게로 고개를 돌렸다. 서희 여사는 차분한 민지원이란 여자와 그 여자의 말 한 마디에 그대로 멈춰 있는 아들의 모습을 번갈아 바라보았다.

"······내 뜻을 다 이해했다면 일어나도 좋습니다."

"그럼, 제 생각을 말씀드리겠습니다. 저는 평소 사랑하는 사람을 낳아 주신 어머니께 잘하며 살고 싶었습니다. 또 사랑한다는 이유만으로 천륜이라는 모자 사이에 손상을 입히는 나쁜 입장에 서고 싶지도 않았습니다. 누구도 반겨 할 상황이 아니듯 저 또한 그랬습니다."

"지금 그런 말······ 뭡니까."

지원은 자신이 낼 수 있는 가장 평온한 목소리를 내기 위해 발가락을 모아들이며, 힘을 내려 애썼다.

"저는 일 년 전 제가 내린 어리석은 선택을 지금까지 깊이 후회하며 지냈습니다. 그래서 이젠 불편한 상황이 되더라도 현민 씨 곁에 있을 수 있다면, 그렇게 해서라도 떠나지 않을 생각입니다. 자식 된 입장에서 낳아 주신 분들에게 지켜야 할 도리는 지난 일 년간 저희 두 사람 고통 참아 내며 헤어져 보려 노력한 것으로 대신하겠습니다. 그러니 앞으론 사모님께서 아니 어머님께서 저희들 마음을 헤아려 주시길 부탁드립니다."

서희 여사의 눈썹이 사정없이 일그러졌다.

"내 말을 끝내 안 듣겠단 소립니까?"

지원은 조금 전 말을 시작하며 잠시 잡고 있던 현민의 소매를 놓아 버린 것을 후회했다. 그와 맞닿아 있었다면 이렇게 온몸이 긴장되진 않을 텐데. 가볍게 맞붙은 두 다리 위에 다소곳이 마주 잡아 올려 두었던 지원의 손에 힘이 들어갔다.

"저는 현민 씨 곁에 있기로 마음먹었습니다. 어머님께선 저를 부족하다고만 하시는데, 저는 제 힘으로 제 앞가림은 하고 사는 사람입니다. 그보다 더 중요한 건, 세상의 어떤 여자가 저 사람 옆에 있게 된다 해도 그 여잔, 저만큼 현민 씨를 사랑 못 할 거란 사실입니다. 이런 제 사랑을 못 받게 된다면 현민 씨도 끊임없이 불행할 것이고, 저 역시 사랑하는 사람이 불행해지는 걸 또 지켜볼 수만은 없습니다. 실수는 한 번이면 족하다고 생각합니다. 그래서 저는 어머님께서 어떤 말씀하시더라도 이 사람 곁을 떠날 생각이 없습니다."

놀라 말문이 막힌 서희 여사보다 그 둘 사이를 막아서듯 지원을 보호하겠단 의지를 온몸으로 천명하고 있던 현민의 눈이 더 크게 뜨여졌다.

"그리고, 어머님께서 제게 가장 못 미더워하셨던 일. 앞으론 걱정 안 하시도록 세상 소식에 귀 기울이며 살겠습니다. 그럼, 이만 나가 보겠습니다. 어머님, 안녕히 계십시오."

눈동자를 마주 보던 지원은 아무런 흔들림 없이 자리에서 일어나 허리 숙여 인사한 뒤 그대로 몸을 돌려 사무실 밖으로 걸어 나갔다.

자신 옆을 조용히 스쳐 지나가는 지원을 넋 놓고 지켜보다 고개 돌린 현민은 결국 서희 여사에게 모진 말을 뱉어 놓고서야 눈앞에서 사라졌다.

"다시는 저 사람 찾지 마십시오. 어머니께서 저 사람에게 앞세우셨던 전, 법무팀 석경원 이사. 그렇게 퇴사 처리하시면 못 찾을 줄 아셨겠지만, 이름 바꿔서 유럽지사로 재입사했더군요. 석명원 본부장, 곧 한국으로 불러들일 겁니다. 저는 석경원이든 지연희든, 제 사람 다치게 한 사람들은 용서 안 합니다. 앞으로 지연희란 이름이 제 귀에 또 들린다면, 혜성과 세호의 전쟁, 바로 눈앞에서 보시게 될 겁니다. 둘 중 하나는 엎어지고 무너지는 싸움이 보고 싶으시면 계속하십시오. 어머니."

현민이 바람처럼 사라진 뒤에야 송 비서가 작은 잔을 들고 사무실로 들어왔다.

"연희는 아직 도착 안 했나?"

"네. 약속시간 아직 몇 분 남았습니다. 관장님."

"그래…….. 그럼 연희 오기 전까지 좀 쉴 테니. 도착하거든 알려 줘요."

"네. 관장님."

송 비서는 발걸음 소리를 조심하며 관장실 밖으로 나가 조용히 문을 닫았다. 그렇게 문 닫힌 관장실 너머 복도에는, 팔을 잡고 말을 시키려는 현민과 고개를 저으며 말하기를 거부하는 지원이 서 있었다.

그녀의 온몸이 잡고 있는 현민만이 느낄 수 있을 정도로 자잘하게 떨리고 있었다.

"나가서. 여기선 싫어요."

힘겨운 한마디를 이해한 현민은 지원을 감싸 안고 걸으려 했으나 지원은 그마저도 사양하고 제 두 다리로 힘주어 또각또각 반듯한 걸음걸이를 유지하며 앞으로 걸어 나갔다.

저만치 마주 걸어오고 있는 여자의 모습에 지원은 지나가는 사람을 배려한 듯 복도 한쪽으로 비켜서며 걸었지만 그 여자는 앞에 사람이 있는 것을 보면서도 여전히 복도 정중앙을 차지하고 노려보듯 걸어오고 있었다.

행동에서 느껴지는 무례함과 공격성에 지원이 여자의 얼굴에 시선을 집중하려 할 때 옆에서 걷고 있던 현민이 지원의 어깨에 팔을 올려 감싸 안으며 두세 걸음 앞에 멈춰 서고 있는 여자를 그대로 스쳐 지나가도록 지원을 에스코트했다. 그 순간 지원은 알 수 있었다.

'아…… 저 여자가 세호그룹 지연희구나.'

지원은 차마 고개 돌려 그 여자의 얼굴을 자세히 보지는 못했지만, 그저 자신을 감싸 안듯 걷고 있는 남자의 옆얼굴을 올려다보며 표정을 살폈다. 굳어진 턱 선. 지난밤 부드러움과 열정을 찾아보기 힘든 분노한 얼굴. 지원은 그가 이끄는 대로 계속 앞으로 걸어 나갔다.

복도 끝에 다다라 주차장 쪽으로 방향을 틀어, 그때까지도 뒤에 서서 쳐다보고 있던 지연희란 여자의 시선에서 자유로워지고서야 차분한 목소리로 물었다.

"저 사람이 그 사람이에요?"

"……."

"나중에 어떡하려고 그래요. 혹시나…… 우리 잘못되면, 부인 가슴에 못 박은 것 때문에, 늙어서 힘없을 때 고생하겠네. 하긴 혜성그룹 회장님 쯤 되면 나이 들어 힘없을 걱정은 안 해도 되겠다."

지원은 그의 시선을 외면하며 뜬금없이 자라난 입안의 가시뿔로 그를 찔러 댔다. 미운 건 아닌데, 원망은 되었다. 그와 그녀가. 자신만 비켜나면, 그만 마음 돌리면 모두가 환영할 인연이 될 거란 사실이 지원을 상처 냈다.

차마 듣고 싶지 않았던 쓰레기 바닥 같은 말들이 자신을 향해 쏟아져 내린 것이 싫고, 아파서…… 받았던 상처만큼 더 강한 위로를 원해서 이렇게 엇나가고 있는지도 몰랐다.

덜 자란 십 대처럼 누구에게 제 맘을 알아 달라며 시답잖게 구는지는 지원도 정확히 모르고 있었지만, 그러나 하지 말아야 할 말들이 입을 떠나는 순간 가장 심한 상처로 신음한 건 그녀 자신. 뱉어 놓고 난 말이 현실이 될까 가장 무서운 것도 그녀였고, 그의 침묵에 코가 찡해 오는 것도 지원 그녀였다.

지원의 넋두리 같은 말에 현민은 지원의 어깨를 감싼 팔에 자신이 얼마나 화났는지를 알려 주듯 아프도록 힘주어 안으며 아무런 말 없이 계속 건물 밖으로 지원을 이끌었다.

현민이 주차장이 아닌 건물 입구에 세워 놓은 차를 향해 다가서자 그 옆에 서서 대기 중이던 문 비서와 정 기사가 차 문을 열어 주어 지원은 조수석에 먼저 올라탔다.

지원의 차를 원컴퍼니로 가져다 놓을 것을 지시한 현민은 운전석에 올라탄 뒤 안전벨트도 하지 않고 가만히 앉아 있는 지원을 보면서도 그대로 차를 출발시켰다. 그리고 일분일초도 더 라무에 머물기 싫다는 듯 차를 빠르게 달리기 시작했다.

라무를 벗어난 현민의 차가 한남대교를 지나는 동안에도 서로는 말이 없었다. 직진해서 강남대로로 진입할 차가 오른쪽 차선으로 틀어지며 고속도로 쪽으로 접어들자 지원이 입을 열었다.

"어디 가요."

"하래 가자."

"싫어요."

"가자. 너 바다 좋아하잖아. 하래 가서 이야기해."

"안 가요. 반포 IC로 빠지세요."

꽉 다물린 입술, 고집스런 말투와 그를 외면하는 시선. 지원이 화내는 것을 보며 현민은 다시 한 번 내려앉는 가슴을 느껴야만 했다.

"싫어도 가. 너 이렇게 화내는 거, 그게 어머니가 원하시는 일이야. 흔들리지 마."

핸들을 꽉 틀어쥐고 전면에 시선을 고정한 채로 차분하게 지원을 달래려 했다.

"쉬고 싶어. 힘들게 하지 말고 내려 줘요. 아님, 여기서라도 차 세우든가."

그에 대한 화는 분명 아닌데, 그의 앞에서 화내는 자신이 제어되지 않아 피하고만 싶었던 지원의 얇은 인내가 자신의 말을 들어주지 않는 그의 벽에 부딪혀 결국 화를 터트리고 말았다.

"멀리 가기 힘들면 우리 집 가자."

이미 반포 IC를 지나친 차량이 서초 IC 쪽으로 진입하기 위해 차선을 변경하기 시작했다.

"싫다잖아요. 그냥 집에 가게 놔둬요."

"지원아."

"그 고집! 내가 여기서 뛰어내려야 멈출래요?! 못할 것 같아요?! 오빠라도 좀 내 말을 들어 달란 말이에요!"

지원은 현민 보란 듯이 손잡이에 손을 올리고 소리쳤다. 내내 참고 있던 것이 터져 버린 목소리는 갈라져 바들바들 떨리고 있었다.

"손 놔! 손 놔, 지원아!"

안전벨트도 매지 않은 지원이 잠긴 문고리를 열고 손잡이에 손을 올려놓자 현민은 급하게 갓길로 차를 몰았다.

차가 세워지자 지원은 그대로 손잡이를 잡아당겨 문을 열었고 현민은 몸을 날려 지원을 움켜잡으며, 여전히 손잡이를 잡고 있는 지원의 팔을 잡아당겨 열린 문을 닫았다.

순식간에 일어난 일. 짧은 시간 충돌한 감정으로 인해 사고가 날 뻔할 수도 있었던 일을 저지른 지원은 그제야 알았다. 그가 보지 않는 곳에서 시원하게 울고 싶어서 이렇게 미친 짓을 하는구나. 미친 짓을 해도 이렇게까지 막 나가다니.

사람이 점점 망가지는 것 같아 지원은 창 쪽으로 고개를 돌리고, 우는 것을 들킬까 봐 흐르는 눈물을 닦지 않았다. 지원의 격해진 호흡 사이로 거칠게 뛰노는 심장의 열기가 고스란히 빠져나왔다. 목도, 눈도 뜨거워진 지원이 점점 가빠 오는 호흡을 숨기지 못하고 가슴을 들썩였다.

현민은 그녀답지 않은 행동을 하며, 감정이 극한에 다다라 있는 지원을 안타깝게 바라보았다. 어머니께 무슨 소리를 들었길래……. 그때 그를 외면한 지원이 말을 꺼냈다.

"일방적인 언론플레이라고 했잖아요. 가을에 결혼한단 소리도 없었잖아요."

지극히 차분한 목소리가 늘 들어왔던 속도대로 들려왔지만, 그 차가움과 감정 없이 퍽퍽한 목소리에 현민은 얼굴을 일그러뜨렸다.

"그런 일 없어. 내가 안 하는데 무슨 결혼이야. 어머니 혼자 하시는 생각일 뿐이야. 넌 가만있어. 가만있으면 내가 정리해."

"눈 닫고 귀 닫고…… 오빠 정부나 하라고요?"

"어떻게 그런 말을!"

화가 난 현민이 지원의 눈을 똑바로 바라보았다. 마치 쏘아보는 듯 느껴지는 그의 화난 눈빛만큼 더 서러워진 지원이 가슴에 얹혀 내려가지 않았던 말들을 토해 냈다.

"왜?! 내가 낳는 아이가 당신이랑 지연희 호적에 올려질 거라는데, 그깟 정부란 단어가 기막혀요? 나보다 더 기가 막혀요?"

"흠……."

현민은 입을 꾹 다물려 신음 같은 한숨을 내쉬었다.

'그러지 마라, 지원아. 너밖에 없는 나를 알면서 이러지 마라. 너 힘들고 기막히다는 건 아는데…… 화난다고 어디 간다는 말도 하지 말고, 그런 말도 안 되는 험한 말로 널 상처 내지도 마라. 그런 말 하지 마. 지원아.'

"그런 일 없어. 내가 안 해. 도둑장가를 가도 너한테 가지 딴 사람하곤 안 살아. 내 맘 몰라? 너 도망갈까 봐 전전긍긍하는 내가 안 보여?"

'괜한 억지 부리지 말자고. 이 사람에게 힘이 되어 주자고 결심했던 민지원은 어디 있는 거야. 그의 잘못이 아니야. 화내지 마. 아니 화내더라도 이런 식으론 내지 마. 지금 네가 상처 내고 있는 사람, 네가 사랑하고 있는 사람이란 건 알면서 하는 짓이니?'

지원은 두 손으로 관자놀이를 내리누르며 숨을 꾹꾹 눌러 담았다. 아직, 그의 어머니로 인해 솟구친 화가 가라앉지 않고 있었다. 반복된 상황, 그분은 왜 그렇게 날 싫어하실까.

"……알아도 모르고 싶어요. 지금은."

한참 만에 답한 지원이 갑자기 몸에서 힘을 빼며 의자에 기대앉아 눈을 감는 모습에 현민도 안도하듯 낮은 숨을 내쉬었다. 지원은 조수석에 등을 파묻듯 기대 지친 표정으로 눈을 감았고, 현민은 운전석에서 지원을 향해 아예 상체를 틀어 앉아 그런 그녀를 안쓰럽게 바라보았다. 그렇게 서로의 침묵 속에 잠시간의 시간이 지나갔다.

"음악 듣고 싶어요."

"그래."

몸을 숙인 현민의 넓은 등을 바라보는 사이 잔잔하고 부드러운 음악

이 흘러나오기 시작했다.

"쉴 거예요."

"알았어."

지원의 호흡이 가라앉고, 갓길에 세워진 차량 왼편으로 씽씽 달리는 다른 차들의 움직임에 무감각해질 만큼 많은 시간이 흐를 때까지 그도, 지원도 어느 하나 먼저 입을 열지 않았다.

오로지 억지로 빼앗긴 것처럼 그에게 잡아당겨진 지원의 왼손이 그의 오른손으로 따뜻하게 덮여 있을 뿐. 말이 아닌 꾹 쥐어진 손길로 전하는 위로. 그 소리 없는 사과와 애정에 지원의 솟구친 감정과 가슴에 엉켜 버린 상처가 씻겨 내려가고 있었다.

창가에 팔꿈치를 괴고 오른 손바닥으로 얼굴을 지지하며 기대고 앉아 있던 지원이 아까부터 소리 없이 흘러내리고 있던 눈물을 손으로 스윽 닦아 내렸다.

그런 그녀의 모습이 마음 아파 현민이 낮은 한숨을 쉬며 미간을 찌푸렸을 때 아직 목 안에 울음이 걸린 작은 목소리가 들려 왔다.

"미안해요. 내가 미쳤었나 봐요."

"괜찮아. ……이해해."

이미 잡혀 있는 손에 그가 한 손을 더 겹치며 그녀의 손등을 다독였고, 지원은 편안해지는 마음을 느꼈다. 이렇게 힘든 것도 다 그 때문인데, 그럼에도 그에게 손잡혀 있는 것이 좋고, 그의 위로가 반갑다니…… 바보. 머리가 어떻게 된 건가 봐.

"후우우……. 나 어렵게 사과하는 거예요. 다신 이런 사과 못 받아. 그러니까 내가 사과할 때 못 이기는 척 받아 줘요. 나쁜 일 한 거 너무 쉽게 용서해 줘서 버릇 만들지 말고, 터무니없는 짓 한 거 누구보다 내가 더 잘 아니까."

한숨을 내뱉는 지원의 숨소리가 유난히 처연하게 들려왔다.

"그전에 예쁜 짓해서…… 안 혼내려고."

내내 오른편으로 돌려져 있던 지원의 얼굴이 왼쪽으로 돌아가 그와 눈을 마주쳤다. 부드러운 눈매가 그녀를 향하고 따뜻한 손이 그녀에게 괜찮아…… 다독이며 다시 한 번 소리 없는 마음을 전해 오고 있었다.

"잘했어. 내 옆에 있겠다고 말하는 너, 정말 예쁘더라."

이렇게 마음이 클 만큼 지난 일 년 동안 내내 고생한 건 아니었으면 좋겠는데. 나 없는 데서 그렇게 단단해질 동안 무슨 일이 있었는지 알지 못해서 마음 아프고, 화가 나. 내 곁에서 채워졌어야 할 너의 시간인데, 내가 전혀 알 수 없는 시간이 되어 버린 게 안타까워서 미안하단 말도 못 한다.

뭉근한 미소 끝에 묻어나는 씁쓸함을 눈치챈 지원이 그의 얼굴을 피해 다시 오른쪽 창가로 고개를 돌렸어도, 그녀의 귓가에는 작은 속삭임이 따라붙듯 계속 들려왔다.

"라무로 가면서 미칠 것 같았는데 고맙다. 장해."

또 사라질까 봐 불안했군요. 아직 걷어지지 않는 마음의 죄책감이, 그의 면전에서 어머니와 대립한 자책이 그녀의 말 속에 섞여 나왔다.

"나 때문에 어머님이랑 언성 높여 놓고 퍽도 고맙겠어요."

"오늘처럼만 날 믿어 줘. 시어머니 사랑은 몰라도 시아버지 사랑은 충분히 받을 테니까."

현민은 어머니의 허락을 포기하려 마음먹은 것처럼 시종일관 담담하게 말했다.

이미 마음으로부터 선 그어 밀어낸 사람의 반대라 별로 영향받지 않는다는 것처럼. 그렇지만 어머님이시기에 결코 그럴 리 없을 텐데…….

"우리…… 어머님 계속 반대하셔도 만날 수 있을까요?"

정확히 무엇을 보고 있는지 알 수 없는 눈빛으로 전면유리창에 시선을 던져 놓고 있던 지원이 혼잣말처럼 힘없이 웅얼거렸다.

"……누가 반대해도 우린 안 헤어져."

"후우…… 우리 오빠 거짓말도 잘하네……."

담담해진 지원의 말간 얼굴이 가벼운 농담하자는 듯 기운 없이 허탈하게 웃어 보였다.

"뭐?"

"혜성그룹 부회장님이 어머님도 참석 않는 결혼식을 올리면 그 여파는 다 어떡하려고. 뻔히 못할 거 알면서 거짓말하잖아요."

지원은 기운이 없는 듯 창가에 머리를 기대며 눈을 감았다.

"나는 너만 있으면 되니까."

"그 말은 꼭, 우리 집에서 반대해도 그러자는 말로 들려요. 오빠."

"……내가 잘할게."

자신을 위해 어머니를 끊어 내고 있는 그는 얼마나 아플까. 축복받는 연인이 되지 못한 자들의 서글픔에 지원의 눈에선 다시 눈물이 흘러내렸다.

"하아……. 잘해야지 그럼. 잘 안 하면 내가 안 살아 줄 건데."

설움을 참지 못하고 울음을 터트린 지원을 현민이 끌어안아 제 품에 기대어 울게 했다.

한 손으로 머리를 감싸 제 품에 안아 들고, 또 한 팔로는 아까부터 쓰다듬어 주고 싶던 등을 끌어안으며 가슴 아픈 목소리로 말했다.

"다음부턴 어머니가 부른다고 오늘처럼 찾아가지 말고 나한테 알리기만 해. 그냥 내 뒤에만 있어. 상처받을 거 뻔히 알면서 부를 때마다 찾아뵙는 거, 그거 똑똑한 일 아니야. 정말 네가 내 아내가 되고, 어머니 며느리가 될 생각 있으면 서로 상처 낼 만한 자리는 되도록 피하는 게 옳아. 그렇게 해. 내 말 들어."

현민의 품에 안긴 지원은 대답하지 못했다. 저를 끌어안은 따뜻하고 넓은 가슴이 참으로 든든해서 흘리는 눈물이 창피하지 않았다. 어쩌면, 지난 일 년 동안 울고 싶을 때마다 참으려고 애썼던 이유가 기대어 울 그의 품이 눈앞에 없었기 때문은 아니었을까. 지원은 그의 옷깃을 손안 가득 힘주어 붙잡아 들였다.

"사랑해, 지원아."

천천히 머리카락을 쓰다듬어 내리던 그가 그녀의 귓가에 속삭여 주었고, 그녀의 머리가 작게 끄덕여졌다.

"나도."

예전엔 사랑한다 말하면 늘 침묵을 고수하던 그녀의 입에서 이젠 편안하게 사랑한다 소리가 들려오기에, 그녀의 힘겨움을 조금 전 눈앞에서 목도한 탓에 무겁고 고통스럽던 현민의 마음이 따뜻해지기 시작했다.

"내가 더…… 너보다 더 많이 사랑해."

"응."

거듭되는 그의 고백에 지원의 고개가 그의 품 안으로 조금 더 깊이 파고들었다.

"그러니까 너무 아파하지 마."

"응."

"결혼하면 꼭 행복하게 해 줄게."

"……."

"내가 해. 내가 그렇게 만들어. 그러니까 걱정하지 마."

이번엔 지원의 고개가 끄덕여지지 않았다. 현민은 제 품에서 지원을 조금 떼어 내 양손으로 지원의 머리를 붙잡아 힘주며 천천히 고개를 끄덕이게 만들었다. 서로의 눈에 고정되어 마주 보고 있는 눈빛에 서로를 안타까워하는 애정이 듬뿍 묻어 나오고 있었다.

"그러니까. 내 뜻에 따라 주고, 고개 끄덕여 주는 건 네 몫이야. 지금처럼 이렇게."

"……응."

"예쁘다. 민지원……. 세상에서 제일 예쁘다."

현민은 지원의 머리를 잡고 있는 그대로 잡아당겨 입을 맞췄다. 우는 동안 뜨거워진 콧망울에 제 코를 비비고, 보드라운 입술에 제 입술을 맞대어 수분이 모자라 건조해진 입술을 혀로 훑으며 물기를 전해 주었다.

부드럽고 따뜻한 혀로 그녀의 아랫입술을 적시고, 윗입술을 적시다 그 틈새를 혀로 가르듯 부드럽게 파고들었다. 느릿하고, 나른하게 별로 반응하지 않는 지원의 혀를 붙잡아 소중하게 빨아들였다.

'사랑해. 지원아.'

마음의 말을 전해 들은 것처럼 지원의 두 팔이 그의 등을 감싸 안자, 그의 고개가 더 깊은 파고듦을 원하며 옆으로 기울어졌다.

간간이 지원의 치아와 입안을 쓸어 핥으며 잠시도 쉴 틈 없이 혀를 움직이던 현민은 지원의 호흡이 가빠질 만큼 긴 시간이 지난 뒤에야 그녀에게서 떨어져 나갔고, 지원은 맞붙어 있던 그의 얼굴이 사라진 자리에 차가운 에어컨 바람이 느껴지자 눈을 꼭 감은 채로 다시 그의 품에 고개를 묻어 버렸다.

"괜찮아?"

"어지러워요. ……정신이 하나도 없어."

순간 걱정하는 표정으로 눈이 커지던 현민의 얼굴에 이내 흐릿한 미소가 떠올랐다. 제 품에 안긴 그녀의 등을 쓸어내리는 그의 얼굴이 편안하게 풀어졌다.

"……내가 키스를 그렇게 잘하나?"

그의 가슴에서 고개를 떼어 낸 지원이 기막히단 표정으로 따뜻하게 웃고 있는 그를 올려다봤다.

"이봐요. 유현민 씨……."

"왜요. 민지원 씨……."

점점 느글느글…… 웃음까지 유들유들.

그래, 이렇게 힘든 이야기 피하며 서로 진 빼지 않는 것이 좋겠지. 말싸움을 시작해 봤자 이길 가망성이 없을 것 같고, 분위기를 풀려면 더 많은 농담을 나누는 것이 좋겠다는 생각은 들지만, 기운이 부족했던 지원은 다시 한 번 더 달려들 것 같은 현민의 눈빛을 피하며 자신의 의자에 몸을 바로 앉았다.

"목말라요. 우리 뭐라도 마시러 가요."

"뭐? 커피?"

자세를 바로잡는 지원을 지켜보던 현민이 그녀의 눈빛에서 뭔가를 확인하려는 듯 고개를 꺾어 눈을 마주쳐 왔다.

"응, 좋아요. 커피. 차가운 걸로."

"그래, 커피 사서 집에 가자. 저녁도 포장해 가고. 저녁 먹고 들어간다 해 놔서 아마 준비된 게 없을 거야."

일 년여 전 지원이 사라진 뒤 현민은 자신이 집에 있는 시간에는 하우스 메이드들이 집에 머물지 못하도록 했었고, 그것은 지원이 돌아온 뒤에도 여전히 또 다른 이유로 변함없이 지켜지고 있는 사항 중 하나였다.

처음에는 집에서마저 슬픔을 감추고 덤덤하게 굴기 힘들어서였고, 지금은 언제고 지원이 원할 때마다 집에 편히 드나들 수 있도록 하고 싶은 마음에서였다.

"저녁 약속 있었어요?"

"아니. 너 맛있는 데서 밥 먹이려고. 앞으로 가능한 한 저녁식사는 같이 하고 싶어서."

"그럼 일은요?"

"스케줄 조정하라 그랬어."

현민은 몇 개월 전부터 정해진 스케줄까지도 거르고 걸러, 되도록 저녁시간은 통째로 비우라는 그의 지시에 황망한 표정을 짓던 문 비서 얼굴을 떠올리며 한 호흡의 낮은 목울림으로 짧게 웃음 지었다.

"무리하지 말아요. 일 때문에 바쁜 걸론 나 안 삐져요."

"챙겨 주고 싶어 그러지. 아버지 뵙기 전에 살찔 거라며."

지원은 의외의 말에 응? 하는 눈빛으로 현민을 바라보았다.

"그때까지만이에요? ……그렇게 볼품없어요? 거둬 먹여야 될 정도로?"

"그런 건 아니고."

지원이 입술을 오므리고 콧잔등에 주름을 만들자, 현민이 피식 웃더니 지원의 뺨을 쓸어내렸다.

"예뻐. 거울 보면 알 거 아냐."

마음 아팠다. 볼 때마다, 손끝에 마른 등이 느껴질 때마다, 도톰한 것 없이 납작한 배도.

"흐흠."

발그레해지는 볼로 금세 표정을 풀어 보이는 지원을 따라 현민도 입가에 미소를 머금었다.

"왜 웃어?"

"그런 말을 너무 당연한 얼굴로 하니까. 내가 대신 창피해해 주는 거예요."

"정말이야."

저렇게 순한 얼굴로 어떻게 사업을 하나. 현민의 입가에 웃음이 옅어질수록 소중한 것이 다칠까 봐 걱정하는 눈빛은 짙어져 갔다.

"알았어요. 믿어 줄게요. 그리고 밥은 가까운 데서 먹고 들어가요. 들어가선 푹 쉬고. 어제도 무리했잖아요."

어젯밤부터 새벽까지 이어졌었던 그와의 시간. 아무리 체력이 강한 사람이라 해도 정신없었던 오늘 하루쯤은 푹 쉬어 주는 것이 옳다고 생각했다. 더군다나 이렇게 스케줄까지 엉망이 되어 버린 하루는 더더욱 저녁이라도 조용한 시간을 보내는 것이 좋을 것 같았다.

"난 안 쉬어도 돼."

"건강은 건강할 때 지키는 거예요."

웃는 당신의 마음이 무거울 걸 아니까. 마음이 피곤할 거란 걸 아니까.

"커피 마시고 싶다며."

뭔가 조금 불만스러운 현민의 목소리에 지원이 단순하게 대답했다.

"응."

"그러니까."

현민은 그제야 운전석으로 몸을 바로 앉으며 시동을 걸기 시작했다.

"……그러니까 뭐요?"

고개를 갸우뚱, 되묻던 지원은 현민의 옆얼굴을 바라보았다. 그 모습이 아까와는 사뭇 다르게 편안해 보여서 괜스레 미소가 지어졌다.

"그러니까 좀 이따가 실컷 마시게 해 주겠다고. 지금은 너무…… 감질 났잖아. 피곤한 건 커피 마신 다음에 내가 재워 주면 되지."

감질나? 아……. 그가 주는 커피를 잊고 있었다. 당황스러움에 붉어진 얼굴로 지원이 창피하고 수줍으면서도 난감한 표정을 지었다.

"오빠. 난 그 뜻 아닌데……."

전과 달리 제법 농담도 할 줄 알더니, 순둥이 민지원이 어디 가나……. 다시금 볼이 붉어진 지원이 예뻐 현민은 입가를 길게 늘여 소리 없이 웃었다.

"그 뜻이 아니라도 이미 접수 끝났으니까 주문취소는 안 받아들여."

지난 시간을 함께 기억하는 그녀의 모습에 그의 마음이 따뜻하게 채워지고 있었다.

"응?"

"기억하니까 더 예뻐 보이네? 오늘따라 더 예쁘게 구는 민지원한테 특별히 달달한 커피로 줘야겠다."

가슴에서 울려 나오는 깊은 웃음. 그러나 지원은 그를 따라 웃을 수 없었다. 다시 차선으로 진입하며 잠깐 그녀를 바라본 그의 눈빛이 너무 목말라 보였기에, 그 뜨거움에 휘말린 지원의 심장이 또다시 빠르게 두근거리기 시작해서. 지난밤 새벽이 오도록 축이고 축인 그의 목마름은 언제나 해소될까. 그의 불안은 언제쯤이나 가실까. 원하는 차선에 무사히 진입한 그가 오른손을 쭉 내밀더니 손바닥을 활짝 펼쳐 보였다.

"음."

"응?"

"여기."

허공에서 활짝 펼쳐진 그의 손이 지원을 재촉하듯 두어 번 위아래로 작게 흔들렸다. 지원이 그 위에 왼손을 올려놓자 커다란 그의 손이 지원의 손을 꼭 말아 쥐었다.

"앞으로 차 타면 알아서 손잡는 거다."

"……으흥."

다짐받는 그의 말에 수줍음 많은 개구쟁이처럼 지원은 아무 말도 못하고 어색하게 웃고 말았다. 서로의 눈빛이 오가는 사이 이미 라무에서의 일은 다신 들춰내지 않을 기억으로 정리되어 저만치 뒤로 밀쳐졌고, 그것이 당연한 듯 무언의 약속을 나눈 두 사람은 오늘 아침보다 한층 더해진 믿음으로 두 손을 마주 잡았다.

"걸어 다닐 때도 한두 걸음씩 떨어져 멀찍이 걷지 말고 늘 옆에."

"만날?"

"그게 싫으면 안겨서 다니든가."

"푸흡……."

지원의 웃음소리에 현민의 입술이 다시 한 번 기분 좋게 휘어졌다. 전해지는 느낌과 마음은 진중한데, 들려오는 목소리는 한없이 밝고 달콤했다. 그의 손에 힘이 너무 세게 들어가 잡혀 있는 작은 손이 아파 왔지만, 그럼에도 왠지 아프단 말이 하고 싶지 않았던 지원은 그가 힘을 풀 때까지 말없이 참았다. 그렇게 꼭 잡고 있으면 표식이라도 새겨지는 것처럼 아프도록 손을 잡고 싶어 하는 그의 마음이 좋았다.

시작과 함께 앞으로도 결코 쉽지 않을 것임을 알려 준 선전포고를 이런 식으로 이겨 낸 지금, 모든 것을 다 파헤치고 날려 버릴 것 같던 폭풍을 무사히 잘 견뎌 낸 자신과 그의 모습도 다행스러웠고, 다시 한 번 서로의 마음이 다져지고 있는 이 느낌이 무척이나 좋아서 지원은 그를 따라 입가를 길게 늘여 웃음 지었다.

'그래. 지났다. 지난 것은 돌아보지 말자. 잘했어, 민지원. 앞으로도 이렇게…… 이겨 나가면 되는 거야.'

갑자기 그녀를 향해 고개 돌린 현민의 눈에 소리 없이 웃는 지원의 모습이 보였다. 그 모습이 좋아서, 그 모습이 다행스러워서 그는 제 손에 잡힌 지원의 손을 끌어다 제 가슴, 심장 위에 겹쳐 올려놓았다.

불편할 텐데도 현민은 그렇게 제 가슴 위에 올려놓은 지원의 손을 조물락거리며 서초 IC를 빠져나가 거리에 만연한 커피전문점을 향해 핸들을 움직였다.

"오빠 오후 일정은 어떻게 됐어요?"

이제서야 마음이 좀 안정되어 일 생각까지 할 여유가 생겼는가 싶어 현민의 미소가 한층 더 짙어졌다.

"내일로 미뤄뒀어. 난 그렇다 치고, 우리 사장님 일정은 어떻게 됐나?"

"……놀리지 말아요."

"놀리는 거 아니야. 나도 걱정돼서 묻는 거야."

"부회장님도 스케줄 미루는 상황에, 구멍가게 사장이 별수 있겠어요? 급한 건 다른 직원한테 넘기고 미뤄도 되는 건 다른 날로 미루고 알아서 했으니까 걱정 안 해도 돼요."

"그랬구나."

지원이 갑자기 빙긋이 미소 지었다.

"왜?"

"아니에요."

"어허! 말해, 빨리."

훈장님 흉내 내는 현민을 보며 지원이 재미있다는 듯 눈매를 휘었다. 그녀의 눈가에 장난기가 맴돌았다.

"그게…… 그런데 사이즈로 사고 싶어서."

"어?"

"커피. 오늘은 좀 많이 마셔야 되겠다고요."

늘 숏사이즈로 커피를 주문하는 지원을 아는 현민은 그녀의 볼이 조금 어색하게 상기되는 것을 보면서 금세 그 말뜻을 알아들었다. 제 손에 잡힌 지원의 손을 꽉 잡아 쥐는 현민의 목이 벌겋게 달아오르고 있었다.

"지금?"

"지금."

지원은 조수석에 앉은 채로 고개를 돌려 뒷좌석 너머 어딘가에 있을 경호차량을 찾아내려는 듯 어두워지는 차창 밖을 살펴보았다.

"빨리."

"지금 이걸 어떻게 다 마셔요."

"금방 줄어들 거야. 급해, 둥아."

"으음……."

아까만 해도 자연스레 입 맞추던 지원이 왜 이리 몸을 사리는지 몰라 현민은 눈에 슬며시 힘을 주었다. 또다시 이어지는 재촉에 뒤를 보고 있던 지원의 얼굴이 운전석에 앉은 현민에게로 돌아갔다.

"나 아까 경호원들 봤단 말예요."

지원은 차에서 내렸을 때 스쳐 지나가듯 보았던 경호원을 떠올리며 입을 뾰족하니 내밀었다.

"그래서?"

"뭐가 그래서예요. 다 보인다니까!"

봤어도 못 보는 게 일인 사람들이지만, 현민은 지원다운 수줍음에 결국 져 주며 피식 웃고 말았다.

"그럼 내가 줄게."

현민은 지원 몫으로 사 온 아이스 카라멜 마끼아또 잔을 들어 올려 입에 살짝 머금었다. 지원은 저도 모르게 그가 건네는 커피잔을 두 손으로 받아들며 '정말 할 거예요?' 라고 묻는 것처럼 눈을 동그랗게 떠 보였다.

그러나 그는 그녀의 눈빛에 전혀 답할 생각이 없는 사람처럼 한 손으로 어깨를 감싸 안고, 또 한 손으로는 그녀의 뒷목을 받쳐 들며 앞으로 당겨 들었다. 고개를 기울이며 다가온 그의 입술에 그녀의 입술이 맞닿자 결국 그녀의 눈도 주변을 의식하지 않기로 결심한 것처럼 깊게 감겨

들었다.

천천히, 그가 주는 대로 입술 사이 차갑고 달콤한 액체가 흘러 들어올 때마다 그녀의 목 넘김이 느리게 이어졌다. 아무 소리도 안 들리고, 아무 것도 생각할 수 없을 정도로 온통 그가 흘려 넣어 주는 커피에 집중하며 지원이 그의 입술에 빠져들었다.

한 모금씩 부드럽게 넘길 수 있을 만큼만 커피를 흘려 넣어 주던 현민이 그녀가 세 번째 목 넘김을 마치고 코로 숨을 쉬려 하자 차가워진 혀를 밀고 들어와 그녀의 혀를 감아올렸다.

"흐읍."

그녀의 작은 숨소리가 갑자기 격해진 그의 움직임처럼 급하게 새어 나왔다.

지원의 입안 가득, 그의 혀 모양을 한 진저리 쳐지는 달콤함이 가릴 곳 없이 세세하게 퍼져 나갔다. 밀려들어온 혀가 인두질하듯 그녀의 혀에 제 몸을 비벼 댔다. 맛을 느끼라고 만들어진 혀의 미세포들이 혀가 맞부딪쳐 쓸리고, 비벼지자 그 깊은 곳 미뢰까지 그의 맛이 파고들어 그녀를 전율하게 했다.

지원도 용기 내어 아까부터 눈에 자꾸만 걸리던 그의 입술을 혀끝으로 핥아 보았다. 윗입술을 스치고 지나간 지원의 혀가 아랫입술을 스치고 지나다 멈춰 서서 강하게 빨아들이자 그의 목 깊은 곳에서 '끄응' 하는 낮은 신음이 들려왔다.

'조금 더.'

그 소리에 그녀의 입가에 미소가 맺혀 들었고, 조금 더 용기 내어 그의 입안에 달콤한 혀를 밀어 넣었다.

감질났다는 그의 말처럼 천천히, 그가 주었던 커피처럼 느릿하게 그의 입안으로 찾아들어 간 지원의 혀가 마중 나오는 그의 혀를 물리치며 그의 입천장을 핥아 올렸다.

눈을 감고서도 그가 조금 당황하는 것이 느껴졌다.

그가 예상 못했음이 기분 좋았고, 혀끝에 닿는 그의 감촉이 매끄럽게 그녀의 숨겨진 욕구를 충동질했다. 그가 제 몸에 들어와 형언할 수 없는 흥분과 욕망을 나눌 때, 멈추라고 할 수도 없고 더하라고도 할 수 없을 만큼 고통스런 쾌락에 몸부림칠 때가 아니고서는 지금처럼 먼저 그의 혀를 찾아나선 것은 처음이었다.

왠지 어제와는 달라도 될 것 같은, 이제 이미 달라져 버린 것 같은 자유로움을 느끼며 지원은 좀 더 그를 향해 원하는 것들을 실행해 나갔다. 작은 모래 산을 여러 개 지나는 것처럼 그의 입천장을 핥아 내리다, 손가락으로 그림을 그리듯 혀끝을 세워 민감해질 대로 민감해진 그의 혀를 간지럽혔다.

그가 참지 못하고 성급하게 달려들며 휘감으려 했지만 지원은 '으음.' 하고 낮게 소리 내며 살짝 고개를 저었다. 멈춰진 그의 움직임에 지원은 좀 더 고개를 꺾어 그의 입안으로 더 깊이 파고들었다.

그의 치열을 훑어 내리는 듯하다 조금씩 들썩이는 그의 혀 아래에 지원은 자신의 혀끝을 밀어 넣어 보았다. 여린 점막과 가느다란 설소대를 혀끝으로 느끼며 가슴이 찌릿하는 것처럼 그의 새로운 곳을 가지는 만족감이 퍼져 나갔다.

'아…… 이래서 그가 그토록 작고 하찮은 부분까지 파고들고 핥아 대는 것이구나.'

지원은 깊은 관계로도 모자라 틈만 나면 입술을 들이대는 그의 행동을 이 순간 완전히 이해했다. 생각보다 짜릿했고, 멈추기 힘들 만큼 호흡이 흐트러지기 시작했다.

"아흐……."

키스만으로 이젠 그녀의 입에서 숨소리마저 색정적으로 흘러나왔다. 그런데도 지원은 자신의 소리를 인지하지 못하고 점점 원초적인 행복감에 자신의 의식을 묻고 있었다.

현민은 혼미해지고 있는 그녀의 손에서 천천히 커피 잔을 빼앗아 컵

홀더에 내려놓았다. 이쯤 되면 손이 허전해진 느낌에 퍼뜩 정신 차리며 낯을 붉힐 만도 하건만, 지원은 자유로워진 두 손을 반기는 것처럼 그의 가슴에 두 손을 올리고 셔츠 위를 쓰다듬기 시작했다. 작고 딱딱하니 솟아오른 유두를 찾아낸 그녀의 손가락이 노골적으로 그곳을 만지작거리기 시작했다.

그의 혀가 그녀에게 강하게 빨아 당겨질 때마다 옆으로 기울어져 있는 그녀의 작은 턱이 위아래로 조금씩 들려 올랐다가 멀어져 갔다. 그 관능적 움직임에 현민은 기가 막혀 어이가 없었다. 하나부터 열까지 그가 가르친 것들이었지만 직접 당하려니 언제 이렇게 많은 것을 알게 되었는지 모를 만큼 그녀는 이미 많은 느낌을 나눌 줄 아는 여자가 되어 있었다.

처음엔 입을 맞추며 혀를 내어 주는 것조차 어색해 주춤주춤 뒤로 물러나던 지원이었다. 세게 감겨드는 그의 혀에 놀라 숨조차 편히 못 쉬던 여자가 지금은 이렇게 그를 자극하고 이끌고 있다니, 언제부터였을까.

일 년 전 하래에서 마지막 몸을 나눌 때 모든 것을 보여 주고 나누려 했던 지원의 마음은 충분히 전해 받았었지만, 그때도 그녀의 눈 속엔 수줍음과 망설임이 담겨 있었고, 가끔씩 멈칫거리는 움직임에 그도 순간순간 조심해야 한다는 생각을 되새기곤 했었다. 그런데 지금은······.

"어떡해."

"어?"

그에게서 순간적으로 떨어져 나가 셔츠를 부여잡고 바들거리고 있는 지원의 얼굴이 아래로 숙여져 앞으로 흘러내린 머리카락과 동그마니 예쁜 정수리만 보이고 있었다.

"나 너무 흥분했나 봐."

"하고 싶어?"

낮게 가라앉은 쉰 목소리가 들려왔다. 현민은 자신의 심장이 미치도록 치받고 올라와 숨이 차고, 혈류가 몸 아래로 몰려드는 느낌을 참아 내고 있었다.

"……."

"빨리 가자."

대답 대신 셔츠를 잡고 있는 지원의 작은 주먹에 좀 더 강한 힘이 들어가는 것을 느낀 현민이 그녀를 조수석에 기대듯 반듯하게 바로 앉혀 주었다.

흥분에서 빠져나오지 못한 지원은 감정과 느낌들을 갈무리하려는 듯 여전히 눈을 꼭 감고 있었다.

"나 웃기죠?"

지원에게 안전벨트를 매어 주는 현민에게 이제 조금씩 정신이 들기 시작한 지원이 슬며시 눈을 뜨고 말을 걸었다.

"아니. 난 지금 너보다 더해."

지원을 향해 웃어 보여주는 현민의 얼굴이 어딘가 모르게 힘이 들어가 경직되어 있었다.

이미 저녁에 접어든 시간. 어둠이 내려앉기 시작한 한여름의 하늘은 점점 사물의 윤곽을 흐리게 만들어 주었지만, 달리는 차 안 지원과 현민을 둘러싼 팽팽한 긴장감은 점점 더 짙어지기만 했다. 서로가 서로의 움직임을 기민하게 느끼면서도 아무런 대화가 오가지 않았다.

늘 버릇처럼 잡고 있던 손도 서로의 자리에 얌전히 놓여 있었고, 그런 그녀의 모습을 보는 현민조차도 손을 내어 달라 말하지 않았다.

"집에까지 가려면 미지근해지겠는데…… 너무 빨리 샀나?"

갑자기 정적을 깨고 들려온 그의 목소리. 역시나 너무 자연스러워 지원은 괜한 패배의식을 느꼈다. 뭔가 억울했다. 조금 전 그도 분명 신음할 만큼 흥분했다 느꼈었는데. 착각이었나? 아니면 그사이 진정된 것일까?

"그러게……. 더군다나 너무 큰 걸 사서 아깝네, 그죠?"

사람들에게 소문나려 작정한 것처럼 지원의 손을 꽉 붙잡고 커피전문점으로 향한 현민이 그런데 사이즈를 선택한 지원의 주문을 벤티 사이즈로 바꾸며 계산할 때 지원은 그의 뒤에서 기막혀 입을 가리며 빙긋이 웃고야 말았었다.

그랬던 사람이, 그가 원했던 벤티 사이즈인데, 그런데 이 사람은 왜 이렇게 멀쩡한 걸까.

"많이 마시고 싶다면서."

"그란데 사이즈면 충분했어요."

자신도 그렇게 이성을 놓을 정도로 흥분했던 건 아니라는 지원의 마지막 항변이었다.

"글쎄, 먹어 보면 알겠지."

미소도 없이, 농담 같지도 않은 말을 진지하게 내뱉는 현민은 정면을 주시한 채로 지원에게 눈길조차 주지 않고 있었다. 그런 현민의 옆얼굴을 바라보던 지원은 시선을 내려 컵홀더에 세워져 있는 벤티 사이즈 컵을 내려다보았다.

그리고 아까부터 먹는다는 표현이 귀에 걸렸지만, 그 말을 이상하게 느끼고 있는 자신의 머릿속을 향해 지원은 오히려 창피하지도 않냐며 속으로 혼을 내주었다. 한동안 그렇게 불편한 마음으로 침묵하던 지원은,

'그렇지만 자꾸 이상하게 들리는 걸 어떡해. 커피는 마시는 건데, 그는 먹는 거라 하고, 그는 커피를 차(茶)가 아닌 딥키스로 부르니까……'

제 안의 작은 목소리가 정당한 오해였다고 결코 네가 밝히기 때문이 아니라고 스스로를 변호해 주자, 한결 마음이 편안해졌다.

몸을 좀 더 편안히 의자에 기대 앉아 빠르게 지나가는 거리 풍경을 감상하기 시작한 지원은 시간이 흐를수록 몸도 마음처럼 진정되어 갔고, 다시금 평상심을 되찾은 지원의 얼굴에는 작은 미소마저 피어오르기 시작했다.

13장.
사랑, 사랑은

"어…… 어, 커피!"

정말 멀쩡했다. 차에서 내려서며 여유롭게 커피 두 잔을 양손에 챙겨 드는 모습도 그랬고 그것으로도 모자라 오른팔을 넓게 펼쳐 지원의 어깨를 살짝 감싸 안은 상태로 로비를 지나, 엘리베이터까지 에스코트할 때만 해도 그는 냉정하다 싶을 만큼 신사적이었다.

그랬던 그였기에 엘리베이터에서 내려서자마자 다급하게 키스해 올 것이라곤 예상하지 못했었다.

"오빠…… 읍…….'

커피 쏟을까 봐 걱정은 됐었는지, 몸은 반발자국 떨어져서 키스해 왔지만, 고개를 꺾어 내려 거칠게 입술을 부딪쳐 오는 그의 움직임엔 거침이 없었다.

뜨거운 혀를 밀어 넣고, 그만큼 뜨거운 호흡으로 갈급해하는 현민의 성급한 다가섬에 지원은 정말 먹이처럼 한 입에 먹힘 당하는 기분을 느끼며 고개를 이리저리 피해 보려고도 했다. 하지만, 덩치도 큰 사람이 몸은 왜 이리도 빠른지.

다행히 엘리베이터에서 내려선 공간엔 다른 세대의 현관문 없이 오직 그의 집만 있어 전실이나 현관문 안이나, 그의 단독공간이긴 마찬가지였 지만, 그래도 지원의 생각으론 이곳은 밖이었다.

"들어가서, 으읍…… 오빠! 들어가서."

두 손으로 단단한 가슴을 밀어내고, 고개를 젖히며 외친 그 한마디에 지원은 성큼성큼 걸음을 옮겨 비밀번호를 누르고 지문을 인식시키는 현 민의 다급하고 분주한 뒷모습을 볼 수 있었다.

그 와중에도 커다란 손에 컵 두 개를 모아들고 있는 걸 보면 그는 계 획한 걸 포기할 뜻이 전혀 없어 보였다. 보안을 모두 해제한 현민이 한 손으로 현관문을 잡아 크게 열어 둔 채로 어서 안으로 들어오라는 눈빛 을 보내오자 지원은 그에게로 천천히 다가갔다.

"내가 하나 들어요?"

"들어가."

잠자다 이제 막 깨어난 것처럼 꽉 잠긴 목소리가 묘하게 권위적으로 들려 지원은 반박도 못하고 안으로 걸음을 옮겼다. 그의 손이 크긴 하지 만, 벤티 사이즈 컵 크기도 만만치 않았고, 자칫 성급하게 움직이다 셔츠 에 얼룩이 생길까 봐 걱정돼서 한 말이었는데, 현민은 지원이 일부러 늦 장 부리는 것으로 오해했는지 미간에 주름까지 잡아 가며 재촉하기만 했 다.

그에게 밀려 들어가듯 현관을 지나 거실로 몇 걸음 걸어 들어갔다. 현 관센서가 필요 없었을 만큼 이미 드넓은 거실엔 조명이 환하게 밝혀져 있었다.

예전에 와 본 적 있던 그의 집. 그때 봤던 집 안 전경은 지금이나 그때 나 변함없었다.

여전히 벽면과 바닥엔 먹색 가까운 대리석으로 장식되어 있었고, 벽 면이 최소화되어 부분조명이 밝혀진 멋스런 갤러리 같은 분위기도, 층고

가 4m 이상 되어 보이는 탁 트인 천장도 그때 그 모습 그대로였다.

지원은 처음 이 집에 왔을 때 가졌었던 그 막막함이 생각나 코가 찡해져 왔다. 가슴엔 그 때의 시간으로 돌아간 듯 잔잔한 파동이 일고, 입술엔 힘이 들어갔다. 아릿한 마음이 어떤 표정을 만들어 내고 있는지는 모르지만, 지금 당장은 그를 보며 활짝 웃을 수 없을 것 같아 표정을 감추고 싶었던 지원은 계속 앞으로 걸어 들어가기 시작했다.

커다란 회갈색 카펫 위 회색빛 페브릭 소파 옆을 지나며 괜히 에그체어의 등받이를 손으로 쓸어 보았다. 손에 닿는 가죽 느낌이 눈에 보이는 윤기만큼이나 매끄러웠다.

벽 한켠에 세워진 장식장엔 호박빛깔 액체들이 조명을 받으며 반짝이고 있었다. 빈 병만 수집해도 좋을 만큼 예쁜 유리병들이…… 반쯤 비어 있는 것도, 거의 남아 있지 않은 병도 보일 만큼. 예전 기억보다 술병들이 많이 줄어들어 있었다.

뒤에서 그가 현관문을 닫고 걸음을 옮겨 어딘가에 잠시 멈춰섰다 물건을 내려놓고 다시 걸음을 옮기는 소리가 들려왔지만 지원은 뒤돌아보지 않고, 거실 한쪽 면을 가득 채운 야경을 바라보며 건물에 막히는 것 하나 없이 시원한 풍경이 펼쳐진 창 쪽으로 걸음을 옮겼다.

창밖엔 밤이라 검은 너울처럼 느껴지는 선 굵은 한강과 대교를 가득 채운 붉고 노란빛들로 화려하게 반짝이고 있었다.

검은 세상과 환한 빛의 대비로 더욱 찬란해 보이는 창밖 세상. 이미 깊어진 밤하늘에서 무엇을 찾으려는 것처럼 시선을 떼지 않고 가만히 들여다보고 있던 지원은 전에는 공허하게만 보였던 이런 밤 풍경이, 오늘은 그가 곁에 있음에 모두들 제집을, 제 짝을 만나러 서두르는 차량행렬인 것처럼 느껴진다는 것에 조금은 어이없고, 조금은 감사했다.

예쁜 그림에 그늘이 드리워지듯 라무에서의 기억이 섞여 들려 했지만, 지원은 애써 그 기억을 미뤄 두었다.

"뭘 보고 웃어?"

웃고 있었나 보다. 방금 먹먹해진 가슴에 눈물이라도 나올 것 같았는데, 그와 함께 있는 것이 좋아서 이렇게 금세 웃어 버렸나 보다.

엘리베이터 앞에서 너무 서둘러 미안했는지 현민은 옆으로 다가서며 아까처럼 서두르지 않고, 부드럽게 지원의 허리를 감싸 안았다. 재킷을 벗어 던진 그의 팔이 셔츠 안에서도 단단하게 느껴졌다.

"오빠 보고 싶어서."

그의 눈썹이 살짝 위로 들리며 무슨 뜻이냐고 다시 묻는 듯했다. 계속 옆에 있었는데 보고 싶다니…… 그래도 그게 사실인걸.

"오빠가 옆에 있어서, 그게 좋아서 웃었어요."

현민의 얼굴에 잔잔하고 따뜻한 미소가 퍼져 나갔다. 그의 입가에 맺힌 미소는 환하다고만 표현할 수 없는 무게감이 느껴져서 우리의 사랑을 그가 얼마나 깊게 여기고 있는지를 매번 말해 주고 있는 것같이 느껴지곤 했다. 바로 지금처럼.

"나 없는 동안 술…… 많이 마셨어요?"

"아니."

"……."

"안 마셔도 네가 보이는데, 더 마시면 어쩌라고."

지원이 대답없이 장식장 쪽을 쳐다보자 그의 시선이 따라붙었다.

"……처음에, 처음에만 마셨어. 그다음부턴 더 마실까 봐 일부러 빈 병들 채워 넣지도 않았고. 요즘엔 안 그랬어. 정말이야."

지난 시간을 딛고서 그의 앞에 서 있는 지금 이 순간이, 이 호흡이 죽도록 소중해서 지원은 뒤돌아 그를 힘껏 안았다.

"지원아."

낮은 목소리가 너무나 촉촉해서 지원의 가슴이 떨려 왔다.

"응?"

"고맙다."

"……응."

뭐가 고마운지 세세하게 말하지도 따져들지도 않았지만, 지원은 알 것 같았다.

반나절, 악몽처럼 휘말린 감정의 소요와 또 금세 원망과 분노의 감정들을 잘 잦아들 게 만든 서로에 대한 믿음, 사랑. 서로가 서로에게 고마워해야 할 일. 이렇게 함께 있을 수 있는 것만으로도 지원 역시 그에게 고마웠으니까.

현민의 손길에 점점 더 힘이 들어가는 게 느껴지더니, 두 손으로 얼굴을 감싸 안고 소중한 것을 받아 마시는 것처럼 눈을 감고 다가오는 그의 얼굴에 지원도 눈을 감았다.

겨우겨우 잠재워 놓은 욕망이 감기기 직전 보았던 그의 흐려진 눈빛만으로도 달아오르는 것이 느껴졌다. 그의 뜨거운 입술이 제 입술에 닿고, 그의 뜨거운 혀가 제 입술을 가르고 들어오자 차단되었던 전류가 다시 흐르기 시작한 것처럼 겨우 겨우 잠재워 뒀던 야릇한 느낌들이 몽글몽글 되살아나 몸 여기저기서 마구 터져 올랐다.

그 느낌에 지원이 낮은 한숨을 흘리자 현민이 천천히 움직여 한 손으론 뒷머리를 감싸 안고, 한 손은 허리를 감아 당겼다. 키스가 깊어질수록 다리에 힘이 풀리는 지원을 느낀 그가 좀 더 단단히 그녀를 제 몸에 붙이고선 고개를 옆으로 더 깊이 꺾어들었다.

모든 걸 가지고도 부족해 보이는 그의 끊임없는 욕심에 발끝으로 그에게 매달리다시피 서 있는 지원의 숨이 거칠게 할딱거렸다. 숨이 가빠지는 것으로도 모자라 그의 가슴팍에 대고 있는 지원의 손이 파들거리자, 잠시 숨 쉴 시간을 주듯 멀어진 그의 입술에 지원이 빠르게 숨을 들이마셨다.

"오늘은 내가 좀 거칠지도 몰라."

꽉 잠긴 목소리가 바로 오른쪽 귓가에서 호흡이 느껴질 정도로 가깝게 들려왔다. 그의 목소리가 귓바퀴를 타고 흘러 들어오는 것처럼 목부터 시작된 전율이 자르르르 온몸으로 퍼져 나가 지원의 가슴을 지나 더 아래로 전해졌다.

"씻어야죠."

아직 숨이 가빠 짧게 답한 지원의 말이 끝나기가 무섭게 그의 성마른 목소리가 이어졌다.

"급해."

그가 지원을 안은 팔에 아플 정도로 힘을 주었다.

"아까 차에선 나 쳐다보지도 않았으면서."

"보면 운전 못 할까 봐 그랬어. ……봐봐."

원망스런 눈빛으로 그의 눈을 올려다보자 현민은 고통스런 눈빛과 멋쩍어 하는 듯한 미소로 답해 왔다.

조금은 힘들어 보이기도 하는 모습에 지원은 그가 이끄는 대로 손을 움직여 그의 바지 앞섶에 손바닥을 가져다 댔다.

따뜻하다고 느낀 순간, 움직임이 불편할 만큼 팽창된 그곳이 살아 있는 것처럼 꿈틀거렸다. 팽팽하니 뜨거운 느낌에서 손을 거두고 싶지 않았던 지원은 손목을 잡아당긴 그의 손이 떨어져 나간 다음에도 그의 몸 위에서 손을 거두지 않고, 천천히 위아래로 쓸어 보았다.

손이 움직일수록, 조금씩 힘주어 매만질수록 그의 몸이 더욱더 단단해지는 것이 느껴져 왔다.

"흐음…… 지원아."

현민은 거칠어질 것 같은 자신을 참아 내기 위해, 가장 예민한 곳을 쓰다듬는 지원의 움직임을 방해하지 않도록 어금니를 꽉 깨물고 천장을 향해 고개를 젖혔다.

지원의 허리에 올려 두었던 그의 손에 잔뜩 힘이 들어갔다. 지원은 그런 그의 모습이 좋았다. 제 손길 하나로 그가 이런 표정, 이런 소리를 내며 몸이 뜨거워지는 것이 좋았다.

"오빠."

"음?"

잇새로 빠져나온 그의 목소리가 억눌려 있었다. 지원은 현민의 손을 잡고 천천히 창가에서 떨어져 거실 안쪽으로 걸어 들어갔다.

"어디 가?"

"보일까 봐."

따라 걸으면서도 아쉽고 갈급한 표정을 지우지 못한 그의 모습에 지원이 볼을 붉히며 웃어 보였고, 누군가의 시선을 걱정할 필요 없는 고층이었지만, 지원다운 걱정이란 생각에 그 모습이 또 예뻐서 현민의 얼굴에도 웃음이 퍼져 나갔다.

소파 가까이 다가선 지원이 걸음을 멈추며 매혹적인 눈빛으로 그에게 다가섰다.

"나…… 아까 차에서."

다리 사이가 찌릿찌릿해지고, 가슴이 설레는 것처럼 뒤흔들리는 것을 느끼며 지원은 천천히 그의 벨트를 풀어 내렸다. 아까 차에서처럼 망설임 없이 다가가 그를 맛보고, 그를 느끼고 싶은 묘한 충동질이 지원의 가슴에 가득해서, 버클을 풀어 내리고 지퍼를 내리는 지원의 손길도 조금씩 뜨거워지고 있었다. 천천히 그의 속옷 사이로 지원이 손을 밀어 넣었다.

"어. 으윽……."

손에 닿는 그의 몸이 뜨거웠다. 그의 당혹스러운 눈빛을 보는 것도 기분 좋았고 벨벳처럼, 점막처럼 손바닥에 감기는 그의 깊은 피부를 느끼는 것도 흥분을 불러일으켰다. 부드럽고 촉촉한 피부가 지원의 손 안에서 살아 꿈틀거렸다.

"나 혼자만 계속 이상한 줄 알고 무척 창피했는데."

"아냐. ……흐음."

이미 부풀어 오를 대로 오른 그의 분신이 위아래로 천천히 쓸어 올리는 지원의 손 안에서 잔뜩 예민해진 혈관들 따라 뜨거운 맥박으로 요란하게 고동쳤다.

지원은 고개를 들어 그의 눈을 바라보았다. 뚫어져라 바라보던 그의 눈이 지원의 손길이 빨라질수록 점점 더 가늘어지다 결국 굳게 감겨 들었다. 그의 목과 얼굴이 점점 붉어지고, 점점 단단하게 형태를 갖추다 못해 위로 솟구친 그의 몸이 곧 그녀의 몸속을 파고들 것처럼 손대지 않아도 불끈거렸다. 귀하게 여겨 주고 싶었다. 사랑하는 그의 몸이라 소중했다.

"알아요. 그래서 기뻐."

두 손으로 그의 분신을 감싸고 쓰다듬으며 천천히 몸을 내려 무릎을 바닥에 대었다. 무릎부터 엉덩이를 지나, 허리까지 곧게 세운 그녀의 눈앞에 속옷을 탈출하듯 밖으로 머리를 내민 그의 몸 끝 부분이 보여 가볍게 입을 맞췄다.

지원의 입술이 그의 몸 끝에 닿는 순간 그녀의 머리 위에서 거친 숨소리가 들려왔다. 지원은 가슴속에 퍼지는 즐거움에 얌전히 다문 입술로 해사하게 미소 지었다.

부드럽게 속옷을 내려 주자 그의 분신이 튕겨져 나오는 것처럼 자유롭게 전신을 드러냈다. 고개를 들어 올려 그의 눈을 올려다 보니 크게 뜬 그의 눈은 흥분이 뒤섞인 눈빛으로 지원을 내려다보고 있었다.

"지원아."

잔뜩 가라앉은 목소리가 자신을 불러도 지원은 대답하지 않은 채 고개를 숙이며 언젠가 그가 해 주었듯이 그녀도 그의 분신에 고갯짓하며 천천히 고개를 위로 쓸어 올려 뺨을 비볐다.

뜨거운 것이 뺨에 보드랍게 닿아 오는 촉감과 그의 체향에 숨을 깊이 들이마시다가, 점점 더 뜨거워지는 그의 몸에 혀를 살짝 내밀어 굵은 기둥을 핥았다.

"흐읏……"

지원은 순서를 바꾸고 싶었다. 늘 그에게 먼저 받는 애무, 정신이 혼미해진 뒤에야 격한 감정에 그를 만지던 손길이 아니라 처음부터 그를 느끼고, 저가 아닌 그가 애원하게 만들고 싶었다.

이끌림받는 것이 아닌 리드하는 느낌. 하루 종일 눌려 있었던 마음이 이런 식으로 못되게 스트레스를 풀고 싶은 건지도 모르겠지만, 오늘은 그가 자신이 원하는 대로 움직여 줄 것이라 확인받고 싶은 건지도 몰랐다.

그의 눈엔 자극적일 이 도발이 사실은 그녀의 아직 진정되지 못한 상처와 불안함인지도…….

"지원아……."

머리 위에서 외마디 같은 거친 숨이 들려왔지만 지원은 혀의 움직임을 멈추지 않았다. 끊임없이 제 머리 위에서 그의 목소리로 흩날리는 제 이름을 들으면서 조금씩 더 뜨거워지고, 조금씩 더 대담해져 갔다.

한 손을 내려 늘 조금은 차갑게 느껴지던 그의 뜨거운 분신 아래 작은 주머니를 조심스레 잡아 보았다. 탱글하게 이미 긴장되어 있던 주머니가 좀 더 단단하게 뭉쳐 올라 수축하는 것이 느껴졌다.

긴장하는 그의 몸을 느끼며 미끄러지듯 손을 올려 그의 몸 뿌리 끝을 감싸 잡았다. 두 손을 차례대로 감싸 잡은 그의 몸은 그 이상의 자극을 기대하는 것처럼 계속 불끈거리고 있었다. 맑은 액이 이슬처럼 맺힌 그의 몸 끝이 신기해 지원은 혀를 내밀어 할짝할짝 핥아 보았다.

"으으흐."

꽉 잡힌 어깨가 조금 아플 정도로 양쪽 어깨에 내려져 있던 그의 손에 힘이 들어가는 것이 느껴졌다. 혀에 닿은 미끌거리는 느낌이 야릇해서 그의 몸 끝에 혀끝을 세워 동그랗게 비벼 대자 매끌거리는 감촉을 느낄 새도 없이 그의 몸이 앞으로 밀려 들어왔다.

"웅?"

지원이 고개 들어 그를 올려다보자, 아무 말 없이 거친 숨만 내쉬고 있는 그의 얼굴이 붉게 상기되어 있었다.

더 이상 참을 수 없어 보이는 긴장된 얼굴 표정, 옆얼굴에 맺힌 땀방울과 관자놀이에 두드러진 굵은 혈관. 지원은 그를 올려다보며 그의 마음을 전해 받은 것처럼 천천히 그의 몸을 입안으로 빨아들였다.

"허흑."

그의 고개가 뒤로 젖혀지는 것을 마지막으로 지원도 눈을 감았다. 두 손으로 그의 분신을 잡고 천천히 고개를 움직이며, 그가 입술로 치아를 부드럽게 감싸며 혀로 뜨거운 그의 몸을 정성을 다해 핥아 주었다.

머리 위에서 들려오는 그의 신음 소리가 강해질수록 지원도 자신의 몸이 젖어 들어가는 것을 느꼈다. 세게 힘주어 빨아 당겼다가 부드럽게 입술을 훑어 내리며 밀어 내리고, 또다시 빨아들이고…… 그가 젖어 가는 만큼 그녀도 젖어 들어갔다.

지원이 허벅지를 붙잡고 있던 손을 좀 더 뒤로 돌려 맨살을 드러낸 단단한 엉덩이를 붙잡으며 그를 끌어안았다.

그를 빨아들일 때마다 두 손에 쥔 그의 엉덩이를 당겼고, 그의 엉덩이는 딱딱하게 조여들며 지원의 입안으로 분신을 밀어 넣었다. 그의 엉덩이와 지원의 머리가 함께 춤을 췄다. 흥분하기 시작한 지원이 그의 분신을 핥다가 살짝 깨물고 혀끝으로 핥아 주며 그를 자극했다.

"그만, 안 되겠어."

지원의 어깨를 잡아 올린 그의 눈빛은 이미 흥분으로 뒤덮여 있었다.

"왜요? 맛있어. 조금만 더요."

지원은 마찰로 부풀어 오른 자신의 입술을 혀로 살짝 핥았다. 그녀의 타액과 그의 애액이 섞인 맛이 묘한 자신감을 부추겼다.

"……미치……겠다."

그는 황당한 표정을 지으며 입을 벌렸다가 뭔가 더 자극받은 것처럼 굴었지만 지원은 진심이었다. 아직 그를 맘대로 하고 싶은 마음만큼 성에 차지 않아. 그 미진함에 지원은 자꾸만 몸을 내려 무릎을 꿇으려 했고, 그는 그런 지원을 억지로 잡아 올리며, 아직 발목에 걸쳐 있던 바지를 급하게 벗어 내기 시작했다.

"왜에."

그가 너무나 다급하게 움직이고 있었다. 지원의 바지를 내리고, 속옷을 내리는 손길이 거칠었고, 다리를 잡아 올려 발목에 걸려 있는 바지와 속옷에서 지원의 다리를 자유롭게 만드는 움직임도 부드러움과는 거리가 멀었다. 그리고······.

"오빠?! 어? 하아아······ 흑."

벗은 다리 사이로 그의 손이 무언가를 확인하듯 파고들더니, 급하게 몸을 숙인 그의 머리가 그 사이로 파고들었다.

"하윽."

갑자기 다가온 엄청난 자극으로 지원의 허리가 앞으로 숙여지며 무릎이 꺾였다.

맨살을 드러낸 엉덩이를 그의 두 손이 꽉 틀어쥐듯 붙잡고서 더 이상 내려오지도, 움직이지도 못하게 지지하고 있었다.

정면으로 달려들어 새벽녘 굳게 닫힌 나팔꽃잎처럼 틈새 없이 다물어진 그녀의 깊은 샘을 아래에서 위로 살을 가르듯 파고든 그의 혀가 뜨거웠다. 봐주는 것도 없이 급하게 파고드는 혀는 꽃잎 사이로 길을 내듯 몇 번이고 그렇게 여린 살을 가르며 들어와 핥아 대고 빨아 대며 빨리 다디단 물을 더 많이 내어 달라는 것처럼 졸라 댔다.

"아아아······ 하훗······."

더 이상 서 있을 수가 없었다. 그에게 엉덩이가 붙들린 채로 허리를 굽혀 그의 어깨에 두 팔을 올려 지지하며 버텨 봐도 그가 주는 짜릿함과 형언할 수 없는 쾌감을 감당할 수가 없었다.

"흐윽······아훙······. 아······ 오빠아······."

그녀의 무릎이 바들바들 떨렸다. 그녀의 부탁을 철저히 무시하며 몸을 일으키기는커녕 고개까지 틀어 가며 더 깊이 다리 사이로 얼굴을 묻어 버리는 그의 행동에 지원의 두 눈은 쾌감에 젖어 하얗게 멀어지고 있었다.

꽃잎 사이 작은 돌기를 입술로 빨아들이며 혀끝으로 간지르듯 자극하는 그의 혀는 얄밉도록 지원의 몸을 너무나 잘 알고 있었다.

지원의 신음이 점점 길게 늘여지며 높아지자, 그는 조금 전 그녀로 인해 당혹스러웠던 것을 복수하듯 혀끝을 세워 작은 돌기를 찌르며 쉼 없이 좀 더 세게 빨기 시작했다.

"다리 좀. 지원아, 힘 빼고 다리 좀 더 벌려 봐."

머리로 억지로 밀고 들어와 벌린 틈으로도 모자랐는지 그의 혀가 꽃잎 아래 깊은 샘 입구를 할짝이며 지원의 엉덩이를 잡고 있는 손에 힘을 주었다.

"오빠…… 침대. 하아앗…… 오빠…… 나 못 서 있겠어. 흐으응……."

"조금만 더."

"아아흥……."

쉼 없이 그를 부르다 목이 쉬어 가는 듯 갈라지는 목소리가 흘러나오고, 진저리 쳐지는 쾌감에 지원의 머리가 도리질 쳐졌다. 엉덩이를 붙잡고 있는 그의 힘에도 버티지 못하고 지원의 몸이 무너져 내리자, 그가 몸을 일으켜 그녀의 셔츠 블라우스를 벗기기 시작했다.

그의 팔에 의해 몸에 세워지고, 옷이 벗겨져도 지원의 눈빛은 초점이 흐려진 흥분된 눈빛으로 그의 입술을 찾기 바빴다. 아무것도 상관없다는 것처럼 오로지 그의 입술을 찾아 급하게 혀를 빨아 당기며 목이 마른 사람처럼 그의 입술을 마셨다. 발끝으로 서서 그의 뺨을 두 손으로 감싸며 입술을 달라고, 오직 당신의 혀를 가져야겠다고 매달리는 지원의 맹목적인 움직임에 그의 눈에서 불꽃이 튀었다.

자신의 셔츠까지 모두 벗어 던진 그가 그녀의 가슴에 두 손을 얹었다.

"하아."

그의 혀가 아플 만큼 빨아 당기던 그녀의 입술 사이로 다시 신음이 터져 나왔다. 속옷까지 벗겨져 맨가슴을 드러낸 지원의 분홍빛 정점을 그의 손가락들이 비비다 살짝살짝 잡아당겼다.

"으흡."

가슴에서 일어나는 애욕의 화기가 커질수록 그의 혀를 빨아 대던 지원의 힘이 약해지자, 현민은 지원의 허리를 팔로 감아 당겨, 두 사람의 몸을 한껏 밀착시킨 뒤 그녀의 상체를 뒤로 젖혀 입으로는 그녀의 혀를, 움직일 수 있는 한 손으로는 그녀의 가슴을 가지며 마음껏 빨아 당기고, 주무르기 시작했다.

"아……으……으……음……."

그에게 혀를 빨리면서도, 그의 짓궂은 손이 가슴을 주무르다 욕망에 겨워 여린 살을 잡아당겨도 지원은 아무 말도 못 하고 입술 사이로 끊임없는 신음만 흘렸다. 그런 지원의 배를 부드럽고, 단단하며 뭉툭한 끝을 가진 그의 뜨거운 몸이 저를 좀 봐 달라는 것처럼 쿡쿡 찔러 왔다.

"지원아. 이번만…… 미안해."

귓가에 속삭이는 그의 목소리를 들었지만, 무슨 뜻인지 생각할 겨를도 없이 덜렁 위로 들린 지원이 허공에 떴다는 막연한 불안에 반사적으로 그의 허리를 다리로 감싸 안은 순간, 그의 분신이 그녀의 깊은 샘 안으로 밀려 들어왔다.

애무와 사랑에 젖어 든 그녀의 꽃길은 이미 그의 분신을 기꺼이 받아들였다.

"하윽…… 오빠. 이건……."

그의 목에 팔을 두르고, 두 팔과, 두 다리로 그에게 매달린 지원이 그의 귓가에 대고 어쩔 줄 몰라 하다 다리를 풀며 아래로 내려가려 했지만, 현민은 그녀의 엉덩이를 두 손으로 잡아 들고 놓아주지 않았다.

"가만있어."

공중에 들린 지원은 그 당혹스러움에 몇 번 다리를 내리려 시도했지만, 결국 원래대로 그의 몸을 다리로 감싸며 매달려야 했다.

"하홋, 무겁잖아."

"안 무거워."

숨이 찬 듯 빠르고, 반론을 금하는 듯한 그의 엄한 목소리가 짧게 들려오기 무섭게 그녀의 몸이 그의 힘에 의해 위로 쳐올려졌다.

"하아…… 오빠! 하아으……."

"허억……. 허억……."

흔들림에 그녀가 더욱 힘주어 그에게 매달릴수록, 동그란 지원의 가슴이 단단한 그의 가슴팍에 세게 맞닿아 옆으로 봉긋하게 눌렸다. 그의 엉덩이가 위로 찌를 듯 움직일 때마다 지원은 바람에 팔랑이는 낙엽처럼 그의 몸 위에서 튕겨 올랐다 떨어져 내렸다.

그의 어깨에 고개를 묻으며 온몸으로 매달려 있는 하얗고 부드러운 지원의 몸과 두 다리로 버티고 서서 그녀를 올렸다 내릴 때마다 근육을 불끈거리는 그의 몸이 너무나 달라, 장식장 유리에 비친 지원의 벗은 등과 엉덩이, 그 사이를 파고드는 자신의 분신을 눈에 담는 현민의 호흡이 더욱 가빠졌다.

"잠깐만. 하악…… 오빠…… 흡, 소파."

"헉…… 헉……. 그대로, 있어."

백번 양보해서 침대보다 가까운 소파로 가자 해도 그는 움직이지 않았고, 오히려 매달려 있는 것을 용하다 할 만큼 밀고 들어오는 움직임이 과격해지고 있었다.

거칠어지는 그의 움직임만큼 지원은 강한 자극과 쾌감에 호흡이 벅찼다. 정신없이 빠르게 위로 튕겨 오르고, 몸이 내려올 때마다 사정없이 찔러 들어오는 그의 분신은 받아들일 때마다 더 커지는 것 같아, 지원은 그에게 매달리며 신음할 뿐이었다.

양쪽 엉덩이를 한 손씩 잡아 쥐고 자신의 배에 바짝 밀착시키는 현민의 힘 때문에 그의 분신을 받아들일 때마다 배와 맞닿은 꽃잎 속 작은 돌기가 세게 비벼지며 더 큰 쾌감을 불러일으켰다.

"아흑……하흑……."

아무리 말랐다 해도 장신의 성인 여자인데도 그는 두 다리로 버티고 서서 흥분으로 거칠어진 호흡만 아니면 전혀 힘들지 않은 것처럼 가볍게 지원을 들어 올렸다 내리며 점점 더 리듬을 빨리했다.

흥분으로 뇌 속 생각들이 대부분 날아가 버리기 시작한 상황에서도 지원은 그를 가지고 싶었는데, 손가락도 꼼짝 못 하고 있는 상황이 마음에 들지 않았다.

손을 뻗으면 소파가 닿을 듯 말 듯 두 걸음만 움직여도 될 것 같은데…….

"오빠…… 아흑…… 제발, 소파 하아…….."

위아래로 흔들리느라 높낮이가 고르지 못한 소리 탓에 잘 듣지 못했는지 그는 고개를 뒤로 조금 젖힌 채 계속 움직임에 몰입하고 있었다.

"오빠! 눕혀 달라고! 흐흑…… 소파! 아흑…….."

"어? 잠깐. ……잠깐만."

숨을 참으며 이를 악물고 움직임을 멈추는 그의 모습이 무척이나 힘겨워 보였다.

지원은 그가 몸을 올려 주는 대로 천천히 솟아올랐다가 그의 몸이 빠져나가는 것을 느끼며 바닥에 다리를 내려놓으려 했지만, 그는 생각이 바뀌었는지 다시 엉덩이를 꽉 잡아들여 반쯤 빠져나갔던 몸을 다시 강하게 밀고 들어왔다.

"아흑. 하아…… 오빠."

"흐흑…… 가만있어, 내가 눕혀 줄게."

깊이가 싱글침대 이상인 듯한 넓은 소파에 눕는 것은 침대에 눕는 느낌과 비슷했다. 끝까지 몸을 합친 채 소파로 다가가 그대로 안고 겹쳐 누우려던 현민은 지원이 소파에 내려지는 순간 잠시 그녀의 몸 밖으로 벗어나야 했다. 하지만 그의 분신은 그 잠시간이 억울한 것처럼 금세 다시 지원 안으로 파고들었다.

급하게 숨을 들이마신 지원의 고개가 뒤로 젖혀지며 턱이 높이 솟아올랐다.

"하아으응."

"허윽, 지원아."

잔뜩 달궈진 두 사람의 몸이 빈틈없이 꿰맞춰지자, 정신이 혼미해지는 쾌감에 서로 잠시 말을 잃었다. 파들파들 경련하는 지원의 속살과 마치 그 안에 심장을 심어 놓은 듯 좁은 길 안에서 힘차게 고동치는 그의 분신이 미끌거리는 애액을 핑계 삼아 천천히 흔들렸다.

"이제…… 됐어?"

맘껏 움직이려는 몸을 잡아 드는 그의 얼굴은 턱 근육이 불거질 만큼 힘을 주고 있었다. 이마에 송골송골 맺힌 땀도 환한 조명에 여과 없이 보였다.

서 있을 때는 그에게 매달려 있느라 아니, 오로지 그가 주는 쾌감을 받기만 하느라 정신없이 눈을 감고 있어 보지 못했던 그의 표정을 마음껏 볼 수 있어 지원은 지금 이 자세가 더 좋았지만, 지원 안에서 멈춰 있는 그는 무척이나 괴로워 보였다.

그는 그녀와 가슴을 맞붙인 채 지원의 어깨 옆으로 팔꿈치를 내려 지지하고 있었다. 길게 흐트러진 머리카락을 쓸어 올려 주며 손등으로 반듯한 이마의 땀을 느릿하게 닦아 내는 그의 눈빛과 손등마저 뜨거워, 지원은 새삼 볼을 붉혔다. 제 안에서 불끈거리는 그의 느낌을 모두 느끼며, 천천히 제 몸을 흔드는 그의 눈을 보며 태연하게 대화 나누는 느낌이 오묘했다.

"아흐흥…… 좋아."

"한다?"

지원은 대답 대신 미소 지으며 엉덩이를 들어 올려, 그와 맞닿은 부분을 밀착시켰다. 그가 그녀의 미소에 화답하듯 환하게 웃으며 상체를 세워 천천히 허리를 움직이기 시작했다.

"사랑해……. 지원아."

막혔던 숨을 토해 내듯 거친 숨소리와 함께 튀어나온 말이 너무나 달콤했다.

그의 움직임 따라 천천히…… 느릿하게 위아래로 움직여지던 지원은 그의 눈을 올려다보며 까맣게 조여드는 그의 눈동자에 대고 맹세하듯 대답했다.

"사랑……해."

"미치게 사랑해……. 지원아."

조금 머뭇하던 지원의 눈동자가 하얀 미소와 함께 이지러지며, 팔을 뻗어 일렁이는 눈빛을 보내는 그의 뺨을 쓸어내렸다.

"미치진 마."

진지한 얼굴로 고백하던 현민의 몸이 한순간 멈칫하더니, 지원의 어깨 위로 얼굴을 내려 묻으며 맞닿은 지원의 가슴까지 진동이 전해질 정도로 크게 흔들리기 시작했다.

"크흑…… 흐흐흐…… 널 어떡하냐. 흐흐흣…… 지원아."

지원은 입술을 꼭 다물고 한쪽 눈을 찡그렸다.

"……웃는 건 좋은데, 계속 웃을 거면, 하아윽."

말을 다 마치지 못하고, 위로 치고 들어오는 그의 움직임 따라, 야한 표정으로 눈을 감아버린 지원을 내려다보며 그가 끊기는 숨 사이사이 말을 이었다.

"계속…… 웃을 거면…… 뭐?!"

"아니…… 히익."

그녀가 말을 하려 하자 그의 허리가 더욱 세게 물결치며 강하게 부딪혀 왔다.

"웃을 거면…… 나가라고?"

"하아웅…… 하아…… 으응."

대답도 못 하고 한 손으로 잡히지도 않는 그의 단단한 팔뚝을 부여잡으려 손을 뻗던 지원이 고개를 옆으로 흔들었다.

"나갈까?"

입술을 꽉 깨문 지원의 고개가 계속 옆으로 흔들렸다.

"나가지 마?"

콧잔등에 주름을 만든 지원이 고개를 흔드는 대신 두 다리로 그의 허리를 감싸며 매달리자, 장난스레 묻던 그의 얼굴에서 억지로 만들어 모았던 여유가 한순간에 사라져 버렸다.

"아하으."

바뀐 자세로 그가 훨씬 더 깊이 파고들자 지원의 신음 소리가 더 높아졌다. 지원의 얼굴에는 이제 미소도, 억울하단 장난기도 모두 사라지고 몽롱한 기운만이 가득 차 있었다.

긴 시간 달리기를 한 것처럼 붉게 달아오른 얼굴과 거친 숨소리, 달뜬 표정으로 그를 바라보는 눈동자는 이미 혼미해져 그에게 절정을 원한다는 눈빛을 보내고 있었다.

그가 파고들 때마다 마중 나오듯 맞부딪혀 오는 그녀의 깊은 샘이 그의 욕망을 부추겼다.

철벅거리는 소리와 함께 어쩔 수 없이 새어 나오는 지원의 신음 소리, 서로를 반기는 강한 부딪힘이 그들을 휘감은 쾌감을 더욱 강하게 만들고 있었다.

보드라운 허벅지 안쪽 다리 사이로 넘쳐 버린 애액이 흘러내리고, 그곳에 세게 부딪혀 오는 현민의 단단한 몸이 만들어 내는 철썩이는 소리가 더욱 빨라지며 커졌지만, 지원도 이젠 그런 소리에 몸을 움츠리지 않았다.

점점 더 크게 들썩이다, 때론 쾌감에 떠밀리듯 그의 입술을 찾아 눈을 감은 채 몸을 들어올리고, 그의 입술을 맛있는 사탕인 양 혀로 핥아 대는 그녀의 모습에 현민도 그녀의 입술을 희롱하듯 혀로 간지럽혔다.

그렇게 서로가 나눌 수 있는 몸을 모두 나누던 지원이 키스도 마다하며 소파에 어깨를 완전히 붙인 채로 조금씩 더 높이 골반을 들어올리기 시작했다.

조금씩 더 뒤로 젖혀지는 지원의 고개를 보며 현민이 다급하게 제 분신을 빼내자, 지원의 눈이 상실감에 커져 성난 표정으로 크게 뜨였다.

절정을 향해 가던 지원은 놓쳐 버린 그 꿈결 자락을 다시 잡으려는 듯 그의 몸에 대고 허리를 뒤틀기 시작했다.

"오빠!"

"아직 안 돼……."

"오빠. 나……."

현민은 지원을 당겨 안아 소파 등받이에 몸을 엎드려 기대게 한 뒤 두 손으로 골반을 부여잡고 거칠게 밀고 들어왔다.

"으흑."

이 자세는 늘 너무 깊었다. 거칠고 뜨겁게 찔러 들어오는 그의 분신은 배꼽을 뚫고 나올 만큼, 아까보다 더 거대하게 느껴졌다. 지원이 몸을 앞으로 숙이며 그에게서 도망쳤다. 그러나 그의 강한 팔이 지원을 붙잡아들이며, 또다시 깊게 파고들었다.

"흐으윽, 아아."

허리를 어떻게 움직이는 것인지, 그의 몸 끝이 지원의 깊은 내벽을 휘어 들며 자극적으로 긁으며 밀려 들어오자, 지원은 허리를 비틀며 신음했다.

"하아아응."

그의 몸이 지원이 보지 못하는 뒤에서 온갖 기교를 부리며, 숨이 쉬어지지 않을 정도로 이상하게 파고들었다. 한동안은 왼쪽으로 파고들었고, 적응될 것 같아지면 또 오른쪽으로 밀고 들어왔다가, 아래에서 위로 치켜 올리기도 했다.

소파에 두 무릎을 대고 허리를 숙인 채 두 손으로 소파헤드를 잡고 있던 지원의 몸이 그의 힘과 지극에 밀려 거의 헤드에 배를 가져다 대고 반으로 접히듯 그를 받아 내고 있었다. 그의 힘에 거대한 소파가 흔들리며 조금씩 뒤로 밀려 나갔다.

맞닿은 가구들에 흔들려 협탁에 놓여 있던 전화기가 흔들리며 조금씩 밀쳐지다 결국 바닥으로 떨어져 내렸다. 그들은 말이 없이 마지막 절정을 향해 나아가고 있었다.

지원의 엉덩이에 손자국이 남을 만큼 아프도록 움켜잡고 제 허리를 밀어붙이는 현민의 고개가 점점 위로 치켜 올라갔다. 지원은 밀려 들어오는 그를 향해 허리를 휘며 엉덩이에 힘을 주고 버텨 내다, 흘러 내린 머리카락이 그들의 움직임 따라 찰랑일 때 현민의 힘에 의해 덜렁 들어 올려졌다.

다시 소파에 내려 놓은 지원은 푹신한 쿠션에 무릎을 대고 두 팔로 상체를 버티며, 단번에 거칠게 파고드는 현민을 받아들였다. 지원의 허리를 붙잡고, 제 몸 따라 정신없이 흔들리는 모습을 보며 지원의 등 위로 굵은 땀방울을 떨어뜨리다 몸을 붙였다.

등에 제 가슴을 붙이고, 한쪽 가슴을 움켜잡고 욕심껏 주무르던 커다란 손이 납작한 배를 쓸고 내려와, 애액이 넘쳐나 미끌거리는 까만 수풀 사이로 손가락을 밀어 넣어 동그랗게 굴리기 시작했다.

"아흐흑, 아흑, 오빠, 아흑."

현민이 지원의 등을 입으로 빨며, 한 치의 틈도 없이 제 몸을 겹쳐, 지나치게 선정적인 동작으로 엉덩이를 움직이기 시작했다.

지원은 찔리고 만져지는 감각에 숨도 쉬지 못하고, 그가 흔드는 대로 흔들리며 쾌감에 신음했다. 머리를 가로젓고, 허리를 비틀다 손을 뒤로 뻗은 지원이 제 정점을 애무해 주던 그의 팔을 잡아당겨 손가락을 입에 넣고 빨아 대기 시작했다.

그를 볼 수도, 아무것도 만질 수 없던 고통이 제 입안에서 혀를 어루만지는 그의 손가락 하나로 사라지는 것 같았다.

깊은 곳에서 시작된 하얀 불꽃이 음부를 덮고, 등줄기를 타고 올라 눈앞에서 하얗게 터지며, 천상의 쾌감을 전신으로 퍼트려 주었다. 강하게 조여들며 경련하는 지원의 몸 따라 그의 고개도 격하게 위로 꺾여 오르며 신음을 내뱉었다.

부들부들 떠는 지원의 치켜 올라간 엉덩이와 휘어진 허리, 하늘로 치솟은 어깨와 쳐들린 고개는 한동안 멈춰져 움직이지 않았고, 강하게 조여들며 경련하는 샘 속으로 파고든 그의 분신이 마지막 절정을 함께 맛보며 두 사람의 하체는 더 이상 가까워질 수 없을 만큼 빈틈없이 맞붙어 함께 경련했다.

하얗게 사위가 사라지고, 소리가 멀어지는 환락의 시간.

고양이처럼 몸을 휘어 올리는 지원의 몸속으로 온몸을 밀어 넣고, 뜨겁게 파정한 현민이 지원의 등 위로 몸을 내려 그대로 누우려 했다. 그의 무게에 항복하듯 소파로 몸을 내린 지원이 고개를 옆으로 돌려 누운 채 가쁜 숨을 내쉬며, 감긴 눈을 뜨지 못했다.

잠시 뒤 대형 소파 위에 발가벗고 잠든 여체를 덮고 있던 사내의 몸이 꿈틀거리며 일어나더니, 하얀 등부터 척추를 따라 끊임없이 입을 맞추기 시작했다.

아침이 찾아온 고층 건물. 의자를 팽그그르 돌려 창밖을 바라보고 있는 이순(耳順)에서 종심(從心)쯤 되어 보이는 한 남자의 뒷모습이 보이고, 그 곁에 선 한 남자가 부지런히 아침 브리핑을 하고 있었다.

"그리고 6시경 원컴퍼니로 돌아가셨다고 합니다."

보고 내용을 들은 의자에 앉은 남자는 한동안 말없이 따다닥, 따다닥 소리를 내며 손가락 여러 개로 건반 치듯 의자 팔걸이를 두드렸다.

14장.
서로만을 눈에 담고

마리아 집 관장님이 꼭 참석하라고 일러 주신 사회복지 인사들의 모임은 유명 인사들이 참석하는 자선기금 마련 모임이었다.

연예인 초청 공연시간도 마련되어 있었고, 진행자의 언변도 매끄럽다 못해 너무 통상적이지 않나 싶을 만큼, 여러 회를 거듭해서 자리가 잘 잡힌 모금행사라서 그런지, 참석자들의 면면이 화려했고, 얼음조각이나 꽃장식, 테이블 세팅 등등 호텔 측에서도 특별히 신경을 많이 쓴 것이 표가 났다.

그 번잡한 행사장에서 조금 비켜서서 테이블은 차지하지도 않고, 별도로 마련된 핑거푸드 몇 개로 끼니를 때운 지원의 타깃은 사회복지계의 주요 인사들이었다. 남들 다 들고 있는 잔 하나쯤 들고 있어야 될 것 같아서 허전한 빈손을 채우고 있는 생수잔이 이 생소한 공간에서 그녀의 유일한 의지였다.

관장님이 알려 주신 대로 그들과 인사 나누고, 회사 이름을 말하고 눈치껏 빠져 주는 것. 그것을 하기 위해서 지원은 지금 하루 종일 입고 뛰었던 정장 바지와 셔츠를 벗어 놓고 오프화이트 원피스로 갈아입은 것도 모자라 구색을 맞추기 위해 피곤한 다리로 라운드토힐까지 신고 있었다.

대부분은 인사를 드렸는데. 딱 한 분 까다롭기로 유명하다는 푸른 사회복지재단 대표님께 인사드리는 일이 남아 있었다. 관장님께서는 사회복지계 마당발, 막강파워라는 그분께 가능한 한 꼭 인사드리라고 하셨는데, 아무리 버티고 서 있어 봤자 그분의 시선은 기금마련에 도움을 주는 사회 유명 인사들에게로 향해 있었다.

종아리가 뭉치는 것 같아 화장실에 가서 자리를 주무르고 다시 올까 싶기도 했지만, 조금만 더 참았다가 빨리 집에 가는 것이 나을 것 같아서 양쪽 다리에 번갈아 힘을 주면서 버티고 선 지원은 그분이 한가로워지실 때를 기다리는 중이었다.

그러려니 지원도 덩달아 화려하고 우아한 분위기에 맞춰 시간을 끌며 지지부진 무의미한 시간을 보내고 있을 수밖에. '꼭 이렇게까지 인사드려야 하나?' 이런 생각도 들었지만, M.M.C 창립파티 때 참석하시겠다고 하신 분이니 그전에 찾아뵙고 인사드리는 것이 어른에 대한 예의 같기도 해서 겨우겨우 참아 내고 있었다.

[바빠?]

이제서야 쉴 틈이 생긴 건가? 지원은 문자가 그의 얼굴이라도 되는 양 저도 모르게 반색하며 휴대폰 글자를 향해 활짝 웃었다.

[아뇨.]

[내가 보기에도 그래 보여.]

'어?!' 하며 지원은 눈이 커다래져서 고개를 이리저리 돌리며 그의 모습을 찾았다.

[어디예요?]

손가락이 보이지 않을 정도로 빨리 문자를 찍어 보낸 지원이 답신을 기다리며 초조하게 휴대폰 액정을 바라봤다.

[일하는 중, 안 봐도 눈에 선해서.]

순간적으로 지원의 미간에 주름이 생겼다.

[놀림당한 순둥이는 내일 잠수 탑니다.]

[어딜?!]

마치 문자가 크게 소리치는 느낌이 들었다.

[미력한 저는 안 보고는 알 수 없어, 가평농장 직접 점검 가요.]

[나는?]

지원의 눈매가 기분 좋게 휘어졌다.

[직원들이랑 사랑마을 아이들 전부 다 같이 가요. 미안하지만, 오픈 전에는 창립파티 때문에 내일밖에 시간이 없어요. 오빠가 나 봐줘야 해요.]

[시간은?]

[아침 일찍 출발하니까 저녁때는 돌아오겠죠?]

찌이잉…… 실시간 반응처럼 전화가 걸려 왔다. 그제서야 속이 좀 풀리는 기분에 유치한 걸 알지만 기분이 좋아진 지원이 꼭 다물린 입술로 얼굴 한가득 웃음을 띠었다.

"오랜만입니다. 지원 씨."

전화를 받으려던 지원이 바로 곁에서 들려오는 목소리에 고개를 돌렸다.

"아?! 안녕하셨어요. 윤 의원님?!"

지환은 처음으로 환히 웃는 표정으로 인사하는 지원과 마주하자 순간적으로 멍하니 그녀의 표정 속으로 빠져들었다.

"무슨 좋은 일 있으셨습니까?"

지원은 그사이 진동이 멈춰 버린 손 안의 전화기를 느끼며, 안타까움을 느꼈다.

"아…… 일이 많아서요."

"하하하. 그러셨습니까? 지원 씨 웃는 모습 자주 보려면, 늘 바쁘시길 바라야겠습니다."

"윤 의원님이 더 바쁘시잖아요."

대부분 반가움을 가장한 인사치레로 얼굴 보이며 지나치기 바쁜 사람들 속에서, 도란도란 자기들만의 재미난 주제로 이야기 나누는 것 같은 젊은 남녀의 모습은 행사장 가득한 사람들의 시선을 끌기에 충분했다.

그것도 그 대상이 집안 좋고, 사람 좋은 윤 의장댁 외아들 윤지환 의원이기에.

"저는 지원 씨가 보자고 하시면…… 언제고 달려갈 수 있는 사람입니다."

지원은 윤 의원을 의아하게 바라보았다. 밝은 표정으로 이야기하던 그의 얼굴에서 점차 웃는 표정이 사라지고 있었다. 지원은 그의 시선이 향한 자신의 어깨 너머에 무슨 일이 생긴 거라는 느낌이 들어 고개를 뒤로 돌렸다.

"……어……."

저 멀리 잘 차려입은 사람들 틈에서도 유난히 눈에 띄는 한 남자가 지원의 눈에 콕 들어와 박혔다. 오직 그만 선명하고도 줌인 된 것처럼 커다랗게 보여, 지원은 안 그래도 큰 눈을 더 동그랗게 뜨며 놀란 표정을 지었다.

"지원 씨!"

"네?"

뭔가 화난 것처럼, 급하게 자신을 부르는 소리에 지원이 고개를 돌려 윤 의원을 바라봤다.

"저 사람. 지원 씨 보러 온 겁니까?"

"……모르겠는데요. 일, 한다고 했는데."

한 번도 받아 보지 못한 시선. 오늘은 웬일로 미소를 보여 준다 했더니, 지난 일 년간 그토록 고통스러워해 놓고는 지원은 또다시 유현민에게 눈빛까지 반짝여 가며 반기고 있었다.

"……연락, 주고받는 겁니까?"

심각해진 표정, 원망이 섞인 눈동자. 지원은 그를 위해서라도, 그리고 현민에게 당당하기 위해서라도 지금 분명한 대답을 해 줘야 한다는 걸 직감했다.

"사랑하는 사람이니까요."

다물린 윤 의원의 입술에서 끄응, 하는 소리가 들려왔다. 윤 의원에게 는 마음이 없다는 것을 밝혀 왔으면서도 마음이 불편해진 지원은 자신이 함께 나눠 줄 수 없는 감정을 갈무리할 시간을 주듯 윤 의원에게서 시선 을 거두어들여 소중한 사람을 바라보았다.

"그렇게 힘들어 놓고도, 저 사람이 좋은 겁니까."

뒤가 아닌 옆에서 침착하려 애쓰지만, 질타가 섞인 목소리가 들려왔 다. 방긋 웃을 것처럼 꼬물거리던 지원의 입가가 차갑게 내려앉았다. 자 신에 대한 질책도 윤 의원이 할 만한 말은 아니었지만, 그래도 그런 건 상관없었다. 하지만……

"윤 의원님. 방금 지칭하신 저 사람이란 말, 제가 사랑하는 분께 하신 말씀이신가요?"

"……"

"제가 사랑하는 분과 윤 의원님께서 그렇게 막역한 사이신 줄은 몰랐 습니다만, 제가 듣기엔 별로 좋지 않네요."

윤 의원은 건조한 시선으로 자신을 바라보는 지원을 바라보았다.

"뭐해?"

굵고 부드러운 목소리가 귓가에서 울렸다. 허리에 스르륵 감겨드는 굵고 긴 팔이 지원이 중심을 잃고 기대야 할 만큼 강하게 옥죄어 왔다. 지원이 고개를 올려 바라보자, 말은 그녀에게 하면서도 시선은 앞에 선 윤 의원을 주시하고 있는 현민의 모습이 눈에 들어왔다.

묘한 분위기에 사람들의 시선이 몰리기 시작하자, 지원이 먼저 분위 기를 바꾸려 애썼다.

"왔어요? 안면 있으시겠지만, 제가 다시 소개해 드릴게요. 이분은 우 리 지 변호사님과 굉장히 친한 친구분 아드님이시자, M.M.C에 관심 가져주시는 윤지환 의원님이세요. 그리고 윤 의원님. 이분은……."

"알고 있습니다. 지원 씨. 혜성그룹 부회장님. 안녕하십니까. 윤지환입니다."

지원은 윤 의원이 '지원 씨'라고 부르는 순간 허리에 감긴 그의 왼팔의 힘이 더 강해지는 것을 느꼈다.

"안녕하십니까. 유현민입니다. 윤 의원님 아버님께서 인격이 고매하시기로 이름 높으신, 윤기중 국회의장님이시라고 들었습니다. 새 시대를 이끌 좋은 정치인이 나왔다고 다들 소문이 자자하더군요. 잘 부탁드립니다."

"아닙니다. 이제 초선이라 배운 것을 나누는 데도 벅찰 뿐입니다."

"정치인이 겸손하시다니, 그래서 더욱 소문이 자자한가 봅니다. 그렇게 바쁘신 윤 의원님께서 우리 지원이 하는 일에 많은 도움 주신다니 고마운 일이군요. 하지만 앞으로는 윤 의원님께서 의정활동에 보다 더 매진하실 수 있도록, 이 사람 일에는 제가 좀 더 신경 쓰겠습니다. 윤 의원님께서는 의원님 일을 하시고, 제 사람은 제가 챙기고, 그래야 윤 의원님께 정치후원금 내는 지지자들이 기뻐하지 않겠습니까."

관심이라 해 봤자 원컴퍼니 창립 때 받은 화분 하나와 M.M.C 건물 2, 3층에 마련된 사랑마을 책장을 채워 준 것이 전부였다. 심증은 윤 의원인데, 물증은 지 변호사님이 주문하신 주문서가 붙어 있어서 돌려보내지도 못한 책들이 많긴 많았지만…… 그래도 이렇게까지 날 세울 만한 일은 없었는데…… 지원은 이상하게 뒤틀리는 상황이 너무나 불편했다.

"그렇게까지 염려해 주시지 않으셔도 됩니다. 부회장님. 지원 씨에게 도움이 필요하다면, 전 언제든지 달려갈 준비가 되어 있는 사람이니까요. 그게 제 기쁨이기도 합니다."

"……의원님께서는 여기 있는 유권자들은 신경이 안 쓰이시나 봅니다."

"제게 지원 씨는 유권자 이상의 의미라서 그렇습니다. 부회장님."

눈을 번득이는 두 사람은 작정을 하고 마주친 사람들처럼 물러설 기미가 보이지 않았다.

"저 다리 아픈데요. 여기 더 있으실 거예요?"

현민이 지원에게 고개 돌리며 자상한 눈빛으로 물어 왔다. 오빠, 제발 그만…….

"많이 힘들어?"

"좀……."

"가자. 너 어제 무리해서 더 힘들 거야."

그런데 하필 그 순간, 푸른 재단 대표와 눈이 마주쳤다. 지원이 계속 쳐다봐도 시간을 얻기 어려웠던 분이 먼저 알은척을 해 오고 계셨다. 지원이 현민을 쳐다보았다.

"다녀와. 걱정하지 말고."

"오빠, 잠깐 인사만 드리고 올게요. 윤 의원님 반가웠습니다."

"다녀오십시오."

그만 볼일 보시라는 인사말에도 윤 의원이 다녀오시라며 그 자리에 버틸 뜻을 밝히자, 지원이 예의상 미소를 표하며 현민을 바라보았다.

'나 올 때까지 조용히, 알았죠? 더 이상 불필요한 감정 대립 같은 거 하지 말고요.'

지원이 전해 오는 눈빛을 모두 알아들은 현민이 치아가 전혀 보이지 않게 단정하게 다물린 입술로 살짝 고개를 끄덕였다. 지원이 내내 대답을 기다리며 멈췄던 숨을 내쉬고는 몸을 돌려 푸른 재단 대표님을 향해 걸어갔다.

세 사람이 서 있던 자리에서 지원이 사라지자 웃음을 거둬들인 현민의 시선이 주변을 의식하지 않고 차갑게 식어 윤 의원에게로 향했지만, 주변을 둘러싼 사람들에게는 유 부회장이 한 여자에게 미소 지었다는 사실 하나만으로 놀라 속닥이는 등, 적지 않은 파장이 일어나고 있었다.

"우리 민 사장하고 알고 지낸 지는 오래되셨습니까?"

이미 알고 있는 사실을 묻는 현민의 저의는 분명했다. 민 사장. 내가 아닌 당신이 그녀를 부를 호칭은 민 사장.

"시간으로 따지면 지원 씨를 만난 시기는 아마, 부회장님과 거의 비슷한 때일 겁니다."

한때는 안타깝게 비켜나간 찰나의 엇갈림에 분노하기도 했었다. 그것이 오늘까지 이어진 두 번째 상실이 될 줄은 몰랐었는데. 지원 씨라 확인하듯 다시 말한 지환의 입가에는 자신을 향한 조소가 머물렀다.

두 번이나 기회를 잃어 놓고도 여전히 지원만을 향하는 시선에 샴페인 플루트를 집어 올리는 지환의 손길이 서늘했다.

"다행이군요. 하루라도 먼저 만나서."

태연자약하게 지환을 바라보던 현민의 시선이 기포가 올라오는 투명한 황금빛 샴페인에 머물렀다. 지원이 그나마 한두 잔 마실 줄 아는 샴페인을 윤 의원이 마시는 것조차 좋아 보이지 않았다.

자연스레 기울여지다 순간적으로 멈춰진 잔의 움직임과 자신의 말에 반응하며 서늘하게 바라보는 윤 의원의 시선 또한. 지환은 멈춰진 손을 아래로 내렸다. 지난 일 년간, 그리고 오늘 이 순간까지도 수없이 반문하고 왜 내가 아닌가 소용없는 후회를 하게 만든 그 얼마 되지도 않는 시간차를 운운하다니.

"사람 일이야 좀 더 지켜볼 일 아니겠습니까."

"기대하시는 일은 일어나지 않겠지만 윤 의원님, 그런 말씀은 삼가시는 게 좋을 겁니다."

여유롭게 미소까지 지어 가며 답했지만, 마주친 두 눈빛은 차갑기 그지없었다.

"오빠."

두 걸음 뒤에서 들려온 지원의 목소리가 돌아보는 사이 바로 옆에서 들려왔다.

"말씀 다 나누셨어요?"

"왜 이렇게 빨리 왔어?"

불안해서라는 걸 알면서. 지원은 현민에게 이제 그만 가자는 눈빛을 보냈다.

"인사만 드렸어요. 이제 가도 돼요."

"그럼, 먼저 가겠습니다. 윤 의원님."

현민이 손이 윤 의원을 향해 뻗어 나갔다. 또다시 위험한 두 사내가 손을 맞잡으며 인사를 나누는 것을 바라보는 지원의 심장이 평소보다 빠르게 뛰었다.

"……다음에 뵙겠습니다. 지원 씨. 조심해서 들어가십시오."

저를 보고 미소 짓는 윤 의원의 얼굴이 속까지 밝지는 않아, 지원은 괜스레 마음이 무거워져 차분해진 얼굴로 인사를 건넸다.

"네. 먼저 가 보겠습니다. 윤 의원님."

"걸을 순 있겠어?"

현민은 자연스럽게 지원의 등 뒤로 팔을 돌려, 좁고 가녀린 어깨를 감싸 안았다.

"그럼요."

지원의 말없는 시위로 앞으로 걷기 시작하자, 현민이 연한 미소를 지으며 함께 걸었다. 검은 양복을 입은 커다란 남자 옆에 오프화이트 원피스로 여성스런 몸의 굴곡을 드러낸 키 크고 마른 여자가 단단한 검은 팔에 폭 파묻혀 행사장을 빠져나가자 잠시 잦아들었던 웅성임이 갑자기 볼륨을 높인 것처럼 행사장을 가득 채우며 시끄럽게 울리기 시작했다.

그 공간에 방금 전까지 셋이었다 홀로 남겨진 윤 의원이 표정을 감춘 채 묵묵히 행사장 입구를 바라보다 씁쓸한 미소를 지으며 천천히 샴페인 잔을 들어 올렸다.

"의원님 다음 행사장으로 이동하셔야 될 시간입니다."

"그래. 가야지. 강 의원님 출판기념회라고 했었나?"

"그렇습니다."

"……가지."

한 모금 마시지도 못하고 내려놓은 윤 의원의 샴페인 플루트가 허무하게 탁자에 놓여졌다. 호기심의 중심에 놓여 있던 세 사람이 모두 사라지자 행사장에 모인 사람들도 한 방향으로 집중되어 있던 몸을 돌리며 삼삼오오 모여 또다시 작은 소음을 만들어 가기 시작했다.

여자관계 깨끗하기로 유명한 윤 의원과 대화 나누다 혜성 부회장의 에스코트를 받으며 사라진 여자의 정체에 대해 갑론을박하는 사람들 틈에서 누군가 두원 최대 주주란 말을 꺼냈다.

일 년여가 지난 일이라 가물가물하지만 분명 베일에 싸인 그 젊은 부호와 생김이 닮았다는 소리가 자신감에 차서 울려 퍼지자 이야기를 듣던 사람들 중 대부분은 일 년 전 잠깐 본 기억이란 말을 신뢰하지 못했고, 또 몇몇은 그 정도 되니까 혜성 부회장을 만나는 거라고 재빠르게 입을 놀리기도 했다.

그리고 돌아가는 상황을 예의주시하던 한 남자가 전화기를 꺼내며 급히 행사장을 빠져나가기 시작했다.

"어떻게 알고 왔어요?"

지원이 엘리베이터에서 내려서면서 가장 처음 물어본 말이었다.

"심장이 뛰는 방향으로 쫓아왔지."

이 되지도 않는 밀어가 가슴을 몽글몽글 간지럽게 만들다니. 괜히 윤 의원과 긴장된 분위기를 만들어 낸 그를 나무라야 하는데 자꾸만 웃음이 나오려 했다.

현민은 로비 저 끝 너머 도어맨들의 움직임에 시선을 던진 지원의 무심함이 야속했는지, 체면은 저만치 던져두고 뒤따르는 여러 수행원들도 의식하지 않는 것처럼 얼굴을 바짝 붙여 귓가에 속삭였다.

"사랑해."

"힉!"

깜짝 놀라 목을 움츠리는 지원이 현민을 쳐다봤지만, 그는 씨익 웃고서 아무 일도 없었다는 표정으로 어서 가자며 손을 내밀어 왔다.

현민은 이미 예상한 일이었다. 귓가에 뜨거운 입김을 불어넣으면 금세 야릇하게 풀려 신음을 흘리는 지원을 알기에 자신에게 보이는 그 냉랭한 얼굴이 싫어서…… 그래서 알고도 한 일이었다.

"장난하지 말아요."

"장난 아냐."

현민이 팔을 쭉 내밀어 손바닥을 드러내며 어서 잡으라는 것처럼 위아래로 천천히 흔들었다. 강아지 부르는 것 같아 기분 나빠 해야 할 일인데, 그가 부르면 꼭 반드시 제가 그 손을 당장 채워줘야 할 것 같은 느낌에 냉큼 내밀어지는 제 손이 지금 이 순간처럼 미운 적이 있었던가 싶었다.

늘 경계하고, 긴장하며 사는 이 사람이 주먹을 펼쳐 보이는 것이, 마치 자신을 향한 신뢰를 말하는 것 같아서. 그래서 방어심 하나 느껴지지 않는 그의 커다란 손바닥만 보면 그 믿음을 저버리고 싶지 않았다.

현민은 제 손 안에 들어온 긴 손가락을 깍지 끼며 포획물처럼 꽉 틀어쥐었다.

"……으으."

로비를 걸어가며 소리 없이 표정을 찡그려 아픔을 참는 지원의 모습조차 사랑스러웠다.

"다른 놈한테 웃어 준 벌이야."

"내가 언제."

"어허!"

생각해 보니 어쩌다 이렇게 된 건지는 모르겠지만, 요즘 들어 그는 지원을 아이 다루듯 할 때가 있었다. 몇 살 많지도 않으면서…… 지원의 입에서 볼멘소리가 튀어나왔다.

"자긴 와 놓고도 안 왔다고 거짓말했으면서."

"자기?! 그거 좋은데?!"

"아니, 자기는. 그쪽은, 그 뜻이에요."

"이왕 한 거 계속하지, 자기…… 마음에 들어."

어디 가서 말주변 없다 소린 안 듣는데. 이상하게 이 사람 앞에서는 지난번부터 언어유희에 휘말려 진땀을 빼며 설명하게 된다. 그런데 설명하다 보면 그게 또…… 열심히 설명할수록 술수에 휘말린, 영 바보가 된 느낌이랄까. 호텔 밖으로 나서자 아직 열기가 가득한 한여름의 밤공기가 훅 밀려들어 왔다.

"타."

평소와 다르게 뒷좌석 문을 열고 타라고 하는 그를 잠깐 올려다보고 선 운전석에 앉은 사람과 앞뒤를 막아서듯 세워진 검은 차량. 그리고 차가운 분위기를 가진 십여 명의 남자들을 바라봤다.

"갈 데 있어."

호텔 앞에서 길게 말할 내용은 아닌 것 같아 지원은 차에 올라탔다. 차에 올라탄 뒤 의례 그가 뒤따라 차에 오를 줄 알고 운전석 뒤쪽으로 좀 더 들어가기 위해 몸을 움직이려는데.

"그냥 있어. 치마 입었잖아."

말이 끝남과 동시에 문 닫히는 소리가 들려왔다. 지원이 고개를 돌려 후면 창을 바라보니 경호원들도 당황했는지, 트렁크 뒤를 빙 돌아 운전석 뒷문에 다가서는 현민을 위시하여 급하게 우르르 움직이는 모양새가 요란했다.

"왜 그랬어요?"

차에 올라타 편하게 자리 잡는 그에게 작게 물었다.

"너니까."

현민이 재킷을 벗어 다리를 덮어 주는 모습을 가만히 지켜보았다.

"고마워요."

그의 입술과 눈이 함께 웃었다. 단단한 팔에 당겨져 또다시 그의 가슴팍에 폭 파묻힌 자세가 되었음에도 먹먹해진 가슴은 진정되지 않았다.

너무 쉽다, 민지원. 이런 작은 일에 이렇게까지 감동받고 그러냐. 죽마고우가 핀잔 주듯 제 안의 저에게 중얼거리며 마음 가라앉히려 노력해 봐도 지난해 이맘때, 이 사람이 그리워 터질 것처럼 아파했던 그녀의 가슴은 옛 기억을 떠올린 것처럼 걷잡을 수 없이 아파 오고, 또 지금 이 순간을 고마워했다.

"무슨 생각해?"

지원은 현민의 손을 끌어다 손바닥을 쫙 펼치게 만들었다. 앞에 앉은 문 비서나 나이가 좀 있어 보이는 기사님께 들리지 않게 손가락으로 그의 손바닥에 글씨를 쓰기 시작했다.

ㅅㅏㄹㅏㅇㅎㅏㄴ_ㄴㄴㅐㄴㅏㅁㅈㅏ

"생각이요."

"다시 한 번."

ㅅㅏㄹㅏㅇㅎㅏㄴ_ㄴㄴㅐㄴㅏㅁㅈㅏ

"잘 모르겠어. 말로 해 봐."

지원은 열심히 썼는데 그것도 하나 못 알아듣는 그가 야속했다. 허리를 길게 늘여 그의 내밀고 있는 귓가로 입을 가져갔다.

그의 귓바퀴에 입술이 닿을 듯 말 듯, 차가 언제부터 달리기 시작했는지도 모를 만큼 미동도 없었지만 왠지 검은 밤거리, 스치는 노란 조명들, 그리고 코를 가까이 가져다 댄 그의 머리카락에서 느껴지는 향기에 취한 것처럼 심장이 빨리 뛰기 시작하자 지원의 목소리가 가늘게 떨려 왔다.

"사랑하는 내 남자. 생각했…… 읍."

그의 귓가에 대고 자그맣게 소곤거리던 지원의 입술에 그의 입술이 불시에 일격을 가하듯 빠르게 덮었다 사라졌다.

그 짧은 순간에도 잠시 비집고 들어왔던 뜨거운 혀가 지원의 혀를 부비고 지나갔고, 꿈이었던가 싶게 혼자 남겨진 지원은 자신의 혀가 인두에 지져진 것처럼 아직 뜨거운 탓에 꿈이 아님을 확신했다.

제 맘대로 뛰노는 심장 탓에 지원의 가슴이 가쁜 숨을 몰아쉬며 그의 눈을 바라봤다.

정면을 보며 웃고 있는 눈. 그리고 다시 등을 지나 오른쪽 팔뚝을 꽉 붙잡는 손에 힘을 주며 몇 번 거칠게 주무르는 손길. 지원은 무표정하니 담담한 그의 웃고 있는 눈매와는 달리 그도 자신처럼 심장이 마구 뛰고 있을 거라는 걸 알 수 있었다.

지원은 그의 가슴에 전보다 더 깊이 머리를 기댔다. 마치 심장 소리를 들으려는 것처럼 귀를 바짝 붙이고 움직임을 멈추자 그의 펄떡이는 심장 소리가 규칙적으로 들려왔다. 그의 가슴에 기대 지원은 가만히 미소 지었다. 지원의 입가에 퍼져 나간 미소를 봤는지 그가 손을 올려 지원의 뺨을 쓸어 만지기 시작했다.

부드럽게 도로를 달리는 차량 안에서 나른한 졸음이 몰려왔다.

"흐음, 좋다."

"목소리가 지친 것 같다?"

"음, 어제 누구 땜에."

"그게 아니라, 일이 많아서란 생각은 안 들어?"

"뭐가요오."

"계약 건이나 중요 회의 아니면 실무자들 보내고, 직원들 좀 믿어 주는 게 어때?"

"그런 거 아니에요."

"대표가 챙기는 건 한계가 있는 거야. 원컴퍼니를 키우려면 직원을 믿고 키워 줘야지."

지원은 전보다 마른 몸으로 스케줄을 쉴 틈 없이 잡았고, 전화도 늘한 번에 연결된 적이 드물 만큼 바쁘게 움직이고 있었다. 더군다나 아까 홀에서 다리가 아파 힘들어하는 모습까지 눈에 아른거리자, 그의 목소리에 그동안 참았던 안타까움이 화기가 되어 묻어나왔다.

"넌 클라이언트 따라가다 탈진하고, 직원들은 너한테 영역 침해당해 주인의식 없이 무슨 일이 생기든 죄다 제 책임 아니라 하고 네 회사, 그렇게 우스운 꼴 만들고 싶어?!"

"……오늘 혼내려고 날 잡은 날이에요?"

지원이 그에게 기댔던 몸을 일으켜 바로 앉으며 서운한 표정을 지었다.

"민지원!"

눈썹에 힘이 들어간 현민이 감정 없이 그녀를 불렀다. 지원은 그런 그를 몇 초간 바라보다 손을 잡아당겨 자기 힘으로 깍지를 꼈다.

"……둥아…… 해 봐요."

이까짓 일로 싸우려고 곁에 있는 게 아니에요. 사랑하려고 만난 거잖아. 우리 싸우지 마요.

"……"

뜬금없는 부드러운 목소리에 그가 표정을 풀지 않고 그대로 바라보고만 있었다.

"빨리. 둥아…… 해 봐요."

막상 화내놓고 어떻게 풀어야될지 몰라 굳어 있는 거 알아요. 그러니까 둥아…… 해봐요.

"……둥아."

못 이기는 척, 딱딱하고 퉁명스레 나온 목소리였지만 그래도 한결 나았다.

"좀 낫다."

지원이 배시시 웃었다.

"뭐가."

편안하지 못한 목소리. 바보 같아 유현민 씨. 아깐 그렇게 커보이던 사람이, 어쩜 이렇게……. 지원은 제 기분을 살피듯 말없이 바라보고만 있는 현민을 위해 더 밝게 웃었다.

"막 아파서 여기가 울려고 그랬는데, 둥아…… 그 소리가 치료해 줬어요."

지원은 손을 들어 제 명치를 가리켰다. 그가 저를 둥이라 부르던 지난 기억의 온기가 시간을 거슬러 되살아나 마음을 데워 주었다는 걸…… 그가 알지 못해도 상관없었다. 그저 자신이 울기 전에 그가 치료해 줬으니 그것으로 되었다고 생각했다.

"이런…… 흠. 이리 와."

팔 벌린 그에게 지원이 순하게 다가가 안겼다. 그의 가슴이 필요한 것은 저였기에. 지원은 그에게 안겨 그의 향을 마음껏 들이마셨다.

"아파. 그러니까. 그런 목소리로 혼내지 마요. 나는 착한 목소리로 말해도 다 알아듣는 사람이에요."

그의 팔이 아프게 조여들었다. 소리 없는 그의 답도 답이니까. 그도 저의 마음을 알아주었을 것이라 생각하며 지원은 다시 한 번 그의 가슴팍에 옆얼굴을 기대어 들었다. 그의 가슴이 여전히 따뜻해서 다행이었다.

"미안해."

지원의 정수리에 얼굴을 기댄 그가 그녀의 머리카락에 따뜻한 입김을 전하며 말해 왔다.

"응."

"네가 너무 고생하니까. 속상해서 그랬어. 이렇게 안 뛰어다녀도 되잖아."

'알아요. 언제든 인력충원해도 될 정도로 회사 재정도 여유롭고, 일도 꾸준하고…… M.M.C 때문에 그래요. 창립파티 마치면 나도 좀 쉴 수 있

어요. 언니 임신도 곧 안정기에 접어들고, M.M.C는 나보다 관장님 손이
더 많이 필요한 곳이니까.'

지원은 머리 위 그의 따뜻한 호흡을 느끼며 나른한 미소를 지었다.

"사람이 하고 싶은 일을 하면 신나잖아요. 내가 지금 그런 거예요…….
신나서 막 뛰어다니느라 다리 아픈 줄도 몰랐어요. 그래도 오빠!"

뒷머리를 쓰다듬는 현민의 손길이 느리게 이어지고 있었다.

"음?"

"오빠가 해 준 말, 귀담아들을게요. 나 오빠 말처럼 그런 거 잘 못 해
요. 알아. 그래도 직원을 믿지 못한다는 생각은, 그래서 직원들이 영역침
범 당했다고 생각할 거라고는 한 번도 생각 못 했어요. 반성할게요."

"……많이 아팠어?"

현민의 손 하나가 지원의 가슴팍에 가볍게 내려앉았다.

"내 걱정 한 건 아니까, 너무 맘 쓰진 마요. ……또 그러진 말고."

"그래."

그의 말이 짧다는 건, 그가 많이 미안해하고 있다는 뜻, 지원은 발랄
한 아이 장난치듯 재빨리 떨어져 나와, 그의 눈을 바라보았다. 역시나,
그의 눈은 피로라고 설명하기엔 미묘한 그림자가 남아 있었다.

"나 예쁘죠?"

"홋…… 그래, 예뻐."

"예쁜 나한테 선물 주기."

지원은 말을 마치자마자 앞쪽을 슬쩍 쳐다보며 눈치 보더니, 그의 입
술을 제 입술로 꾹 누르다 혀로 살짝 핥으며 떨어져 나왔다.

"맛있다."

귓가에 입을 대고 새침하게 속삭인 지원의 볼이 붉었다.

"하……."

도발도 아닌, 그렇다고 순진하지만도 않은 표정으로 웃고 있는 지원
이 예쁘기도, 기막히기도 해서 현민은 기분 좋은 헛웃음을 터트렸다.

"기분 좋아졌죠?"

"음."

그가 느긋하니 다물린 입술로 환하게 입가를 당겨 올리며 웃었다.

"나도 기분 좋아졌어요. 이제 여기 치료 끝."

지원이 제 가슴에 손을 올린 채로, 나머지 한 팔을 들어 그의 가슴에 올려놓고는 활짝 미소 지었다.

"우리 지원이 치료 잘하네."

현민이 제 가슴에 올려진 지원의 손을 커다란 손으로 덮어 누르며 눈을 마주 보았다.

"아프면 말해요. 얼마든지 치료해 줄 테니까."

두 사람이 서로를 바라보며 손을 만지작거리다, 현민이 지원을 제 품에 다시 기대게 하며 등을 다독였다. 소리 없이 달리는 차 안에서 지원의 숨이 점차 고르게 변해 갔다.

빌딩 숲 마천루 최고층, 보고받던 주름진 손이 성가신 일을 만난 것처럼 신경질적으로 이마를 짚고 비벼 대기 시작했다.

"그렇게까지 나올 줄은 몰랐군, 윤 의원은 반응은 어떠하던가?"

"쉽게 포기할 것 같진 않았습니다."

"그다음은?"

"차량으로 이동하는 것까진 확인했지만, 뭔가 눈치챘는지 경호가 대폭 강화된 데다, 따라붙은 걸 눈치챈 것 같아서 중간에 다른 길로 빠졌다고 합니다. 죄송합니다. 회장님."

"김 비서."

"네. 회장님."

"그 팀 경질하고, 새로운 팀들로 교체해, 그리고 민 사장 주변에 불만 품은 사람 있으면 찾아봐. 전처럼 깨끗한 보고서 올리면 자네도 무능력해진 거라 생각하겠네."

"회장님."

"뭐라도 찾아. 기둥을 못 찾으면, 가시 부스러기라도 찾아와."

"네. 알겠습니다."

따다닥, 따다닥 소리를 내기 시작한 주름진 손이 꽁무니를 내빼듯 회장실을 빠져나가는 젊은 사내의 뒷모습을 추적하듯 따라붙었다.

"제까짓 게 하얗다는 게 말이 되나…… 어딜 감히."

그의 옆모습을 주시하던 지원도 엘리베이터 문을 향해 고개를 돌렸다. 뭐라 단정 짓긴 곤란하지만 뭔가 답답했다. 갑자기 차에서 내려서면서부터 표정을 굳히는 그의 모습에서 그가 세운 벽을 느끼는 것은 결코 유쾌한 경험이 아니었다.

뭐라 말을 걸어도 대답해 주지 않을 것처럼 생각에 잠긴 그의 눈동자가 서운했다. 차에서 잠들 정도로 일한다고 화난 건가?

'어디 갈 데 있다면서요? 거기가 집이었어요?'

'음.'

길었던 지원의 말이 무색하게 짧았던 대답 한 마디. 그것이 차에서 내린 뒤 그와 나눈 대화의 전부였다. 지원은 황금색 엘리베이터 문에 비친 그의 얼굴을 바라보았지만, 그와 눈을 마주칠 수는 없었다.

이 사람, 왜 이러지. 둘만 남은 엘리베이터 안에서도 타인처럼 옆에 서서 정면을 주시하고 있을 뿐, 손을 잡지도, 허리에 손을 올리지도 않고……. '이대로 돌아갈까. 아니, 왜냐고 물어볼까?' 생각하며 태연한 척하려던 마음도 포기하고, 아랫입술을 깨물던 지원이 엘리베이터 문에 비친 자신의 표정을 바라보는 눈빛엔 씁쓸함이 담겨 있었다.

딩딩딩.

전에는 부드럽고 은은하게만 느껴지던 엘리베이터 알림벨이 오늘은 둔탁하고 불분명한 튜바소리처럼 느껴졌다.

"내리자."

지원이 앙다문 입술로 그의 등을 보며 엘리베이터에서 내리자 문 비서와 처음 보는 젊은 여직원들 서넛이 함께 인사를 해 왔다.

문 비서 손이 비어 있는 것을 보니 들고 올라왔던 짐들은 벌써 집 안에 내려 둔 모양이었다. 현민의 시선이 그에게로 향하는 순간 문 비서가 고개를 숙이며 대뜸 인사를 건네 왔다.

"부회장님. 내일 모시러 오겠습니다."

"그래. 수고했어. 수고들 하셨습니다."

현민이 건넨 인사에 문 실장 뒤편에 서 있던 직원분들도 원래도 조금 숙여 있던 얼굴을 좀 더 깊이 숙이며 인사해왔다.

하우스 메이드 분위기는 아닌 젊은 직원들이 그의 끄덕임에 제 할 일을 마친 문 비서와 함께 재빠르게 지원에게 고개 숙여 보인 뒤, 아직 움직이지 않고 있던 엘리베이터를 타고 사라지자, 조용해진 전실에서 지원이 그의 등을 보며 입을 열었다.

"내일 바빠요?"

"어? 음. 라운드 나갈 일이 있어."

"다행이네. 나도 내일 농장 가 봐야 돼서 어떡하나 했었는데."

"알아."

그래서 잡은 스케줄이야.

"알아요?"

"아까 문자로 말해 줬잖아. 가평농장 간다고."

"아……."

기억을 상기시켜 주자마자 짧은 탄식을 내뱉는 지원의 표정에도 현민은 웃지 않았다.

"바쁘긴 바쁜가 보다."

바빠도 내가 한 말을 기억 못 할 정도는 아닌데, 바쁜 걸로 따지자면 누구 앞에선 번데기에 주름잡는 격이라는 걸 아는데…… 차에서 잠을 자고, 했던 말도 잊어버리고…… 지원은 또 다른 무안함을 느꼈다.

버튼을 누르고 지문을 인식시키는 그의 시선은 아까부터 생각에 잠긴 듯 지원에게 집중되어 있지 않았다. 지원의 서운한 눈빛이 현민의 등에 내리꽂혔다.

"들어가."

주먹 두 개 정도 들어갈 만큼만 문을 열어 놓고서 다 큰 어른 성인 여자보고 들어가란다.

'아…… 유현민 씨 머리도 안 들어가요!'

"안 들어가고 거기 서 있을 거예요?"

문을 다 열지도 않고, 확실히 비켜선 것도 아닌 그가 이상해서 지원이 고개를 갸우뚱했다.

"먼저 들어가."

"……문을 열어야 들어가죠."

지원이 이젠 시무룩해진 얼굴로 그의 옆에 다가서서 현관문을 잡아당겼다. 현관으로 들어선 지원은 갑자기 서러워지는 마음에 아랫입술을 꼭 깨물다가 뒤이어 그가 들어오는 소리에 밀려나듯 좀 더 빠르게 안으로 걸음을 옮겼다.

구두를 벗고, 슬리퍼를 신으며 생각에 빠져 몇 걸음 더 앞으로 걷다가 무심코 고개를 들어 올린 지원이 무엇에 놀란 것처럼 눈동자를 키웠다.

"……와아……."

멈춰 서 있는 지원의 등 뒤로 천천히 다가선 현민이 그녀의 허리를 두 팔로 감싸 안으며 고개를 앞으로 꺾어 지원의 옆얼굴을 바라보았다. 살짝 입을 벌리고 눈앞 상황에 멍해져 있는 지원의 눈동자가 크게 놀란 듯 이리저리 흔들리며 변해 버린 거실 풍경을 눈에 담고 있었다.

"할 이야기가 있어서. 아무 의미 없는 곳보다는 우리만의 공간에서 말하고 싶었어."

"……."

"이리 와 봐."

현민은 지원을 안고 있던 팔을 풀며 손을 잡고 앞으로 이끌었다. 조용한 집 안에 그와 그녀가 움직일 때마다 슬리퍼가 바닥에 쓸리는 작은 소음이 일었다.

늘 소파와 에그체어가 놓여 있던 자리엔 처음 보는 화이트 라운지체어 하나만이 달랑 놓여 있었고, 그 체어를 중심으로 낮게 내려와 불 밝힌 샹들리에와 부분 조명 외에는 다른 조명은 모두 꺼져 있어 마치, 무대 위 핀 조명처럼 그 의자 주변만 환하게 빛나고 있었다.

라운지체어는 꽃동산에 놓인 것처럼, 온통 하얗고 분홍 꽃송이들에 둘러싸여 있었다. 백옥 같은 양란과 소담스럽고 풍성한 핑크 로즈피오니, 간간이 섞인 살구 빛 로즈피오니가 싱그러웠다. 너무 하얗다 못해 연둣빛이 감도는 리시안셔스, 은은한 연분홍빛 라넌큘러스와 수국들…… 이름을 알 수 없는 꽃들로 둘러싸인 의자 위에 낮게 매달린 샹들리에에는 천장에서부터 이어진 와이어를 눈꽃송이 같은 은방울꽃들이 감싸고 있었고, 커다란 볼처럼 달린 베이지 라넌큘러스 장식으로 화려함과 로맨틱함의 극치를 보여 주고 있었다.

"앉아."

아무 말도 할 수 없었다. 현관문을 열 때까지 속내를 감추려 했던 이유가, 뭔가 숨기려 한다는 느낌이 혹시…… 이것 때문이었나 하는 생각과 함께 그를 쳐다보자, 굳어 있는 지원과는 대조적으로 그의 표정은 아까보다 한결 나아져 보였다.

라운지체어에 지원을 앉혀 두고 거실 저편에서 붉은 케이스를 찾아들고 오는 그를 가만히 앉아 바라보고 있었다. 현실인데, 현실감이 전혀 없는 상황에 무심코 두 손을 맞잡자, 힘주어 깍지 껴지는 제 손가락 느낌들이 이것이 현실이 맞다고 알려 주고 있었다.

지원 앞에 한쪽 무릎을 꿇고 앉은 현민이 능숙하게 셔츠소매 단추를 풀러 성기게 접어 올리기 시작했다. 한쪽을 접어 올리고 나머지 한쪽 소매를 접어 올리는 그의 손목에 근육 결이 보기 좋게 꿈틀거려서 지원의 시선이 그의 움직임을 따라 조금씩 움직여졌다.

팔을 시원스레 걷어 올린 현민이 누군가가 미리 준비해 놓은 의자 옆 투명한 수반을 들어 지원의 발 앞으로 옮겨 놓았다. 맑은 물이 찰랑찰랑. 도톰한 꽃잎의 하얀 양란 몇 송이가 수반 안에서 물의 흔들림을 따라 느릿하게 찰랑거렸다.

"가만히 있어."

지원을 향해 빙긋 웃으며 말한 현민이 아무 대답 없는 지원의 종아리를 천천히 쓰다듬어 올라 스커트 안으로 손을 넣었다. 지원의 눈동자가 커지고 허리가 꼿꼿하게 긴장됐지만, 현민의 손은 다른 곳엔 관심이 없다는 듯 밴드스타킹만 조심스레 벗겨 내기 시작했다.

두 다리 모두 맨살을 드러내자 현민은 무릎에 입을 맞춘 뒤 지원의 발목을 잡아 두 발을 모두 수반에 담그게 했다.

"차가워?"

"……아니요."

떨리는 지원의 목소리에 그의 얼굴에는 환한 미소가 퍼져 나갔다. 그런데도 그들을 둘러싼 묘한 긴장감은 여전히 사라지지 않고 있어서, 두 사람은 서로의 호흡 소리와 어딘가에서 움직이고 있는, 지금껏 한 번도 인식하지 못했던 시계 초침 소리가 커다랗게 들려오는 것을 모두 듣고 있었다. 누군가 침이라도 삼키면 그 소리가 민망할 만큼 크게 들릴 것만 같았다.

이윽고 커다란 손으로 퍼 올린 맑은 물이 지원의 종아리부터 발등까지 부드럽게 타고 흘러내렸다. 아로마를 떨어뜨렸는지 물에서는 머리를 맑게 해 주는 싱그러운 향이 올라오고 있었다. 몇 번을 더 그렇게 물로 다리를 적신 그가 차에서 만져 주다 다리를 다시 마사지하듯 부드럽게 근육 결을 주무르기 시작했다.

그렇게 종아리부터 발목까지, 그리고 발등에 이르러 뒤꿈치까지 만져 내린 그의 손가락이 발가락 사이로 파고들었다……

"하지 마요."

"가만 있어 봐."

부끄러워진 지원이 발가락을 모아붙이며 다리를 뒤로 숨기려 하자 현민의 손이 가느다란 발목을 감싸 앞으로 잡아당겼다.

어떤 날은 그의 입술과 혀가 발가락 사이를 파고들어 세상에서 가장 맛있는 사탕을 먹는 것처럼 빨아 댄 적도 있었지만, 그때의 뜨겁고 촉촉한 혀의 느낌은 그래도 나름 창피하지 않을 만큼 씻고 난 후의 일이었고, 생각이 하얗게 날아가 버린 흥분에 겨워 창피할 겨를도 없는 상황이었는데, 지금은 하루 종일 힘들게 뛰어다닌 뒤 씻지도 못한 상태라는 생각에 발을 뒤로 빼려는 지원의 힘이 조금 더 강해졌다.

"자꾸 이러면 손 대신 입으로 한다."

설마, 라는 눈빛으로 다시 눈이 동그래지자 그가 마주 보고는 싱그레 웃어 보였다. 놀리는 건지, 진담인지 모르겠지만, 확실한 건 그는 그럴 수도 있는 사람이라는 것. 지원의 다리에서 힘이 빠져나갔다.

"착하네. 우리 둥이."

만족스러운 표정으로 세심하게 발을 씻겨 준 그가 아까 수반이 놓였던 자리 옆에 얌전히 놓여 있던 수건을 들어 지원의 발을 감싸, 카펫 위에 내려놓았다. 수반을 멀찍이 치워 놓고, 톡톡 가볍게 두드려 가며 무릎부터 발가락까지 뽀송해지도록 물기를 제거한 그가 자신의 손도 닦아 낸 뒤 지원을 올려다보았다.

"시원해?"

"……네."

"지원아."

"네?"

따뜻하지만 강렬한 그의 눈빛을 보니 왠지, '응.' 이란 말이 나오지 않았다.

"나는 네가 다리 아픈 일이 없었으면 좋겠어."

처음 봤던 날도, 지금까지 널 지켜보면서도 넌 늘 바쁘게 뛰어다는 사람이었지만, 그래도 지금보다 조금은 편하게 지내면 안 될까. 아직도 일에만 매달려야 하는 건지…… 불안해 보여.

"이렇게까지 뛰어다녀야 할 일이 뭘까. 안타깝고, 속도 상하고…… 그런데 네가 좋아하는 일이라면 지지해 줘야 된다는 것도 알아. 내가 할 수 있는 건, 네가 다리 아파할 때마다 지금처럼 씻어 주면서 지켜보는 것뿐일 거야. 안 그러면 넌 숨 막혀서…… 도망칠 테니까."

"오빠."

지원의 부름에도 그의 말은 막힘이 없었다.

"아이를 가지고 싶어. 우리 아이. 그럼 민지원이 나 두고 어디 도망 못 갈 텐데. 그치?"

그의 미소가 씁쓸했다.

"……나 안 가는데."

"그러게. 우리 둘이…… 이젠 안 갈 거야. ……알아."

깊은 숨을 내쉬는 그의 숨소리마저 표정처럼 낮게 가라앉아 있었다.

"지원아."

"네?"

"이제는 겁내지 말고, 내 마음을 좀 봐 줬으면 좋겠다. 나…… 너랑 살고 싶어."

"……"

"지금처럼 새벽에 일어나서 회사 가는 널 보는 게 싫어. 나는 네 남편이 되고 싶어."

지원의 눈동자가 미안하게 흔들렸다. 왜 그는 자신의 마음이 그와 다를 거라 생각하는 걸까. 그가 붉은 하드케이스를 꺼내 보였다.

"이거."

그가 내밀고 있는 플래티넘 다이아몬드 반지는 누가 봐도 결혼반지로 보일 디자인이었다. 아슬아슬하게 작은 고리로 보석을 떠받치고 있는 디자인이 아니라, 우아한 곡선을 가진 링 안쪽으로 C자형 틈새에 커다란 브릴리언트 컷 다이아몬드가 고정된 심플하고도 기품 있는 디자인이었다.

"아버지 뵈러 가기 전에 너한테 청혼하고 싶었어. 지원아, 나랑 결혼하자."

"……오빠."

"널 정말 많이 아끼면서 살게. 받아 줘."

"……."

"대답해. ……민지원."

꼭 다물린 입술 안으로 아파 보이도록 인안이 세게 깨물리고 있는 것이 보였다. 왜. 대답하지 않는 거야. 늦어지는 지원의 대답에 현민의 눈빛에 초조함이 실리기 시작했다.

"……사랑한다는 말 안 했잖아요."

"어?"

"사랑한다고 말해야지. 청혼인데."

"하아…… 당연히 사랑해, 지원아. 내가 할 수 있는 한 모든 걸 다 걸고 널 사랑해."

"……나 믿어요?"

"믿어."

그를 바라보는 지원의 입가에 고운 피소가 뭉클하게 피어올랐다.

"……나도 오빠를 믿어요. 그리고 내 사랑도 믿어요."

지원이 허리를 숙여 마주 보고 있는 현민의 입술에 키스했다. 쾌락을 원하는 키스가 아닌 입술을 통해 온전한 마음이 상대에게 전해지기를 바라는 움직임으로 한동안 그렇게 입술만 맞대고 있던 두 사람이 천천히 입술을 떼어 냈지만, 이미 키스에 빠져든 그의 눈빛과 마주친 지원이 다시금 그의 입술 찾아, 부드럽게 혀로 맛보기 시작했다.

그의 입술 사이를 촉촉한 혀가 스치고 지나가고, 자연스레 벌어진 그 틈으로 그녀가 찾아 들어갔다. 느릿하게 밀고 들어오는 지원의 혀를 그가 기다리지 못하고 깊게 빨아들이자, 지원의 그의 목에 팔을 감으며 그가 원하는 만큼 취할 수 있도록 옆으로 고개를 꺾어 들었다.

"사랑해요."

사랑에 취하고 키스에 취한 시간이 얼마만큼 지났을까. 눈물이 고여 속눈썹이 젖어 있는 눈으로, 지원이 입꼬리를 부드럽게 올리며 말해 왔다.

현민은 그런 지원을 부드러운 시선으로 바라보다가 한 손을 올려 머리카락을 쓸어내렸다. 지원이 좀 더 환하게 웃자, 그도 입술을 벌려 웃음 지었고, 그가 케이스에서 약혼반지를 꺼내 지원의 왼손 네 번째 손가락에 밀어 넣은 뒤 고개를 숙여 반지 위에 입을 맞췄다. 마치 '고마워'라고 말하는 듯한 그를 보며 지원은 그의 머리카락 사이로 손가락을 집어넣고서 천천히 부드러운 머리카락을 쓸어내렸다.

"나한테도 민지원 거라고 표시해 두고 싶지 않아?"

"후웃…… 그러곤 싶은데, 내가 준비해 놓은 게 없어서 기다려야겠어요."

그 말에 고개를 들고 빙긋이 웃은 현민이 또 다른 케이스를 꺼내 들었다.

"내가 좀 급해서."

작은 웃음을 터트리는 지원의 손에 플래티넘에 작은 다이아몬드 하나가 세팅된 웨딩링이 놓여졌다. 지원은 부드럽고, 매끄러운 관절을 가진 굵고 기다란 그의 손가락에 천천히 반지를 끼워 주었다. 그리고 그가 했던 것처럼 지원도 그의 손을 잡아 올려 반지에 입을 맞췄다.

"사랑해요, 유현민 씨. 나랑 약혼해 주세요."

빙긋이 웃고 있던 현민이 청혼을 받으며 시원하게 웃음을 터트렸다. 함박웃음을 짓고서 서로를 마주 보는 눈길. 이제 누구도 부인 못 할 약속으로 맺어진 두 사람이 더할 수 없는 행복으로 서로를 끌어안았다.

지원은 너무 세게 안겨 숨쉬기가 힘들었지만, 그래도 행복한 미소는 사라지지 않았다. 그러곤 작게 숨을 나눠 쉬며 그의 가슴에 기대 눈을 감았다.

다시 만난 뒤에도 늘 조심스러워, 앞날을 함께하자는 말 같은 건 꺼내 보지도 못하고, 어떠한 약속도 한 적 없었던 사람들에게 새로운 언약이 생겨나는 시간이었다. 일 년을 넘게 돌아온 그들이 그렇게 서로에게 맹세하고 있었다.

"아까도 말했지만, 내가 좀 급해서 그러는데, 약혼식은 지금 한 것으로 하고, 우리 결혼식만 올리면 안 될까?"

지원의 웃음이 그의 어깨 위에서 달콤하게 부서져 내렸다. 지금 이 순간만큼은 다른 그 어떤 것들도 생각하고 싶지 않았다.

잠시 뒤, 지원은 레이스로 장식된 오프 화이트 슬립을 입고, 침대에 길게 누워 텔레비전 화면을 바라보고 있었다. 이미 현민의 드레스룸 한 켠은 지원이 말하지 않았음에도 친절한 그의 배려에 따라 그녀의 옷들과 아침에 급하게 나갈 때 챙겨야 할 몇몇 물품들로 채워져 있었고, 지금 입은 것도 그중 하나였다.

현민이 틀어 주고 나간 화면엔 조금 전 청혼받을 때 상황이 보여지고 있었다. 뒷모습이 주로 찍힌 그에 반해, 지원의 표정은 가감 없이 그대로 보여지고 있는 화면을 보며 지원은 생각에 잠겼다.

'아이를 가지고 싶어. 우리 아이. 그럼 민지원이 나 두고 어디 도망 못 갈 텐데. 그치?'

청혼할 때 그가 했던 말이 진심이라는 것을 지원은 느끼고 있었다.

다시 만나 이후부터 그는 전처럼 알아서 피임하지 않았다. 콘돔을 쓰는 일도 없었고, 사정할 때면 격렬한 쾌감이 지난 뒤에도 되도록 오랫동안 합쳐진 몸을 움직이지 않으려 했었다.

그런데, 지원은 그에게 콘돔을 쓰라는 말이나, 피임해야 되지 않겠냐는 말은 하지 못했다. 그가 어떤 의도로 그렇게 하는지 뻔히 보이는데,

그의 불안감이 그런 식으로 표출된 것이란 걸 알기에, 언쟁할 만한 부분은 건드리고 싶지 않았었다.

처음엔 그가 했으니, 이젠 제 차례라며 혼자 대비하고 있긴 했지만, 그 사실을 알면 실망할 그가 눈에 보이는 듯했다.

아버님을 뵙고 허락받은 뒤 바로 장모님을 뵙고 결혼식 준비를 시작하겠다는 그의 말이 있었으니, 그는 언제 임신이 되어도 기뻐할 것이 분명했지만, 지원의 입장은 그렇지 못하다는 걸 이해해 주길 바랄밖에. 그러고 보니, 그는 벌써 일 년 전부터 임신에 대해 거리낌이 없었던 것 같기도 했다.

그가 평범한 직장인인 줄 알았던 일 년 전 어느 날, 하래에 머물다 서울로 올라오는 길에 구경 삼아 들렀던 대포항에서 간식거리 삼아 오징어순대를 포장했던 적이 있었다.

주문하고 동그랗게 썰린 오징어순대를 포장하는 아주머니 앞에서 서서 기다리는 동안 현민은 아주머니가 건네는 이런저런 이야기들에 무안하지 않을 정도로 성격 좋게 말을 받아 주고 있었고, 그러다 계속되는 수다가 힘들었는지 '새우튀김 먹을래?' 하고 아줌마에게서 몸을 돌리며 물어 왔다.

한쪽 손을 잡힌 채로 지원이 웃으며 고개를 가로젓자, 그가 옆에 서서 새우튀김을 먹고 있는 한 임산부를 바라보며 속삭였다.

'우리 둥이도 많이 먹고 얼른 저렇게 배불러야 할 텐데. 우리 둥이도 저렇게 토실해질까?' 하며 서로의 몸을 품었던 사이라 해도 조심스럽고, 어색한 것이 많았던 그때. 그답지 않게 말장난을 치며, 눈이 커다래져서 '임산부인 거 안 보여요?' 라는 지원의 눈빛에도 빙그레 웃음을 멈추지 않던 그의 눈빛은 적어도 임신을 꺼리거나, 걱정하는 눈빛은 아니었다.

기대에 가깝다고 해야 했을 정도로 밝게 웃던 그의 눈빛. 그 눈빛을 다시 빛내기 시작한 그는 본격적으로 피임을 멈추고 있었고, 지원은 청혼받은 오늘을 기점으로 앞으로의 피임에 대해 혼자 마음에 걸려 하고 있었다. 아직은 아니지만, 적어도 결혼날짜라도 정해지면 약복용을 중단 해야 하지 않을까 싶은 생각을 하며.

지원은 다시 화면을 바라보았다. 나중에 정신 차리고 봤을 때 꽃장식 사이에 설치된 카메라들을 발견하긴 했지만, 누가 그 상황에서 꽃 사이 에 설치된 검은 물체를 유심히 볼 수 있었을까. 키스할 때의 모습이 그나 마 그의 뒷머리에 가려져 보이지 않는다는 것을 위안 삼기엔 기분이 너 무 이상했다.

딸깍.

따뜻한 꿀 차 한 잔 마시고 잠들면 피로회복에 좋을 거라고 말하고 나 갔던 현민이 들어오는 문 소리에 지원의 고개가 휙 돌아가며 미운 눈이 되어 바라보았다.

"왜 그래……."

"이거 나만 찍혔잖아요. ……몰래카메라야."

정말 화난 표정으로 눈썹도 휘어지고, 입술도 뾰족하게 나오자, 그가 꿀 차가 올려진 쟁반을 협탁에 내려놓고는 TV 앞으로 다가갔다.

처음 보여줬던 건 전체 풍경을 잡아 촬영한 카메라, 지금 본 건 그의 뒤쪽에 설치된 카메라, 그리고 이번엔 측면에 설치된 카메라였다. 그런 데 그 화면을 보고는 지원은 아무 말도 할 수 없었다.

아까는 너무 당황해서 그의 눈을 보느라 미처 보지 못했던 그의 모습 이 고스란히 담겨져 있었다. 자신의 다리를 씻길 때 커다란 체격으로 조 심스럽게 움직이는 동작들과 반지를 꺼낼 때 떨려 하는 그의 손과 입가 근육들, 그리고 대답이 늦어지자 마른침을 삼키는 그의 목젖 움직임. 그 리고 눈을 꼭 감고서 키스하는 그의 모습과 환한 웃음. 지원의 콧날이 찡 하니 아파왔다.

감사해서, 이런 사람을 제게 보내 준 하늘의 절대자에게 고맙다고 말 하고 싶어졌다.

"봐. 나도 찍혔잖아."

침대헤드에 여러 개의 베개와 쿠션을 겹쳐 놓고 등을 받치고 누운 현민이 지원에게 팔베개를 해 주며 끌어당겨 안았다.

"……그래도 창피하게. 내가 화면에 나오니까 이상하잖아요."

"익숙해져 봐. 앞으론 어쩔 수 없이 화면에 나오게 되는 일도 있을 거야."

"……그런 거 싫은데."

"동감."

화면에 시선을 고정한 채 작게 웅얼거리는 소리에 현민이 웃으며 대답했다. 심장에 귀를 대고 있던 지원의 얼굴이 그의 움직임에 조금 들썩였다.

"앞으로도 이런 거 찍을 거예요?"

"우리 역사니까, 우리 애들한테도 보여 줘야지. 엄마가 청혼받을 때 저렇게 예뻤다고."

"으음…… 너무 자상한데요. 내가 아는 워커홀릭 유현민이 아니에요."

"일은 해야 하는 거고, 난 가장 가지고 싶었던 걸, 가지려는 것뿐이야."

그의 가슴에 안겨 규칙적인 심장 소리를 들으던 지원은 지난 새벽 그가 해 주었던 이야기를 떠올렸다.

집이 늘 서늘했었다고. 그래서 네가 있는 따뜻한 집을 꿈꾼다는 그의 말이 참 아팠었는데, 이렇게 청혼도 받고, 그가 원하는 가족이 되고자 한 발 내딛는다는 것이 뿌듯한 기쁨으로 다가왔다. 따뜻한 집으로 채워 주고 싶었다. 그가 집으로 돌아올 때면 언제나 미소 지을 수 있도록 노력하고 싶었다.

미소 지은 지원의 손이 현민의 티셔츠 속을 들추자, 현민이 몸에 힘을 주었다.

"어…… 어. 지원아, 그만."

"뭐가요."

지원의 손은 단단한 그의 배를 쓸어내렸다. 운동할 틈도 없이 바쁠 텐데, 듬직한 체격이 넘치지 않게 단단함까지 느껴져서 그의 몸을 만지는 느낌이 참 좋았다.

"너 많이 피곤하잖아."

"응. 잘 거예요. 오늘은 더 힘들면 아파질 것 같아."

"그러니까. 그만해야지. 아…… 지원아……. 그만."

지원은 그의 배 위에서 느릿하게 움직이던 손을 멈추고, 감기던 눈을 살짝 들어 올렸다. 금세 뜨거워진 그의 피부와 겉으로 봐도 용맹스러워진 그의 몸이 보여 피식 웃음이 나왔다. 입을 꼭 다물고 웃었지만 맞닿은 몸의 흔들림을 모를 현민이 아니었다.

"괴롭혀 놓고 좋다네……."

"귀여워서. 만져 보면 안 되겠죠?"

"귀엽다 소리들을 녀석은 아닌데…… 안 돼!"

고민 없는 단호한 목소리에 자꾸만 도전의식이 생기는 건 무슨 심리일까.

"말캉거리는 게 느낌이 참 좋은데, 손에 쥐고 자면 잠도 잘 올 것 같은데. 응?!"

지원의 이야기를 듣던 현민의 머리가 기막혀하며 뒤로 젖혀졌다.

"아이……. 그러지 말고요."

현민이 슬금슬금 내려가는 지원의 손을 재빨리 낚아챘다.

"안 말랑거려."

"벌써요?"

"아까부터야."

"정말?"

배시시…… 웃는 지원의 미소가 야시시하게 보이는 현민은 두 눈을 질끈 감았다. 피곤하다고 차에서도 자고, 몸이 안 좋다고 거듭 말했던 지원을 건드리는 건, 정말 나쁜 짓인데, 발그스레한 달뜬 얼굴로 자신을 바라보는 지원은 위험했다.

"아……. 지원아."

손을 비틀어 빠져나간 지원의 손이 티셔츠 속으로 다시 파고들자, 현민은 심호흡을 하며 인내하려 애썼다.

"응?"

해맑기만 한 지원의 목소리가 더 절망적이다.

"둥아!"

"왜요."

"얼른 자라."

"잘 건데, 한 번만 만지고."

현민이 천장을 보고 한숨을 내쉬었지만, 지원의 손은 아랑곳없이 바지 안으로 파고들었다.

"아……."

조몰락거리는 손길은 전혀 애로틱하지 않았다. 부드럽게 보통 피부를 스치듯 산뜻하게 매만지며, 눈을 감고 잠을 청하는 지원 때문에 현민은 제 분신을 잡은 지원의 손을 떼어 내지도 못하고, 호흡 조절을 하며 지원이 잠들기를 기다려 줘야만 했다.

그리고 몇 시간 뒤, 푸른 어둠이 내려앉은 방 안, 지원을 덮고 있던 얇은 시트가 강건한 팔에 의해 걷어졌다. 어둠에 가려진 인영의 움직임이 지원을 쓸어내렸고, 이내 깊은 곳에 자리 잡아 본능적인 갈구로 원하는 것을 취하기 시작했다.

"흐음…… 흐으음."

뜨거웠다. 매끄러운 피부 사이를 혀로 파고들어, 뜨거움과 체향을 제 것으로 빼앗아 오듯 핥고 핥았다. 몸이 서서히 깨어나듯 움직이는 지원에게서 끊이지 않는 액체를 받아 마시며 현민은 눈을 감은 채 집중하고 있었다.

"아흐응…… 오빠?"

허리를 뒤트는 지원의 움직임에 다디단 샘이 제자리에서 벗어나자 현민이 아쉬운 얼굴로 고개를 들었다. 지원이 잠에서 깨어난 모양이었다.

"잠깐만."

"자는데 이러는 게 어디 있…… 으흐."

그새를 못 참고 다시 고개를 내린 현민이 타박하는 지원의 발갛게 달아오른 분홍빛 돌기를 입안으로 세게 빨아들였다. 즉각적인 반응으로 모아들던 두 허벅지가 힘을 잃고 벌어졌다.

"못 참겠어서 그래. 넌 자."

"아……흐. 이러는데 어떻게 자아!"

지원을 더 자극하고, 그래서 지원의 몸이 더 비틀리고, 애원하다 끝내 제 몸을 허락해 주길 바라는 현민의 움직임이 더욱더 격해지기 시작했다.

지원의 다리 사이에서 고개를 끄덕이며 열심히 아래에서 위로 치켜 올리며 핥아 대던 혀가 동그란 알갱이를 빨아 당기고 혀끝으로 찌르며 기어이 지원의 비명을 이끌어 내고 있었다.

"아아……. 하윽……. 그만……해."

현민은 멈추지 않았다. 아침이 어슴푸레 밝아지고, 이제 곧 지원이 일어나 샤워실로 향하기 시작하면 저녁이 되어서야 겨우 만날 참이었고, 이대로 놓아줄 수 없는 마음에 혀끝으로 달콤한 사랑의 증표를 계속 흘려 주는 뜨거운 샘을 파고들었다.

잠자는 사람 깨워 제 몸을 파고들면 놀라거나, 받아 준다 해도 사랑이 끝난 뒤 한동안은 곁에도 못 오게 할 만큼 화를 낼지도 모르니, 지원이 직접 들어오라 말할 때까지 참아야 했다.

하지만 마음이, 몸이 급하고 격해져 심장이 터질 듯 두방망이질을 하고 있었기에 뭐라도 지원 안으로 파고들어 맛보고 싶었던 현민의 혀가 거칠게 움직이고 있었다.

"아흑! 오빠!"

할 수 있는 한 혀를 길게 세워 깊이, 깊이 파고들었다가, 빼냈다. 혀를 조여 대는 지원의 깊은 몸이 느껴지자, 쓸쓸히 버려진 현민의 분신이 더 이상 참을 수 없다는 듯 불끈거리며 혈류가 몰려 아파지도록 더욱 커지고 있었다.

지원의 손이 머리카락을 헤집고, 엉덩이가 조금씩 움직이더니, 어깨를 잡아 위로 올라오라는 것처럼 힘을 주고 당겨 대기 시작했다.

"제발…… 아흐으…… 오빠."

"말해. 어떻게 해 줄까."

제 몸이 더 급하면서도 현민은 지원의 몸을 타고 오르면서도 지원에게 말할 것을 강요했다.

곤하게 잠자다 부드러운 혀끝 놀림에 깨어난 흥분을 먼저 느끼고, 그다음 서서히 찾아든 의식에 이미 단물을 흠뻑 적시고 있는 현민의 애무에 온몸이 녹아난 상태로 잠에서 깨어난 지원의 눈은 그대로 감겨 있었다.

작게 벌린 입술 사이로 뜨거운 숨이 하악…… 하악…… 쉴 틈 없이 새어 나왔다.

"……빨리."

"뭐라고?"

자신의 분신을 잡고 흥분에 겨워 들썩이는 지원의 샘 입구에 둥글게 비비자, 깊은 곳이 잔뜩 조여드는 것이 느껴졌다.

둥글고 뭉툭한 그의 몸 끝이 미끌거리는 지원의 애액을 묻히고서 계속해서 매끄럽게 둥근 원을 그리자, 지원은 조금만 몸을 비틀면 금방이라도 몸 안을 채울 것처럼 주변을 맴도는 그의 몸을 받아들이고 싶어 안타까움에 요동쳤다.

그의 몸을 따라 허리를 들어 올리던 지원은 그가 아주 살짝 입구를 찾아드는가 싶다가 얄밉게 도망가자 그의 단단한 오른쪽 팔뚝을 잡아당기며 소리쳤다.

"아훗, 들어와."

현민은 그대로 몸을 일으켜 무릎을 꿇고, 허리를 세운 뒤 지원의 다리 한쪽을 붙들어 한쪽 팔로 끌어안으며, 그대로 깊은 샘에 파고들었다.

현민이 이끄는 대로 옆으로 누워 공중으로 한쪽 다리를 들어 올린 채 뜨거운 그를 받아들이게 된 지원이 위아래로 흔들리며 시트를 부여잡았다.

"아훗, 아흑."

"헉, 헉, 헉."

빠르게 치고 들어오는 현민의 움직임이 점점 더 세졌다. 한 손으로는 공중으로 잡아 올려진 지원의 다리를 제 몸에 기대게 해 꼭 끌어안고, 또 다른 한 손으로는 제 아래에서 흔들리는 탱글한 가슴을 손바닥 가득 부여잡고 주물러 댔다.

지원의 얼굴이 흥분과 당혹함에 어찌할 바를 모르고 현민을 올려다보고 있었다.

"헉, 헉, 지원아."

"웃, 훗."

"사랑해."

"하아, 핫."

푸른빛이 감도는 어둠 속에서도 이상하리만큼 지원의 눈이 흥분으로 풀려 가는 것만은 잘 느껴졌다. 내뱉는 숨소리에도 거친 호흡이 아닌 교성이 섞여 자극적으로 들려 왔다.

가늘게 떨리는 지원의 목소리를 듣고 싶었던 현민은 가슴을 주무르던 손으로 꼿꼿하게 솟아오른 유두를 쓸어내리다, 손을 내려 깊은 수풀 속 작은 알갱이를 찾아 넘쳐나는 애액을 묻혀 미끄럽게 굴리기 시작했다.

"하으응, 아흑, 아훗, 오빠!"

"아, 너무 예뻐. 지원아."

"아홋, 아앙홋, 제발, 아흑."

처음 취해 보는 체위라 몸을 움직일 생각도 못하고, 그저 그에게 다리가 잡혀 온몸을 활짝 열고 그를 받아들이고 있는 지원은 등 뒤로 파고드는 현민을 처음 받아들였을 때보다 더 당황해서 어찌할 바를 모르고 있었다.

그의 분신에 밀려 올라갈 때마다 지원의 다리를 붙잡은 그의 팔이 그녀를 잡아 내렸다. 처음보다 더 강한 자극을 원한 현민이 지원의 다리를 점점 더 크게 벌리며 더 깊숙이 몸을 맞물려 왔다.

너무 야했다. 가슴도, 깊은 음부도 모두 그의 손에 만져지고, 비틀려지며, 단 한 순간도 쉬지 않고 파고드는 그의 분신을 받아 내며 흔들려야 했다.

혼이 나갈 것만 같았다. 단단하게 힘을 주고 허리를 움직이는 현민의 벗은 몸과 잡아당긴 제 다리를 배와 가슴에 붙이고, 발바닥을 혀로 핥고 발가락을 빨아 대는 그의 혀의 모든 움직임이, 그러면서도 수풀 속 작은 알갱이를 놓치지 않는 그의 손가락이, 강건한 분신의 뜨거운 파고듦이 그녀를 숨 막히게 했다.

지원의 허리가 그가 내려다보는 아래에서 뒤로 크게 젖혀지기 시작했다. 황홀경에 빠져든 지원은 부끄러움을 잊은 채 입술을 벌리고, 몽환적인 표정으로 시트에 제 옆얼굴을 비벼 대기 시작했다.

지원은 좀 더 그의 몸을 뿌리 끝까지 받아들이기 위해 스스로 엉덩이를 들어 올려 파고드는 그의 몸을 있는 힘껏 조여 들였다.

"허흑."

지원은 그에게 한쪽 다리가 잡혀 온몸을 열어 보인 채 춤을 추기 시작했다. 골반을 흔들며, 탄식을 흘리며 몸을 숙인 현민의 팔을 더듬어 잡아당기고, 손가락을 엮은 채 놓치지 않았다. 깊이 느껴지는 그가 좋은 만큼, 현민의 손가락을 꼭 붙잡았다.

고개가 젖혀지고, 저도 모르게 한 손으로 제 가슴을 잡아 주무르며 높이 날아오르기 시작했다.

"아아아……."

"가지 마!"

그러나 절정에 오르는 지원은 그의 소리를 듣지 못했다. 가는 신음을 흘리던 지원은 절정의 끝에 다다를수록 소리 없이 입술을 벌리며, 흰 허리와 들린 엉덩이, 발가락까지 모두 근육을 긴장시키며 고개를 젖혀 그녀가 느끼는 절정을 현민의 눈으로 확인하도록 만들었다.

지원의 깊은 몸이 바짝 조여들며 경련하자, 현민은 사정하지 않기 위해 이를 악물며, 허리를 내려 지원의 벌어진 입술에 제 혀를 넣었다.

지원의 혀를 휘감은 현민은 달큰한 타액을 빨아 마시며, 지원의 몸 깊이 제 분신을 파묻은 채로 허리를 깊게 눌러 둥그렇게 돌리기 시작했다.

방금 절정을 느낀 지원이 현민에게 혀를 빨리면서도 경악하듯 입술을 벌리며 숨을 훅 들이켤 만큼 그의 분신이 안을 휘젓는 쾌감은 진저리 쳐지는 전율이었다.

깊이 박혀 든 그의 분신이 온몸을 깊숙이 휘저으며 지원의 정신을 산산이 부서뜨렸다. 뭐라 말할 수도 없는 자극이 깊은 샘과 엉덩이와 척추뼈를 타고 전신으로 퍼져 나가, 숨을 안 쉬어도 불만이 없을 만큼 깊은 쾌감이 다시 시작되자 지원은 신음하며 몸을 떨었다.

그가 전해 주는 쾌감에 전율하면서도 체력의 한계를 느낀 지원은 그의 팔 힘이 좀 느슨해진 틈을 타, 반쯤 엎어져 있던 몸을 완전히 엎드려 버렸다. 그녀의 몸이 시트에 완전히 닿는 순간, 뜨거운 몸에서 타의로 빠져나간 그의 분신이 지원의 몸 안으로 성급하게 다시 파고들었다.

"아흑."

"허으윽…… 지원아."

아랫배에 손을 밀어 넣어 받치고, 엉덩이를 들어 올리며 거세게 파고든 현민의 몸짓에 둘 다 신음을 토해 냈다. 깊은 곳에서 느껴지는 쾌감에 지원은 그에게 더 닿기 위해 엉덩이를 제 힘으로 들어 올렸고, 현민은 허리를 휘며 또다시 거세게 파고들었다.

점점 더 빨라지는 그의 몸 따라 뜨거워진 피부가 지원을 내리누르며, 그의 거친 신음이 쉴 틈 없이 터져 나왔다.

"아흑, 오빠! 하아, 하아."

밀려 올라가는 지원의 허리를 양손으로 붙잡은 현민이 자신이 파고들 때마다 그녀를 잡은 양손에 힘을 주며 거세게 잡아당기며, 제 몸을 더 깊숙이 받아들이게 만들었다.

지쳤던 몸이 다시 살아나고 있었다. 그가 전해 주는 자극에 지원의 몸이 적극적으로 반응하며 리듬을 타기 시작하자, 현민은 몸을 세우고 지원을 돌려 안아 제 허벅지 위로 앉혔다. 고개를 숙여 눈앞에 놓인 둥근 가슴을 입안 가득 삼키며 허리와 엉덩이를 쓰다듬었다.

흥분에 거칠어진 그의 양손이 지원의 두 가슴을 붙잡아 가운데로 모아 붙이며 혀로 길게 핥아 올렸다. 두 정점을 동시에 자극당하고 빨린 지원은 몸을 떨며 전율했고, 그때마다 현민은 그녀의 신음을 소리를 들으며 더 세게 빨고, 혀끝으로 유두를 찔러 대며 단물을 삼켰다. 깨물리고 핥아지던 지원의 유두가 성이 난 것처럼 붉게 변해 갔다.

온통 그의 타액에 젖어 번들거리는 가슴이 쉼 없이 그에게 삼켜졌고, 깊은 숲 아래에서 흘러나온 애액은 지원이 허리를 움직일 때마다 위로 치켜 올려진 그의 분신에 발라져, 삽입도 하지 않은 채 뜨거운 음부가 부드럽게 비벼지도록 만들고 있었다.

정신이 혼미한 지원 대신 더 강한 쾌감을 원한 현민이 지원의 허리를 팔로 감싸 올린 뒤, 한 손으로 제 분신을 잡아 지원의 깊은 곳에 맞춰 밀어 넣었다.

"흐아앙."

"크하아."

지원이 입을 벌려 몽롱한 얼굴로 현민의 양어깨에 손을 올린 채 허리를 움직이기 시작했다.

물결치는 지원의 허리가 그의 뿌리 밑동까지 삼키며 깊게 허리를 움직이자, 현민은 고개를 꺾어 한 손으로 지원의 가슴을 움켜쥐고 성난 사람처럼 빨아 대기 시작했다.

지원의 가슴을 입에 문 채 한 팔을 뒤로 짚어 부딪혀 오는 지원의 몸을 받쳐 주던 현민의 얼굴을 지원이 다급하게 잡아 올려 키스하기 시작했다.

혀를 깊게 엮으며, 현민의 가슴을 만지던 지원은 작은 돌기를 집게손가락으로 잡아 둥글게 비벼 댔다. 지원이 아까의 그를 따라 하듯 엉덩이를 깊이 누르며 둥글게 허리를 돌리기 시작했다. 거친 숨을 내뱉으며 키스를 멈춘 현민이 더 이상 참지 못하고, 엉덩이를 쳐올리기 시작했다.

지원은 그가 쳐올리는 대로 튕겨져 올라, 하염없이 그의 다리 위에서 나뭇잎처럼 흔들렸다. 파고드는 분신에 고개를 젖히며 신음하고, 튕겨지는 박자를 맞추지 못해 그의 어깨를 붙잡으며 버텨 내던 지원이 단단한 어깨에 고개를 기댄 채 할딱이다 얼굴을 부비고 그의 피부를 잘근거리며 허리를 비틀기 시작했다.

지원이 울음 같은 신음을 흘리자, 현민은 한 손으로 그녀의 허리를 잡아 누르며 더 깊이 파고들었다. 그러다, 절벽에 떨어지지 않으려는 것처럼 필사적으로 그의 어깨를 부여잡고 몸을 비틀던 지원이 그의 어깨에 이를 박으며 몸을 굳히자, 현민도 사위가 하얗게 변하도록 끝 모를 절정을 맞이했다.

지원의 깊은 곳에 그가 쏟아 낸 뜨거운 액이 흩뿌려졌다. 잘게 경련하는 지원의 깊은 곳에 갇힌 그의 분신이 펄떡이는 심장박동을 지원에게 전해 주며 서로의 체온에 취해 있었다.

긴 황홀경에서 빠져온 뒤에도 지원은 눈을 뜨지 못 했다. 아침이 다가오고 있었으나 당장 잠들어야 할 사람처럼 축 늘어진 지원이 제가 물었던 현민의 어깨를 힘없이 벌어진 입술 사이로 혀를 내밀어 나른하게 핥아 주자, 현민의 손이 지원의 뒷머리를 덮어 누르며, 소중하게 쓰다

듣었다.

오래도록 불같이 뜨거워진 피부를 맞대고, 몸을 합친 채 움직이지 않던 두 사람은, 현민이 지원을 안아 시트에 눕힌 뒤에서야 떨어지며 옅은 키스를 나눴다.

기절하듯 한 시간 남짓 잠이 들었던 지원은 현민에게 안겨 욕실로 들어가 그의 품에서 샤워를 했다. 앓는 소리를 내며 겨우 서 있다가, 이따금씩 제 몸에 비누칠을 하고 샤워기로 씻어 내는 그의 손길이 야릇하게 느려질 때면 지원은 그의 가슴팍을 주먹으로 때리며 죽을 것 같다고, 그렇게 좀 보지 말라고 화를 냈다.

욕실에서 나온 뒤에도 머리카락을 말려 준 그가 지원이 옷을 입는 사이 지원의 집과 제집 냉장고에 나눠 보관 중인 한약을 들고 와 챙겨 먹이려 하자, 먹인 만큼 잡아먹는 못된 심보라며 미운 눈을 떠 보였다.

안 그럴 수가 없었다. 저는 손끝이 달달 떨리고, 서 있으면 무릎이 후들거리는데, 현민은 생기 있는 표정으로 모든 일을 다 대신해 줄 것처럼 기운차게 돌아다니며 지원을 챙기고 있었기 때문이었다.

'저녁에 데리러 갈게.'

'필드 나간다면서요?'

'빨리 끝낼 거야.'

원컴퍼니로 데려다 준 현민은 지원이 차에서 내리기 전 저녁 시간을 약속했고, M.M.C 사이트에 올릴 동영상과 사진촬영을 마친 뒤 출하 직전 식자재들을 확인하느라 하루 종일 가평농장에 있어야 했던 지원은 피곤한 몸으로 돌아와 현민의 품에서 '오늘도 사랑하자 그러면 나 다신 안 와요!'를 외치며 기절하듯 잠들었다.

다음 날 늦은 오전에 일어난 지원은 소파에 앉아 영화를 보는 현민의 다리를 베고 누웠다가, 몸을 돌려 누워 하얀 폴로셔츠를 위로 들어 올린 다음 그의 배를 핥고 빨며 장난을 쳤다.

그의 배꼽에 혀를 밀어 넣고, 쪽쪽 빠는 소리가 들리도록 그의 복근에 입술을 대고 빨아 대다가 문득, 아주 예전 유일하게 차에서 사랑을 나눴던 날 그가 영화 잘 봤느냐고 골렸던 것이 생각나 피식 웃으며 '나 먹고 싶은 거 다 사 준다 그랬으니까, 좀 참아 봐요. 나중에 영화 어땠는지 물어볼 테니까 끝까지 잘 보고요.' 라고 말하며 제 맘껏 그를 맛보고 약 올리며 재밌어했다.

아침에 샤워시키다가 갑자기 흘러내린 지원의 코피에 한동안 절대 건드리지 않겠다고 약속한 터라, 현민은 얼굴이 붉게 달아오르면서도 '끄응' 소리만 낼 뿐 지원의 몸에 손을 대지 못했다.

키스라도 시작하면 더 참기 어려울 것 같다며, 지원의 무릎베개만 자청했던 그인데, 이런 식으로 곤란하게 될 줄은 상상도 못했던 일이었을 것이기에 지원의 즐거움은 두 배였고, 그의 힘겨움은 서너 배는 되는 것 같았다.

그렇게 현민의 진을 빼 놓고 유유자적 소파에서 일어나던 지원은 월요일 중요한 계약이 있다는 현민의 말에 옷을 골라 주겠다며 드레스룸에 들어갔다가, 이미 입을 옷은 정해졌다는 현민의 말에 입술을 내밀어 보였다. 그리고 그의 손에 들린 제가 선물했던 와이셔츠와 넥타이를 보고는 말문을 막혀 했다.

일 년 입었으면 버릴 만도 아니, 버리진 않더라도 구석에 밀어 놓을 법도 한데. '중요한 날엔 이 셔츠만 입어. 그러니까 안 골라 줘도 돼.' 라는 말에 눈가가 뜨거워져 잠시 그를 꼭 안아 주었다.

모든 힘든 이야기는 부러 하지 않는 것처럼, 그들은 주말 내내 둘에 대해서만 이야기했다.

15장.
믿어 주고, 믿으며

그리고 맞이한 월요일, 자신의 자리에서 열심히 일하던 지원은 손가락에 끼워져 있는 반지 때문에 많은 일을 감당해야 했다. 제일 처음 반응을 보인 건, 회사에서 마주친 언니였다.

'그 반지. 돌려봐.'

언젠가 이런 언니의 목소리를 들은 적이 있었다. 엄마가 응급실에 누워 있다는 소식을 듣고 정신없이 뛰어갔던 오래전 어느 날처럼, 언니의 목소리엔 냉기가 흘렀다. 한참을 설전을 벌이고 설득하려 하다가. '난 몰라, 민지원. 난 말릴 만큼 말렸다. 나중에 나 후회하지 마라.' 라는 말과 함께 사장실을 박차고 나간 언니의 뒷모습을 보게 되었다. 지쳐서 소파에 늘어지듯 누운 지원은 그다음으로 지 변호사님과의 식사자리에서 윤 의원님을 만나 약혼반지에 대한 반응을 감당해야 했다.

윤 의원의 시선이 심상치 않자, 지 변호사님께서 화장실을 핑계로 잠시 자리를 피해 주셨고, 그는 기다렸다는 듯이 직설적으로 물어 왔다.

'그 반지, 유현민 부회장이 준 겁니까?'

'네.'

'특별한 의미라도…… 커플링인가 봅니다.'

'아뇨, 약혼반지예요. 의원님.'

'……언제 받으신 겁니까?'

'그날, 지난번에 자선기금 모임에서 의원님 뵈었던 날, 받았어요.'

'……행복하십니까?'

지원은 그 대답에 고개를 끄덕이다 '네.'라며 작게 웃어 보였고, 윤 의원은 얼굴을 굳힌 채 한동안 말이 없었다. 식사 내내 조용하던 윤 의원이 헤어질 때 남긴 말은 한마디였다.

'제가 억지라도 인연을 만들려 하면 지원 씨가 힘드시겠지요?'

'그러지 않으셨으면 좋겠어요.'

'……압니다. 지금 물러나야 하는 거. ……하지만 어떻게든, 꼭 제가 아니더라도 누군가 필요해지면 연락 주십시오. 언제든 도움 되어 드리겠습니다.'

'죄송해요. 분에 넘치는 마음 주셨는데 이런 말씀드려서 죄송합니다.'

'그러지 마십시오. 저 이번에 당선된 거, 지원 씨 덕분입니다.'

'……'

'지원 씨 앞에 좀 더 나은 사람으로 서려고, 지칠 때마다 매번 힘을 냈었습니다. 그 덕에 제가 이 자리에 있는 거고…… 지원 씨는 제게 고마운 사람입니다. ……우리, 일부러는 안 보더라도 마주치면 친구로서 인사는 나눌 수 있었으면 좋겠는데, 가능하겠습니까?'

'네에.'

지원은 옅은 미소로 고개를 끄덕였고, 윤 의원은 굳은 입매로 고개를 끄덕여 보인 뒤, 하루 이틀 건너 걸어오던 안부 전화를 더 이상 걸어오지 않았다.

회사 직원들은 불편한 민예원 이사의 심기도 모른 채 너도 나도 사장님의 연애에 핑크빛을 칠하기 시작했다. 특히, 너무 큰 다이아 크기에 몇

캐럿인지 맞추는 내기가 걸린 사실을 알고는 그런 거 하지 말라고 웃으며 그 뒤로는 미팅이 있을 때면 반지를 돌려 껴서 다이아몬드를 감추곤 했다.

그런 불편함을 감수하면서도 절대 반지를 빼지 않는 지원의 모습에 언니의 마음도 조금은 흔들렸는지, 엄마에게 아직 말씀 안 드렸으니 나중에 놀라시지 않게 말씀드리라며 반쯤 마음을 풀어 주었다. 물론, '그 집이 끝까지 반대하면 너 절대 안 된다.' 라는 말도 빼놓지 않았고. 그렇게 무난하게 흘러가며, 그의 목소리에 웃고, 행복해하던 어느 날.

"네. 민지원입니다."

— 대표님. 송지웁니다. 언제쯤 들어오실 예정이세요?

"금방 들어가는데, 한 5분쯤 걸려요. 무슨 일 있어요?"

지원은 현민의 지인들과 만나기로 한 자리에 늦지 않기 위해 서두르는 중이었다. 그가 데리러 오기 전 빨리 옷을 갈아입고, 간단하게나마 화장도 다시 손봐야 했다.

— 네. 조금……. 우리 주차장은 아니고 바로 앞 골목 상황이 좀 이상해서요. 우리 쪽 손님으로 오신 분은 아닌 것 같은데, 자꾸 우리 쪽으로 차를 진입하려고 하고, 또 어떤 사람들은 막아서고. 상황이 이상해 보여서 경찰에 신고를 해야 되나 고민되는데. 사장님, 가능하면 빨리 와 주세요.

"음……. 송지우 씨 일단 다른 사람들이랑 같이 있어요."

— 저, 다들 모두 퇴근하셨는데요. 이사님도 오늘은 정시 퇴근하셨고요.

"아. 미안해요. 지우 씨 내가 너무 바빠서 시간을 몰랐어요. 금방 가도록 할게요."

전화를 끊은 지원은 좀 더 서둘러 차를 몰았다. 골목길에 접어들어 저 멀리 한 무리의 사람들을 발견하고 속도를 늦추며 조심해서 차를 몰다가, 노란색 차 앞을 가로막듯 서 있는 장신의 남자 네 명을 발견한 지원의 기분이 차분하게 가라앉았다.

말끔하게 차려입은 블랙정장, 운동으로 다져진 몸매가 슈트 선을 타고 흐르는 느낌. 그 낯익은 옛 기억과의 조우에 지원은 자신의 차를 멈춰 세우며 백미러로 뒤를 살폈다. 순간적으로 골목 좌측 저 멀리, 마치 자신을 따라 하듯 차를 멈춰 세우는 블랙세단을 발견한 지원의 입에서 한숨이 터져 나왔다.

익숙한 동작으로 주차장에 주차한 뒤 골목길에 대충 멈춰 서 있는 노란색 앤초 페라리를 향해 걸음을 옮겼다. 지원이 다가가자 노란 차 앞을 막아선 세 남자 뒤편에 서서 어디론가 전화하고 있던 한 남자가 곤란한 표정을 지으며 통화를 마치고는 지원의 시선을 피하는 것을 지켜보았다.

"저 아시죠? 저는 뵌 적 있는 것 같은데요."

첫인상이 예리한 남자였다. 얼마 전 자선기금이 있던 호텔 앞에서 그를 경호하던 이들 중 앞쪽에 서 있던 사람이었는데, 그가 아닌 자신의 주변에 배치된 사람이란 걸 지원은 지금에서야 깨달았다.

"이건 저희들 일입니다. 위험하시니 일단 안으로 들어가 주십시오."

"저와 관계된 일이라 이렇게 나서시는 것 아닌가요? 저분 누구시죠?"

지원은 말하며 생김새부터 예사롭지 않은 차로 시선을 돌렸다. 차 색상도 눈에 튀지만, 선팅이 워낙에 짙은 데다 정말 도로에서 스피드 레이스라도 할 것처럼 날렵해 보이는 차의 문이 괴상하게 위로 열리더니, 말끝에 날카로움이 묻어나는 여자 목소리가 들려왔다.

"안 비켜요?!"

경호원들이 차에서 조금 물러서자 목소리의 주인공인 여자가 빠져나오며 상황에 맞지 않는 어이없는 자랑을 늘어놓기 시작했다.

"멋지죠?! 전 세계 399대밖에 없는 차예요. 페라리 창립 60주년 기념작이죠. 언제 한번 우리 집에 놀러 와요. 이것 말고도 멋진 녀석들 꽤 모아 놨으니까."

"누구시죠?"

지원은 눈앞에 서 있는 하얀 민소매 원피스에 선글라스를 헤어밴드처럼 착용한 여성을 바라보며 물었다. 컬링이 들어간 밝은 갈색의 긴 머리카락, 위로 살짝 올라간 것 같은 눈썹 모양, 서늘한 눈빛…… 서늘한 눈빛?! 지원의 눈이 순간적으로 커졌다.

"이제야 알아봐요? 난 딱 보자마자 알겠던데."

앞에 선 그녀는 웃고 있었다. 지연희. 그와 함께 신문기사에 오르내리고, 어머님의 선택을 받은 여인. 지원은 그녀의 미소와 여유 앞에 차갑게 굳어지는 자신을 느끼고 있었다.

"무슨 일이신가요?"

지원이 평상시 어조로 차분하게 말하자 지연희는 재미있다는 듯이 고개를 한 번 까닥하며 천천히 지원과의 거리를 좁히며 다가서려 했고, 그 사이에 서 있던 남자들은 지원을 보호하듯 막아섰으나, 상대방에게 손을 대지는 못하고 있었다. 왜 아니 그럴까. 세호그룹 장녀이니.

"이거 주려고 왔어요. 뭔가 좀 알고 사셔야 할 것 같아서."

피식, 막아서는 경호원들을 우습다는 듯 쳐다본 지연희는 서류봉투를 그들에게 건네며, 어서 지원에게 전하라는 듯 고갯짓을 해 보였다.

"주세요."

서류를 건네받고도 지원이 아닌, 아까 누군가와 통화하던 지원 옆의 남자에게 서류를 건네는 경호원들을 지켜보던 그녀가 곁에 선 남자에게 손을 내밀며 요구했다.

"잠시 뒤에 드리겠습니다. 조금만 기다려 주십시오."

잠시? 아……. 그가 말하는 잠시라는 것이, 그들의 보스가 도착하는 그때까지라는 걸 알아들은 지원은 한 걸음 다가서서 서류봉투를 낚아챈 뒤 지연희에게 시선을 던졌다.

"뭐죠?"

"펴 봐요. 줬으니까 보면 되잖아요. 궁금하지 않아요?"

지원은 그녀 앞에서 고개를 숙이고, 주섬주섬 종이를 펼쳐 들며 그녀가 보라는 대로 서류를 들여다보고 싶지 않았다.

"이것 말고 다른 볼일이 또 있으신가요?"

차갑게 변했던 눈빛이 조롱 섞인 눈빛으로 변하는 데는 많은 시간이 필요치 않았다.

"······의외네?!"

"그런 식으로 예의 없이 구실 거면 이만 가 보시죠. 꼭 하실 말씀 있으시면, 예의 갖춰서 다른 날 업무시간에 선약하고 오시든가요."

"재미도 있고, 민지원 씨는 나한테 할 말 없어요? 나라면 아주 할 말이 많을 것 같은데?!"

신기한 동물원 구경하듯 요리조리 눈동자를 굴리며 사람을 탐색하는 기분 나쁜 눈빛에 지원은 차분함을 잃지 않기 위해 머릿속으로 흥분하지 말자고 몇 번이고 되뇌어야 했다.

"저는 재미가 없네요. 지연희 씨에게 할 말도 없고요. 이만 가 주시겠어요?"

"그래요? 그래요 그럼. 가라니까 가는데. 나 가고 나면 그 신문 버리지 말고 꼭 봐요. 민지원 씨한테 아주 유용한 정보니까. 그럼 나 가요."

뒤로 돌아서며 경호원들에게 사나운 눈빛으로 일갈하려 들던 그녀가 갑자기 돌아서며 또다시 지원을 마주 보았다.

"참! 그 얼음덩어리 같은 남자 어떻게 녹였는지 그 점은 내가 민지원 씨 대단하다고 생각해요. 그래 봤자 안 될 일은 안 되겠지만. 사모님 성격 보통 아니시거든요. 그 비위 다 맞춰 가면서 잘해 볼 수 있으면 어디 한번 잘 해 봐요. 지켜보기 심심하진 않겠네. 정말 가요."

끝까지······ 그녀는 웃으며 차 안으로 사라졌다. 귀가 울릴 만큼 크게 울리는 엔진음을 들으면서 그 모든 것이 그녀의 비웃음 같다고 느낀 건 지나친 자격지심일지도 모르지만, 지원은 빨리 그녀와 그녀의 요란한 차가 빨리 눈앞에서 사라지길 바랐다.

"여러분들도 이제 그만 가 주세요."

"죄송합니다."

허리 굽혀 인사한 남자들이 골목 앞쪽 차량으로 걸음을 옮기자, 지원이 도착한 것을 보고 뒤늦게 건물에서 빠져나와 있던 송지우 씨가 바위처럼 제자리에 서 있는 지원 곁에 다가와 눈을 휘둥그레 뜨고는 큰 목소리로 감탄사를 쏟아 놓았다.

"우와, 대표님! 저분들은 또 누구세요? 아까 그 차는 또 뭐구요?"

노란 차는 벌써 점이 되어, 기다란 골목 끝으로 사라지고 있었다. 서류 봉투를 꾹 쥐고, 무표정하게 골목을 바라보고 있던 지원의 눈빛이 건조할 정도로 메말라 들어가고 있었다.

"직원들이 다 뭐라는 줄 아세요? 우리 대표님 은둔형 재벌 2세라고 말들이 많아요. 오가는 손님이나 가끔 찾아오는 분도 알고 보면 대단한 분들이시고…… 대표님! ……사장님?!"

"……음?"

큰 소리에 반응해서 겨우 고개 돌린 지원을 보며, 세상의 밝은 모습만 많이 봐 온 것이 분명한 송지우 씨의 발랄한 목소리가 쉬지 않고 이어졌다.

"사장님 정말 재벌 2세세요? 아님 3세? ……사람들이 사장님이 경영 싸움에 끼어들기 싫어서, 기업 이미지상 사회사업 하시려는 거라는데, 그거 맞는 말이에요?"

지원은 가라앉은 기분과 생각에서 완전히 빠져나와 옆에 선 송지우 씨를 쳐다보았다.

"누가 그래요?"

몸을 돌려 주차장을 향해 걸음을 옮기는 지원을 뒤따르는 송지우 씨가 모처럼 얻는 대표님과의 둘만의 대화 시간에 신이 난 듯 열심히 그동안 궁금했던 것들을 늘어놓았다.

"다들…… 그냥 여기저기서 한마디씩 하죠. M.M.C도 보통 돈 들어가는 일 아닌데. 거의 사회 기부식으로 돈 벌자는 게 아니라 돈 보태 주는 일 시작하시는 거라고 다들 그래요."

"민예원 이사님, 우리 친언니고, 우리 언니 재벌 아니에요. 우리 집이 정말 재벌가라 사회사업 하는 거면 M.M.C처럼 작게 단일 지점으로 시작하지는 않았겠죠. 그리고 테두리는 우리가 잡아 드리는 거지만, 주체는 진해 마리아 집이란 걸, 다들 알면서 왜들 그래요."

"다들 그러는데⋯⋯."

지우 씨의 말에 씁쓸한 미소를 지으며 골목길과 주차장 사이를 구분 짓는 경계석을 지나, 자신의 영역으로 안으로 들어간 지원은 지우 씨에게 퇴근하라고 말한 뒤 차에 다시 올라탔다.

손에 꼭 쥐고 있던 종이를 펼치자 '내일자 한국경제지 조간 기사 편집본'이란 글자가 눈에 들어왔다. 그리고 그 안에는 두 여자가 환하게 웃으며 꼭 붙어 앉아 찍은 사진이 커다랗게 인쇄되어 있었다.

그 사진 밑에는 '우측 혜성그룹 갤러리 라무 관장 서희 여사와 좌측의 세호그룹 지연희 이사의 정겨운 모습'이란 설명 글이 덧붙여 있었고, 기사 내용은 지연희 씨와 서희 여사가 예술적 감성을 교류하며, 돈독한 정을 쌓아 가는 세대를 초월한 특별한 인연이라는 내용이었다.

친밀한 두 사람의 모습은 부녀지간에 가까웠고, 지 이사를 며느릿감으로 본다면 어떻게 생각하시냐는 질문에 지 이사라면 두 손 들고 환영한다는 서희 여사의 인터뷰 내용이 실려 있었다.

부회장님의 피앙세에 대해서 어떻게 생각하시냐는 말에는 아직 인사받은 적도 얼굴 본 적도 없어서 모르겠다며 즉답을 피했지만, 결혼은 신중해야 한다는 개인 소신을 덧붙였다는 기사 내용과 환하게 웃는 서희 여사의 모습에 지원은 쓰게 웃었다.

'이거 주려고 왔어요. 뭔가 좀 알고 사셔야 할 것 같아서.'

지연희⋯⋯ 그녀의 목소리가 머릿속에 윙윙 울려 대고 있었다. 왜 그렇게 웃음까지 지어 보이며 순순히 돌아갔는지 알 것 같았다.

주제 파악하란 소리는 이미 손에 쥐고 있는 내일자 기사에 다 써져 있으니⋯⋯ 별다른 설명이 무에 필요했겠는가. 지원은 천천히 손을 움직여 그에게로 전화를 걸었다.

"나예요."

— 음.

그의 목소리는 굳어 있었다.

"어디까지 왔어요?"

— 조금 있으면 도착해.

"오지 말고, 내일자 한국경제지에 어머님과 지연희 씨 기사 실리는 거 확인하셔야 될 것 같아요. 시간 조금 더 지나면, 내 손에 있는 편집본이 아니라 정식 인쇄 들어갈 텐데, 이 기사 어떻게 되든 그건 오빠 몫인 것 같네요. 낼 아버님께 인사드리러 가는 자리가 더 불편해지지 않았으면 좋겠어요. 그리고 지금은 내 마음이 너무 복잡하니까. 우리 오늘 약속은 없던 걸로 해요."

— 그 인터뷰 기사화되지 못할 거야.

벌써 손을 쓴 건가요. 빠르네요. 그런데 내 맘은 여전히 복잡해요.

"……일단, 여기 있는 경호원들 물려 주세요. 지금 저 위험한 건 아니잖아요. 지연희 씨 때문에 저 위험해요? 아니면 어머님이 저 어떻게 하실까요?"

— 지원아.

"그런 거 아니면, 하지 마세요."

— ……조심하자는 거야.

한참을 말 못 하고 휴대폰만 붙잡고 있는데, 차창 밖으로 퇴근하며 허리 숙여 보이는 지우가 보여 지원은 고개를 끄덕여 준 뒤 그녀가 등을 돌려 걷는 것을 보며 다시 입을 열었다.

"오빠."

— 그래.

"내가 좀…… 기분이 안 좋아요. 낼 아버님 뵈러 가기 전까지만 혼자 놔둬 줄래요? 날 존중한다면 밖에 저 사람들도 물려 주고요."

— ……지원아.

"어찌 됐든, 다른 여자 이름 오르내리는 일로 오빠 앞에서 정리되지 않은 감정 보이고 싶지 않아서 그래요. 낼 저녁에 만나요. 밝은 표정으로 아버님께 인사드리러 갈게요."

— 미안하다.

"그 말…… 참, 듣기 싫다."

— 흐음.

"거봐, 미운 말 나오잖아, 먼저 끊을게요."

지원은 먼저 전화를 끊었다. 피곤했다. 당장 눕고 싶을 만큼. 자고 자고 또 자는 우울증 증세처럼 잠에 취해 도피하고 싶어진 건지도 모르겠단 생각이 들 만큼 너무 졸려 왔다.

피곤한 얼굴로 눈을 깜박이며 차에서 내린 지원이 주차장 바리케이드를 닫고, 집으로 걸어들어 갔다.

"이제 와 그렇게 말씀하시기엔 제가 드린 시간이 너무 길었습니다."

— 이번엔 그 애가 단독으로 실수한 걸세, 유 부회장. 세호의 입장이 아니야!

"어떻게 말씀하시든 세호가 취한 입장은 변하지 않고, 그런 기사를 모의한 것으로도 모자라, 제 사람에게까지 찾아간 지 이사의 행동은 지워지지 않습니다. 제가 지난번에 분명, 적당히 이익 챙기셨으면 중단하시라 말씀드렸는데, 저뿐 아니라 제 어머니까지 장기판에 올려놓고 참 재미있게 노시는군요."

— 부회장! 우리 만나세! 만나서 이야기하면…….

"앞으로 지 이사 행동 조심시키시고, 부디 무탈하시고 건강하시길 바라겠습니다. 회장님."

— 부회……!

현민은 고함이 들려오는 수화기를 내려놓으며 딱딱하게 굳은 얼굴을 맨손으로 쓸어 올렸다.

"후우……."

의자를 빙그르르 돌려 어두운 창밖을 바라보던 현민은 지석에게 전화를 걸었다. 함께 M.B.A를 마친 뒤 현민은 혜성전자 미주 법인에, 지석은 월가에서 발을 들여놓은 뒤 지금은 국내 M&A시장 딜리스트와 리그 테이블 완료 기준 1위를 차지한 모건 스탠리에서 Deal maker로 두각을 나타내고 있는 친구 녀석이었다.

— 넌 오늘도 야근이냐? 진헌이가 너 B.T에 얼굴 안 비친다고 말 많던데, 한번 뭉치지 그래? 녀석들 네 피앙세 소식에 완전 흥분한 것 같던데. 내가 한국 있었으면 그렇게 안 기다려 준다.

"안 그래도 조만간 B.T에서 모이기로 했다. 아직 장 시작 전이지?"

— 조금 있으면 시작이야, 젤 정신없을 때 전화해서 궁금한 게 그거냐? 우리 일은 준비만 시켜 놓고 언제 시작시켜 줄 건데?!

"놀게 해 줄게. 내일 장 시작 동시호가 때, 서킷 브레이커 발동시켜."

— 시작이냐?

"그래, 시작만 잡아 두면 그다음은 알아서 움직일 거다."

— 반년 동안 공들인 재미 좀 보겠는데? 검찰은?

"곧."

짧은 대화를 이어 가다 전화를 끊은 현민이 문 비서를 호출해, 검찰 수사 진행 상황과 라무로 보낸 자료에 대해 보고받은 뒤 서희 여사와 연결된 전화를 받으며 눈을 감았다.

"다 보셨습니까, 어머니?"

— …….

"제가 전부터 늘 궁금했던 게 있었는데, 왜 그렇게 지 이사에 대해 신뢰하시고, 쉽진 않겠지만 그래도 어머니라면 충분히 알아내실 수 있었던 일들에 대해 알아보려고조차 안 하셨는지, 저는 그게 지금도 이해가 되지 않습니다."

— ……지 이사가 마음에 들지 않는다면, 한국이나 성진그룹으로 방향을 돌릴 수도 있다.

현민은 느릿하게 눈을 떠 올리며, 입에서 터져 나오는 참아 내려 애쓰고 있었다.

"저는 곧, 지원이와 결혼합니다. 어머니 스스로 무안을 자초하진 마십시오."

— 부회장! 지 이사는…….

"모르시겠습니까? 저는 지 이사가 미국에서 어떤 남자와 동거를 했는지, 미국에서 한 것으로도 모자라 귀국해서까지 밤마다 어떤 파티들에 참석해 왔었는지에 대해서는 전혀 관심이 없습니다. 중요한 건, 세호가 허위공시와 분식회계로 근근이 버티고 있던 자본 잠식 회사들을 살리겠다고 혜성의 이름을 팔아 주가를 올렸고, 그것으로도 모자라 지금도 호텔 신사업 투자금을 유치하고 있다는 겁니다."

— 현민아.

"그것도 이해하신다면, 이번 국책 사업에 제아그룹과 컨소시엄을 구성해 혜성 몫까지 건드리려 하는 것엔 뭐라고 하실 겁니까, 어머니! 더 이상 그 장단에 맞춰 저를 실망시키지 말아 주십시오. 끊겠습니다."

통화를 마친 현민은 넥타이에 매듭에 손가락을 넣어 잡아당기며, 셔츠 단추를 하나 풀어 내렸다. 후우, 깊은 한숨과 함께 속에서 올라온 열기가 현민의 갑갑함을 알리듯 멀리 퍼져 나갔다.

오늘은 지원이 아버님을 뵙기로 한 날이었다. 적어도 오후 3시가 가까워지는 이 시각, 검은 세단과 함께 송 비서가 나타나기 전까지는 그러했었다.

"타십시오. 기다리고 계십니다."

"다른 날, 약속 정해서 만나 뵙겠다고 말씀드려 주시고, 이만 돌아가세요."

"갤러리가 아니라, 함께 식사하실 예정으로 외부에서 기다리고 계십니다."

지난번 갤러리에서의 만남 이후 다시는 독대하지 말라는 현민에 말에 고개를 끄덕였던 지원은 왠지 호의적인 뉘앙스와 입장이 어찌 되었든, 어른이 외부에서 기다리고 계시는데 바람맞힐 수는 없다는 생각에 곤란함을 느꼈다.

그러다 문득, 시선을 돌려 사무실 2층을 올려다보았다. 언제고 언니가 내려다볼지도 모르는 이 주차장에서 길게 실랑이하다간, 가뜩이나 좋지 못한 현민에 대한 인식이 더 악화될 것이란 생각에 지원은 송 비서가 열어 준 차 뒷좌석에 몸을 실었다.

어차피 대화의 주제는 어제 찾아온 지연희 씨나, 그에 관한 신문기사이거나, 그도 아니면 처음 뵈었을 때부터 계속 들어온 절대 안 된다는 말이 아니겠냐고 스스로 마음 준비를 하면서, 어느새 큰 대로로 접어들어 한강변을 타고 달리는 차장 밖을 바라보고 있었다.

차는 낯선 동네, 낯선 건물들 사이로 지원을 싣고 가 기묘한 일본풍 건물 앞에서 멈춰 섰다.

앞서 걷기 시작하는 송 비서의 뒤를 말없이 따르던 지원은 자신이 걷고 있는 건물의 이국적인 화려함을 눈에 담을 겨를도 없이, 곧 기모노를 입은 여인들의 안내를 받아 일본 전통 대나무 문 앞에 서게 되었다.

게다를 신은 일본 여자 특유의 짧은 걸음걸이로 앞장서는 여인의 모습이나 건물 하나를 일본식으로 꾸며 놓은 화려함이나 모두 그녀가 속한 세상이 아닌 것만은 분명한 분위기에 지원은 긴장되는 두 뺨을 막을 수 없었다.

걸음을 멈추자마자 마음 다잡을 시간도 주지 않고 열려 버린 문 앞에서 지원은 긴장된 마른침을 삼키며 그대로 굳어 있는데, 지원을 안내했던 기모노를 입은 여인은 문 옆으로 물러나 무릎을 꿇고 앉으며 지나치게 깊이 고개를 숙여 보였다.

굽힌 허리를 따라 드러난 여인의 깊은 목선에 눈길을 준 지원은 이윽고, 열린 미닫이 문 안으로 꼿꼿한 자세로 앉아 계신 서희 여사의 모습을 눈에 담았다.

"들어와요."

그 간단한 말에 지원은 제가 감당해야 할 장이 시작되는 것을 느끼며 안으로 들어갔다. 서희 여사의 맞은편으로 걸어가는 사이 기모노 입은 여인에 의해 방문은 소리 없이 닫혀졌고, 지원은 폐쇄적 공간에 조금 숨이 막혔다.

조심스레 마주 앉아 앞을 바라보자, 여전히 윤기 나는 좋은 피부에 하얗고 밝은 안색이었지만 어딘가 모르게 꺼칠해지신 서희 여사의 차가운 눈빛을 느낀 지원이 인사를 드렸다.

"안녕하셨습니까……. 어머님."

"일식 좋아해요? 내 입에는 여기가 제일 나아서 여기로 오라고 했는데."

어머님이란 말도 들어 넘기며 날카로운 눈빛과 어울리지 않는 예사스런 말투를 보이시는 서희 여사의 반응에 지원은 이런 상황 변화는 짐작하지 못한 터라 생각도 많아졌고, 식사 전부터 체증을 느꼈다.

"저는 괜찮습니다."

"자기 의견 없이 뭐든 다 괜찮다고 양보하는 버릇, 좋은 거 아닙니다."

"……네."

"내가 때를 놓쳐서 그러니까 식사하면서 이야기 나누기로 하지요."

숨 쉴 틈도 주지 않고 공격당하는 기분이었다. 주문받을 생각도 없는지 굳게 닫혀 있는 대나무 문을 바라보며, 지원은 그 문밖에 그림자처럼 숨죽이고 앉아 있을 기모노 입은 여인이라도 문을 열고 들어와 주었으면 좋겠다는 생각을 할 정도로 바깥공기가 절실했다.

"우리 부회장이 민지원 씨를 진지하게 생각하는 것 같아서 내, 다시 한 번 대화 나눠 보고 싶어 불렀어요."

드르륵.

샤미센 소리가 멀리서 은은히 들려오는 방 안, 종업원이 문을 밀고 들어오는 소리에 지원은 겨우 숨을 맘껏 내쉬며 몸의 긴장을 풀려고 노력했다. 뭐든 먹히지 않을 상황에 음식은 조금씩 끊임없이 밀려 나왔다.

종지그릇보다 조금 더 큰 화려한 접시에 구운 멸치 세 마리가 담긴 접시 하나, 은행 세 알이 꼬치에 꿰어져 있는 접시 하나, 손가락 두 마디 굵기로 토막 난 생선찜 두 조각, 실뱀장어 몇 마리, 해초에 성게알과, 동그랗게 겉으로 말려 양념된 알찜, 조개장국…… 그렇게 전채 요리가 시작되나 싶더니 점점 더 화려한 장식으로 내어져 오는 도미찜이며, 회, 초밥, 튀김…… 가뜩이나 안 넘어가는 분위기에 굳이 식사까지 하자 하시는 분의 의도를 모르니 목은 더욱 메고, 음식은 속에서 차곡차곡 얹혀 갔다.

"맛이 없어요?"

"아닙니다."

"할 말은 식사 다 하고 할 테니, 어서 들어요."

어른이 식사를 다 하고 말씀하시겠다 하시니 도중에 멈출 수도 없었던 지원은 얹힌 속에 분위기가 어색해지지 않을 정도로만 조금씩 음식을 집어넣고 있었다.

"유현민 부회장, 어디가 그렇게 좋습니까?"

고통스런 식사시간이 끝나갈 때 즈음, 드디어 서희 여사가 말을 꺼냈다.

"무엇이 좋아서가 아니라, 그저 다 좋았습니다."

"그럼 뭐든 다 주고, 이해타산 안 따지는 진정한 사랑을 한다는 건가요?"

"서로가 그렇습니다."

"흐음. 그래요……."

서희 여사는 앉은 자리에서 다시 허리를 세워 바로 앉으며, 지원을 빤히 쳐다보았다.

"그럼 두원그룹 지분, 우리 부회장에게 양도할 수 있겠습니까? 어찌 알았는지는 설명 안 해도 되겠죠?"

"……."

"그 정도 지분이면 바깥 일 모르는 안사람보다야 돌아가는 사정 잘 아는 우리 부회장 같은 사람에게 더 유용하지 않겠습니까?"

"어머님……."

지원은 놀라 어찌할 말을 잃고 서희 여사를 바라보았다.

"그렇겠죠? 아무리 헌신적인 사랑이라 말해도 그건 너무 과한 부탁일 겁니다. 이해해요."

왜 웃으시는 건지 모를 사모님의 미소에 지원은 어깨부터 전신으로 타고 흐르는 몸서리를 느끼며 턱을 꽉 깨물었다.

"그럼, 주총 의사발언권이라도 넘기세요. 경영진을 해임하든 배당지급률만 올리든 그건 바깥사람한테 맡기는 겁니다. 나도 내 욕심 줄이고 민지원 씨를 들인다면, 그쪽에서도 우리 부회장에게 보탬 되는 구석은 있어야 되는 거니까."

지원의 입술이 몇 차례 주저하듯 힘이 들어가다 결정을 내린 듯 입을 열었다.

"부부의 연이 그런 식으로 맺어지는 거라곤 생각하지 않습니다."

마음에 차지 않는 아둔한 대답에 서희 여사는 조소하며 찻잔을 느긋하니 내려놓았다.

"내가 아는 상식에선 부부의 연은 그렇게 합리적으로 맺어지는 게 맞습니다. 혜성 집안에 들어오고 싶다면, 이쪽 상식대로 행동해 주길 바라요."

"제 대답에 따라 결혼 허락이 달라지는 건지 여쭙고 싶습니다."

서희 여사는 대답 없이 고개를 한 번 까닥였다. 지원이 쉽사리 입을 열지 못하자 서희 여사는 자리에서 먼저 일어나, 앉아 있는 지원을 내려다보았다.

"생각이 길어질 것 같으면 시간을 줄 테니, 결정되면 라무로 연락하도록 해요. 그다음에 민지원 씨가 느끼는 사랑과 진심에 대해서 이야기해 봅시다."

"……죄송합니다만, 저는!"

지원의 외침에 등 돌려 한 걸음 내딛던 서희 여사의 걸음이 멈춰 섰다.

"저는 그런 거래, 할 수 없습니다."

"홋…… 그래요?"

"제 것이 아닙니다. 어머님."

"뭐하자는 건지…… 다 확인한 사항부터 뒤집어 보자는 겁니까."

"서류상으로만 그렇습니다. 곧 모든 권리는 양도될 예정이고, 제 명의인 지금도 제 것이 아닌 건 분명합니다."

"……그렇게 나온다면, 우리 부회장과 잘 정리하면 되겠군요."

"헤어질 수는 없습니다. 어머님."

서희 여사의 눈길이 비수를 내던지듯 차갑고 예리한 분노로 반짝였다.

"……글쎄, 두고 보죠. 민지원 씨."

지원은 이미 문 밖으로 빠져나가고 있는 서희 여사의 뒷모습을 보며, 아랫입술을 꼭 깨물었다. 요란하고, 불편하기만 했던 식사자리. 아직 젓가락도 안 댄 화려한 가이세키 요리들이 짧은 시간 조용하게 만신창이가 되어 버린 지원을 비웃듯 여전히 아름답게 놓여 있었다.

주차장으로 빠져나와 차에 오른 서희 여사는 송 비서에 시선을 두었다.

"회장님은 어디 계신가?"

내일 오전 출국 예정이라는 걸 알고 있기에 서희 여사는 오늘 저녁 남편을 꼭 만나야 했다.

"지금은 사외이사진들과 삼성동에서 모임 중이시고, 저녁엔 부회장님과 저녁식사 예정……."

"삼성동으로 출발해."

"네. 관장님."

송 비서의 말을 끊고 제 할 말을 마친 서희 여사는 굳은 결심을 하듯 심호흡하며, 눈에 의지를 담아 앞을 똑바로 바라보고 있었다.

─ 그래도 나와. 아버님은 못 뵈어도 오늘은 얼굴 보여 주기로 했었잖아.

애써 표정을 가다듬고 회사로 돌아와 단정하고 꾸미고 준비 중이던 지원은 현민으로부터 아버님께서 갑작스런 일정으로 약속을 다음으로 미루시길 원하신다는 뜻을 전해 받았다. 원래 내일 미주지역 순회차 출국 예정이셨던 터라, 돌아오신 뒤 꼭 만나자, 말씀하셨다는 말을 전해 들으면서도 차라리 잘되었단 생각이 들 만큼 지친 상태기도 했다.

"내일 창업식이기도 하고, 약속 취소된 김에 좀 쉴게요."

— 지원아, 오늘 약속은 취소된 게 아니라, 미뤄진 거야. 오해하지 않았으면 좋겠다.

"오빠."

— ……말해.

"사실 나, 어머님 뵈었어요."

— 언제.

갑자기 차가워진 현민의 목소리에도 지원은 전처럼 걱정스럽지가 않고, 담담하기만 했다.

"오후에 사람을 보내셔서 만났는데, 두원주식을 원하셨어요. 그도 아니면 주총 의사발언권을 넘기라 하셨는데. 나, 못한다고 했어요."

— 으흐음.

현민이 한숨 소리에도 지원의 무표정한 얼굴엔 변화가 없었다.

"그리고, 지금 지 변호사님, 우리 집에 가셨어요."

— 왜?

"어머님께서 우리 엄마한테 전화를 하셨나 봐요."

— 뭐?!

"오빠나 어머님은 이런 일 쉽게 알아볼 수 있었겠지만, 난 분명 이 일을 받아들일 때 이 일에 대해 함구하겠다고 약속했고, 그래서 우리 집은 아직 언니도, 엄마도 몰랐거든요. 근데 방금 아셨나 봐요. 원컴퍼니 창업 자금도 지 변호사님 통해 융통했다고 아셨는데, 그게 아니란 것도 아시고, 여러 가지…… 지 변호사님께 화가 나셨나 봐요. 그래서 아버님 약속 때문에 난 아직 안 가고 있었는데. 사실 나 지금 집에 가 봐야 돼요. 약속

취소됐는데 지 변호사님 혼자 감당하게 해 드릴 순 없잖아요."

— 같이 가, 내가 지금 바로 갈게.

"전에 모든 걸 다 오빠가 감당하겠다고 했었지만, 난 그거 반대예요. 오빠는 오빠네 집 알아서 정리하고, 난 그동안 우리 집 알아서 정리하고 있을 게요. 얼마나 걸릴 것 같아요?"

— 흠…….

"말 길게 시키지 말고요. 나, 가서 할 일 많은데, 벌써 진 빼면 안 되잖아요."

— 아버지께서 열흘 정도 뒤에 귀국하실 거야. 오시면 바로 너 만나신다니까, 넉넉잡고 이 주일이면 상황 정리 끝일 것 같은데.

"혹시 그때까지 지 이사라는 사람 이야기도 깨끗하게 정리돼요?"

— 그건 벌써 끝난 얘기야.

"아뇨. 오빠 말고 어머님한테요."

— 그래서 어머니도 지 이사와 안 된다는 걸 받아들이셔서, 널 찾아가신 모양인데. 그런 이야기까지 듣게 만들어서 미안하다. 지원아, 잊어. 그런 이야긴 잊어도 돼.

"나, 내 거 아니라고 말씀드렸어요. 거짓말이라고 오해하신 것 같기는 하지만…… 오빠!"

— 어?

"나, 오빠한테 쉽게 가려고 남의 것 훔치고 싶지 않아요."

— 후우…… 지원아. 그런 말까지 안 해도 돼. 나 너한테 그런 일 안 시켜.

"힘들어서요. 연타로 맞으니까 마음이 힘들어……."

— 우리 지원이…… 조금만 참자, 응? 미안해.

"나 다 해결될 때까진 오빠 안 봐요. 다 해결해 놓고 와요."

— 내일 창업식은.

"오지 마요. 낼까지 울 엄마 화 풀어 드릴 자신 없어."

지원은 피곤한 상태로 현민의 설득을 듣다가 전화를 끊은 뒤, 예쁘게 차려 입었던 투피스 치마 정장을 벗고 바지로 갈아입었다. 차 키를 들고 주차장으로 나서, 집으로 차를 움직이는 동안 지원의 표정엔 지친 흔적만이 남아 있었다.

모스크 천장에 베이지색 대리석벽에 새겨진 화려한 아라베스크 문양과 중앙에 매달린 빛나는 크리스털 샹들리에, 황금색 소파로 꾸며진 삼성동 지하 단란주점의 대형 룸 안에 자리 잡은 삼십 대 초반 남자들이 술을 마시고 있었다.

이국적으로 꾸며진 공간의 사치스러움만큼이나 동창들로 보이는 남자들은, 곁에 앉힌 여자들이 들으라는 듯 유능한 경제학자처럼 경제 전반을 아우르는 자신의 의견을 피력하며 지성을 과시하기도 했고, 회사 내에서 자신들의 입지를 포장하는 말들과 서로 간의 승진 축하 인사가 오가고 있었다. 우월감에 취해 적당한 우정을 덧입혀 나가고 있었으나, 점차 술이 들어가면서부터는 서슴없이 원초적인 세상사 가십거리로 주제가 흘러가고 있었다.

"우습지 않냐? 하면 하는 거지 왜 그렇게 말이 많아."

"뭐, 뭔데?"

여자의 가슴에 얼굴을 파묻고 있던 한 남자가 오가는 이야기가 구미에 맞았는지 반쯤 풀린 눈동자를 들어 올리며 묻고 있었다.

"하여튼 저 새끼는. 야! 하던 거나 계속해라, 임마."

"개새끼. 그렇게 좋냐? 저거 결혼식장에서 만세 삼창 했던 게, 작년 가을이었지, 아마?!"

"야! 입 다물어. 어디 가서 입 뻥긋 하면 죽는다. 너."

"내가 죽는 게 아니라 네가 죽겠지. 푸하하. 창훈이, 네 마누라 한 성질 한다며?"

"야. 인마!"

"안 해. 안 할 테니까 하던 거나 마저 해라. 네 파트너 넘어간다, 벌써."

술기운 탓인지, 무안한 탓인지 모르게 얼굴을 붉힌 남자가 친구들의 반응에 성을 내려다, 목을 감아오는 파트너의 흐려진 눈빛에 다시 눈길을 돌리며 깊은 키스를 나누기 시작했다.

남자의 손이 여자의 옷섶을 파고들고, 소파 등받이에 기대다 못해 반쯤 드러눕는 두 사람에게서 고개 돌린 몇몇 남자가 대화를 이어 나갔다.

"야. 그래서 너네 그룹 이사가 SNS에 사진을 올렸었는데, 그게 금방 내려졌다 이거냐?"

"그래. 그래서 직원들이 우리 회장은 혜성이랑 사돈 맺고 싶어 하는데, 일방적으로 혜성한테 까이는 거라고 말들이 많잖아. 그리고 이번에 잠깐 올라왔던 사진이 혜성 회장 부인이랑 같이 찍은 사진이었다는데?!"

세호그룹 본사 근무 중인 형식은 그렇게 친구들이 솔깃할 이야기들을 풀어 놓고 있었다.

"뭐야. 그럼. 회장 부인은 세호그룹이랑 사돈 맺길 원하고, 혜성은 거부하고. 그럼 답은 나왔네. 결혼 당사자가 거부하는 거구만. 맞다. 지난번 인터뷰에 자기는 다른 약혼녀 있다 그러지 않았어?"

"그랬었지. 그때 그 여자 누구냐고 난리 났었는데. 갑자기 언론이 조용해진 걸 보면 혜성이 세긴 세. 그렇지?"

"음……흐음…… 하아."

"야. 이 새끼야. 소리 좀 그만 내라. 아예 먼저 3차를 가든지!"

"놔둬라. 마누라한테 기 눌려서 오랜만이라지 않냐."

"미친 새끼."

"야. 술이나 마시자."

"크하하하."

어깨를 훤히 드러낸 여자를 제 품으로 끌어당기며 술잔을 들어 보이던 남자와 그 친구들이 갑자기 터져 나온 웃음소리의 근원을 찾아 한쪽 구석으로 시선을 모았다. 소파에 푹 파묻힌 한 남자는 혼자만의 생각에

빠진 듯 커다란 웃음이 지나간 뒤 여운으로 흔들리는 몸을 추스를 생각
도 없이 테이블 맞은편 석벽에 새겨진 돌 문양을 쳐다보고 있었다.

"저 새낀 또 왜 저래? 야! 뭐가 그렇게 웃겨?"

"야. 너 뭐 좀 아냐?"

"맞다! 김재우, 한때 혜성맨이었잖아. 아는 거 있으면 말 좀 해 봐라.
엉?! 야! 재우야!"

그러나 남자는 친구들의 말에도 아무 소리가 들리지 않는 것처럼 저
혼자 키득거리며 계속 석벽만을 바라볼 뿐이었다.

"야! 됐다. 신경 꺼. 저 새끼 저러는 거 하루 이틀이냐? 미친놈은 놔두
고 술이나 마셔, 혜성 때려친 지 일 년이 넘은 놈이 뭘 알겠냐. 때려친 건
지, 쫓겨난 건지 모르지만."

괜히 술맛만 버렸다는 것처럼 인상 쓰며 친구들에게 술을 권하던 형
식에게 내려찍히듯 위스키 텀블러가 날아들었다. 단단한 유리잔을 아슬
아슬하게 피한 남자가 둔탁한 소리와 함께 석벽에 부딪혀 깨진 유리파편
들을 기막혀 쳐다보다가, 자리에서 벌떡 일어나 소리쳤다.

"이 새끼가! 야! 이 새끼야! 미치려면 곱게 미치지 왜 여기까지 와서
지랄이야!"

"봤어? 쫓겨나는 거 봤냐고!"

재우의 눈이 술도 별로 안 한 것 같은데 벌겋게 달아올라 있었다.

"못 봤다. 못 봤으니까, 모른다고 했잖아. 야! 입 연 김에 말 좀 해 봐
라. 너 때려친 거 맞냐? 그런데 왜 아버님까지 한꺼번에 같이 나왔냐? 아
님, 너 애초에 아버지 빽으로 들어갔다 무능력으로 아버지 나올 때 같이
내몰린 거냐?"

"개새끼 죽었어."

"어머! 꺅! 꺅!"

테이블을 타고 오르려는 재우의 움직임을 가까스로 저지한 한 친구가
그를 막아서는 사이, 시비가 붙은 남자는 더 흥분하며 소리를 높이기 시

작했다.

"야. 이 새끼야! 동창이라고 봐줬더니, 미친 새끼! 네가 지금도 잘나가는 줄 알아?! 누굴 아래로 깔봐!"

"야. 형식아, 그만해."

두 친구는 재우를 잡고, 한 친구는 시비 붙은 형식을 붙잡고, 소파에 기대 여색에 빠져 있던 창훈은 김샜다는 표정으로 원망스레 싸우는 친구들을 바라보며 인상을 쓰고 있는 사이, 좌석 사이사이에 앉아 있던 여자들이 재빨리 몸을 사리며 룸을 빠져나가고 있었다.

"그래. 야 인마, 그만하자. 모처럼 모였는데 이게 뭐냐."

"봐 봐! 이 새끼들아. 저 새끼가 아직도 우릴 지 호구로 보잖아! 저 새끼 작년에 지 아버지 퇴사할 때 같이 나와서 창업한다고 난리 치더니, 한 몇 개월 잘나간다고 떠벌리다가 지금 뭐냐? 엉?! 지금 아무것도 안 남았잖아."

"야! 형식아!"

남자를 붙들고 있던 한 친구가 형식 앞을 막아서듯 재우의 눈에서 가리며 그만하라고 말리고 있었지만 소용없는 일이었다.

"니들은 못 들었냐? 저 새끼 여기 나온 거 창훈이 아버지, MK지점장이라서 지금 융통하러 나왔을걸. 아냐?! 아냐? 인마?! 야! 김재우, 말해 봐. 말해 보라고! 이 새끼야!"

"야! 박형식 너 죽고 싶어?!"

두 친구에게 양쪽 어깨를 붙들린 채 성난 다리를 허공에 차올리는 재우의 눈에서 불이 튀는 것 같았지만, 한 친구에게 체면 차릴 정도로만 붙잡혀 있던 형식은 날 잡은 사람처럼 열린 입을 닫지 않았다.

"내가 인마! 너한테 죽으려면 태어나지도 않았어, 인마! 너 골로 갈 줄 내가 알았다. 학교 다닐 때 민지원, 기억이나 하냐?! 저 새끼가 학교 퀸카였던 애 아무도 못 건드리게 빼돌려서 연애하다가 결혼할 땐 걔 걷어 차고 집안 맞춰 결혼한 나쁜 새끼잖아. 저 새끼가! 니들도 기억나지, 어?! 저 새끼가 그런 새끼야. 그런 애도 잘난 혜성맨이라고 걷어차더니 이혼하고, 혜성 짤려, 사업 말아먹어. 꼴좋다, 이 새끼야. 잘났다, 인마!"

"저 새끼 왜 저래. 야! 형식이 데리고 나가. 빨리!"

"니가 뭔데 지원일 입에 올려!"

취해서 별로 흐느적거리지도 않는 몸으로 끊임없이 재우의 감정을 자극하는 형식은 분명 정신은 말짱해 보이건만 끝까지 물러서지 않았다.

점점 더 거칠어진 재우를 붙잡고 있기 힘들어진 두 친구 중 한 녀석이 형식을 붙들고 있던 친구에게 데리고 나가라 소리쳤지만, 이미 재우의 이성은 끊어진 상태였고, 두 사람에게 어깨가 잡힌 채로 대리석 테이블 사선 너머에 있는 형식에게로 달려가겠다고 발버둥을 치고 있었다.

"허이구. 버려 놓고도 아직, 네 여자다 이거냐? 미친놈. 너만 아니었음 이 새끼야……."

"야! 형식이 입 막어! 저 새끼, 왜 아직도 거기 있어! 빨리 안 데리고 나가?!"

대학시절 형식이 지원을 남다르게 봤었다는 건 친구들도 대충 눈치채고 있던 일이었다.

"내가 왜 나가! 이 새끼들아! 아직도 저 새끼가 혜성에 빡 있는 줄 알아?! 왜 아직도 호구짓들이야, 이 새끼들이!"

"야! 됐어. 형식아. 누가 호구짓을 해. 오랜만에 친구 만나서 하여튼, 술만 들어가면 이 새낀 개새끼 된다니까. 야! 가! 가자고, 인마!"

"아! 놔! 이 새끼야!"

창훈은 이미 슬금슬금 입구 쪽으로 몸을 사리는 중이었고, 형식을 잡고 있던 친구가 그를 뒤에서 감싸 안아 앞으로 밀어 대는 사이, 기어코 두 친구를 떨치고 테이블을 뛰어넘은 재우가 형식에게 날아올라 주먹을 날렸다.

"죽었어!"

퍼억!

"으윽……."

"아! 저 새끼, 잡어!"

퍼억!

"저 새끼들 좀 어떻게 해 봐!"

친구들 중 그래도 착한 녀석이 끈끈한 우정을 발휘해 보겠다고 덤벼들었다가, 뒤로 뻗는 재우의 팔꿈치에 얼굴을 얻어맞고 그대로 바닥에 나뒹굴었다. 친구들이 몰려들어 선의의 피해자를 구조하듯 뒤로 끌어냈지만, 더 이상 재우를 말린다는 건, 함께 저 광기 속에 휩쓸리겠단 뜻이라 판단했는지, 사건의 주범인 두 사람에게로 더 이상 다가서는 사람은 없었다.

피 터지는 형식과 미친놈처럼 핏물을 휘날리며 주먹을 내리꽂는 재우의 모습을 질린 듯 바라보던 창훈을 비롯한 여러 친구들은, 거칠게 열어젖혀진 문으로 주점 기도들이 뛰어 들어오고 나서야 정신을 차린 듯 두서없이 움직이기 시작했다.

기도들의 억센 힘에 유리벽에 빨판 달린 낙지처럼 붙어 있던 형식에게서 억지로 떨어져 나온 재우의 다리 아래로, 의식을 잃고 널브러진 유혈이 낭자한 형식이 모습을 드러냈다.

"여기, 저 친구 사촌이 지검에서 일하는데 조용히 지나갔으면 좋겠습니다."

피식, 같잖다는 비웃음을 내던진 기도 하나가 창훈과 그 옆에선 친구를 위아래로 훑어보는 사이, 못 말린다는 표정으로 인상을 구긴 한 친구가 119에 전화를 걸기 시작했다.

이른 새벽 공항으로 출발한 유 회장은 차 안에서 피곤한 눈을 감았다. 지난밤 아내의 절규하는 모습과 비틀린 감정의 잔재가 피로를 더하고 있었다.

'현민이가 좋다지 않소! 내세울 건 없지만 사람만 반듯하면 데리고 와서 다듬으면 되지!'

'그런 문제가 아니라잖아요! 그 아이, 두원 최대 주주면서도 그걸 속이더니, 지금도 제 것이 아니라고 거짓말을 하고 있어요. 반듯해요?! 최대 주주가 된 경로도 불투명한 애가요?!'

'그래서 뭘 어쩌자는 거요?'

'회장님께서 이 결혼 막아 주세요. 제 말은 안 들으니, 이번엔 회장님이 막아 주셔야겠어요.'

'나는 막을 생각이 없소.'

'회장님!'

'그렇게 모진 일을 또 해야겠소?! 일평생 힘들었던 삶을 현민이한테까지 주지는 맙시다.'

'회장님은 절대로 잊어주지 않으시는군요.'

'이제 와 지난 일을 탓하자는 게 아니요. 아들한테까지 모진 일하지는 말자는 거지.'

'회장님은 끝까지 그 여자 입장만 생각해 주고 계세요.'

'이 사람아!'

'아무리 현민이를 갖기 위해 동침한 날이 손에 꼽는다 해도, 법적으로 회장님 부인은 나예요. 사람들은 회장님처럼 씨앗 안 보는 분은 없을 거라고 대단하게 생각하지만, 회장님 가슴에 몇 십 년씩 품고 있는 여자가 있다는 걸 알면 다들 기함하겠지요?!'

'그 사람은 첩실이 아니야!'

'그렇겠죠. 회장님 기준으로는 첩실은 저겠지요.'

'그만하지.'

'뭘 그만해요! 그래요! 우리 어머니가 그 여자 데려다 몹쓸 짓 하고, 숨겼어요! 내가 그랬어요? 나도 그땐 어렸어요. 알고 있었다는 사실만으로 지금까지 죄책감 느끼며 살아야 해요?! 네, 성호그룹 살려 주신 거 감사해요. 하지만 친정 살려 주는 대신 씨받이 인생 산 저는 왜 불쌍하게 안 보세요? 그렇게 따뜻하다는 회장님 성품은 왜 제게만 안 베푸시는데요!'

'그리 살아도 좋다고, 결혼이 아닌 계약을 하자 한 건 당신이었소.'

'그래요. 내가 그렇게 말했어요. 하지만, 그땐 아이도 낳지 않은 어린 여자가 한 말이었어요. 당신 아이를 낳은 여자한테 정도 안 느껴지던가요?'

'내가 현민이 낳고 당신한테 어떻게 했었는지는 기억 못 하오?'

'하죠. 하니까 더 원망스러워요. 당신이 그 사실을 알았다 해도, 내가 당신 아이 낳은 여자라는 건 변함이 없는데, 어떻게 그렇게 단번에 달라질 수 있어요?!'

'그 사실이란 게, 그렇게 쉽게 이해될 일이오?'

'내가 데려다 죽인 게 아니라잖아요!'

'당신은 끌려가는 숙희를 보고 있었어! 당신도 여자잖소, 사람이잖소! 어찌 그리 당당하오! 한 번이라도 당신이 미안한 마음을 가졌더라면, 조금은 우리가 달라졌을지도 모르오.'

'끝까지 숙희! 숙희!'

'내가 사랑하는 사람을, 당신 어머님은 혼담이 오간다는 이유만으로 납치해서 배 속의 아이를 죽였어. 그것도 그 혼담을 내가 거부하고, 난 당신 얼굴도 모르고 있었을 때! 이게 말이 된다고 생각하오?! 당신은 내 아이가 당신 어머니 손에 죽임당하는 걸 알면서도 묵인했고, 그러고도 숙희를 찾아 헤매다 지친 내게 와서, 거래를 제안했었지. 자, 지금껏 내가 당신이 제시한 조건들을 들어주지 않은 게 있었소? ……적어도 내게 용서를 바랐다면 당신 어머님을 닮아 가진 말았어야지. 어떻게 아들 결혼을 제 마음대로만 휘두르려고 하는가!'

'현민이, 제 아들이에요.'

'……'

'제가 낳았어요.'

'알고 있소. ……이보, 현민이 엄마.'

'……'

'그 아이가 왜 그리 싫은지 잘 생각해 보고, 현민이에게 말해 보시오. 이 결혼이 되고 안 되고는 현민이가 받아들일 일이지, 사람이 형편없지

않은 이상, 내가 강제할 일이 아니오.'

'부회장에겐 말할 수 없어요.'

'……무슨 뜻이오?'

'말하면 제 부탁 들어주시겠어요?'

'…….'

'……그 아이 눈빛. 예전 회장님 그 사람과 똑같아요. 한평생 그 눈빛에 회장님 뺏기고 산 것도 모자라, 내 아들까지 뺏길 순 없어요. 견뎌 보려고도 했어요. 가지고 있는 걸 어느 정도만 넘겨도, 현민이에게 도움이 될 테니, 내가 참아 보려 했다고요. 그런데 안 한다잖아요. 제 걸 다 움켜쥐고 현민이만 달라잖아요. 전 그 아이, 못 받아들여요. 부탁드려요, 회장님. 그 아이와 저, 같이 얼굴 맞대고 못 삽니다.'

아내의 마지막 말이 뇌리에서 떠나지 않아, 회장님은 깊은 한숨이 내쉬며 공항이 가까워진 도심거리를 바라보고 있었다. 누구 하나 행복한 적 없는 인생에서 아들만은 건져 주고 싶었던 아비 마음이었다. 더 큰 것을 가져 보았으나, 하나가 빈 것으로써 모든 것이 무의미해질 수 있다는 것을 일평생 뼈저리게 느껴 온 삶이기에 더더욱 그러했는데, 아들을 낳은 아내. 어찌 됐건, 저의 핏줄을 이어 준 사람의 부탁이란 것이 참으로 무참했다.

"후우."

심부의 오랜 상처를 찢고 새어 나오는 유 회장의 한숨이, 인고의 세월만큼 담담히 들려왔다.

지난밤 지 변호사님이 돌아가시는 것을 보고, 늦은 시간까지 엄마를 풀어 드리려 노력했지만 아무 성과가 없었던 지원은 아침 일찍 회사로 돌아와 M.M.C 창립파티를 준비하며 하루를 시작했다.

M.M.C 건물 1층엔 반찬가게와 주변 오피스를 대상으로 주로 점심식사를 판매하는 식당, 그리고 아직 외부 활동을 거부하는 피해자들이 만든 소품들을 판매하는 샵이 마련되어 있었고, 2층부터 3층까지는

M.M.C 직원으로 일하는 엄마들과 자녀들이 함께 살아가는 사랑마을이 마련되어 있었다.

그 아이들이 엄마의 당당한 모습을 보면서 심리적 안정을 취하길 바라는 마음에 외부인사까지 초대한 창립파티를 계획한 지원은 아이들과 직원엄마들에게 정장을 선물하고, 파티플래너의 도움을 받아 헤어와 메이크업까지 책임져, 파티 말미엔 베스트드레서를 뽑아 시상하는, 그야말로 직원들이 즐길 수 있는 파티를 준비 중에 있었다.

그런 지원이 가장 밝고 신나야 할 오늘, 그녀는 많이 부어오른 눈을 오전 내내 차가운 아이스 팩의 도움을 받아 가며 조금씩 진정시키는 중이었고, 이따금씩 그가 보내왔던 문자를 들여다보며, 마음의 위로를 삼고 있었다.

[사랑해. 지원아. 준비 잘해. M.M.C 창립 축하한다.]

오전 회의 중이라 전화를 받지 못하자, 그가 보내온 아침 인사였다.

지난밤 내내 들었던, 남들은 아는 사실을 본인은 모르게 만들었다는 원망과 현민을 다시 만난다는 사실에 반대하시던 엄마의 목소리가 귀에서 떠나지 않아 힘들어했던 지원은 그의 문자를 보며 힘을 냈다.

서로 집안 정리가 될 때까지 한동안 연락하지 않기로 했지만, 그가 창립일이라며 문자를 보내왔듯이 지원도 그의 문자에 많은 힘을 얻고 있었다.

M.M.C 사옥과 성당에서 하루 종일 시간을 보낸 지원은 아침부터 명사들이 방문할 파티준비에 여념이 없는 파티 플래너들의 업무를 살피고, 모처럼 만에 자신을 꾸미는 M.M.C 직원들의 모습과 운동회 날 들뜬 아이들처럼 즐거워 보이는 아이들 모습을 눈에 담으며 함께 웃으려 노력했다.

그리고 저녁이 되어 업무를 마친 원컴퍼니 직원들까지 행사장인 성당 홀에 모이자, 지원도 행사의상으로 갈아입고 나왔다.

얼마 전 새로 지어 넓고 탁 트인 공간을 자랑하는 성당 교육관 2층 홀은 희망을 주제로 코발트블루와 화이트 컬러로 컨셉을 잡아 기본 화이트로 테이블과 체어 커버를 선택하고, 테이블마다 놓인 게스트 네임카드나

M.M.C 로고와 부분 조명은 딥블루로 통일하여 전체적으로 여름파티에 어울리는 깔끔하고 시원한 느낌이 들도록 꾸며져 있었다.

테이블 중앙을 장식한 어레인지먼트는 포디움과 연한 연둣빛이 도는 작은 수국송이, 싸리꽃들을 섞어 우아하고 싱그러운 분위기를 더했고, 해지기 전 시작된 파티라 조명효과를 높이기 위해 빛이 차단된 대신 사방에서 시원하게 불어오는 에어컨 바람 때문에 민소매 원피스를 입은 지원은 살짝 추위를 느끼고 있었다.

U라인 넥에 민소매 블랙 실크가 몸을 타고 흐르다 허리 부분에 광택나는 에나멜 블랙벨트로 장식된 상의는 벨트 아래로 풍성하게 부풀린 페플럼 탓에 가는 허리가 더 강조된 디자인이었고, 블랙 H미디라인 스커트로 마무리되어 있었다. 옆 가르마로 한쪽 이마와 눈썹을 살짝 가리며 내려뜨려진 앞머리와 뒷머리가 우아한 업스타일로 마감된 헤어스타일은 누드 메이크업과 함께 지원의 도회적인 이미지를 한층 더 돋보이게 만들고 있었다.

여느 호텔 그랜드홀 만만찮은 크기인 성당 홀은 초대된 손님은 물론 예고 없이 찾아온 손님들로 3층까지 임시석을 만들어야 할 만큼 성황을 이뤘고, 익스피어리언스 4코스로 계약한 연회음식이 셀러 쉐어링 세트 4코스로 업그레이드 되어 준비된 경미한 착오 외엔 별 탈 없이 진행되고 있어 다행이라 생각했는데. 정작 문제는 전혀 예상치 못한 곳에서 생겨났다.

"무슨 일이죠?"

"전에 사장님께서 KNN에서 마리아의 집이랑 조인해서 다큐멘터리 제의 들어온 거 거절하셔서, 저희도 신원 공개되는 방송은 알아서 차단하고 있었거든요. 그런데 창립기념식 한다니까 지역신문사에서 간단히 취재만 해 간다기에 홍보 차원에서 그 정도는 괜찮다고 이사님이 허락하셔서 오케이했었는데, 이상하게 어떻게 알고 왔는지 대형신문사 기자들이 여럿 와서 사원들 사진도 찍고, 사장님 인터뷰도 해야 한다고 들어가게 해 달라고 그러는 통에 지금 이사님이랑 실장님들이 막고 있어요. 남자사원들 불러서 어떻게 해 볼까요?"

지우 씨의 말에 지원은 고개를 갸웃거리다 연회 메뉴 업그레이드에 비용까지 완불한 두원유통 사장과 국회의원들을 몰고 온 두원그룹 회장을 떠올리며 미간을 찌푸렸다. 직원들을 위한 파티가 원치 않게 그룹 창립파티 규모로 변질되어 가는 분위기에 맘이 좋지 않았다.

송지우 씨와 아래층으로 내려가자, 취재를 거부하는 행동에 이해할 수 없다는 표정을 짓는 기자들과 촬영 기자들이 둘째라 이젠 제법 배가 볼록하니 솟아오른 언니 예원 앞에서 잔뜩 성난 표정을 짓고 있었다.

"어떻게들 알고 오셨어요? 더우신데 이쪽으로 들어오세요."

지원은 화사하게 웃으며 다가갔다. 아무런 거리낌 없이 기자들을 건물 안, 비어 있는 작은 방으로 안내하는 지원의 행동에 취재진들의 표정은 조금이나마 풀린 듯했고, 지금껏 취재요청을 거절하느라 땀까지 흘리고 있던 원컴퍼니 직원들은 허탈하게 진이 빠진 표정으로 지원을 바라보고 있었다.

"우리 사원들 얼굴 찍힌 건 없죠?"

"네. 아직은 없습니다. 사장님."

"그럼 됐어요. 이젠 내가 알아서 할 테니까. 좀 쉬었다가 파티 참석하세요."

지원이 직원들을 다독여 올려 보내자, 예원이 다가와 지난밤부터 무리하는 동생의 등을 툭툭 쳐 주고 올라갔다.

지원은 졸지에 프레스센터가 된 작은 방으로 들어가, 사원들의 특수성으로 사진 촬영은 안전과 결부된 사항이니 절대 금해 달라고 먼저 입을 열었다. 파티 시작 직전이라 긴 인터뷰가 곤란한 만큼, 보도 내용은 M.M.C 홈페이지 기업 소개란을 참고해 달라고 말하며, 앞으로 비전을 간단히 설명한 뒤 기자들에게 식사를 권하며 인터뷰를 마쳤는데, 등 뒤에서 그녀의 발길을 붙잡는 목소리에 몸을 돌렸다.

"사장님, 미인이신데 사장님 사진이라도 한 장 실으면 안 되겠습니까? 요즘 독자들은 활자로만 된 기사는 답답해서 안 읽습니다! 행사장도 못 찍으면 대표님 사진이라도 찍어야죠."

"죄송해요. 저는 원래 사진을 안 찍습니다. 바로 옆이 M.M.C 사옥이 니까 건물 외관 사진은 신문에 실으셔도 됩니다. 그럼 기자님들 자리는 3층에 마련해 놓았으니까 그쪽으로 자리 옮기셔서 꼭 식사하고 가세요. 좋은 기사 부탁드립니다."

지원은 방을 빠져나와 파티 시작도 전에 지쳐 가고 있는 몸을 느끼며 2층 행사장을 향해 걸음을 옮겨, 이사로서 단상에 오른 언니의 인사말과 말 잘하기로 유명한 교육팀장이 단상 위에 올라 M.M.C에 대해 간단히 소개하는 모습을 지켜보았다.

단상 앞쪽에는 두원가의 두 형제들과 그들이 대동하고 나타난 거물급 국회의원들의 모습이 보였고, 그 옆에는 지 변호사님, 신부님. 마리아 수녀님과 안나 수녀님 그리고 빈 의자 2개가 보였다.

그 옆 테이블에는 방금 단상에서 내려온 언니 예원과 형부, 조카 예린과 엄마 사이에 파티 진행을 돕는 원컴퍼니 직원 한 명이 끼어 앉아 있었고, 또 그 옆에는 스카이병원장님과 모처럼 얼굴을 본 윤 실장, 그리고 임 원장님과 현재 원컴퍼니에 의뢰 중이신 클라이언트 병원장님 여러분이 자리하고 계셨다.

구의원들과 구청 실무자들의 테이블 옆으론 어느 인맥을 따라왔는지 모를 사람들과 거래처 사람들, 원컴퍼니와 M.M.C 직원들, 진해 마리아 마을에서 올라온 아이들과 센터 직원들까지 모두들 편안하게 누가 누군지도 잘 보이지 않는 어둠에 묻혀 가끔씩 잔을 들어 올리며 행사를 지켜보고 있는 모습이 보였다.

하루 종일 먹은 것 없던 지원은 목이 타는 것을 느끼면, 지나가는 웨이터에게서 아이들 테이블에 놓일 오렌지주스 한 잔을 건네받았다. 달콤하고 차가운 주스가 입안에 들어가니 지쳤던 몸이 조금 기운은 내기 시작하는 것 같아 쉼 없이 목 안으로 넘기는데.

"목말라요?"

지원은 가까이에서 들려오는 목소리에 깜짝 놀라 동그래진 눈으로 고개를 돌렸다가, 턱시도를 입고 당당하게 서 있는 풍채 좋은 젊은 남자가 눈에 들어오자 고개를 숙였다.

"오셨어요."

윤 의원은 전보다 좀 마른 듯, 턱 선이 예리해진 얼굴로 웃고 있었다.

"축하할 일이니 당연히 와야죠. 자리에 가서 앉지 그래요. 빈자리가 허해 보이는데."

지원은 지 변호사님 옆에 비어 있는 의자를 바라보며 또 하나의 빈자리가 윤 의원의 자리라는 것을 깨달았다.

"윤 의원님께서 먼저 자리에 앉으셔야 될 것 같은데요. 지 변호사님 적적해 보이세요."

"난 지 변호사님이 아니라 친구 축하해 주러 온 거예요. 축하해요, 지원 씨."

"……네, 와 주셔서 감사합니다."

"……그럼, 좀 쉬었다 와요. 난 먼저 가 있을게요."

눈 속에 많은 이야기를 담고 있던 윤 의원은 지원이 불편하지 않도록 자리를 비켜 주었고, 잔을 내려놓은 지원은 제 손에 끼워져 있는, 그래서 엄마에게 더 많은 원망을 들어야 했던 약혼반지를 만지작거렸다.

잠시 뒤 제 순서가 되어 단상에 오른 지원은 조명을 받아 더 하얗게 반짝이는 피부로 빛을 내며, 미모뿐 아닌 지성과 의지력을 갖춘 사업체의 대표로서 인사말을 이어 나갔다.

"안녕하십니까? 저는 원컴퍼니 대표이자, 새로운 사회적 기업으로 태동하는 M.M.C 대표를 맡게 된 민지원입니다."

인사말이 마이크를 통해 울려 나오자 기념 사진촬영을 도맡은 J플랜 식구들과 이 실장에게 의뢰받은 사진작가가 바쁘게 플래시를 터트리는 가운데, 지원은 준비해 온 인사말을 부드럽게 이어나갔다. 그런데 잠시 후 갑자기 사람들이 술렁거리며 뒤쪽으로 고개를 돌아보기 시작했고, 지원의 시선도 그리로 향했다. 사람들의 시선을 한 몸에 받으며 사회자로 참석한 젊은 남자 아나운서와 J파티플랜 이 실장에게 안내받아 앞쪽 테이블로 걸어오고 있는 사람은 현민이었다.

비록 굳은 표정의 어머니와 다른 사람들의 시선을 고려해 웃어 보이지는 않았어도, 충분히 힘이 되어 줄 만큼 따뜻한 눈빛으로 그가 지원을 똑바로 쳐다보며 앞을 향해 걸어오고 있었다.

지원은 잠시 말을 멈췄다가 저와 현민을 깊어진 눈으로 바라보는 윤 의원의 시선에 이내 침착을 되찾고 준비해 온 나머지 말들을 이어 나가기 시작했다.

현민은 급하게 준비된 두원 회장 옆자리에 앉으며 손 내밀어 악수 청하는 사람들과 되도록 조용히 인사를 나눈 뒤 지원의 말을 경청했고, 지원이 말을 마친 뒤 단상에서 내려오며 눈을 마주치자 잘했다는 듯 고개를 끄덕여 주었다.

귀빈 소개 순서에 다른 사람들과 마찬가지로 현민도 일어나 뒤를 돌아보며 인사하고 박수를 받았고, 디너메뉴들이 서빙되어 식사하는 가운데도 자리를 지켜, 마리아마을과 사랑마을 아이들이 꾸민 중창단 공연과 독창 공연을 끝까지 지켜보았다.

식기 부딪치는 소리, 사람들의 낮은 대화 소리가 소음처럼 공간을 부유하고, 이따금씩 저 멀리서 웃음소리도 들려오는 가운데, 조용히 지원에게 집중된 현민의 시선은 행사 내내 여러 사람들과 인사 나누며 제 역할을 다하고 있는 지원에게서 끝까지 떠나지 않았다.

다음 날, 원컴퍼니 사장실에는 화가 머리꼭대기까지 난 지원이 거친 숨을 몰아쉬며 방금 앉았던 책상에서 일어나 빠른 걸음으로 주차장이 내다보이는 창가를 향해 걷고 있었다.

"왜 그렇게까지 화를 내니? 이젠 숨을 이유 없잖아?"

"이건 초상권 침해야! 난 분명히 사진 찍지 말라고 했어! 건물 사진만 허용했단 말야!"

"그래. 그건 그쪽에서 잘못한 거야. 그래서 국장이 사과도 했고, 그거다 두원 회장님이 사진 한 번 실어 주라고 그래서 그렇게 된 거라며. 그러면 신문사만 잘못했다고 할 수도 없잖아. 신문사랑 두원 회장이랑 엮어서 고소라도 할 거야? 손해배상이라도 받을 거냐고?!"

"마음 같아선 그렇게라도 하고 싶어."

"지원아! 너 진짜! ……솔직히 말해! 너 또 뭐 있지?! 너답지 않게 왜 이래?!"

"아무 일 없어. 그냥 화가 나. 아무리 내 사업에 도움 되라 그랬다만, 기만당한 거잖아! 그 기자들 내 사진 안 찍을 것처럼 그랬었단 말야! 아, 정말! 저 사람들 아직도 안 갔어!"

전체적인 모습은 잘 보이진 않았지만, 골목길에 서 있는 사람이 아까 담당기자라고 사과드리러 찾아왔다는 사람이란 건 확실했다. 잘 묶여 있는 머리카락을 괜히 한 번 더 쓸어 올린 지원이 어디론가 다시 전화를 걸기 시작했다.

"국장님! 정말 이러실 거예요?! 이미 나간 기사, 담당기자가 고개 한 번 숙이면 다 회수됩니까?"

전화기 속에서 뭔가 남자 목소리가 계속되고 있었다.

"정말이죠?! 그럼 5분 드릴게요. 그 안에 저 사람들 제 눈앞에서 사라지지 않으면 저 바로 경찰에 신고하고, 고소장도 접수할 거예요. 이런 식으로 사람 감정 건드리지 마세요. 제 사진을 어떻게 두원 회장님 허락받고 실었다고 답하실 수 있는지 정말 말이 안 나옵니다."

전화를 끊은 지원은 포니테일로 묶었던 머리를 풀어내며 이마를 문질렀다.

"간대?"

"전화한대, 곧 갈 거래."

예원의 목소리에 조금 진정된 지원의 목소리가 들려왔다. 지난 8년 동안 한 번도 내 본 적 없는 높은 소리로 신문사 직원들과 싸운 지원의 목소리는 반쯤 쉬어 있었다.

"그래? 그럼 해결됐네. 지원아. 이번엔 그냥 넘어가자. 홍보비 줄었다 생각하고 말아. 나쁜 기사에 네 얼굴 나온 것도 아니잖아."

지원은 언니의 얼굴을 멍하니 바라봤다. 지원은 지금 언니에게 자신이 왜 불안한지 말하는 것은 자신의 상처를 쉽게 잊고, 가볍게 생각하는 사람에게 쫓아다니면서까지 기억해 달라고 사정하는 기분이 들어 입을 다물었다. 잊혀지지 않는 것을 기억하는 건 저 혼자였다.

"그만 가. 혼자 쉬고 싶어."

"그래, 너 쉬는 동안이라도 말하지 마. 잘못하면 목소리 완전히 쉬겠다. 그리고, 엄마 오늘도 많이 우셨대. 내일이라도 찾아가 봐."

"알았어. 가."

"……그런데, 지원아. 나도 아직 널 다 이해하는 건 아니야. 언니 이전에, 결혼 선배로서 말하는데 반대하는 결혼, 쉽지 않다."

"알아."

"그래. 쉬어."

언니의 표면적인 위로를 받으며 지원은 책상에 엎드려 차가운 책상에 머리를 그대로 내려놓았다. 뺨으로 차가운 기운이 전해져 오자 시원한 기운에 기분 좋은 듯 지원은 눈을 감았지만 잠시 뒤 감긴 두 눈 사이로 투명한 물방울들이 새어 나와 천천히 책상 유리에 둥글게 고이기 시작했다.

언니의 말이 오늘따라 하나도 고맙지 않았다. 먼저 느껴 버린 서운함이 커서였을까. 좀처럼 가슴이 싸아한 느낌은 줄어들 줄 모르고, 서럽고 외롭기만 했다. 막연한 두려움. 이런 기분일 때 그 사람에게 전화 걸어, 보고 싶다고…… 마음이 힘드니까 얼굴 보고 안아 달라고 투정할 수 있는 상황이면 얼마나 좋을까.

하지만 더 이상 이런 일, 과거로 인한 감정을 그에게 토로하고 싶지 않았던 지원은 이미 정해진 대로 서로의 집안 반대를 잠재울 시간을 갖기로 했으니, 그 시간을 지켜 내고 싶었다.

바람이 불면 바람이 부는 대로 이리저리 휘날리지 않고, 정해진 것들을 지켜 나가며 굳건한 사랑을 키우고 싶은 바람이었다.

그렇지만 쓸쓸한 외로움 속에 그를 그리워하는 것만은 막을 수 없었다.

"오빠. 나…… 무서워."

책상에 한쪽 뺨을 대고 있던 지원의 감긴 눈에서 다시 새로운 눈물방울이 새어 나오고 있었다.

잠시 쉬었다 가자 먼저 말한 건 자신이면서 그리워 우는 것도 자신인 지금 상황이 너무나 마음에 들지 않았다. 지원은 어젯밤, 창립식 행사장에서 봤던 그의 마지막 모습을 떠올렸다.

'안녕하십니까. 어머님 오랜만에 뵙겠습니다.'

그의 인사를 외면하는 엄마의 모습에 얼마나 두 볼이 뜨거워지던지. 그의 어머님에게서 받았던 서늘함만큼이나 모진 엄마의 시선에 그가 끝까지 깍듯이 예의 차리고, 인사하고 돌아가는 모습을 지켜보며 마음이 많이 아팠었다.

괜찮다고 말하는 것처럼 걸어가다 잠시 뒤돌아서서 살짝 고개 끄덕여 주었던 모습조차, 지원의 마음을 불편하게 만들었고, 그때 느꼈던 감정은 어머님을 혼자 만나지 말라고 말했었던 그의 말에 어떤 감정이 담겨 있었는지 짐작할 수 있게 될 만큼 미안하고, 미안한 것이었다.

지원은 불안과 허전함 속에 몸살 기운을 느끼며 자리에서 일어나 집으로 걸음을 옮겼다.

'괜찮아…… 괜찮을 거야……'

계단을 오르는 지원의 생각이 주문처럼 되뇌어지고 있었다.

현민은 통화업무를 마친 뒤 전화를 끊다가 손에 든 수화기를 낯선 물건 보듯 내려다보았다. 조용히 수화기를 내려놓고서 잠시 생각에 잠기는 듯하더니 자신의 휴대폰을 꺼내 들어 단축키 1번을 누르는 현민의 손짓이 신중했다.

새로운 번호가 당당히 그의 휴대폰 단축번호 1번을 차지하게 된 것도 얼마 되지 않았는데, 말로 해선 안 되는 세호를 손봐 주고, 어머니께서 현실을 직시하실 시간을 드리며, 아버지가 돌아오시길 기다리는 시간 동안 지원에게 접근금지 명령을 받고 말았다.

현민은 알고 있었다. 지원은 그 핑계로 장모님과 부딪혀 서로 안 좋은 기억 남기게 될 가능성을 먼저 제거한 것이란 것을. 그랬기에 현민은 더 열심히 지원을 위해 바닥을 깨끗하게 만들려 노력하고 있었다.

세호는 분식회계와 허위공시로 검찰 조사를 받게 되었고, 주식은 작전 첫날 장 시작 동시호가 때 하안가를 친 것을 시작으로 지금까지 매일 사이드카가 발동되고 있었다. 대부분 증시 자율반응이었지만, 조금이라도 관망세로 돌아설 기미가 보이면 해외자금을 동원해 매도 세력을 키움으로서 끊임없이 하안가 행렬을 이어 가게 만들고 있었다.

그렇게 소생의 여지를 없애는 동안 세호는 언론에 의해 처참하게 물어뜯겼고, 회생자금을 마련하기 위해 경영진들이 보유지분을 급히 주식시장에 내놓으면 지석이 운용하는 팀에서 비밀리에 전량을 매집해 들였다.

그 상황을 뒤늦게 눈치챈 지 회장은 이제야 측근들과 대책회의를 벌이고 있다고 보고받았다. 그러나 이미 소액주주들에 의해 임시주총이 발의되었기에 현민은 이제 이사진들이 경영진 해임 안건을 발의하길 기다리고 있었다. 지금 속도라면 아버지가 돌아오실 무렵이면 이 일의 성공 여부가 확실히 눈에 보이게 될 것이었다.

'그래, 지원이에게 이 정도 할 말이 생겼으면 그 핑계로 목소리라도 한 번 들을 수 있지 않을까.'

적당한 핑계 거리를 생각해 냈다 싶었던 현민이 휴대폰의 숫자 1을 길게 눌렀지만, 오랫동안 통화 연결음만 들려오는 전화에 현민은 전화를 끊으며 쓴웃음을 지었다.

여전히 고지식하긴. 끄응, 하는 한숨을 내쉰 현민은 저 혼자 고개를 끄덕이며 휴대폰을 내려놓았다.

괜찮다. 지원은 그 자리에 변함없는 마음으로 있을 것이고, 자신은 그녀에게 당당한 모습으로 돌아갈 것이기에. 지난 1년간 그림자만 붙잡고 산 세월을 견딘 현민은 이마저도 지원에게 고맙게 여겼다.

지원은 현민이 아는 집, 들어가 본 공간, 그리고 아는 사람들 틈에 안전하게 있을 것이고, 지금도 장모님을 설득하기 위해 애쓰고 있을 것이기에 참을 수 있었다.

지원은 현민이 짐작하는 것처럼 그렇게 지내고 있었다. 엄마를 찾아뵙고, 다시 한 번 설득당하고, 또다시 못 헤어진다는 강경한 입장에 실망한 엄마의 눈물을 보고…… 언니의 회유와 아무에게도 설명도 의지도 할 수 없는 불안을 느끼며 지원은 그렇게 토요일을 보내고 일요일 오후가 돼서야 엄마의 집에서 빠져나와 푸른 사회복지재단 후원인의 밤에 참석하기 위해 마울른 호텔로 향했다.

200여 평이 조금 넘는 그랜드볼룸 홀에는 요즘 들어 부지런히 행사를 쫓아다닌 것이 도움이 됐는지, 제법 낯익은 사람들이 많이 보였다. 그들과 인사를 나눈 뒤 식이 시작되어 8인석으로 세팅된 테이블에 지원이 앉자, 다른 사람들도 속속들이 착석하기 시작했다.

"혼자 왔어요?"

무료하게 고정되어 있던 지원의 고개가 한쪽으로 돌아갔다.

"어?"

"어? 반가워해 주니 기분 좋은데요? 훗."

윤 의원이 편안하게 웃으며 옆자리에 앉자, 지원도 편안하게 웃음이 나왔다. 그럴 정도로 그에 대한 마음이 편해졌다는 것이 스스로도 놀라웠고, 한편으로 다행스럽게 생각했다.

"나 보고 웃는 거, 오랜만인 거 알아요?"

웃는 얼굴로 살짝 몸을 기울여 말해 오는 윤 의원 아니, 친구 윤지환의 모습도 아직은 노력이 섞인 모습이라 해도 편안해 보여 다행이었고.

"자꾸 그러면 미안하잖아요."

"그럴 것까진 없고요. 편하게 대해 주니까 좋아서 그래요."

얼굴에 미소를 담고 있던 지원의 시선이 윤 의원의 뒤편으로 향해 동그랗게 커졌다. 지원의 고개가 빠른 속도로 윤 의원을 향했다.

"사모님도 오셨어요?"

"누구요?"

"김민희 사모님이요. 윤 의원님 어머님."

"아, 저 사실 여기 아버지 특명으로 어머님 에스코트하러 온 거예요. 일하러 온 거 아닙니다."

그러고 보니, 그의 주변엔 늘 따라다니던 보좌관 모습이 안 보였다.

"아…… 저는 그럼, 사모님께 인사드리고 와야겠어요. 저쪽에 계시는데……."

"같이 가요, 그럼. 여긴 내 자리도 아닌데, 지원 씨도 없이 혼자 있긴 좀 그러니까."

"아, 네."

지원이 자리에서 일어나고 윤 의원이 따라 일어서며 뒤를 따르기 시작했다. 무대 쪽으로 향하는 시선에 거슬리지 않게 사물은 구분되지만 어느 정도 빛이 차단된 우아한 분위기의 어둠 속에서 지원이 조금씩 앞으로 향하다, 갑자기 우뚝 자리에 멈춰 섰다.

"왜요?"

뒤따르던 지환의 물음에도 마른침을 삼키며 앞을 보고 서 있던 지원이 '아니에요.'라고 말하며 다시 앞으로 걷기 시작했을 때 지환은 어머니 옆에 앉은 날카로운 눈매의 중년 여인을 볼 수 있었다. 그 시선만으로도 지원이 왜 멈춰 섰는지 충분히 짐작하고도 남을 만큼 적대적인 눈빛을 거리가 가까워지고 있음에도 피하지 않고 계속 쏘아 내고 있는 분을.

"아이구, 이게 누구야. 우리 민 실장, 이게 얼마만이야."

테이블에 다 다가서기도 전에 자리에서 일어나 반갑게 손잡으며 맞아주시는 국회의장 사모님의 환대에 지원은 마음이 뭉클해졌다. '그래…… 나도 늘 밉다 소리 듣던 사람은 분명 아니었는데…….' 하며 저절로 지어지는 반사적인 미소를 담은 지원이 인사를 올렸다.

"안녕하셨어요? 사모님."

첫 번째 인사는 김민희 사모님께,

"안녕하셨습니까?"

두 번째 인사는 사랑하는 사람의 어머님에게.

"내 민 실장, 아니 민 사장 잘됐다는 소식은 전해 들었어. 큰일 한다며."

두 번째 인사드린 분이 고갯짓도 없이 완벽히 인사를 무시하시는 것에 상처받기도 전에, 따스한 기운이 전해져 와 지원은 눈길을 돌렸다.

"아니에요, 크긴요. 회사 열면서 사모님께 소식도 전해 드리지 못하고, 죄송합니다."

"아니야. 죄송하긴, 우리 민 실장 머리 좋고 사람 바른 거야 아는 사람들은 다 아는 일이었지만, 누가 사업까지 이리 잘할 줄 알았을까. 복덩이야, 복덩이. 볼수록 아까워."

칭찬을 들어서가 아니라, 고마워서 자꾸 미소가 지어지고, 마음이 찡해져 왔다.

"어머니 그만하세요. 이제 겨우 친구 됐는데, 지원 씨 부담되면 저 친구도 못 해요."

"그러게 내가 진작 잘 좀 하랬지. 이런 사람 또 어디서 찾는다고, 엄마가 몇 년을 공을 들여서 귀한 처자 있다 알려 줬더니, 그 맘 하나를 못 잡아."

믿지 않은 나무람에 윤 의원은 미소로 넘어갔지만, 지원은 곤란하기 짝이 없었다. 하나둘 주변의 시선이 모였고, 바로 앞에 앉아 자신을 쏘아보는 시선도 편치 못했다.

"우리 어머니가 지원 씨 놓치고 나서 저한테 불만이 이만저만이 아니세요. 지금처럼 사람들 많은 곳에서도 이러시지만, 집에서는 더한 소리도 듣습니다."

"금방 좋은 분 만나실 거예요."

"글쎄. 내 아들이지만, 윤 의원 마음이 그리 가벼운 편은 아니라서."

사모님 대답에 지원의 고개가 숙여지다 또다시 서희 여사와 눈이 마주쳤다. 등줄기에 살얼음이 끼며 따닥따닥 소리와 함께 얇은 편이 갈라지는 냉한 기운이 몰려 들어왔다.

"어머니, 인사 다 나누셨으면, 지원 씨랑 저 그만 가 보겠습니다. 지원 씨가 지 변호사님 만나기로 되어 있어서 지금 가 봐야 될 것 같아요."

"그래? 그럼 가 봐야지. 민 사장, 전화해 좀 해. 응? 조심해서 가고."

"그럴게요, 사모님. 다음에 뵙겠습니다."

김민희 사모님께 인사드린 지원은 여전히 쏘아보시는 서희 여사를 바라보았다.

"그럼, 먼저 가 보겠습니다."

또다시 침묵으로 묵살당한 지원의 인사. 이번엔 제 할 일을 마치고 돌아서는 지원 대신, 윤 의원의 눈살이 찌푸려졌다. 지원이 등을 보이며 걸어 나가고, 그 뒤를 서희 여사의 화살 같은 시선으로부터 지원을 막아서듯 윤 의원이 뒤를 따랐다. 김민희 여사는 그 모습을 흐뭇하게 바라보다 제자리에 앉으며 곁에 앉은 서희 여사에게 고개를 돌렸다.

"사모님, 우리 민 사장 아세요?"

무대를 향해 시선을 돌린 서희 여사의 답은 매우 짧았다. 어찌 보면 무례할 만큼.

"모릅니다."

그렇지만 김민희 여사의 말은 물 흐르듯 자연스럽게 지원에 대한 이야기로 흘러갔다.

"그러셔서 인사를 안 받으셨군요. 하긴, 우리 민 사장이 그런 사람입니다. 잘 알든 모르든 꼭 어른 보면 깍듯하게 예우를 다하지요."

제 자식 자랑하듯 흐뭇해하는 의장댁 사모의 표정이 서희 여사의 눈에 거슬렸다.

"사모님께서 남의 일에 이렇게 많이 말씀하시는 거 처음 봅니다."

"과하게 칭찬해도, 그릇이 커서 결코 감당 못 해 넘칠 사람이 아니랍니다. 우리 민 사장 외모나 분위기도 깔끔하지만, 행실이나 생각이 저만치 반듯한 사람 못 봤으니까요. 우리 민 사장이 병원에서 일하던 사람이었는데, 그때 웬만한 집안에선 다 한 번씩 눈여겨봤던 사람이었어요. 자기가 싫다 싫다 사양만 안 했어도 지금쯤 어느 좋은 집안의 귀한 며느리돼서 복덩이 소리 듣고 살 사람입니다."

"복덩이요?"

조소, 그렇게까지 말하는 김민희 여사에 대한, 그렇게 불리는 밉살스런 아이에 대한.

"남자에게 가장 중요한 복은 다른 거 다 제쳐 두고 아내 잘 만나는 복이지 않습니까. 명예, 부귀…… 같이 지켜 주고, 불려 주지 않으면 한순간에 날아가는 건데, 우리 민 사장처럼 믿을 수 있고, 매사 열심인 사람 없을 겁니다."

"그렇게 마음에 드신다니, 며느리 삼으시지 그러십니까."

"우리 의장님이나 저나 그러고는 싶은데, 그게 인연은 어떻게 맘대로 안 되나 봅니다. 몇 년을 청을 넣어도 사양만 하더니, 이젠 자기 일에 저렇게 빠졌으니…… 그래도 저렇게 가끔 친구처럼 얼굴이라도 보다가 정 붙기를 기대해 봐야겠지요."

겉으로 보여지는 깨끗함과 치장이 생명인 정치인 집안이. 그럴 리 만무하다 여기며 비웃던 서희 여사의 미소가 한순간에 비틀렸다.

"윤 의원, 급하지 않습니까? 다음 총선 준비하려면 말입니다."

"그렇기야 하지만 인륜지대사를 그런 이유로 맘에 없는 사람한테 밀어 붙일 수는 없는 일이니까요. 마음 따라 정이 붙어야 제 짝 아니겠습니까."

회장님이 출국하신 후 몇 십 년 동안 자신을 옭아맨 굴레를 더 이상

견딜 수 없어 숙희를 찾아갔었던 서희는 며칠 동안 앓아누웠다가 겨우 이 행사에 참여한 것이었다.

그런 자리에서 또다시 숙희와 똑같은 눈빛을 가진 민지원이란 아이를 본 것만으로도 심기가 편치 않은데 오늘따라 국회의장 부인이 말의 저를 찔러 대는 것 같아 지워 보려 노력 중인 며칠 전 기억이 다시 되살아났다.

숙희라는 여자는 아직도 뭘 바랄 것이 남았다고 여기서 버티고 있냐는 서희의 말에 혜성그룹 사모님으로 오신 건지, 아니면 지난날 흉한 일 하신 분의 따님으로 오신 건지 물어 왔다. 20대 초반 덜덜 떨며 겁에 질려 병원으로 끌려 들어가던 비굴한 모습은 온데간데없고, 담담한 어조로 물어 오는 숙희는 여장부의 면모를 갖추고 있었다.

'왜 여기 남아 있느냐, 뭘 바라냐고 물으셨습니까?'

라고 물은 숙희는 보여 줄 것이 있다며 손님들에게 개방되지 않는 후원으로 서희를 안내하더니 작은 개울물 앞에 서서 걸음을 멈췄다.

'이 개울물이 제가 이곳에 머무는 이유입니다. 이곳의 이름은 예. 선. 재. 고요할 예(瘱), 바를 선(善), 명복을 비는 불공 재(齋)자를 쓰고 있습니다. 그래서 이곳에서는 아무리 중요한 분들이 많이 드나드셔도 술과 가무, 여자가 없는 것입니다. 그리고 여사님이 서 계신 바로 그 자리. 그 자리가…… 제가 아기를 떠나 보낸 자리입니다.'

서희는 그때 너무 놀라 비명같이 쇳소리를 토해 내다 숨이 막혔다. 얼마나 사지가 떨리고, 심장이 내려앉는 것 같았던지 일평생 외면하고 싶었던 두려움의 근원에 선 충격에 온몸이 휘청이다 주춤거리며 숙희라는 여자 앞에서 뒷걸음까지 쳤다.

그러다 곧 정신을 차렸다. 제 눈으로 분명 병원에 끌려 들어가는 여자를 보았었는데 지금 이 말이 무슨 말인가 싶어 숙희를 노려보았다. 그러자 숙희는 속내를 알 것 같다는 표정으로 말을 이었다.

'네, 제 아이는 사모님이 아시는 대로 홍 박사와 여사님 어머님에 의해 강제죽음당했습니다. 배 속에 품고만 있었던 제 아기는 사모님의 결혼 성사를 위해 제 품에 한 번 안기지도, 젖도 물어 보지 못한 채 그 병원에서 의료 폐기물 더미에 섞여…… 어딘가에서 태워졌겠지요.'

그 순간에도 숙희는 안도했었다. 저가 아는 것처럼 숙희가 남편의 아이를 품었던 것은 단 한 번이었고, 제가 선 자리도 진짜 아이가 떠나간 자리가 아니었음을 다행이라 여겼었다.

그래서 말장난하러 여기까지 끌고 온 것이냐 따질 수 있었고, 숙희는 어느 어미가 제 자식, 그것도 낳아 보지도 못하고 잃은 자식을 놓고 그 자식을 해한 사람 앞에서 장난을 친단 말이냐며 피를 뿜는 노여움이 담긴 눈빛으로 호통을 쳤다.

'제겐 첫 아이자, 유일한 아이였습니다. 사모님이 부회장님 가지셨을 때 느끼셨을 모든 감정을 저도 그 아이를 통해 느꼈고, 아이가 생긴 것을 알고부터는 매일마다 일기를 썼습니다. 사모님 어머님 손에 수술대에 묶이기 전까지는 가진 것 없어 회장님은 잃어도, 그렇게 계속 피해 다니면 아이만은 지킬 수 있을 거라 믿었었던 바보 같은 어미였습니다. 제가 여사님의 남편을 탐했던가요? 제가 그 아이를 품었을 때 여사님은 회장님과 한 번이라도 따로 만나셨던 적이 있으셨습니까? 그때 눈 마주치셨을 때 한 번만 도와주시지 그러셨습니까.'

하필, 도망치다 뒷덜미를 잡혀 병원 뒷문으로 질질 끌려 들어갔었던 숙희와 눈이 마주쳤었던 순간을 서희는 수십 년이 지난 지금에서도 또렷이 기억하고 있었다. 그러나 저도 성호그룹을 더 키우려던 아버지의 욕심과 후계자가 될 오빠만 귀하게 여긴 어머니에게 떠밀려 재물처럼 정략결혼을 성공시키라 등 떠밀리는 상황이었음을 설명하고 싶지는 않았다.

'수술대에서 풀려나 도로변에 내던져지고, 돈 봉투 하나 집어 던지시던 그분 얼굴을, 그 순간을 저는 어제 일처럼 기억합니다. 그렇게 이곳에 찾아든 저는 바로 여사님이 서 계신 그 자리에서 아이에게 쓴 일기를 태워 물에 흘려보냈습니다. 아이에게 사죄하며 흙에 얼굴을 부비고 땅을 부여잡으며 울었던 그때 제 모습이…… 여사님 눈에도 보이십니까? 뭘 바라고 여기서 버티냐 하셨지요? 저는 제 아이의 곁을 이렇게라도 지키고 있을 뿐입니다. 그마저도 이제 머지않아 곧 끝이 날 겁니다. 그러니 사모님, 저를 겁주어 쫓아낼 생각은 마십시오. 회장님께서는 한평생 여사님 곁에 남편으로 남아 계셨습니다. 그것이 무엇을 뜻하는 것이겠습니까? ……한 가지 바라는 것이 있다면, 제가 여기 있든 없든 언제든 사모님께서 제 아이에게 미안함을 느끼실 때, 여기 찾아오셔서 미안하다 한 말씀만 해 주십시오. 그러면 저도, 제 아이의 마음도 조금은 편안해질 것 같습니다.'

기억을 되뇌이던 서희는 차갑게 굳어 경련하는 마른 손을 맞잡고 힘을 주었다. 방금 본 민지원이란 아이의 눈빛과 숙희의 말간 눈빛이 겹쳐 보이고 있었다. 절대 이길 수 없을 것 같은 패배감을 안겨 주는 흔들림 없는 눈동자, 두려울 것 없이 당당하기만 한 맑은 눈빛.

숙희에게 그런 건 안 한다고 소리치며 예선재 후원을 빠져나온 그날 이후, 서희는 한동안 몸이 아팠다. 악몽 같은 과거에 짓눌려 몸이 아프면서도 내내 다짐하고 다짐했던 건, 젊은 숙희를 보는 듯한 느낌을 주는 민지원이란 아이와는 절대 같은 집안사람이 될 수 없다는 것이었다.

언제나 숙희는 회장님 눈에 착하고 선한 피해자, 그 말간 눈빛으로 자신을 악인으로 구분되게 만드는 원망스런 여자였고, 회장님의 그림자였다. 그런데 민지원이란 아이의 눈빛도 그러했다. 그러니, 그 아이를 집안에 들이게 되면 자신의 피가 말라 가든 말든 회장님은 끝내 그 아이의 눈에서 숙희를 떠올릴 것이고, 아들 또한 그 눈빛에 취해 저를 외면할 것이라고만 생각했는데 오늘 보니 민지원이란 아이는 숙희가 모든 사람들에게 선하다 소리 들으며 저를 구석으로 몰아가는 것마저 숙희를 닮아, 제 주변 사람이었던 국회의장 부인에게까지 복덩이라 불리고 있었다.

민지원이란 아이를 내치고자 이토록 노력하는 걸 알면 의장 부인의 시선이 차갑게 변할 것은 자명했다. 회장님 눈빛이 어느 날 그렇게 바뀐 것처럼.

그런 생각을 하고 보니 서희는 지원이 더욱 싫고 괘씸했다.

'회장님, 결정하셔야 될 겁니다. 저 아이인지 나인지. 회장님이 그 옛날 그 여자를 상처 줬다는 이유로 저를 외면하셨던 것은 참아 냈으나, 민지원에게서 젊은 숙희를 발견하고 그 아이 편을 들어 집안에 들이신다면. 저도 이제 회장님, 버릴 수 있을 것 같습니다. 저도 살아야 않겠습니까. 더 하다간…… 미치든, 심장이 눌려 터져 버리든 회장님보다 제가 먼저 갈 것 같습니다. 이깟 혜성 회장 타이틀이 내 인생보다야 귀하겠습니까.'

결심을 굳힌 서희 여사의 서늘한 시선이 무대를 향해 곧게 뻗어 나갔다.

"괜찮겠어요?"

연회장을 빠져나와 엘리베이터를 탈 때까지도 두 사람은 말이 없었다. 그렇게 호텔 로비를 빠져나와 출입구를 나서서야 지환의 입이 열렸고, 지원도 비로소 숨을 쉬는 것 같았다.

"……괜찮아요. 고맙습니다. 그것보다 지금 이렇게 나와도 되는 건가 모르겠네요. 방명록에 글 남기긴 했는데……."

"아까 보니까 여러 사람 인사 나누던데, 그거면 됐죠. 걱정 말아요."

다행히, '네.'라고 말하며 고개를 끄덕이는 지원의 눈이 미약하게나마 웃고 있었다.

"그런데 그 사람은 지금 뭐 합니까?"

이렇게 작은 말에 안도하며 웃는 당신을, 그 매서운 시선 앞에 둔 당신 남자란 그 사람. 도대체 어디서 뭐 하는 중입니까. 대답 없이 앙다물린 입술에 힘이 들어갔다. 지난번에도 보았던 이 표정. 그 사람이 당신에겐 그런 의미입니까. 그 말 한마디 용납이 안 될 정도로.

"미안해요. 지원 씨가 싫어한다는 거 아는데 유 부회장은 오늘도 많이 바쁜 모양이군요."

"……네, 많이 바빠요. 일하는 데 방해되고 싶지 않을 뿐이에요."

뭐하는지는 모르지만, 많이 바쁠 거예요. 그렇지 않으면 안 될 만큼 우리, 힘들거든요.

"……이대로 가실 겁니까?"

"지난번에 말씀하신 밥 사 주시게요? 죄송한데 지금은 뭐가 먹힐 것 같지가 않네요."

그렇게 웃지 마십시오. 슬퍼 보입니다. 나, 지원 씨 어설픈 가면에 속을 만한 사람 아닙니다.

"첼로 좋아해요?"

"……네. 근데 그건 왜……."

늦은 시간이었다. 이미 어느 공연장이든 공연이 시작되다 못 해 거의 끝날 시간. 표가 있어도 들어갈 수 없을 것이 뻔한 시간인데. 왜 이런 것을 물을까?

"그럼, 미샤 마이스키 내한한 것도 알겠네요?!"

"……아뇨. 예전에 좋아했었는데. 요즘은 잘 못 들었어요."

"그럴 만도 하죠. 일을 그렇게 많이 하시니…… 그래도 괜찮아요. 첼로 좋아하는 거면 충분해요. 가죠. 밥 대신 음악 들려 드릴게요."

"지환 씨."

제 할 말만 끝내고 발렛 직원을 향해 걸어가려는 그를 지원이 다급히 불러 세웠다. 멈칫하고 제자리에 선 지환의 고개가 천천히 지원을 향해 돌려졌다. 친구 되길 잘했나 봅니다. 지원 씨가 내 이름을 다 불러 주는군요.

"저…… 혹시, 미샤 마이스키 공연이라면 당연히 벌써 예약 끝나서 표도 없을 거고, 시간도 공연 끝날 시간 다 되어 가는데."

"미샤 마이스키 공연 매진된 건 맞는데, 그 사람 진짜 공연은 내일부터 시작이에요. 오늘 공연은 청담동, 프라이빗 클럽에서 하는 공연인데, 언론 보도 안 됐으니까 아는 사람도 적고, 편하게 연주 감상할 수 있을 겁니다. 좋은 음악 들으면서 마음 풀고 가요. 그런 마음으로 집에 혼자 있는 거 안 좋아요."

"그런 공연이면…… 입장 제한 있지 않나요?"

"저랑 같이 가는 거니까 걱정 마세요. 지원 씨 불편하면 지 변호사님 나오시라고 할까요?"

"아뇨. 그렇게까지는……."

"그럼, 제 차는 여기 두고 지원 씨 차 타고 가서, 댁까지 안전 운전해 드리겠습니다. 가세요."

어떻게 할까 고민하던 지원은 쌓여 있는 가슴 응어리를 풀 수 있는 무언가를 원했고, 친구가 되어 제 앞에 선 지환의 도움을 받기로 결심했다.

지원의 차는 경호원에게 맡겨 두고 윤 의원의 차를 타고 움직인 두 사람은 청담동 안쪽 한적한 골목으로 접어들어 안을 들여다 볼 수 없는 B.T라고만 써 있는 성 같은 건물 앞에 세워졌다. 차에서 내려선 윤 의원이 의외의 주변 풍경에 이리저리 둘러보는 지원의 곁으로 다가와 문을 열었다.

"내리세요. 지원 씨."

"저…… 윤 의원님."

"괜찮아요. 겉에만 이렇지 안은 환해요."

붉은 벽돌 성처럼 보이던 네모난 건물 안으로 들어서니, 첫 번째 문을 지나 밖에서 열린 문 안을 들여다볼 수 있던 곳은 호텔 로비처럼 깔끔한 대리석 바닥과 안내데스크가 있는 모던한 공간이었는데 두 번째 문을 열자마자 하얀 대리석 바닥과 천장, 그 면을 잔뜩 채우고 있는 황금물결의 몰딩 장식이 중세 궁정에 들어서는 것 같은 착각을 불러일으킬 만큼 화려하고 탐욕적으로 펼쳐져 있었다.

천장에 그려진 유럽 명화들이 놀랍도록 정교해, 지원은 들어 올린 고개를 내릴 겨를 없이 윤 의원에 팔에 이끌려 세 번째 문을 통과했다.

투명한 얼음처럼 반짝이는 거대한 샹들리에가 층고가 6m는 되어 보이는 높다란 천장에 매달려, 나선형 계단을 따라 끊임없이 아래로 이어져 벽면과 천장에 황금물결을 반사시키는 풍경에 지원은 들이마시는 공기까지 황금빛 같다는 착각을 일으켰다.

환하다 못해 눈부신 공간은 황금 커튼과 자줏빛 속 커튼이 화려한 황금색 타이 백으로 고정되어 넓은 창들을 가리고, 가구나 소품까지 모두 로코코 양식으로 채워져 화려함의 극치를 보여 주고 있었다.

그런 홀 중앙에 세련된, 그러나 간혹 과하게 어깨를 드러낸 여인들과 정장을 갖춰 입은 남자들이 자유롭게 놓인 의자에 앉아 한 곳을 향해 시선을 모으고 있는 모습에 지원은 말로만 듣던 그들만의 리그에 끼어든 듯해 불편함을 느꼈다.

여자는 레이스 드레스나 원 숄더 드레스를, 남자는 정장으로 이분화된 이 공간의 드레스 코드에, 지원은 홀로 남자들처럼 정장바지를 입고 있었다.

블랙 힐에 통 좁은 정장팬츠가 시원하고 여성스럽게 뻗은 다리곡선을 우아하게 드러내 남자들의 실루엣과는 확연히 다르다는 정도의 차이점은 있었지만, 장신구도 작은 귀걸이 하나에 컬링된 머리를 단정하게 풀고 있는 지원에게 있어 여성스런 꾸밈은 은은한 살구 빛 실크플라워 드롭 블라우스가 전부였다.

혼자 남성 코스튬 플레이 중인 것만 같은 기분에 그냥 돌아서 나와야 하나 생각했던 지원의 마음은 조용한 클럽 안에 흐르는 바흐의 무반주 첼로 연주를 들으며 잦아들어 갔다.

윤 의원은 사람들의 시선과 청각을 집중시키는 연주를 들으며 주변을 빙 둘러보다, 친구인 듯한 사람이 손을 가볍게 들어 반기자 그 자리를 향해 지원을 에스코트하며 걸어 들어갔다.

지원은 정식 공연 후에도 앵콜 요청에 2곡이나 더 이어지는 연주를 들으며 미샤 마이스키 연주에 푹 빠져들어 시름을 잊었고, 윤 의원은 지원이 그의 파트너로 이 자리에 있는 것을 사람들에게 보여 주듯 가끔 고개 숙여 연주가 마음에 드는지 물어 왔다.

조용한 공간에 울리던 첼로 선율이 멈추고 첼리스트가 자리에서 일어나 고개 숙여 인사하자 사람들은 박수로 그를 배웅했다.

몇몇 사람들은 그에게 다가가 유창한 영어로 이야기했고, 또 누군가는 러시아어로 그와의 대화를 시작하는 모습을 지켜보다 윤 의원이 이끄는 대로 붉은빛으로 장식된 홀과 푸른빛으로 장식된 홀을 뒤로하고 메인 홀과 일직선으로 연결되어 모든 공간이 한눈에 보이는 황금빛 홀의 바를 향해 걸어갔다.

　　"공연 때문인지 친구 녀석들이 좀 많아서요. 테이블에 앉으면 눈에 잘 띄어서 친구들이 동석하려 들 테니, 바에서 조용하게 한잔하고 가죠."

　　윤 의원은 지원과 마찬가지로 자신의 것도 칵테일로 주문한 뒤, 사업 힘들진 않냐고 가벼운 주제로 부드럽게 말을 이어 가다, 걸려온 전화에 양해를 구하며 지원이 시야에서 벗어나지 않을 만큼 멀리 떨어져 전화를 받았다.

　　"네. 어머니. 저 지금 호텔 밖이라 못 모셔다 드리는데, 아버지 나오시라 전화 드릴까요?"

　　— 아버지 바쁘시잖니. 난 호텔 리무진 타고 가면 되는데. 혹시 민 사장이랑 같이 있니?

　　"네."

　　— 안색이 많이 안 좋아졌더라.

　　"네, 요즘 부쩍 그래 보입니다. 그런데 어머니, 오늘 왜 그러셨어요."

　　이미 지원 씨를 찾아가 진지하게 말 꺼내 보시겠다는 어머니께, 자신과 민 사장은 친구 이상이 될 수 없다고, 혜성 부회장이 민 사장을 좋아한다고까지 말씀드렸는데 어머니는 오늘 정치가의 맏며느리답게 너무나 태연히 연기하셨다. 마치 아무것도 모르시는 것처럼.

　　— 사람 좀 제대로 보라고 그랬다.

　　이미 표정 하나로 전후 사정 파악하신 어머니의 지원 사격이 과연, 지원 씨에게 독이 될지, 약이 될지는 조금 더 두고 볼 일이었다.

　　"흐음…… 민 사장 혼자 있어서 가 봐야 합니다."

　　— 그래, 알았다. 와서 이야기하자꾸나.

한편 지원은 바텐에 혼자 남게 되자, 바텐 체어 위에서 몸을 조금 돌려 사람들 삼삼오오 모여 이야기 중인 사람들과 잠깐 인사하러 왔던 윤 의원의 친구 무리들을 눈에 담은 뒤 반대쪽에 좀 더 무거운 느낌으로 자리를 차지하고 앉아 있는 남자들을 향해 시선을 돌렸다. 그리고 그 속에서 안광을 빛내며 분노로 타오르고 있는 눈빛까지. 분노? 지원은 놀라움에 눈이 커졌다. 형형한 눈빛을 보내고 있는 사람은 현민, 그였다.

"너무 놀라지 말아요. 저 사람 나 때문에 저러는 거니까."

몸이 굳어 버린 지원에게 버건디 오프 숄더 드레스에 반짝이는 붉은 입술을 움직이는 아름다운 여자가 약간 들뜬 목소리로 말해 오자, 지원이 의아한 눈빛으로 고개 돌려 바라보았다.

"저 사람 첫사랑이 나거든요. 내가 자길 데리고 놀았다고, 성질나서 저러는 거예요. 내가 마지막 공사 벌였던 사람한테까지 내가 사랑이 아니라 작업 건 거라고 까발리는 바람에 내 꼴이 좀 우습게 됐지만, 괜찮아요. 꿩 대신 닭이라도 물었으니, 저쪽에 저 사람 보이죠?"

지원은 40대 초중반으로 보이는 푸근해 보이는 인상의 중년 남자를 바라보았다.

"나 저 사람한테 정착할 거예요. 이젠 이런 생활도 끝내야죠. 그리고 내가 아까부터 쭉 지켜봤는데, 그쪽도 나처럼 여기 태생은 아닌 것 같아서 한마디 해 주는 거지만, 너무 튕기고 그러지 말아요. 저 사람 정도면 대어 잡은 거니까. 난 뭐 정치인 쪽은 관심 없지만 정치인은 나중에 여기저기 걸리는 게 많아서 곤란하잖아요?"

저를 동류로 여기며 동조를 바라는 여자의 목소리는 상관없었다. 하지만……

"저 사람이…… 첫사랑이라구요?"

"어, 난 아니지만 저 사람은 확실히 내가 첫사랑이 맞아요. 지금도 감정 조절 못 하고 저러는 걸 보면, 아직도 날 못 잊어하는 것 같기도 하고…… 후훗."

만족스럽게 휘어지는 입술과 느슨해지는 말꼬리에 지원의 표정은 형편없이 내려앉았다.

"헤어진 지는 얼마나 됐는데요?"

"한…… 7, 8년? 작년에 저 사람이 초 치지만 않았어도 난 벌써 사모님 소리 들으며……."

"일어나."

옆자리에 앉은 여자는 뒤에서 들려오는 목소리에 그럴 줄 알았다는 듯 여유를 부리며 몸을 반쯤 돌려, 자신의 아름다움을 최대한 살리는 자세와 목소리로 현민에게 말하기 시작했다.

"왜? 아직도 할 말이 남았어?! 덕분에 나 태훈 씨랑 깨진 건 알아? 그럼 된 거 아냐?! 다른 할 말 있는 거면…… 뭐, 들어 줄 용의는 있으니까 저쪽으로 자리 옮기고."

토라진 모습으로 달래 줄 것을 기대하며 투덜거리는 목소리에 지원은 여자와 현민이 있는 반대 방향으로 고개를 돌렸다.

"일어나."

자신이 뭐라 말하든 눈길도 주지 않고, 지원의 뒷머리만 노려보고 있는 현민을 눈치챈 여자가 무안한 얼굴로 성을 내기 시작했다.

"뭐야. 이 남자 알아요? 지금 이 남자한테 작업 중이었던 거야?!"

지원이 눈을 힘주어 내려 감았다. 미간에 주름이 잡혔고, 터져 나오는 화를 참는 듯 힘이 들어간 이마가 한동안 움직이지 않았다.

'나, 지금 여기서 무슨 소릴 듣고 있는 거니.'

"입 다물어. 제대로 혼나기 전에."

여자의 말에 으르렁거리는 듯한 현민의 목소리가 잇새로 잔인하게 짓이겨져 나왔다. 옆자리의 여자는 주춤하며 말을 멈췄지만, 다시 뜨여진 지원의 눈빛은 한 번도 들어 본 적 없는 현민의 험한 목소리에 놀란 것인지, 상황에 따른 반응인 건지. 뭔가…… 상당히 달랐다.

"가자."

"부회장님, 뭔가 오해가 있으신 것 같은데. 지원 씨, 저와 친구로서 한 잔하러 온 것뿐입니다."

지원과 눈이 마주친 현민은 한 마디의 반항이나 거절도 허용하지 않겠다는 표정으로 노려보고 있었고, 전화를 마치고 돌아온 윤 의원은 다짜고짜 그녀의 입장을 변호하기 바빴다.

"그만하세요."

지원은 두 남자 뒤로 보이는 사람들의 호기심 어린 눈빛보다, 그 며칠을 못 본 그리움과 원망에 눈물이 고이려는 자신의 감정 상태가 더 난감했다.

여기서 눈물이라도 흘리면 그 추태를 어찌 감당해야 할까. 바 안의 사람들은 성난 얼굴로 자신을 노려보고 있는 옆자리의 여자는 둘째 치고, 모두들 내로라하는 정치인 집안의 초선 의원 윤지환과 혜성그룹 실세가 된 부회장 사이에 낀 낯선 여자의 모습에 호기심을 느끼고 있는 것 같았다. 집중되는 시선에 마치 동물원 원숭이가 된 느낌을 느낀 지원은 더욱더 이 자리를 빨리 빠져나가야 되겠다는 생각이 들었다.

"저, 지금 나갈 건데. 아무도 따라 나오지 마세요. 혼자 갑니다. 윤 의원님 오늘 친절, 정말 감사했습니다. 여기서 인사드리고 다음에 뵙는 게 좋겠어요. 그럼."

"야! 너 어디 가! 대답 안 해?!"

지환은 굳은 얼굴로 미간을 모았고, 지원은 가방을 챙겨 바텐 체어에서 내려서다 현민과 낯선 여자에게 동시에 팔이 잡혔다.

지원은 앙칼진 여자의 팔을 쳐내며, 현민에게 시선을 집중했다. 필사적으로 이성적이기 위해 노력하는 지원의 눈빛에 노기가 서려 있었다.

"여기 상황 정리도 정확히 하셔야겠어요. 부회장님. 정리하실 일이 상당히 많으시네요."

지원의 말에 현민의 한쪽 눈썹이 꿈틀거렸지만, 처음으로 보인 원망스런 지원의 눈빛은 가시지 않았다.

16장.
꼭 잡은 손을 놓지 않는 것

원컴퍼니 주차장에 들어서며 익숙한 주변 공기를 느낀 지원이 안도하듯 깊은 한숨을 내쉬었다. 믿음과는 상관없이 그 상황이 짜증스런 것은 어쩔 수 없었기에 마음이 복잡했다.

'생각은 자고 나서, 판단은 건강하고 힘이 넘칠 때…….'

버릇처럼 되뇌던 지원은 무심코 올려다본 하늘에 달이 유난히 밝다는 생각을 했다. 둥글고 환한 달. 아까 그 화려한 클럽에서 본 샹들리에만은 못하지만 이번 보름달은 분명 다른 보름달보단 유난히 커다랗고 밝다는 생각을 하며 건물을 향해 걸어간 지원은 보안기기에 불이 꺼져 있는 것을 의아해하며 현관 앞에 다가섰다.

안이 훤히 들여다보이는 유리 자동문이 움직이지 않고 있었다. 안을 들여다보니 1층 정수기의 불빛도 꺼져 있는 것이 정전인 것 같았다. 고개를 들어 다른 건물들을 살펴보니 다들 불이 켜져 있고 멀쩡한데…… 원컴퍼니 건물만 컴컴했다.

"하필, 이 밤에…… 뭐가 문제인 거야."

한전에 연락하든, 누전검사를 하든 날이 밝아야 될 것 같았다.

'엄마 집에 가서 잘까……?'

지원은 고개를 가로저었다. 지금 상황에 엄마 집에 들어갔다가는 괜한 피로와 걱정만 늘어날 뿐이었다. 지원에겐 대화를 강요받지 않고, 당장 잘잘 수 있는 공간이 필요했다.

지원은 일을 번잡스럽게 만들지 않기로 결정한 뒤 지친 팔로 유리문을 힘껏 밀어 안으로 들어가며 언젠가 이 방법으로 들어왔던 현민을 떠올렸다.

'그만 생각해, 민지원.'

마음이 복잡한 탓에 주변을 유심히 살피지 못하고 안으로 들어선 지원은 달빛에 의지해 2층을 향해 올라갔다. 몇 계단 오르다 사라진 달빛에 벽을 손으로 짚으며 한 계단씩 천천히 오른 지원은 3층 자신의 집에 들어가면 비상용 손전등을 찾아 누전차단기부터 확인할 생각이었다.

2층에 다 올라간 지원이 복도 창으로 들어온 달빛에 넘어질까 긴장했던 다리를 풀며 또 한 계단을 올라섰을 때였다.

"한참 기다렸는데, 일이 그렇게 바빠? 안 와서 기다리느라 무지 혼났는데, 밥은 먹었어?"

얼음 섞인 찬물을 뒤집어쓰고, 전기가 온몸을 관통하는 것 같은 통증에 모골이 송연했다.

"혁, 누, 누구, 어, 어떻게?"

목소리의 주인공은 모습을 볼 수 없어도 누군지 단번에 알 수 있었다. 심장이 조여들었다.

"너 또 일만 하고 살더라. 신문에 사진도 크게 나고, 멋있긴 해. 이만큼 큰 회사를 세우다니 돈은 어디서 난 거야? 날 팼던 그놈하고 그새 끝난 거야? 위자료라도 받았나?"

입마저 굳어 버린 걸까, 비명조차 나오지 않았다.

"거물이란 게 다 그렇지, 데리고 놀 땐 다 해 줄 것처럼 굴겠지만 질리니까 끝이었겠지……. 난 안 그래, 지원아. 난 평생 너랑 같이 갈 수 있어."

비아냥과 분노가 섞인 목소리가 어느 순간 갑자기 차분하고, 선량했던 예전 어느 순간의 목소리로 변하기 시작했다. 목소리의 반전에서 느껴지는 그 광기에 지원은 소름이 돋았다.

"제, 제발 가. 그런 거 아니니까. 다른 날, 다른 날 얘기해. 가 줘."

서슬 퍼런 광기를 번뜩이며 넋을 놓은 눈동자가 다가왔다. 지원은 괴기스러운 재우의 분위기에 눌려 두려움에 떨면서도, 감정을 보여 재우를 부추기지 않기 위해 이를 악물었다.

"넌 아냐? 흐흐흣. 아니라도 상관없어. 어쨌든 넌 혼자고 난 이만큼 기다려 줬으니, 절대 안 놓을 생각이거든. 너도 이젠 나만 봐, 지원아. 전처럼…… 내가 잘해 줄게."

지원은 이 세상에 태어나 처음, 진심으로 눈을 감으면 이생이 끝나길 바랐다. 풀리지도, 끊어지지도 않는 이 뒤엉킨 실타래를 제 힘으로는 영원히 풀 수 없을 것만 같았다.

"지원아. 사랑해. 난 전부터 너밖에 없었어."

어둠 속에서도 천천히 다가오는 재우의 움직임이 느껴졌다.

"오지 마! 가! 난 아니라잖아! 내가 싫다고 했잖아!"

"이제 그만 화내, 지원아. 내가 이만큼 사과했으면 받아 줄 때도 됐잖아!"

점점 끝으로 갈수록 커지고, 이가 갈린 고함으로 변해 가는 재우의 목소리에 지원은 이 순간 숙이면 어떤 일을 당하게 될지 눈앞에 보여, 없는 용기를 그러모아 있는 힘껏 소리쳤다.

"네 사과 안 받아! 아무리 오래 빌어도 용서 안 해. 도대체 나한테 왜 이래? 내가 괴롭고 비참한 모습을 보는 게 네 낙이야? 언제까지 이럴 거야! 정말, 정말 내가 죽어야 끝나는 거야?"

지원은 오열했다. 불시에 나타나 마치 어제까지 사랑하던 사람이었던 것처럼, 잠깐 자존심 싸움하는 연인처럼 구는 재우가 끔찍했다. 그러나 달빛에 비친 재우는 웃고 있었다.

입술 선을 길게 늘이며, 어떻게든 한 발짝이라도 그에게서 더 멀어지려 주춤거리는 뒷걸음질도 보이지 않는 것처럼, 아주 만족스러운 듯 편안하게 웃고 있어 더 괴이해 보였다.

"넌 죽지 않아. 내 곁에서 내 아이를 낳고, 내 품에서 잠들고. 내가 꼭 그렇게 만들 거야."

"난 싫어! 끔찍해! 이제, 제발 좀 그만해."

재우의 미소가 그대로 굳어졌다.

'아…… 다행이다 이제야 귀가 열렸나 보다.'

안도하며 설득하려던 순간, 재우가 달려들어 지원을 감싸 안으며 흔들어 댔다.

"뭐가 끔찍해? 내 아이를 갖는 게 끔찍해?!"

"미친놈! 놔! 놔! 이 미친놈아!"

"민지원! 넌 내 거야! 반드시 내 아이를 낳게 만들 거야! 그래, 애부터 갖자. 넌 애 놔두곤 절대 도망 못 갈 여자니까. 가자!"

그녀가 어디 사는지 아는 것처럼 3층으로 걸음을 옮기려는 재우를 밀쳐낸 지원이 1층으로 내려가려다, 몸을 옥죄이는 재우의 팔과 다리에 눌려 2층 복도에 그대로 떠밀려 누웠다.

"왜? 가기 싫어? 여기서 하는 게 좋아? 그래? 그럼, 여기서 해. 애부터 만드는 거야."

지원은 사정없이 몸을 더듬으며, 블라우스를 벗기는 재우의 거친 힘을 당해 낼 수 없었다.

"하지 마! 이런다고 내 맘 안 변해! 난 네 거 아냐!"

"아니! 처음부터 넌 내 거였어, 지금이 잘못된 거야. 처음으로 돌아가자, 지원아."

"우읍……읍……."

이건 강간이었다. 꽉 다물고 도리질하는 지원의 입술 사이를 끈질기게 파고드는 재우의 축축한 혀는 끔찍했고, 움직이지 못하게 내리누르는 무게는 돌비석처럼 지원을 꼼짝 못 하게 만들었다. 단추 사이를 파고들다, 성급하게 블라우스를 잡아 뜯고, 입을 열지 않자 코를 막아 버려 지원의 눈이 경악으로 커다래졌다. 지원은 이 상황을 저주했다.

양팔로 재우의 어깨를 밀어내고 다리를 버둥거리다 급소를 차려 했지만, 어찌 된 일인지 그 움직임으로 인해 재우는 오히려 더 손쉽게 지원의 다리 사이로 파고들어 버렸다. 원하는 자리에 파고든 재우는 밀어내는 지원의 어깨를 다시 바닥에 내리누르며, 턱을 움켜잡아 양쪽 어금니 부근을 손가락으로 무자비하게 내리눌러 입을 벌리려 했다.

지원이 뺨이 짓이겨지는 통증보다 재우의 손가락을 따라 벌어지는 자신의 무력한 턱을 더 원망할 때는, 이미 그 틈새로 혀가 파고들고 있는 중이었다.

역겨움에 욕지기와 산소를 갈망하는 폐의 고통이 함께 뒤엉켜 지원의 의식이 흐릿해질 때쯤 숨을 막듯 입안을 차지하고 있던 재우가 떨어져 나갔고, 눈물범벅이 된 얼굴로 기침해 대던 지원이 정신을 차렸을 땐, 맨 가슴이 드러난 몸 위로 서늘한 공기가 맞닿아 있었다.

그 느낌은 이제 어쩔 수 없이 당하는 건가 하는 생각을 들게 만들었지만, 재우의 손이 가슴을 움켜잡는 순간, 치욕스러움에 구토를 느낀 지원이 사색이 되어 재우를 내리쳤다. 그는 반항하는 지원을 무작정 내리누르다 그 반항 속에 뭔가 이상함을 느꼈는지 몸을 떼어 냈다. 그리고 그 틈을 이용해 지원은 또다시 1층으로 달아나려 했다.

"이리 와!"

막 계단에 내려서려던 지원의 머리카락을 잡아당긴 재우는 두 팔로 지원을 안아 버렸다.

"놔! 놓으란 말야!"

"받아들여. ……흐억! 으윽! 헉, 너…….""

지원은 제 버둥거림이 소용없자, 반항을 포기한 것처럼 몸에 힘을 뺀 뒤, 재우가 경계를 풀며 다시 다가와 키스를 하려고 할 때 있는 힘껏 급소를 올려 찼다. 그러나 재우는 그 고통을 참아 가며 도망치려는 지원의 팔을 붙잡았고, 몇 초가 지나자 자신이 느낀 고통을 복수하듯 거세게 팔을 휘둘러 지원의 뺨을 내려쳤다.

"아악!"

"일어나!"

그대로 쓰러진 지원은 자신을 좀 더 안쪽으로 끌고 가려는 재우를 피해 난간기둥에 매달렸다.

"싫어! 안 가!"

"좋은 말로 할 때 빨리 놔!"

"싫어! 아아악!"

늘 이랬었다. 그를 거절하면 그다음은 폭력. 방금 전 내리쳤던 손바닥은 일말의 배려를 담았던 움직임이었다는 것처럼, 재우는 지원의 얼굴에 주먹을 날렸다.

터어엉.

주먹을 맞고 튕겨져 나간 지원의 얼굴이 속이 텅 빈 스틸 기둥에 찍혀 쇠기둥 울리는 소리와 함께 계단 모서리에 떨궈졌다. 얼굴에 뜨끈한 액체가 흐르는 것을 느끼면서도 지원은 정신을 잃지 않으며 필사적으로 버텨 냈다.

"그거 안 놔! 독한 년. 그렇게 버텨서 그놈한테 또 가겠다는 거야?!"

양손으로 잡고 있던 한쪽 팔이 재우의 손에 의해 떨어져 나가자, 지원이 나머지 한쪽 팔에 의지해 몸을 좀 더 난간기둥에 가깝게 당기려는데 길게 늘인 그녀의 팔 위를 재우의 주먹이 내리찍었다.

"으아아악…… 아……아…… 흐으윽!"

"놓으라고 했지!"

재우의 격노한 목소리가 지원의 귓가로 아스러졌다.

몇 분이나 지났을까. 순간적으로 정신을 잃었던 지원이 무언가 사물이 눈에 들어와 그것을 눈에 담으며 상황을 인지하기 시작했을 땐 이미 재우가 바지를 벗기는 중이었다.

지원의 꿈이 담긴 원컴퍼니 사옥에서, 그것도 한 발자국만 걸으면 계단인 휑하니 뚫린 복도 위에서 재우는 그녀를 그렇게 욕보이고 있었다.

"뭐, 뭐 하는 거야!"

"가만있어!"

"으으윽!"

재우를 밀어내려 했지만 들어 올리려던 팔 한쪽이 끔찍한 통증을 전하며 지원의 의지와는 상관없이 축 늘어져 버렸다. 몸을 맘대로 움직일 수 없는 지원이 비명을 지르든 말든 움직임을 멈추지 않는 재우를 말릴 방법은 입을 움직이는 것뿐이었다.

"여긴 복도야!"

"상관없어! 방으로 가자 했을 때 싫다 한 건 너야! 난 너만 가지면 돼. 지금은 밉겠지만 나중엔 너도 날 이해할 거야. 눈 떴으면 똑바로 봐! 지금 널 가지는 남자가 누군지!"

"미쳤어. 미친 짓이야. 너 왜 이렇게까지 이래. 싫어. 재우야. 제발."

"아니! 눈 감지 말고, 똑바로 봐!"

재우 밑에 깔려 무릎을 굽히는 것으로 바지를 벗겨 내려는 힘을 버텨 내는 건 한계가 있었다. 피 터진 얼굴로 재우를 보며 사정했지만, 그는 천천히 무릎을 꿇은 자세로 몸을 일으키더니 자신의 허리벨트에 손을 가져다 댔다.

"아직 안 잊었겠지? 여자들은 첫 남자를 못 잊는다니까, 넌 날 기억할 거야. 원래 내 것이었던 걸 되찾는 것뿐이야. 벌려!"

'그래, 안 잊혀. 생각만 해도 온몸이 더러워지는 기분이라서 생각날 때마다 몸서리쳤어. 네 오물받이가 되는 그 더러운 경험! 미치도록 욕지기가 치밀어 오르는 그 잘난 첫 경험이 넌 그렇게나 자랑스럽니! 난 싫어, 죽어도 싫어, 안 해! 못 해!'

"이건 강간이야!"

"부부 사이에 강간이 말이나 돼?"

"누가 부부야?! 우리가 언제 부부였는데! 하지 마, 제발 그만해. 재우야, 응?! 우리 말 좀 하자. 대화 좀 해. 이런 식으론 싫어. 말부터 하고, 응?! 방에 가자, 응?! 재우야!"

법 바뀐 것도 모르는 멍청한 미친놈. 네가 내 남편이었어도 이건 범죄야! 지원은 재우에게 자꾸 말을 시키며, 성한 두 다리의 발목을 꼬아 버티려 했지만, 벨트를 풀다 말고 양팔로 두 다리를 잡아 푸는 강한 힘에 어처구니없이 너무도 쉽게 풀려 버리는 제 다리에 지원은 좌절했다.

사정하는 눈빛으로 이런 짓만 안 하면 얼마든지 마주 앉아 긴 대화를 나눠 줄 수 있다고. 눈이 마주칠 때마다 간절하게 시선을 붙잡아 두려 애썼지만, 벌건지 시퍼런지 모를 재우의 눈이 벗은 몸으로 향할 때마다 입에선 오열이 튀어나왔고, 마음에 있는 대로 쌍욕을 하고 맞아 죽든 기절해 버리든 현실을 외면하고도 싶었다.

그러나 이렇게 끝나려고 살아 낸 삶이 아니었다. 어떻게 견딘 시간들인데, 아버지 제발…….

"지원아."

또다시 부드러운 목소리.

'아…… 아버지, 이 미친놈 좀 데려가세요.'

재우의 손이 다 터져 버려 핏물에 얼룩진 뺨을 소중하게 쓸어내렸다. 천천히 얼굴을 내려 지원의 이마에 입술을 진하게 눌렀다. 눈을 꼭 감고, 덜덜 떨리는 몸으로 입술을 꼭 물고 소리를 참아 봐도 울음 같은 신음은 자꾸만 새어 나왔다.

'울지 마. 자극하면 더 거칠어질 거야.'

"얘기 좀 하자, 재우야. 응? 우리 그동안 어떻게 살았는지도 모르잖아."

"지금은 그런 거 필요 없어. 우리 낼 아침에 혼인신고 하러 가자. 얘기는 그다음에 해."

"……."

지원의 일그러졌던 눈에 놀라움이 서리자, 재우는 다정하게 말했다.

"예전에 그랬어야 할 일이었어. 그렇지? 벌려. 반항하면 너 더 다쳐."

다시 허리를 세우고 앉은 재우가 바지 버클을 풀고 지퍼에 손을 대자, 지원이 소리쳤다.

"안 돼! 싫……."

갑자기 재우가 지원의 입을 거칠게 내리누르며 말을 막았다. 커다래진 눈으로 재우를 올려 봤지만 그의 시선은 무엇엔가 집중하는 표정으로 아래층을 내려다보고 있었다.

짧은 정적. 지원은 곧 조용한 공간에 울리는 낮은 발자국 소리를 들으며 도움을 청하려 숨을 들이켰고, 재우는 터져 버린 입술이 더 찢어지도록 거칠게 내리누르며 계단 앞에 있는 그녀를 복도 안쪽으로 끌고 들어가려 했다.

축 늘어진 한쪽 팔. 뼈가 뒤틀리는 불타는 통증에 지원은 숨도 못 쉬고 도리질 치며, 미미한 반항을 계속했고, 지원의 움직임에 생각보다 빨리 움직이지 못한 재우가 그녀를 안고 이제 막 일어났을 때는 1층 발자국 소리가 그들에게 가까이 다가와 버린 후였다.

"소리만 내, 어머님 지금 내가 보호하고 있다."

"……?!"

아무리 미친놈이라 해도 어떻게 엄마까지 건드릴 수가. 그러나 그 말을 믿을 수밖에 없는 건, 몰래 집에 들어와 지원의 방과 온 집 안을 뒤집어 놓고 나갔던 예전 기억들 때문이었다. 그래도 설마…… 지원의 의아함을 알아챈 듯 재우는 한마디를 덧붙였다.

"내일 혼인신고 하려면 대비가 필요해서 잠시 모신 것뿐이야. 끝나면 돌려보내 드릴게."

소곤거리는 재우의 목소리는 지원의 귀를 타고 징그럽게 파고들었다. 그 순간 지원은 재우가 풀어 준다 해도, 아무 소리도 내지 못할 만큼 기막힘으로 말문이 막혀 버렸다.

급한 대로 다른 곳보다 좀 더 어두운 복도를 향해 소리를 죽여 움직이던 재우의 몸이 계단 바로 앞에 다가서는 인기척에 그대로 멈춰 섰고, 지원의 입도 한층 더 강하게 내리누르기 시작했다.

지원이 시선을 내리자, 달빛이 어슴푸레한 캄캄한 1층에 무척이나 크고 다부진 체격을 가진 남자의 모습이 까만 그림자처럼 어둡게 보이고 있었다.

'오빠?'

그를 알아본 지원의 눈이 있는 대로 커졌다. 그였다. 벌거벗긴 채 피범벅이 된 얼굴로 강간 직전에 놓인 그녀 앞에 그가 저만치 나타나 서성이고 있었다.

많은 고민을 하며 찾아온 것인지, 좀처럼 위층으로 올라올 기미를 보이지 않는 그의 모습에 재우는 지원을 더 힘을 주며 옥죄기 시작했다.

아프고, 숨이 막혔다. 피 터진 코는 그녀를 제대로 숨 쉴 수 없게 만들었고, 막혀 버린 숨구멍 사이로 조금씩 새어 들어오는 산소에 의지해 숨을 이어 가기가 갈수록 힘들어지고 있었다.

'도와줘, 오빠.'

눈길이 소리가 될 수만 있다면……. 현민의 실루엣을 보는 지원의 눈에선 눈물이 흘러내렸다. 어릴 적 친할머니가 엄마에게서 떼어 내 친가 2층 작은 방에 가둬 두었을 때, 어딘가로 보내질지 모를 딸을 되찾으러 시댁에 들어섰던 엄마도 지금 오빠처럼 저렇게 그녀의 눈 아래에서 더 이상 올라오지 못하고 멈춰져 있었다.

그리고 지원은 그때 도저히 뿌리치려 버둥거려도 밀쳐낼 수 없었던 고모의 품처럼, 끔찍한 재우의 품에 가둬져 엄마에게 뛰어 내려가지 못했던 것처럼…… 지금 그에게도 한달음에 달려가지 못하고 있었다.

똑같이 반복되는 고통. 그때처럼 물리적인 힘에 의해 억눌려 움직이지 못하는 좌절과 무력감에 다 틀렸다고 생각하면서도 꽉 다물린 입으로 억눌린 비명을 지르며 포기하지 않으려 애썼다.

"읍······읍······읍······."

"조용히 해!"

지원이 작은 비명을 쉼 없이 질러 대자 재우는 저도 모르게 지원을 다 그쳤고, 오히려 아래층에 서 있던 현민은 지원의 억눌린 숨소리보다 재우의 잇새로 뱉는 명령조 소리에 반응하듯 뒤늦게 고개를 들어 올렸다.

기적처럼 현민이 지원이 있는 2층 복도 난간을 쳐다보았다.

재우의 손에 입이 막히고 양팔과 가슴께를 감아 돌린 억센 팔에 붙잡힌 몸이 버둥거렸지만 워낙 어두운 곳이라 그가 두 그림자가 겹쳐 있음을 알아채 주길 바라는 것은 무리 같아 끝이라고 생각한 순간, 멀리 선 그림자가 눈에 띄게 굳어지는 것이 보였다.

천천히 계단을 오르기 시작한 현민의 움직임에 재우는 지원을 안은 채 복도 안쪽으로 움직였고, 긴장된 공간의 고요한 공기를 흩뜨린 재우의 움직임은 현민에게 더 확실한 그림자 윤곽을 드러내 주었다.

"누구야!"

감정이라곤 느껴지지 않는 그저 낮은 현민의 목소리. 지원은 또다시 소리치기 시작했다.

"으읍! 으읍!"

아무리 오빠라고 불러 봤자 새어 나오는 소리는 가느다랗게 뭉개진 '읍' 소리밖에 없었지만 지원은 포기하지 않았고 재우는 그런 그녀를 말리려, 다쳐 축 늘어진 팔을 몸통과 함께 더 꽉 조여 지원을 극한의 고통으로 몰아넣었다.

"으으으······!"

정신을 놓아 버리도록, 숨이 멎도록 아팠다. 누가 어디에 서 있고 뭐가 어떻게 된 건지 파악할 수 없을 정도로 극심한 고통에 눈을 감고 미친 듯이 소리 질렀다.

"개새끼!!"

거친 욕설과 함께 지원의 몸이 거세게 바닥에 내동댕이쳐졌다. 하필이면 다친 팔을 깔고 넘어진 지원이 정신을 잃을 만큼 아파서 경황없던 순간이 잠시 지나고 눈을 뜨자, 눈앞에는 어둠 속에서 엎치락뒤치락거리며 주먹싸움을 하고 있는 커다란 두 개의 그림자가 보였다.

　한 사람이 주먹에 맞아 저만치 떨어져 나가면 또 다른 한 사람이 쫓아가 그 위를 타고 올라 때리고, 반항하는 아래 사람이 몸을 뒤집었다 싶으면, 금세 다시 뒤집혀 원래 주먹질하던 사람이 다시 주먹을 내려치고 있었다.

　누가 누군지 모를 만큼 어두웠어도…… 지원 그녀의 마음이 별로 아프지 않은 걸 보면 현민은 괜찮은 것 같다는 막연한 안도가 들었다.

　그가 왔다. 영영 거기 서 있을 줄 알았더니. 어렸을 때처럼 못 풀려나고, 가슴만 터지도록 아파서 죽을 줄 알았는데. 그는 이렇게 올라와 지원을 지키려 하고 있었다.

　과거의 기억과 느낌이 현실의 두려움과 안도감 사이로 파고들어 뒤섞였다.

　어린아이였을 때 뒤에서 안아 버린 고모의 힘에 눌려 온몸을 꼼짝할 수 없었던 무력감도, 한걸음에 계단을 뛰어 올라올 것 같으면서도 친할머니의 기에 눌려 현관문 앞에 선 채 날 선 말만 주고받던 엄마의 모습과 그 모습을 내려다보기만 했던 어린 지원의 애통함도 모두 과거 속으로 희미해지고 있었다.

　과거였다. 정말 과거였는데 그것을 아직까지 무의식 속에 붙잡고 있었던 것은 그 누구도 아닌 지원 자신이었다는 걸 깨닫는 순간이었다.

　어린아이였던 지원이 느낀 비통함이 무의식 속에 상처로 남아 높은 곳으로 올라가지 못하게 막아서고 있었다는 걸, 그래서 지금까지 고소공포증으로 한 층씩 올라갈 수 있는 한계를 높이기 위해 사투를 벌여야 했던 것도 모두 다, 스스로가 내린 제한이었고 나약했던 어린 시절 아무것도 할 수 없었던 자신에게 내린 벌이었다는 걸, 지원은 차갑고 어두운 복도에 널브러진 채로…… 이제야 깨닫고 있었다.

모든 것을 깨닫고서야 여전히 무의식 속에서 떨고 있는 어린 지원을 편하게 놓아줘야 한다는 생각이 들었다.

'내 잘못이 아니야. 못나서가 아니었어. 어렸으니까 그랬을 거야.'

지원이 스스로를 용서하는 순간 어릴 적 이층 난간에서 보았던 무력한 자신과 엄마의 모습이 흩어져 사라지는 모습이 환상처럼 눈앞에 펼쳐졌다. 실제론 아무것도 보이지 않으나 그녀의 머릿속에 떠오르며 점차 흐릿해져 갔고, 더 이상 숨이 막히거나 가슴 아프지도 않았다.

모두 과거라는 걸, 어이없게도 이처럼 급박한 상황에서 지원은 정말 지난 일이라는 걸 받아들이고 있었다. 다 자란 지원은 무의식 속의 어린 지원을 지금에서야 벗어나고 있었다.

'다 지난 일이야. 정말 다 지났어.'

혼자 인정받듯 생각을 되뇌던 지원의 귀에 뭔가 퍽퍽 쳐 대는 소리가 들려왔다. 소리가 나는 곳에 초점을 맞춰 보니 이미 축 늘어진 재우 위에 올라타 있는 현민의 등이 보였고, 그의 뒷모습은 한 번도 본 적 없는 살의로 가득 차 있었다.

"그만해."

가늘게 떨리는 목소리로 그를 말려 봤지만 현민은 듣지 못하는 것 같았다.

"하지 마."

더 이상 반응하지 않는 재우의 얼굴을 계속 내려치던 현민의 주먹이 허공에서 누군가에게 붙들린 것처럼 틱! 하고 멈춰졌다.

"그만해……. 하지 마."

울음 섞인 지원의 목소리를 다시 한 번 듣고서야 그녀를 향해 고개 돌린 현민이, 벽에 기대앉은 지원을 바라보았다.

어두운 구석에서 자신을 향해 있다고 느껴지는 지원을 바라보다 더러운 것에서 떨어져 나오듯 혐오 가득한 시선을 던지며 재우의 몸 위에서 일어난 현민이 성큼성큼 그녀에게 다가가기 시작했다.

지원은 다가오는 현민을 느끼며 조금이라도 더 감추려 했지만, 몸이 마음대로 움직여지지 않아 그저 고개만 아래로 내려뜨릴 뿐이었다.

"……지원아. ……많이 아파?"

포악한 재우를 누를 만큼, 인성이 사라질 만큼 분노했던 그의 등을 봤는데 들려오는 목소리는 울음이 가득 차 떨고 있어, 지원은 눈을 감았다.

어디가 다친 것인지 알 수 없어, 말없는 지원을 유심히 바라보던 현민이 구름을 벗어난 달빛이 복도에 점점 더 길게 스며들자, 그 빛에 기대어 지원의 얼굴 윤곽을 좀 더 찬찬히 살펴보았다.

그런데 얼굴 위로 가늘게 방울지어 내리는 무채색의 검은 줄기들. 그 것을 본 순간, 현민은 가슴에 이는 선득함에 숨을 멈추며 분노보다 먼저 느껴지는, 차마 뭐라 말할 수 없는 두려움에 잠식당한 채 이마를 향해 뻗던 손을 허공에 멈춰 가늘게 떨었다.

검은 줄기는 가늘지만 통통한 굵기를 만들며 말라붙을 생각 없이 계속 이어지고 있었다.

엉성하게 펼쳐진 현민의 손이 생각보다 더디게 그녀의 얼굴에 닿았다. 그 검은 줄기에서 미약한 온기를 느끼던 그의 손가락이 또 다른 온기가 새로이 흘러내리는 비릿한 미끌거림을 느끼고야 말았다.

시선을 내리자 그 검은 것들이 스멀스멀 기어가는 생명체처럼 끊임없이 느리게 움직이며 퍼져 나가고 있었다. 그의 손가락을 타고 흐른 검은 줄기가 손목을 지나 하얀 와이셔츠 소매 깃 안으로 타고 들어가 굽혀진 팔꿈치에 고이듯 모여들었다.

사랑해서 보듬기도 아까웠던 몸이 찬 바닥에 기대어, 어디가 잘못되어 이토록 피 흘리는지 모르는 두려움에 현민은 눈 안에 있는 혈관들이 모두 터져 버릴 정도로 분노하고 절규했다.

"지원아……."

너무도 두려워. 세상에 태어나 이런 두려움은 느껴 본 적이 없어, 그의 몸과 폐가 굳어 갔다. 충격에 굳은 그의 팔이 석고상이 움직이듯 삐걱거리며 제대로 움직여지지가 않았다.

이름을 부르자 움찔하는 작은 몸이 가엽고 아려 왔다. 거친 숨을 몰아쉬고 있는 현민은 말없이 자신의 재킷을 벗어 지원의 몸을 감싸 덮은 뒤어디론가 전화를 걸었다.

"총수 전담팀 대기시키고, 앰뷸런스 보내라고 해. …… 아직 들어오지 마."

현민은 정신 잃은 재우를 확인한 뒤 가장 가까운 사무실로 들어갔다. 어두운 사무실에서 뭔가 부스럭거리는 소리가 들리더니 문을 나서는 현민의 손엔 기다란 천이 들려 있었다.

"우선 이거로 가리자. 혼자 두고 위층까지 옷 가지러 못 가겠다."

커다란 재킷이 엉덩이까지 가려 주고 있지만 조금이라도 움직이면 하체가 그대로 드러날 상황이라, 천을 둘둘 감아 지원의 몸을 가리던 현민이 다시 말을 이었다.

"어차피 병원 가면 환자복 입을 테니까, 우선 이거로 견뎌."

무겁게 가라앉은 목소리가 꽉 잠겨 그의 비통함을 말해 주고 있었다.

"……울지 마."

현민의 움직임이 한순간에 멈춰져, 두 사람의 호흡 소리만 검은 복도 안에 울려 퍼졌다. 사람이 숨소리가 이렇게 큰 것이었나.

"쓰레기 치우고 올게. 그때까지만 혼자 있어. 그럴 수 있지?"

지원의 고개가 미미하게 끄덕여졌다.

"그래. 우리 지원이…… 착하다."

저 더러운 놈을 더 이상 한 공간에서 숨 쉬게 할 수 없었던 현민의 얼굴이 방금 전 지원에게 보였던 미소가 거짓이었음을 드러내듯 금세 억눌린 슬픔으로 일그러졌다.

그래도 지원은 그의 따뜻한 눈빛과 천천히 머리를 쓰다듬는 손길에 위안받으며 눈을 감았다. 그가 있으니…… 다 되었다. 어찌 됐든 그의 곁이니 되었다.

"쉬고 있어. 앰뷸런스 곧 올 거야."

말을 마친 현민이 일어서 몸을 돌리더니 방금 보여 줬던 부드러움은 꿈이었던 것처럼 딱딱한 걸음걸이로 재우에게 다가서며 어디론가 전화를 걸었고, 곧 장정들이 건물로 들어서 계단을 오르는 소리가 들렸다.

그들의 시선을 막고 선 현민은 재우를 치우라 명령했고, 잠시 뒤 더 이상 재우의 모습은 보이지 않았다. 오랜 긴장감을 버텨 내던 지원이 벽에 기댔던 등을 스르륵 미끄러트리며 차가운 복도 바닥에 무거운 몸을 누였다.

몸을 파고드는 냉기 사이로 땅을 파고들며 끝없이 추락하는 지원의 의식이 점점 아득해졌다.

"정신 놓지 마. 지원아. 자면 안 돼."

귓가를 파고드는 그리운 목소리. 움직일 수 없는 몸은 손가락 하나 까딱할 수 없는데, 눈가엔 살아 있는 것을 증명하듯 뜨거움이 몰려들어 물기가 흘러내렸다.

무언가 따뜻한 것이 몸을 감싸는 느낌에 지원은 빛을 향한 식물의 맹목적인 움직임처럼 몸을 틀어 파고들려 했다.

"으으윽."

아주 작은 자극일 뿐인 움직임에도 전신으로 끔찍한 고통이 섬광처럼 퍼져 나갔다.

"힘주지 마. 이대로 있어."

따뜻한 온기가 좀 더 강해졌다. 지원은 혼미한 의식 가운데서도 그 작은 변화에 안도하며, 깊은 구덩이로 끌어당기는 아득한 고요에 투항하듯 서서히 흐려진 의식을 내려놓았다.

"지원아! 지원아! ……으아아아악."

분명 마지막까지 의식 잃은 지원이를 불렀으나, 생각은 지원이었으되 소리는 온전한 말뜻이 되어 흘러나오지 못했다.

그저 가슴에 담긴 뜨거움만 쏟아 내는 헉헉거림과 사람 것이 아닌 울부짖음에 정신 잃은 지원이라면 그 소리가 저를 깨우려는 소리, 가슴 아파 애통하는 소리, 미안함의 소리인 것을 다 알아들었을 테지만, 1층에서 위층을 보호하며 주변을 경계하고 있던 경호원들은 상상조차 못한 부회장의 무너짐에 난감해하고 있을 뿐이었다.

"부회장님 놔주셔야 합니다."

정체됐던 앰뷸런스 안 공기가 바깥공기와 뒤섞이기도 전에 지원이 누워 있던 스트레쳐가 앰뷸런스 밖으로 끌어내려졌다.

총수전담팀들이 활짝 열린 앰뷸런스 문에서 내려서는 스트레쳐카를 붙잡고 재빨리 이동하려 했지만, 그 끄트머리를 붙잡고 있는 현민의 손에 의료진들의 걸음이 멈칫거리자, 병원장이 다가와 나직이 말했다.

보는 눈들 때문에 존대를 하고 있지만 사석에서 오가는 진지한 나무람과 부탁의 눈길에 꽉 잡고 있던 현민의 손이 느슨해졌다. 숨을 들이켜며 손에서 힘을 뺀 현민의 팔이 툭하니 스트레쳐카에서 떨어져 나가자, 지원은 의료진들에게 둘러싸여 빠른 속도로 현민의 시야에서 사라져 갔다.

"어디로 가는 겁니까."

"집중치료실로 이동할 겁니다. 저…… 부인과 검사는 여교수에게 맡겼으니 염려 마십시오."

현민의 눈이 의아함이라기보다는 성이 난 눈빛으로 병원장에게 향했다.

"아, 이송 도중 상태 보고받았습니다. 일반 폭행이 아닌 것 같아서 긴급검사 몇 가지 한 뒤에 바로 VVIP병동에 입원하시게 될 겁니다."

현민의 꾹 다물린 입술에서 뭔가 짓눌린 한숨 소리가 새어 나왔다.

"검사하는 동안 병원장실로 올라가시지요. 결과는 바로 알려 드리겠습니다."

"아내 될 사람이 다쳤는데. 어떻게 편히 쉬겠습니까. 안내하십시오."

말을 마친 현민이 앞서 걷자 병원장은 놀란 얼굴로 멍하니 서 있다, 뒤돌아보는 현민의 행동에 정신을 차린 듯 빠르게 앞서 걸어가기 시작했다.

자정이 넘은 시각, VVIP병실에 누운 지원을 바라보던 현민은 공기마저 멈춰 선 듯한 조용한 공간을 빠져나와, 라운지 테이블 위에 놓인 병원 종이가방을 쳐다보았다.

한 시간 전쯤 돌아가신 지원의 가족분들이 저 안에 들어 있는 피 묻은 은색 테이블보를 보고 보이셨던 반응이 눈이 선했다.

'이, 이거 뭐예요?! ……유현민 씨!'

예원이 뭔가 두려운 걸 열어 보는 표정으로 가방을 잡아당기려 하자, 옆에 앉은 형석이 아내를 말리며 자신 앞으로 가방을 끌어와 안을 살펴보았다.

심각하게 굳어지는 남편의 얼굴을 본 예원이 거칠게 가방을 잡아채 열어 보고는 눈물을 터트리기 시작했다.

'증거품이라 보관해야 하겠지만, 지원이 깨어났을 때 이걸 다시 보게 되는 건, 원하지 않습니다. 수사도 상태가 호전되면 협조해야겠지만, 지원이 원하지 않는다면 형식적인 조사만으로 그치게 할 테니, 너무 염려 마십시오.'

지원이 어떻게 다치게 되었는지, 그 가해자가 누구이며 지금 어떤 상태인지 가족들에게 설명한 현민은 하얗게 질려 버린 가족들을 보며 이렇게 말했었다.

'어머님. 처형. 그리고 형님. 지원이 저 때문에 힘들었던 거 압니다. 지원이에게도 용서를 빌었고, 가족분들께도 정말 죄송하게 생각합니다. 하지만 지원이 이대로는 못 둡니다. 겉으론 어떻게 보였을지 저도 잘 압니다만, 저희 서로 사랑합니다. 일주일 뒤에 아버지께서 입국하시면 정식으로 자리를 마련하겠지만 아버지께서는 저희, 허락하셨습니다. 그러니 지원이 깨어나기 전에 가족분들께서 저를 좀 받아들여 주십시오. 그래야 지원이가 제게 올 때 마음이 편합니다. 부탁드립니다, 어머님.'

가족들은 눈앞에 벌어진 상황도, 현민의 결연한 의지도 모두 받아들이기 힘들어 보였다.

그리고 잠시 뒤 주치의들이 들어와 우측 상완골 인대손상, 좌측 안면 열상에 안와골절. 팔은 골절상이 아닌지라 한 달 정도 깁스하고 지켜볼 것이며, 눈 주변 뼈는 1—2주 정도 부기를 뺀 다음 다시 검사를 해 봐야 하지만, 검사 결과 안구 조직손실이나 함몰 가능성도 적고, 결막출혈이 보이긴 하지만, 모세혈관 출혈 외 수정체손상이나 조직이상이 발견되지 않았으니, 지금으로선 바로 수술에 들어갈 필요가 없다는 소견을 들을 수 있었다. 그러나, 최악의 상황은 피했다는 검사결과를 들으면서도 현민이나 가족들 중 누구 하나 적절한 감정을 내보이지 못했었다.

오히려, 너무 참담해하는 가족들에게 의료진이 복합골절이나, 신경손상이 발생할 가능성이 높은 케이스인데 운이 좋았다고 위로하다가 현민의 불호령을 들었을 뿐이었다.

비강출혈도 잡았고, 안면, 대퇴부 타박상, 전신 찰과상은 시간이 필요하다는 설명에 부인과 교수가 성폭행 케이스가 아니란 말을 덧붙이자 가족들은 멈췄던 숨을 쉬었다.

오열에 지친 어머님뿐 아니라, 모두들 라운지에서라도 대기하겠다 하시는 통에 현민은 각 과 교수진들의 특별케어와 24시간 전담 간호사와 의전직원도 배치되니 너무 염려 마시고 내일 오시라며 설득하다 이런 사건일 경우 환자가 안정을 취하고, 다른 이들이 알게 된 것을 받아들일 수 있을 때 얼굴을 보셔야 지원이 회복에도 도움 되지 않겠냐며, 겨우겨우 가족들을 댁으로 돌아가시게 한 뒤 이렇게 혼자 남아 있는 것이었다.

종이가방 안으로 보이는 얇고 광택 나는 은색 테이블보. 찢어진 블라우스 조각과 피 묻은 자신의 양복, 이 물건들을 보고 있자니, 어둠 속에 붙잡혀 있던 지원의 신음과 검은 줄기가 되어 떨어지던 그녀의 피가 다시 눈에 보이는 것 같아 현민은 가슴에 이는 통증을 느꼈다.

"문 비서는 아직 경찰서에 있나?"

현민의 폭행을 덮기 위해 경호팀은 묵비권을 행사 중이었고, 문 비서는 법무팀과 기자들을 차단시키며 경찰서에 있었으나, 정작 가해자와 피해자 모두 의식 없이 응급 진료 중이었다.

"조금 전에 출발하신다고 연락이 왔었습니다."

줄곧 시선을 종이가방에 두고 있던 현민이 고개를 끄덕이며 손을 들어 보이자, 말을 마친 경호팀장이 허리 숙인 뒤 라운지 밖으로 나갔다.

회한 가득한 현민의 시선이 소파에 기대 눈을 감으며 가려졌다.

'미안하다. 내 탓이다.'

아버지가 입국하시면 당당하게 지원의 집에 인사드리고, 결혼 준비를 시작하려 세호그룹 M&A 건을 서둘러 마무리하고자 하는 욕심이 컸었다.

정보원이 놓친 것은 없는지 직접 떠도는 소문을 들으려 피앙세를 공개하라는 친구들의 성화에 못 이기는 척 나갔던 자리에서 무심코 무언가에 끌리듯 고개를 돌렸을 때 보인 것이 지원의 뒷모습이었고, 지원이 좋아할 만한 곳도 아니지만, 혼자 들어올 수 없는 곳에 와 있는 지원의 일행을 찾다가 윤지환 의원을 봤을 때 감정을 억누르지 못했었다.

게다가 뒤돌아 자신을 보고도 반가워하기는커녕, 어리둥절한 표정으로 굳어져 있는 지원의 모습이라니. 화가 나 다가섰을 때 지원 옆에서 떠드는 여자가 세영이란 걸 알았지만, 이미 그에게 세영은 지원과의 대화를 방해하는 시끄러운 존재에 지나지 않았을 뿐인데, 지원의 눈이 상처받고 있어서. 자신을 못 믿는 게 화가 나서.

'미안해, 지원아.'

현민의 눈에서 또 한 번 뜨거운 것이 흘러내렸다. 당장 따라 나가야 했었는데, 세영에게 경고하는 사이 지원은 뛰쳐나갔는지, 이미 먼저 출발한 뒤였다.

현민은 원컴퍼니 주차장에 지원의 차가 무사히 주차된 것을 보고 그냥 돌아가야 할지 말지 망설였던 제 자신을 한없이 원망하며 욕하고 있었다.

뇌손상이 없다는 의료진의 말이 무색하게 지원은 새벽이 지나고 아침을 지나, 해가 중천에 떠도 깨어나지 않았다. 현민은 출근하지 않았고, 비서실은 새벽부터 잡혀 있던 일정을 조정하고 미루느라 비상 근무 체제로 돌아가고 있었다.

문 비서는 날밤을 지새운 뒤 회사로 복귀했다가 긴급 결재 건들만 챙겨 병실에 속한 사무실에 가져다 두었지만, 현민은 깨어나지 않는 지원을 두고서 일을 볼 수 없었는지 그마저도 병실 안으로 들고 들어가 버렸다.

지원의 어머니도 도저히 댁에 계실 수 없었는지 새벽에 다시 병원으로 오셨다가, 타는 가슴을 주체하지 못하고 탈진하여 링거를 맞으셨고, 또 쓰러지실까 겁난 현민의 강권으로 간호사와 함께 댁으로 다시 돌아가셔야 했다.

형석과 예원은 출근한 뒤 급한 일만 봐 놓고 병실로 돌아오겠다 했으나, 뒤늦게 예원의 임신 사실을 안 현민은 불상사를 막기 위해 의료진에게 면회불가 결정을 내리게 하여, 절대안정이 필요한 상태라며 보호자 1인 외 다른 가족들의 출입을 삼가 달라는 말로 언니 예원이 병실을 지키지 않도록 만들었다.

상주가 허용된 보호자 1인을 자청한 현민은 피곤하니까, 몸이 성치 못하니까, 라는 이유로 지원이 아무 이상 없이도 깨어나지 못하는 이유를 스스로 납득하려 했다.

그러나 저녁이 되어서도 지원이 깨어나지 못하자 결국 의료진을 향해 대책을 간구하라 화를 터뜨렸다.

"자기방어기제일 수도 있습니다. 좀 더 지켜보시지요."

"그게 무슨 말입니까?!"

"깨어나면 현실을 인정해야 되니까, 환자분께서 무의식적으로 수면상태에서 벗어나지 않으려 하는 것일 수도 있습니다. 그만큼 의학적으론 정상이라 다른 이유는 찾을 수 없다는 뜻이니 조금만 더 지켜보셨으면 합니다."

의료진들을 내보낸 뒤 둘만 남은 현민은 처참한 모습으로 누워 있는 지원을 바라보았다. 깁스하지 않은 왼손을 잡아 쥐고 한동안 말없이 바라보던 현민의 눈에서 눈물이 흘러내렸다.

"사랑해."

지원의 부어오른 얼굴에 차마 손대지 못한 그가 이마 위로 흐트러진 머리카락을 매만졌다.

"사랑해, 지원아."

굵은 눈물이 그의 볼을 따라 흘렀다.

"이제 그만 돌아와. 네가 돌아오면 이젠 네가 싫다고 말해도, 널 혼자 두지 않을 거야. 이렇게 다치게 둬서 미안해. 다 미안해, 지원아. ……다 미안하니까. 매일매일 미안해할 테니까. 제발 나한테 돌아와. 나 좀 살려 줘. 너 이러면 나 못살아. 어디에 갇혀 있는 거야."

잔잔한 속삭임처럼 시작된 현민의 목소리가 점점 울음소리와 함께 커져 가고 있었다.

"지원아. 이제 그만 돌아와. 나 여기 있잖아. 네 옆에 있잖아. 제발 그만 돌아와. 네 눈이 보고 싶어. ……네가 날 보고 웃는 게 너무너무 보고 싶어. 지원아, 제발……."

침대 아래로 무너지듯 내려앉은 현민이 두 손으로 꼭 잡은 지원의 손에 얼굴을 가져다 댔다. 굵은 눈물 줄기가 뺨을 적시다 이젠 마른 데를 찾아볼 수 없도록 슬픔에 젖어들어 갔다.

"너도 날 봐야 하잖아. 내가 이렇게 옆에 있는데 제발 깨어나, 제발 눈을 좀 떠."

현민은 숨을 꺽꺽거리며 눈도 뜨지 못하고 울었다.

병실인 것도, 자신이 부회장이라는 것도 모두 잊고 오로지 깨어나지 않는 지원을 향해 피 말리는 가슴을 토해 내며 저미고 저며 숨도 쉬어지지 않고 옥죄이는 가슴으로 울었다. 손을 내려놓고 얇은 시트 아래 드러난 앙상한 발목을 부여잡아 쓸어내리던 현민은 종아리에 머리를 파묻으며 서럽게 울어 댔다.

울다 울다 눈물이, 콧물이 뭐가 뭔지 의식도 않고 울다가, 숨을 쉬어야 할 때 숨이 쉬어지지 않아 가슴을 쳐 대다가 현민은 제 가슴을 때리고 있는 주먹을 들여다보고 또다시 울어 댔다.

이렇게 가슴이 아파서 쳐 댔던 거구나. 지원이는 늘 이런 고통을 느끼며 숨을 쉬려고 가슴을 치고, 그렇게 한스럽게 울었던 거구나. 그런 여자를 내가 또 울린 거구나. 현민은 이렇게 멍들도록 가슴을 쳐야 겨우 숨이 쉬어지는 고통을 태어나 처음으로 느끼고 있었다.

지원이 떠난 뒤로 심장이 터질 듯 아프기도 했었다. 미칠 듯 잠 못 이루고 새벽을 지새우며 자학하기도 했었다.

그러나 이렇게 제 몸이 비틀린 것처럼 한 줌의 공기도 몸 안에 들이쉴 수 없도록 고통스럽게 지원을 갈망하는 일, 살아도 산 것이 아닌 지난 1년보다 더 끔찍한 고통을 온몸으로 느끼며 지원을 원할 수 있다는 것을, 그는 스스로도 놀랄 만큼 무섭도록 깨우치고 있었다.

사랑이, 그의 사랑이 이렇게 온 마음을 다해 깊어졌는데, 지원은 눈을 뜨지 않았다.

그것이 그가 보여 준 세상이 끔찍해서 눈을 뜨지 않는 것 같아 현민은 그렇게 지원에게 빌었다. 깨어나면 평생 미안해하겠다고. 넌 잊어도 난 잊지 않을 테니, 내가 날 쉬이 용서하여 네가 당한 고통을 가볍게 치부하지 않을 테니 제발, 제발 일어나 달라고…….

푸른 언덕 한켠에 시멘트로 길고 곧게 만든 시골길이 쭉 이어져 있었다. 멀리서 나와 상관없는 세상을 지켜보듯 아무런 감각 없이 동떨어진 풍경을 바라보던 지원은 어디선가 본 듯한 낯익은 그 길이 마리아마을로 접어드는 언덕길이란 것을 기억해 냈다.

눈을 돌려 주변을 살펴봐도 사람이라곤 한 사람도 보이지 않고 초록 풀밭 옆으로 이어진 매끈한 시멘트 길만 보이는 풍경에 지원은 아늑함을 느끼고 있었다.

인적 없는 그 길에 멈춰 서 있었는지는 모르겠지만, 시간이 멈춘 것 같은 그 길에 갑자기 작은 움직임이 느껴지기 시작했다. 뭔가 고개를 움직이게 만들어 바라본 언덕 저 아래쪽에서 하얀 차가 언덕을 오르기 시작하고, 그 움직임을 지켜보던 지원은 그 안에 무엇이 있는지 보이지 않아도 알 것 같은 느낌에 두려운 마음을 느끼며 점점 사색이 되어 가고 있었다.

차가 점점 더 언덕 정상에 가까워졌다. 어디론가 움직여 몸을 피해야 할 것 같은 느낌에 주변을 둘러봐도 큰 나무 하나 없어 당황하는 지원에게 이미 네가 거기 있는 것을 다 알고 있으니 숨으려 하지 말라는 듯 하얀 차의 창문이 열리며 재우의 얼굴이 보이기 시작했다.

'도망가야 해!'

몸을 돌려 마리아마을 안쪽으로 달아나면 어차피 그곳을 알고 쫓아온 사람이니 완벽히 숨을 수 없으리란 생각에 지원이 무조건 반대편 길로 내달리기 시작했다.

가파른 내리막길을 온 힘을 다해 뛰어 내려가면서, 속도를 감당하지 못한 다리가 튕겨 오르는 것처럼 앞으로 고꾸라질 듯 몇 번이나 중심을 잃었던 지원은 위태위태하게 버텨 내다 완만한 평지에 이르러 저만치 앞에 보이는 도로를 향해 손을 흔들어 댔다.

도와 달라고, 누구든 차 좀 세워 이곳을 벗어나게 해 달라고 외치고, 또 외치며 달려갔지만, 어느 순간 지원은 자신의 입에서 아무 소리도 나오지 않고 있다는 걸 깨달았다.

숨 막혀 죽을 것 같은 답답함. 온 힘을 다해 소리치는데도 한 마디도 말이 되어 나오지 않는 절망에 사로잡혀 지원이 뒤돌아보자, 하얀 차는 그녀의 조급한 몸짓을 비웃는 것처럼 아주 천천히 속도를 낮춰 다가서고 있었다.

투명한 창 안으로 곧 잡힐 지원을 조롱하는 재우의 비틀린 미소가 보였다.

'잡히느니 차라리……'

눈을 질끈 감고 찻길로 몸을 내던진 지원의 눈앞이 한순간에 캄캄해지며 어둠에 휩싸였다.

'어디지?'

뭐든 보여야 도망칠 텐데, 눈앞은 여전히 캄캄했다. 찻길로 뛰어든 것 같은데 몸은 멀쩡했고, 어둠에 감싸여 있지만 서 있는 곳 또한 찻길은 아니었다.

어디가 어딘지 모르게 아무것도 보이지 않는 암흑에 갇힌 지원은 두려움을 무릅쓰고 팔을 뻗어 손에 닿는 것들을 만져 보았다. 차가운 촉감. 약간 오돌토돌하고 납작한 면. 지원은 그것이 자신의 일터이자 집인 원컴퍼니의 계단 벽이란 생각이 들었다.

계단을 오를 때면 습관처럼 마지막 계단을 딛고 올라설 때 꼭 한 번씩 벽을 짚었던 지원이라 차갑고, 오돌토돌하게 코팅된 그 촉감이 무엇인지를 깨닫는 건 그리 어려운 일이 아니었다.

2층. 계단 그리고, 어둠…… 어둠. 어둠?! 등골이 싸늘하니 식으며 식은땀과 함께 몸을 훑고 내려가는 서늘한 전율이 채 가시기도 전에 지원의 귓가에 목소리가 들려왔다.

'한참 기다렸는데…… 일이 많니? 안 와서 기다리느라 무지 혼났는데…… 밥은 먹은 거야?'

말이 끝나기도 전에 환한 달빛에 재우의 웃는 모습이 너무나 확실하게 보였다.

'웃지 마! 저리 가!'

'예전처럼 나만 봐, 지원아. 널 기다렸어. 지원아. 너만 기다렸어, 지원아.'

온몸을 옴짝달싹 못하게 휘어 감는 뱀처럼 재우의 몸이 숨도 못 쉬게 들러붙기 시작했다.

'놔! 제발 좀 놔! 이 미친놈! 더러운 놈! 제발 좀 놓으란 말야!'

'나한테 감히 그런 말을 해?! 니까짓 게 감히?! 홀어머니에 겨우 입에 풀칠하자고 직장 다니던 네가 이깟 회사 하나 차렸다고 근본이 달라지는 줄 알아?!'

재우는 지원을 때리고, 옷을 벗기며 자기 엄마와 똑같은 말을 하고 있었다. 홀어미, 풀칠…… 근본. 사람의 진정한 근본이 무엇일까. 홀어미는 처음부터 혼자였을까. 그 자신은 언제까지나 백년해로하며 남편이 먼저 가서 혼자 남게 되는 일이 정말, 진정 없을까. 욕을 보이게 될 상황에서도 지원은 넋을 놓은 듯 반항도 없이 늘상 그들 모자에게 들어왔던 수많은 모욕과 폄하의 말들을 하나씩 떠올리고 있었다.

'죽자. 노력해도 벗어날 수 없는 거라면. 죽자. 너의 사람이 되느니 나는 죽고 말 거야.'

지원은 손을 더듬거리다 뭔가 잡히는 것을 들어 올려 제 가슴을 겨눴다. 눈앞의 재우 얼굴이 하얗게 질리는 걸 보니 잡긴 제대로 잡은 것 같았다. 놀라 입을 벌리고 당황한 재우가 몸 위에서 떨어져 나가는 것이 보였지만 지원은 결심을 굳히며 좀 더 정확하게 칼날을 명치를 향해 조준했다. 숨을 들이쉬어 가슴을 크게 부풀린 지원이 숨을 참고 칼을 부여잡은 두 손을 제 가슴을 향해 내리꽂으려는 순간!

'사랑해, 지원아.'

지원은 제 명치끝에서 아슬아슬하게 멈춰선 칼끝이 부들부들 떨리는 것을 바라보며 방금 들은 그 목소리가 누구의 것인지 생각해 내려 애썼다.

'이제…… 그만 돌아와.'

돌아와? 어디로?

'돌아오면 이젠 네가 싫다고 말해도, 널 혼자 두지 않을 거야.'

난 늘 혼자였어.

'다치게 둬서 미안해. 다 미안해……. 지원아.'

뭐가 미안하다는 거야. 난 늘 혼자였고, 난 늘 이렇게 혼자 당해 왔는데. 왜 나한테 미안하다는 거야. 모두가 난 괜찮을 거라 생각해. 모두가 난 혼자서도 뭐든 감당하고, 잘 살아 낼 거라 생각해. 근데 아니야. 나 이젠 지쳤어. 모두가 그렇게 말하며 날 힘들게 만든 걸 하나도 미안하게 생각하지 않아. 왜들 그러는 걸까. 내가 언제나 참고 이겨 내서 네겐 그렇게 굴어도 된다고 생각하는 걸까. 그렇다면 나 이번엔 참아 내지 않을래. 이겨 내려 바둥거리지도 않을래. 쉴래……. 쉬게 놔둬.

지원은 다시 한 번 멈췄던 팔을 높이 들어 올렸다. 다시는 흔들리지 않겠다는 듯 목을 바로 세우며 단호한 표정으로 손안에 든 칼 손잡이를 좀 더 꽉 부여잡았다.

'……다 미안하니까. 매일매일 미안해할 테니까. 제발 나한테 돌아와. 나 좀 살려 줘.'

목소리가 울기 시작했다.

왜 울어요? 누군데 그렇게 울어요? 내 마음 이렇게 아프게 만들며 우는 당신은 누구야.

'지원아. 이제 그만 돌아와. 나 여기 있잖아. 네 옆에 있잖아. 제발 그만 돌아와.'

내 이름 부르지 마요. 이제 그만 쉬고 싶은데, 쉴 수가 없잖아. 왜 자꾸 날 부르는 거예요.

'네 눈이 보고 싶어. 네가 날 보고 웃는 게 너무너무 보고 싶어. 지원아, 제발…….'

마음이 너무 아파……. 나 좀 부르지 마요. 쉬고 싶어. 이렇게 엉망인 날…… 왜 찾는 건데요.

지원의 머릿속에 가림막이 한 꺼풀 벗겨지며 한 남자의 모습이 떠올랐다.

'너도 날 봐야 하잖아. 내가 이렇게 옆에 있는데. 제발 깨어나. 제발 눈을 좀 떠.'

지원은 서서히 느껴지는 통증에 낮은 신음을 내뱉었다. 머리의 통증이 느껴지더니 얼굴이…… 오른쪽 어깨부터 팔까지 무겁게 짓눌리고 있는 것처럼 아픔이 느껴지기 시작했고, 추웠다. 왜 이렇게 추운 곳에 누워 있는 건지 모를 만큼, 지원은 어느 한 구석 따뜻하지 못한 곳에 누워 있는 자신을 느끼며 춥다고 말하고 싶었다.

서서히 꿈결처럼 멀리서 들리던 목소리가 점점 더 분명하게 들려오면서 지원의 의식이 깨어나고 있었다. 가까스로 아주 조금 들어 올린 눈꺼풀을 통해 희미한 불빛이 보였고, 춥다고 말하려니 입술이 잘 움직여지지 않았다.

입안이 온통 말라붙은 것처럼 잘 떨어지지 않아 누군가 물 한 모금 넣어 주길 바랐지만 그것도 말이 되어 나오진 못했다. 눈앞의 부드러운 불빛은 느껴지는데, 눈은 마치 풀로 붙여 놓은 듯 잘 떠지지 않았다. 억지로 떠 보려 하니, 또 다른 아픔이 느껴져 지원은 눈에서 힘을 빼 버리며 눈 뜨기를 포기했다.

"눈 좀 뜨고 나 좀 봐봐. 제발…… 일어나서 나한테 안아 달라고 말 좀 해 봐. 이렇게 눈 감고 누워 있지만 말고, 제발 나 좀 봐봐. 너무 늦게 가서 미안해. 미안해, 지원아……. 미안해."

지원은 눈을 감고 통곡하는 남자의 목소리를 듣고 있었다. 발치에서 느껴지는 온기. 그리고 물기. 발목을 잡았다가 맨발에 얼굴을 부비며 이마를 대고 울어 대는 남자를 느끼며 지원은…… 그인 걸…… 알 수 있었다.

'……오……빠…….'

병실 밖 응접실에선 문 비서가 거리낌 없이 열리는 외부 출입문을 심각한 얼굴로 바라보다 이내 표정을 풀며 바른 자세로 인사를 건넸다.

부회장님의 울음소리가 새어 나오자마자 함께 서 있던 간호사들을 모두 복도로 내보냈었는데, 또다시 열린 문에 그들인가 싶어 차가운 표정을 지었다가, 원컴퍼니 민예원 이사님인 걸 알아본 문 비서가 어색하게나마 굳은 표정을 지워 내고 있었던 것이었다.

인사치례할 상황이 아닌지라 간단히 목례를 나누며 응접실로 들어서던 예원은, 밖에서 경호원들에 의해 닫힌 문에 신경 쓸 틈 없이 안쪽 병실에서 들려오는 소리에 이게 무슨 일이냐는 물음을 담아 문 비서를 바라보았다.

"무슨 일이에요? 상태가 나빠진 거예요?!"

"아닙니다. 민 사장님께선 회복 중이십니다."

"그런데, 왜 이래요. 이게 지금……."

예원의 귀에 들려오는 처절한 통곡. 한 남자가 모든 것을 잃은 듯 울고 있는 이 울음소리.

"이해하십시오. 부회장님께 민 사장님은 의미가 무척 큰 분이십니다."

예원은 자신의 아랫입술을 꽉 깨물며 숨을 들이켰다. 오랜 시간 그를 원망한 순간들이 많았었다. 많은 것을 가진 그에게도, 피치 못할 사정이 있을 거란 생각 따윈 해 본 적이 없던 그녀였기에 지금 들려오는 통한과 회한의 감정이 담긴 울음소리는 당황스러웠고, 낯설었다.

예린을 당분간 시댁에 부탁드리고, 회사에 들러 전기를 복구시킨 뒤 경찰들이 쳐 놓은 2층 복도 혈흔 주변 폴리스 라인이 훼손되지 않도록 직원들에게 대략적으로 괴한 침입에 대해 설명하고, 놀란 직원들이 흔들리지 않게 다독였다.

갑자기 지원의 안부를 물으며 찾아와 하얀 벽에 긴 타원형으로 방울방울 튀어 있는 핏자국을 바라보며 고통스러운 표정을 짓던 윤 의원님에게도 지금은 면회가 불가하다고 말씀드려 배웅했다. 그 후 M.M.C는 수녀님들께 부탁드렸고, 원컴퍼니 직원들에겐 당분간 결재는 자신에게 연락하라 말해 놓은 뒤 병원으로 오는 길이었다.

그리고 이렇게…… 생각도 못했던, 잘나기만 해서 같은 사람처럼 느껴 본 적도 없는 사람의 울음소리를 듣고 있자니 어쩐지 마음이 갈피를 잡지 못하고 어수선해지는 것을 느꼈다.

"좀 앉겠습니다."

"네. 이쪽으로 앉으십시오."

당연히 그러시라는 듯 고개 숙여 주는 문 비서의 행동을 설핏 눈에 담으며 예원은 소파로 가서 앉았다. 맥 풀린 다리가 힘없이 축 처지는 것은 쉬기 위해서가 아니라, 이상하게 마음이 아리는 울음소리에 가슴이 먹먹해지기 때문이었다.

그 울음소리가 끝날 때를 기다리며 예원은 눈을 감고 생각에 빠지기 시작했다. 동생이 사랑하는 남자, 동생을 저만큼이나 가슴에 담고 있는 남자. ……예원의 입에서 느릿한 한숨이 소리 없이 새어 나왔다.

사랑. 이미 결혼해서 아이를 낳고, 환상만으론 지속시킬 수 없는 현실을 경험한 언니로서 동생에게 했던 조언들이 문득 부끄러워졌다. 사랑해서 결혼하고 아이를 낳고 살고 있으나 오히려 사랑을 믿지 않고, 전보다 쉽게 여기게 된 자신이 저토록 애통하게 사랑하는 사람들에게 과연 조언할 자격이 있었던 사람인지, 예원의 고개가 점점 아래로 숙여졌다.

지원은 끝날 것 같지 않은 울음소리와 가끔씩 웅얼거리는 사랑고백과 사죄의 말을 반쯤 알아들으며 몇 번이나 마른 목에서 소리를 내려 애썼는지 몰랐다.

머리부터 이마를 지나 광대뼈와 코까지 이어지는 두통으로 눈을 뜨지 못한 지원은, 겨우겨우 부어올라 갈라진 입술 사이 아물었던 상처들이 또다시 터지는 것을 참아 가며 한참 만에 입을 벌렸다.

"오……빠."

발등에 얼굴을 올려놓고 있던 그의 얼굴이 번쩍 떨어져 나가는 것을 느꼈는데, 소리가 너무 작아 착각이라 생각했는지…… 숨소리도, 움직이는 발자국 소리나 인기척이 느껴지지 않아 지원은 다시 나오지 않는 목소리를 쥐어짰다.

"오……빠…… 있……어?"

"어! 어. 나, 나! 여기 있어."

바보같이…… 이제야 겨우 알아듣고 대답하는 거야? 핀잔이라도 주고 싶었지만 울음 섞인 현민의 목소리가 너무나 애달았다.

"추……워. ……안아……줘."

"지원아. 괜찮아?! 안 아파?!"

현민은 곧 다가와 지원이 안기길 좋아하는 그 넓은 품으로 안아 주었다. 그러나 안는 시늉만 하는 건지 체온을 느낄 수 없을 정도로 조금의 무게감도 느낄 수 없게 옷깃이 맞닿아 있을 뿐, 더 이상 깊이 안아 주지 않는 것을 느끼며 지원은 이상하다는 생각을 했다.

그래도 좋은 건, 숨을 쉬면 그의 살내음은 들이마실 수 있다는 것. 모든 것으로부터 놓여 나는 것 같은 편안함. 지원은 그의 살내음에 모든 것으로부터 보호받고 있는 것 같은 안정을 느꼈다.

'왜 아프냐고 물어? 내가 아파야 해? ……그런데, 머리가 아파. 눈도 아프고, 입도 아파. 어깨는 왜 이렇게 무겁고 열이 나지? 오빠는 알아? 내가 왜 이렇게 아픈지? 눈도 못 뜨겠어…… 나 사고 났어? 나 요란한 데 가서 구경하다가 오빠 보고 나온 것밖에 없는데. 그리고 우리 건물에 전기가 나가서 캄캄한 계단을 혼자 올라가는데 많이 무서웠어. 그리고……!'

지원은 기억해 냈다. 꿈이 꿈으로만 끝나는 이야기가 아니었음을. 현민은 품에 엉성하게 안겨 있던 지원의 몸이 순식간에 경직되자, 이상함을 느끼며 몸을 일으켜 그녀를 내려다보았다. 똑같은 무표정이었지만, 방금 전과 무언가 달라진 지원의 얼굴은 창백하니 질려 있었다.

"지원아. 왜 그래? 왜 그래?! 지원아?!"

현민의 당황스런 목소리가 커지자 밖에 있던 예원이 병실 문을 열고 들어섰다.

"무슨 일이에요?!"

"지원이가 이상합니다. 의사! 의사 불러! 빨리!"

현민은 지원에게서 한시도 눈을 떼지 않고 어딘가 근처에 있을 문 비서에게 지시했다.

"네. 부회장님!"

뒤이어 어디론가 연락해 주치의를 호출하는 문 비서의 목소리가 들려왔고, 복도에서 안으로 들어서는 간호사들의 발자국 소리가 유난히 다급하게 들려왔다.

그로부터 일주일 뒤 긴 여름 해가 아직도 많이 남아 있는 늦은 점심 무렵 지원은 현민이 회사에 출근할 때처럼 창가를 바라보며 비스듬히 누워 있었다.

"지원아. 나 왔어."

그러나 출근할 때와 마찬가지로 대답은 들려오지 않았다. 의료진들은 PTSD로 인한 일시적 실어증이라고 했지만, 지원이 안아 달라, 춥다 말했던 것을 분명히 들었던 현민은 지원이 스스로 침묵을 선택한 것이라 생각했다.

"화났어? 점심 혼자 먹어서 심심했나? 좀 봐줘. 생각보다 일이 너무 많았어."

아무렇지도 않은 듯 굴어 봐도, 지원은 창문을 보며 끝내 눈길을 돌리지 않았다.

"오빠 차 한 잔 마시고 다시 가 봐야 하는데, 얼굴 한 번 봐 주긴 해야지. 지원아……."

화를 내거나. 피식 웃어 주기라도 했으면 좋겠는데…… 현민이 그대로 기다리고 있자, 웃는 얼굴, 아픈 눈으로 뒷모습을 바라보고 있던 그를 향해 지원의 고개가 천천히 움직였다.

"그래. 우리 지원이 예쁘다."

환하게 웃어 보이는 현민의 얼굴에도, 지원은 오른쪽 눈만 실눈처럼 뜨고 멀뚱히 보고만 있었다. 검푸른색이 많았던 얼굴은 이제 자줏빛이 좀 더 많아졌고, 극심한 부기는 다소 가라앉아 있었다.

그런 지원의 눈길이 다시 창가로 향하기 전에 현민은 양복 재킷을 벗

426

어 던지고, 셔츠 소매를 둘둘 말아 올려 병상 끝으로 다가섰다.

지원의 벗은 발을 덥석 잡아 발가락 사이사이 발등과 발바닥을 문질러 대는 손길에 다리를 움츠리며 그 손길에서 벗어나려는 지원의 행동이 소리 없는 신경전으로 이어지고 있었다.

"가만있어 봐. 할 때마다 이러면 어떡해, 너 얼굴에 힘 들어가면 안 되는 거 몰라?!"

그렇게 현민은 말없는 지원을 애써 마주하고, 다른 곳은 아파하니 만질 수 없어 발을 문질러 주며 잠시간의 시간을 보냈다.

그런 지원을 두고 회사로 돌아온 현민은 회장님이 찾으셨다는 말씀에 혜성그룹 회장실에 앉아 있기는 했지만, 머릿속은 지원의 상태와 재우의 배후가 누군지에 관한 고민이 떠나지 않고 있었다.

재우에게 붙여 놓았던 정보원은 지난 일 년간 그래 왔던 것처럼 주기적으로 문 비서에게 보고를 올리고 있었다.

그 기간 동안 김재우 일가는 현민이 그려 놓은 밑그림대로 충실히 희망을 꿈꾸고, 좌절하고, 배신당하고, 또다시 재기를 꿈꾸며 무리한 사업자금을 융통해 곧 파산을 앞두고 있었는데, 그런 김재우가 막다른 곳에서 돌발행동을 보일 것 같았으면 진즉 보고가 들어왔어야 할 일이 누군가의 의도로 어그러진 것이 못내 분하고, 또 불안했다.

김재우 모친 계좌로 입금된 5억. 그들에게 돈을 입금한 외가 이모님 댁은 그만한 돈을 융통해 줄 여력이 없는 자들이었고, 그 이모의 계좌로 지난 금요일 저녁 입금된 5억. 그리고 그 이모에게 돈을 입금해 준 통장은 대포통장이었다.

그리고 어느 순간부터 고의적으로 김재우의 행적을 일부분 누락시키기 시작한 정보원들에게 입금된 총 3억여 원. 그들 역시 대포통장으로부터 송금 받았고, 사고 당일 이후로 자취를 감춘 상태였다.

누가, 왜! 돈까지 써 가며 지원일 다치게 했을까. 문 실장이 직접 나서 자취를 감춘 정보원을 찾고 있었지만, 아직 소재는 파악되지 않고 있었다.

현민은 피곤함에 손을 올려 저절로 힘이 들어가는 미간을 손으로 비벼 보았다. 잠시간의 문지름으로도 긴장된 근육이 시원함을 느낄 만큼, 그의 피로함은 극에 달해 있었다.

"그래, 그 아인 좀 어떻더냐."

내려앉는 현민의 마음과는 달리 두 사람이 마주 앉은 테이블 위에 놓인 찻잔은 아무런 파동 없이 고요하기만 했다. 아들의 모습을 보니 상태가 짐작이 되었지만, 그의 질문은 또 한편 아들을 향한 질문이기도 했다.

"아직 치료 중입니다."

"으음…… 병원장 말로는 차차 나아질 거라 하던데."

"네……. 조금씩 나아지고 있습니다."

"다행이구나."

말을 마친 뒤 차를 음미하시는 회장님을 바라보던 현민이 결심한 듯 입을 열었다.

"병원장님께 들으셨다면 다 아시겠지만, 아버지. 지원이 많이 다치긴 했지만 곧 나아질 테니, 저 그 사람 퇴원하면 약혼식 없이 바로 결혼하고 싶습니다. 허락해 주십시오."

유 회장은 잔을 내려놓으며 아들의 눈을 바라보았다. 아들은 당당했다. 저 무렵 자신은 저렇게 당당하지 못했었는데, 저를 닮은 아들은 생각보다 강인하게 자라 있었다.

그래서 고마웠다. 지난 제 삶에 회한이 들 정도로……. 병원장에게 험한 일을 당할 뻔했다는 것도 들었지만, 반드시 그 여자와 결혼할 테니 다른 건 절대 문제 삼지 말라는 아들의 뜻을 이해한 회장님은 표정 변화 없이 현민에게 말했다.

"그 일이 그렇게 서두른다고 될 일은 아니다."

"아버지. 지원이를 붙잡을 수 있게 도와주십시오."

도와 달라라……. 언제고 저 아이가 이런 말을 했던 적이 있던가…….

"못난 놈…… 그렇게 좋은 것이더냐."

아버지의 감정 없는 말씀에 현민은 아버지를 보던 눈을 내리며 씁쓸한 미소를 지었다.

"못난 짓을 해야 지원이를 잡을 수 있다면, 얼마든지 그럴 생각입니다."

유민성 회장은 아들을 아픈 눈빛으로 훑어보았다.

"얼굴 한 번 보여 주지 않고, 아비 앞에 결혼 말을 꺼내다니, 다 키운 자식한테서 부족한 부분을 보는 건 부모로서 기분 좋은 일이 아니다."

"죄송합니다, 지원이가 몸 좀 추스르면, 같이 찾아뵙겠습니다."

그리고 누가 한 짓인지 알아낸 뒤에 인사드리겠습니다. 현민은 속으로 이 일의 배후가 제발 어머니가 아니시길 간절히 바랐다.

'아버지, 제 마음에 지금 어떤 생각이 들어 있는지 아신다면 지금처럼 편안하게 웃어 주시진 못하실 겁니다.'

"오늘도 퇴근하고 병원으로 갈 생각이냐?"

"네."

"여기 있는 시간도 아깝겠구나. 그만 일어나 보거라."

유 회장은 인사하고 나가는 현민의 뒷모습을 지켜보다 문이 닫힌 뒤 수화기를 집어 들었다.

"으음…… 그래, 송 비서. 그 사람은 오늘도 외부 일정인가?"

— 네, 회장님. 현재 평창동 본가에 와 계시고, 이후 갤러리로 이동하실 예정입니다.

"평창동? ……알겠네. 내가 연락한 건, 조용히 해 두게."

출국 전날 무너져 울던 서희는 귀국한 뒤에도 좀처럼 만나기가 쉽지 않았다. 그런데 스스로 발길을 끊었던 친정에 가 있다니, 현민의 문제로 친정 울타리가 그리웠을지 모른다는 생각에 마음이 착잡했다.

그렇게 모난 아이를 데려온 것만 아니라면 서희의 뒤틀린 마음을 풀어 빠른 시일 내 현민의 혼사를 올려 주려 서둘러 귀국했던 회장님은 생각을 가다듬은 뒤 갤러리 라무로 향하기 시작했다.

지원이 입원해 있는 병실은 밤은 물론 낮에도 모든 조명이 켜져 있었다. 어둠도, 달빛도 싫어하게 된 지원은 말 대신 고개 돌려 외면하는 것으로 의사표현을 대신했고, 오늘도 하늘이 석양이 물들기 시작하자, 온종일 쳐다봤던 창밖 세상을 외면하며 눈을 감고 있었다.

"자는가 보군."

지원의 눈이 낯선 목소리에 놀라 반사적으로 뜨여졌다. 여러 사람의 인기척에 막연히 회진이라고 생각했는데, 병상 옆엔 초면의 노신사와 병원장님, 그 뒤론 수행원으로 여겨지는 사람들이 보였다. 지원은 수행원을 이끌고 여기까지 올 만한 사람이 누군지 생각하며, 몸을 일으키려 했지만, 쉽지 않았다.

"됐어. 일어날 것 없네."

"환자분은 고개를 숙이거나 얼굴에 힘을 주는 건 절대 삼가셔야 하는 상태입니다."

병원장의 목소리에 회장님은 고개를 끄덕이시며 상황을 알았다는 듯 말씀을 이어 가셨다.

"누워요. 문병 온 사람 불편하게 하지 말고."

간호사들의 도움을 받으며 조금 일으켰던 몸을 다시 침대에 누인 지원은 긴장상태로 앞에 선 분을 바라보았다. 큰 키, 나이 드셨어도 다부져 보이는 체격, 굵은 눈썹, 다부진 턱 선과 한일자가 되는 입매를 눈에 담다가 누구신지 알 것 같아, 작은 탄식을 흘렸다.

회장님은 '아.' 하는 소리는 내는 것처럼 입은 벌렸지만 아무런 소리도 내지 않는 아가씨의 얼굴을 찬찬히 쳐다보았다.

많이 붓고, 멍들고, 그 강도가 짐작되는 상흔에 절로 눈에 힘이 들어갔다. 몹쓸 일을 당할 뻔했다더니, 몰골이 말이 아닌 얼굴에 괜히 병문안 온 것은 아닌지 뒤늦은 걱정이 되었다.

그러나 계속 자신과 눈을 마주치고 있는 아가씨의 눈빛이 낯설지 않다고 느낀 순간, 아내가 걱정한 것이 무엇인지 알 수 있었다.

흰 결막 부분에 붉은 점처럼 피가 고여 있고 뭔가 놓아 버린 듯 공허하긴 하지만 눈동자가 큰 것이 아픈 이 순간조차 투명하다는 생각이 들 만큼 정직하고 차분한 느낌을 주는 눈동자였다.

자신이 사랑했고, 아내가 싫어했던 그 사람의 눈빛과 닮아 있는 눈동자. 유 회장은 병원으로 오기 전 들렀던 라무에서 아내에게 들었던 통보를 떠올렸다.

'회장님이 출국하시고 예선재를 찾아갔어요. 그 여자는 예선재에서 회장님을 기다린 게 아니라, 제 아이를 추모하고 있었다고 말하더군요. 그 여자는 날 안중에도 없이 제 삶을 살아가는데, 난 일평생을 그 여자와 그 아이의 그늘에 갇혀 자유롭지 못했어요. 어이없게도…… 나 혼자 지옥이었던 거예요. 후훗…… 내가 미안함을 느낄 줄 아는 사람이라면 우리 사이가 달라졌을 거라 하셨지요? 그러면 회장님 마음은 편했을지 모르지만, 저는 절대 인정할 수 없었어요. 전부 혼자 뒤집어쓰기엔 너무 억울했고! 어린 나이에 두려워 맘 졸인 것만으로도 받을 벌은 이미 다 받았으니까요. 그런데 앞으로도 그 먹구름 아래 눌려 살라고요?! 아뇨. 이젠, 절대 안 해요. 그 여자가 뭐라 했는지 아십니까? 도 닦은 얼굴로 착한 척하면서, 언제든 미안함을 느끼거든 거기 와서 미안하다, 한 마디만 하라더군요. 회장님도! 그 여자도! 도대체 언제까지 죽은 아이를 잊지 않을 거죠?! 그 여자는 얼마 안 남았다고 했지만, 난 숨이 막혀요. 몇 십 년 동안 잊지 않는 당신 두 사람 모두 괴물 같아! 내 속으로 낳았지만, 당신만 쏙 빼닮은 아들도! 거머리 같은 성호도! 이젠 다! 진저리가 난다고요!'

'거긴 뭐 하러 갔소! 서로 편치 않을 것을 왜!'

'끝까지……. 나만 걱정해 줄 수 없어요?! 아니, 됐어요. 다 끝인데, 무슨 상관이겠어요. 앞으론 성호그룹 지원 마세요. 평창동에도 그렇게 말해 놨으니까, 앞으로 성호에서 손 벌려도 그건, 나랑 상관없는 일이

에요.'

'그게, 무슨 뜻이오.'

'잘난 이 자리! 집어치운다는 뜻이에요. 드디어, 그 여자한테 가실 수 있겠네요.'

'이 사람아!'

처음 숙희를 찾아냈을 땐 상처가 아물지 않아 얼굴조차 보이지 않는 여자를 내 맘 같지 않다 서운해하고 야속해했던 혈기왕성한 때도 있었다.

몇 날 며칠 찾아가 겨우 얼굴 대면했던 날, 넌지시 서류를 정리하고 오겠다 말했을 때 그리하시면 다신 밥조차 팔지 않고, 제 얼굴 보이는 일조차 없을 것이라 말하는 소리에 버럭 화를 내기도 했었다.

후처로 삼아 남의 가정 깨뜨리는 사람으로 만들지 말라 호통치는 여자를 보며, 어렸던 사람이 저리 강단 있게 변한 것이 신기해 저도 모르게 웃었다가, 몇 달을 식당에 찾아가도 지나다니는 모습조차 보지 못했던 적도 있었다. 그러나, 그런 시간도 다 젊었을 때 일이었고, 그날 이후로는 완전한 손님으로 변해야만 했었다. 숙희가 잘 지내는 것만 보면 되었다 여긴 지 오래였는데, 대체 어딜 가려 했다고 저러는 것인지.

'회장님은 제 꿈이 뭔지나 아세요? ……하긴, 여보라고 한 번 불러 준 적도 없는 회장님이 저에 대해 뭘 아시겠어요. 전 갤러리 관장이 아니라 작가가 꿈이었어요. 직접 그림을 그리길 원했지만, 집안에선 회장님을 놓치면 가문의 역적이라도 되는 양 절 몰아붙였죠. 그런 나한테 그나마 갤러리 관장은 꿈 근처에 가 있는 일이었어요. 그래서 결혼 조건으로 그런 말도 했던 거고. 그런데 이젠 싫어요. 이젠 성호한테 피 빨려 주기 위해 혜성에 박혀 있고 싶지도 않고! 당신들 두 사람한테 계속 가해자라고 세뇌당하고 싶지도 않아요. 나도 살아야겠어요. 나도 좀! 내 맘대로, 날 위해 살아야겠다고요!'

'현민이한텐, 뭐라 할 거요? 아무렇지도 않소? 결혼하는 건 봐야 할

것 아니요.'

'내가 반대해도 그 계집애랑 결혼한다는데, 내가 들러리까지 서 줘야 겠어요?! 다 필요 없어요. 출국은 내일이에요. 이혼조정 들어갈 변호사 는 선임해 뒀으니까, 합의조건 길게 끌지 말고 정리해 주세요.'

'좀 더 생각해 봅시다. 아이들 결혼문제라도 정하고 나서, 현민이와 척질 건 아니지 않소.'

'상관없어요. 수십 년 생각하고 생각한 일, 좀 더 생각한다고 바뀌지 않아요.'

'그럼, 며느릿감 내 맘대로 허락하고 혼인시켜도 된단 뜻이오?'

'그 일이 언제 제 허락이 필요한 일이었나요? 현민이가 내 허락이 필 요 없다는데 더 이상 나도 상관없는 일이에요. 살아 보라죠, 그 감정 얼 마나 가나. 아무리 회장님 닮았다 해도, 절절할 때 억지로 헤어진 것도 아닌데, 잘해 봐야 이삼 년이에요. 그때 가서 내 말, 생각날 겁니다.'

회장님은 서희가 했던 말을 떠올리며 지원의 눈동자를 오래도록 들여 다보았다. 마주쳐 오는 시선을 무난히 받아 내는 여자를 바라보며, 회장 님은 이미지는 연약하지만, 내면이 강한 아이라는 생각이 들었다. 살면 서 중심이 흔들릴 아이 같지도 않고, 시간이 지날수록 받은 마음을 소중 히 여기고 쌓아 갈 줄 아는 심성이 엿보여 조금은 안심이 되었다.

"다들 나가 봐. 나 이 사람이랑 할 이야기가 있어. 병원장 자네도 좀 나가 주게."

사람들이 나가고 병실 안이 조용해진 뒤, 좀 더 가까이 다가오던 회장 님은 심하게 찢어진 입술에 피딱지가 앉아 있는 것이 보이자, 기막힘에 짧은 한숨을 내쉬었다.

"괜찮은가? 아, 대답은 하지 말게. 난 피 보는 건 싫어하니까, 그대로 있어요."

지원이 양해해 주셔서 감사하다는 표정으로 천천히 고개를 끄덕이며 눈을 내렸다.

"나 현민이 아버지요. 이미 알아본 것 같긴 하지만, 둘만 있는 거 겁내지 말아요. 이런 상황에 첫인사 하는 게 얼마나 부담되는 일인지는 알지만, 내 꼭 해 주고 싶은 이야기가 있어서 왔으니까."

지원이 소리 안 나는 입술 모양으로 '네.' 라고 말하는 듯 입술을 움직였다.

"가만있으라니까, 저런! 기어코 피가 나는구만."

회장님은 머리맡에 놓인 티슈를 뽑아 조금 묻어 나온 붉은 선혈을 조심스레 닦아 주었다.

"현민이가 알면 나한테 한 소리 하겠군. 문병 와서 아가씨 피나 내고 말았느니……."

지원이 고개를 조심스럽게 천천히 좌우로 움직이자 회장님은 티슈를 내려놓았다.

"아가씨. 우리 현민이 사랑하나?"

지원은 회장님을 바라보던 눈을 아래로 내리깔았다. 금세 그 눈에선 맑은 눈물이 흘러내렸고, 숨을 들이마신 가슴은 부풀어 올라, 얼굴이 울음을 머금은 듯 연하게 붉어졌다.

"그래, 힘들었겠지. 앞으로 살아 보면 알겠지만, 인생이란 게 살수록 더 힘들 때가 많아요. 그런데 그럴 때 믿을 수 있는 사람, 사랑하는 사람 하나 만들어 두면 버티기가 좀 수월하거든. ……그래서 나는, 우리 현민이 마음을 진심으로 받아 주고, 함께 염려해 가며 살아 줄 며느리가 들어오길 바라. 속 시린 일 없이, 늘 따뜻하게 데워 가며 싸울 때라도 서로의 마음에 신뢰와 애정이 깔린 상태에서 투닥대길 바라는 거지. 그런 며느리가 들어와 떡하니 중심 잡고, 우리 현민이 닮은 손주 하나 낳아 줬으면 좋겠는데. 어때? 그래 줄 수 있겠나? 그럴 수 있다면, 오래 기다리겐 하지 않았으면 좋겠어."

지원의 눈동자가 지금 무슨 소리 하신 건지, 다시 한 번 말해 달라는 것처럼 회장님의 시선을 겁도 없이 잡아채고 있었다.

"왜? 싫은가? 그런데 우리 현민이는 아가씨가 싫다 해도 쉽게 포기할 사람이 아니야."

눈물이 그렁그렁한 지원의 눈동자를 들여다보며, 회장님이 웃는 얼굴로 반 농담을 섞어 위로와 격려를 남겨 주고 있었다.

"빨리 나아. 우리 현민이 외로운 사람이니까, 너무 오래 혼자 두지 말고."

"……."

"입술 다 나으면 목소리도 들려 주고 해. 그 녀석 큰일 하는 사람인데 안에서 이렇게 걱정시키면 되나? 몸이야 천천히 낫는다 해도 어디가 아픈지, 뭐가 먹고 싶은지 말은 해 가면서 아파야 간병하는 사람이 덜 힘든 법이야. 내조가 다른 게 아니지. 나중에 퇴원하거든 맛있는 밥 사 줄 테니, 회장실에도 한번 들르고. 많이 먹어서 살 좀 쪄야겠어. 잘 먹고 건강해야 아이도 금방 생기는 법인데…… 설마, 일부러 안 찌우는 건가?"

지원은 아니라고 얼른 고개를 저었다.

"그럼 됐어. 지금까지야 맘고생해서 그렇다 치고, 앞으로는 만날 때마다 얼마나 살 올랐는지 확인해야겠구만. 자아, 나는 현민이 오기 전에 그만 가 보려니까 다른 건 너무 걱정 말고 건강부터 회복해요. 사는 게 다 한 고비씩 넘어가며 한시름 놓고 웃는 거니까. ……틀어진 걸 바로잡을 수 있을 때 바로잡아요. 사랑하는 사람 마음 너무 지치게 만들지 말고, 예쁘게 잘 살 생각부터 하고. 다음에 볼 때는 건강해져서 보기로 합시다. 그럼 쉬어요."

지원은 자신을 다독이시려다 온통 멍투성이라, 손 둘 곳 없어 허공에서 거둬지는 회장님의 커다란 손을 바라보았다. 마음이 찡하니 아려 왔다. 그의 집에도 자신을 사람으로 봐 주는 분이 계시다는 것이 너무나 큰 충격처럼 머리와 마음을 흔들고 있었다.

회장님이 문가로 다가가 손을 얹어 조금 밀어내려 하자, 바로 바깥에서 문이 열렸고. 그렇게 회장님은 정말 다녀가신 것이 맞는 것인지도 믿을 수 없을 만큼 빠르게 지원의 시선에서 사라지셨다.

그 시간, 병원에 도착한 현민은 정신과 교수와 만나고 나오는 길이었다. 지원이 메스꺼움, 위통, 식욕상실, 과도한 피로감과 또 상반되는 수면장애를 동시에 나타내고 있으며, 의료진에게조차 고통을 호소하지 않고 타인에 대한 불신감이 굉장히 높은 자기 통제유형을 나타내고 있다는 것을 알게 된 현민은 약간의 충격을 받았다.

'제게도 말을 안 하는데, 그럼, 저도 불신의 대상이라는 겁니까.'

'그 부분은 환자분이 침묵하고 있기 때문에 조금 더 지켜봐야 할 것 같습니다.'

교수실에서 나온 현민은 마음속에 스며드는 불안을 잠재우기 위해 먼 곳에 시선을 두며 잠시 서 있었다. 그러자 서너 걸음 뒤에 서 있던 문 비서가 조급하게 다가서며 말했다.

"부회장님, 민 사장님 병실에 회장님께서 다녀가셨다고 보고가 들어왔습니다."

"회장님이?"

눈 안에 서린 막연한 불안을 들킬세라, 문 비서를 돌아보지 않고 그대로 앞으로 걸음을 옮기기 시작한 현민은 곧 교수 연구동을 빠져나가 지원의 입원실이 있는 병원 건물로 향했다.

병원 로고가 새겨진 얇은 커버에 비치는 지원의 가느다란 실루엣. 병실 가득 아슬아슬하고 위태로운 공기를 느낀 현민은 첫 마디를 꺼내기가 어려웠다.

"지원아."

"……."

역시나 들려오지 않는 대답에 현민은 어떤 상황인지, 어떤 대화가 오갔는지 좀 무안하더라도 아버지께 알아봐야 할 것 같았다.

"잠깐만. 나 잠깐만 나갔다 올게."

응접실로 나가려 몸을 돌렸다.

"음?!"

뭔가 들리는 느낌에 걸음을 멈추고 뒤를 바라본 현민은 가늘게 눈 뜬 지원을 볼 수 있었다.

"많이…… 흉했지……."

울컥. 가슴에서 솟구친 뜨거운 것이 목에 걸리며 쇳조각이라도 삼킨 듯 목이 아파 왔다. 적어도 지원에게 저는 불신의 대상은, 그렇게 거리를 벌리고 싶은 대상은 아니라는 증명을 받은 것처럼 현민은 동요하고 있었다. 잠시 요동쳤던 감정을 내리누르는 현민의 목소리가 목 메인 채 흘러나왔다.

"……괜찮아. 상관없어. 너만 괜찮으면 난 다 괜찮아."

네가 입을 열었으니, 다…… 다, 괜찮아.

"울……지 마."

눈물은 고였으나, 아직 아무것도 흐르지 않는 제 뺨을 안타깝게 닦아 내리는 지원의 손길에 현민의 입가가 오랜만에 진정으로 미소 지었다. 그러자 자줏빛에서 갈색으로 변해 가는 지원의 왼쪽 손이 안아 달라는 것처럼 옆으로 벌어졌다.

"지원아."

현민은 지원의 몸을 덮듯 포근하게 안아 주며, 저보다 더 많은 눈물을 흘리고 있는 지원의 눈가에 입을 맞췄다.

"응?"

"소리 내서 울어. 이렇게 울면 내가 아파."

"안 울게."

"이젠 참는 것도 좀 그만하고."

"응……. 그런데 아버님이 다녀가셨어."

안 그래도 늘 진지한 현민의 얼굴이 한 겹 더 단단해졌다.

"뭐라셨는데?"

"……오빠 닮은 손주 하나 낳아 달라고……."

울지 않겠다던 지원의 눈은 웃어 보이려다 또다시 눈물을 흘렸다.

떨리는 현민의 손이 지원의 이마 위 머리카락을 조심스럽게 위로 쓸어 넘겼다. 늘 지원에게 미안했던 무거운 짐이 내려짐에 현민은 안도하고 감사하며 웃고 있었다.

"……흐음. 아픈 사람한테, 우리 아버지가 너무 급하셨네……."

"이 꼴로…… 염치가 없어서, 오빠를 놔줘야 하는데, 그 말은 도저히 안 나와서……."

"그런 생각을 왜 해, 이 바보야."

긴 함구의 이유를 알게 된 현민은 듣지도 않았던 말 때문에 가슴이 무너지는 것을 느꼈다.

"오빠도 괜찮다 그러고, 아버님도 그러시니까. 나 이제 안 놔도 되는 거지?"

"어딜 놔! 너 없으면 나 죽어. 나 죽이고 싶으면 간다 소리 해."

"푸훗."

웃는 소리로 울고 있는 지원이 너무 마음 아파, 현민은 지원의 이마에 입술을 내렸다.

눈을 꼭 감고 있는 지원의 눈가에, 콧등에, 그리고 입술에. 잠시 입술에 닿았다 떨어진 입술이 아쉬움 가득한 여운을 남기며 망설이다 떨어져 나갔다.

"해."

"음?"

"보라색 풍선이 오빠 취향에 맞는 거면…… 하라고. ……받고 싶어."

자줏빛이 옅어지며, 갈색과 연두색이 흩뿌려진 지원의 얼굴. 현민은 잠시 지원의 눈을 마주 보다 입술을 내렸다. 현민의 입술은 부드럽고 조심스러웠다. 조금만 힘주면 피가 배어 나올 것 같은 입술 상처를 혀로 핥고 쓸어내리다가, 상처를 헤집을까 걱정되는지 입술을 느끼는 건 포기하고, 조금씩 입술 사이를 파고들었다. 작게 벌어진 틈 사이로 치아를 건드리며 고개를 옆으로 틀어 더 깊이 파고들려던 현민이 지원의 작은 신음 소리에 정신을 차리고는 천천히 떨어져 나갔다.

"봐주는 거야. ……그러니까, 빨리 나아. 빨리 나아서 우리 집에 가자."

현민은 지원의 머리를 두 손으로 조심스럽게 감싸 이마에 다시 입을 맞췄다. 이제 겨우 땅을 딛고 서는 안정감을 느끼며, 더 이상 병실 공기 가 위태롭지 않음에 감사했다.

17장.
나를 보고 아플 이를 위해,
스스로를 귀하게 여기고

지원은 그 뒤로 빠르게 나아갔다. 의료진들의 질문에도 짧게나마 대답했으며, 되도록 저녁식사를 함께 하려는 현민의 노력으로 지원의 식사량도 조금씩 늘어났다. 그러다 보니 몸에 기운도 붙어, 현민의 권유에 따라 상담진료도 규칙적으로 받기 시작했고, 멍이 흐려진 얼굴로 가끔은 산책을 나서기도 했다.

지원은 탁 트인 공간, 햇빛 아래에서만 전처럼 편안한 표정을 짓곤 했기에, 그녀의 산책을 보고받을 때면 사무실에 있는 현민도 마음 편하게 일을 볼 수 있었다. 그러는 사이 앙상한 여체가 안대와 깁스를 하고 통큰 환자복 안에 옷걸이처럼 걸려 느릿하게 걸어 다니는 모습은 오후 5시 무렵이면 병원 로비에서 어김없이 볼 수 있는 풍경이 되었다.

그 뒤로 전담 간호사와 검은 정장을 입은 남자들이 지원의 걷는 속도에 맞춰 덩달아 느린 걸음으로 걷다 보니 사람들의 이목이 자연스레 쏠리는 일이 많았지만, 지원의 시선은 그 누구와도 마주쳐지지 않고, 자신의 세계 안에 머물러 있었다.

그렇게 로비를 지나쳐, 긴 산책로 나무 밑 띄엄띄엄 떨어져 있는 벤치에 앉으면, 지원은 그제야 나른한 여름 고양이처럼 긴장을 풀고 햇빛 아래 오래도록 앉아 있었다.

지원은 햇빛 아래 앉아, 잎이 무성한 나뭇잎에서 들리는 소리와 산책길을 오가는 환자와 보호자들, 눈을 감아도 끊임없이 들려오는 소음들에 집중하곤 했다.

전에 일하던 병원에서 간호사 가운 대신 환자복을 입고, 전에 재우를 피해 두려움에 떨며 지나던 길도 지금은 여러 사람의 보호를 받으며 가슴 졸이지 않고 걸을 수 있는 현실만 기억하려 애썼다.

형사들이 방문하고 수사에 협조하고 지치지도 않는지 늘 평이한 어조로 말 걸어오는 정신과 교수님을 만나고. 그렇게 지원은 그날을 잊어 가는 듯도 보였다.

늦은 오후에 들르신다는 관장님을 생각하며 오늘도 여느 날처럼, 가을 닮은 햇살 아래 눈을 감고 있던 지원은, 나른한 졸음기에 바르게 앉았던 몸을 틀어, 딱딱한 나무 등받이에 머리를 기댄 채 선잠에 빠져들었다.

그러나 얼굴을 훑고 지나가는 바람, 듣기 좋을 만큼 시끄런 사람들 소리를 뚫고 생경한 고함 소리가 들려오자, 몽롱한 기운은 금세 날아가 버렸다.

"좀! 비켜 보라고요!"

"안 됩니다. 그만 돌아가십시오."

웅성거리는 소리 사이로 겹쳐 든 앙칼진 목소리와 눈을 감고도 느껴지는 사람들의 시선에 지원은 눈을 뜨며 주변을 돌아보았다.

항상 몇 걸음 뒤에 있었던 경호원들이 지원의 바로 옆에 한 사람, 나머지 사람들은 몇 걸음 앞에서 등을 보이며, 낯선 남자들과 대치하듯 서 있었다.

"뭐예요?"

"사장님 병실로 돌아가시는 것이 좋을 것 같습니다."

산책 중이던 사람들의 시선을 느끼며 자리에서 일어나 지원이 간호사와 경호원이 막아서는 방향을 피해 몸을 돌렸다.

"어디 가요! 민지원 씨! 나 지연희예요. 할 말 있어요! 나 좀 보고 가요!"

지원의 눈살이 엉망으로 찌푸려지다 순간적으로 느껴지는 통증에 작은 신음을 흘렸다. 돌아서려는 지원을 막아선 손길에 고개를 올리자 경호원이 눈을 마주해 왔다.

"부회장님께서 원하시지 않으시면 접촉하지 못하게 하라, 하셨습니다. 만나 보시겠습니까?"

"민지원 씨! 전에 일은 미안해요! 민지원 씨!"

"……올 줄 알았단 이야기네요. 무슨 일인데요?"

"저희가 말씀드릴 수 있는 사항이 아닙니다, 사장님."

지원의 입안이 또 잘끈 깨물려졌다. 이곳은 혜성병원, 오가는 환자들은 몰라도 병원 의료진들 사이에선 그녀의 행동이 꽤나 재미있는 가십거리가 될 것이 분명했다.

"전 이 선생님하고 올라갈게요. 지 이사님께 제 이름 부르지 말라고 전해 주세요."

"알겠습니다."

지원은 뒤돌아보지 않았다. 원하는 대로 하라 했으니, 다른 것은 생각하고 싶지 않았다.

지원이 건물로 이동하자 뒤편에서 작은 소란이 이는 것이 느껴졌지만, 저만치 앞에서 빠르게 뛰어오는 또 한 무리의 경호원들에 안도하며 걸음을 서두른 지원은, 이미 열려 있는 특별병동 전용 엘리베이터에 탑승해 병실로 돌아왔다.

세호그룹은 허위공시 후 대주주의 지분매각설, 분식회계로 금감원과 검찰조사를 받고 있었다. 그 와중에 채권은행단의 대출만기 연장거부로 계열사 매각수순을 밟고, 임시주총으로 경영권마저 잃게 될 위기에 놓이게 되었고, 그러한 일로 지연희가 자신에게 도움을 청하기 위해 찾아왔었다는 것을 알게 된 것은 좀 더 나중의 일이었다.

큰손까지 등 돌린 세호 M&A 작업의 배후가 현민이라고 판단한 지 회장과 지 이사가 현민과 서희 여사를 수차례 방문했음에도 대면하기 어렵자, 현민의 아킬레스건인 지원을 찾아 사과하며 상황 반전을 꾀했던 지 이사의 노력에, 지원은 여러 갈래로 나눠지는 감정에 입을 다물었다.

그런 지원의 등을 현민은 부드럽게 쓰다듬어 주며 지 이사한테 느꼈던 모욕을 씻어 주고 싶어 일부러 찾아가는 것을 알면서도 지켜봤었다고. 그런 식으로 대면한 것으로 지난 기억은 씻으라고 말해 와 지원을 놀라게 했다.

"어떻게 오셨습니까."

VVIP병동 입구부터 병원 보안 요원들이 송 관장의 걸음을 저지하듯 막아서고, 저 안쪽 병실 문 앞 경호원들의 시선이 한꺼번에 쏠리고 있었다.

"아, 난 민 사장 만나러 온 사람입니다. 민 이사가 미리 전화했다고 만날 수 있을 거라 그러던데, 아직 전화 못 받았습니까?"

"죄송하지만, 신분을 밝혀 주십시오."

"거참, 까다롭기는……. 마리아 집 송기숙 관장인데, 신분증도 보여 줘야 합니까?"

뒤로 다가서던 현민은 슬며시 미간을 좁혔다. 마리아의 집. 지원이 일 년간 지냈던 일터이자 숙소. 현민은 그곳의 이름을 들을 때마다 제 못난 부분을 직시하게 되는 불편함을 느꼈지만, 지원이 얼마나 송 관장님을 좋아하는지는 익히 들어 알고 있었다.

"마리아의 집, 송기숙 관장님 되십니까."

"그렇습니다만……."

의아한 눈빛이 낯선 사내의 모습을 눈에 담고 있었다.

"인사가 늦었습니다. 유현민이라고 합니다."

누구인지 알 텐데도 관장님 얼굴엔 그다지 표정이 없었다. 반갑다는 의례적인 미소도, 혹은 '네가 지원이를 그토록 고생시킨 유현민이더냐' 라는 눈빛도 느껴지지 않는 담담함.

"반갑습니다. 나는 송기숙입니다. 우리 민 사장은 좀 어떻습니까."

"몸은 나아가고 있는데, 마음은 아직 많이 힘들어합니다."

"그렇겠지요."

군더더기 없는 인사 뒤에 긴 한숨이 따라 나와 못다 한 깊은 걱정을 말해 주고 있었다.

"연락받았으면 지원이도 기다리고 있을 겁니다. 이쪽으로 오십시오."

앞서 걷기 시작한 현민은 지원의 병실 앞에서 걸음을 멈춰 안쪽 응접실 문을 열었다.

"들어가시면 됩니다."

"왜, 같이 들어가시지요."

"저는 저녁에 다시 오겠습니다. 지원이하고 대화 많이 나눠 주십시오."

"그래도 가서 얼굴은 보이고 가요. 내가 괜히 미안해지니까. 그런데, 말을 잘 안 해요?"

"필요한 대답은 하지만, 상담치료도 거부하고, 사람들을 많이 경계하고 있습니다."

"혹시, 유현민 씨한테도 그럽니까?"

"저한텐 아닙니다만, 의료진은 물론 가족들한테까지도 말수가 굉장히 적습니다."

"……본인이 싫다는데, 쉽게 좀 놔두죠."

"……."

"사람 마음 억지로 끌고 가서 뭐하려고, 쉬고 싶다면 쉽게 해 주면 되는 거 아닙니까? 그래도 다행이군요, 제 사람 하나는 끝까지 붙들고 있으니 그럼 됐지, 안 그렇습니까?"

"아…… 네."

"그럼 들어가십시다. 나도 민 사장 만나고 바로 내려가 봐야 되거든요."

현민이 응접실을 지나 병실 문을 열고 들어가자 지원의 편안한 목소리가 들려왔다.

"왔어요? ……관장님?!"

"그래, 소식을 알려 줬어야 일찍 올 거 아냐. 전화가 뭐 그리 힘들다고 이제야 알게 해."

부드러운 탓함이 정겹게 들려오는 가운데 병상에 다가선 관장님이 지원의 성한 손을 잡고 다독이시는 것을 본 현민은 잠시 뒤편에 서 있다가, 편하게 이야기 나누라며 병실에서 물러났다.

간호사들도 물리고, 직접 음료수를 챙겨 드시며 '아! 시원타.' 한 말씀 하시고선, 늘 현민이 앉는 병상 옆의 의자에 자리 잡고 앉은 관장님의 표정은 동네 마실 나와 이 길, 저 길 한 바퀴 휘젓고 다니는 편안한 얼굴이셨다.

늘 웃고 있는 얼굴이 지나치게 환하지도, 그렇다고 무겁지도 않게 자연스레 몸에 밴 표정이 된 연한 미소 그대로, 관장님은 그렇게 지원을 바라보고 계셨다. 한참 이것저것 몇 마디 물어보시던 관장님이 툭 하고 던진 말씀에 지원이 잠시 입을 다물었다 대답을 꺼내 놓았다.

"언제 퇴원할 건데?"

"지금도 통원 치료받았음 좋겠는데 깁스 풀 때까지 입원하라고 해서 있는 거지 저 괜찮아요."

"정말 괜찮아?"

"네. 다 나았어요."

"민 사장."

"네?"

"팔 다쳤을 때 많이 아팠지?"

"……."

"그런데, 팔 다친 걸로 평생 아픈 사람은 없어. 신체적 통증은 일시적이야. 반면에 말로 다치고, 기억으로 다친 건 평생 아프지. 두고두고 아

파. 끊임없이 속을 상처 내고 깊이 후벼 파는데, 그런 걸 놔두면 결국 사람을 무너지게 해. 사람들은 말로 상처 내는 건 별일 아니라 생각하는데, 난 그런 사람들이 너무나 안타까워. 상처받아 놓고 괜찮다고 말하는 사람만큼이나 말이야."

지원은 관장님 말씀을 들으며 곰곰이 생각에 잠겼다. 그러자 한참을 그냥 생각하게 놔두시던 관장님이 음료수를 한 잔 더 따라 오시며 다시 말을 걸어오셨다.

"그 대책 없는 인간은 어떡할 생각이야? 검찰로 아직 안 넘어갔나?"

"곧 넘어갈 것 같은데, 이번엔 법적책임, 묻고 싶어요."

"전엔 왜 안 그랬는데?"

"……그 인생 굳이 망쳐 놔서 좋을 게 뭐 있나 싶기도 했고, 사람이니까 제 잘못을 알겠지…… 했었어요."

"용서는 필요한 사람한테 해 주는 거지, 아무한테나 남발하는 게 아니야. ……왜?!"

물끄러미 바라보는 지원의 시선에 관장님이 입에 가져다 대던 오렌지 주스 잔을 내리며 눈을 크게 떠 보였다. 수면부족, 바쁜 업무, 화장할 시간 대신 맨얼굴에 진한 립스틱과 연한 보랏빛 안경렌즈로 다크서클을 가리신 관장님의 눈동자를 지원은 오래도록 바라보았다.

"뭘 그렇게 봐. 왜? 간만에 보니 늙었어?"

"아니요……."

피식 웃음을 보이신 관장님이 네 속 내가 다 안다, 하는 눈빛으로 말씀하셨다.

"눈빛 보니 생각이 또 많구만, 왜 또 누가 딱 한 번만 더 용서해 달라고 달라붙어?"

"……."

그랬다. 수사 시작한 뒤로 그의 어머니가 어떻게 알았는지 원컴퍼니로 찾아왔었다는 말을 언니로부터 전해 들었었다. 경호원의 보호가 힘이 됐던 건지, 언니는 웬일로 재우 모친에게 하고 싶었던 말을 다 쏟아 냈다고 했었다.

그래도 그것으로 그칠 분이 아닌데, 그 뒤로 조용한 것을 보면 일이 더 있었어도 언니가 말을 안 해 주는 것이거나, 오빠가 알리지 못하게 했거나. 언니가 그 이야기를 전해 줬을 때 뒤편에 서 있던 그의 불편해 보이던 심기로 봐서는 충분히 가능성 있는 일이었다.

그리고 재우 모친이 더 심하게 밀어붙여 접촉하려고 했어도 그가 알았으니 절대 제 앞에 나타나지 못하게 막았으리란 생각도.

"심각하게 생각할 것 없어. 벌받을 짓 했으면 벌받는 게 상식이야. 용서는 정말 실수였을 때, 참회하고 눈물 흘려 애통하는 사람한테 필요한 거지, 일 저질러 놓고 감당 못 해 뉘우치는 척하는 사람한테 쓰라고 있는 말이 아니야. 민 사장 생각대로라면 그 사람은 벌써 개과천선했어야 했는데, 결과가 어때?"

"……."

"너무 속 좋게 살지 말아. 베풀고 나누는 것도 사람 봐 가며 해야 되는 거야. ……민 선생."

오랜만에 듣는 민 선생 소리. 지원은 언제부터 바라보고 있었는지 모를 제 발치에서 시선을 올려 관장님을 바라보았다.

"우리나라 사람들, 용서를 너무 잘한다는 말, 들어봤어?"

"……네."

"너무 빨리 끓어올랐다가, 너무 빨리 식는다는 말도 있지. 속전속결에 빨리빨리…… 제 할 일들 서둘러 빨리 끝내 놓고 바쁜 세상이니, 이미 결론 내린 것은 지난 일이라고 다 잊어버리는 거야. 앞으로 할 일들만 생각해도 머리가 너무 꽉 차니까. 그런데 말이야. 반성하는 사람은 없는데, 용서하는 사람만 너무 많은 것도 문제야. 그런 생각, 안 해 봤어?"

"……."

"가해자들 대부분이 재판을 받으면 잘못은 했다면서도 꼭 항소를 한

단 말야? 비싼 변호사 써서 형량 줄이겠다는 건 이해가 가는데 항소는 그렇다 쳐도, 형을 살고 나와서 진정 새 삶을 사는 사람이 몇이나 될까. 그런데도 사람들은 참 빨리도 용서를 해. 그게 진심으로 용서하는 건지, 정황상 가해자를 벌할 수 없을 것 같아서 화병 안 나려고 그냥 용서해 주고 만다 자위하는 건지는 몰라도…… 용서, 나는 그렇게 쉽게 해 주는 건 아니라고 생각해. 때론 용서가 악한 사람을 키우기도 하거든. 민 선생도 봤잖아. 한 번 때렸을 땐 가해자도 피해자도 모두 놀라지만, 너무 쉽게 용서해 주면 두 번째 폭행은 좀 더 빨리, 좀 더 쉽고 더 세게 행해지는 거. 그리고 두 번째 폭력마저 용서받고 나면 폭력이 습관화돼서 죄책감조차 느끼지 못하지. 난 화나니까 때리고, 넌 당연히 맞는다 이런 식으로 역할이 정해져 버리는 거, 너무 슬프지 않아? 뭐 그런 개 같은 경우가 다 있어. 하지만 그게 사실이잖아. 용서는 그렇게 쓰라고 있는 게 아니야. ……난 더 심하게 말해서, 너무 빠른 용서는 좀 더 맘씨 좋고 이해심 넓은 사람으로 평가받고 싶은, 자기 욕심이 섞인 경우도 있다고 생각해. 용서는 정말 자기 마음에 앙금이 하나도 안 남았을 때, 그때까지 기다렸다 하면 좀 안 되나? 뭘 그리 급하게 서둘러 가해자를 죄의식에서 벗어나게 해 주려고 피해자가 먼저 노력하냐 말이야. 가해자는 아무 생각 안 하고 제 몸만 살피는데. 우리 사회는 너무 용서를 강요해. 적어도 우리는 그러고 살진 말자. 용서가 필요한 건, 노력해도 돈 안 벌리고, 배고파 우는 애 먹이려고 분유 훔치고, 쌀 훔치는 애 엄마들 이야기지. 폭력, 강간사범은 해당 사항 없어. 절도한 애 엄마들도 훔친 죗값은 받아야 하면 받는 거고, 그다음에 살길 찾아 줄 방법을 알아봐야 하는 거야. 알아들어? 못 알아들었으면 좀 더 이야기해 주고."

"……."

지원의 심각한 얼굴을 늘상 그렇듯 싱그레 웃으며 들여다보시던 관장님이 좀 더 크게 웃으면서 말씀을 이으셨다.

"표정 보니까 알아들었네. 훗. 알아들었으면 됐어. ……사실, 여기 오면서 내가 화가 났었어. 바보같이 착한 민 선생, 개 같은 놈한테 얻어맞고 또 맹탕 짓 하고 있으면 내가 한 소리 하려고 왔지. 나 민 선생 달래주러 온 거 아니야. 성폭력이고, 가정폭력이고, 피해자가 제일 많이 치유받는 순간이 언제인지 알아?"

머리로는 이해해도 부지불식간에 눈에 보이지 않는 설명 못 할 공포에 갇혀, 중요한 시기마다 제 틀을 못 벗어나는 피해자들의 모습들을 민 선생은 이겨 냈기를 관장은 바라고 있었다.

"……네."

"헛배운 건 아니네. 그래, 피해자의 완전한 치유는 가해자가 정당한 정도의 벌을 받을 때, 그 판결로 자신의 고통을 사회적으로 인정받고 위로받는 순간, 그리고 행해진 폭력이 자신의 잘못이 아니라, 가해자의 잘못이고, 그에 합당한 죗값을 치르는 걸 제 눈으로 목격하는 바로 그 순간이야. 난 민 선생이 더 이상 아프지 않길 바라. 지금 민 선생이 해야 할 일은 용서가 아니라, 정당한 죗값을 묻는 일이야. 그래야 세상이 밝아지지. 약하게 굴지 마. 강하다는 건, 해야 할 일을 할 수 있다는 뜻이니까. 민 선생 혼자 이해되지도 않는 용서, 억지로 하느라 속 끓이지 말고, 일어나서 싸워. 다 싸운 다음에, 벌받을 놈 벌준 다음에 잊어. 그 때 용서해도 안 늦고, 그때 되면 정말 잘 잊힐 거야."

지원은 숨을 깊이 들이마셨다. 입원할 정도로 험하게 다뤄진 기억과 수치심으로 꺼멓게 죽어 버린 마음에 나무뿌리처럼 엉켜 있던 죄의식과 자학이 흐려지고 있었다.

'그래, 난 잘못한 것이 없다.'

무슨 이유로 이 모진 일들이 반복되고 있는지는 모르지만, 자신이 악운을 끌어 모으는 질 나쁜 기운이 가득한 사람이라서 이렇게 불행이 따라붙는 것은 아니라고. 관장님을 향해 고개 들어 올린 지원의 말간 얼굴에 조명에 반사된 맑은 물줄기가 반짝였다.

그리고 굳어져 있던 그 얼굴에 천천히 긴장이 풀리며 오랜만에 편안한 미소가 퍼져 나가기 시작했다.

그날 저녁, 다시 병실을 찾은 현민은 지원의 전보다 밝아진 얼굴을 볼
수 있었다.

"오빠!"

"양쪽으로 보니까 좋아?"

"응. 시원해. 시간이 지나서 깁스도 빨리 풀고 퇴원했으면 좋겠어요."

드디어 안대를 떼어 냈다고 문자를 보내오더니, 정말 두 눈을 모두 뜬
채 속도 모르고 환하게 웃고 있었다. 이토록 말문을 열지 못해 난감했던
적이 있었던가. 현민은 지원의 병상으로 다가가 지원을 마주 보며 침대
에 엉덩이를 걸쳐 앉았다.

"지원아……. 내가 누구야?"

흔들림 없이 부딪혀 오는 눈동자를 마주한 지원은 입술을 꼭 깨물었
다. 그의 눈빛이 불안과 초조와 걱정을 말하고 있었다.

"……내가 정말 많이 사랑하는 사람."

"나 믿지?"

"……왜 그래, 자꾸……."

"대답해."

현민은 흔들리는 지원의 눈빛을 보면서도 단호하게 대답을 강요했다.

"음, 믿어."

"됐어, 그럼. 이리 와."

현민은 팔을 벌려 지원을 품에 안았다. 병상에 마주 보고 앉아 현민의
어깨에 턱을 기댄 지원의 눈빛이, 가슴이, 불안으로 흔들리고 있었다.

"말해 줄 게 있어……. 너무 안 놀랐으면 좋겠는데."

현민의 손가락이 지원의 머리카락을 빗어 내리며 손바닥으로 머리를
감싸 안았다. 어차피 알아야 한다면 제 품에서 듣게 하고 싶었다.

"뭔데요?"

"이번 일, 김재우 단독범행이 아니라, 사주한 사람이 있었어."

"……."

숨을 훅 하고 마신 지원은 현민에게서 떨어져 나가 눈을 마주 보았다. 마치 주변 공기를 진동시키며 커다랗게 울려 대는 범종 옆에 서 있는 것처럼 머릿속이 울려 댔다.

'내가 그렇게까지 잘못한 일이 있었대? 누가 날 그렇게 미워해?'

지원의 흔들리는 눈동자에 현민은 안타까운 한숨을 흘리며 그녀의 마른 등을 쓸어내려야 했다.

그로부터 20여 분 뒤, 현민은 병실 옆 화상 회의실에 지 변호사와 커다란 테이블을 사이에 두고 앉아 있었다. 처음 앉은 자세 그대로 5분째 서류만 뚫어져라 보고 있는 지변 모습에 관자놀이를 은근하게 압박하던 현민이 입을 열었다.

"시간이 더 필요하십니까?"

— ……아, 아닙니다.

서류를 내려놓으며 앞을 바라보는 지변에게 냉정한 현민의 시선이 가닿았다.

"왜 굳이 그 사람이어야만 했습니까."

— 부회장님.

"왜 굳이 이런 일에 민 사장을 끌어들였냐고 묻고 있습니다."

— ……이렇게 되고 보니, 정말 드릴 말씀이 없습니다만, 고인 되신 노사모님의 유언이셨습니다.

"그래서 민 사장이 이 일을 쉽게 받아들였습니까?"

— ……그렇지는…… 않았습니다."

"그렇다면 정황상 이 일에 민 사장이 개입하게 된 건, 지 변호사님 의지가 크게 작용됐다고 보는데, 문제는 두원가 일을 오래 살펴 오신 지 변호사님께서는 이런 일, 충분히 예상하셨을 거란 점입니다."

— 그, 그건…….

"지 변호사님!"

— ······죄송합니다. 그래도 이렇게까지 하시리라곤 생각지 못하고, 복잡한 문제가 생기면 충분히 커버해 드릴 수 있을 줄 알았습니다.

이순(耳順)이 넘도록 법조계에서 잔뼈가 굵은 지 변호사의 입이 굳었다. 손에 든 서류뭉치가 담고 있는 내용을 다 알고 있음에도, 저토록 냉정을 유지하고 있는 젊지만, 노련한 사업가인 유현민 부회장 앞에서 그가 할 수 있는 말은 많지 않았다.

녹취록은 없으나 사건 발생 전, 김재우의 행적이 두원 회장과 맞닿아 있는 CCTV 증거자료와 두원 회장 비서실장과 두원 측 요원들의 움직임, 계좌 역추적으로 끊겼던 루트를 증인의 증언으로 다시 이어 붙여 만든 그물엔 두원 회장이 꼼짝없이 걸려들어 있었다.

이 정도 자료를 만들 정도라면 두원 심장부에 혜성 사람이 있지 않고서야 불가능한 일이란 것은 누구라도 짐작할 수 있는 일이었다.

돌아가신 노사모님이 안쓰러워 맡았던 두원가와의 인연으로 인해 이런 고약한 일을 당했다는 걸 알면 민 사장이 어떤 반응을 보일지, 안 하겠다는 사람을 그토록 사정하며 붙잡았던 자신의 탓도 있는 것 같아 지 변호사는 면목이 없었다.

— 민 사장은 이 일을 알고 있습니까?

"앞으로도 지 변호사님은 민 사장 변호인으로서 민 사장 걱정만 하십시오."

— 네? 그 말씀은?

"내 뜻과는 달리, 그 사람은 아직 지 변호사님을 믿고 있습니다. 이번 재판으로 그 믿음에 보답하시는 모습을 보고 싶습니다. 지원이를 위해 최선을 다하실 수 있으시겠습니까?"

노사모님의 그늘 아래 살아온 한평생. 그분의 맏아들이자, 두원가의 수장인 사람을 처벌하는 일에 긴 세월 다져온 역량을 모두 쏟아 넣으라는 말에 지 변호사의 고개가 무겁게 끄덕여졌다.

— 네에. 그렇게 하겠습니다. 노사모님께서도 무슨 일이 있든 민 사장을 지켜 드리라 하셨으니, 이해해 주실 겁니다.

그 뒤로 좀 더 이야기가 이어진 뒤 지변은 회의실을 빠져나갔고, 현민은 홀로 남아 감정을 다스린 뒤 지원의 병실로 돌아왔다.

"뭐라세요? 내가 말씀드려도 되는데……."

많이 걱정됐는지 병실 문을 열자마자 기다린 듯 마주쳐 오는 지원의 시선에 현민은 병상 앞에 서 있는 지원을 안으며 뒷머리를 쓸어내렸다.

"혼자 끙끙대는 거 그만하기로 했지? 아픈 사람은 회복만 신경 쓰고 나한테 맡겨. 내가 다 책임질 테니까. 신경 좀 끄고."

늘 모든 걸, 혼자 생각하고 결정해야 했던 지원은 그 말이 참으로 고마웠다. 모든 걸 맡길 생각은 없어도 그 말만으로 분명 마음이 위로되는 것이 느껴져 엷은 미소가 번져 나갔다.

"흐음……. 알았어요. 이번엔 그럴 테니까, 오빠도 다음엔 마음 아픈 일 있으면 전부 나한테 맡겨요. 내가 열심히 책임져 줄게요."

지원을 쓰다듬던 손이 멈췄다. 그녀의 머리카락 위에서도, 등허리 위에서도. 그가 손을 멈추고 지원을 신기한 듯 바라보고 있었다. 혹시 그도 저처럼 누군가가 다 책임져 줄 테니, 힘들어하지 말란 말을 해 준 적이 없었던 것일까. 책임지는 것에만 익숙했을 남자의 외로움을 본 것만 같아, 지원은 코끝이 찡해졌다.

"이리 와요."

지원은 눈을 감으며 제 발뒤꿈치를 들어 올려 현민의 입술에 가볍게 맞부딪혔다.

입술만 붙이고 멈춰진 지원의 키스를 재촉하는 현민의 입술에 지원은 눈을 감으며, 두근대는 진동을 찾아 가만히 현민의 심장 위에 제 손바닥을 올려 마음을 담아 보냈다.

'애교 삼아 던진 빈말이 아니라, 진심이에요. 나, 당신 마음 알 것 같아.'

빨아들이는 그의 입술을 달래 놓고, 뒤로 물러난 지원이 아이처럼 꼭 다문 입술로 그의 입술에 쪽, 하고 버드 키스를 보냈다.

열이 오른 그의 입술은 그것만으로 만족할 수 없어 보였지만, 지원은 또다시 얌전하게 다문 입술로 그의 입술을 마주하며 고개를 천천히 움직여 비벼 보았다.

눈을 감고, 촉감만을 느끼는 이 키스가 가슴의 설레게 하고, 다물린 입술 사이 옅은 신음을 새어 나오게 할 만큼 진하고 간절하게 이어졌다. 그러다 결국 현민이 참지 못하고 입술을 가르듯 혀를 밀고 들어왔다.

"음……."

그의 낮은 숨소리가 이렇게 선정적이었다는 걸 잊고 있었다. 그 여운을 음미하듯 잠시 멈춰 있던 지원이 그의 혀를 맞이하며 제 혀로 쓸어 보았지만, 현민은 그녀를 이끌듯 제자리로 돌아가 버렸다. 멈칫. 멈춰졌던 지원이 용기 내 그의 입술을 파고들다, 그래도 가만있는 그가 이상해 머리를 뒤로 물리려 하자 그의 커다란 손바닥이 그녀의 뒷머리를 감싸 물러나지 못하게 했다.

"해 봐. 처음부터 끝까지"

지독히 낮은 목소리의 현민이 그렇게 말했다.

"원하는 대로 움직여. 괜찮아, 움직여 봐."

막상 하려니…… 주저되었다. 방금은 그를 위로하고 싶단 생각에 저도 모르게 벌인 일이었지만, 지금은 좀 다르지 않나? 순간적으로 지원은 그 일을 겪고도 흥분이란 걸 하게 될 제 자신에 이맛살이 찌푸려지려 했다.

그렇지 않다는 것을, 그가 결코 그렇게 보지 않을 것임을 머리가 알고 있지만, 머리의 생각은 마음까지 내려오지 못하고 그녀를 주저하게 만들었다.

지원이 가만히 있자, 현민이 고개를 꺾으며 지원의 입안을 파고들었다. 뜨거운 혀로 그녀의 혀를 힘껏 빨아 마셨다.

입안에 남아 있는 모든 액을 다 마시려는 것처럼 거침없는 그의 행동이 그녀에게 숨 막힐 만큼 거친 자극이 되어 가슴에 파랑이 일었다. 그런데 또 그는, 그대로 멈춰져 혀를 엮은 채로 움직이지 않았다.

서로 입술을 맞대고, 당장 침대에 누워 진한 행위를 할 것처럼 열정적으로 여자를 안아 든 남자가 움직이는 몸은, 여인의 뒷머리를 감싸고 있는 커다란 손바닥뿐. 해 봐. 기다리고 있잖아. 머리카락을 쓰다듬는 그의 손이 그렇게 말하는 것 같았다.

코끝이 찡했다. 그리고 마음에 이는 온기가 그녀에게 용기를 주었다.

지원의 감긴 눈이 파르르 떨며 현민의 혀를 천천히 부드럽게 빨아들이자, 그의 감은 눈매에 은근한 미소가 감돌기 시작했다.

현민의 혀가 제 혀를 물고 있는 지원의 입안으로 더 깊게 파고들었다. 느리고 부드러운 키스가 대화가 되어 서로의 마음을 오가다가, 깊숙하게 고개를 움직이며 삼킬 것처럼 그녀를 들이켜기 시작한 그의 뜨거운 키스에 지원의 몸이 마구 떨려 그가 잡아 주어야 하는 순간까지, 그들의 키스가 쉼 없이 이어졌다.

18장.
그리하여 결국, 건강한 마음으로

차를 타고 도로를 달리며 3월 말의 꽃샘추위에도 초록 잎을 터트리는 가로수를 바라보던 지원이, 제 손을 물끄러미 내려 보았다. 아까부터 조물조물거리던 손이 이젠 아파 오기 시작했다. 손가락 하나하나를 꼭꼭 쥐었다가, 버릇처럼 짧게 깎은 손톱을 굵은 엄지손가락이 둥글게 문질러 대고 있었다.

"아파요."

그 소리에 움직임을 멈춘 현민이 내밀며 지원의 귓가에 속삭였다.

"미안."

손을 놓은 그의 손이 지원의 재킷 속을 파고들어 블라우스 위에서 등을 느릿하게 쓸어내리자, 눈썹을 찌푸린 지원의 시선이 앞좌석을 향했다 그에게로 되돌아왔다.

"왜 그래요."

수행원을 의식해서 입모양만 벙긋거리는 지원의 말에 현민의 미소가 짙어지며, 등을 어루만지던 손을 앞으로 빼내더니, 다시 지원의 손가락을 잡고 문질러 댔다.

"예뻐서."

말하는 순간에도 손가락을 문질러 대던 현민은 손톱 끝 반달 모양이 점점 커지는 걸 보고 아프다는 걸 알아차렸는지, 손톱은 놔두고 손가락만 지분거렸다.

회사 로비에서부터 수갑처럼 따라붙던 커다란 손을 지원이 툭 하고 밀쳐 내자, 길게 내려뜨린 지원의 머리카락 사이로 그의 입술이 바짝 다가와 속삭였다.

"밖에서 보니까, 더 예뻐 보이더라. 조금만 참아 줘. 곧 집에 도착하잖아."

농담하고, 토라지고, 내내 가볍기만 하던 공기가 현실의 무게로 갑자기 무거워졌다. 김재우와 두원 최 회장. 강간치상, 5년 이상 무기징역, 주거침입, 스토킹. 강간청부와 같은 단어가 갑자기 지원의 머릿속에 꽉 들어찼고, 2주 전 그 일이 다시 떠오른 탓이었다.

두원 회장의 사주가 있었다는 것을 알게 된 날 이후부터 아니, 이 모든 것이 자신의 잘못이나 불운 탓이 아니란 생각을 하게 된 이후부터 지원은 상담진료도 성실히 임했고, 마음보다 먼저 나아진 몸 상태로 인해 그로부터 2주 뒤 깁스를 풀며 퇴원했다. 그리고 벌써 4개월이 지나고 있었다.

그동안 검찰조사와 재판 진행이 이어졌고, 지원의 원컴퍼니 사옥도 이전했으며, 현민의 재촉에 시아버지 되실 회장님과 지원의 어머니 두 분을 모시고 이미 상견례도 마친 상황이었고, 현민이 없으면 잠을 못 자는 지원으로 인해 양가의 양해를 구해 지원은 현민의 집에서 지내고 있었다.

그렇게 외적인 모든 부분은 정리되고 있는 듯했다. 김재우 부모님들이 사과한다며 합의를 위해 접촉을 시도했으나 접근금지 명령을 내렸고, 시어머니 되실 분의 외국 체류를 완곡한 반대의 뜻이라 여기며 이 결혼에 대해 걱정이 많으셨던 지원의 어머니도 회장님이 지원에 대해 많은 칭찬의 말씀과 따뜻한 눈빛을 보내시는 걸 확인하신 뒤로는 5월로 결혼 날짜를 잡으시며 그나마 안도하셨다.

모두에게 인정받는 약혼녀란 지위가 주는 안정감을 느껴 보기도 했었다. 가까이는 신랑 사무실 구경 한 번 안 오는 무심한 신붓감이란 성화에 못 이겨 혜성 본사를 방문하는 과정에서 수많은 직원들 앞에서 당당히 그의 손을 잡고 로비를 걸었던 오늘과 같은 경험이나, 현민의 집무책상 위에 놓인 제 사진이 담긴 작은 액자나, 다른 건 다 웨딩플래너가 알아서 해도 드레스 선택만은 신랑 신부가 함께 해야 한다며 며칠 전 함께 갔었던 드레스 샵 방문이나.

멀게는 연초 현민이 부회장으로서 주관한 승진 임원 축하연회에서 해외지사에 나가 있다가 재임용되어 본사 신임 상무로 근무하게 되었다는 석경원 변호사를 부회장 예비 사모님 자격으로 만나게 된 경험까지…….그때 석경원 씨가 얼마나 얼굴이 하얗게 질렸던지, 지금 생각해도 웃음밖에 안 나오는 기억이기도 했다.

'석경원……. 아니, 석명원 상무님?'

'네?! 네, 부회장님.'

'제 사람과 이미 안면이 있다고 알고 있는데, 다시 보니 너무 반가워서 그러십니까? 안색이 달라지셨습니다.'

'아, 아닙……. 네, 바, 반가워서 그렇습니다. 부회장님. 아, 안녕하셨습니까, 사모님. 오랜만에 뵙겠습니다.'

지원은 현민이 모든 것을 알고 있다는 것에도 놀랐지만, 제게 넙죽 허리 굽혀 인사해 오는 석변의 행동에도 놀라, 첫 그룹 행사에 참석한 예비 신부로서 표정관리가 안 됐었다.

서희 여사의 반대를 무릅쓰고 결혼한다는 사실이 퍼져 안 그래도 집중되는 이목에 온몸에 가시가 꽂히는 것 같은데, 과하게 굽혀진 석변의 허리에 사람들이 눈을 반짝이자, 지원은 의례적인 목례 후 자리를 벗어났다. 그리고 등 뒤로 들려온 현민의 목소리를 들었다.

'석 상무라면 아내에게 치욕을 느끼게 한 남자를 어떻게 하실 것 같으십니까?'

'부, 부회장님!'

그리고 작게 들려왔던 억누른 잇소리.

'연회가 끝나기 전에, 제대로 빌어. 그래야 살길이 열릴 거야.'

그길로 화장실로 향했던 지원은 복도에서 마주친 석변이 경호원들의 제지에도 불구하고, 죄송하단 말을 연거푸 하며 절절매는 모습을 냉정하게 바라보다 그대로 몸을 돌렸었다.

잠시 후 테이블에 앉아 저 멀리 보이는 석변이 넋을 놓고 멍하니 있는 모습과 그 옆에 동석한 부인이 선물로 받은 시계 세트와 의류상품권을 챙기는 모습을 가만히 바라보고 있자, 현민이 몸을 옆으로 기울이며 귓가에 말해 줬다.

'염려 마, 2개월 안에 퇴사 처리될 거고, 지금까지 잘못한 값 다 치르게 될 거야.'

그리고 커다래진 눈으로 옆을 돌아봤을 때 그가 해 준 말도 지금까지 생생히 기억하고 있었다.

'네가 당한 모욕은 내가 안 잊어. 앞으로도 그럴 거야.'

그의 말대로 며칠 전 석 상무는 업무상 배임과 횡령이란 타이틀로 구속되었으며, 그렇게 본사에 껄끄러운 인물이 사라지자마자 그는 당장 회사로 지원을 나오게 만든 것이었다.

그러나 그렇게 제 아픔을 감싸 주는 그와도 아직 과거에 머물러 있는 부분이 남아 있었는데, 그것은 안고 뜨겁게 키스까지는 되는데…… 어떻게 그다음 진행이 안 되는 점이었다.

말없이 기다려 주고, 보채지 않는 현민에게 고마우면서도 시간이 지나면 나아질 거라 생각했던 부분은 좀처럼 벽에 막혀, 어색함만 더해진 채 변화의 기미가 없었다.

그렇게 4개월. 아니 병원에서부터 그렇게 지낸 현민이 집에 가선 만질 수도 없다고 말하게 된 이유는 2주 전 그 일이 있고부터였다.

단기 출장이 일상사인 현민이 1박으로 홍콩에 다녀온 뒤 당연한 수순으로 이어진 포옹과 키스가 유난히 깊어졌다. 그의 손이 뜨거워져 지원의 가슴을 파고들었고, 지원도 멈칫거리긴 했지만, 받아들이며 그가 이끄는 대로 무난하게 넘어가고 있었는데, 늘 그와 함께 잠들던 침대에 눕는 순간, 몸이 굳어 버렸다.

싫은 것을 참듯 앙다문 턱 선으로 굳어져 숨을 참고 있는 지원에게 그는 더 이상 아무 말 없이 미안하다 말하며 따뜻한 품 안에 안아 주었지만, 안긴 그의 품이 너무나 뜨거워 지원은 비참했었다.

허벅지에서 느껴지는 아직 뜨겁고 단단한 그의 분신을 느끼면서도, 아무 죄 없는 그를 고통스럽게 만드는 자신이 너무나 끔찍하다 여겨질 만큼.

그 뒤로 그는 금방이라도 누가 방해할 만한 공간, 예를 들면 차에서나 오늘 사무실에서 깊이 키스해 온 것처럼 도저히 은밀해질 수 없는 공간에서만 키스를 시도해 왔다.

그리고 지금 현민이 한 말은 차 안에서 이렇게 만지는 것 외엔 집에 가서 더 이상 아무것도 하지 않을 테니, 안심하라는 뜻이 담겨 있음도 지원은 알아듣고 있었다.

설핏 어두워진 지원의 표정을 모를 리 없는 현민이 여전히 밝고 장난기 가득한 목소리로 말해 왔다.

"손가락만 만져도 아파? 많이 아프면 물든가. 자, 물어."

"……별짓 다 해, 정말……."

내밀어진 현민의 손에, 그의 앞에서 심각한 표정을 짓기 싫었던 지원이 그의 귓가에 입술을 붙이며, 제 얼굴을 그의 시야에서 가린 채 작게 말했다.

그러자 현민은 지원의 입김이 간지러웠던 듯 웃는 얼굴로 안타까운 눈매를 연출하며 답해 왔다.

"이거 거절당해서 맘 아파지는데? 나 안 아프게 책임져 준다며."

아, 이 말이 이렇게 쓰일 줄은 정말 몰랐다. 진심으로 했던 말을 농담으로 사용하는 현민이 얄미워 지원이 눈썹을 찡그리자 현민이 귓속말을 해 왔다.

"사랑해. 지원아."

시도 때도 없이 가슴을 덜컥이게 하는 남자와 왜 안 되는 걸까.

'이렇게 사랑하는데, 이렇게 좋은데, 계속 이러면 어떡하지……'

지원은 속상함을 감추려 그의 장난에 동조했다. 아까부터 내밀어진 그의 손을 잡아당겨 다른 손바닥으로 제 입을 가리며 현민의 엄지 옆 손등을 깨물었다.

"아, 허허허……."

살짝 깨물었지만, 핥아 주는 지원의 혀에 현민의 얼굴에는 기분 좋은 당혹감이 퍼져 나갔고. 지원은 언제 누가 무슨 일 했냐는 것처럼 그의 손을 내린 채 자세를 바로 하며 앉았다.

이 정도로 세게 물 줄은 몰랐다는 것처럼 껄껄껄 웃으면서도, 그는 손등에 생긴 반원 모양의 물린 자국을 즐거운 눈빛으로 바라보았다. 손을 이리저리 돌려 가며 손바닥과 손등 쪽에 남은 자국을 모두 확인하면서도 여전히 웃는 표정에 지원은 '진짜 아프게 물었는데, 아플 텐데.' 라고 생각하며 진하게 남은 치아 자국을 바라보았다.

그러자 그가 새끼손가락 쪽 손등을 내밀며 말해 왔다.

"여기도 물어 볼래?"

뭐하는 건지.

"왜 그래요, 정말."

"예쁘잖아."

"뭐가요."

"자국이 남아도 어떻게 이렇게 동그랗게 남지? 교정한 적 있어?"

"아뇨."

"교정도 안 했는데, 이렇게 자국이 예뻐? 야⋯⋯. 우리 지원인 정말 안 예쁜 곳이 없다."

별 이야기도 아닌 대화가 둘 사이 소곤소곤 계속 오고 갔다. 어색했던 순간을 함께 느꼈을 현민은 그렇게 지원을 풀어 주고 있었고, 생각에 빠진 얼굴로 대답하던 지원이 그의 눈을 보며 말해 왔다.

"⋯⋯오빠."

"음?"

"바로 집에 안 가도 되죠?"

"왜?"

"가고 싶은 데 있어서."

그렇게 방향을 틀어 두 사람을 태운 차가 도착한 곳은 마울른 호텔이었다. 지원은 바에 들어서며 2년 전쯤 와 봤던 곳을 만감이 교차하는 눈빛으로 조용히 둘러보았다.

"어디 앉을까?"

안내하려는 직원을 손을 들어 물린 현민이 가까이 다가와 묻는 말에 살며시 웃어 보인 지원이 그를 앞장서 바 안으로 깊숙이 걸어 들어갔다. 현민은 그런 지원을 보호하는 것처럼 그 뒤를 느긋하니 따라 걸었다.

모두들 정리하려던 겨울 코트를 다시 꺼내 입은 쌀쌀한 날씨. 검은 롱코트를 입은 현민의 존재감이 큰 키만큼이나 또렷하게 지원을 감싸고 있었다.

"여기요."

2년 만이지만 실내장식이 바뀌지 않은 바가 낯익었다. 선명하게 기억나는 그날, 그 자리 앞에 서서 현민을 향해 웃어 보이는 지원의 미소가 아름다웠다.

"마티니 주세요."

마주 앉은 현민은 지원의 주문에 피식 웃음을 터트리며, 장난스럽게 웃어 보였다.

"왜 그래?"

지원답지 않은 긴 장난이 계속되는 기분에 현민이 웃는 눈으로 물어보자 지원은 고개를 갸웃하며 '글쎄요.' 하며 말을 얼버무렸다.

위스키 한 잔을 앞에 두고 마티니를 두 잔째 주문해 홀짝이는 지원을 이젠 좀 꿈틀거리는 눈썹으로 지켜보던 현민에게 그녀가 말해 왔다.

"우리 그날, 어디 묵었는지 기억해요?"

"……."

"몰라요?"

"17층 스위트룸이긴 한데."

정확히는 모른다는 표정에 지원이 테이블 앞으로 몸을 기울이며 말해왔다.

"정신없는 나 대신 기억 좀 해 주지."

"미안, 그날 나도 가히 멀쩡했던 날은 아니라서."

'핏' 하고 웃으며 몸을 물린 지원이 미소를 문 얼굴로 말해 왔다.

"그날, 오빠가 룸 잡았어요?"

"……정 기사. 근데 그런 건 왜?"

"정 기사님이?!"

놀란 지원의 얼굴이 심각하게 찡그려졌다. 얼굴 자주 보는 사람인데.

"음. 괜찮아 입 무거운 사람이야. 묻는 이유나 말해. 왜 그래, 오늘."

"……룸 잡으라고요. 우리, 오늘 여기서 자고 가요."

현민의 눈이 조금 흔들리고 있었다. 그의 눈동자가 지원의 생각을 모두 캐내려는 것처럼 눈동자 안까지 파고드는 느낌이었다.

"걱정 마요. 가서 술 더 시켜 달라 소리는 안 할 거예요."

속도 모르고 엄한 것만 걱정 말라 하는 지원을 두고 속으로 한숨을 내쉰 현민은 몇 개월 만에 처음으로 제게 뭔가를 요구해 오는 지원의 뜻에 따라 룸을 잡으라고 전화했다. 통화를 마치고 휴대폰을 내려놓는 현민에게 남아 있던 마티니를 모두 마신 지원이 말했다.

"……나, 오늘 안아 줄 수 있어요?"

부드럽게 떠져 있던 눈동자에 힘이 들어가며 잡아먹을 듯 지원을 바라보는 현민에게 지원이 다시 말했다.

"오빠."

"다시 말해 봐."

"처음부터 다시 시작하고 싶어. 여기라면 그럴 수 있을 것 같아요. 시도해 보려고."

굳게 다물린 입술 사이로 거친 한숨이 흘러나오는 동안 현민은 지원의 눈동자에서 눈을 떼지 않았다.

"……가자."

자리에서 일어난 앉아 있는 지원의 어깨를 양팔로 잡아 올린 뒤, 손을 잡고 걸어 나가는 현민의 걸음이 빨랐다. 그의 얼굴을 아는 사람들과 모르는 사람들의 시선이 뒤엉켜 지원과 그의 모습을 파고들었지만, 그의 힘 있는 팔은 오히려 지원을 가까이 잡아당기며 허리에 팔을 둘렀고, 그와 보조를 맞추려 정신없이 걷던 지원이 너무 빠른 그를 올려 보았다.

"보지 마. 키스할 것 같으니까."

당황한 지원의 얼굴이 빠르게 아래로 내려져 룸에 들어설 때까지도 그를 향하지 못했다.

그에게 손이 잡힌 채 룸으로 끌려들어간 지원이 그의 품으로 파고들었다. 가슴팍에 코를 대고 숨을 크게 들이쉬니, 현민의 향기가 마음을 안정시켜 주는 것 같아서, 지원은 가슴 가득 그의 체향을 마음껏 채워 넣었다.

그의 따뜻한 가슴에 파묻혀 코트와 재킷 속으로 손을 넣어 아직 벗지 않은 와이셔츠 위에서 단단한 등을 쓸어내리는 지원의 손길과, 그런 지원의 등과 머리를 부드럽게 마주 쓰다듬는 그의 손길이 아주 작은 소리를 만들어 내고 있었다.

지원의 고개가 들려 올라갔다. 눈앞에 매어 있는 넥타이 매듭에 손가락을 집어넣고 조금 느슨하게 잡아 내렸다. 그 움직임에 현민이 움직임을 멈추고 아래를 내려다보는 것이 느껴졌지만 지원은 일부러 눈을 맞추지 않았다.

끝까지 채워져 있던 와이셔츠 단추도 하나둘 풀어 내렸다. 그리고…… 아까 바에서부터 보고 있었던 볼록하니 솟아난 그의 목젖에 입술을 가져다 대었다.

순간적으로 침을 삼킨 그의 목젖이 지원의 입술을 건드리며 크게 움직였다. 그리고 다시 원래 자리로 돌아온 그의 것에 지원의 부드러운 혀가 닿았다.

작은 돌멩이 같은 그의 목젖을 핥다가 부드러운 입술로 살짝 물며 빨아 보았다. 둥글고 모난 그의 것을 혀로 그리듯 천천히 핥아 내리다 눈을 감았다. 마음에 이는 살랑임에 숨이 크게 들이마셔졌다.

"하아……."

작은 한숨이 나른하게 새어 나왔다. 그의 몸에 닿는 기분이, 그가 저의 것인 기분이 참으로 좋았다. 지원이 현민의 셔츠 깃을 벌리며 그의 목선이 좀 더 많이 드러나게 만들었다.

드러난 피부 따라 입술을 옮기며 뒷목 깊은 곳까지 입술과 혀를 움직여 나갔다.

그가 숨을 크게 들이마시는 것이 느껴져 지원의 가슴에 자르르 떨림이 지나갔다. 고개를 조금 들어 올려 단정하게 다듬어진 그의 머리카락에 얼굴을 비벼 보았다. 까슬거리는 느낌이 따갑고, 또 자극적이었다.

그리고 분명 그였다. 그인 것을 새기고, 새기느라 지원은 현민의 흥분이 짙어지는 것도 전부 알아차리지 못하고 자신의 느낌에 빠져들어 갔다. 뭔가에 충동질당한 것처럼 얼굴을 틀어 그의 귓불에 입을 맞췄다. 그의 숨소리가 거칠어지는 것이 느껴졌다.

아무 말도 하지 않고, 언제나 그가 그렇게 해 줬던 것처럼 그의 귓바퀴에 가벼운 입을 맞추고 혀로 살살 핥아 나가며 단단하게 서 있는 귓바퀴 사이로 혀끝을 집어넣고 핥았다. 현민의 고개가 뒤로 조금 젖혀지는 것이 느껴졌다.

"안아 줘요."

작게, 아무도 듣지 못하고 그만 들을 수 있도록 그의 귓속으로 마음을 흘려 넣었다. 그의 어깨에 올려져 있던 손이 그에게 잡혔다.

"안 멈출 거야."

지원은 고개를 끄덕였다. 그가 무엇을 걱정하는지, 왜 이렇게 아무런 움직임 없이 멈춰 있으려고 애쓰고 있는지 지원은 알 것 같았다.

"오빠 목소리 계속 들려주면."

그것으로 모든 이유를 설명할 수 있다고 생각했다. 그 역시 알아들었는지 지원이 말을 마치자마자 그의 커다란 손으로 가느다란 뒷목을 감싸고 고개를 틀어 선분홍 입술 사이를 급하게 파고들었다.

"으응."

지원의 입술 사이로 신음이 흘러나왔다. 몇 개월간 그가 준 키스와 다른 색으로 그가 다가서고 있었다. 처음부터 뜨거운 그의 키스가 전류가 되어 가슴을 지나 아랫배 아래로 타고 흘렀다.

"사랑해."

거친 숨 사이로 들려온 그의 고백이 좋았다. 지원의 블라우스를 급하게 벗겨 내다 번쩍 안아 들고 침실로 향하려는 현민의 어깨를 지원이 세게 움켜잡으며 고개를 저었다.

"안 누울래."

현민이 고개를 끄덕이며 지원을 벽으로 뒷걸음치게 만들었다. 지나간 상흔쯤이야 둘이 하나되기 위해 겪어야 했을 대가쯤으로 여기는 그를 더 깊이 마음에 담으며 벽에 기대서서 현민의 키스를 받았다.

거침없이 블라우스와 속옷이 벗겨져 나갔다. 지원의 가슴을 움켜잡는 현민의 손길에 지원의 허리가 비틀렸다.

"아흥."

현민의 손끝이 솟아오른 분홍 정점을 문지르며 비벼 댔다. 지원의 다리 사이로 파고든 현민의 허벅지가 천천히 위아래로 움직이며 그녀의 깊은 곳을 자극해 왔다. 지원도 그의 가슴팍을 움켜잡을 것처럼 그의 몸 위에서 주먹을 그러쥐었다.

"하아."

지원의 입이 좀 더 크게 벌어지자 그의 입술이 옆으로 좀 더 기울어져 지원의 입안을 할 수 있는 한 가장 깊이 파고들어 차지해 버렸다. 지원은 제 혀에 비벼지는 그의 혀를 느꼈다. 돌기가 쓸리고 좀 더 비틀린 혀의 부드러운 피부가 감겨들었다. 그의 타액이 넘어와 지원의 목을 타고 넘어갔다.

지원의 목 넘김에 현민이 자극받은 것처럼 더욱 진득하게 혀를 감싸 비비며 빨아 당겼다. 그의 손이 바쁘게 움직이며 지원의 바지 사이로 파고들었다.

버클 없이 옆선 지퍼로 이뤄진 바지는 너무나 쉽게 바닥으로 떨어져 내렸고, 하얀 레이스 속옷만 남은 지원의 다리가 그 사이를 파고드는 현민의 손가락을 막아서듯 모아져 비틀렸다.

"지원아."

허락을 구하는, 재촉하는 현민의 소리가 지원의 입술 위에서 뜨겁고 촉촉하게 퍼져 나갔다.

입술은 지원의 입술 위에, 한 손은 지원의 가슴 위에, 다른 한 손은 지원의 모아진 다리 사이에 잡혀 있는 현민을 지원이 야릇하게 풀려 가는 눈동자로 거친 숨을 몰아쉬며 바라보았다.

아직 덜 풀린 셔츠 단추를 풀 생각 없이 바지에서 끄집어낸 지원이 현민의 단단한 배를 손바닥으로 미끄러지듯 매만지며 올라갔다.

뜨거운 현민의 피부를 만지며 손가락으로 작게 솟아난 그의 돌기를 만지기 시작하는 지원의 움직임에 현민이 손가락을 세워 지원의 검은 숲 아래 정점을 동그랗게 굴리기 시작했다.

"아홋."

현민의 입술에 맞닿은 지원의 숨이 야릇한 숨을 토해 냈다. 현민이 뜨거운 숨을 토하며 허리를 비트는 지원의 입안을 파고들어가 혀를 집어넣으며 손가락을 움직여 뜨거운 애액 속을 휘저었다.

"아흐응."

뒤로 물러나는 현민의 혀를 따라 지원의 혀가 그의 입안으로 건너가자, 그의 혀끝이 지원의 혀끝을 간질였다. 현민은 그의 혀를 빨아 마음껏 느끼려 하는 지원을 달래며, 혀끝만 닿게 하며 지원의 가슴에 이는 불길을 끌어 올렸다.

"내 이름 좀 불러 봐. 안 감고 싶은데, 눈이 자꾸 감겨. 오빠."

"지원아……."

그의 낮은 목소리가 쉰 것처럼 새어 나왔다. 그리고 끊임없이 지원의 이름을 불러 주었다.

그날 이후로 단 하루도 어둠 속에서 잠들지 못하는 지원을 아는 현민은 흥분과는 또 다른 뜨거운 것이 가슴에서 울컥였지만, 지원 앞에서 동요하지 않기 위해 마음을 억누르며 지원을 부르고 또, 불렀다.

지원은 대답하지 않았다. 그가 뭐라 하든 눈을 감고서, 그에겐 차마 말할 수 없지만…… 어둠과 함께 겹쳐지는 그날의 편린들을 지우고, 이겨 내며 좀 더 현민을 강하게 느끼려 노력했다.

좀 더 그임을 확신하며 그에게만 빠져들기 위해 지원은 그의 몸을 안았고, 그의 향을 들이마시며 입술을 맞춰 나갔다.

지원은 이미 벌려진 셔츠와 함께 그의 재킷을 한 번에 어깨에서 벗겨 내렸다. 드러난 넓은 어깨. 그곳에 뺨을 대고 가슴을 향해 얼굴을 내렸다. 두 팔이 벗겨 내리다 만 옷에 묶인 것처럼 부자연스러운 그를 내버려 두고 지원은 드러난 그의 어깨와 가슴을 쓸어내리며 입술을 옮겼다. 그의 온기, 그의 호흡, 그의 몸을, 귀와 뺨을 두 손에 새겨 넣었다.

그의 가슴 위에 작게 솟아오른 알갱이를 입안에 빨아 넣었다. 지원의 도움 없이 엉켜 버린 옷을 마저 벗고 있던 그의 입에서 헉 소리가 들려왔지만, 지원의 몰입한 얼굴엔 아무런 표정변화도 일지 않았다.

혀끝으로 단단한 피부 위로 솟아 있는 작은 돌기를 쓸어 올리고 동글게 내리누르며, 손을 내려 아직 벗겨지지 않은 바지 속 그의 뜨거운 몸을 손으로 더듬었다.

손으로 부드럽게 매만질수록 그의 몸이 더 단단한 형태를 드러내며 열기를 전해 왔다. 눈을 감고 그의 가슴을 빨고 있던 지원은 지퍼를 열고 그 사이로 손을 집어넣었다. 제 손이 맨살에 닿을 수 있는 방법을 찾아 속옷 사이에 손가락을 넣어 그의 뜨거운 몸을 쓸어내렸다.

그가 급하게 지원의 얼굴을 들어 올리며 입 맞춰 왔다. 신음이 새어 나오고 혀가 합쳐지고 등을 끌어안아 당기는 그의 힘을 저지한 지원은 그의 혀를 빨아 당겼다.

아프지는 않을까 싶게 단단해져 있는 그의 몸 끝을 손가락으로 더듬어 올라가자, 그 끝에 미끌거리는 액이 흘러나와 있었다. 손가락 끝으로 액을 넓게 펼치듯 둥글게 문지르자, 키스하던 그의 입술이 떨어져 나가며 긴 숨을 내뱉었다.

지원은 그의 분신에서 느껴지는 이 뜨거운 맥동을 좋아했으면서도, 그동안 감당해 줄 수 없어 만질 수 없던 뜨거운 것을 마음껏 손에 쥐었다. 그러자 지원을 신음하듯 부르며 잠시 멈춰 있던 그의 손가락이 지원의 깊은 곳에서 다시 동그랗게 움직이기 시작했다.

"아훗, 오빠!"

"지원아, 사랑해."

지원은 끊임없는 현민의 고백을 들으며 사랑을 이어 나갔다. 그의 몸을 제가 느끼는 흥분만큼, 불안만큼 세게 잡고 위아래로 움직였다.

"으흣."

현민의 혀가 지원의 입안에 파고들어 혀를 세게 물었다. 아이스크림을 먹듯 턱을 움직여 물결을 만들며 제 혀를 밀어 넣고, 빨아 마시며 현민은 터질 것 같은 제 흥분을 참아 냈다.

지원이 준비할 수 있도록, 느끼고 싶어진 지원이 저를 찾을 때까지 버티려 노력하는 현민의 몸이 이렇게 뜨거워도 될까 싶게 달아올라 주변 공기를 데우고 있었다.

"으윽."

아래로 내려가는 지원의 움직임에 혀를 놓친 현민은 눈을 감고 숨을 마시다, 신음을 흘렸다. 버클을 풀어낸 지원이 현민의 속옷을 내리고 분신을 꺼내 입에 물고 있었다.

"지원아!"

"사랑해."

그 말을 마지막으로 지원은 제 입을 그의 분신으로 막고 손을 움직여 현민의 허벅지를 쓸어내렸다. 단단하게 갈라진 근육 결을 손바닥으로 쓸고, 무릎까지 내려갔다 올라온 지원의 손이 뒤로 돌아가 바짝 힘주어져 돌처럼 굳어진 그의 엉덩이를 두 손으로 움켜잡았다.

현민이 팔을 뻗어 지원이 조금 전까지 기대 서 있던 벽을 짚으며, 고개 숙여 지원을 내려다보았다. 눈을 감고 제 다리 사이로 얼굴을 밀어붙이며 혀로 제 분신을 맛보고 있는 지원의 이름을 부르며 동그란 정수리에 손을 얹고 부드러운 긴 머리카락을 쓸어내렸다.

"지원아."

이름을 부를 때마다 지원은 분신을 물고 고개를 부드럽게 움직이며 그를 자극하고 마셨다. 현민의 엉덩이에 힘이 들어가며, 저도 모르게 허리가 튕겨지자 그는 지원의 턱을 잡고 위로 세워 올렸다. 빨갛게 달아오른 지원의 아랫입술을 물며 뜨거운 입김으로 그가 속삭였다.

"지금 들어갈게."

"응."

현민은 레이스 속옷을 벗긴 뒤, 지원의 한쪽 무릎 사이로 팔을 밀어 넣어 다리를 들어 올렸다. 지원은 두 눈을 뜨고 현민의 눈을 마주 보고 있었다.

가쁜 숨을 쉬면서도 그가 이름을 불러 주지 않으면 눈을 감을 수 없는 지원의 눈을 마주 보며 현민이 허리를 움직여 이미 뜨거운 액으로 젖어 있는 깊은 샘을 파고들었다.

"으흡, 하아."

"아흐윽."

숨을 멈추고 고개가 들려 올라가면서도 지원은 끝내 눈을 감지 않았다. 늘 사랑에 깊이 빠져들어 느낄 때면 눈을 감고 느낌에 몰두하던 지원을 아는 현민은 그것이 너무나 안타까웠다.

"눈, 감아도 돼, 지원아. 흐윽."

"아훗, 아흑."

지원은 대답하지도, 눈을 감지도 않았다. 현민도 더는 강요할 수 없었다. 다만 지원이 더 잘 느낄 수 있도록, 저와 같이 피가 끓는 듯한 쾌감에 빠져들 수 있도록 온 힘을 다해 지원을 파고들었다.

옆으로 벌어지도록 들고 있던 지원의 다리를 제 허리에 둘러 주며, 두 손으로 지원의 가슴을 움켜쥐고 엄지로 양쪽 가슴의 정점을 비비며 자극했다.

아래로는 힘껏 지원의 몸을 파고들어 흔들며, 위로는 가슴 정점을 둥글려 비비며 혀로는 터져 나오는 지원의 신음을 모두 받아 삼키다, 그녀의 귓가로 입술을 옮겨 속삭였다.

"사랑해, 지원아. 나야, 눈 감아."

"하훗, 하흑, 아아훗, 오빠! 흐훗."

"그래, 나야, 나야, 지원아."

이런 널 아는 건 나밖에 없어.

"사랑해. 지원아."

지원은 눈을 감았다. 있는 힘껏 현민을 끌어안고, 부딪혀 오는 그의 박자에 맞춰 제 몸을 내밀어 그를 깊이 받아들였다. 현민의 등으로 감겨진 지원의 손끝이 움켜쥐어졌다. 가슴을 만지던 손을 내려 힘이 풀려 미끄러지는 지원의 엉덩이를 받쳐 안고 그대로 공중으로 들어 올린 현민이 지원의 두 다리를 모두 제 허리에 감게 했다.

"목, 안아."

급한 숨 사이로 명령처럼 짧게 내뱉어진 현민의 목소리에 지원이 그의 목에 팔을 감으며 몸을 의지해 붙였다.

현민은 지원의 엉덩이를 양손 가득 움켜잡고 위아래로 움직이며 제 몸을 받아들이게 만들었다. 커다란 손이 작은 엉덩이를 양껏 움켜잡아 움직이다 흘러내린 애액이 손가락 끝에 닿아 미끄러워지자, 제 손끝으로 지원의 깊은 샘 입구를 만져 보았다.

제 분신이 파고든 지원의 샘이 팽팽하게 당겨져 뜨거운 기둥을 받아들이고 있었다. 제 몸과 합쳐진 곳을 손가락으로 문지르며, 그 손으로 지원의 엉덩이를 제 배에 세게 밀어붙여 중심을 잡은 그가, 한 손을 올려 지원의 뒷머리를 잡아 입술 안으로 혀를 밀어 넣었다.

제 허리를 위로 휘어 올려 분신을 힘껏 밀어 넣으며, 지원의 혀를 빨았다. 어떤 때는 허리를 위로 쳐올리지 않고 둥글게 돌리며 지원의 질벽을 자극해, 신음을 토하게도 만들었다.

맞붙은 두 개의 심장이 이대로 터져 죽을 것처럼 뛰어 댔다. 현민이 혀를 놓아주자, 지원이 그의 어깨에 턱을 기대며 그가 파고드는 속도 따라 흔들리는 거친 숨을 가쁘게 내쉬었다.

"훗, 훗, 핫, 아흑, 하, 핫."

시간이 지나자, 더 이상 매달려 있기 힘든 듯 현민의 허리에 감긴 지원의 다리가 풀리며, 현민의 허벅지 뒤로 지원의 발끝이 대롱거리는 것이 느껴졌다.

현민은 그대로 지원을 안고 소파로 가 앉았다. 소파에 등을 깊게 파묻고, 제 허벅지 위에 다리 벌리고 앉은 지원을 제 가슴에서 떨어뜨려 허리를 세우게 했다. 현민은 계속 제 입안에 물고 싶었던 지원의 가슴을 입에 물고 정점을 세게 빨아 댔다.

"으흥."

지원이 허리를 비틀며 눈을 떠 현민을 바라보았다. 두 가슴을 움켜잡고 가운데로 모아 엄지로 정점을 누르고 비비며, 지원의 혀를 달라고 입을 벌려 혀를 내밀자, 지원이 현민의 혀를 정성껏 제 입술로 빨아 댔다. 마치, 그의 분신을 애무하듯이.

그 모습에 급하게 절정을 원하게 된 현민이 지원의 입술에서 혀를 빼 내 한데 모아진 지원의 가슴 정점을 한 번에 입에 넣어 빨기 시작했다.

"아흐흣."

감당키 어려워 고통스러우나 몸을 떼어 낼 수조차 없는 쾌감에 지원의 엉덩이가 천천히 움직이기 시작했다.

"으흑."

현민은 자신이 원한 자극을 받으며 지원의 가슴에서 입을 떼며, 신음을 토해 냈다.

"사랑해. 오빠."

그가 그녀의 목소리를 들었는지는 알 수 없지만, 그녀의 고백이 새어 나온 순간 그의 입술이 강한 압력으로 지원의 분홍 정점을 빨아 당겼다. 그의 입술은 달콤했다. 혀와 맞닿아서도 머리가 어지러운 쾌감을 전해 주었고, 가슴을 빨아 당기면서는 이루 말할 수 없는 쾌감을 선물해 주고 있었다.

눈을 감고 제 가슴에 맹목적으로 파고들며 헐떡이는 그를 지원은 더 강하게 끌어안았다. 너무 세게 끌어안아 그가 자신의 가슴에 파묻혀 숨도 못 쉬고 혀도 못 움직일 만큼 현민을 끌어안았다.

그의 이가 지원의 정점을 아프게 깨물었다, '아.' 하는 소리와 함께 팔에서 힘을 뺀 지원의 아픈 가슴을 그의 혀가 다시 부드럽게 핥아 올리며 달래 주었다. 아픔이 가실 즈음 지원의 허리가 더 깊이 휘며 흔들렸고,

그의 입술이 더 세게 그녀의 가슴을 빨아 당겼다.

한 손으론 지원의 등을 받쳐 주고, 다른 한 손으론 허하게 비어 있는 지원의 다른 가슴을 움켜잡고 손가락으로 솟아오른 정점을 비벼 대고 눌러 대면서도 그의 혀는 집요할 만큼 지원의 작은 정점을 놓지 않았다.

"오빠."

"……."

"하아……. 오빠……."

목소리를 들려줄 생각이 아예 없는 것처럼 그의 입술은 진탕하게 빨아 놓은 지원의 가슴에서 입을 떼고서도 아무런 대답 없이 반대편 가슴으로 입술을 옮겨 갔다.

전혀 춥지 않은 룸이었는데, 그의 입안에서 벗어나 그의 타액을 묻히고 있는 허한 가슴에 차가움이 느껴졌고, 반대편 가슴은 뜨거운 것에 감싸이는 오묘한 선득함에 빠져들어 또다시 자극당하기 시작했다.

"얼굴 보여 줘."

지원의 허리가 세게 요동치기 시작했다. 버티던 그가 지원이 움직임을 멈추며 허리를 들어 올리자, 한참 만에야 빨아 당기던 가슴을 놓아주며 고개를 들어 올렸다.

그의 분신을 내보내고 허전해진 지원의 몸이 흥분을 인내하려 잔뜩 긴장한 채 허리를 세우고 있었다.

마주 본 그의 시선은 붉은 기운이 넘실대고 뭔가를 잔뜩 참고 있는 듯한 힘겨움이 느껴졌고, 가슴에 비벼지고 타액에 젖은 그의 입술은 전보다 더 붉어져 있었다.

"고개 내리지 마."

아직 그의 답을 듣지 않은 지원이 그의 몸 위로 천천히 내려앉았다. 잔뜩 발기된 그의 몸이 자칫 그대로 그녀의 몸 안으로 파고들 뻔했지만 뒤로 몸을 조금 물린 지원의 움직임에 그의 몸은 지원의 몸 안으로 들어오지 못했다.

소파헤드에 머리를 기대 젖혀 버린 그의 입에서 끄응, 하는 신음 소리가 들려왔지만 지원은 그의 어깨를 잡고 허리를 세워 앉아 천천히 미끄러운 액이 묻어 나온 자신의 깊은 곳을 그의 뜨거운 분신 위에서 조금씩 앞뒤로 움직였다.

"흐웃, 대담해. 고개 내리지 마."

"하아……."

고개를 끄덕이는 그의 입에서, 그녀의 입에서도 맞닿은 중심에서 느껴지는 열기와 피부가 닿는 것만으로도 느껴지는 설명 못 할 쾌감에 신음이 흘러나왔다. 그 오묘한 느낌을 배가시켜 주는 애액이 여린 피부의 마찰을 진득한 흥분으로 부채질해 댔다.

지원이 허리를 깊이 내리누르며 그를 받아들여 허리 아래를 안으로 휘어 들자, 그의 까실거리는 음모가 제 몸과 맞닿아 비벼질 정도로 서로의 몸이 깊이 맞물려졌다.

그의 몸 끝이 제 자궁 안까지 파고드는 느낌에 여릿한 통증을 느끼며 몸을 살짝 들어 올렸던 지원은, 그를 모두 가진 것처럼 뜨겁고 단단한 밑동까지 모두 제 몸 안에 잠겨 있는 그 느낌이 좋아 다시 몸을 내렸다.

지원의 허리가 육감적으로 물결쳤다. 현민의 고개가 소파헤드에 기대져 뒤로 젖혀졌다.

"오빠! 안 보여."

흔들리는 지원의 골반을 양손으로 붙잡고, 턱을 들어 천장을 바라본 자세로 소파에 기대 거친 호흡을 내쉬던 그를 향해 지원이 허리 움직임을 멈추며 입술을 내렸다.

큰 키에 뒤로 젖혀진 고개. 지원이 그 입술을 찾아 깊은 키스를 시도하며 몸을 올리자, 중심부가 맞닿아 있던 몸이 떨어져 나가며 밀도 높은 열기를 식히는 서늘한 공기가 그 사이로 파고들었다.

뜨거운 몸에서 예고 없이 빠져나오게 된 그의 분신이 화를 내며 펄떡였다.

"계속해."

"그러니까 얼굴."

현민이 소파헤드에 기댔던 머리를 들어 올리자, 지원의 몸도 그 각도에 맞춰져 아래로 내려졌다.

다시 그의 허벅지에 앉은 지원이 손을 내려 화난 분신을 잡아 제 깊은 곳으로 이끌었다.

그녀의 손에 제 분신이 잡히는 순간 어금니를 꽉 깨물었던 현민이 지원의 중심으로 제 분신이 이끌림 당하며 들어가자, 입술을 벌리며 미간에 주름을 만들어 냈다. 고통스럽진 않지만, 고통을 참아 내려는 표정으로 맞이한 일치의 순간, 현민은 엉덩이에 힘을 주며 제 몸을 더 높고 단단하게 세워 들었다.

"하으흐흑."

지원의 신음이 터져 나왔다. 숨을 참으며 입을 버리고 있는 그의 배가 단단하게 뭉쳐져, 크게 부풀린 그의 가슴이 그가 숨을 내뱉을 때까지 그대로 멈춰져 있었다. 지원의 몸이 바르르 떨리는 허벅지 경련과 함께 뒤로 젖혀졌다. 잔뜩 긴장된 그의 근육들도 지원의 몸에 완전히 파고드는 순간, 부르르 떠는 것만 같았다.

"오빠……."

여전히 말없는 그를 향해 지원의 부름이 이어졌다. 그녀의 두 손이 그의 어깨를 꽉 부여잡았다. 그가 천천히 숨을 내쉬자 그녀의 허리가 육감적으로 흔들리기 시작했다.

허리를 앞으로 내밀며 한 번, 두 번……. 그렇게 출렁이며 몸을 움직일 때마다 지원이 아랫입술을 깨물었다.

몸을 움직일수록 그의 배에 마찰되는 깊은 샘 위쪽 붉은 정점이 그의 음모에 쓸리고 그의 단단한 근육에 맞닿아 자극당했다. 몸 안에서 강건한 몸을 자랑하는 그의 분신과 차마 왜 그런지 말할 수도 없을 만큼 창피하게 점점 더 강하게 몸을 부딪치게 되는 또 다른 자극에, 지원의 눈이 자꾸만 마지막 쾌감을 좇아 몰입하려는 듯 감기려 했다.

온몸을 파고드는 전율에 빠져들며 눈을 감았다가, 깜짝 놀라 눈을 뜨고 현민의 얼굴을 바라보며 지원의 움직임은 점점 더 강렬해져 갔다. 점점 급하게 움직여지는 허리, 다급한 표정, 어찌할 바를 모르는 표정으로 입술을 깨물던 지원이 손을 올려 그의 뺨을 감싸 쥐었다.

"오빠, 하흑, 사랑해."

가쁜 숨으로 빠르게 뱉어 낸 지원의 뜨거운 호흡이 그의 입술에 맞닿아 부서져 내렸다. 그 와중에도 물결치는 그녀의 허리를 그의 손이 부드럽게 쓸어내렸다.

"사랑해."

"아흑……. 오빠……. 나……."

그의 눈을 내려다보며 간절하게 말하는 지원이 더 느낄 수 있도록 현민이 자신의 몸을 더욱 세워 주며 고개를 끄덕여 주었다.

"……느껴. ……괜찮아"

"오……빠. 하아아……. 오빠! 아……아……. 으……응……."

지원이 숨을 참으며 결국엔 절정을 향하는 순간 눈을 감고 그의 몸에 부딪쳐, 높이 날아올랐다. 입술이 얼마나 세게 깨물리는지도 모르는지 아랫입술이 하얗게 변하는데도 지원은 눈을 뜨지도 깨물린 입술을 놓지도 못했다.

지원의 몸속이 강렬하게 떨려 왔다. 경련을 일으키는 지원의 깊은 몸에 자극당하며, 현민은 뒤로 넘어가는 지원의 등을 두 팔로 감싸 붙잡아 들였다.

현민은 제 몸을 감싼 지원의 몸이 주는 자극에 허리를 세게 튕겨 올리며 지원의 뜨겁고, 경련하는 몸 안으로 제 뜨거운 몸을 깊게 삽입시켰다.

"아훗."

잦아들던 지원의 경련이 다시 거세게 시작되고, 한 번 완만한 곡선을 이루며 서서히 잦아들어 가던 절정이 다시 시작되는 놀라움에 눈을 크게 뜨자, 현민이 허리를 쳐올리며 미소를 보였다.

"느껴져?"

"아아흥, 흐웅으."

길고, 끝 모를 절정이 길게 이어지는 고통 아니, 쾌감에 지원이 현민의 위에서 진저리 쳤다. 다시 거세게 파고들기 시작한 현민의 움직임 따라 다시 높아진 지원의 신음이 그를 불붙게 했다.

뜨겁게 경련하는 깊은 샘에 제 몸을 풀어 놓은 현민이 지원과 같은 쾌감에 빠져들어 눈앞이 하얘지는 절정의 순간을 맞이했다.

"지원아, 사랑해."

그는 그렇게 제 몸 위에 있는 이 여자에게 사랑을 고백했다. 지원의 몸이 시간이 멈춘 것처럼 그의 몸을 품은 채 그의 다리 위에서 한동안 반쯤 떠 있었다. 호흡도 멎었고, 움직임도 멈춘 채 그렇게 그녀 안에 갇힌 그의 분신으로만 느낄 수 있는 내밀한 경련을 느끼며, 그녀의 절정의 순간을 함께 음미했다.

"사랑해."

지원의 몸이 털썩 내려앉듯 그의 몸 위로 무게를 실으며 의지해 왔다. 그리고 지원은 가쁜 숨을 내쉬다 깊은 잠에 빠져들었다.

뜨거운 혀가 지원의 가슴을 핥아 올렸다. 다시 한 번 더 혀로 느끼려 할 때 몸을 비틀며 현민의 얼굴을 잡아 올린 지원이 그의 얼굴을 바라보았다.

"……뭐……해요?"

"새벽이야."

"……."

"너, 혼자 잠들어서 지금 새벽이라고."

"응?"

지원은 환하게 밝혀진 조명 아래, 흐트러진 그의 머리카락과 발치로 밀려나 있는 시트를 바라보았다.

벗은 그의 몸, 그의 몸 아래 그의 피부를 너무나 선명하게 느끼는 똑같이 벗은 자신의 모습. 잠에서 이제 막 빠져나온 어눌한 시선이 몇 초가 지나고 나서야 시계를 향했다. 4시를 넘어선 시간. 지원은 다시 현민을 바라보았다.

"나 잤어요?"

"하."

헛웃음 짓는 그를 보다 지난밤을 떠올렸다. 밤을 지새우자고 약속했었는데……. 어떡해…….

"……정말 나만…… 잤어요?"

"으음."

고개를 끄덕이는 그의 얼굴이 웃고 있었다. 어제보다 좀 더 편해 보이는 그의 표정에 안도했다. 그사이 천천히 가슴을 주물러 오는 그의 손길에 자꾸만 목이 움츠러들고, 몸이 움찔거렸다.

"가만있어. 밤새 재워 주느라 고생한 남편 생각을 해야지."

"남편?"

"불러 봐, 듣고 싶어. 이제 두 달밖에 안 남았잖아."

"이상해……."

환하게 불 밝혀진 공간에서 그의 몸이 아래로 미끄러져 내려가 다리 사이로 고개를 밀어 넣는 것이 느껴졌다. 미지근하던 몸에 뜨거운 혀가 파고들어 한순간에 몸이 튕겨 오르는 감각으로 자극하기 시작했다.

"오빠!"

그가 지원의 깊은 곳에 입술을 파묻은 채로 말해 왔다.

"가만있어. 내 거한테 오랜만에 인사하는 중이니까."

그의 뜨거운 입김이 가장 창피하고 예민한 곳을 간지럽히더니, 이내 칼날처럼 단단하게 곤두선 그의 혀가 꽃잎 사이를 가르고 들어와 볼록하니 부풀어 오른 정점을 '후릅' 하고 빨아들였다.

479

지원의 엉덩이에 절로 힘이 들어갔다. 벌려 세워진 두 다리가 바르르 떨리기 시작했다. 할짝이는 소리가, 부드럽게 밀고 들어와 움직이던 그의 머리가 다리 사이에서 점점 거칠어지기 시작하고, 뿜어져 나오는 입김이 뜨겁다 여겨질 때 그의 몸이 스르륵 위로 몸을 겹쳐 왔다.

이미 젖어 그의 몸을 기다린 지원의 안으로 사랑하는 현민의 몸이 밀려 들어오는 것을 느끼며 지원이 숨을 들이켰다. 그의 얼굴을 마주 보고 그를 느끼는 지금 이 순간이 너무도 좋아 지금이라도 낮은 절정을 맞이할 것만 같았다.

"먼저 가지 마."

왜? 라고 묻는 애처로운 표정의 지원을 보며 현민이 온 얼굴을 환히 밝히도록 웃었다.

"못…… 참으면?"

슬금슬금 움직이기 시작하는 현민의 움직임에 지원의 허리가 벌써부터 들려 올라갔다.

"참을 수 있을 때까지 해야겠지?"

짓궂게 웃어 보인 현민의 허리가 뒤로 물러났다, 웃음기 걷힌 그의 얼굴처럼 강하게 거세게 맞부딪혀 왔다.

"아홋! 오빠!"

"아파?"

고개를 저어 보이며 놀란 눈을 뜨는 지원을 보며 그가 또 웃음을 보이는가 싶더니, 잔뜩 긴장한 몸으로 또다시 거세게 치고 들어왔다.

"아홋!"

부드러운 물결이 아닌, 거센 부딪침이 지원의 숨을 막을 작정인 듯 딱딱 끊어져 끊임없이 이어져 왔다. 그가 강하게 파고들 때마다 들썩이게 되는 몸이 하릴없이 나부끼는 낙엽처럼 그에게 패배를 인정하며 신음했다.

"옵! 오빠! 그, 그만. 아홋! 죽을 것 같아."

얄밉다. 지원은 고개를 저어 가며 정신을 못 차리고 애원하는데, 마주

친 현민의 눈빛이 느긋하니 기쁨에 차서 웃고 있는 것을 보며 그렇게 생
각했다.

"이젠 부드럽게 할게. 그럼 안 죽을 거지?"

귓가에 맴도는 현민의 목소리도 장난치며 웃음을 억누른, 만족감 가
득한 목소리였다. 몸 안에서 느껴지는 그의 몸도 잘못하면 부러지겠단
생각이 들 정도로 철근같이 딱딱해진 것이 느껴지는데 어떻게 이렇게 태
평한 표정으로, 이 상황에 웃을 수 있지? 지원이 뭐라 하고 싶어 눈에 힘
을 넣으려던 순간.

"으으응음."

지원의 귓가 솜털이 모두 곤두서고, 등줄기와 가슴까지 짜릿함이 퍼
져 나갔다. 귓바퀴를 파고든 부드러운 혀가 축축함을 남기며 피부를 핥
아 올릴 때마다 그 작은 움직임이 내는 모든 소리가 크게 확대되어 온몸
을 떨리는 진동으로 변해 들려왔다.

지원의 목이 힘없이 늘어졌다. 모든 생각이 사라지고 그만을 원하며
허리가 움직여졌다. 그리고 그는 그것이 신호인 것처럼 지금껏 참았던
모든 것을 풀려고 작정한 듯 몸을 움직여 왔다. 밀고 들어올 때마다 불끈
거리며 움직이는 팔 근육을 지원의 바들거리는 팔이 힘주어 붙잡았다.

다리를 있는 힘껏 벌려 제 몸을 파고드는 남자의 엉덩이를 두 손으로
부여잡고 제 몸으로 좀 더 깊이 들어오라고 내리눌렀다. 지원이 허리를
들어 올리며 자신을 맞이하고, 제 엉덩이를 두 손으로 내리누르며 몸을
더 깊이 받아들이려 하자, 현민도 움직임을 멈추고 허리를 아래로 깊이
내리눌러 지원과 맞닿은 피부가 아프도록 파고들며 비벼 댔다.

"아아……. 아……. 아아……."

깊은 새벽, 지원의 가는 교성이 환한 룸 안에서 길게 이어지고, 그 입
술을 향해 고개 숙인 또 다른 입술이 소리를 앗아 가기 시작했다.

19장.
늘 손 뻗으면 닿을 수 있는 곳에서

완연한 봄기운이 시작되고, 사람들의 입에서 한낮에는 덥다는 소리가 들리기 시작한 5월.

지원은 송 관장님과 M.M.C식당 옆 성당 화단 한켠에 자리를 잡고 앉았다.

방금 M.M.C식당에서 식사를 마치고 나오는 길에 뽑아 든 밀크커피 종이컵을 두 손으로 붙잡고서 나른한 햇살을 즐기는 두 사람의 표정이 모두 편안해 보였다.

"그 부모가 찾아와 빌었다고? 접근 금지했다면서."

"네."

"그런데도 왔어? 그래서?"

"할 말이 없었어요. 용서해 줄 수 없는데, 또 제가 용서한다고 형을 안 살게 되는 것도 아니고……."

"합의해 주면, 형량은 줄어들 수도 있지."

"억지 용서, 흉내 내고 싶지 않았어요. 그래서 더 부딪치고 싶지 않았는데, 막상 마주쳐서 사과받고 아들 대신 빈다고 무릎 꿇는 것까지 보니까 기분이 좀 그랬어요."

"착잡하지. 그럼, 그 뭐 좋은 기분이겠어. 그래도 억지로 용서할 필요는 없는 거지."

지원이 푸시시 흐린 웃음 지으며 고개를 끄덕였다. 눈가에 맺힌 미소가 편안했다.

임시주총에서 해임안이 가결되어 경영권을 상실한 최 회장은 두원유통 최석중 사장이 회장 임기 1년 권한을 부여받자, 옹호세력이 자신에게서 등 돌린 것을 확인하곤, 항소에서 지더라도 상고할 가능성이 높다고 짐작했던 것과는 달리 오히려 항소를 취하했다.

합의에 실패한 뒤 항소 없이 1심 형량이 확정되어 형 집행에 들어간 김재우와 함께 교사혐의로 김재우와 같은 4년 3개월 형을 언도받은 그도 교도소에 수감되었고, 지리한 싸움이 될 거라 생각했던 재판은 지변과 현민이 구성한 최상의 법률팀의 도움으로 그렇게 빠르게 정리되었다.

서로 바쁜 두 예비 부부 때문에 대부분의 결혼 준비는 웨딩플래너의 도움으로 이뤄지고 있는 상황에서, 귀국을 미루시던 어머님과 미국, 일본, 중국으로 주로 출장을 다니시며 현민에게 힘이 되어 주셨던 아버님의 이혼조정 소식이 들려와, 요 며칠 마음이 안 좋았던 지원에게 결혼 전 축하한다고 밥 한 끼 사신다며 진해에서 올라오신 송 관장님의 방문은 단비와도 같았다.

M.M.C에서 백반으로 점심을 얻어먹고, 달달한 자판기 커피 한 잔으로 제대로 결혼을 축하받고 있는 이 시간, 그래서 지원은 모처럼 여유로웠고 편안했다.

"푸후훗……. 관장님은 정말 제 편이신가 봐요. 처음 뵈었을 땐 사회복지센터장이시니까 무조건 이해하고 참고 살아라, 착하게 살아라, 그러실 것 같았는데, 대화 나눌 때마다 고정관념을 깨 버리시는 거 아세요?"

"확 깬다는 말을 내가 좀, 많이 듣지. 흐훗흐……. 그런데, 날 죽여 가면서 타인을 사랑하는 건 진짜 사랑이 아니니까. 나도 좀 아껴 줘야지. 내

맘을 알아주고 위해 줘야, 남을 이해하고 사랑할 힘도 생기는 거고, 나중에 아무도 안 시킨 일 저가 좋다고 해 놓고서, 시간 지나 후회하는 멍청한 짓을 안 하지 않을까? 나 나름대로는 내 삶을 사랑하고 있는 거야. 옳지 않다고 생각하는 것까지 감싸 안고 소화 못 시켜 끙끙대는 것보단, 내가 이해하고 아낄 수 있는 부분까지만 감싸 안는 게 왜 나빠? 뭐 좀, 확 깨면 어때. 안 그래? 나 말고도 성녀인 사람들은 얼마든지 많고, 난 내가 이해하고 아낄 사람들만 품으려 해도 품이 부족한걸. 난 지금이 좋아."

지원은 웃음 지었다.

'지금이 좋아……. 지금이 좋아. 지금이 좋기까지 관장님은 얼마나 많은 마음을 비우고, 깎아 내며 다듬어지신 것일까. 난 이제 겨우 이만큼 다듬어지는 데도 저 혼자 서지 못해 관장님도, 그 사람도 많이 힘들게 하며 힘을 빌렸는데……. 그래, 이제 나도…… 지금이 좋다. 과거의 움츠렸던 나도 나라는 걸 잊지 않고, 처음부터 내가 이렇게 단단했다는 착각도 않으며, 지금을 감사해야지. 지금의 좋은 나를 잊지 말고, 지금을 감사해한 나를 잊지 말고 더 자라야지. 더 많이 사랑해야지.'

"관장님. 잠깐만요."

"왜? 뭐하게?"

"전화 좀 하려고요."

그 사람 목소리가 너무 듣고 싶어서요.

"해. 난 또 뭐라고."

뚜르르르, 뚜르르르.

바쁜 회의 중인지 세 번의 신호음 뒤에도 전화를 받지 않자 지원은 전화를 끊었다.

"바쁜가 봐요."

문자라도 보내라고 말하려던 관장님은 이미 빠르게 손가락을 움직이며 뭔가를 적어 내려가고 있는 지원을 보며 눈가에 주름이 잡히도록 소리 내어 웃으셨다.

[난 지금이 좋아요. 오빠를 맘껏 사랑해도 되는 지금이 정말 좋아요. 지금 내 앞에 있으면 꼭 끌어안고 입 맞춰 주고 싶을 만큼 나는 오빠만 사랑해요.]

발송 버튼을 누른 지원은 문자가 잘 보내지는지 계속 휴대폰 액정을 바라보고 있었다.

"보냈어?"

"네."

웃는 지원의 옆얼굴에 평소에 잘 보지 못했던 볼우물이 보였다. 늘 자주 웃는 지원이었음에도 처음 본 것 같은 낯선 보조개는 이제 정말 진심으로 웃기 시작한 지원의 얼굴에 꽃이 피어나듯 앙증맞게 패어 있었다.

"보기 좋네."

"네?"

"민 사장 그렇게 웃는 거 처음 보는 것 같아서."

"제가 그랬나요?"

참 곱다. 눈을 곱게 접으며 하얀 뺨에 홍조가 돌아 저 혼자 빛나는 사람을 보며, 관장님은 '유현민 부회장. 민 사장한테 잘해 주긴 하는가 보다.'라는 생각을 했다. 그런데 갑자기 또 민 사장이 화사하게 웃기 시작했다.

"뭔데?"

"답장 왔어요."

눈을 반짝이기까지 하는 지원의 미소에 관장님이 고개를 절레절레 흔드셨다.

"못 말린다, 민 사장. 그러니까 유선이가 닭살이라고 놀리지."

"어머, 진해 내려가서도 그래요?"

이제 고1 될 나이. 그러나 방송통신고등학교 수업을 받으며 빨리 패스해서 대학 갈 거라고 웃고 떠들던 유선은 지난 주말, 입, 퇴소 변동사항이 많은 센터에서 아직 민 선생을 기억하는 안나와 아녜스의 집 아이들 몇몇과 함께 서울 나들이를 왔다.

직접 현민을 보지는 못했지만, 아이들과 식사하다 전화 통화를 하는 걸 듣고는 별거 아닌 대화에 닭살이라며 야유에 까르르륵거리며 커다랗게 웃기까지……. 너무 시끄러워 전화를 끊어야 했을 정도로 엄청난 반응을 보여 주고 간 터였다.

"그럼, 고것들이 그런 재미로 사는데. 나 먼저 일어난다, 민 사장?!"

"네?"

"남은 일주일 동안 닭살 돋는 연애질 좀 자중해라. 보는 사람들 힘들다."

"하하하……. 네에……."

벌떡 일어나 엉덩이를 손으로 탁탁 털며 성당으로 들어가시는 관장님을 보며 지원은 부끄러움도 모르고 마냥 기분 좋게 웃었다.

지원은 이제 웃음을 참지도 부끄러워하지도 않는 관장님의 털털한 면을 닮아 가고 있는 듯했다. 성당 안으로 몸을 감추신 관장님에게서 시선을 돌려 휴대폰을 바라본 지원의 눈이 또다시 곱게 접혔다.

[나는 지금보다 너와 부부가 되어 있을, 다음 주가 더 좋다. 내가 너의 사랑일 수 있어서 정말 좋다. 사랑한다, 민지원. 사랑한다, 순둥아. 빨리 저녁이 왔으면 좋겠다.]

"사랑해."

작은 웅얼거림을 내뱉는 지원의 입술이 숨길 수 없는 미소로 물들어 갔다.

[나도.]

지원은 그 행복감에 취해 웃다가 수많은 사람들이 동시대를 살고, 그 이전 세대를 살아 낸 사람들이, 또 몇 백 년, 몇 천 년 전 사람들이, 자신보다 앞서 지금 저와 같은 감정을 느꼈을 것이란 생각에 짧은 전율을 느꼈다.

짧은 세상 최선을 다해 살아가는 동안, 사랑을 표현하는 방법은 함께 머물러 주는 것, 생이 다하기 전에. 치열하게 살아 낸 오늘이 과거가 되고, 옛일이 되어 흔적조차 없이 잊혀질 테니 더욱 가깝게 끌어안고 곁을 지켜주는 것이 가장 진실한 사랑이라고 생각하며, 다시 문자를 적기 시작했다.

[오빠한테 보내 놓은 내 마음, 거기 잘 있어요?]

[그럼, 내 마음은?]

[여기 있어요.]

지원이 제 가슴 사이에 손바닥을 넓게 펼쳐 꼭 내리눌렀다.

"여기 있어요. 아주 잘……."

일주일 뒤 오월의 신부가 된 지원은 아름다웠다. 혜성 미술관 야외정원에서 치러진 혜성 후계자의 결혼식에는 여러 정재계 인사들과 약 500여 명의 사장단, 친인척과 신랑신부들의 지인과 친구들이 한데 모여 거대한 규모로 치러졌다.

한참 녹색으로 물들어 가는 정원의 나무마다 수국과 작약으로 만든 볼과 유리볼이 비눗방울처럼 매달려 로맨틱한 분위기를 만들었다.

곳곳에 세워진 2미터 높이의 대형 꽃장식이 우아함과 격조를 높이고, 좌석들 위로는 한낮의 햇빛을 가려 주는 하얀 차양에 잔잔한 바람에 가끔씩 펄럭였다. 초록 잔디에 깔린 새하얀 버진 로드를 따라 분홍빛 장미 꽃잎이 고운 꽃가루처럼 뿌려져 있었다. 실내악 5중주가 좀 더 큰 소리로 바뀌자, 하객들의 시선이 버진 로드의 첫 자락으로 모여들었다.

높은 아치형 꽃장식 아래로 모습을 드러낸 블랙 턱시도 차림의 현민이 하객들의 박수 소리와 함께 씩씩하게 걸어 들어가 단상 앞 첫 계단에 올라섰다.

이윽고, 결혼행진곡과 함께 환하게 빛나는 신부가 들어서자 하객들의 웅성거림과 박수 소리가 최고조에 달했다. 쇄골을 완전히 감추는 레이스 소재 하이넥에 손목까지 가려지는 롱 슬리브 드레스를 입고 새하얀 버진 로드에 오른 지원은 면사포를 쓴 얼굴로 현민만을 보며 걷고 있었다.

쭉 뻗은 긴 다리로 굳건히 서 있던 현민은 지원이 낯선 먼 친척 어른의 손을 잡고 걸으며 살짝 아랫입술을 깨물자, 성큼성큼 앞으로 걸어 나가 중간에서 인사드리며 지원의 손을 받아 들었다. 친척 어른은 손을 넘겨주면서도 당황한 빛을 감추지 못했고, 신부가 고개를 숙이며 부끄러워하자, 하객들의 웃음소리가 연주 소리를 가릴 만큼 드높게 퍼져 나갔다.

"왜 그랬어요."

"일 초도 기다리기 싫어서."

넓은 간격으로 이어진 서너 개의 계단을 올라 단상 앞에 서자, 원로 경제학자이신 한국대 석좌교수의 주례로 결혼식이 시작되었다.

햇살이 따사로웠다. 생각보다 짧은 주례사에 모두들 가장 좋은 주례사였다며 웃는 표정들이 되었고, 식순 내내 굳은 얼굴과 미동 없는 자세로 진행에 따르면서도, 지원의 안색을 세심하게 살피는 현민의 눈빛에 남편을 대동한 아내들의 부러운 눈빛이 떠나지 않았다.

지원은 본식 드레스가 가녀린 몸매를 우아하게 나타내, 단아해 보였다는 귀빈들의 칭찬을 많이 받았다.

서희 여사의 자리가 빈 폐백을 마치고, 어려운 귀빈들이 모두 돌아가신 뒤 이어진 저녁 피로연을 위해 조명이 하나둘 밝혀지자, 유 회장은 아들 내외에게 '서로를 많이 사랑하고 행복해라.'라는 말씀을 남기시고 먼저 본가로 돌아오셨다.

집으로 돌아온 유 회장은 오랜만에 벅찼던 일정을 끝마친 피로감을 덜어 내려 집안에서 오랫동안 일해 온 김씨에게 찻물을 준비해 달라 이르고는 서재로 들어섰다. 아들에겐 아직 말하지 못했지만, 이혼조정을 마친 상태였고, 아들도 장가보냈으니 제 인생의 할 일은 다 마쳤다는 생각에 안도의 한숨이 새어 나왔다.

"휴우……."

책상에 앉으신 회장님은 언제나 책상 한켠을 지키고 있는 지승함을 열었다.

프랑스에 머물고 있는 아내와 이혼조정에 들어간 뒤에 예선재를 찾았을 때, 내실에 들어 식사를 마치고 차를 마실 때까지 얼굴 한 번 보이지 않는 사람이 궁금하여 사장님을 뵐 수 있겠냐 종업원에게 물었다.

그때 방문을 열고 들어온 사람은 숙희가 아닌 그녀가 딸 같은 아이라 말했던 지배인이었고, 그 아이는 이 지승함을 테이블에 올려놓았다.

'사장님께서 여행을 떠나시며 회장님 오시거든 이것을 전해 드리라 하셨습니다.'

'어디로…… 언제 온답니까.'

'크루즈 이용해서 중국으로 다예 공부하러 가신 것으로 들었지만, 그 다음 행선지는 마음 닿는 대로 정하신다 하셔서 연락 주시기 전까지는 저도 알지 못합니다. 아마, 긴 여행이 되실 거라 하셨습니다.'

차멀미 하는 사람이 배편이라니. 의심스러웠지만 그래도 단지 여행 간 것이기만을 바랐다. 하지만 공항 출국자 명단에서도 항만 출국 명단 에서도 숙희를 찾을 수 없자, 짙은 의심으로 변해 갔다.

잠시나마 정든 터와 맡은 책임 버리고 홀홀 여행 떠날 성품이 아닌 숙희가 여행 갔을 거라 믿고 싶었던 자신이 얼마나 원망되었던지……. 회장님은 자주 꺼내 읽은 탓에 벌써 이음매가 닳기 시작한 네모난 카드 한 장을 또다시 펼쳐 보았다.

저는 긴 세월 머물던 곳을 떠나 멀리 여행을 갑니다. 긴 여행 될 것 같아, 그동안 회장님 오시면 즐겨 드시던 약차들을 전해 드리니, 건강하십시오. 제가 그것을 바랍니다. 혹시나, 저 없는 것을 아시고도 예선재에 들러 주신 다면, 제가 큰 짐 맡겨 두고 가는 오늘이를 가끔 돌아봐 주시기를 부탁드립 니다.

회장님이 가슴 위에 손을 얹어 일그러진 얼굴로 눈물지었다. 다신 돌 아오지 않을 사람처럼 오늘이라는 아가씨 뒤를 부탁하고 떠난 사람의 손 글씨가 묵은 가슴을 아리게 만들었다.

더는 바랄 것도, 바랄 시간이 남아 있는 나이도, 건강도 아니었는데 무엇이 이리 애통할까. 무엇이 이리 가슴 아파 또 이리…… 아파 올까.

국내 어딘가 있을 사람인데 쉽게 찾아지지 않아 힘겨웠던 지난 시간, 이제 이혼조정도 끝났고, 아들도 결혼시켰으니 제 할 일은 다 끝났다 여긴 회장님이 차 통을 어루만졌다.

"숙희야……."

내가 오늘 아들을 장가보냈다.

"숙희야아……."

이번엔 늦지 않으마. 내 꼭 찾을 테니, 잘만 있어 다오.

울음 섞인 쉰 목소리가 목에 걸려 작게 새어 나갔다.

억누른 울음소리가 길게 퍼져 나가도, 통한 마음이 뼈를 녹이며 새어 나가도……. 그 마음이 닿아야 할 사람까지 전해지지 못하고 빈 서재 적막한 공기 중에 허하게 부서지고 있었다.

그다음 날 이른 아침, 현민은 하얀 햇살을 맞으며 잠에 취해 있는 지원을 내려다보고 있었다. 벌거벗은 몸을 하얀 커버로 덥고, 베개 위로 머리카락을 흐트러뜨리고 누워 있는 지원을 바라보는 현민의 얼굴엔 행복감이 가득했다.

어제 식을 치르고 호텔에서 하루 묵었으니 공항으로 가야 할 시간인데, 현민은 지난밤을 하얗게 지새운 신부를 깨울 생각 없이 가끔씩 이마에 입술을 내릴 뿐이었다.

현민의 눈에는 어제 웨딩드레스를 입었던 지원의 모습이 눈에 선했다. 촬영용은 몰라도, 본식과 피로연 드레스는 어른들도 계신데 속이 훤히 보이는 드레스는 절대 안 입겠다던 지원의 판단이 만족스러웠던 어제였다.

수많은 친구들에게 지원을 소개하면서, 녀석들 시선이 짓궂을 정도로 지원에게 향해 만약, 동글고 작은 어깨라도 내놓고 있었다면, 오랫동안 좋은 표정 유지하긴 어려웠을 것이란 생각이 들기도 했었다.

곳곳에 조명을 밝힌 야간 피로연은 볕이 좋았던 본식보다 훨씬 더 분위기가 좋았다. 바람마저 따뜻하게 느껴지는 날씨에 지원을 안고 느릿하게 춤을 추고 있자니, 세상에 이런 행복이 또 없을 것 같았다.

'사랑해.'

춤을 추다 그렇게 말했을 때, 벨라인 튤 드레스에 은방울 화관을 쓴 지원이 눈을 마주치며 이렇게 말했었다.

'내가 더 사랑해요.'

'내가 더 사랑해.'

'아닐걸요.'

'맞을 텐데. 이것 봐.'

현민이 춤을 멈추며 고개를 꺾어 지원에게 깊은 키스를 남기자, 어디선가 휘파람 소리가 들렸고, 환호와 박수 소리가 감긴 눈을 대신해 주변 상황을 알려 주었다.

재빨리 얼굴을 현민의 가슴에 묻고 고개 들지 못하는 지원의 허리와 뒷머리를 감싸 천천히 다시 스텝을 밟기 시작하자, 한참 만에 겨우 고개 든 지원이 술도 안 마시고 볼이 붉어진 채 작게 항의했다.

'아까는 친구들이 너무 본다고 싫다 그랬잖아요.'

'그러니까 더 해야지.'

기막혀 '아' 소리를 내는 것처럼 입술을 벌렸던 지원은 현민의 고개가 다시 숙여지자, 다시 가슴팍에 얼굴을 묻으며 춤이 끝날 때까지 고개를 들지 못했다.

지난밤 기억에 절로 미소 지은 현민이 잠든 지원의 입술을 훔쳤다.

"으음……. 음……."

"아줌마, 이제 좀 일어나 봐."

"……응?"

"아줌마 일어나라고."

"으읍……. 잠깐, 잠깐만……. 뭐예요."

말하는 틈틈이 입술을 부딪치는 현민을 향해 미간을 찌푸린 지원의 물음에 싱글벙글한 현민이 대답했다.

"아줌마 된 걸 축하해."

"으응?!"

"왜 싫어?"

"벌써 아줌마는 너무하잖아요."

"왜, 너 아줌마 만드느라 내가 얼마나 고생했는데."

"그럼, 오빠도 아저씨 해요."

"얼마든지. 자아, 우리 공주님 이제 일어나야지? 공항에서 출국시간 조정하느라 애먹고 있대."

"어머! 지금 몇 시예요?! 늦었어요?"

"예정대로라면 이미 하늘에 있어야 되겠지?"

"히익! 어떡해!"

"잠꾸러기라고 소문 다 났다. 민지원. 이제 나 아니면 데리고 살 남자도 없을 거야."

여전히 싱글벙글 얼굴로 농담하는 현민에게 골난 표정의 지원이 얇은 시트로 몸을 말고 욕실로 가다 말고 뒤돌아 말했다.

"아니거든요. 잠꾸러기라도 능력 있고 예쁘면 데려갈 남잔, 아마 많을 거예요."

"지금 그 말 뭐야?"

"본인이 능력 있고 예쁘다는 거야, 데려갈 놈들이 많다는 거야?!"

"⋯⋯푸후훗, 둘 다요."

"민지원! 이리 와 봐!"

잘하면 메롱이라도 할 것처럼 눈꼬리에 웃음을 매달고 욕실로 달음질치려는 지원보다 현민의 행동이 더 빨랐다.

등 뒤로 현민에게 끌어안겨 욕실로 도망치려는 지원과 잡아당기려던 현민의 몸싸움이 갑자기, 묘한 분위기에 휩싸이며 서로가 눈을 감고 입술을 부딪쳤다. 한 번만 마주치고 떨어지려던 입맞춤이 아쉬운 듯 또 한 번, 그리고 또 한 번. 현민의 손이 지원의 뒷머리를 감싸 끌어당기자, 지원의 팔이 시트를 놓고 현민의 허리를 감았다.

스르륵……. 지원의 가슴을 가리고 있던 시트가 미끄러져 내리며 붉은 잇자국이 남아 있는 둥그런 가슴이 드러나자, 현민이 지원을 번쩍 들어 안아 침대로 옮겼다.

"으흣, 하아……."

"흐윽, 지원아."

"사랑해, 오빠."

"사랑해, 지원아."

현민은 서로 마주 보고 누워 지원의 한 다리를 높이 접어 올려 제 옆구리에 걸치게 했다. 벌어진 다리 사이를 파고들어 느릿하게 움직이며 서로의 눈동자를 마주하고 있는 두 사람의 얼굴이 점점 붉게 달아올랐다.

"아흣, 너무 좋아. 오빠."

"하아, 너 지금 얼마나 예쁜지 알아?"

"흐흣, 아니."

결혼식을 올렸다는 의미가 지원에게 있어 이렇게 큰 것인지를 새삼 느낄 만큼, 지원은 지난밤부터 전보다 더 많은 느낌과 마음을 표현했다.

"진짜 예뻐, 너. 허흣, 도망 못 가."

그 말에 지원이 해사하게 웃는데, 그게 왜 또 그렇게 야하게 예뻐 보이는지. 현민의 허리가 빠르게 물결치기 시작했다.

평소 가고 싶었던 곳으로 고르라는 말에 두바이, 아테네를 거쳐 그리스 국내선이나 페리를 타고 가야 하는 산토리니를 여행지로 정했었던 지원은 신혼여행으로 주어진 시간이 단 3일이라는 말에 '아무 데나'로 여행지를 바꿨었다.

평소 가 보고 싶었던, 그러나 그동안은 졸업여행마저 포기하게 했던 고소공포증으로 꿈도 꾸지 못했던 비행기 탑승이지만, 증상이 사라진 지금은 가능하지 않을까란 기대와 도전으로 야심차게 준비했던 산토리니 행이 좌절되었다고만 생각했던 지원은 김포공항에서 전용기를 탑승한 후에야 그들의 행선지가 그리스 산토리니 공항인 것을 알게 되었다.

사람 무안하게 출발시각을 한참이나 넘겨 공항에 도착하도록 만든 현민을 좀 나중에 용서해 주려던 지원의 결심은 그렇게 스르륵 사라져 버렸다.

거기 가면 뭘 가장 보고 싶냐는 말에 이안마을에서 선셋이 꼭 보고 싶다고 말하자, 오는 시간 늦춰 꼭 보게 해 주겠다고 말해 주는 현민 빰에 지원은 참지 못하고 입을 맞췄다. 소리 내어 크게 웃은 현민은 생전 처음 보는 지원의 반응이 꽤 마음에 드는 표정을 지어 보였다.

비행기 이륙과 동시에 남들은 다들 멀쩡한데, 혼자 촌스럽게 귀가 너무 아파서 표정을 굳히고 있자, 현민은 코를 막고 천천히 귀로 바람을 불어넣어 보라 하더니, 그다음엔 물, 그것도 안 되니 결국 승무원에게 말해 귀마개를 구해 주었다.

말랑거리는 실리콘을 동그랗게 굴려 양쪽 귀에 벽을 만들 듯 막아 주니 너무 아픈 것이, 참을 만큼 아픈 정도가 되어 표정관리를 할 수 있게 되었다.

그제야 정신이 좀 든 지원은, 현민의 걱정스런 표정과 문 비서를 비롯한 여러 경호요원들의 시선이 제게 향해 있음을 알고 얼굴을 붉혔다.

"미안해요. 비행기 처음 타 봐서."

얼마 전 지원의 고소공포증에 대해 뒤늦게 알게 된 현민은 물 잔을 앞으로 밀어 주며 뭐라 말했다.

"네?"

안내방송 같은 좀 큰 소리는 들리는데, 작은 대화 소리는 들리지 않아 지원이 눈썹을 올렸다.

"괜찮다고, 몸이 피곤해서 더 그럴 거라고. 잠 못 잤잖아."

"……네에……. 오빠!"

고개를 끄덕이며 제 상태를 이해해 주니 고맙게 여기던 지원은 찰나의 순간이 지난 뒤 귀를 막은 자신이 들을 정도면 다른 사람들한테도 다 들릴 정도로 크게 말한 것임을 깨닫고는 눈을 질끈 감아 버렸다.

보지 않아도 뜨거워진 얼굴로 자신의 얼굴이 얼마나 빨개졌을지 알 수 있었던 지원은 현민이 제 뺨을 문질러 줄 때까지 눈을 뜨지 못했다.

눈을 뜨자 눈앞에 내밀어진 종이에 쓰인 글씨.

수면실에서 편하게 갈래? 사람들 신경 쓰지 말고.

지원은 눈을 크게 뜨며 고개를 빠르게 저었다.

안 건드려. 너 귀 아픈 거 아는데. 잠 좀 재우려 그래.

그래도 지원의 결심은 변하지 않았다. 신혼부부가 침대가 있는 방에 단둘이 있으면 밖에서 뭐라고들 하겠나 싶었기 때문이었다. 더군다나 어제 잠 못 자게 만들었다고 광고까지 해 놓고. 결국 지원은 산토리니에 도착할 때까지 좀 편히 가라는 현민의 말을 듣지 않고 좌석을 지켰다.

새벽에 도착한 산토리니 공항은 어두워서 그런지 휑하니 국내선 지방 공항보다 더 작고, 허름한 느낌이었다. 그것을 잘 살펴볼 겨를 없이 현민에게 머리가 잡힌 지원은 잊고 있던 귀마개를 빼 주는 손길에 그의 허리를 꼭 안고 고마움을 전했다.

렌트한 차량에 타고 보니 운전하는 사람은 그리스 지사가 있는 아테네에서 건너온 혜성 직원이었고, 뒤를 따르는 경호원, 승무원과 기장들을 태운 차량도 사정이 별반 다른 것 같지 않았다.

"그냥 제주도 갈 걸 그랬나 봐요."

"왜?"

"나 하나 땜에 다들 고생하는 것 같아서요."

빙긋이 웃으며 피곤한 눈매로 잡고 있던 지원의 손에 힘을 주며 현민이 말했다.

"미안해. 가을 되면 시간 낼 수 있을 거야. 그때 다른 데 많이 가자."

바쁜 현민에게 부담될 수 없었던 지원은 고개를 끄덕이는 대신 마주 보고 웃어 주었다.

늘 가고 싶어 자주 지도를 봤기에 지원은 눈앞에 지나는 문 닫힌 상점들과 가끔 간판을 밝히고 있는 바를 보며 이곳이 산토리니 중심 지역인 피라라는 곳이라고 짐작했고, 운전하는 지사직원의 설명도 그러하자, 맞췄다는 사실에 혼자 빙긋이 웃다가 현민에게 들켜 다른 남자 말엔 웃지 말라고 경고를 받아야만 했다.

숙소는 관광객에게는 산토리니, 현지인들에게는 티라라고 불리는 이 길쭉한 섬의 끝, 이아 마을에 가기 전 피라와 이안의 중간지점인 이메로비글리에 위치하고 있었다.

미리 알아봤던 바, 내심 성수기인 6월에서 8월을 비켜선 5월인 탓에 저렴하게 묵을 수 있을 것이라고 생각했던 지원은 뒤를 따르는 문 비서와 현지 직원들, 경호원, 기장과 승무원들을 생각하고는 몸에 밴 알뜰 여행에 대한 생각을 접었다.

차에서 내려서자 무척이나 조용한 언덕을 딛고 서서 바닷바람 가득한 공기를 만끽할 수 있었다.

당연하게 팔 뻗어오는 현민의 어깨 아래로 파고들어 그의 허리에 팔을 두른 지원은 마중 나온 호텔 그레이스 직원들과 현지직원들에게 트렁크를 맡기고 편안하게 황동 프런트와 돌멩이들로 장식된 리셉션과 계단을 지나 폭 파묻히면 쏙 빠져들 것 같은 포근하고 새하얀 킹사이즈 침대를 만나는 것으로 새벽까지 이어진 긴 여정을 마칠 수 있었다.

하얗고 부드럽게 마감된 돔 천장과 마치 지원의 취향을 반영한 듯 깔끔한 실내에 지원의 눈이 계속 웃자 현민이 신기한 듯 물어 왔다.

"그렇게 마음에 들어?"

"네에. 오빠 안 좋아요? 아, 좋은 데 많이 와 봐서 별로겠구나."

"아냐, 나도 여기가 제일 좋아, 다른 데는 민지원이 없잖아."

룸을 둘러보던 지원이 뒤돌며 현민을 바라보곤 활짝 웃었다.

"푸흣…… 오빠, 나 남편 잘 골랐나 봐요. 그런 말도 해 주고. 후훗."

"그걸 이제 알았어? 너 신랑 잘 고른 거야. 내가 장담할게."

"어떻게?"

"평생 나만큼 민지원 사랑할 수 있는 남잔, 나밖에 없을 거니까."

"……"

"왜?!"

갑자기 쿡 찌르면 눈물이 날 것처럼 금세 눈물이 그렁그렁해진 지원
이 입술을 꾹 깨물고 있었다.

"하아……. 자꾸만 더 좋아져서."

"그럼 계속 좋아하면 되지."

"걱정될 정도로 좋아지는데도?"

"내가 허락할게. 다른 여잔 안 되도 민지원은 해도 돼."

"내가 뭘 할 줄 알고."

"바람만 피지 말고 다 해. 다른 건 내가 다 봐줄게."

결국 쿡 하고 터져 나온 웃음과 함께 행복한 지원의 눈물이 그녀의 두
뺨을 감싸고 있던 현민의 손등으로 흘러내렸다.

"하나 더, 지금처럼 우는 건 괜찮은데. 슬퍼서 우는 것도 하지 말고.
내가 너 안 울도록 잘할게."

지원은 현민의 허리에 팔을 두르며 가슴에 폭 안겼다.

"흐으음……. 좋……다. 나도 여기보다, 여기에 오빠가 있어서 더 좋
은 것 같아요."

지원의 고백에 현민이 미소 지으며 긴 머리를 쓸어내렸다.

웰컴드링크 한 모금에 눈이 풀린 지원을 보고 웃어 버리던 현민의 밤

은 조용히 지나갔다. 지난밤 생긴 붉은 흔적도 가시지 않았고, 생애 첫 비행여독을 풀라는 현민의 배려였다.

그렇게 현민에게 푹 안겨 깊은 잠에 취했던 지원은 다음 날 아침 야외 자쿠지에 들어서며 잠에서 깨어났다.

"오빠?"

잠옷을 입은 그대로 침대에서 덜렁 안고 자쿠지로 들어선 현민은 괜찮으니 바다를 보라고 말했다. 따뜻한 물에 잠겨 바다 바람을 마시며, 그림처럼 파란 에게해에 해가 뜨는 모습은 장관이었다. 아무 말도 못 하고 그 광경을 바라본 지원은 행복감에 크게 숨을 들이쉬었다.

"하루밖에 못 있으니까, 다녀 보고 싶은 데 부지런히 다녀 봐."

지원은 어깨에 따뜻한 물을 끼얹어 주는 현민의 손길이 좋았다.

"몇 시에 갈 건데요?"

"일몰 보면서 저녁 먹고, 좀 쉬었다가 떠나면 되겠지?"

"어, 이안 마을 언덕에서 일몰 볼 건데……."

"음……. 비행기 타기 전에 마사지 받게 해 주려 그랬는데 그건 빼야겠다."

정말 빠듯한 여행이었고, 그래서 더 고마운 여행이었다.

"난 괜찮은데, 오빤 마사지 필요해요?"

"아니, 너."

"난 괜찮아."

지원의 말에 피식 웃은 현민은 지원의 정수리를 슥슥 문지르며 알 수 없는 눈빛을 했지만, 지원은 꿈결처럼 반짝이기 시작한 파란 에게해에 취해 등 뒤의 현민의 눈빛을 알지 못했다.

온통 깔끔하고 하얀 건물과 벽면, 눈을 들면 파란 에게해, 호텔에 딸린 인피니티 풀마저 에메랄드빛 물색으로 유혹하는 곳에서 현민은 조금 일찍 준비시킨 조식으로 식사하자고 말했다.

조금 일찍 준비된 호텔 조식으로 식사를 시작한 현민과 지원은 올리브

유가 많이 들어간 그리스 요리로 든든히 식사하는 현민이 요거트와 과일로 식사를 마치려는 지원을 붙잡고 더 먹이려는 실랑이로 아침을 열었다.

바다 위에 떠 있는 기분이 드는 테이블에 앉아 에게해와 호텔 앞에 보이는 화산섬과 파란 십자가가 운치 있는 교회를 바라보며 하얀 유니폼을 입은 직원들의 서빙을 받고 있으려니, 이렇게 꿈같은 기분이 드는 게 신혼여행인가 보다고 중얼거린 지원으로 인해 현민은 한참이나 말을 잇지 못하고 얼굴 한가득 웃음 지었다.

해가 뜨자마자 준비하고 있었던 듯 식사를 마친 그들 곁으로 다가선 문 비서와 차가 있는 곳까지 걸어가는 동안, 공간이 조금씩 넓어질수록 한 명, 두 명 경호원들이 따라붙었다. 차량 앞에는 현지 직원이 대기하고 있었고, 그들은 산토리니 섬의 중심지인 피라로 향했다.

가는 도중 현지인들은 산토리니가 아닌 티라(Tira)라고 부른다는 것을 알게 된 지원은 고개를 끄덕이며 현민을 보고 웃다가 가벼운 키스를 받고는 피라에 내릴 때까지 현민의 가슴에서 얼굴을 떼지 못했다. 그런 지원을 현민이 자꾸만 볼을 만지작거리자…….

"하지 마요. 보잖아요."

"안 봐."

"그래도……."

"계속 그럴 거야? 남편이 얼굴 좀 만지는 게 그렇게 부끄러워? ……문 비서 봤나?"

"못 봤습니다."

"못 봤다는데? 크흠."

짓궂은 말에 현민의 손등을 아프지 않게 꼬집은 지원은 아프다는 반응을 보이는 그의 웃는 얼굴에 백기를 들었다. 늘 그랬듯이 간단히 비비 크림만 바른 지원의 얼굴은 한쪽 뺨이 금세 붉어지도록 현민의 손에서 조몰락거려졌다.

비수기이긴 하지만, 세계 각국의 여행자들이 모이고, 많은 신혼부부들이 찾는 산토리니답게 피라에는 그들이 묵었던 이메로 비글리보다 훨씬 많은 사람들을 볼 수 있었다.

일찍 서두른 탓에 경사가 높은 좁은 계단을 따라 항구로 출근하는 당나귀들의 행렬을 구경할 수 있었다.

벽에 길게 자리 잡은 난전에서 딱히 그리스 물건이 아닌 듯한 의류와 가방들을 구경하다, 여러 가지 모자를 팔고 있는 할머니 노점상 앞을 지나치던 지원이 걸음 속도를 늦추자, 현지 직원은 피라 상가로 가면 더 깨끗하고 다양한 모자를 파는 상점들이 아주 많다며 지원에게 좀 더 걸을 것을 권했다.

주춤거리던 지원은 뒤에서 따라붙는 경호원들의 속도에 맞춰, 네이비 반바지에 화이트 폴로셔츠를 입은 현민의 손을 잡고 긴 노점 골목을 지나쳤다.

과일가게를 지나 미니어처 판매 상점을 구경하고, 신기하게 자주 눈에 띄는 보석가게를 지나 복잡한 도심으로 들어서자, 에게해 빛을 닮은 파란 탐스에 화이트 원피스를 입은 지원은 꽤나 오래 걸어 다녔는지 시장기가 돈다고 말했다.

현민은 부지런히 지원을 먹이기 위해 자갈로 꽃무늬 바닥을 만들어 놓은 피라 중심 상가를 걸어 다니며 적당한 레스토랑을 찾기 시작했다.

"아까 저기 오블릭스라는 데 사람들이 줄 서 있던데, 우리 거기 가 봐요."

지원은 레스토랑으로 들어가려는 현민을 만류하고 조금 전 스쳤던 가게를 되짚어가자며, 그의 손을 이끌었다.

지원이 케밥과 비슷한 수불라키를 여러 개 주문해, 멀찍이 떨어져 있던 경호원들에게 걸어가 하나씩 손에 들려 주며,

"드셔 보세요."

라고 말하자, 현민은 아침부터 이상하게 자주 웃었던 것처럼 또다시 어깨가 흔들리도록 웃어 댔다. 이유는 금세 알 수 있었다. 뒤로 멀찍이 서 있던 경호원들은 옷은 편하게 입었지만, 제 본분을 다하고 있다가 졸

지에 관광객 신분이 된 듯해 당황해하고 있었기 때문이었다.

"그래도 여행이니까……."

이것이 웃음을 그치지 않는 현민에게 지원이 했던 항변의 전부였다.

그러고서 아직 여분으로 남아 있는 수불라키와 음료를 든 지원은 태양이 뜨거워 눈을 뜰 수 없다며 아까 봐 둔 모자를 사야겠다고 앞장서기 시작했다.

왔던 길을 되돌아가며, 걸음에 속도를 붙인 지원은 조금 전 걸음을 멈추려 했던 난전 골목 모자 상인 앞으로 걸어가, 되었다 하는 현민 것은 놔두고 챙이 넓은 자신의 모자를 하나 골랐다.

"싸게 드리는 거랍니다."

유로로 금액에 대한 표현은 가능했지만, 할머니 모자상인은 산토리니의 다른 상인들처럼 영어로 의사소통의 원활하지 못하자, 현지 직원이 통역하며 분위기를 띄웠다.

"그럼, 싸게 주셔서 감사하다고, 제가 주문 착오로 종류별로 너무 많이 산 탓에 방금 산 수불라키가 여러 개 남았는데, 혹 간식 생각나시면 감사의 뜻으로 받아 주실 수 있으신지 여쭤 봐 주세요."

의아하게 눈동자를 굴린 직원은 그리스어로 물었고, 주름진 노파는 골목 구석을 한 번 본 뒤 웃으며 모자값과 함께 봉투를 받아 들었다. 현민은 그제야 지원의 의도를 알 수 있었다.

골목 저편에는 7세 정도 되는 남자아이가 할머니가 장사하는 근처에서 맴돌고 있었다.

세계적인 여행지로 수많은 관광객들이 오가는 산토리니에서 몫 좋은 길목에서 비켜선 곳에 자리를 펼친 할머니와 아이의 행색은 초라했다.

할머니는 장사하고 아이는 마른 나무막대기를 씹고 있는 모습을 이 복잡한 관광지에서 발견한 지원이 용한 것일 테지만, 현민은 디폴트 선언 이후 점차 회복세에 접어들며 구제금융 3차 추가지원이 필요하다는 의견과 경제 회복세에 접어들어 구제금융 졸업을 준비해야 할 시기가 다가온다는 의견이 팽팽하게 양립된 그리스 경제의 단면을 보고 있는 기분이었다.

예의에 벗어나지 않게, 정말 우연처럼 수블라키를 권하기 위해 지원이 일부러 몇 개 더 사서, 여기까지 걸음을 서둘러 온 것을 아는 현민은 지원의 손을 뒤에서 꼭 잡아 주었다.

현지직원이 현지어로 할머니와 대화하는 것을 보며 지원은 뒤로 조용히 물러났다.

모자를 써 보는 지원의 머리카락을 등 뒤로 넘겨주며 어깨를 감싼 현민이 앞으로 걷기 시작하자, 남편이 된 사랑하는 남자의 어깨를 바라보던 지원이 웃는 얼굴로 말했다.

"우리 저 아래로 내려가 봐요."

불쌍해서 못 타겠다고 뒤로 물러선 지원 때문에 동키를 타는 대신 케이블카를 이용해 구항구로 내려갔던 지원은 자그마한 당나귀가 성인 남자들이나 아이와 어른을 함께 태우고 가파른 계단을 오르내리는 모습에 시선을 돌렸고, 잠시 내려가서 상점을 둘러본 일행은 직원의 안내로 장소를 이동해, 검은 모래가 유명하다는 카마리비치를 거닐었다.

혼자였다면 밀전병에 돼지고기와 감자, 토마토와 적양파, 양상추 등으로 속을 채운 수블라키 반 개만으로도 끼니를 넘겼을 지원이었지만, 이제 본인보다 현민이나 수행원들을 생각해야 했던 지원은 해변에서 다시 피라로 돌아와 스핑크스 레스토랑으로 들어섰다.

역시나, 바다를 향해 탁 트인 테이블에 앉아 괜찮다는 경호원들을 앉히고 같이 먹고 일어나자고 식사 주문을 강요한 지원은 현민이 문 비서에게, 문 비서는 경호팀장에게 눈빛을 보내 함께 식사하는 것으로 정해지자 기분 좋게 고개 돌려 현민에게 웃어 보였다.

"생각해 보니까. 우리 1박이어서 정말 다행인 것 같아요."

그 소리에 현민은 굳이 그렇게 생각할 것까지는 없다며 바다를 향해 못 말린다는 것처럼 웃었다.

지원은 오징어튀김 깔라마리와 가벼운 베이컨 오믈렛을 주문했고 스테이크를 주문한 현민이 산토리니 와인 뮤지엄에 별 반응을 안 보인 지원에게 그래도 기념이라며 산토와인을 주문해 주었다.

　"직원이 그러는데, 선셋은 이안보다 산토와인 와이러니나 우리가 묵었던 그레이스 호텔 뷰가 현지인들에겐 더 유명하다는데?"

　"그래요?"

　"꼭 선셋 보러 이안 가야 하나?"

　"그래도 왔는데……."

　"선셋은 우리 호텔에서 보고, 이안은 점심 먹고 잠깐 다녀오자."

　저녁 경호가 더 힘들어서 그런 건가? 싶어서 고개를 끄덕인 지원은 식사를 마친 뒤 렌트 카를 타고 섬 끝 마을 이안으로 향했다.

　지원은 그때부터 별말 없이 현민과 손을 잡고 걷기만 했다. 생각에 잠겼는데, 그냥 놔둬도 될 만큼 부드러운 눈빛이라 현민도 함께 걸었고, 자연스런 그 모습을 여행 내내 따라다니며 촬영한 스탭이 눈을 반짝이며 여러 번 셔터를 눌렀다.

　호텔로 돌아와 자쿠지에서 뭉친 근육을 푼 지원은 야외 레스토랑에서 느긋하게 이른 저녁식사를 마친 뒤 현민의 뜻에 따라 수영복을 입고 해변을 따라 길게 만들어진 인피니티 풀에 몸을 담궜다.

　"해 지면 추울 것 같은데?"

　"지금은 어때?"

　"괜찮아요."

　"그럼 잠깐만 있어 봐."

　바다 위에 작은 바다처럼 만들어 놓은 풀에 들어가 바다를 보며, 풀과 바다의 경계가 모호하게 이어지며 공중에 뜬 바다에 혹은, 눈에 보이는 에게해에 몸을 담그고 있는 기분이 느껴지는 미묘한 감동을 느끼는 사이 하늘이 붉어지며 강렬한 햇살이 쏟아지기 시작하더니 세상도, 현민의 얼굴도 지원의 얼굴도 점점 붉게 물들어 갔다.

몸을 담그고 있는 기다란 풀 아니, 에게해의 물결에 노을이 내려앉았다.

저 멀리 에게해로부터 뻗어 나온 붉은 줄기가 점점 그 크기를 줄여 가는 동안 절경에 취해 현민의 허리를 세게 끌어안으며 넋을 놓고 있던 지원은, 마침내 그냥 쳐다봐도 눈이 아프지 않을 만큼 지는 해가 빛을 잃고 세상이 검게 변하며 붉은 원이 수면 끝에 걸려 있을 때, 현민의 키스를 받았다.

"내 아내가 돼 줘서 고마워. 지원아."

그리고, 풀에서 안겨 나와 그대로 룸으로 들어간 지원은 새벽 이륙시간을 늦추는 민망한 상황을 한 번 더 연출하고야 말았다.

20장.
언제나 여기 있어요, 라고
말해 주는 것

너무 경황없이 바쁜 여행을 다녀온 탓인지 지원은 좀처럼 컨디션을 회복하지 못했다.

사무실에서 근무하면서 이따금 저 혼자 꾸벅 졸다가 깜짝 놀라 깨기도 하고, 퇴근한 현민과 이야기를 나누다가도 너무 빨리 먼저 잠들고는 했다.

그렇게 일주일이 지나고, 이 주 차에 접어들며 이젠 체력이 안 받쳐줘서 출근하는 게 곤혹스럽고 가끔씩 시작된 두통이 고통스럽게 오래 지속되기 시작했을 때 더는 몸 상태를 숨기지 못하고 현민에게 최악의 컨디션을 들키고야 말았다.

"병원 가자."

"안 가도 돼요."

"왜 그래?! 사람이 말야, 아프면 아프다고 말을 해야지 감추고 일만 하면 다야?!"

결혼 후 현민이 아니, 만난 이후 현민이 이렇게 화내는 것을 처음 본 지원은 바짝 굳었다.

"아마 나, 놀라면 안 될 텐데."

"뭐?"

"방금 든 생각인데. 어쩜 나, 놀라면 안 되는 사람 된 건지도 몰라."

"무슨 소리야……. 그게?"

"몰라 나도. 아직……. 아마, 라서."

눈썹을 있는 대로 구기고 있던 현민의 표정이 다양한 표정변화를 보이다, 끝내 활짝 펴졌다.

"내가 알아들은 소리가 맞아?"

"……글쎄. 아직, 나도 몰라서."

"어떻게 아는데? 병원 갈까?! 일어나, 가자."

지원에게 말하며 휴대폰을 집어 들고 버튼을 누르기 시작하는 현민의 손에서 급하게 전화기를 뺏은 지원은 원망하는 눈빛을 보냈다.

"아니면 어쩌려고?!"

"아니면 마는 거지. 우리 결혼한 지 얼마나 됐다고……. 걱정 마. 나 벌써부터 기대 안 해."

이래서 거짓말은 입에 침이나 바르고 하란 말이 생긴 것이란 생각을 하며 눈에 생기가 도는 현민을 바라보던 지원은 정 궁금하면 약국 문 닫기 전에 진단 시약을 사 오라고 말했다.

총알같이 튀어나간 현민은 빛의 속도로 시약을 사 와 지원의 손에 쥐여 줬고, 좀 심각해진 표정으로 화장실에 들어가는 지원을 따라 들어가려던 현민은 매몰차게 닫힌 문 앞에 서서 초조하게 양 허리에 손을 얹고 지원의 목소리를 기다렸다.

그런데 기다리고 기다려도 아무런 소리가 들리지 않았다.

"지원아……. 지원아? 지원아?!"

쾅쾅쾅!!

"……어, 나가. ……금방 나갈게요."

손으로 얼굴을 쓸어내린 현민은 표정을 가다듬었다. 지원의 목소리가 가라앉은 탓이었다.

"괜찮아, 지원아. 이런 일로 부담 갖지 마. 절대 그럼 안 돼. 내가 오해한 거지, 우린 아직 결혼 한 달도 안 됐는데……."

천천히 문이 열리고 느릿하게 모습을 드러낸 지원은 뭐라 뭐라 말을 계속 이으며 저를 위로하고 있는 현민을 멀뚱히 바라보았다.

"나 임신 같은데……. 계속 위로받아야 돼요?"

"……."

"나 임신 같아요. 정확한 건 병원 가 봐야겠지만. 일단 이건 나보고 임신이래."

지원은 두 줄이 선명한 플라스틱 스틱을 현민에게 들어 보였다. 지원을 품에 안고 번쩍 들어 올렸다가 급하게 내려놓는 현민의 얼굴이 흥분에 가득 차 있었다.

"아후, 순둥이. 너, 진짜! 하는 짓마다 왜 이렇게 예쁘냐. 고마워, 지원아. 고마워. 사랑해. 정말 사랑해."

눈물은 없지만, 눈가가 붉어진 현민이 지원의 뺨에 뽀뽀했다. 한참을 그러다가, 두 팔로 부축해서 조심스럽게 지원을 소파에 앉힌 현민이 또다시 그녀의 얼굴에 뽀뽀와 버드 키스 세례를 퍼부었다.

두 사람 사이에 잉태된 생명은 다음 날 아침 병원에 가서 정확하게 임신이라 확인받은 뒤 사랑이란 태명을 선물 받았고, 지원의 차엔 그녀의 거부에도 곧바로 기사가 배치되었다.

그리고 그날, 포털 검색어에 혜성 유현민 부회장, 유현민 신혼여행이란 검색어가 탑을 달려 혜성그룹 홍보실이 긴장하는 사태가 발생했는데. 지원의 뒷모습과 현민의 뒷모습 그 주변을 여유로운 간격으로 둘러치고 서 있는 경호원들의 뒷모습과 사진 촬영을 제지하는 두 명의 경호원 앞모습이 찍힌 사진이 인터넷을 떠돌아다녔다.

신혼여행을 온 유현민 부회장과 유럽 배낭여행 코스로 들렀던 산토리니에서 자주 마주쳤다는 한 블로거의 글이 온 넷상을 도배하기 시작하더니 인터넷 기사가 뜨기 시작했다.

허례 없이 검소하고 소탈한 유현민 부회장 부부의 신혼여행이란 제목으로 시작된 글은 조용한 산책과 경호원을 대동하면서도 다른 관광객들에게 피해가 없도록 거리를 잘 유지하고, 늘 조용하게 다닌 유 부회장 일행을 칭찬하며, 또 비공개로 식을 치른 새신부의 일상 모습도 상세히 전하고 있었다.

경호원들을 함께 여행하는 동행으로 여기는 것처럼 간식거리를 챙기고, 깨끗한 상점이 아닌 난전에서 가장 허름한 상인의 물건을 구입하며 간식거리를 나누는 모습에 대해 젊은이 특유의 발랄함으로 글을 써 내려간 블로거는 일약 파워 블로거가 된 듯 방문자 수가 급증해 행복한 비명을 지르고 있었다.

블라인드 처리를 고민하던 현민은 지원의 정면 사진이 없고 하얀 원피스 긴 생머리, 가끔 보이는 귀와 뺨 정도가 전부인, 그것도 경호원을 피해 아주 원거리에서 촬영한 사진이라 그대로 두기로 했고, 혜성 홍보실에서는 그의 결정을 반겼다.

혜성 그룹 이미지 상승효과를 가져온 의도치 못한 신혼여행 제보 글은 빗발치는 언론의 관심에 정식으로 대동했던 사진작가가 촬영한 부부의 근접 사진을 회사 홍보실에서 공개하는 것으로 일단락되었다.

이로써 결혼식 사진 이후 두 번째로 지원의 정면 사진이 공개되었다. 장식 없이 몸매선을 타고 흐른 화이트 원피스에 누구나 신고 다니는 흔한 블루 탐스를 신은 지원이 긴 머리카락을 내려뜨리고 하얀 모자의 넓은 챙을 한 손으로 붙들고 서서 카메라를 보고 있고, 현민은 그런 지원의 다른 한 손을 제 손안에 꼭 쥐고서 지원을 향해 웃어 보이는 사진이었다.

그들만의 결혼이 아닌 이번 결혼에 호의적인 관심을 보인 대중들의 수가 많아지자, 간혹 원컴퍼니 이름과 지원의 신상 캐기에 나선 언론사들이 생겨났고, 현민은 신속하게 주의를 주는 것으로 지원을 보호하며, 입덧으로 지쳐 하는 지원의 스트레스를 줄이기 위해 최선을 다했다.

그 무렵 컴퍼니엔 점심시간마다 갖가지 신선한 과일과 샐러드가 공수되고 있었다. 그러나 처음엔 좀 받아먹던 지원은 입덧이 시작되자, 물만 마셔도 토하기 시작했고, 결국 링거를 맞으며 입원하는 상황에 이르게 되었다.

그때부터 언니 예원의 중재로 가능한 결재 업무는 집에서 보며 온갖 냄새가 범람하는 집 밖으로 나오지 못하는 약 2개월의 시간을 버텨 냈고, 현민도 귀가 후 늘 샤워하고 새 옷을 입은 뒤 지원에게 다가가야 하는 번거로움을 감수했다.

가느다란 척추 뼈를 휘며 변기에 머리를 박고 물을 토하다, 결국 너무 힘들어 엎드린 채 울고 마는 지원을 더는 볼 수 없었던 힘든 시간들이 그렇게 지나갔다.

문제는 그 기간 동안 현민도 잠도, 먹는 것도 편하지 못해 두 부부가 함께 살이 빠졌다는 것이다. 처형으로부터 입덧 같이 하냐는 소리를 듣자, 웃지도 울지도 못할 상황에 난감했던 시간이 몇 차례 지나갔다.

그러던 어느 날, 지원이답지 않게 고기를 찾기 시작하면서부터 현민은 가능한 지원이 말하는 모든 요리를 구해다 주기 시작했다.

찾는 것도 신기했다. 순대로 시작한 리스트는 양념 안 된 생갈비구이로 옮겨가 혼자선 일 인분도 남기던 사람이 2인분을 시켜서 다 먹는 걸 신기하게 바라보며 현민에게 '더 시켜 줄까?'라고 묻는 즐거움을 맛보게 만들어 주었다.

현민도 그때부터는 뭐든 잘 먹을 수 있게 되었고 지켜보던 문 비서도 그제야 안심했다.

나이가 좀 있는 새 신부, 신랑이라 양가의 걱정이 깊었는지. 올 봄부터 늘 회사를 비우고 국내 여행 중이신 회장님께 안정기가 넘어선 뒤 말씀드리자 대뜸 축하 선물로 양평 별장 소유권을 이전해 주시며, 언제든 답답할 때 멀지 않으니 네 집에서 맘 편히 쉬라는 말씀을 해 주셨다.

그렇게 잘 흘러가던 어느 날, 상기된 표정으로 정기검진을 받고 병원을 나서던 지원은 연말의 복잡함 속에 서희 여사의 연락을 받았다. 이혼 절차를 마무리한 뒤 처음 한국을 방문하는 서희 여사께서 이미 공항에서 출발해서, T호텔로 가고 있으니 호텔 라운지에서 보자고 하시는 말씀이셨다.

지원은 기사에게 M.M.C에 들렀다가 T호텔로 가 달라고 말한 뒤, 생각에 잠겼다가 현민에게 문자를 보냈다.

[어머님이 귀국하셨다고 호텔로 오라고 하셔서 지금, 그리로 가요.]

그러자 금방 전화가 걸려왔다.

"오빠? 안 바빠요? 의사선……."

— 가지 마! 내가 갈 테니까. 넌 집으로 가, 내가 가서 상황 보고 전화할게.

"아니, 같이 가요. 우리 사랑이도 인사드려야 하고."

— 말 들어. 스트레스 받으면 또 배 뭉친다고!

"사랑이 건강하대요."

뚜뚜.

"……오빠, 지금 어머니 전화 들어오는데요. 일단 전화 끊어요."

지원은 서희 여사와 통화를 하며 금방 도착한다고 대답한 뒤 현민에게 다시 전화 걸어 재차 당부하시는데 어떻게 외면하냐고 말하고 걱정되면 빨리 오라고 말한 뒤 전화를 끊었다.

흔한 호텔 커피라운지에 들어선 지원은 금세 그리 편해 보이지 않는 딱딱한 엔틱 체어에 앉은 서희 여사를 발견했다.

"어머님, 안녕하셨어요."

기대했던 건 아니지만, 무감한 시선이 제 부른 배를 한참이나 바라보는 시선에 지원은 부드러웠던 얼굴근육이 굳어지는 걸 막을 수 없었다.

"예정일이 몇 월이라 그랬지?"

"2월입니다."

자리에 앉으며 대답하자, 서희 여사는 지원의 의사를 묻지 않고, 따뜻한 저지방우유를 주문했다.

"잘 챙겨 먹기는 하는 거냐? 뼈만 남아 배만 동그랗구나."

"입덧이 좀 길어서……. 지금은 잘 챙겨 먹고 있습니다."

"딸이라던?"

"네?!"

"알려 줬을 거 아냐, 아직 말을 안 해 주던가?"

"……아닙니다. 그동안은 계속 자세가 좋지 않아서 짐작만 했었는데, 오늘 처음으로 확실하게 아빠 닮았다는 말을 들었습니다."

늘 다리 사이에 한 손을 넣고 있는 아이라서 긴 다리를 웅크리고, 긴 팔을 꼬고 있는 아이의 자세로는 정확하게 볼 수 없다고 늘 검사 전마다 오늘은 착하게 굴자…… 라며 달랬던 지원의 바람을 사랑이는 오늘 들어 주었다.

"그런데 그렇게 배만 동그래? 정확한 거냐?"

"그건…… 낳아 봐야 알 것 같습니다."

"태몽은 뭐냐."

"없었습니다."

"없어?"

"네."

"그럼 내가 꾼 게, 네 태몽이 맞나 보구나. 커다란 황금대호가 널 덮치듯 품에 뛰어들더구나, 기억해라."

"……아……. 네. 어머님."

우유가 테이블에 놓이는 사이 두 사람의 추궁과 같은 대화가 잠시 끊어졌다. 그런데 직원이 사라졌는데도 다시 말씀을 잇지 않으시는 서희 여사로 인해 지원은 따뜻한 잔을 두 손으로 잡고 머뭇거리다 한 모금 하얀 우유를 입에 넣었다.

"행복해 보이는구나."

"……네? 네. 어머님께서는 지내시기가 어떠신지 늘 궁금했었습니다."

갑자기 들린 말에 잔을 내려놓으며 눈이 동그래진 지원이 입안에 든 우유를 삼킨 뒤 대답했다.

"내 걱정을 했다고?"

"늘 생각했습니다."

"늘 욕한 건 아니고?"

"아뇨, 어머님. 그건 아닙니다. 저는 어머님과도 잘 지내고 싶었고……."

"됐다."

"어머님."

"나도 오랜만에 나와서 만날 사람이 많아. 새롭게 일도 시작했고, 시간이 없으니 할 말만 간단히 하마."

유럽 화단에 한국 신진작가들을 연결해 주고, 자신의 작품도 몇 점 발표한 서희 여사 소식을 듣고 있던 지원은 입을 다물고 말을 기다렸다.

서희 여사는 하기 어려운 말을 꺼내려는 것처럼 앞에 놓인 블랙커피 잔을 들어 목을 축인 후 입을 열었다.

"현민이 행복하게 해 줘라. 너한테 그 부탁을 하고 싶어서 보자고 했다."

"……."

"우리 부회장……. 내가 품어서 키우지 못했다. 회장님 닮아 하나면 하나밖에 모르는 성품인 데다, 내게 냉정하게 구는 만큼, 너한테는 원하는 것들이 훨씬 많을 거다. 감정의 물꼬를 너한테만 틔워 놨으니……. 네가 벅찰 수도 있을 거야. 그래도 다 받아 주거라."

"어머님."

"……넌 내가 그렇게 모질게 했는데도 날 어머님이라 부르고 싶으냐?"

내가 어린 너를 두고, 내 상처를 덧입혀 힘들게 했더구나.

"……어머님이시니까요."

안에서는 느껴지지도 깨달아지지도 않던 것들이 떠나 보니……. 꽁꽁

얽어맸던 사슬을 풀고 뛰쳐나가 밖에서 바라보니, 비로소 보이더구나.

"흐흠……. 넌…… 너 죽을 때까지 날 어머님이라 불러라. ……나한테 잘하란 소리가 아니라 나처럼 내 아들 버리지 말고, 끝까지 우리 부회장 곁을 지키고……. 행복하게 해 주란 소리다. 내 아들. 우리 부회장한테 잘 해 줘라. 부탁한다."

회장님은 과거의 일 때문만이 아니라, 용서와 사랑보단 아집을 선택한 내게 더 실망하셨다는 걸…… 알게 되었단다. 사랑받으려 노력하지 않고, 사랑하지 않는다, 화만 냈던 나를 이제야 보았으니, 너에 대한 원망과 미움도 거둬들여야겠지.

"……."

어쩌면 내게도 온기가 찾아와 이런 생각할 여유가 생긴 것인지도 모르겠지만, 나도 이제 네가 숙희가 아닌 너로만 보이니, 과거에서 많이 벗어나진 것 같아 기쁘구나.

"왜, 대답이 없어?!"

분명 부탁이셨고, 많이 달라지신 마음이 느껴지는데도…… 목소리만큼은 여전히 서슬 퍼런 어머님이, 지원은 이제 더 이상 무섭고 힘들지 않았다.

"어머니!"

지원이 웃으며 대답하려는 사이 등 뒤에서 현민의 목소리가 먼저 들렸다. 옆자리 의자가 거칠게 잡아당겨진 틈으로 앉으며, 놀란 지원의 안색과 굳은 어머님의 표정을 살핀 현민의 눈썹에 힘이 들어갔다.

"하실 말씀 있으시면 제게 하십시오. 오셨으면 아들인 제게 먼저 연락하셨어야 되는 것 아닙니까? 가실 때도 그렇게 가셨으면서, 결혼식도 안 오시고. 어머닌 도대체 이 사람한테 왜 이렇게까지 모질게 하십니까?"

"……너도 딱, 너 같은 놈으로 낳아서 키워 봐라. 그러면 내 마음 알 거다."

"어머니!"

"오빠! 아니…… 여보. 그런 거 아니에요. 어머님은 그냥……."

"가만있어."

현민이 이번만은 그냥 지나지 않겠다는 듯 지원에게마저 눈을 매섭게 떴다.

"저희, 아이 가졌습니다. 전화도 드리고, 메일도 보냈지만, 어머님 연락 한 번 없으셨고, 이 사람 입덧 심해서 입원했을 때, 어머님이 저 가지셨을 때 뭐 드시고 나아지셨는지 여쭤 보려 전화드렸을 때도 연락 안 받으셨습니다."

지원은 말문이 막혔다. 입덧이 심해 엄마 입덧했을 때, 언니가 입덧했을 때 먹을 수 있었던 음식들은 다 알아내서 대령해도 한 입도 못 먹었던 지원이었다.

그때 현민은 어머님을 불편해하면서도 전화드려 그런 것까지 물어보려 했었구나……. 지원은 뭉클해져 고개를 숙였다.

"회장님이 육포 보내 주지 않으시던? 그것도 못 넘겼으면 나도 방법이 없구나."

"……아버지께 연락 주셨던 겁니까? 그런데 왜……?"

"사람 마음이 그렇게 금세 풀어지는 건 아니지. 안 그러냐, 며늘아가?"

"……."

"왜 대답이 없어! 이러니 내가 아까부터 언성이 높아지는 거 아니냐."

"네, 네. 어머님."

"시간이 필요했다. 그건 너도 이해할 거라 믿는다."

"네. 어머님."

지원의 숙여진 고개에서 눈물이 뚝 하고 흐르자 서희 여사는 혀를 찼다.

"장차 혜성 후계자를 울보로 만들 셈이 아니면, 그 눈물 멈춰라. 태교가 중요한 건 알 텐데도 그러는구나."

"네. 어머님."

눈가를 숙숙 닦는 지원을 여전히 냉랭하게, 그러나 악의가 빠진 시선으로 바라보던 서희 여사가 옆에 놓인 종이가방을 들어 지원에게 내밀었다.

"배냇저고리랑 돌복이다."

돌복에 놓인 수는 중요무형문화재 자수장 한 선생의 작품이라는 설명을 덧붙이며 바쁘게 자리에서 일어선 서희 여사가 아직 자리에 앉은 젊은 부부에게 말했다.

"가 봐, 돌잔치 때 못 올 테니 사진 보내고. 이젠 가끔 전화는 주고받자꾸나."

"네, 어머님."

지원이 자리에 서서 멍해진 얼굴로 인사 올리는 사이 서희 여사는 빠져나갔고, 현민은 어머님이 마음에 안 든다는 눈빛으로 그 뒷모습을 바라보다 지원에게로 고개를 돌렸다.

"괜찮아? 그러게 내가 혼자 만나지 말랬잖아."

지원은 현민의 손을 꼭 붙잡고, 지난 세월의 감정들이 마구 엉키며 새로이 자리 잡는 혼란을 묵묵히 이겨 내다 테이블 아래 자신이 들고 왔던 종이가방을 발견했다.

"오빠, 잠시만 여기 있어요."

"어디 가? 같이 가?"

"어머님께 전해 드릴 게 있는데, 고부지간 속 얘기니까 남편은 빠져야 돼요."

지원이 남긴 말을 듣고, 조금은 풀어진 얼굴로 자리에 앉은 현민은 종이백을 들고 종종걸음 걷는 지원의 뒷모습을 바라보았다.

M.M.C직원들이 손수 만든 한과와 정과세트를 들고 로비로 나와 엘리베이터 쪽으로 시선을 두던 지원은 2층 계단으로 올라가는 서희 여사 뒷모습을 발견하곤 재빨리 따라 걸었다.

"어머……니임……."

큰 소리로 나오던 목소리가 점점 줄어들었지만, 뚫어져라 쳐다보는 기운 탓인지 서희 여사가 뒤돌아보았다. 그리고 서희 여사를 맞아 한 팔

515

로 어깨를 감싸며 함께 걸으려던 중년 남성도 같이.

눈살을 찌푸리며 보는 서희 여사에게 지원이 다가갔다.

"저희 직원들이 만든 건데, 어머님 맛보셨으면 해서 들고 왔었어요. 여기……."

지원은 서희 여사에게 종이백을 건네며 옆에서 중년 남성, 그것도 하얀 피부를 가진 유럽 남성에게 고개 숙여 인사했다. 그러자 남자는 웃으며 악수를 청해 왔다.

유럽여행 중 만난 사업가 친구라는 설명을 들으며, 지원은 둘 사이에 오가는 묘한 기류를 눈치챘지만 웃는 얼굴로 현민에게 괜한 오해 살 만한 소린 하지 말라는 서희 여사의 말에 알겠다고 대답한 뒤 뒤돌아 라운지를 향해 걸었다.

"뭐라고 하셨어?"

걱정되었는지 라운지 입구까지 나와 있던 현민은 지원의 안색부터 살폈다.

"네? 아니요."

"근데 표정이 왜 그래?"

"뭐가요."

"놀라 보여."

"……며느리라 불러 주시니까, 그게 아직 적응이 안 돼서 그런 거예요."

지원의 어깨를 감싼 현민이 그녀를 대기하고 있던 차로 에스코트했다. 지원이 차에 타서 서희 여사가 준 상자를 풀어 보자, 한 박자 늦게 차에 올라탄 현민이 눈에 보이는 연둣빛 남아 돌복에 인상을 찌푸렸다.

"이런 거에 스트레스 받지 마. 어머니는 이런 것도……. 참……."

"……."

"딸이라도 괜찮다니까. 정말이야. 건강하기만 하면 돼."

현민은 물끄러미 한복을 바라보는 지원의 시선에 안타까워했다.

외동이고 손이 귀한 유씨 집안에 오랜만에 생긴 경사라 모두들 아들이기를 대놓고 바라는지라, 지원의 스트레스가 심하다는 걸 알고 있는 현민은 어머님의 선물이 또 다른 스트레스 요인으로만 보였다.

"어머님이 태몽을 꾸셨대요. 황금색 커다란 호랑이가 내 품에 덥치듯 뛰어들었다고……."

"태몽 그거 다 미신이야. 꿈만 가지고 어떻게 성별을 아나? 정 기사, 출발해."

"의사 선생님도 오늘은 우리 사랑이 자세가 아주 좋다고……. 아빠 닮 았다고 그랬는데."

"뭐어?!"

대로를 달리기 시작한 현민의 차 안에 현민의 고함 같은 목소리가 크 게 울렸다.

— 아버지, 사랑이가 저 닮았답니다.

"어? 허허허허, 축하한다."

회장님은 아들에게서 걸려온 전화를 받은 뒤 늦은 점심을 해결하려 낚시를 접었다.

아까 방파제에서 바다낚시 하던 중에 현지인에게 추천받은 밥집을 찾 아가는 길이 초행이라, 회장님의 수행원들도 자신 없게 운전하고 있었 다.

이 길이 맞는가……. 하던 회장님 비서는 아까 설명 들은 대로 먹빛 기와로 지붕을 얹은 단층 식당을 발견하고는 주차장으로 차를 몰아 조심 스럽게 멈춰 세웠다.

"회장님, 도착했습니다."

"흐음……. 가지."

점심때가 지나서인지 생긴 지는 얼마 안 됐지만 벌써부터 군수는 물 론, 시장님까지 다녀가셨을 정도로 굉장히 유명한 맛집이 되었다는 소문 과는 달리, 빈자리가 드문드문 보이는 식당 안에 들어선 회장님 일행은 밥을 시켰다.

조금 더디 나온다 싶었던 상차림 기다리는 동안 식당 룸이 아닌 입구 쪽, 탁 트인 홀에 앉아 있던 회장님은 세호그룹 전회장의 차명계좌 발견으로 납부 지연되던 각종 벌금 200억 원이 강제 납부되었다는 뉴스가 흘러나오는 것을 보았다.

같은 기업인으로서 초췌하게 변한 지 회장의 모습에 착잡한 마음으로 눈을 돌리니, 기다림이 아깝지 않은 정갈한 상차림이 내어져 나왔다.

밑반찬 하나하나 맛있었고. 무엇보다 회장님 입에 맞아 오랜만에 한 공기를 다 비워 내며 손맛이 범상치 않아 왠지 식당 구석구석에 눈길을 주게 되던 회장님은 후식으로 나오기 전 속 다스리시란 말과 함께 나온 구수한 누룽지를 먹으며 속이 편안해지는 것을 느꼈다.

그런데 곧이어 내어온 찻잔을 들어 올리려다 당황한 낯빛이 된 회장님은 마음에 퍼져 나가는 그리움이 북받쳐 올라 당황했다.

국내에 있는 것은 알지만, 작정하고 숨어 찾아지지 않던 사람에 대한 원망이 가셔 갈 만큼 시간이 흐르고 있었는데, 머리보다 먼저 그리움의 냄새를 맡아 버린 마음이 잠잠하게 누르고 있던 애통함을 깨우고 있었다.

심장에 새겨진 아픔이 되살아나, 손을 들어 가슴께를 지그시 누르는데 종업원들의 대화 소리가 들려왔다.

"지배인님은 왜 마중 안 나가셔?"

"서울 사장님이 직접 모시고 오신다고 나올 필요 없다고 전화하셨대. 아마 거의 다 오셨을걸."

"이번 결과는 어떻대?"

"어, 괜찮다고 그랬대, 재발도 전이도 없고 깨끗하신가 봐."

"음, 잘됐다. 근데, 서울 사장님, 우리 사장님 따님이신 거지? 그치?"

"그건 나도 모르지. 근데 딸이니까 이렇게 지극정성이지, 남이면 어떻게 그렇게 하냐."

"그럼, 우리 사장님 엄청 부자 아냐? 서울 사장님 가게는 진짜 크다며?!"

"가게가 아니라 완전히 커다란 회사라더라. 지배인님이 한 번 갔다 오셨잖아. 서울서는 예선재 하면 좀 산다 하는 사람들은 다 알 거라는데?"

"진짜?!"

"정말."

"우와, 그럼, 우리 사장님은 그 큰 가게 아니, 회사 놔두고 몸 아파서 여기 내려오신 거야? 요양 삼아? 그럼, 그냥 쉬시지 왜 또 식당을 차리셨을까?"

"그러니까 남는 거 생각 안 하고 재료며, 양념 안 아끼시잖아. 나 가끔 보면 우리 사장님은 병 빨리 나으려고 공덕 쌓으려 식당하시는 것 같아."

"하긴, 돈 벌어서 없는 사람들 공짜 밥 먹이려고 장사하시는 것 같긴 해."

"근데 난 가끔 돈 아깝더라."

"야, 그래도 우리 사장님 항암치료 잘돼서 지금까지 재발 안 하고 건강하신 거 보면 다 그렇게 후하게 베풀며 사신 공은 있는 것 같긴 하잖아."

"그래도……."

"세상사람 다 너 같으면 팍팍해서 못 산다."

"야! 너는 말을 해도……."

"알았어, 알았어. 너 착해."

유 회장은 그 대화 속에서 예선재라는 소리를 듣고는 숨을 멈췄다. 눈이 커진 비서실장이 자리에서 일어나 회장님 곁으로 달려갈 듯 굴자, 그제야 손을 들어 보이며 한참 만에 긴 숨을 들이마셨다.

일부러 차를 느긋하게 마시며 자리를 지킨 유민성 회장님은 찻잔이 차갑게 식어 갈 즈음 식당 현관이 시끄러워지자, 어깨를 굳히며 숨을 골랐다.

"사장님, 다녀오셨어요?"

"그래, 장사는 잘했고?"

목소리만 듣고도 고개 돌리지 못한 유 회장의 몸이 파르르니 떨려 왔다.

"네"

"손님상 내가는 반찬 아끼고 그러지 않았지?"

"아휴, 그렇게 혼나고 또 그랬을까 봐요, 안 그랬어요. 사장님."

"그래, 잘했다."

"어?! 지배인님은 사장님 오셨는데 어디 가셨지?"

종업원이 안으로 걸음을 옮기자 그 걸음을 붙잡는 목소리가 들려왔다.

"옥아, 됐다. 방금 지배인 보고 들어오는 길이야."

"네?"

"지배인, 마당에 나와 섰더라, 지금 서울 사장 트렁크에서 짐 꺼내서 안채로 옮기고 있을 거야."

"아, 네에. 하긴, 우리 지배인님이 사장님 오시는 걸 모를 리가 없으시죠."

오가는 대화가 가족처럼 정겨웠다. 그리고 늘 가슴에 품고 다닌 사람의 목소리도 눈물이 날 만치 정겨워서 회장님의 눈가에 눈물이 차올랐다.

그가 천천히 고개를 뒤로 돌렸다.

눈물 막에 가려져 흐릿해진 앞을 보려 손을 올려 눈가를 훔치고 앞을 보자, 커다래진 눈으로 입을 벌려 말문이 막힌 한 사람이 눈 안에 가득 들어찼다.

"숙희야."

회장님의 한 마디에 자리에 스르륵 주저앉아 회장님과 닮은 물빛을 흘려 내는 단 한 사람.

그가 일어나 그 사람에게 걸음을 옮길 때까지, 일어서지 못하고 있는 단 한 사람의 호흡에 억누른 물기가 가득 묻어 나오고 있었다.

그로부터 해가 바뀌고도 두 달이 흘러 지원이 아이를 낳았다. 혜성그룹의 대가 이어진 경사에 병원 입구엔 산모에게도 전해지지 못할 꽃바구니가 넘쳐나고 축전을 든 각 기업 비서진들의 행렬이 혜성 부회장실에 넘쳐났다.

아이가 태어나고 모성 못지않은 부성을 자랑하며 까칠하게 구는 현민이 출입을 허용한 몇 안 되는 사람들 중 한 사람인 유 회장이 직접 병원에 나와서 고생한 며느리와 손주를 구경하시고 돌아가시는 길.

많이 편안해진 안색으로 밖을 바라보시다가 어디론가 전화를 거셨다.

뚜르르륵, 뚜르르륵.

— 여보세요?

"나야."

— 보셨어요? 산모는 건강해요? 아기는요?

"건강해. 산모도 아기도."

— 다행이네요.

"며느리가 제 아들 이름을 지어 달라네."

— ……처음 봤을 때부터 마음 씀씀이가 고와 보였어요. 좋은 이름 지어 주세요.

"자네는 뭐라고 짓고 싶나?"

— 제가 뭐라고, 회장님께서 알아서 지으셔야지요.

"나는 숙희가 지어 주는 이름 붙여 주고 싶어."

— ……회장님.

"내 지금 내려가는 길이니까, 가서 같이 지어."

— 회장님 아들 내외한테 미안해지고 싶지 않아요. 왜 자꾸 그러세요. 손주 이름은 혼자 지으시고, 오시면 식사나 하고 가세요.

"숙희야. 우리 둘이 같이 짓자."

이미 젊었을 때 머리 맞대고 함께 이름 지어 붙여 줬어야 할 아이는 잃어버렸지만, 숙희야……. 네 손주라 생각하고 함께 짓자. ……미안하다.

— ……오세요. 오셔서 식사부터 하시고 말씀하세요. 안전벨트는 매셨어요?

"그럼, 이젠 잘 매고 다니니 그런 걱정은 말고."

숙희를 잃었던 젊은 날, 숙희를 다시 잃고 다신 찾을 수 없다고 포기하기도 했던 지난겨울, 회장님은 가끔씩 일부러 안전벨트를 매지 않았었다.

그걸 비서에게 전해 들은 숙희는 그때부터 매번 안전벨트부터 챙기고 있었다.

그리고 그로부터 3주 뒤, 유현민과 민지원 사이에서 태어난 55cm 3.4kg 우량한 남아는 기쁠 준(噂), 근원 원(源)이라는 이름으로 두 부부의 호적에 올랐다.

그다음 해 2월 호텔에서 가까운 친지들만 모시고 한 돌잡이 행사 중이던 현민은 지원에게 안기려는 준원을 어르고, 달래 가며 제 품에만 두었다.

"거참, 애미한테 보내지 저러다 애 울리겠네……."

"놔두세요. 민 사장 얼굴이 반쪽이에요."

"……무슨, 어디 아픈가?"

"좋은 일인 것 같습니다."

숙희는 화장실에 들렀다가 한복을 입은 지원이 입가를 수건으로 누르며 세면대로 나오는 모습을 보았었다.

기운 없이 축 늘어진 몸에 식은땀. 어쩐지 잔치 내내 음식 하나 입에 넣지 못하고, 부회장 역시 준원이 우는 건 못 보는 사람이 애를 울려 가면서까지 제 품에만 두려 하는 걸 보니 짐작이 맞는 것 같았다.

"말을 해 봐, 나이 들어 못 알아들으니 답답해."

"회장님은 젊어서도 그러셨어요. 그러시면서 사업 잘 해 내시는 게 더 신기하지요."

"참내……. 내, 그렇게 말귀가 어두웠나?"

"그럼요. 철모르던 스무 살 때 제 속을 얼마나 태우셨는데요."

"앞으로는 속 터지면 말을 해. 알아듣고도 모른 척하는 사람은 아니니까. ……숙희야."

"네……."

"떠나지 않고 옆에 있어 줘서 고맙다."

간단하게 아들 며느리와 함께 식사한 것 외에는 절대 법적으로나 대내외적으로 모습을 나타내지 않는 숙희였다.

혼인신고 하자는 회장님 말씀에도 곧게 사신 인생에 누가 된다며 거절한 숙희는 아직 치료 후 5년이 지나지 않아 완치 판정받지 못한 몸으로 회장님께 불안을 안겨 드리는 것조차 늘 죄스러워했다.

그러나 흘러가는 마음만은 숨길 수 없는 것이라서…….

고개 숙인 숙희의 고개가 들리지 않는 동안, 테이블 아래 맞잡은 주름진 손에 서로의 마음이 담긴 힘이 오랫동안 들어가 있었다.

한편, 현민은 첫째 돌잔치도 치르기 전에 들어선 둘째로 인해 다시 시작된 끔찍한 입덧을 치러 내느라 진이 빠진 지원이 안타까워 어쩔 줄 모르고 있었다.

"괜찮아?"

음식 냄새만 맡으며 토하는 사람이 오늘을 어떻게 버텨 낼지 현민도 암담해서 돌잔치를 말자 했다가, 지원에게 혼이 난 터라, 괜히 고생 사서 한다는 소리도 못 하고 애가 탔다.

"오빠, 도저히 안 되겠어. 준원이 엄마한테 맡기고 와 줘요."

"어, 알았어."

현민은 장모님께 아들을 맡기고 비상구 통로에서 음식 냄새를 피해 있는 지원의 곁으로 다가가 안았다.

"좀 괜찮아?"

"조금만 더."

지원은 급하게 현민의 마고자와 저고리를 풀어내고 가슴으로 코를 묻었다. 숨을 크게 들이쉬고, 내쉬고. 반복하는 지원이 힘겨워하자. 현민은 제 손으로 속적삼을 풀러 맨살을 보이며 지원의 머리를 더 가까이 닿게 내리눌렀다.

"숨 크게 쉬어봐."

"응……."

맞닿은 지원의 가슴팍이 크게 오르내렸다.

"좀 괜찮아?"

지원은 대답 없이 계속 숨을 계속 쉬며 고개를 끄덕이다 입을 열었다.

"살 것 같다……. 어흐……. 보통 때도 이 정도만 되면 얼마나 좋아."

"어후……. 내가 계속 옷 벗고 있을 수도 없고……. 하아……."

두 부부의 한숨이 깊어지는 이유는 지원의 유별난 입덧에 있었다.

음식 냄새가 역하고, 평상시 비리게 느꼈던 생선 냄새나, 기름기 많은 튀김, 치킨은 근처만 지나가도 구토를 하는데, 그러다가도 현민의 살 냄새만 맡으면 토기가 가셨다.

현민이 출근을 안 할 수도, 지원이 일을 줄인다 해도 아예 관둘 수도 없는 상황에서 이 웃지 못할 입덧은 이미 언니 예원이나, 집에서 일을 도와주시는 공씨 아주머니에겐 공공연한 비밀이 된 일이었다.

원컴퍼니에 먹을거리를 사 왔다가도 지원이 입을 틀어막으면 처형이 있어도 제 마누라 챙기기가 급한지라 음식 좀 치워 달라고 외치며 아내를 제 품으로 끌어안아 버리니, 처음 본 사람은 닭살도 그런 당황스런 닭살이 없는 일인 것이었다.

"하아…… 하아……. 이젠 됐어요. 옷 입어요. 한동안 참아지겠지. ……안 입어요? 들어가야죠."

"먼저 들어가."

"왜요. 우리 둘 다 이러고 나와 있음 아무리 친척들이라도 흉봐요."

"……못 들어가니까, 당신 먼저 들어가."

"왜요……? 어……. 미안해요."

"알았으면 먼저 들어가. 아니, 옷은 내가 입을 테니, 들어가. 손 닿으면 계속 진정 안 돼."

"네."

지원이 사라지고 혼자 속적삼을 입고, 저고리 매듭을 짓던 현민은 크게 한숨을 내쉬었다.

이제 한 달만 더 참으면 안정기에 접어든다. 그러면 이번 입덧은 제 냄새만 맡게 해 주면 가라앉는 신통한 입덧이니, 더 이상 참지 않아도 될 일이었다.

현민은 주먹 쥔 손으로 뒤 허리를 통통 두드리며 중얼거렸다.

"나랏말삼이 듕귁에 달아, 문자와로 서르 사맛디 아니할새…… 이런 상황에선 좀 그만 서라……. 이런 젼차로 어린 백성이 니르고져 할배이셔도 마참내 제뜨들 시러펴디 못할 노미 하니라……. 어후……. 지원아……."

이 순간 현민은 셋째는 갖지 말아야겠다고 생각했으나, 안타깝게도 시간이 흘러 둘째 돌잔치 때가 되었을 때에는 지원의 배 속에 아들 쌍둥이가 들어 있었다.

아들 셋에 딸 하나. 현민을 닮은 첫째와 지원을 닮은 둘째, 현민의 자상함에 지원의 감수성을 닮아 딸보다 더 엄마를 많이 챙겨 주는 셋째 아들과 그야말로 장난꾸러기라고밖에 할 수 없는 넷째까지. 그들의 다복함은 많은 기업인들의 귀감이 될 만큼 소문이나, 부부지간 신의와 애정, 형제 자매간 우애로 많은 사람들에게 회자되었다.

—End

작가 후기

　상처와 회복, 성장을 주제로 잡고 글을 시작했던 것이 엊그제 같은데, 독자님들의 사랑으로 책으로 출간되는 기쁨을 맛보게 되었습니다. 이 글을 아껴 주신 모든 독자님들께 감사인사를 드립니다.
　여자로서, 누군가의 딸, 자매, 한 사회의 구성원으로서 겪을 수 있는 크고 작은 상처와 회복을 담아내려 했던 저의 바람은 책으로 출간되는 과정에서 여자로서의 이야기만 집중되도록 다듬어져 나오게 되었습니다.
　책으로 담지 못한 많은 에피소드들, 또 한 줄이라도 더 담기 위해 엔터를 안 쳐 가며 최대한 자세히 담으려 노력했던 신혼여행과 결혼 그 후 이야기에 대해, 더 이상 담을 공간이 없었음을 아쉬워하는 마음이 남아 있습니다.
　새벽까지 출간 일정을 맞추시려 함께 밤잠 못 주무시고 노력해 주신 출판 담당자분과 쪽지와 메일을 통해, 힘내서 출간 작업 잘 마무리하고 다음 이야기로 빨리 만나기를 기다려 주신 고마우신 독자님들께 감사를 전하며 첫 글을 매듭짓는 제 마음은 그저 감사뿐임을 말씀드리고 싶습니다.

　고맙습니다.

　감사합니다.

　부족하지만 마음 담아 쓴 글, 독자님들께서도 마음으로 읽어 주신다면 그 이상 기쁜 일은 없을 것 같습니다.

—2014년 1월 소화 올림.

여기있어요

1판 1쇄 찍음 2014년 1월 21일
1판 1쇄 펴냄 2014년 1월 27일

지은이 | 소 화
펴낸이 | 정 필
펴낸곳 | 도서출판 **뿔미디어**

편집장 | 이재권
기획 · 편집 | 주종숙, 정시연
편집디자인 | 이진선

출판등록 | 2002년 9월 11일 (제1081-1-132호)
주소 | 경기도 부천시 원미구 상동로 117번길 49(상동) 503호
전화 | 032)651-6513 / 팩스 032)651-6094
E-mail | scarlets2012@hanmail.net
블로그 | http://blog.naver.com/dahyangs
홈페이지 | http://bbulmedia.com

값 11,000원

ISBN 979-11-7003-006-5 04810
ISBN 979-11-7003-004-1 04810(세트)